京剧大戏考

老生部·上

何毅 编著

中国戏剧出版社
CHINA THEATRE PRESS

图书在版编目（CIP）数据

京剧大戏考. 老生部 / 何毅编著. — 北京：中国戏剧出版社，2020.5
ISBN 978-7-104-04921-0

Ⅰ．①京… Ⅱ．①何… Ⅲ．①京剧－唱词－选集
Ⅳ．① I232

中国版本图书馆 CIP 数据核字（2020）第 011488 号

京剧大戏考・老生部

特邀编辑：曹其敏
责任编辑：张　霞
责任印制：冯志强

出版发行：中国戏剧出版社
出 版 人：樊国宾
社　　址：北京市西城区天宁寺前街 2 号国家音乐产业基地 L 座
邮　　编：100055
网　　址：www.theatrebook.cn
电　　话：010-63385980（总编室）
传　　真：010-63383910（发行部）

读者服务：010-63381560
邮购地址：北京市西城区天宁寺前街 2 号国家音乐产业基地 L 座

印　　刷：鑫海达（天津）印务有限公司
开　　本：880mm×1230mm　1/16
印　　张：39
字　　数：900 千
版　　次：2020 年 5 月　北京第 1 版第 1 次印刷
书　　号：978-7-104-04921-0
定　　价：450.00 元（全二册）

版权专有，违者必究；如有质量问题，请与出版社联系调换。

京劇大戲考

金玉書

九十五歲丙申年六月

1.《唱片剧词汇编》（1929年）
2. 大戏考索引（1936年）
3.《百代剧词》（1938年）
4.《大戏考》第17版（1946年）
5.《大戏考》第18版（1947年）
6. 英商东方百代有限公司厂房全景
7. 谭鑫培

1.《阳平关》谭鑫培饰黄忠、杨小楼饰赵云
2.《善宝庄》时慧宝饰庄周
3.《镇潭州》张荣奎饰岳飞
4.《狸猫换太子》李桂春饰包拯
5.《定军山》王又宸饰黄忠

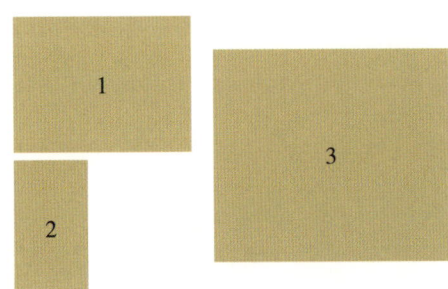

1.《宁武关》余叔岩饰周遇吉、钱金福饰李过
2.《战太平》余叔岩饰花云
3. 余叔岩

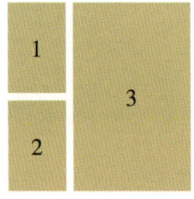
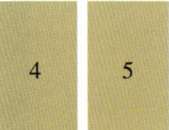

1.《空城计》高庆奎饰诸葛亮
2.《哭秦庭》高庆奎饰申包胥
3.《定军山》高庆奎饰黄忠
4.《苏武牧羊》贯大元饰苏武
5.《阳平关》言菊朋饰黄忠
6.《盗宗卷》雷喜福饰张苍、陈平

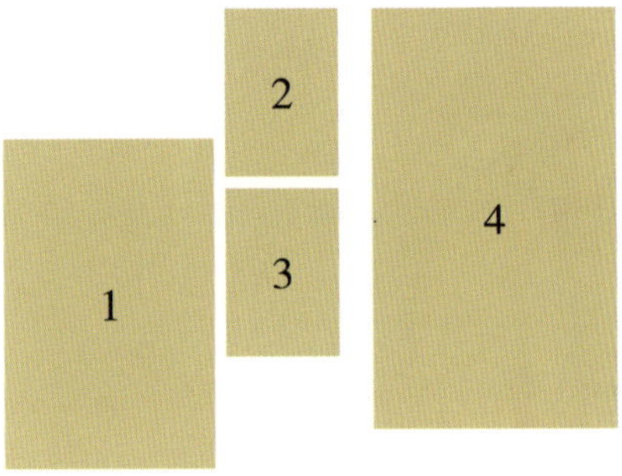

1.《徐策跑城》林树森饰徐策
2.《千里走单骑》唐韵笙饰关羽
3.《战长沙》林树森饰关羽
4.《明末遗恨》周信芳饰崇祯

1.《封神榜》周信芳饰梅伯
2.《萧何月下追韩信》周信芳饰萧何
3.《群英会》周信芳饰鲁肃
4.《斩经堂》周信芳饰吴汉、袁美云饰王兰英
5.《斩经堂》周信芳饰吴汉
6.《扫松下书》周信芳饰张广才、周五宝饰李旺

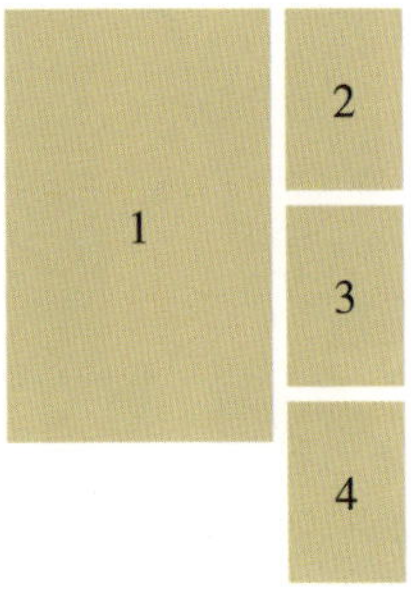

1.《楚宫恨史》马连良饰伍奢、叶盛兰饰太子建
2.《珠帘寨》马连良饰李克用
3.《审头刺汤》马连良饰陆炳
4.《战蒲关》李宝奎饰刘忠

序一
声情并举的《京剧大戏考》

周华斌

一、《大戏考》与"国语"

本人现年76岁，先父周贻白走南闯北，毕生从事"中国戏剧史"研究。我1944年出生于无锡，后随母亲迁居苏州，自幼讲一口苏锡地区的吴语。直到青年时代的1961年，全家才定居北京。所谓"乡音无改鬓毛衰"，我总体上是个"南腔北调"的江南人。

苏锡地区的吴语属于方言，与普通话差异很大。1961年我到北京，才开始学讲"以北方话为基础方言、以北京语音为标准音、以典范的现代白话文著作为语法规范"的普通话。

20世纪三四十年代流行留声机，是我少年时代的主要陪伴。这台手摇的落地留声机附带一摞带唱词的唱片，还有《大戏考》（又名《戏考大王》），可以查阅各个方言剧种的唱词。

1950年代初，我上初中。当时已开始在全国范围推广普通话，1951年还发表了《人民日报》社论——《正确使用祖国的语言，为语言的纯洁和健康而斗争》。1956年我上初中，语文就包括"文学""汉语"两门课程。当时汉语又称"国语"，相当于"官话"。"国语"必须讲普通话，可是同学们讲的都是吴语，不好意思念课文。因为"官话"拿腔拿调，有点"装腔作势"。可是我在课余时听京剧唱片时，已经感觉到了"国语"和"普通话"的韵味。

在清末和民国时期，已经推行"国语运动"[①]。其时话剧和电影都讲国语，还标明是"国语话剧"或"国语配音"。《大戏考》以京剧为正宗，其唱腔和"韵白"都用"官话"，还区分了老生、小生、青衣、老旦、大面、小丑等老少男女的行当。

《大戏考》也包括各种腔调的其他剧种和曲艺，如滩簧、弹词、歌曲等。我自幼是在听唱

---

① "国语运动"，清末1909年，清政府资政院曾推行"国语"调查，有议员提出将"官话"正名为"国语"。后教育界人士提倡修订注音字母、制定拼音化"国音"标准、与"白话文运动"结合修订"国语"教材等。台湾地区亦有"国语"的相关措施。

片和翻查《大戏考》中泡大的，所以听唱片和查阅《大戏考》对我颇有收益。尤其听京剧唱片，不仅可以学唱，领略国语的韵味，还可以从中潜移默化地学到不少掌故和文史知识。

那时候我还小，听唱片不自觉，主要凭兴趣。我记忆犹新的京剧唱片，有"大面"金少山的《牧虎关》；"老生"王少楼的《空城计》；"老生"刘鸿声的《辕门斩子》；"老生"高庆奎的《辕门斩子》；"老生"马连良的《乌龙院》；"老生"林树森和"大面"金少山的《华容道》；"大面"裘桂仙的《大回朝》；"大面"董俊峰的《探阴山》；"青衣"梅兰芳的《女起解》；"青衣"梅兰芳、尚小云、荀慧生和程艳秋的《四五花洞》；"青衣"尚小云和"老生""大面"等的《二进宫》，"小丑"萧长华的《乌盆计》；"老旦"李多奎的《钓金龟》。此外又有"老生"麒麟童和"小丑"周五宝的《路遥知马力》；"老生"麒麟童和周五宝的《萧何月下追韩信》；还有难得的、从里往外转的大唱片"老生"三麻子的《徐策跑城》等。

当时广播不像唱片那么通行，父亲没有以收音机替代留声机。况且，广播受制于人，无法反复听。没想到，听唱片作为人文修养，对我日后选择文科和继承父亲的"中国戏曲史"专业，起了很大作用。

1960年代初我到北京，考上了北京师范学院"中国语言文学专业"（即"汉语言文学专业"）。此时父亲才将那台手摇留声机换成了可以同时听广播、有多种转速、能放密纹唱片的"熊猫"牌收音机兼电唱机。

1980年我应聘到北京广播学院文艺专业讲授戏曲艺术理论和中国戏曲史。当时我正在校注通俗小说《杨家府演义》，应聘面试时，唱了京剧和同州梆子的《辕门斩子》，还唱了豫剧和评剧的《穆桂英挂帅》，以便比较。这都是我在听唱片和广播时学的。其中，同州梆子《辕门斩子》的唱片是1960年代初我父亲作为戏曲史专家，参加同州梆子座谈时剧团送的。由于结合唱片中各剧种的唱段，结果还没有讲完，评委老师们就通过了。

北京广播学院文艺系的老师，有的是来自中国唱片厂的编辑，而且与中央台对台湾广播的戏曲编辑有着千丝万缕的联系。唱片厂编辑还送了我一本1981年中国唱片社编定的《新编大戏考》，汇集了中华人民共和国成立三十多年来15个戏曲剧种的唱词。他还告诉我：由于两岸隔绝多年，"同文同祖"的台湾京剧前辈是靠听唱片学的。

二、《大戏考》蕴含的学理

目前唱片渐渐被淘汰，《大戏考》作为唱片的唱词载录，能够由此体会声腔剧种的相关学理。

明代中叶的戏曲大家徐渭在其故居绍兴"青藤书屋"的堂屋中有一副对联："几间东倒西歪屋，一个南腔北调人"，堂屋下有一根石柱顶着台阶，上面刻有四个字："中流砥柱"，含义深远。在其名著《南词叙录》中，称南戏为"鹘伶声嗽"，就是俳优伶俐的口语声腔，蕴含戏曲的场上表演。其意，"鹘伶声嗽"是中华戏曲的中流砥柱。

在戏曲史上，"鹘伶声嗽"包括"加滚"，是明代戏曲发展史上的通俗化潮流。"加滚"以文人乐府为底蕴，加了整齐句式的三言、五言、七言、十言"滚词""滚调""滚腔"。于是雅驯难懂的长短句词曲"乐府"，被加唱为通俗易懂的唱词。在音乐演唱形式上，"加滚"通过垛板、快板、流水、慢板等"板式"，改变了音节变化，同样是长短句词曲的通俗性回归和拓展。因此，从曲牌体演化为板腔体，体现着戏曲在"雅""俗"之间的辩证过渡。它是戏曲普及发展的一个标志，在戏曲发展史上具有里程碑意义。

晚清京剧既是"鹘伶声嗽"，又是"曲牌体"和"板腔体"兼而有之的"综合体"。《大戏考》各个唱段所注的板式，可以在学理上进一步深入。

1962年，先父周贻白撰写并出版了《戏曲演唱论著辑释》[①]，含元代燕南芝庵的《唱论》、明代魏良辅的《曲律》、清代李渔的《闲情偶寄·演习部》，以及清晚期昆曲艺人俞维琛、龚瑞丰口述，叶元清记录的《明心鉴》。这四部演唱论著，显示了学理上的一脉相承的关系。

作为范例，在释解中周贻白不时引用《大戏考》中的京剧唱段。如他在《唱论》的释解部分写道：

> 往昔论中国戏曲者，认为唱"老生"者，其嗓音应具备"小龙虎音""云音""鹤音""琴音""猿音"。唱"净"者，应有"大龙虎音"及"雷音"。唱"小生"或"正旦"者，则应具备"凤音""云音""鬼音"。比之器乐，则"笛"像龙吟，"笙"像凤啸，"琴"似和凤，"鼓"如雷震。"虎音"指其"沉雄"，"鹤音"指其"嘹唳"，"云音"指其"高亮"。"猿音"、"鬼音"则譬之为"凄切"、"幽咽"。有人曾说，京剧正旦程砚秋的嗓音和唱法，具有"鬼音"，意即指其行腔吐字时若断若连、不绝如缕，偷声换气、极显幽咽。

又如，在《唱论》"格调"的"抑扬顿挫"部分，他联系元代关汉卿的散曲和近现代京剧，阐释了"垛句""垛板"的学理：

> "垛"，意指"堆垛"。在文词上说来，"堆垛字句"本非佳构，如用典过多，比事太繁……，但是在歌唱上的"垛句"或"垛板"，却是按板行腔的一种格调。比方

---

① 周贻白：《戏曲演唱论著辑释》，中国戏剧出版社1962年12月版。

关汉卿《不伏老》【南吕·一枝花】套数【煞尾】云："我却是蒸不烂、煮不熟、槌不扁、炒不爆，响当当一粒铜豌豆。子弟们谁教你钻入它，锄不断、斫不下、解不开、顿不脱，慢腾腾千层锦套头。我玩的是梁园月、饮的是东京酒，赏的是洛阳花，扳的是章台柳。我也会吟诗、会篆籀、会弹丝、会品竹，我也会唱鹧鸪、舞垂手、会打围、会蹴鞠、会围棋、会双陆。你便是落了我牙，歪了我口，瘸了我腿，折了我手，天与我这几般歹征候，尚兀自不肯休。只除是阎王亲令唤，神鬼自来勾，三魂归地府，七魄丧冥幽，那其间才不向这烟花路儿上走"。

……

这种"垛句"，虽句各一事或句各一比，……在唱腔上反而可以增强气势。如"响当当一粒铜豌豆"，前面有四垛句，如果是一句一板，唱到"一粒铜豌豆"倾喉一放，必可收余音绕梁之效。今之戏曲中，如京剧《徐勣跑城》唱"徽调"："耳边厢，又听得，家院来禀。老徐策，站城楼，我的耳又聋，我的眼又花，耳聋眼花，眼花耳聋，观不见，城下儿郎哪一个，儿就跪在城边。尔家住哪省、哪府、并哪县？尔是那个村庄有家门？尔是住外城，还是住内城？你的家中还有几个人？尔的父姓甚？尔的母名甚？尔是排行第几名？尔要说得清、尔要道得明，开了城，放了吊桥来进城。说不清，道不明，要想进城万不能。报上花儿名，报上花儿名！"（原注，据三麻子唱本）这种句调，在戏曲唱腔中名"垛板"。讲究有板有眼，不失尺寸，行腔时不能直呼直令地像在念白。必须声有抑扬，句有顿挫，才能够贯串气势。所谓"垛"，就是要使"垛字""垛句"唱来动听。

再如，他还阐释了唐宋"大乐"以来的"慢、滚、序、引"，在"慢"的部分写道：

今之戏曲，如京剧的"西皮""二黄"，其"正板"或称"慢板"，大抵为"一板三眼"，与昆曲一般板式相同。实则二黄的"正板"应为"原板"，"原板"趋缓而于字上做腔者为"慢板"；"原板"加快以"一板一眼"流水而下，则或名"流水板"。在"西皮"则名"二六板"，"二六板"加快则为"快板"。总而言之，是由一种板式而渐趋变化。以今证古，唐代乐曲到宋代而有所谓"慢"。无论为演奏或填词，也当是一种发展。

凡此种种，又涉及念白、念引子、五音四呼、平仄节奏、"字头、字腹、字尾"等，不一而足。

先父治"中国戏剧史"向来重视戏曲表演。他认为：戏剧"非奏之场上不为功，不比其他文体，仅供案头欣赏便已足"。因此，以场上与案头并重，撰写了不同于其他同行学者的《中国戏剧史》[①]。《戏曲演唱论著辑释》是他重场上表演的代表作之一。

三、《京剧大戏考》与"音配像"

古人云："情动于中而形于言。言之不足，故嗟叹之；嗟叹之不足，故咏歌之；咏歌之不足，不知手之舞之、足之蹈之也。"[②] 这段话众所周知，说明内心萌动的感情是戏曲的动因。在表演形态上，它是一脉相承的"综合艺术"，既可以表现为语言形态，也可以表现为歌唱的声音形态和舞蹈的肢体语言形态。

明代戏曲评论家王骥德在《曲律》中称："世之腔调每三十年一变，自元迄今，不知几经变更矣。"[③] 腔调的变更体现了戏曲剧种随习俗而变化的历史规律。

在戏曲发展史和声腔剧种史上，各朝代不断呈现高潮与高峰。如元曲有关、王、马、白"四大家"（加上郑光祖、乔吉，为"六大家"）；明代南戏有海盐、余姚、弋阳、昆山"四大声腔"（清代称昆、高、梆、黄四大声腔）。尽管厘定的标准各有不同，但都以原生态戏剧为底蕴。

京剧联系着"国语"，民国时期曾号称"国剧"。自晚清成熟以来，业已拓展为老少、男女、文武的不同行当流派，"京派""海派"便呈现了表演艺术各自的高峰。20世纪二三十年代，民众还投票选出了"四大名旦""四大须生"，应时出版了多种版本的"戏考"，汇集唱片唱词的《大戏考》，便是原生态文词的底本，而且以京剧为主流。尽管演唱风格良莠不齐，但是所录制唱片多为当时的佳者。

经过20世纪六七十年代的十年动乱，京剧仅演出不到十个"革命现代戏"，传统题材统统被"一刀切"，不能上演，于是造成了传统京剧的后继乏人，有断档之虞。

为了接上京剧的地气，1980年代拨乱反正，国家广播电视部主抓文艺的刘习良副部长（已故）准备组织青年演员，拍摄一批传统老戏，在全国电视台播放。他认为："前辈京剧演员起码还留下了画像或照片，现在电视越来越走红，可是青年演员只能演现代题材，是个缺陷。起码应该留下一批穿袍、蹬靴、扎靠的影像以传承文化，才能对得起后代。"为此，他准备在全国范围组织一批既能演传统戏、形象又不错的优秀青年演员，摄录若干电视戏曲供全国播

[①] 周贻白：《中国戏剧史》"自序"，中华书局1953年版。
[②] 东汉《毛诗序》，其内涵又可见春秋战国之间的《乐记》。均可见于陈多、叶长海选注之《中国历代剧论选注》，湖南文艺出版社1987年版。
[③] 同上。

放，经费由他筹措。因经费有限，暂定十位，项目为"当代十大青年京剧人"。

1985年我任教于广电部所属的北京广播学院。刘习良副部长召集我和中国戏曲学院院长朱文相（已故）、中国京剧院院长苏移、北京电影制片厂拍过戏曲电影《智取威虎山》《龙江颂》《海港》《杜鹃山》的著名导演谢铁骊（已故）等，是为了征求意见、选择人才及代表性剧目。我们选择了刘长瑜、尚长荣、孟广禄、李光、耿其昌、李维康、李胜素、迟小秋、赵葆秀、叶少兰10人，包括青衣、花旦、老生、花脸、老旦、小生行当，由各电视台拍摄。其间还与中央电视台一起在人民大会堂召开了新闻发布会。

"当代十大青年京剧人"是日后"京剧音配像"工程的前奏。"京剧音配像"工程是李瑞环总理策划并直接指挥的，同样是为了抢救和发扬京剧艺术的国家级文化工程，只是规模更为宏大，内容更为丰富。这个工程主要是古装戏，利用近代以来著名京剧表演艺术家的清晰录音，由其子女或亲传弟子配像表演。自1985年开始试录，1994年批量复制，2007年完成，历时21年，相继有七十余个单位，三万余人参与，共摄录了四百六十余出剧目。目的是能让广大民众留存观赏，还能丰富电视台的京剧节目。至于清晰的录音，主要采用广播电台的唱片录音模板，尤其是《大戏考》。

20世纪三四十年代，唱片发行经历了黄金时期。以上海为中心，有"百代""胜利""大中华""高亭""蓓开""新月""长城"等七八家唱片公司。除了音乐唱片和电影流行歌曲唱片以外，京剧唱段则表现为唱片的民族性主流文化。它以当年的唱片为根基，是唱片音频技术的有效补充。之所以配上当年表演艺术家的子女或亲传弟子的形象表演，是随着视频技术发展而派生的新技术。目的是修旧如旧、形神兼备地再现和还原当年京剧前辈的表演风采，即再现和还原20世纪二十、三十、四十年代京剧高峰时期的演员表演风采。在文化史上，有时候理论往往苍白，原始资料则永远有用，可以据此建立新的理论。这与新编剧目的创新是有所区别的，因此洋洋大观的《京剧大戏考》有它的特殊价值。

经过20世纪六七十年代的十年的"革命样板戏"阶段，在传统京剧复苏、成为"非物质文化遗产"的今天，此次《京剧大戏考》与中国唱片公司合作，依据老唱片模板，改正旧版的文字脱误，与声情并举的CD同步出版，由此可以发挥其与世共存的中华文化价值。

以上是我经历了半个多世纪的《京剧大戏考》的始末及感受，供读者参考。

2020年3月

序二
一部有声京剧史

王安祈

京剧盛行时期，戏考是大众生活必备品。各版戏考的持续频繁出版，反映了当时京剧之流行。

而戏考之出版不是独立行为，它与唱片的灌制，经常相互依存。戏考对内容的挑选，未必由编辑主导，经常和唱片之发行有直接关系。甚至可以说，戏考可分两类：一类是收录舞台演出本，例如民国四年起连续出版四十册的《戏考》（1990年上海书局合订为五册精装出版时改名《戏考大全》）；另一类是唱片的唱词记录，例如创刊于民国十八年（1929）由苏少卿、"梅花馆主"郑子褒先后主编的《大戏考》；第二类未必只有个别唱段，也有全剧，因为唱片也有灌制全剧的。本书即属第二类，为唱片戏考。

舞台演出本和唱片唱词有什么差别？照理说，伶人灌片时本该按照舞台演出的唱腔，只将明场演唱改为静场录制。但唱片每一面时间有限，有些唱段未必能全部容纳于一面之内，伶人灌片时，只好将就时间，删掉几句。像言菊朋的《鱼肠剑》，就没有"日月轮流催晓箭"两句，余叔岩的《摘缨会》删去的更多。所以唱片的唱词未必等同于演出本。而本文之所以特别强调，是想凸显"京剧以唱腔为欣赏焦点"的本质。有些名剧之广为流传，纯粹是因为唱腔，例如《沙桥饯别》公认为余派名剧，余叔岩却终其一生从未登台唱过，它的流传全靠唱片，至今喜爱余派的老生也都跟随唱片学习。就此剧而言，它的唱词被收录进《大戏考》，纯粹是"唱片唱词"的意义，不是演出剧本。

《大戏考》第18版首页的"编辑者言"，便点出了《大戏考》与唱片的关系："为竭诚服务起见，曾以相当代价委托南京、上海、杭州、宁波、重庆、嘉兴等地各大电台日夜播送唱片，欢迎点唱。并报告其唱词在本书之第几页，使读者载听载读，趣味深永。"文中"载听载读"四字，极其生动地勾画了一手翻看《大戏考》、一边听唱片拍板哼唱的日常生活景观，全文更点出"唱片灌制发行、《大戏考》印制出版、广播电台播放、唱机行销售"之间的紧密关系。唱片行高价委托电台日夜播放，欢迎听众电话点播，并在点播时报出《大戏考》之页码，显然唱片的听众正是《大戏考》的读者，《大戏考》与唱片实为一体，而《大戏考》又是以唱机公司为销售地，通过"阅听人"的点播，编辑、出版、传播、营销四者形成连锁互动。

《大戏考》是听戏分辩唱词之必备。没有字幕的年代，听戏如何记唱词，是一件值得考察的事，早在明清传奇书写、昆剧演唱流行时期，就存在这个问题。传奇剧本的出版，除了当作文学读本之外，更有提供曲文唱词的功能，尤其选本和曲谱，刊行的目的更是为了听懂、学唱。昆剧传奇多出自文人之手，以作诗填词的心态字斟句酌完成的剧本，登上舞台时仍常经艺人改动，记得三四十年前我写博士论文时，《善本戏曲丛刊》和《全明传奇》刚出版，我兴奋地花了很大工夫比对传奇的文人原本和各舞台演出本之异同，其乐无穷。昆剧传奇尚且如此，起自民间的京剧，唱词更无准本，同一出戏同一段唱，各家一字一腔之表现各有不同，甚至同一位名伶不同时期的唱也有微调。有时唱词的差异与"文意"无关，纯粹关乎行腔的讲究。老生更是如此，因为旦行崛起之后竞演新戏，各自拥有专属戏码私房戏，老生却不然，谭、余、杨戏码大致相同，同一段唱腔却各有讲究，不同韵味展现不同流派特色，唱词的些微差异正与唱腔息息相关。余叔岩在李适可灌《沙桥饯别》之后新增"涉水登山"四字，以及谭鑫培、王又宸、谭富英《洪羊洞》唱片有"身染重病"与"安然睡定"之异，都是有名的例子。许多戏迷对某唱段早就烂熟于心，却仍在各种《大戏考》间翻查、比较、考索、追寻，目的就在品味这些细节。《大戏考》之多次刊印，以及各种《大戏考》之间的异同，正反映了京剧"演员中心、流派纷呈"的特质。

《大戏考》与《戏考》也反映了不同时代演唱法的不同。这是我们随时遇见的问题。大约十余年前，国家京剧院来台演出后半本《红鬃烈马》，于魁智、李胜素的《武家坡》令人大呼过瘾，但演到《银空山》时我却有一阵子迷惑。我熟知的《银空山》，薛平贵遭高思继打下马来，本是因"龙形"出现而扭转局面。高思继惊觉这才是真命天子，当下跪地高呼万岁，宣誓效忠。

但当晚并没有"真龙现形"，高思继竟是被薛平贵的凛然大义所说服。

散戏回家我立即查阅资料，原来 2000 年中国戏剧出版社出版的戏曲教育系列丛书《王瑶卿先生剧目精选：〈红鬃烈马〉》第 473 页，就是如此。薛平贵先唱：

> 可恨王允君位篡，助纣为虐魏左参。
> 你本是堂堂男儿汉，难道你也助奸谗？

高思继听了之后，暗自思索：

> 听罢言来心暗转，扶保谗臣甚羞惭。
> 王允他把纲常乱，哪有臣谋主江山？

随即决定扶保薛平贵。

这不是我认识的薛平贵、高思继，和整个《红鬃烈马》的民间性格也完全不合。以往演《银空山》，每看到高思继一见"龙形"即跪地倒戈，总觉得非常生动，因为他毫不掩饰内心的权力欲望，而《王瑶卿先生剧目精选：〈红鬃烈马〉》的大义凛然，却不生动、不真实、不合理，若说王允是"臣谋主江山"，那薛平贵自己呢？还勾结外邦谋朝篡位呢！星宿虽属民间信仰，但它挑动的人心欲望却具有鲜明的现代性。记得那一夜我对着这本《戏考》心怀怏怏，担心民间趣味随着"禁迷信"而绝迹消失。满心惆怅之际，随手再翻1996年北京国际文化出版公司出版的《经典京剧剧本全编》第249页，赫然发现传统仍有迹可循，这版清清楚楚写着：

> 【薛平贵、高嗣（思）继同起打。薛平贵跌下马。龙形上，舞下。】
> 高嗣（思）继：（西皮散板）只见青龙头上翻。
> 　　　　　　　　翻身下了马走战，（高嗣（思）继下马，跪。）
> 　　　　　　　　三呼万岁饶恕咱。

这才是我所熟知的传统老戏《银空山》，《戏考》的趣味与价值就在这里，不只供一次性查阅，更留下了各时代不同演法的各样面貌。

另一例是《四郎探母》。我幼年听管绍华唱片，"见弟"一场六郎出场有一大段唱，唱词提到宗保遇仙人赠兵书：

> 我命那宗保去巡营，中途路上遇仙人。
> 赐他兵书三卷整，才知番邦阵有名。
> 天门阵一百单八阵，阵阵皆有我杨姓的人。
> 红沙阵内孟佩仓，黑沙涧内焦克明。
> 童子阵、杨宗保，女儿阵内穆桂英。
> 青龙阵、宋天子，白虎阵内有本帅的名。
> 将身儿且坐宝帐等，候五哥下山来好破天门。

这种唱法我幼年还曾在现场看过多次，台湾各剧团的二路老生如张慧鸣、王质彬、马荣祥、杨传英等都曾演唱，不过后来多已删去。这段删去的理由很明显，因为整个《四郎探母》都以人间亲情伦常为主，星宿布阵与忠孝家国并无交相渗透处，但我总是念旧，一拿到《大戏考》就想翻查"童子阵、女儿阵"，在管绍华、王玉蓉名下找到时非常兴奋，《大戏考》与唱片原是一体啊。可惜仅此一见，无论是光绪六年（1880）《梨园集成》、民初《戏考》《四郎探母全集》抑或后来的各本《戏考》里，好像都没有这段，顶多只到"中途路上遇仙人"，有的还把仙人改为"贤人"，显然是因没唱后半部分，仙人失了着落，干脆改为贤人。

翻阅《大戏考》与《戏考》的乐趣就在这里。生长在台湾的我，从小就喜欢走进重庆南路书店拿起《大戏考》或《戏考》翻翻弄弄，这是繁忙课业里的乐趣，但极为孤寂，无人分享。我常想，京剧大概到我这代就没有新观众了吧（还好有个同好此道的好学生李元皓）。没想到两岸交流、尤其网络互通之后，外子在网上结识了姜骏、南昊、尚远等年轻人，他们晚生我二三十年却都有一颗老灵魂，对传统京剧如数家珍，本书作者何毅，更以"合意"为名，设立"中国京剧老唱片"网站，费心搜罗老唱片，分类整理，建立重要数据库，成为京剧研究根本。起自民间的京剧，结构未必谨严，唱词又常俚俗不文，重点当在唱、念、做、打等表演艺术，尤其是唱，而现在的学者却常从剧本唱词的角度轻视贬斥整个京剧剧种。何毅以架设网站的具体行动，见证京剧的欣赏和研究都应回归演唱核心，贡献极大。他负责的这本《大戏考》，以中国唱片总公司库存老唱片模板录音为依据，数据非常丰富。何毅系统梳理晚清、民国唱片，除了主唱者姓名之外，还详考配角、琴师、唱片公司，行家出手，对京剧的贡献直指核心。更重要的是能与上海中国唱片总公司配套光盘同步出版，俨然一部"有声京剧史"。写这篇序，我心存感恩，满怀期望。

2019 年 11 月

序三
《大戏考》考

何 毅

中国戏曲源远流长，可以追溯到一千多年以前的唐朝"参军戏"，到宋、元开始形成杂剧，以文字记录戏曲演出台本唱词的著作不断问世，涌现出关汉卿、郑光祖、马致远、白朴等著名剧作家，开创了元杂剧时代。这一历史性的变革，到明朝逐渐衍变为传奇，将戏曲推向了更为完善的新高度。

清朝中后期，最为流行的戏曲是京剧，并形成了以板腔体为主、曲牌体为辅的崭新艺术形式。京剧第一阶段的辉煌，出现在清朝中后期，即前后"三鼎甲"时代，代表人物有程长庚、余三胜、张二奎、孙菊仙、汪桂芬、谭鑫培等人。

第二阶段即民国初年到抗日战争之前，以梅兰芳、尚小云、程砚秋、荀慧生四人为代表的"四大名旦"时代。这一阶段的京剧，不但艺术上超越了之前的"三鼎甲"时代，还将旦行提到了与生行并驾齐驱的高度。与此同时，出现了前后"四大须生"：余叔岩、言菊朋、高庆奎、马连良、谭富英、杨宝森、奚啸伯；南方"四大名旦"：赵君玉、小杨月楼、刘筱衡、黄玉麟，"四大坤旦"：胡碧兰、孟丽君、雪艳琴、章遏云；"四小名旦"：李世芳、毛世来、宋德珠、张君秋等一大批优秀的京剧表演艺术家。

这两个时期，京剧艺术不但在舞台上争奇斗艳，留下的相关文献种类也达到了前所未有的数量，其中最能展现京剧艺术原貌的，当属剧本与音像制品等出版物。1920年代末，许多书局、出版社开始成批量、分批次的出版了一系列戏曲书籍，即与剧本相关的《戏考》、与唱片唱词相关的《大戏考》。

一、《戏考》与《大戏考》

"戏考"分为两种，一种即《戏考》，以记录京剧剧本为主，中华人民共和国成立后出版的《京剧汇编》《京剧丛刊》都是与《戏考》类似的出版物。第二种即《大戏考》，以记录戏曲、歌曲唱词为主，附带记有唱片名目、出版公司、唱片片号、演唱者、合作者等，且每版《大戏考》前均附有剧照多幅。中华人民共和国成立后，中国唱片厂亦有两版《大戏考》，发行量及影响均不及此前广泛。

（一）《戏考》

《戏考》是继李世忠所编《梨园集成》（1880年出版）之后最大规模的戏曲剧本集。民国二年（1913），由上海中华图书馆开始陆续出版，民国十四年（1925）出齐，共四十册，另附目录一册。其中收录单出京剧（包括部分昆曲、梆子）剧本五百多出，多为传统剧目，也收录了部分当时上海新编的连台本戏剧目如《宏碧缘》《狸猫换太子》《戏迷传》《三门街》《风波亭》等。每一册扉页上题"顾曲指南戏考某册"，所收录"须生、花衫、大面、老旦、小生、丑脚等各种戏剧无不俱备"，每出剧目均以舞台实际演出本为准。

《戏考》的每出戏前均撰有剧情提要、考证和评论，每册书前均附名伶便装照或剧照，并配以文字说明，以方便观众了解剧情及有关内容。因其内容详备故编成后甚受京剧界人士及观众欢迎，于民国二十二年（1933）又对该书进行重排再版，其中删掉了部分剧目，但仍不失为一部集大成之作。

《戏考》的问世，影响了此后的其他各种京剧戏考、剧本，很多出版物都是仿照此书体例或汲取此书资料。中华人民共和国成立后，北京出版的《京剧汇编》《京剧丛刊》，上海出版的《传统剧目汇编》，台湾出版的《国剧大成》也受到《戏考》很大的影响。

（二）《大戏考》

《大戏考》于民国十八年（1929）十一月由上海先声出版社出版，至1947年共发行19版。其间因上海沦陷，一度停版，抗日战争胜利后继续恢复出版。

初版《大戏考》名为《唱片剧词汇编》，分为上下两册，是1929年，由高亭唱片公司经理徐小麟委托当时著名的剧评家苏少卿所编。书中汇集了当时国内各大唱片公司出品的戏曲、曲艺、歌曲的唱词，共有三百多种。该书上册为京剧部分，分类上除了分为生、旦、净、丑四部，还在生、旦两部的后面各附有"票界名宿"（即票友）的部分。下册为昆曲、曲艺等其他部分。以后每年均以该书名继续出版，续订的每版，内容上均有所扩充与删减。

民国二十三年（1934）六月，《唱片剧词汇编》第7版正式更名为《大戏考》。原因是苏少卿辞去主编职务，又由高亭公司经理徐小麟出面，商请当时的另一位著名评论家"梅花馆主"郑子褒代为编辑，并将书名由《唱片剧词汇编》改为《大戏考》。书中依旧收录京剧、昆曲、地方戏曲、平津杂曲及歌曲的唱片唱词，收录唱片数量最多时达六百余种，其中京剧部分篇幅最多，分类依照《唱片剧词汇编》中生、旦、净、丑以及武生、小生、老旦等行当，但去除了票友一栏，将票友依行当归类，只在其名后加"君""女士"等字样以示与专业演员的区别。随后不到两年的时间，又陆续出版了五版《大戏考》。

民国二十五年（1936）十月，第13版《大戏考》，开始增加《大戏考索引》一册，主要内容为京剧名伶小传（涉及演员63人）、检戏表（北平戏剧517种）、京剧剧情说明（收录293出剧目），每项均按笔画顺序排列，其中很多演员小传均由郑子褒亲自撰写，记录了很多其与演员交往的珍贵写照。

民国二十八年（1939），第14版《大戏考》在经过了三年停刊后复刊。

民国二十九年（1940）十月，第15版《大戏考》发行后又停刊。

民国三十五年（1946）六月，第16版《大戏考》。因抗日战争胜利复刊，但由于通货膨胀，尽可能压缩成本，对于内容进行了精简。同年十月，又发行了第17版。

民国三十六年（1947）十月，第18版《大戏考》，加印出版有正编与索引合订本，首页标名"革新号"。这一版影响最为深远，发行量也较之前增加许多。书中收录京剧专业演员和票友约160余人，涵盖唱片唱词达上千段。同年又发行了第19版也是合订本，影响不大，风格也与之前无异。

从此，《大戏考》的内容在唱词、图片、唱腔等各方面更为全面的贴近舞台实际演出，中华人民共和国成立后，由中国唱片厂也陆续出过两版《大戏考》，其内容还是以唱片出版的内容为主，并配以唱片片号、演唱者等内容。即：1958年7月《中国唱片大戏考》；1981年7月《新编大戏考》。

综上所述，我们可以看出《戏考》与《大戏考》在本质上是完全不同的。可体现在以下三点：

1. 唱段与剧本的区别。从《戏考》与《大戏考》所收录的内容中，我们不难看出，《戏考》是一出戏的完整收录，而《大戏考》则以唱段为主，大部分是某出戏中的精彩唱段。

2. 实际演出与文本的区别。《戏考》收录的是演员收藏的剧本，而这些剧本可能与其真实演出不尽相同，演员需根据演出需要，结合自己的师承与理解，将剧本进行改编整理再上演，而这些改动不一定能完全体现在《戏考》当中。《大戏考》中收录的唱片唱段，是某一名家真正演出过并灌过唱片的，几乎与该演员的舞台实况没有太大出入，且有流派的分别，比如《上天台》一剧的唱段，时慧宝的唱片是"江阳"辙到底，而杨宝森所唱是"人辰"辙到底。从唱片唱词中，可以看出某位演员所遵循的流派与戏路之异同。

3. 单一与综合的区别。《戏考》仅收录京剧和少量昆曲、梆子剧本，且没有曲谱，因此内容上也较为单一。而《大戏考》除收录京剧唱段外，还有全国各地方剧种、南北方曲艺和歌曲，其种类包罗万象，尤其在歌曲兴起时期，在全书的后半部分还增添歌曲简谱。

二、《大戏考》的"考"

《大戏考》内容所包含唱片片芯所登载的及其唱片中灌制的内容,一般包括片芯上标注的公司、演唱(奏)者、片号、伴奏者以及唱词、曲谱等。但早期的《大戏考》并不刊登灌制年代与配演人员等唱片上未标注的信息,而这些内容的缺失,直接影响了后世对于演唱者在各个时期艺术成就的研究。

因此,留给新一代《大戏考》的任务便是对这些未标注信息的考证,这些问题对于研究演唱者的风格及其对于同一唱段或某一字音的处理,都大有帮助,在历经了近百年的《大戏考》编撰中,也应将这些问题列入"考"的范畴,以正视听。

(一)唱片公司与年代的考证

唱片公司与年代的判断问题,是唱片研究、收藏者的永恒话题。从20世纪伊始,就有许多唱片公司在中国开展唱片业务,知名者有百代、高亭、蓓开、胜利、长城、开明、大中华等,其发行不只是遍布中国大陆,甚至外销东南亚等华语地区。

这些公司的相关信息,在唱片片芯与唱片报名上均有明确标识,但有些唱片却是翻版其他公司的产品,如百代公司曾翻录梅兰芳1924年在日本飞鹰(日蓄)公司灌制的唱片;胜利公司在1935年曾大量翻制其前身物克多公司的唱片;大中华公司翻录过得胜公司唱片,还有许多小公司翻录一些知名唱片公司的唱片。这些翻录的唱片,都会造成听众与研究者对于唱片内容本身的误判。

再如由于唱片公司对于灌制年代并不重视,因此以前普遍认为余叔岩的百代灌片时间为1921年,而真正灌片时间为1925年,误差四年之多。还有余氏的《李陵碑》"金乌坠玉兔升"一段,先后在BEKA公司与高亭公司分别灌制。BEKA是其幼年倒仓前所录,高亭唱片是其拜谭鑫培之后的盛年之作。前后两版差异极大,不但在辙口上有区别,唱法上,也有很大差别。

最有代表性的问题是王又宸的《连营寨》,先后灌制过四次:第一次是1915年物克多公司灌制的《哭灵牌》两面,收录了【西皮导板、原板】与【反西皮二六】的第一段(即"哭二弟");第二次在1921年百代公司灌制《连营寨》两面,同样录制了【西皮导板、原板】与【反西皮二六】的第一段;第三次在1929年高亭公司灌制《连营寨》三面,包括【西皮导板、原板】与【反西皮二六】的两段(即"哭二弟""哭三弟");第四次是1930年7月胜利公司为补充其前身物克多公司收录的《哭灵牌》两段,又收录了后面的"哭三弟"一段【反西皮二六】。这前后四版的录音,记录了王又宸对其岳父谭(鑫培)派艺术的继承与发展的过程。

还有马连良《甘露寺》一剧，前后灌过四版，即 1924 年物克多、1929 年蓓开、1931 年高亭、1938 年国乐各一版。这四版中，只有 1931 年高亭版所灌制的为"相亲"一场的念白，其他三版均有"劝千岁杀字休出口"一段。从这几版唱片中，可以听出马连良在各个时期的艺术发展脉络。

由此可见，许多演员在不同时期、不同公司灌制的唱片，所反映出各个时期的演唱水平及艺术理念也有很大的不同。因此，唱片公司与年代问题是我们需要溯本清源的重要部分。只有对演唱者最初灌制唱片的公司进行考证，才能判定其某一时期的艺术高度与唱片本身的艺术价值。

值得庆幸的是百代公司的很多唱片都有原始灌音记录，其唱片准确灌制时间记录都很清晰。而其他公司的唱片断代就没有这么幸运了，需要从报刊或其他人的口述资料中进行挖掘，当然，仅通过旁证不可能十分精准，只能尽量做到与实际灌制时间接近。

（二）唱片版本的考证

除了对于唱片公司与年代等信息的确认，唱片的版本也能够有助于研究、欣赏者更为深入地分析演唱者、场面（乐队）人员等诸多细节。这个版本是指同一公司、同一唱段、同一片号，由于初版或再版的容量问题，以及唱片公司对于某一唱片再版时所选用的备版等讨论。

1. 容量差异

很多畅销唱片都会进行再版，但再版过程中不可避免的技术问题，导致与初版不同。如梅兰芳、马连良、王泊生 1931 年的百代初版，均为 12 寸大唱片，其容量也较一般 10 寸唱片多出一分钟左右的时长，即每张唱片从 3 分钟左右扩充至约 4 分钟。但在其后的再版唱片中，由于技术与唱片尺寸的问题，一律再版为 10 寸唱片，于是初版的 12 寸唱片内容就无法全部复制，因此就要对内容进行删减。如马连良在百代公司灌制的《南阳关》，从 12 寸唱片缩减到 10 寸后，竟然去掉了一整段【西皮流水】唱段。

同样的情况也出现在胜利公司翻录其前身物克多公司的唱片情况上，如谭小培代替其父谭鑫培灌制的《黄金台》一剧，在"盘关"一张中，10 寸唱片将其中王长林的丑角【数板】部分完全去掉，只保留了老生部分的唱段。

其他如物克多公司灌制的孙菊仙、孟普斋、金秀山、恩晓峰等人的再版唱片，也均有此情况。这类由于唱片公司的技术与唱片容量，导致与初版内容不同的问题只能作为唱片的再版，而不能作为另一版来处理。

2. 备版差异

同一唱片在每次灌制时，大多会灌制两次。有些是在唱片进行再版时，发现其初版的两次灌制有所不同。目前发现老生行当同一版本两次灌制都存世的，有如下几张唱片：

唱 段	年代及公司	演 员	差 异
朱砂红痣	1905年物克多	孙菊仙	10寸、12寸各一版
杜十娘	1908年物克多	孙菊仙、小子和	10寸、12寸各一版
捉放曹·宿店	1913年百代	谭鑫培	头段：念白、唱腔
汾河湾	1921年百代	高庆奎	二段：唱词
审潘洪	1929年蓓开	言菊朋	念白
投军别窑	1929年蓓开	周信芳、潘雪艳	头段：念白
四郎探母	1931年大中华	杨宝森、赵桐珊	头段：唱词
武家坡	1937年百代	马连良、王玉蓉	十二段：念白
伐东吴	1938年国乐	余叔岩	唱腔
断密涧	1942年胜利	金少山、陈少霖	唱腔、念白

除以上所列之外，据文献与口述的记载与流传，还有一些备用版唱片与出版唱片并存于世。如谭鑫培百代的《托兆碰碑》第二段，其中一版唱到"我的大郎儿"结束，再如余叔岩国乐的《沙桥饯别》第二段"藏经箱"亦有两版不同的唱法等，相信随着时间的推移，很多资料还将陆续问世。

（三）其他人员的考证

我们所听到的任何一位艺术家的唱片，都离不开配演与乐队人员的协助，有些唱片还有报幕人员，也是唱片的重要组成部分。这些参与灌制的人员，对于演员的演唱有着至关重要的影响，理当也在"考"的范围内。

1. 配演人员的考证

早期对于配演的忽视，加之唱片片芯的容量有限，因此很多都不写合作者，形成了永久的谜团。如孙菊仙物克多公司的《朱砂红痣》唱片中的傧相，金少山1929年百代公司的《霸王别姬》唱片中的虞姬，其片芯上均未写出演员姓名。

很多演员可以通过对比同期其他唱片，推论出为何人配演。如1928年金少山在胜利公司的《锁五龙》唱片中的配演信息唱片上没有写明，而对比同期金少山、林树森同作的《华容道》唱片，可知《锁五龙》片中所有配演均为林一人担任。1934年金在百代公司的《打龙袍》《打黄盖》中的配演小生唱片上也未标注，可对比同期金少山、陈月梅、王雨田合作的《李七长亭》唱片，可知《打龙袍》《打黄盖》唱片中配演小生为陈月梅。此类情况还有很多，需要大量的唱片进行比对，才能得出正确的判断。

  2. 场面人员的考证

  戏曲中"场面"即现在的伴奏乐队。早期的唱片一般都不标注场面人员，即便是百代公司特意灌制的曲牌如《五马江儿水》《一贯千（官迁）》等唱片上，片芯上也仅标明"七名场面"，并未写出每位乐师的姓名。这种情况到1920年代有所改善，如1924年物克多公司灌制的言菊朋《取帅印》《鱼藏剑》等唱片，特意标注了由"第一琴师陈彦衡"伴奏，1960年代中国唱片再版时，补充了鼓师乔玉泉；1925年高亭公司灌制的陈德霖《孝感天》《彩楼配》等唱片标注了"胡琴名宿孙佐臣"伴奏。尽管如此，其他大部分唱片还是不对场面人员署名的，戏曲中乐师对于演员又有着至关重要的影响，因此，对于场面人员的考证也是《大戏考》的组成部分。

  有些很著名的唱片，是可以通过报刊资料与当事人口述，进行考证。如谭鑫培在百代公司所灌制的两批唱片：第一批是梅雨田京胡、李奎林司鼓；第二批则是谭嘉瑞京胡、何斌奎司鼓，有很多的著作和口述资料可为佐证。再如余叔岩在百代、高亭灌制的两批唱片，外界所知仅为李佩卿京胡、杭子和司鼓，而李佩卿之子李志良曾经询问过杭子和、李善卿当初其父为余叔岩伴奏灌唱片的情况，得到的答复是文场：曹湘石月琴带铙钹、李善卿三弦，武场：罗文田大锣、王振纲小锣。这些当事人的口述，为我们留下了珍贵的历史资料。

  另有一些见诸报刊却值得商榷的信息，如《申报》1930年2月9日《介绍一位六场通透之谭派老生》一文中，记录程君谋在胜利公司所灌唱片琴师为李润卿、鼓师是程砚秋剧团中的张西，但北京并没有名为李润卿、张西的琴师、鼓师，并且这一期唱片为郭仲衡介绍灌制，郭的琴师名为李润峰，而对比其他由李伴奏的唱片，不难发现与程君谋这一期的伴奏为同一人，程砚秋的鼓师名为张来有。两位乐师姓名均与《申报》记载一字之差，这类错误信息的订正，也应体现在《大戏考》的考证中。

三、唱腔板式的标注

  唱腔曲调内容一般不在《大戏考》收录范围之内，但唱腔的调式（即【西皮】【二黄】等）、板式（即【原板】【慢板】等），却始终在书中有所体现。多年来，有几个比较混乱的地方，也应当作统一写法。

  （一）回龙、碰板、顶板

  "回龙"这一叫法属于唱腔范畴，西皮的回龙腔有很多种，如"满江红""九连环""节节高"等，但这些均不属于板式范畴。而在二黄里一般是指导板后面紧跟的第一句上板唱腔。

西皮唱腔内的"回龙"，大多是某一个字在板式和唱腔上均有变化，因此应当单独标注，如《四郎探母》"老娘亲请上受儿拜"的"拜"字，《打金枝》"内侍臣摆驾九龙里"的"里"字等。

在二黄唱腔内的"回龙"是完整一句，其板式名称一般是【碰板】，即【哆啰】后面接"小垫头"起唱，如马连良的《借东风》"设坛台"一句、梅兰芳的《生死恨》"又谁知一旦间"一句等。也有原板起的情况，如【夺头】或【撕边一锣】后面接【原板】"过门"起唱，如孙菊仙的《搜孤救孤》"可怜他为孤儿"一句、余叔岩的《一捧雪》"那一边哭坏了"一句。

也有较为特殊的形式，如李顺亭的《青石山》"到如今我父子"一句就是【帽子头】接过门，这是该剧的特殊用法。再如马连良的《串龙珠》"实可叹好良民"一句，是【撕边一锣】后直接起唱，属于【顶板】。

（二）摇板、散板

无论西皮还是二黄中的【摇板】【散板】唱腔都是自由节奏，只在伴奏上有所区别。一般来讲，【散板】的每一句中间都会有【大锣一击】，而【摇板】中一般没有。但有一种特殊情况，即【撞金钟】接【散板】，一般称为【撞金钟摇板】，因为在这种板式中，鼓师是单楗挎板领奏，因此对于这种类型的板式，还是应该称为【摇板】。

例如《四郎探母》中"老娘亲请上"一句，余叔岩的百代唱片，即上述【撞金钟摇板】的情况，而同样是这一段唱腔，许荫棠的百代唱片即为【导板】，因为鼓师开的是【导板头】，谭小培这一段，鼓师开的是【纽丝】因此只能算是【散板】。这些也应当归于《大戏考》的考证范畴。

（三）慢板、三眼

很多唱段的标注有【慢三眼】【中三眼】【快三眼】，亦有直接标注【三眼】的，但归纳起来，都算作【慢板】的范畴。比如《洪羊洞》的"自那日朝罢归"一段，现在的伴奏都稍微快一些，但我们听谭鑫培在百代公司灌制的这一段，其速度就是一般的【慢板】，并没有很快。因此这类【三眼】唱段，应统称为【慢板】。

这里也有特殊情况，如余叔岩在高亭公司灌制的《李陵碑》中"七郎儿回雁门"一段，只能以【快三眼】标注，因为这个"过门"是【二黄原板】的变格体，但在谭小培的《托兆碰碑》中，这一段却是【原板】，因为整段都是【二黄原板】"过门"。

同样的问题还有谭鑫培百代唱片《桑园寄子》中"曾记得弟在世"一段，亦只可用【快三眼】标注，既不能用【原板】也不能用【慢板】来框定它。

四、尾声

《大戏考》除了要对唱片唱词进行考证外,还囊括年代、公司、版本、演员、乐师、板腔等诸多相关信息,对于研究京剧的演变、流派的发展,都起着至关重要的作用。因此,对于唱片片芯所记录的内容,也要尽可能地保留与还原。

其中涉及一些当时剧目名称的通用写法,如《乌盆计》《朱砂红痣》等剧目名称,如今戏曲文字中均作《乌盆记》《朱砂痣》,两种写法都解释得通,但从唱片版本角度出发,《大戏考》均采用原唱片标识名称。再如《洪羊洞》《打渔杀家》等剧,有唱片写作《洪洋洞》《打鱼杀家》,书中仅在剧目名称后面以括号形式标出正确写法,尽量保留唱片本来信息。

另,很多演员曾经几易其名,如孟小茹后改作孟小如、李宝奎后改作李宝櫆、沈鬘华后改作沈曼华等,书中均以唱片片芯标注为准,不另作更改。

除此之外,唱片其他方面还有很多未解之谜待考,因此,我们不单要重新重视《大戏考》,还应当将其发展下去。随着时间的推移,仅是京剧老唱片就有许多未知领域等待我们去探索,而对于曲艺和其他地方剧种,其内在含义就更加深远,《大戏考》是关系到戏曲的发展与演变的一项任重道远的工作。

2019 年 12 月

Research on *The Great Opera Librettos Research*

王希宝 译

Chinese operas culture has a long history, which can be traced back to the Tang Dynasty more than a thousand years ago after the Song and Yuan dynasties, miscellaneous dramas gradually were formed . Famous works in which the lyrics of opera performances were recorded by means of writing were constantly appearing .Guan Hanqing, Zheng Guangzu, Ma Zhiyuan, (and) Bai Pu and other famous playwrights also appeared and pioneered the era of Yuan poetic drama. This historic change in Ming Dynasty gradually became a legend, taking operas to a new height of perfection.

The most popular in the middle and late Qing Dynasty was Peking opera, which gradually formed a new art with a plate singing as the main body and a Qu Pai style as the supplement. The glory of the first stage of Peking Opera appeared in the middle and late Qing Dynasty, in which was so-called "Sanding Jia" era, the main representatives were Cheng Changgeng, Yu Sansheng, Zhang Erkui, Sun Juxian, Wang Guifen, Tan Xinpei and so on.

The second stage was from the early years of the Republic of China to Anti-Japanese War, the era of "Four Famous Female Roles by Men" represented by Mei Lanfang, Shang Xiaoyun, Cheng Yanqiu and Xun Huisheng. The Peking Opera at this stage not only surpassed the previous "Sanding Jia" era in art, but also raised female role's height to keep pace with male role. At the same time, there were "Four Famous Elderly Male Roles " before and after: Yu Shuyan, Yan Jupeng, Gao Qingkui, Ma Lianliang, Tan Fuying, Yang Baosen, Xi Xiaobo; The "Four Famous Female Roles by Men" in the South: Zhao Junyu, Xiao Yang Yuelou, Liu Xiaoheng, Huang Yulin; "Four Great Kundans": Hu Bilan, Meng Lijun, Xue Yanqin, Zhang Yeyun; "Four Little Dans": Li Shifang, Mao Shilai, Song Dezhu, Zhang Junqiu and a large number of outstanding Peking Opera performing artists.

During the two periods, the art of Peking Opera not only competed on the stage, but also left an unprecedented amount of relevant literature. Among them, the best display of the original appearance of Peking opera was the publication of scripts and audiovisual products. At the end of the 1920s, many bookstores and publishing houses began to publish a series of opera books such as, ***Opera Scripts Research*** related to scripts and ***The Great Opera Librettos Research*** related to the librettos of record singing.

Part I. *Opera Scripts Research* and *The Great Opera Librettos Research*

There are two types of opera research, and one is called *Opera Scripts Research*, which is mainly to record Peking opera scripts. *The Peking opera compilation* and *Peking opera series* published after the founding of the people's republic of China are both publications similar to *Opera Scripts Research*, the other is *The Great Opera Librettos Research*, which mainly recorded the librettos of opera and song lyrics and was recorded with record title, publishing company, singer and his collaborators, etc. And there are multiple stills in front of each version of *The Great Opera Librettos Research*. After liberation, the Chinese record company also published two editions of *The Great Opera Librettos Research*, which have less circulation and influence than its predecessor.

I. *Opera Scripts Research*

Opera Scripts Research was the largest opera script collection after Li Shizhong's *The Operatic Circle Integration* (Published in 1880). In the second year of the Republic of China (In 1913), it was published by the Shanghai Chinese Library intermittently until the 14th year of the Republic of China(in 1925), there were forty volumes together, including a table of contents. Among them, there are more than 500 Peking Opera scripts (including parts of Kunqu Opera and Bangzi Opera), most of which are traditional plays, at the same time including some of the newly edited drama series in Shanghai at that time, such as *the Kung fu couple (Marriage between Luo Hongxun and Hua Bilian, or Green Peony), Leopard Cat for Prince, Biography of Opera Fans, Three Door Street, (Yue Fei's) At Storm Pavilion a*nd so on. The first page of each volume read Gu Qu's Guide, including a variety of characters or roles such as male with Long Beard, female with colorful clothes and headwear, big face mask, granny, harlequin, etc. and each script was based on acting version on the stage.

Before each play of *Opera Scripts Research*, there was a summary of the plot, textual research and comments. Each book had some photos of male or female stars in casual clothes or stills, and was accompanied by a text description so that the audience can understand the plot and related content. Because of its detailed and complete content, it has been widely welcomed by audience and people in Peking Opera Circle. In the 22nd year of the Republic of China (1933) , the book was rearranged and republished again. Although some plays were deleted, it was still a well-known book.

Opera Scripts Research, influenced all kinds of collections of Peking Opera and plays, and many publications followed it or learned from it afterwards. After liberation, *Peking Opera Collection*, *Peking Opera Series of Books* published in Beijing, *Collections of Traditional Opera Plays* published in Shanghai, and *National Opera Great Achievement* published in Taiwan were all had effect on *Opera Scripts Research*.

II. *The Great Opera Librettos Research*

The Great Opera Librettos Research was published by Shanghai Xiansheng Publishing House in November of the 18th year of the Republic of China(in 1929). Until 1947, 19 editions had been released. However, publishing was suspended for a time, for Shanghai fell into an enemy-occupied area, and continued to be published until the victory of the Anti-Japanese War.

In 1929, the first edition of the book, called *Librettos of Opera on Records Collection*, was compiled by Su Shaoqing, who was famous for critic, via Xu Xiaolin, the manager of ODEON Records Company. In the book, there were more than 300 kinds of librettos of operas, Chinese folk art forms, and song lyrics produced by major domestic record companies at that time. The first volume of the book was part of Peking Opera, including four roles of Sheng, Dan, Jing, and Chou, in addition to the two parts of Sheng, Dan, the book was also followed by a section called "Famous Fanciers". The second volume was contained other parts such as Kunqu Opera and Chinese folk art forms. Later, it would continue to be published under the same title of the book, and the content of each renewed edition had been expanded and deleted.

In the June of the 23rd year of the Republic of China (1934), the 7th edition of *the Librettos of Opera on Records Collection*, was officially changed its name to *The Great Opera Librettos Research*. The reason was that Su Shaoqing resigned as the editor-in-chief, and Xu Xiaolin invited another famous critic "Wintersweet Pavilion Master" Zheng Zixuan to edit it at the time. The book still contained records of Peking opera, Kunqu opera, local opera, Pingjin miscellaneous songs and songs, and the number of recorded albums was up to 600 or so. Among them, the part of Peking opera was the core of the most content, and the classification was based on the roles of Sheng, Dan, Jing, Chou, Wusheng, Xiaosheng, Lao Dan, etc. However, the column of fanciers had been removed, and they had been categorized by line again. Only the words "Mr." and "Ms" were added after their names to show the differences between professional actors or actresses and non-professional ones. In less than two years, five editions of *The Great Opera Librettos Research* were successively published.

In the October of the 25th year of the Republic of China (1936), starting from the 13th edition of *The Great Opera Librettos Research*, a volume of *The Great Opera Librettos Research Indexes* was added. The main content consisted of a short biography of famous Peking opera masters (63 actors or actresses involved), checklists (517 types of Peking dramas), and descriptions of Peking Opera plots (including 293 repertoires). Each item was arranged in stroke order, and many of the actors' or actresses biographies were written by Zheng Zizhen himself, recording many precious portraits of his interactions with them.

In the twenty-eighth year of the Republic of China (1939), the 14th edition of *The Great Opera Librettos Research* was reissued after three years of suspension.

In the October of the 19th year of the Republic of China (1940), the publication of the 15th edition of *The Great Opera Librettos Research* was suspended again.

In the June of the thirty-5th year of the Republic of China (1946), the 16th edition of *The Great Opera Librettos Research* resumed publication due to the victory of the Anti-Japanese War. However, the cost was reduced as much as possible, due to inflation, and the content had to be streamlined. In October of the same year, the 17th edition was released.

In the October of thirty-6th year of the Republic of China (1947), the 18th edition of *The Great Opera Librettos Research* was printed and published with a revised edition and an indexed volume. The homepage name was marked with "Innovation". This edition had the most far-reaching impact on people, its circulation being increased a lot. The book contained about 160 Peking Opera actors/actresses and fanciers, including thousands of lyrics. In the same year, the 19th edition was also released as a bound volume, but the impact was small and the style was the same as before.

From then on, the content of *The Great Opera Librettos Research* was more comprehensive in terms of lyrics, pictures, arias and other aspects of the actual performance on the stage. After liberation, two editions of *The Great Opera Librettos Research* was published successively by Chinese Record Company, in which its content was the main structure, published by the record content, accompanied by the record number, singers and others, namely, *The Chinese Records, Great Opera Librettos Research* in July 1958; *The New Great Opera Librettos Research* in July 1981.

To sum up, we can see that *Opera Scripts Research* and *The Great Opera Librettos Research* are completely different in essence, reflecting in the following three points:

1. The difference between the aria and the script. From the contents of *Opera Scripts Research* and *The Great Opera Librettos Research*, it is easy to see that Opera Scripts Research is a complete collection of a whole drama while *The Great Opera Librettos Research* is mainly based on famous aria.

2. The difference between actual performance and text. *Opera Scripts Research* contained scripts collected by actors or actresses, and these scripts may be different from their actual performances because actors or actresses needed recomposing the scripts according to performance and combining their own comprehension and succession of teaching from a master, they always adapted the scripts and then put them on . But these changes may not be fully reflected in the book. The recording snippets were included in *The Great Opera Librettos Research*, in which the recorded clips were all sung by real artists and made into records. The playback effect of the records was not much different from the actual singing on the stage and there were differences in genres. For example, in the pieces of the drama Going to the Roof, Shi Huibao's record was "Jiang Yang" rhyme, and Yang Baosen's was "Renchen" rhyme. From the lyrics of the records, we can see the similarities and differences between the genre and the way of acting of an actor or an actress.

3. The difference between single and integrated. *Opera Scripts Research* only included Peking

Opera and a small number of Kunqu and Bangzi scripts, and there was no music score of Chinese operas. Therefore, the content was relatively single. Besides the Beijing Opera clips, *The Great Opera Librettos Research* also included various local operas, north-south folk arts and songs throughout the country, it was a variety of all-encompassing version, especially in the rise of the song, and in the latter part of the book also added musical notation.

Part II "Research" on *The Great Opera Librettos Research*

The content of the *The Great Opera Librettos Research* contained the content recorded in the record core and the content recorded in the record, generally including the company marked on the record core, the singer (player), the record number, the accompaniment, and the lyrics, music scores, etc. However, the early *The Great Opera Librettos Research* did not contain some information on records such as the date of production and the supporting staff, and the lack of these contents affected subsequent studies of singers' artistic achievements in various periods directly.

Therefore, the task for the new generation of researchers is to verify these unlabeled information about *The Great Opera Librettos Research*. These questions are very helpful for studying the singers' styles and how to deal with the same piece or a certain character. In the compilation of *The Great Opera Librettos Research* after nearly a century, these issues should also be included in the category of research in order to see squarely.

I. Research on Record Company and Time

The question of the record company and age is an eternal topic for record research and collectors. Since the beginning of the 20th century, many record companies have started recording business in China, which were well-known ones including EMI, ODEON, BEKA, Victory, Great Wall, Enlightened, Great China, etc, whose distribution was not only spread throughout mainland China, but also even exported to Southeast Asian and other Chinese languages areas.

The relevant information of these companies was clearly marked on the record core and record registration but some records were copies of other companies. For example, EMI transcribed the records produced by Mei Lanfang in 1924 at the Japanese Flying Eagle (Nissan) Company; Victory made a large number of records of its predecessor, Victor, in 1935; RCA had ripping records from Winning Company, and many smaller companies had ripping records from well-known record companies. These ripping records would make listeners and researchers confused to misjudge the contents of the records themselves.

Another example was that record companies didn't pay much attention to the era of production. Therefore, it was in 1925 that Yu Shuyan's first record was recorded in HMV in while it was not in 1921 when people it took for granted that it was recorded in 1921 at that time, with an error of four years. There is also a section of "the sun down and the moon up" from *Liling Tomb* by Yu Shuyan, which was recorded both in Baker and ODEON. In Baker it was recorded before his voice of mutation at his childhood, and in ODEON it was recorded at his prime time after a student of Tan Xinpei. The two editions before and after were very different, not only in the rhymes, but also in the singings.

The most representative issue was Wang Youchen's *Lianying Village*, which had been produced four times: for the first time, the two sides of records, *Mourning the Dead, Guanyu and Zhangfei* was recorded by him in Victor in 1915, including【Xipi Dao Style, Moderate Style, tempo 4/4】and the first piece of songs, which was【Anti-xipi Er Liu, tempo 2/4】(ie, "Mourning Guanyu"); for the 2nd time, two sides of records, *Lianying Village* was recorded again by him in HMV in 1921, including【Xipi Dao Style, Moderate Style, tempo 4/4】and the first piece of songs, which was【Anti-xipi Er Liu, tempo 2/4】; for the 3rd time, the 3 sides of records, *Lianying Village*, were recorded by him in ODEON in 1929, including【Xipi Dao Style, Moderate Style, tempo 4/4】and the two piece of songs, which were "Mourning Guanyu" and" Mourning Zhangfei"【Anti-xipi Er Liu, tempo 2/4】; for the 4th time, he was recorded in Victory in 1930, including "Mourning Zhangfei",【Anti-xipi Er Liu, tempo 2/4】, which were supplements of the two sides of records, *Mourning the Dead, Guanyu and Zhangfei*. The four editions of different records were marked with his inherit and processor as Tan school of Peking opera as a son-in-law of Tan Xinpei at the same time.

There were also 4 editions of *Ganlu Temple* by Ma Lianliang, which were recorded in Victor in 1924, BEKA in 1929, in ODEON in 1931, and in Western Recording in 1938. Among the 4 editions of records, only one edition was monologue in the scene of "Dating" in ODEON in 1931, the others were "Persuading Liubei not to slip the word of killing". We can see the tendency of art development of Ma Lianliang at different stages clearly.

It can be seen that the records recorded by many actors or actresses in different periods and in different companies reflect that the singing level and artistic concept of each period are also very different. Therefore, the issue of record companies and dates is an important part of our need to trace back to the origins. Only by doing research the company where the singer originally produced the record, can we determine the artistic height of the period and the artistic value of the record itself.

Fortunately, many of EMI's records have original recordings, and their exact recording time records are very clear, too. But other companies' records are not so lucky due to the discontinuity. It needs to be excavated from the data of newspapers or other people oral account. Of course, it is impossible to be very accurate only by the side evidence, only to be as close as possible to the actual recording time.

II. Research on Editions of Records

In addition to confirming the information about the record company and the age, the version of the record can also help researchers and appreciators to analyze the singers, scene (band) and other details further. This version refers to the same company, the same piece of singing, the same serial number, due to the capacity of the original or reprint, and the record company's choice of the backup version of a certain record.

1. Capacities Differences

Many best-selling albums would be reprinted, but the technical problems unavoidable during the reprinting process would lead to differences between the record and the original version. For example, Mei Lanfang, Ma Lianliang, and Wang Bosheng's first EMI version in 1931 were all 12-inch large records. Its capacity was about one minute longer than the average 10-inch record, that is to say, each record's capacity was expanded from about 3 minutes to about 4 minutes. However, in subsequent reprints, due to technical and record size issues, the reprints were all 10-inch records. Therefore, the contents of the original 12-inch record cannot be copied in all and some of the content must be deleted. For example, *Nanyang Castle* produced by Ma Lianliang at EMI were reduced from a 12-inch record to 10 inches, and even removed a whole 【Xipi Liushui style 4/4 tempo】aria.

The same thing happened to Victory ripping records of its predecessor, Victor, for example, Tan Xiaopei produced *The Golden Terrace (Tianshan Saved His Master)* in place of his father Tan Xinpei, and in the piece of "Being questioned at castle", the 10-inch record completely removed the part of Wang Changlin's monologue 【harlequin's counting board】, only leaving the vocal part of Tianshan.

So it was the thing with other reprints of Sun Juxian, Meng Puzhai, Jin Xiushan, En Xiaofeng and others recorded in Victor. On account of the record company's technology and record capacity, this kind of problem that is different from the original version of the content, which can only be treated as a reissue of the record, not as another version.

2. Collections Differences

Each time the same record was recorded, it was mostly recorded twice. In some cases, when the record was reprinted, it was found that the original of two editions were different. At present, it has been found that the same version has been preserved for two times, there were the following records:

Pieces of songs	Time and Records Corporation	Actors/Actresses	Differences
Cinnabar Mole	In Victor, 1905	Sun Juxian	The size of 10 inches, the size of 12 inches
Du Shiniang	In Victor, 1908	Sun Juxian, Xiao Hezi	The size of 10 inches, the size of 12 inches
Catching and Releasing Caocao. In Hotel	In HMV, 1913	Tan Xinpei	The first piece: Monologue, singing /Aria
By the Stream of Fen River	InHMV, 1921	Gao Qingkui	Two pieces of songs: libretto

(Continue)

Pieces of songs	Time and Records Corporation	Actors/Actresses	Differences
Questioning on Pan Hong	In BEKA, 1929	Yan Jupeng	Monologue
Xue Pinggui left the Cave Dwelling	In BEKA, 1929	Zhou Xinfang, Pan Xuyan	The first piece of songs: dialogue
Silang Visited His Mother	In Great China Company, 1931	Yang Baosen, Zhao Tongshan	The first piece of songs: libretto
Wujia Slope	In EMI, 1937	Ma Lianliang, Wang Yurong	12 pieces: dialogues
Shot on Huang Zhong With An Arrow	In Western Recording, 1938	Yu Shuyan	Singing /Aria
At Duanmi Mountain Creeks/ Both Surrender and Fight Against Tang Dynasty	In RCA,1942	Jin Shaoshan, Chen Shaolin	Singing /Aria, dialogue

In addition to the above, there were some spare versions and published records coexisting in the world according to the literature, oral records and spread, such as Tan Xinpei's *Liling Tomb*, the second piece, one of which was sung to the end of "My the first son,"(in HMV) and Yu Shuyan *Guole's Farewell at Sand Bridge*, the second piece "Buddhist scriptures box",(in Western Recording) which also had two different versions of singing, etc. I believe that many materials will come out one after another with the time gone.

III. Research on Other Staff

The records of any artist we've heard are inseparable from the support of the assistant actors/ actresses and band personnel, some of which also have announcers and all these belong to an important part of the records. These personnel involved in the cultivation have a vital influence on the actors' or actresses' singing, and it should be within the scope of "research".

1. Research on Secondary Actors/Actresses

In the early days, the neglect of the acting and the limited capacity of the record core, so many did not label the collaborators, as a result of a permanent mystery. For example, Sun Juxian's *Cinnabar Mole* record(in Victor), and Jin Shaoshan's *Farewell My Concubine* album of EMI in 1929, in which the assistant actors and actress' names were not written on the core.

Many assistant actors or actresses can be inferred from who they are by comparing with other records of the same period. For instance, the assistant actors were not specified on the record of *Five Locked Dragons (Five Kings Caught)* by Jin Shaoshan in Victory in 1928. Compared with *Hua Rong Road* record of the same time by Jin Shaoshan and Lin Shusen, we can see that the other cast would be performed by Lin Shusen himself. In 1934, Jin Shaoshan's co-starring recordings, *Beating Dragon*

Robe and *Beating Huanggai*, in EMI, were not marked with, too . By comparing it with the record ,*Li Qi taken as a prisoner at Pavilion*, in which was with the cooperation of Jin Shaoshan ,Chen Yuemei and Wang Yutian , in the same period, we can conclude that in the records of *Beating Dragon Robe* and *Beating Huanggai* , the assistant actor was Chen Yuemei. There are still many such cases, and a large number of records need to be compared to get a correct judgment.

2.Research on the Accompaniment Band Personnel

The "scene" in the opera is the current accompaniment band. Early records were not generally marked with band personnel, even on EMI's deliberately produced music labels such as【 Five Horses and Rivers 】and【 One Thousands (Official Move) 】, the record core only was marked with "seven band personnel" and did not label the name of each musician. This situation improved in the 1920s, for example, in 1924, *Catching Seal* and *Sword Concealed in a Fish* by Yan Jupeng in Victor were specially marked with the accompaniment of "the first accompanist, Chen Yanheng". When it was reprinted by the Chinese Record Company in the 1960s, Drummer Qiao Yuquan was added; In 1925, Chen Delin's records of *Heaven Moved (Ghosts Meeting &Haunting)* and *Marriage Tie at A Colorful Platform* produced by ODEON Company was marked with "the famous accompanist, Su Sun Zuochen". Even so, most of the records were not still marked with the accompaniment band personnel. So research on the band personnel still consists of The Great Opera Librettos Research, for accompanists are crucial to actors or actresses.

Some well-known records can be verified through newspaper materials and oral dictation. For example, Tan Xinpei recorded two batches of records at EMI, in which one was Mei Yutian, Jinghu and Li Kuilin, drum, and the other was Tan Jiarui's Jinghu and He Bin Kui's drum. There are many works and oral documents to evidence this. Another example, in the two batches of records by Yu Shuyan in EMI and ODEON, some considered that Jinghu's job was done by Li Peiqing; drum was beat by Hang Zi, but Li Peiqing's son, Li Zhiliang, once asked Hang Zihe and Li Shanqing that their father had accompanied the records for Yu Shuyan. Their answer lied in orchestral band: Cao Xiang Shi, Moon lute + big cymbals; Li Shanqing Sanxian; percussion band: Luo Wentian ,big gong; Wang Zhengang, small gong. Thus, the oral narratives of these people have left us precious historical data.

Some information were still discussed in the press, for example, in the article of *Shen newspaper* on February 9, 1930, "An introducing about a famous Male Role, a gifted musician, who majored in Tan School", it was written that the record by Cheng Junmou in Victory company, Li Runqing as a luthier and Drummer Zhang You in Cheng Yanqiu Opera Troupe, but there were no luthier named Li Runqing and drummer named Zhang You in Beijing at that time, and this Cheng Junmo's record was recorded successfully by Guo Zhongheng's introduction. Guo Zhongheng's accompanist was called Li Runfeng. Compared with other records accompanied by Li, it was easy to find the accompaniment with Cheng Junmou in this period was only one, Li Runfeng. For the same person, Cheng Yanqiu's drummer was named Zhang Laiyou. The names of the two musicians were different from the reports in *Shen newspaper*. The correction of such wrong information should also be reflected in the research of *The Great Opera Librettos Research* .

Part III. The Labeling of Singing Style

Generally speaking, singing melody was not included in *The Great Opera Librettos Research,* but singing mode (such as Xipi ,Erhuang)and style(such as moderate, slow tempo) can be embodied in the book all through. Thus, we'd better correct a few confused ones that existed for years in coherence.

1. Huilong, Peng style, Ding style

"Huilong" belongs to singing, Huilong in Xipi having many kinds, such as "The Blood River","Nine Interlocked Rings", "Step by Step" and so on, but these don't belong to singing style, while Huilong in Erhuang is followed by the first sentence in libretto, Er huang Dao style.

Xipi "Huilong" should be labeled by itself, for most of them changed in some character in form of singing and style, for example , "To dear my elderly mum is got down my knees" in *Silang Visited his Mother*, and "My minister waited on me inside Kowloon" in *Hitting Jinzhi in the Face*.

Erhhuang Huilong is the complete sentence, its style is called 【Peng style】, that is to say, 【Duoluo】+" little bedding", beginning singing, for example, "Holding a ceremony for setting tables" in *With the Aid of Eastern Wind* by Ma Lianliang, "How can I know once" in *Hatred of life and Death* by Mei Lanfang and so on; sometimes from Yuan Style singing, ie, 【Duotou】or【one gong】+, 【Yuan style】+singing, for example, "What a pity! For an orphan." in *Searching an orphan and helping him* by Sun Juxian, "Over there crying" in *A handful of Snow* by Yu Shuyan; on special occasion, for instance, "Up to now my son and I "in *Green Stone Hills* by Li Shunting, 【beginning of capping】+prelude, and another example, "What a pity! Good common people" in *A String of Dragon Beads* by Ma Lianlang,【one gong】+singing, belonged to【Ding Style】.

2. Yao Style , San Style (Free Styles)

The singings of【Yao Style】and【San Style】in Xipi and Erhuang are free rhythm, but they are different only in accompany. Generally speaking, there is【one beat of big gong】in the middle of a sentence in 【San Style】while there is not one gong in 【Yao Style】. Yet, on one specific occasion, 【Striking A Bell】+【San Style】, is called 【Striking A Bell Yao Style】, for drummer hits the drum by hammer, leading an orchestra. So this kind of style should be called【Yao Style】, too.

For example, "Dear my mother, please !" in *Silang Visited his Mother* by Yu Shuyan's record in HMV, is described 【Striking A Bell Yao Style】, while it is in Silang Visited his Mother by Xu Yintang's record in HMV, called【Dao Style】, for the drummer hit the beginning of【Dao Style】, similarly, it is in Silang Visited his Mother by Tan Xiaopei's record in HMV, only to be considered as 【San Style】, for the drummer hit the beginning with 【Niusi】. All these things are catalogued in *The Great Opera Librettos Research* to do some research.

3. Slow Style, Three Vacancies

Many singings labeled【Slow Three Vacancies】,【Moderate Three Vacancies】, and【Swift Three Vacancies】, or simply labeled【Three Vacancies】, can be regarded as【Slow Style】in category. For instance, the speed of being played the piece of song, "on that day I went back from the court" in *Hongyang Holes (Yang Jiye's Bodies in Buried)* is slightly swift, but when we listen to this piece of song by Tan Xinpei in HMV, we find that its speed is slow. So we call them【Slow Style】.

Of course, there existed exceptional case, "My 7th son returned to Yanmen" from *Liling Tomb* by Yu Shuyan in ODEON, was only labeled with 【Erhuang Fast Style, tempo 4/4, rhythm】, for this "music transition for singing" is 【Erhuang Moderate Style 's variation, tempo 4/4 tempo, rhythm】, but it is labeled with 【Erhuang Moderate Style, tempo 4/4 tempo, rhythm】in *Two Wolves Mountains* by Tan Xiaopei indeed, for it is "music transition for singing". So it is with "I remembered you were alive in the world" by Tan Xinpei in *Deng Bodao's Own Son Being Tied To the Mulberry By Himself*. This piece was labeled with【Erhuang Fast Style, tempo 4/4, rhythm】, for it wasn't marked either with 【Erhuang Moderate Style, tempo 4/4 tempo, rhythm】or 【Erhuang Slow Style, tempo 4/4 tempo, rhythm】.

In conclusion, we should do research on time, company, edition, actors/actresses, orchestra, singing styles and so on, besides the librettos of records in *The Great Opera Librettos Research*, where it plays an important role in researching Peking Opera's evolution, Peking Opera schools' development.

In addition to, some puzzles of records are still to go on researching. Thus, we not only pay much more attention to look at *The Great Opera Librettos Research* again, but also continue to do for ever. As you know, we still will go on working at records in some new unknown fields to explore as time goes on. It'll strongly effect on Chinese folk art forms and other local or regional types of opera, and *The Great Opera Librettos Research* matters a lot about Chinese traditional arts' development and evolution, which is a significant job to do with the crucial responsibilities for being taken.

目 录

序一　声情并举的《京剧大戏考》	周华斌 / 01
序二　一部有声京剧史	王安祈 / 07
序三　《大戏考》考	何　毅 / 11
Research on *The Great Opera Librettos Research*	王希宝　译 / 21

·上　册·

男老生

孙菊仙	003	刘鸿声	041
周春奎	010	王雨田	046
李顺亭	011	贵俊卿	048
谭鑫培	013	时慧宝	050
三麻子	020	王又宸	059
王玉芳	023	谭小培	068
许荫棠	025	孟小茹	084
双　处	027	王凤卿	086
汪笑侬	031	小达子（李桂春）	091
谢宝云	035	张桂芬	100
刘培山	036	郭仲衡	101
吕月樵	037	高庆奎	109
白文奎	039	余叔岩	120
张毓庭	040	言菊朋	131
		小寿仙	163
		雷喜福	164

麒麟童（周信芳）……167	张如庭……217
罗小宝（罗筱宝）……181	安舒元……220
林树森……185	张国斌……222
贯大元……204	管绍华……224
杨宝忠……213	

· 下 册 ·

马连良……245	女老生
王泊生……302	
高百岁……306	小兰英……433
陈鹤峰……310	恩晓峰……436
谭富英……312	陈善甫……440
刘天红……347	小月红……442
常立恒……349	露兰春……448
杨宝森……352	徐淑贤……458
陈大濩……365	周菊娥……461
奚啸伯……369	筱爱茹……463
陈少霖……374	张少泉……466
王少楼……380	金小楼……468
李盛藻……402	孟小冬……471
迟世恭……405	马艳秋……476
李少春……411	于红艳……478
王和霖……414	严琦兰……480
王世续……415	秦美云……482
赵金年……417	丽　华……484
厉慧良……420	徐东明……487
关正明……425	蒋叔岩……488
杜元田……428	曹蕙芬……490

| 张文涓 | 491 |
| 厉慧兰 | 496 |

票 友

张　处	501
邓远芳	502
孟普斋	503
陈彦衡君	505
卓卣斋	506
王仲钧	507
罗亮生君	509
苏少卿君	510
李止庵	514
朱耐根君	516
程君谋君	518

刘叔度君	521
沈一震	524
许良臣君	526
李顽石君	529
夏山楼主	530
薛良君	538
李白水	539
王雨田	543
王竹生	545
张紫宸	548
洪天韵君	549
陈彬夫	551
叶元章	552
筱莱女士	553
朱文玉女士	554

男老生

老生，主要扮演中年或老年的男性角色，其人物性格具有成年男子稳重成熟、严肃端正的特征，由于老生角色在装扮上大都戴"髯口"，因此又称须生。老生在唱念中，主要用真实嗓音即"本嗓"或"大嗓"，音色以醇厚、苍劲、宽亮为最佳。京剧形成初期的前后"三鼎甲"：程长庚、余三胜、张二奎、孙菊仙、汪桂芬、谭鑫培，兴盛时期的前后"四大须生"：余叔岩、言菊朋、高庆奎、马连良、谭富英、杨宝森、奚啸伯等人均为老生行当的代表。

这些代表人物中，除前"三鼎甲"没有留下唱片资料以外，其他演员均有大量唱片存世，将这些唱片进行梳理，便能得到一部鲜活的京剧史。

孙菊仙（1841.2.6~1931.7.29）

孙菊仙，名濂，一名学年，字菊仙，号宝臣，外号孙一啰，天津人。票友下海，为清末升平署内廷供奉。同谭鑫培、汪桂芬合称老生"新三杰"、后"三鼎甲"。孙的念白，吐字发音均有特色，略带有天津口音，接近生活用语，通过气息收放、音量大小形成独特的"夯音"特色，并且利用声调高低起伏、节奏快慢变化，使唱腔形成鲜明、强烈的感人效果。后世如刘鸿声、汪笑侬、周信芳、马连良等均受孙影响颇深。晚年，孙热衷于天津的公益和慈善事业，经常参与义演、募捐等活动，天津观众多以"老乡亲"称孙，以示亲切。

孙菊仙的1905年唱片在上海四马路金谷香菜馆灌制，为午后临时灌音，事前并未约定，因此唱片中多有瑕疵。孙的唱片有同一唱段在同一期出版了两版的现象，如《朱砂红痣》《杜十娘》其中一版应为灌片时的备选版，但由于唱片公司的经营原因，将此备选录音也一并出版。

李陵碑【1905年物克多唱片1面】孙菊仙饰杨继业、小桂芬京胡（7811）

[二黄导板]金乌升玉兔坠黄昏时候，[碰板]里无粮外无兵时刻忧愁。[原板]两狼山打一仗龙争虎斗，父子们困两狼饥渴忧愁，将身儿我且坐在宝帐口，寒风冷腹内饥冷气飕飕。[散板]一见六郎上能行，好似狼牙箭穿心。迈步且把宝帐进，稳坐两狼等救兵。

李陵碰碑①【1905年物克多唱片1面】孙菊仙饰杨继业、小桂芬京胡（9100）

[反二黄慢板]叹杨家秉忠心大宋来保，为国家只落得瓦块冰消。贼胡儿在金殿挂了招

---

① 这张唱片的片名和唱词均有误。片名应为《李陵碑》或《碰碑》均可；唱词方面最后两句唱了两次，应为误唱。

讨,我杨家倒做了马前的英豪。贼潘洪在金殿挂了招讨,我杨家倒做了马前的英豪。

奇冤报【1905年物克多唱片2面】孙菊仙饰刘世昌、小桂芬京胡（7899/7900）

（头段）（刘世昌）[反二黄慢板]未曾开言泪满腮,尊一声老丈听开怀：家住在苏州城阊门以外,八宝乡村内有太平街。[原板]刘世昌祖居有数代,贩卖绸缎倒也生财。上京城做买卖有数载,贩卖布匹倒也生财。行至在定远城关外,天降大雨起祸灾。

（二段）赵大夫妻好奉待,霎时间酒饭摆下来。酒内下毒被暗害,可叹我尸骨丧泉台。赵大夫妻将我害,可叹我尸骨无葬埋。将尸首烧乌盆在窑中卖,最可怜老丈讨账来。冤仇至今有三载,我的冤仇在,老丈啊！有劳你带我出庄来。（张别古白）对了,我拿来屎泼它！哎哟呵,哎哟哟哟！（刘）[原板]扑头盖脸洒下来,奇臭肮脏口难开。望老丈行方便将我带,你带我去见包公台。冤仇愿你把我解,我保你福寿康宁永无灾。

孙菊仙

忠臣不怕死【1905年物克多唱片1面】孙菊仙饰伍建章、刘永春饰杨广、小桂芬京胡（9117）

（伍建章白）先王啊！[西皮散板]忽听昏王一声叫,不由老夫怒眉梢。先王晏驾如海倒,锦绣江山一旦抛。此一番上金殿我的老命不要了,舍死忘生在今朝。（白）老夫伍建章。正在朝房,成服奔丧,昏王宣诏,也不知为了何事。我不免上得金殿,将这贼十恶叫骂于他,纵然将我千刀万剐,也落个青史名标,万古流芳！[流水]先王爷坐江山人称有道,全凭着文武臣保定家邦。到如今又出了谗臣当道,害文武和大臣败坏纲常。[摇板]怒哄哄我且把金殿闯,[散板]舍死忘生在今朝。（杨广白）哦！[散板]坐在金殿用目瞧,下面来了伍元老。满朝文武俱已朝,身穿孝服你为哪条？（白）伍建章！这满朝文武俱来朝贺,你不朝贺还则罢了,反穿孝服,你该当何罪？（伍）唉,先王啊！[散板]这贼子打扮得帝王之相,他要学殷纣宋襄楚平王。杨素已然把旨降,最可恨宇文化及霸朝纲。忠孝二字全不讲,有何脸面去见先王？

刘永春

黄金台【1905年物克多唱片1面】孙菊仙饰田单、小桂芬京胡（9119）

（田单白）掌灯！［二黄导板］听谯楼打四更月正东上，［碰板］为国家哪顾得昼夜奔忙。［原板］西凉国欠我朝三载贡进，将邹妃与伊立献与大王。那伊立霸朝纲任意欺上，眼见得这江山付与汪洋。（白）下官田单。今有东宫世子逃出皇城，命我连夜查访。来！（众）有。（田）掌灯伺候。［摇板］叫人来掌灯亮御街来上，若见了面生人细问端详。

朱砂红痣【1905年物克多唱片1面】孙菊仙饰韩廷凤、小桂芬京胡（7812）

（白）哈哈哈！［二黄摇板］一霎时前后厅红灯嘹亮，不想到年迈人又做新郎。［慢板］借灯光暗地里观看容貌，观新人与前妻一样风光。［快三眼］问娘行休悲啼泪流脸上，有什么衷肠话细说端详，说又何妨？［散板］你是我亲生的儿名叫玉印，自那日失娇儿一十二春。为娇儿不做官倒也安静，这才是天有眼弄假成真。

朱砂红痣①【1905年物克多唱片1面】孙菊仙饰韩廷凤、小桂芬京胡（9101）

（韩廷凤）哈哈哈！［二黄摇板］一霎时前后厅红灯嘹亮，不想到年迈人又做新郎！（傧相白）韩大爷，花轿到。（韩）搭上堂来。（相）哦，搭上堂来！（［吹打］）（相）小人们讨赏。（韩）下面领赏。（相）啊！（韩）掌灯待我观看。（家院）啊！（韩）［慢板］借灯光暗地里观看容貌，观新人与前妻一样风光。问娘行因何故泪流脸上？有什么衷肠话细说端详，说又何妨？［摇板］你是我亲生的儿名叫玉印，自那日失娇儿一十二春。为娇儿我不做官倒也安静，这才是老天爷弄假成真。

杜十娘【1908年物克多唱片1面】孙处饰柳遇春、小子和饰杜十娘、王云亭京胡（22171）

（柳遇春白）哎呀！［二黄散板］猛抬头又只见一鬼魂。好像是杜十娘不敢相认，你、你、你因何凄惨惨身带泪痕？［哭头］无奈何下位去将你搀定，（杜十娘）［唢呐二黄碰板］待妾身将以往细说分明：［慢板］为只为贼李甲为富不正，将妾身救出后又付他人。奴本当以往事多谈［散板］细论，又恐怕鸡一叫难回天庭。

《杜十娘》小子和饰杜十娘

---

① 两段《朱砂红痣》为同时灌制，此张为12寸片，前一张是10寸片。

孙菊仙

杜十娘[①]【1908年物克多唱片1面】孙处饰柳遇春、小子和饰杜十娘、王云亭京胡（28006）

（柳遇春白）哎呀！［二黄散板］猛抬头又只见一鬼魂。你好像杜十娘我不敢相认，因何故悲惨惨面带泪痕？［哭头］我本当下位去将你搀定，（杜十娘）［唢呐二黄碰板］待妾身将以往细讲分明：［慢板］为只为贼李甲为富不正，将妾身救出后又付他人。奴本当将以往多谈［散板］细论，又恐怕鸡一叫难回天庭。

三娘教子【1908年物克多唱片1面】孙菊仙饰薛保、小子和饰王春娥、王云亭京胡（28015）

（薛保）［二黄原板］小东人下学来机房闯祸，好一似火上把油泼。（王春娥哭）喂呀！（薛）［原板］三主母在机房一旁闷坐，转面来再埋怨东人倚哥。你的母教训你非为之错，为什么把好言当作恶说？东人呐！这才是养不教父之过，教不严来师之惰。老薛保进机房双膝跪落，双膝跪落，三娘啊！母子们吵闹却是为何？（王）老薛保你不必开言问道，待奴言来听根苗。

三娘教子【1908年物克多唱片1面】孙菊仙饰薛保、王云亭京胡（28005）

［二黄散板］见三娘断机头珠泪滚，吓得我薛保汗一身。我哭、哭一声三主母，我叫、叫一声贤德的三娘啊！老东人在镇江遭了不幸，是老奴千山万水搬尸回程。（白）我好恨！［散板］恨只恨张刘二氏她另去改嫁，（白）我好喜！［散板］喜只喜三主母曾发过愿心，要抚养东人。（白）我明白了！［散板］三娘要走你就去，我带领我的小东人去讨饭为生。［哭头］啊，我的三娘啊！［散板］怪不得三娘怒气生，回言埋怨小东人。

《三娘教子》小子和饰王春娥

---

① 两段《杜十娘》为同时灌制，此张为12寸片，前一张是10寸片。且这两张均以"孙处"名义灌制。

朱砂痣【1908年物克多唱片1面】孙菊仙饰韩廷凤、王云亭京胡（28013）

[二黄慢板]借灯光暗地里观看娇娘，只见她与前妻一样风光。[原板]尊娘行因何故泪流脸上？有什么衷肠话细说端详，说又何妨？[摇板]她夫妻好端端同欢同畅，我情愿伴孤灯独守空房。将他人比自己皆是一样，为人要做善事天理昭彰。我当年为太守何等荣耀，为兵荒妻和子无有下梢。

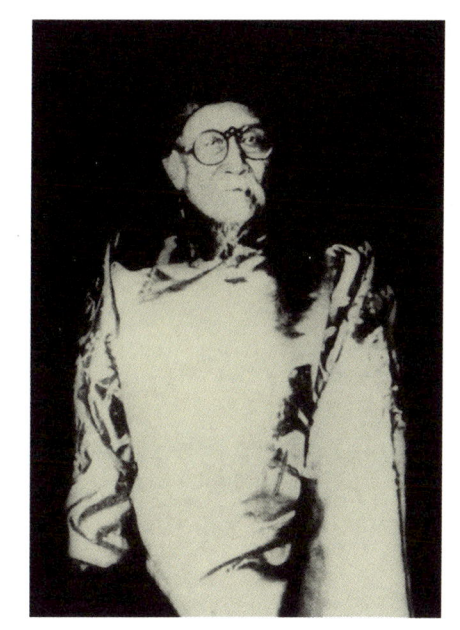

孙菊仙

四郎探母【1908年物克多唱片1面】孙菊仙饰杨延辉、王云亭京胡（28016）

[西皮摇板]老娘请上受儿[回龙]拜，[二六]千拜万拜儿应该。失落番邦一十五载，好似明珠土内埋。萧后待儿恩似海，铁镜公主配和谐。番邦衣帽儿懒穿戴，常把儿的老娘挂在儿的心怀。闻听老娘临北塞，乔装改扮回营来。见娘一面愁眉解，愿娘开怀[摇板]永安泰。六贤弟请上受兄拜，贤弟可挂忠孝牌。二贤妹请上容某几拜，愧煞愚兄将谋才。

乌盆计【1908年物克多唱片1面】孙菊仙饰刘世昌、王云亭京胡（28023）

[反二黄慢板]未曾开言泪满腮，尊一声老丈听开怀：家住在苏州城阊门以外，八宝乡村内有太平街。刘世昌祖居有数代，务农为业有家财。

桑园寄子【1908年物克多唱片1面】孙菊仙饰邓伯道、王云亭京胡（28024）

[二黄慢板]叹兄弟一旦间早年丧命，只撇得兄一人孤掌难鸣。邓方儿年纪小无人教训，一家人似风吹孤雁失群。眼望着孤坟台心酸难忍，见坟台不见人刀刺我心。[导板]站坟台不由人珠泪滚滚，[原板]撇下了年迈兄好不伤心。

李陵碑【1908年物克多唱片1面】孙菊仙饰杨继业、刘永春饰杨延嗣、王云亭京胡（48032A）

（杨继业）[二黄导板]金乌坠玉兔升黄昏后，[碰板]内无粮外无兵好不忧愁。[原板]两狼山打一仗失计败走，到如今困交牙岂无愁。将身儿且进宝帐口，霎时间朔风儿冷冷飕飕。[散板]猛抬头又只见七郎娇生。我命儿回大营搬取救旨，你、你为何重伤痕身带雕翎？[哭

孙菊仙

头]我本当下位去实难扎挣,(杨延嗣)[散板]只恐怕鸡一声难以回程。

雪杯圆【1908年物克多唱片1面】孙菊仙饰莫怀古、王云亭京胡(48036A)

[二黄散板]昔年补官到帝邦,可恨奸贼起不良。[原板]一日离家一日深,好一似孤雁宿寒林。心中只把汤勤恨,害得我一家人两离分。莫成替主丧了命,逃往湖北隐姓名。到如今戚贤弟来约请,去到蓟州探分明。

搜孤救孤【1908年物克多唱片1面】孙菊仙饰程婴、双处饰公孙杵臼、王云亭京胡(48037A)

(程婴)[二黄导板]白虎堂上领了命,[原板]可怜他、为孤儿、尽忠心、到如今、连累他、白发苍苍、受苦情、好不伤情。背转身来自思忖,刀刺肺腑箭攒心。我与他二人把计定,连累年迈受苦情。卖一个眼色把话论,公孙杵臼听分明:你若是执意地不招认,这大人的王法不容情。狠着心肠将[散板]你打,你、你不要胡言乱语攀扯好人。(公孙杵臼白)贼![散板]大骂程婴太欺情,苦害赵家一满门。我今一死不要紧,我、我在那阴曹地府要勾尔魂。(程)公孙杵臼不招认,大人不要动苦刑。

鱼藏剑【1908年物克多唱片1面】孙菊仙饰伍子胥、王云亭京胡(48039A)

[西皮流水]正在街前闲散立,见一官长相貌奇。头戴金冠双龙翅,身穿一件衮龙衣。莫非他是姬千岁,有意来访伍子胥。[摇板]欲待向前求周济,[流水]帽破衣残不整齐。扭回头、心生计,[摇板]把我的冤仇提一提。[反西皮散板]子胥宋郑身无依,千辛万苦凄复悲。父母冤仇沉海底,我好似凤褪翎毛怎能飞?[哭头]伍子胥,伍盟府,父母的冤不能报,爹娘啊![西皮流水]走上前来施一礼,愿祈千岁[摇板]福

孙菊仙

寿齐。[二六]富贵穷通不由己，也是我伍员命运低。平王信用费无极，乱行无道纳子妻。闻知千岁多仁义，恳求仙手[流水]把难人提。伍子胥，知恩报德[散板]不敢移。

孙菊仙（右）与袁寒云

喜封侯【1908年物克多唱片1面】孙菊仙饰蒯彻、王云亭京胡（48040A）

[西皮散板]人道我是疯魔谁能猜着，只落得每日里嬉笑呵呵。[原板]叹只叹韩元帅横遭其祸，再三的不听劝自投网罗。楚项羽在世上你心安乐，霸王死必定要骤起风波。彭越死英布亡三杰瞑目，连累了蒯文通也难逃脱。无奈何装疯魔暂且避祸，高堂母妻和子实难抛却。我只得去愁容草堂[散板]内坐，尊一声我的儿我儿子的哥哥。

七星灯【1908年物克多唱片1面】孙菊仙饰诸葛亮、王云亭京胡（48042A）

[二黄快三眼]汉高皇创汉业成名天下，至孝平方五载丧了邦家。光武兴在白水村[慢板]重整人马，访邓禹收岑彭到处征杀。剐王莽诛苏献神惊鬼怕，洛阳城修宫院一统中华。四百载东西汉六元七甲，汉献帝坐江山贼盗如麻。十常侍乱宫闱董卓强霸，许田射猎曹孟德把主欺压。贼曹丕篡汉位黎民叫骂，我主爷扶汉室难掌国家。哭一声先帝爷在九泉之下！

雍凉关【1908年物克多唱片1面】孙菊仙饰诸葛亮、王云亭京胡（48105A）

（白）哦！[西皮慢板]实指望扶汉家如同反掌，又谁知天不遂难测难量。曹孟德占天时兵多将广，孙仲谋得地利霸占东方。刘皇叔以人和万民瞻仰，汉疆土分三国各自争强。我今日统人马中原[散板]扫荡，尽一片竭力心报答先皇。马幼常文武才颇有志量，借曹叡杀司马大有文章。但愿得此计成无有阻挡，汉江山兴和废全凭君王。

周春奎（1843~？）

周春奎，号星垣，天津河北关上人。票友下海，初学老旦，后从张二奎学艺，改工老生，宗奎派，在津搭宝胜和班，后长期演出于天津协盛茶园。他丰颐广颡，仪态大方，善演王帽、纱帽及靠把戏。嗓音宽厚高亮、中气充沛，腔朴味厚。以《金水桥》《牧羊卷》《四郎探母》《回龙阁》《打金枝》《上天台》《五雷阵》《凤鸣关》等戏著称。其天资不甚敏慧，所熟练之剧，演得精细出色，若排新戏则刻画不深。周在《五雷阵》一戏中，曾得高明传授技艺，孙膑舞双拐有独到之处。周春奎年逾花甲，身体犹健，经常登场演出。古稀之年，内蓄白须，外挂黑髯，仍演《四郎探母》等戏。80岁方息影舞台，仍不时出入津门各票房。其表侄婿为名武生杨小楼。

周春奎的唱片均为物克多公司灌制，以奎派剧目为主。

六部大审【1905年物克多唱片1面】周春奎饰闵觉、刘永春饰刺客（7780）

（闵觉）[西皮原板]我看你是一个这英雄好汉，为什么当刺客下贱不堪？招实供史娘娘恩德匪浅，本部堂保举你帘外为官。你好比走错路大大弯转，这件事何劳我替你为难？（刺客白）哦！[摇板]听他言不由我肝胆吓坏，[快板]这桩事倒教我无计无策。我这里招口供[散板]良心败坏，（白）啊？[散板]又恐那贺丞相对我陷害。

天水关【1905年物克多唱片1面】周春奎饰诸葛亮（42225B）

[二黄慢板]先帝爷白帝城龙归海境，传口诏叫老臣常挂在心。命老臣保幼主社稷重整，叫老臣把孙曹俱要扫平。臣上本并非为别事议论，望陛下早准臣要发兵。

李顺亭（1846~1919.12.14）

李顺亭，北京人，因排行第五，内外行皆称其为"大李五"。幼年坐科小和春，习文武老生，同治十二年（1873）入春台班，经二十载之久，光绪九年（1883）以武行挑选入升平署，光绪十八年（1892）改搭三庆班，直至三庆散班后一度改搭长春、新天仙、双庆、喜庆等班。李与何桂山合演《龙虎斗》《太行山》，与谭鑫培合演《定军山》《珠帘寨》，与黄润甫合演《下河东》，与朱文英合演《夺太仓》等剧目均享誉一时。还擅演《凤鸣关》《截江夺斗》等剧目，《梁灏夸才》为其独有剧目，仅偶于堂会一演。谭鑫培演《失街亭》，常由其傍演王平。杨小楼在宫内演《长坂坡》，必由其扮演刘备。1919年，同陈德霖、余叔岩等赴汉口演出，不料尚未演出，突去世于寓所。他嗓音高亢、能戏极多，很多演员都向其请教艺术。其婿张毓庭为著名老生。

百代公司所灌李顺亭唱片，均标有"长春班"字样。其《青石山》唱片中的唢呐唱腔，丝毫不显费力，影响极其深远，为后世范本。

上天台【1908 年百代唱片 1 面】李顺亭饰刘秀、陆砚亭京胡、王雨田报名（32091）

[二黄慢板]姚皇兄休得要告职归林，你本是孤国中擎天柱一根。朕江山多亏了皇兄所挣，教寡人怎舍得盖国的良臣。

宫门带【1908 年百代唱片 1 面】李顺亭饰李渊、陆砚亭京胡、王雨田报名（32092）

[二黄原板]好一个孝道李世民，磊落秉正褚先生。孤皇儿得活命亏你保本，孤另日带皇儿叩拜你的恩。内侍臣与孤王把御宴摆定，孤与皇儿先生来压惊。左手带住了世民子，右手拉定褚先生。[垛板]叫一声、李世民、褚先生、皇儿的恩人、孤的爱卿、你那里、去愁眉、放宽心，一步步步随定了[摇板]寡人。

凤鸣关【1908年百代唱片1面】李顺亭饰赵云、陆砚亭京胡、王雨田报名（32093）

　　[西皮二六]师爷帐中藐视人，怒恼常山将赵云。磐河曾救公孙瓒的命，只杀得袁绍败走大营。卧牛山前来归顺，保定了先帝归古城。长坂坡前大战一阵，要与曹兵赌输赢。大功劳一时说不尽，小功劳一时表不清。眼前若有军师将令，要学黄忠[摇板]取定军。双手拿过先锋印，[流水]背转身来自思忖：怕只怕若是不得胜，笑坏南阳诸葛孔明。大着胆儿心拿稳，两军阵抖一抖[散板]老精神。

青石山【1908年百代唱片1面】李顺亭饰关帝、王雨田报名（32094）

　　[唢呐二黄导板]想当年扶汉室忠心扶保，[原板]到今日奉御旨同镇九霄。今有那吕法官牒文来到，管叫那小妖魔无处[散板]脱逃。

谭鑫培（1847.4.23~1917.5.10）

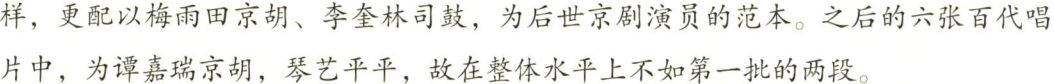

谭鑫培，本名金福，字望重，因堂号英秀，人又以"英秀"称之。生于武汉市江夏区大东门外谭左湾九夫村，籍贯湖北黄陂，其父谭志道，主工老旦、老生。谭鑫培幼习武生，中年后改老生。他能戏极多，文武昆乱各类剧目均有特色，后为升平署内廷供奉，民国初年任北京正乐育化会会长。五子嘉宾（即谭小培）、长女婿夏月润、二女婿王又宸，均为名噪一时的京剧演员。

在谭鑫培的唱片中，《洪羊洞》《卖马》是百代第一期（1908年）中的精品，片芯标有"同庆班"字样，更配以梅雨田京胡、李奎林司鼓，为后世京剧演员的范本。之后的六张百代唱片中，为谭嘉瑞京胡，琴艺平平，故在整体水平上不如第一批的两段。

除百代唱片外，物克多公司也灌制了诸多署名"谭鑫倍"或"小叫天"的唱片，其中《黄金台》《洪羊洞》《卖马》等唱片，1935年胜利公司进行再版，同时将演员名称改为"谭鑫培"，并改12寸唱片为10寸，内容亦略有删减。这几张唱片实为其五子谭小培代灌，其艺术水平虽不能与谭鑫培相比，但一定是得到其父首肯的作品，不应以一般仿冒唱片论之。

洪洋（羊）洞【1908年3月百代唱片1面】谭鑫培饰杨延昭、梅雨田京胡、李奎林司鼓、王雨田报名（32542）

［二黄慢板］自那日朝罢归身染重病，三更时梦见了年迈爹尊。我前番命孟良骸骨搬请，那乃是萧天佐以假成真。二次里命孟良番营来进，又谁知焦克明在私自后跟。老军报他二人在洪羊洞丧命，去了我左右膀难以飞行。为此事终日里忧成疾病，因此上臣的病重加十分。千岁爷呀！

卖马【1908年3月百代唱片2面】谭鑫培饰秦琼、梅雨田京胡、李奎林司鼓、王雨田报名（32543/4）

（头段）[西皮慢板]店主东带过了黄骠马，不由得秦叔宝两泪如麻。提起了此马来头大，兵部堂黄大人相赠与咱。

（二段）遭不幸困至在天堂下，还你的店饭钱无奈何只得来卖它。摆一摆手儿你就牵去了吧，[摇板]但不知此马落在谁家。

战太平【1913年9月19日百代唱片1面】谭鑫培饰花云、谭嘉瑞京胡、何斌奎司鼓（33147）

《打渔杀家》谭鑫培饰萧恩（黑勉儒绘）

[西皮导板]叹英雄失智入罗网，[原板]大将难免阵头亡。早知道采石矶被贼抢，早就该差能将前来提防。吾主爷洪福齐天降，刘伯温八卦也平常。将身儿来在大街上，[摇板]那旁来了疯婆娘。[散板]这一足踏在你地埃尘！你是谁家疯婆女？[快板]怀中抱定小娇生。明明认得孙氏女，假装疯魔见夫君。你若念在夫妻义，去到金陵搬救兵。你若不念夫妻义，千万莫丢小娇生。使个眼色快逃走！

《定军山》谭鑫培饰黄忠

庆顶珠（打渔杀家）【1913年9月19日百代唱片1面】谭鑫培饰萧恩、谭嘉瑞京胡、何斌奎司鼓（33148）

[西皮快三眼]昨夜晚吃酒醉和衣而卧，稼上鸡惊醒了梦里南柯。二贤弟在河下相劝与我，他叫我把打渔事一旦丢却。我本当不打渔关门闲坐，怎奈我家贫穷无计奈何。清早起开柴扉乌鸦叫过，飞过来叫过去[二六]却是为何？将身儿来至在草堂内坐，桂英儿取茶来为父解渴。

托兆碰碑【1913年9月19日百代唱片2面】谭鑫培饰杨继业、谭嘉瑞京胡、何斌奎司鼓（33149*1/2）

（头段）[反二黄慢板]叹杨家秉忠心大宋扶

保,到如今只落得兵败荒郊。

（二段）恨北国萧银宗打来战表,擅敢夺吾主爷锦绣龙朝。贼潘洪在金殿帅印挂了,我父子倒做了马前的英豪。金沙滩双龙会……

捉放曹【1913年9月19日百代唱片2面】谭鑫培饰陈宫、谭嘉瑞京胡、何斌奎司鼓（33150*1/2）

（头段）【宿店】（白）好悔也！[二黄慢板]一轮明月照窗下,陈宫心中乱如麻。悔不该心猿并意马,悔不该随他人到吕家。吕伯奢可算得义气大,杀猪沽酒款待于他。又……

（二段）又谁知此贼疑心太大,拔出剑就将他的满门斩杀。一家人俱丧在宝剑之下,年迈的老丈命染黄沙。屈死的冤魂鬼休要怨咱,自有那神灵天地鉴察。[原板]听谯楼打罢了二更鼓下,越思越想把事来做差。悔不该把家属一旦撇下,悔不该弃县令抛却了乌纱。我只说贼是个宽宏量大,汉室的后来贼是惹祸的根芽。看此贼睡卧真个潇洒！

捉放曹①【1913年9月19日百代唱片1面】谭鑫培饰陈宫、谭嘉瑞京胡、何斌奎司鼓（33150*1）

【宿店】（白）我好悔也！[二黄慢板]一轮明月照窗下,陈宫心中乱如麻。悔不该心猿并

《汾河湾》谭鑫培饰薛仁贵、王瑶卿饰柳迎春

《汾河湾》谭鑫培饰薛仁贵、王瑶卿饰柳迎春

---

① 此唱片头段有两版存世,区别在于：第一次录音时,报名之后,谭鑫培叫板时没有张开嘴,间隔了一段时间才叫起"好悔也"；也由于时间没掌握好,头段最后,时间到了乐队已停,而谭还继续往下多唱了一个"又"字,第二次录音时更正了上述问题。

意马,悔不该随他人到吕家。吕伯奢可算得义气大,杀猪沽酒款待于他。

桑园寄子【1913年9月19日百代唱片2面】谭鑫培饰邓伯道、谭嘉瑞京胡、何斌奎司鼓(33151*1/2)

(头段)[二黄慢板]叹兄弟遭不幸一旦丧命,丢下了年幼儿好不伤情。眼望着孤坟台珠泪难忍,见坟台不见人刀割我心。([哭皇天])

(二段)[导板]见坟台不由人珠泪滚滚,(白)伯俭,兄弟,喂呀,难得见的兄弟呀![碰板]叫一声同胞弟细听兄云:[快三眼]曾记得弟在世何等的侥幸,兄与弟同商议家道隆兴。料不想身得病一旦丧命,兄弟丧命,兄弟呀!

谭鑫培

乌盆计【1913年9月19日百代唱片2面】谭鑫培饰刘世昌、谭嘉瑞京胡、何斌奎司鼓(33152*1/2)

(头段)[反二黄慢板]未曾开言泪满腮,尊一声老丈细听开怀:家住在南阳……

(二段)城关外,离城数里太平街。刘世昌祖居有数代,务农为本颇有家财。奉命上京做买卖,贩卖绸缎倒生财。前三年也曾把货卖,算清账目转回家来。行至在赵大的窑门以外,借宿一宵惹祸灾。赵大夫妻将我谋害,把我的尸骨未曾葬埋。烧作了乌盆窑中卖,偶遇老丈讨债来。可怜我冤仇有三载,有三载,老丈啊!

四郎探母【1913年9月19日百代唱片2面】谭鑫培饰杨延辉、谭嘉瑞京胡、何斌奎司鼓(33153*1/2)

(头段)[西皮慢板]杨延辉坐宫院自思自叹,想起了当年事好不惨然。我好比笼中鸟有翅难展,我好比虎离山受了孤单。

(二段)我好比南来雁失群飞散,我好比浅水龙困在沙滩。想当年沙滩会[二六]一场血战,只杀得血成河尸骨堆山;只杀得杨家将东逃西散,只杀得众儿郎滚下马鞍。我被擒改木易身脱此难,将杨字改木易匹配良

《四郎探母》谭鑫培饰杨延辉

缘。萧天佐在天门两下会战,我的娘领人马来到北番。

田单救主[1]【1908年物克多唱片2面】谭鑫培（谭小培代灌）饰田单、金少山饰伊立（54711）

（头段）[二黄导板]听谯楼打四更玉兔东上，[碰板]为国家秉忠心昼夜奔忙。[原板]西凉国欠我主三载贡饷，进邹妃和伊立来献大王。我主爷见邹氏龙心欢畅，每日里贪酒色不理朝纲。那乐毅在燕邦提兵调将，眼见得这疆土付与汪洋。[2]

《四郎探母》谭鑫培饰杨延辉、祝砚溪饰杨延昭

《黄金台》谭鑫培饰田单

（二段）（伊立）[散板]御史衙前下了马！（白）田大人！（田）公公！（同笑）哈哈哈！[散板]有劳大人你相迎咱。（伊）请坐。（田）请坐！（伊）哈哈哈哈。（田）不知公公驾到，未曾远迎，面前恕罪！（伊）岂敢，岂敢。咱家来得鲁莽，田大人你恕个罪儿吧！（田）岂敢呐！岂敢！（衙役）哦！（田）啊，公公。黉夜带领许多校尉，来在敝衙，有何贵干？（伊）这个田大人，难道说这桩事情，你会不知道呢吗？（田）这？下官不知。（伊）待咱家告诉于你。（田）公公请讲。（伊）只因东宫世子田法章人伦大变，子戏父妃。大王大怒，赐咱家宝剑一口，三更时分斩杀回奏。也不知谁走漏了消息，世子连夜逃出皇城。是咱家二次上殿，启奏大王，讨下四十名校尉，各府搜寻。各府俱已搜到，并无世子，我想世子他，定然藏在了你府啊！（田）哦！我朝既有此事，你我为大臣者，就该当殿保奏才是。（伊）这个？唉！咱家连保了数本，那大王不准，诶，也是枉然呐！

---

[1] 此唱片初版为12寸唱片，1935年再版为10寸唱片。在初版唱片中，在此段最后还有田单与伊立念白数句。

[2] 此唱片初版为12寸唱片，1935年再版为10寸唱片。在初版唱片中，在此段最后还有田单所唱："人来与爷把路引，面生之人问分明"两句。

黄金台①【1908年物克多唱片2面】谭鑫培（谭小培代灌）饰田单、金少山饰伊立（54586）

《翠屏山》
谭鑫培饰石秀、田桂凤饰潘巧云、余玉琴饰莺儿、余春芳饰潘老丈

（头段）（伊立）他是谁？（田单）哈哈哈，那是乳娘同小妹，小妹同乳娘啊，哈哈哈！（伊）哦？原来是令妹田姑娘啊？（田）岂敢岂敢！（伊）请过来，咱家见个礼儿吧！（田）小妹礼貌不周，冒犯公公，那还了得！（伊）你我一殿之臣，见见何妨呢？（田）夜已深了，改日再见吧！（伊）我是一定的要见！（田）要见？（伊）要见！（田）见又何妨！（伊）这不完了。（田）乳娘，请姑娘过来，见过伊公公。（乳娘）小姐请上。（伊）小姐受惊了！且住！难道说世子腾云驾雾，他上了天了吗？（田）天高如何上得去呀？（伊）入了地了吗？（田）地又无门，也恐怕下不去吧。（伊）田大人，这孩子他可往哪儿喀了呐？（田）是啊，他倒是往哪里去了？（伊）有了！待咱家二次上殿，启奏大王多讨校尉，我再来搜寻。这个田大人！（田）公公。（伊）咱家多吃了几杯，言语么？可有些个得罪了吧。（田）岂敢！（伊）我可莽撞得很啊！（田）哎呀不敢不敢！（伊）告辞了！[散板]辞别大人跨金镫，我二次里过府我要再搜寻。（白）啊哈！啊哈！哇呀呀……请！（田）好贼！[散板]一见奸贼出府门，不由下官咬牙根。二次便把千岁请，见了千岁说分明。②

（二段）（田法章）田卿！（田单）[碰板]千岁爷休得要放悲声，[原板]泄露了行藏难以脱身。那一旁松林内把身来隐，想一个妙计混出城。抓一把灰土把脸[散板]来盖，我装一个疯魔要混出城。

---

① 此唱片初版为12寸唱片，1935年再版为10寸唱片。在初版唱片中，在此段之前还有王长林饰侯栾数板与念白数句。

② 此唱片初版为12寸唱片，1935年再版为10寸唱片。在初版唱片中，在此段之前还有田单与伊立念白数句。

秦琼卖马[①]【1908年物克多唱片1面】谭鑫培（谭小培代灌）饰秦琼、王长林饰店家（48072A）

（秦琼白）店主东，牵马！（店家）啊！（秦）[西皮慢板]店主东带过了黄骠马！（店白）您瞧您这个马样儿，饿得都成了四根棒儿支着啦，谁要它？（秦）[慢板]不由得秦叔宝两泪如麻。（店白）好并歹样儿的卖不卖在你呀，你哭的是什么呀？（秦）[慢板]提起了此马来头大！（店白）这么匹马，它有什么来头啊？（秦）[原板]兵部堂王大人相赠与咱。遭不幸困至在天堂下，欠你的店饭钱无奈何只得来卖它。（店白）那么你卖不卖呀到底儿？（秦）[原板]摆一摆手儿牵去了吧！

洪羊洞[②]【1908年物克多唱片1面】谭鑫培（谭小培代灌）饰杨延昭（54719A）

（杨延昭）[二黄慢板]叹杨家保宋主心血用尽，最可叹焦孟将命丧番营。宗保儿搀为父病床靠定，[原板]怕只怕熬不过尺寸光阴。

《南天门》谭鑫培饰曹福、王瑶卿饰曹玉莲

《南天门》谭鑫培饰曹福、王瑶卿饰曹玉莲

---

① 此唱片初版为12寸唱片，1935年再版为10寸唱片。在初版唱片中，在此段最后还有秦琼所唱："但不知此马落于谁家"一句。

② 此唱片初版为12寸唱片，1935年再版为10寸唱片。在初版唱片中，在此段最后还有赵德芳所唱："内侍摆驾病房进，见了这御妹丈细问分明"两句唱词。

三麻子（1848~1925）①

三麻子，本名王鸿寿，亦名洪寿，原籍安徽怀宁，生于江苏省南通。幼在自家昆、徽班习昆曲武丑和徽戏靠把老生。青年时曾加入太平军，后投师里下河徽班武生艺人朱湘其门下深造。清同治十年（1871）前后，在上海庆乐、天仙、天乐、丹桂等茶园搭班。其《扫松下书》《三搜苏府》《徐策跑城》等剧目别具一格。1908年北上，在天津、北京演出《灞桥挑袍》《过五关》《古城会》《水淹七军》《走麦城》等关公戏。他所塑造"关老爷"对后世影响极大，在唱法上既不脱离老生腔又融入花脸的唱法，并丰富了舞刀和理髯的动作，给人以庄严肃穆、沉稳凝重、咄咄逼人的神威感。他曾与汪笑侬、高庆奎等人合作编演过许多新剧目，并演出过清末时装戏《潘烈士投海》。经他亲传的弟子有周信芳、李洪春、林树森、刘奎官等人，另外，杨小楼、高庆奎、荀慧生等人也受其影响极大。

早期克莱姆峰、高亭、物克多、哥伦比亚、利乐等公司，有很多署名"三麻子"的唱片，不一定都是王鸿寿所唱，百代公司为他灌制的四张唱片，为公认王鸿寿真品。

徐策跑城【1917年百代唱片2面】三麻子饰徐策（33251*1/2）

（头段）[高拨子导板]耳边厢又听得家院来禀，[垛板]老徐策，站城头，我的耳又聋，我的眼又花，耳聋眼花，眼花耳聋，观不见城下儿郎哪一个，尔就跪在城边？尔家住哪省哪府并哪县？尔是哪座村庄有家门？尔是住外城？还是住内城？你的家中还有几个人？尔的爹姓甚？尔的母姓甚？尔是排行第几名？尔要说得清，尔要道得明，开了城，放了吊桥来进城。

---

① 王鸿寿生年说法不一，李洪春的《京剧长谈》记载为道光二十八年（1848），《中国京剧史》记载1850年，陈定山的《春申旧闻》记载王与李春来同庚，即1855年。

说不清，道不明，要想进城万不能，［回龙］报上花儿名，［散板］报上花儿名。听说娇儿到来临，喜在眉头笑在心。家院开城把吊桥放！

（二段）［原板］湛湛青天不可欺，未曾起意神先知。善恶到头终有报，未知来早与来迟。在阳河堂上把酒来戒，爹娘的生寿就把酒开。酒醉闯出王府外，闯下塌天大祸来。太子爷金冠他打坏，张泰的门牙打尘埃。御花园神像都打坏，恼怒龙颜降祸灾。一家人绑至西郊外，全家大小把刀开。这是他薛家［摇板］真可叹！（白）薛家人马不少，寒山三千七百，青龙八百子弟兵，还有薛刚、薛蛟、薛葵，哈哈哈哈！［摇板］还有寒山的夫人女裙钗。□□□□□□，人马一到闹金阶。走路走得难停站！

扫松【1917年百代唱片2面】三麻子饰张广才（33252*1/2）

（头段）（白）出得门来，又是一番天气也！［清江引导板］见黄叶飘飘树叶落秋风寒。（白）喔嘘、喔嘘，蔡伯喈上京寒鸦乱叫，今日又叫，何不传书带信。啊呀，鸟鸟鸟！［顶板］被寒风吹得心儿内好焦。我劝世人在世间你们都要学好，莫学浪子就无有下梢。我行几步来至在这夕阳［散板］小道！（白）哦哟！［原板］这何物绊跌了老汉一跤。（白）哦哟！这几天未曾坟前走走，这些树木俱已盗尽。哎呀呀！［顶板］我骂一声盗树贼他不学正道，单单的盗去了我兄树梢。

（二段）（白）哎呀，这几日未曾坟前走走，树木俱也盗尽了。风吹树木，单盗蔡家的树木，啊呀呀！［顶板］恨那盗树贼他不学正道，为什么盗去那蔡家树梢。我急急走，忙来在这蔡家［摇板］茔道。［垛板］我急急走，急急跑，急急走来急急跑，急急忙忙到荒郊，到坟前把松扫，［原板］方显得两世旧故交，啊，去世的旧故交。（白）哦呵呵！［数板］老迈年高、老迈年高，只为去世的旧故交。他自己的儿子不行孝，留下骂名万古标。老汉前来到，顾不得年纪老路途遥，亲自到坟前把松扫，也免旁人耻笑，这旁人耻笑。（白）小哥哥，你到蔡家坟前去，如此说来，小哥你就随我来！［顶板］小哥哥你随我来，你来来来，随我来，到荒郊外，这就是忘恩负义的蔡伯喈他父母的孤坟台，［原板］是老汉亲手建造他爹娘的土台。

三搜苏府【1917年百代唱片2面】三麻子饰施世纶（33253*1/2）

（头段）［西皮导板］金牌诏来银牌宣，［原

《扫松下书》三麻子饰张广才

板]朝堂内来了我施不全。自幼儿在窗下[快二六]把书念,上京城得中了一榜进士官。我头任做过了江都知县,又封我四品皇堂我就管了那河间。我审了几个无头公案,二次里又罢我是恨谣传。又放我八府做巡按,又拿住了许多那贪赃卖放的官。二次里我进京去金殿,又封我钦差大臣的官。我寻访到南京把粮来散,又到那个江边我去把这民来安。众百姓送我万民伞,[流水]又送我的各种牌匾他们站立在两边。迷迷糊糊将君见,想一个妙计一个一个总要巧周全。大摇大摆我就上金殿!

（二段）[导板]用皮鞭打得我昏迷不醒,（白）哦![流水]浑身上下打破了皮,走上前去[摇板]我就赔一礼。（白）哎呀!哦![流水]开口就骂用脚踢,我低头不语[摇板]我就出府邸,（白）哈哈![流水]这两个王八蛋他就笑嘻嘻,有朝犯在了我的手里,我也不打你,我也不骂你!（白）咳![流水]你若有朝犯在我的手里,我也不打你,我也不骂你,你有朝犯在了我的手里,我要抽尔的筋来[摇板]要扒尔的皮!

封金挂印【1917年百代唱片1面】三麻子饰关羽（33254）

（白）待我修书![吹腔]提羊毫不由这泪如涌降,想起这桃园事痛断肝肠。俺关某辞别了汉大丞相,有一日相逢时也是要痛哭一场。（白）俺不免将曹操所赐金银,封曹库内,以做交代。（[小开门]）俺不免将寿亭侯印信悬挂中梁,也算来明去白。（[小开门]）曹丞相,关某今日拜别了。[吹腔]拜印信□□□□暗想,大丈夫做的事必须要万古名扬。

关公挑袍【1917年百代唱片1面】三麻子饰关羽（33255）

（白）如此关某愧领了![西皮摇板]在灞桥与丞相某就拱拱手,[快板]众将官一个个勒马站桥头。曹孟德双手奉上了沽美酒,小张辽一旁他暗暗地皱眉头。他虽然待某家恩情厚,我怎肯桃园结拜义气一旦丢。我本当下桥与他来争斗,又恐怕难过这灞陵沟,是反加[摇板]忧愁。（白）罢![摇板]叫马童接过了这香醪酒,（白）啊?[摇板]猛然一策在心头。（白）某在曹营,斩颜良诛文丑累建奇功,多亏某家这青龙刀,助俺一臂之力,今日在这灞陵桥,丞相所赐沽美酒,待关某祭了这青龙刀吧!啊?[快板]青龙刀上火光冒,倒教关某解不了。这是何人生机巧?要害关某命一条。任尔奸来任尔巧,今日难逃[散板]某的青龙刀。

《过五关》三麻子饰关羽

王玉芳（1851~?）

王玉芳，北京人。师承王九龄，得其真传，内外行均以"白眉王九龄"称之。曾与谭鑫培结拜（谭是盟兄），久在上海、徐州等地演出。其演唱声调铿锵、唱腔古朴、中气十足、身段考究，均在李顺亭、刘鸿声之上，可与孙菊仙并称。王在音韵学上亦有研究，对于各派戏路之区别了然于胸。其《空城计》"三报"一场唱上，《除三害》见周处之神态，均与众不同，其他如《三娘教子》《一捧雪》《审头刺汤》《辕门斩子》等戏亦宗王九龄戏路。民国十二年（1923），王已年逾七旬，还登台演出《除三害》。其子王文祥工丑行，久在南方，王弟子有周信芳、苏少卿等人。

哥伦比亚、物克多等唱片公司，均有署名"王玉芳"的唱片，真伪存疑。

男老生

定军山【1905年VICTOR唱片1面】王玉芳饰黄忠（9226）

（黄忠白）师爷！夺取葭萌关，何劳三千岁出马，末将不才，愿大战张郃。（诸葛亮）老将军年迈，如何是张郃的对手？（黄）[二三锣]末将威风勇，血气贯长虹。杀人如削土，跨马走西东。两膀千斤力，能开铁胎弓。若论交锋事，还算老黄忠。（亮白）帐下有一铁胎宝弓，你且开来。（黄）得令呐！[西皮二六]师爷说话言忒差，不由我黄忠怒气发。一十三岁曾习那弓马，赫赫威名镇守在长沙。自从归顺皇叔爷的驾，匹马单刀取巫峡。军师若是不肯信，你在功劳簿上仔细查。非是汉升说大话！（白）弓来！[流水]铁胎宝弓手内拿。慢慢地搭上朱红扣，[流水]帐下的儿郎把咱夸。二次里再用这两膀力，人有精神力不乏。三次开弓[摇板]秋月花，（白）哎！[摇板]再与军师把话答。（亮白）老将军帐外候令。（黄）谢军师。（众）好刀啊！哇哈哈哈！

游龙戏凤【物克多唱片1面】王玉芳饰正德帝、玉兰花饰李凤姐（48061A）

（正德帝）[四平调]在头上取下了沿毡罩,身上现出了衮龙袍。叫一声凤姐你来观宝,哪一个敢穿五爪的龙袍,啊!五爪的龙袍。(李凤姐白)呀![四平调]这时候凤姐心内跳,错把万岁当军的人。近前来急忙来跪定,万岁封我哪一宫?（正白）下跪何人?（李）李凤姐。（正）跪在寡人面前则甚?（李）前来讨封。（正）你方才在前面骂我是你哥哥的大舅子啊,哈哈!我不封你。（李）你要封了我哇,哥哥就是你的大舅子了啊!（正）嘿!你倒会辩呐!不管你怎么辩,我就是不封你。（李）当真不封?（正）当真不封。（李）果然不封?（正）果然不封。（李）不封就罢。（正）我若不封,岂不羞煞你这丫头,来来来,跪进前来,寡人封你!（李）哪怕你不封哦!（正）[四平调]三宫六院俱封尽,封你闲游戏耍的宫。（李）叩罢头忙把龙恩谢,（正）寡人传旨且平身。（李）叩罢头问君何方去?（正）寡人打马回燕京。（李）就在那梅龙宿一晚,（正）一床锦被舞双龙。

许荫棠（1852.12.1~1918.3.13）

许荫棠，名德普，字秋山，京东东坝镇人。粮行出身。原为翠峰庵票房票友，常以"许处"为名票戏演出。光绪七年（1881）拜名净穆凤山为师，又从名丑毓鼎臣、老生贾丽川、沈玉莲等人学艺，艺宗奎（张二奎）派。光绪八年（1882）与俞菊笙相识，搭春台班，在庆和园同穆凤山合演《取荥阳》，后在庆乐园同刘永春、孙怡云合演《二进宫》，又在广德楼同德珺如、汪桂芬、贾丽川合演《四郎探母》，当时有"张二奎复生"之誉。擅演《打金枝》《选元戎》《牧羊卷》《除三害》《金水桥》《二进宫》《桑园会》《法门寺》等八剧，人称"许八出"。其他如《取荥阳》《大登殿》《审刺客》《战北原》《五雷阵》等剧亦精彩。其长子许钧增学文场，次子许全增（德义）为著名武花睑演员。

许荫棠的百代唱片均标有"庆寿班"字样，此外，还在早期高亭唱片公司灌过《除三害》《审刺客》《摘缨会》等唱片传世。

探母【1908年百代唱片1面】许荫棠饰杨延辉、陆砚亭京胡、王雨田报名（32047）

[西皮导板]老娘亲请上受儿[回龙]拜，[二六]千拜万拜儿也是应该。儿困番邦十五载，常把儿的老娘就挂在儿的心怀。萧后娘娘恩似海，铁镜贤妻配和谐。闻知老娘临北塞，乔装改扮儿过营来。见娘一面福寿带，愿老娘福寿康宁[散板]永无灾。

黄鹤楼【1908年百代唱片1面】许荫棠饰刘备、陆砚亭京胡、王雨田报名（32048）

[西皮慢板]先生把话错来讲，休提当年赴会在河梁。孙刘结仇山海样，孤岂肯拿性命送与[摇板]周郎。

取荣（荥）阳【1908年百代唱片1面】许荫棠饰刘邦、陆砚亭京胡、王雨田报名（32049）

[西皮二六]站立在城楼把话讲，开言尊声楚霸王：休提沛县一亭长，提起了当年孤就怒满在胸膛。同扶怀王把疆创，楚汉分兵进咸阳。先到咸阳为皇上，后到咸阳扶保朝廊。不亏韩信韬略广，人马不能够暗渡陈仓。复夺三秦军威壮，岂不知强中[摇板]自有强。[流水]项籍不必夸口讲，肉眼不识紫金梁。当初同把基业创，分茅列土古之常。明知韩信燕赵往，乘虚出攻夺荥阳。任你的兵多将又广，休想刘邦来归降，[散板]枉费心肠。

《黄鹤楼》田际云饰周瑜、许荫棠饰刘备、朱素云饰赵云

赶三关【1908年百代唱片1面】许荫棠饰薛平贵、陆砚亭京胡、王雨田报名（32050）

[西皮慢板]夫妻们对坐饮琼浆，她哪知血书袖内藏。停杯不饮暗思量，怕的是南朝动刀枪。

双 处 （1856~1922.3.3）

双处，原名双阔亭，一作克庭，北京人，满族。"处"字是清末对于票友的称呼，许多票友下海后，多改回本名，而双直至晚年仍用"双处"作为艺名。初以票友身份演剧，后下海成为专业演员，演于京、津、沪等地。他艺宗孙菊仙，兼习张二奎之奎派，曾陪孙灌唱片。双嗓音宽亮厚重、实大声宏、高腔直调、一气呵成、气势磅礴，较孙更为高亢。其晚年双目几近失明，仍登台献艺。有一子宝臣，亦唱老生。

双处早年在物克多公司就曾灌制过很多唱片，但真伪掺杂，且艺术成就也不如后来在百代所灌唱片。此处所选的两期百代唱片中，如第一期《捉放曹》中"心惊胆怕"的唱腔，第二期《逍遥津》《浣纱记》《雪杯圆》等几张唱片，尤为内外行所称道。

男老生

金水桥【1912年百代唱片1面】双处饰李世民、孙佐臣京胡（32893）

（白）摆驾！[二黄慢板]想当年坐山河人称有道，全仗着文武臣立下功劳。文仗着徐茂公阴阳奥妙，武仗着秦恩公保定龙朝。恨只恨漠里沙他领兵犯搅，孤也曾命怀玉去把贼讨。

黄鹤楼【1912年百代唱片1面】双处饰刘备、孙佐臣京胡（32894）

[西皮原板]先生把话错来讲，休提起当年事赴会在河梁。我孙刘结仇山海样，孤岂肯把性命断送周郎。[流水]他二人把话一样讲，倒教孤王无主张。倘若东吴把命丧，（白）先生！[摇板]招孤灵魂入庙廊。心中恼恨诸葛亮，他叫孤王过长江。龙潭虎穴孤去闯，[散板]分明是送孤王去见阎王。

捉放曹【1912年百代唱片1面】双处饰陈宫、孙佐臣京胡（32895）

[西皮慢板]听他言吓得我心惊胆怕，背转身自埋怨自己做差。在公堂只望他宽宏量大，却原来贼是个量小的冤家。马行在窄道内难以回马，这才是花随水水不能恋花。这时候我只

得忍耐在心下！

法门寺【1912年百代唱片1面】双处饰赵廉、孙佐臣京胡（32896）

[西皮慢板]眉坞县在马上神魂不定，这几日为人犯死里逃生。劝世人休为官桑农为本，你看我七品官不如黎民。实指望做清官[二六]高升一品，又谁知孙家庄起下了祸根。孙玉娇卖风流在门前站定，引动了小傅朋他起下了淫心。故意儿丢玉镯以为媒证，内有个刘媒婆她老不正经。叫衙役将人犯一齐带定！

逍遥津【1920年百代唱片4面】双处饰汉献帝（33390*1/2/3/4）

（头段）[西皮导板]恨极奸曹修血诏，[原板]手提着御笔写根苗。上写着拜上众卿晓：曹操起意要夺龙朝。愿众卿早发[快板]人马到，搭救孤王的命一条。一带血诏[摇板]忙修好，不知何人走一遭。

（二段）[二黄导板]汉献帝在宫中伤心落泪，[碰板]思想起叫孤王好不伤悲。[原板]曹孟德与伏后他结下了仇对，害得她魂灵儿不能相随。我二皇儿年幼小是孩童之辈，不能够到灵前奠酒三杯。

（三段）我恨奸贼把孤王[慢板]牙根咬碎，上欺君下压臣任他胡为。欺寡人文武臣忠良告退，欺寡人众贼臣狐假虎威；欺寡人每日里见孤不跪，欺寡人藐视君他怒冲如雷；欺寡人在金殿我不敢回对，欺寡人拔宝剑要把孤的命来追；欺寡人修血诏要把贼废，欺寡人漏机关那穆顺他命非。欺寡人杀伏相是满门做鬼；

（四段）欺寡人杀伏相满门做鬼，欺寡人乱棒下打死伏妃；欺寡人好一似犯人受罪，[垛板]欺寡人、好一似、在扬子江里、驾小舟、行在江心、风狂浪大，浪大风狂、[原板]刮断了蓬桅；欺寡人好一似残军[散板]败队，心又惊肉又跳却是何为？奸贼带剑入宫闱，只吓得孤王我胆魂飞。[哭头]无奈何向前去双膝跪，[散板]且听孤王把话回。

浣纱记【1920年百代唱片2面】双处饰伍子胥（33391*1/2）

（头段）[西皮导板]豪杰打马奔吴国，[流水]真可叹渔人投江河。龙出沧海虎离窝，樊城一呼人百诺。力举千斤伍盟府，各国不敢动干戈。各路的诸侯俱惧我，秦王

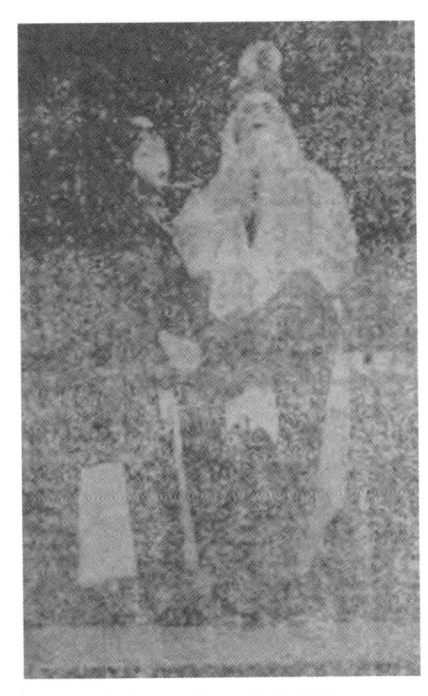

《南天门》双处饰曹福

无奈才求讲和。无祥女无非图强亲来做,应许太子他结丝萝。后悔当初自己的错,不该倚强又去欺弱。无奈我的一家人［摇板］无有结果,［流水］见一位娘行洗纱萝。她在一旁端然坐,篮内有饭又有馍。一路行程我腹饥饿,轻声哀告女娇娥。［摇板］去镫离鞍下走驮,黄沙惊动女娇娥。

（二段）［二六］未曾开言我的心难过,提起了家乡泪如梭。家住在监利玉皇阁,我父伍奢掌山河。伍子胥、就是我,父子三人保山河。恨平王无道理又错,父纳子妻理不合。我的父他谏奏反遭祸,杀我的一家满门五十余口见阎罗。只剩下伍员人一个,指望借兵奔吴国。一路上行程我的腹饥饿,只见你的篮内有饭又有馍。望娘行若肯周济我,胜在中途［摇板］受折磨。［流水］多谢娘行周济我,来生犬马当报着。辞别娘行［摇板］带走驮,再与娘行把话说。

雪杯圆【1920年百代唱片2面】双处饰莫怀古（33392*1/2）

（头段）［二黄原板］一日离家一日深,好一似孤雁宿寒林。我每日里只把汤勤恨,他害得我一家两离分。最可叹小莫成他替我丧命,在法场之上受惨刑。我乔装改扮埋名姓,逃往湖北隐姓名。原配的夫人无音信,那雪艳不知死和生。催马加鞭向前［散板］进,远远望见蓟州城。

（二段）［散板］催马加鞭到柳林,阴风惨惨好惊人。下得马来离金镫,管家坟墓在哪边存。［导板］见坟台不由人珠泪难忍,［散板］被黄土埋葬小莫成。［哭头］似这样义仆世间少,恩人呐!［散板］可叹你替我受惨刑。

打金枝【1920年百代唱片2面】双处饰唐王（33393）

（头段）［西皮慢板］金乌东升玉兔坠,景阳钟三响把王催。安禄山在河东［二六］起反意,多亏皇兄郭子仪。血战三载把狼烟息,才把反贼在剑下劈。内侍臣摆驾九龙［回龙］里,［摇板］孤王有道福寿齐。

（二段）［二六］九龙口内红光起,来了孤的皇兄郭子仪。昨日是皇兄你的寿诞日,王未曾拜寿我赐过你的酒席。孤王江山多亏你,从今后见孤你免去了屈膝。内侍臣把皇兄［摇板］忙扶起,君臣对坐把话提。殿角绑的何臣子?一一从头奏孤知。［散板］忙把郭暧来松绑,买动他忠心保孤王。

搜孤救孤【1920年百代唱片2面】双处饰程婴（33394*1/2）

（头段）［二黄导板］白虎堂奉了这大人令,［碰板］可叹他、为孤儿、连累了、他白发苍苍的受苦刑、就好不伤情!［原板］背转身来把话论,公孙老儿听分明:你若是执意不招认,这大人的王法他不徇情。狠着心肠［散板］将你打，你、你……休得要胡言乱语攀我程婴。

（二段）［散板］悲切切且把法场进，但见孤儿与公孙。（白）赵公子，公孙兄。你二人死在九泉之下，休要埋怨我程婴！［碰板］躬揖施礼把话论，眼望着孤儿泪双淋。法场之人俱已怨恨，都道我贪财受贿情。我送孤儿断性命，满腹的含冤向谁云。［原板］公兄说话理虽顺，句句的言语记在心。你今一死把忠尽，［垛板］可叹我、老程婴、银鬓霜霜绝后根、［原板］可叹你命丧幽冥。无奈何烧钱纸把［散板］酒奠，公孙兄、我那亲儿，亲生的儿啊！

秋胡戏妻【1920年百代唱片2面】双处饰秋胡（33395/6）

（头段）［西皮导板］秋胡他把良心丧，［原板］他在那楚国配鸾凰。我劝他回家他不往，撇下了大嫂守空房。大嫂好比［流水］花开放，卑人好比采花郎。大嫂若是从勾当，学一个仙女［摇板］会襄王。［流水］大嫂把话错来讲，卑人言来听端详：男儿无妻家无主，女儿无夫房无梁。大嫂若是从勾当，学一个织女［摇板］配牛郎。［流水］好一个贞节女娘行，果然替我守纲常。拾起黄金［摇板］把马上，急忙归家见老娘。

（二段）［流水］我这里打马举目洒，杨柳深处是我家。去时杨柳不多大，回来树木两交加。［摇板］弃镫离鞍把马下，（白）哦！［流水］草堂上坐定年迈的妈。走向前、忙跪下，儿是秋胡［摇板］转回家。［流水］老亲娘把话错讲下，孩儿言来听根芽：打罢春、又转夏，老娘为何白了发？老娘亲休得怒气生，水有源处树同根。孩儿打马把桑园进，夫妻们见面我认、我认、我认也认不真。一来试她杨花性，因此才献出锭马蹄金。［摇板］走向前来忙跪定，一来赔罪二谢恩。多谢娘子开了恩，这老爷跪夫人天下太平。

状元谱【1920年百代唱片1面】双处饰陈伯愚（33418）

［西皮慢板］张公道未四十六子有靠，可叹我年半百无有后苗。为儿女我也曾朝山拜庙，为儿女我也曾补路修桥。怕只怕大限临无常来到，是何人到坟前将纸化烧。

汪笑侬（1858.5.18~1918.10.27）

汪笑侬，原名德克金，又作德克津、德克俊、德楞额，字俊清，后改名僻，字舜人、仰天，号孝农，别署伶隐、红光、笑侬、竹天农人（将"笑侬"二字拆开），斋名天地寄庐，满族人。自幼爱读诗书，于经史子集诗词歌赋之外，兼及琴棋书画医卜星相。曾加入翠峰庵票房，与孙菊仙、金秀山等人交流、学习艺术。曾中举人，后被弹劾，下海从艺。因汪桂芬曾讥笑他，故以"汪笑侬"为艺名演出。所演剧目大多为其自编，如《瓜种兰因》《党人碑》《马前泼水》《哭祖庙》《骂阎罗》等，其唱腔吸收孙（菊仙）派的"夯音"唱法，形成独特的"炸弹腔"。其艺术影响深远，弟子传人多为女老生，如恩晓峰、筱月红、金小楼等人。周信芳、唐韵笙等人也受汪影响颇深。

汪笑侬的唱片中物克多公司早期有少部分赝品，大多数唱片为其本人作品，且多为其自己创编的剧目，但即便是老戏，也都经过他的二度整理，并非一成不变。从唱片中可以反映出汪氏对于老戏和新编戏的不同处理。

孝妇羹【1910年百代唱片1面】汪笑侬饰陈炳顺、曹二京胡、耿永峰司鼓（32759）

［二黄导板］母有言儿遵命怎敢不写，［碰板］眼睁睁好夫妻顷刻离别。［原板］我的妻造下了平生冤孽，这才是阴曹地算就一切。提羊毫饱舔墨休书来写，分明是一字一血，我不敢同声哭，叫一声死去的爹爹。

八义图【1910年百代唱片1面】汪笑侬饰程婴、曹二京胡、耿永峰司鼓（32760）

［二黄原板］娘子说话欠聪明，卑人言来要你听：赵屠两家结仇恨，三百口家眷丧了生。你今舍了怀中子，搭救忠良后代根。卑人五十不算老，娘子年纪正青春。舍子搭救忠良后，老天怎能绝程婴？人言无子由天定，不舍此子孤难存。无奈何跌跪在右［散板］前厅。

马前泼水【1910年百代唱片2面】汪笑侬饰朱买臣、曹二京胡、耿永峰司鼓（32761*1/2）

（头段）[西皮导板]朱买臣提笔泪不干，[慢板]一旦间拆散了好姻缘。我的妻未曾把七出条犯，只为寒儒手无钱。无奈何休妻为吃饭，伯劳飞燕分离两边。

（二段）（白）嚛声呐！嚛声！[二六]我的妻说的哪里话，朱买臣心中自觉差。想当日娶你到家下，实指望夫唱妇随宜室又宜家。朱买臣贫穷并非假，正所谓家徒四壁我日对着芙蓉花。那一日深山把柴打，偏遇着北风猎猎、大雪飞飞、山上滑、我无可奈何转还家。你逼我休书来写下，从此后鸳鸯两分拆。谁知我朱买臣福分大，你看我身穿大红、腰横玉带、足蹬朝靴、头戴着乌纱、颤巍巍是两朵宫花。你对我马头来跪下，一心带你去回家。我若是将你带家下，岂不被街坊取笑咱。来、来、来，将桶水泼地[回龙]下，[摇板]你若是收覆水我带你还家。

汪笑侬

劈三关【1910年百代唱片2面】汪笑侬饰雷万春、曹二京胡、耿永峰司鼓（32762*1/2）

《刀劈三关》汪笑侬饰雷万春

（头段）[西皮导板]忽听得贤公主兵临城下，（白）哦！[慢板]站城头扶垛口看一看女将娇娃。[原板]猛睁开昏花眼我观看城下，

（二段）[慢流水]举目留神观看她：看此女子不多大，年纪不过十七八。坐下一骑桃花马，手使着绣龙刀两把。看她本是威风大，分明是沉鱼落雁闭月又羞花。带领着也不过三千人马，一个个盔缨灿烂、介胄鲜明、刀枪剑戟、明亮亮的斧钺与钩叉。我儿番邦为驸马，那天配良缘莫非就是她！公公儿媳来答话，反被番邦笑某家。快选头目来答话，我与你男女交谈[摇板]闲磕牙。[流水]贤公主说的哪里话，本帅言来听根芽：番邦的女子多奸诈，那走马换将理太差。我儿媳要与我动杀法，老夫开城[散板]动厮杀。你也打来我也打，你打他来我打他。

骂阎罗【1905年物克多唱片1面】汪笑侬饰郭胡迪、冯二狗饰陈贵（42264B）

（郭胡迪）[西皮原板]上写着湛湛青天真可欺！（陈贵白）慢来！这头一句你就写错啦。（郭）怎么写错了？（陈）湛湛青天不可欺。（郭）真可欺！（陈）不可欺。（郭）你想啊，秦桧害死岳家，岂不是个"真可欺"？（陈）哎呀，还是不可欺。（郭）定是真可欺！（陈）那么你写吧。（郭）[原板]未曾起意神不知。（陈白）人未起意神就知。（郭）你想啊。（陈）呃？（郭）那秦桧害死岳家，岂不是个"神不知"呀？（陈）神就知。（郭）神不知！（陈）哦，

《刀劈三关》汪笑侬饰雷万春

就是神不知。（郭）[原板]善恶到头无报应。（陈白）慢着！又写错了呀！（郭）怎么又错了？（陈）善恶到头是有报应。（郭）你想啊。（陈）啊？（郭）那秦桧害死岳家，无有报应，岂不是个"无报应"呐？（陈）还是有报应。（郭）定是无报应。（陈）别斗气！就是没报应。（郭）着哇！[原板]也不管来早与来迟。郭胡迪我把[快板]冤枉申诉，你将秦桧拿阴司。三天拿住小秦桧，一笔勾销无话提；若问此诗何人写，汉阳的秀才郭胡迪，写罢诗句[散板]放下笔，三魂渺渺汗沾衣。

《哭祖庙》汪笑侬饰刘谌

胡迪骂阎罗【1905年物克多唱片1面】汪筱（笑）侬饰郭胡迪、董长清饰王小乙、王云亭京胡（9191）

（郭胡迪）[西皮摇板]拿过了算盘打一打，[流水]从前的账目提一提。（王小乙白）纹银一百两。（郭）[流水]欠你纹银一百两。（白）还过了多少？（王）还了五十两。（郭）[流水]还过了五十欠了五十。（王白）你也曾卖？（郭）[流水]绸缎折去的。（白）卖了多少？（王）卖了四十四两九钱七。（郭）[流水]再打上四十四两九钱七。我再打纹银五两整！（王白）这五两银子出在什么地方儿啊？（郭）[摇板]拉了我一头鬃白驴。（王白）这头驴不值那么些钱吧。（郭）要算五两啊。（王）要算五两？（郭）嗯。（王）就算五两！（郭）着哇！[摇板]打在一处我算一算，[流水]三下五去二、四下五去一、五去五、加算一成一，是九十九两九钱七，下欠

三分打利[回龙]息。(王白)呵嘿![摇板]辞别仁兄跨走驴,去到四马路上打野鸡。(郭)[流水]二鬼哥休要来问起,这是那放债王小乙。欠他纹银一百两,还过他九十九两九钱七。今日里相逢来这里,今世里账目[摇板]两不提。鬼哥带路朝前里,[流水]又只见秦桧长舌妻。走上前来[摇板]打秦桧,[流水]回头再踢长舌妻。[摇板]猛然之间红光起,[流水]岳家元帅听端的:胡迪再有三分气,定与忠良诉冤屈。但愿得忠良升天界!

《分金记》
袁克文饰鲍叔牙、汪笑侬饰管仲

喜封侯【1905年物克多唱片1面】汪筱(笑)侬饰蒯彻、董长清饰乞丐、王云亭京胡(9193)

(蒯彻)[西皮原板]今日里我与你大家快乐。(乞丐白)快乐什么呀?(蒯)[原板]洞房中花烛事得配娇娥。(乞白)你丈人是谁啊?(蒯)[原板]我丈人就是那丞相萧何,(乞白)丈母娘呢?(蒯)[原板]丈母娘就是那萧何的老婆。(乞白)谁是媒人呐?(蒯)[原板]秦始皇为媒证婚定妥,(乞白)你这么说想必你的老婆好看吧。(蒯)[原板]我的妻好一似月中的嫦娥。(乞白)有人道贺吃的什么东西啊?(蒯)[原板]满朝中文武官都来把喜贺!(乞白)吃的什么呀?(蒯)[原板]无非是珍馐美味还有那熊掌燕窝。(乞白)娶亲都谁啊?(蒯)[原板]娶亲人大舅子你们两个!(乞白)你得了吧!我又是你大舅子了又是!(蒯)[原板]当我的大舅子有你们酒喝,还有大菜一桌,再请你坐马车。说着说着腹中饿!

谢宝云 (1860.7.27~1917.1.11)

谢宝云,名世荣,一名恩承,号月(翠)珊,小名昭儿,北京大兴(一说宛平)人。幼入钱阿四之瑞春堂习昆旦,兼唱老旦、须生,与田宝琳、姚宝香、刘宝玉并称"瑞春四宝"。谢在《钓金龟》中康氏之进窑吸收青衣身段,《沙桥饯别》中玄奘的娃娃调唱腔等,均为后世效仿。其艺术特色在于烘托主演,不任意卖弄,只在全剧中的极少数地方施展其演唱功力,因此在观众中得名"谢一句"。

谢宝云仅在百代唱片公司灌有4面唱片,其中《城(成)都》《天水关》均临摹程长庚唱法,颇为名贵。

城(成)都【1910年百代唱片1面】谢宝云饰刘璋、孙佐臣京胡(32743)

[西皮原板]皇儿奏本欠思论,奈无有能将挡贼兵。王心中只把张松恨,地理图大不该献与他人。老严颜巴州[二六]早降顺,不幸张任命归阴。王本当开城把贼问,倒做进退[散板]两难的人。

骂曹【1910年百代唱片1面】谢宝云饰祢衡、孙佐臣京胡(32744)

[西皮慢板]平生志气运未通,似蛟龙困至在浅水中。有朝一日春雷动,得会了风云上九重。他将我荐与[二六]曹府用,要学那孙膑[散板]下云梦。

美人计【1910年百代唱片1面】谢宝云饰吴国太、孙佐臣京胡(32747)

[西皮导板]堪叹光阴去不转,[原板]眼看春秋又一年。甘露寺内摆筵宴,观看刘备貌容颜。将身儿且坐[摇板]后宫院,等候尚香来问安。

天水关【1910年百代唱片1面】谢宝云饰诸葛亮、孙佐臣京胡(32748)

[二黄慢板]先帝爷白帝城龙归海境,传口诏叫老臣常挂在心。命老臣保我主社稷重整,命老臣把孙曹俱要扫平。臣上本并非为别事议论,望陛下准臣本臣要发兵。

刘培山（1867~1928.4.15）

刘培山，北京人。光绪六年（1880）九月，应邀与刘永春等人南下到上海天仙茶园演出，后长期在丹桂茶园演老生兼花脸。刘培山原配妻为上海著名鼓师赵嵩绶之女，早夭，续娶上海著名花旦"万盏灯"李芷衫之妹。其子均为李氏所生，长子刘永庆攻老生后改武丑，次子刘雨田攻老生，三子刘慧琴拜张国泰为师，是上海著名花旦演员。

刘培山唱片大多在物克多与哥伦比亚公司灌制，真伪参半。1905年物克多唱片片芯标有"全福班"字样。

牧羊卷【1905年物克多唱片1面】刘培山饰朱春登（42284B）

（朱春登白）唉！娘啊！［二黄导板］见坟台不由儿肝肠痛断，（白）母亲！锦棠！［碰板］尊一声去世娘细听儿言：（宋氏白）哎哟！我的嫂子！（中军）哼！（朱）［反二黄慢板］都只为西施国黄龙造反，命孩儿替叔父去到军前。

打鼓骂曹【1905年哥伦比亚唱片1面】刘培山饰祢衡（15522）

（朝官白）列位大人。（众）哦。（朝官白）想鼓吏，帐下擂鼓，犹如金声一般，你我畅饮一回。（曹操）请。［西皮原板］擂鼓三通响如雷，你我饮酒畅饮几杯。站立廊下观鼓吏，（祢衡击鼓，［夜深沉］）（曹白）哦。［散板］再与祢衡把话提。

吕月樵（1869~1923.3）

吕月樵，名仲麟，天津人。其岳父何家声为上海名丑。出身于清恭王府所办之全福科班，初习青衣。光绪二十年（1894）首次到上海搭丹桂茶园，演出《宇宙锋》《彩楼配》等戏，为班主周凤林所倚重。后转天仪茶园，改演武生和文武老生。此后到天津、武汉、南昌、苏州、杭州等地演出。光绪二十九年（1903）与孙菊仙合开云仙茶园。宣统二年（1910）大舞台建成，他长期被聘为老生台柱，兼老生、老旦。辛亥革命时曾参演过《新茶花》《孤儿泪》《鄂州血》等改良新戏。在云仙茶园演出时，他自编自演四本《戏迷传》，模仿名伶拿手戏共七十余出，熔生、旦、净、丑于一炉，曾在一周内连演七场而上座不衰。并将传统老旦戏《滑油山》《游六殿》增加头尾，排演全本《目莲救母》，该剧唱腔宗法汪桂芬，又穿插扑跌等技巧，开创了武生兼演老旦之风。此后，杨瑞亭、应宝莲、何月山等纷纷效之，均以此剧享名。其弟子有：旦行"童子红"李琴仙、净行金庆奎、高德虎等人。吕共有九位子女，除三子、五子早夭余者皆从艺：长子老生吕君培、次子武生吕小樵、四女旦角吕美玉、六女旦角吕美秋、七子旦角吕慧君、八子武生吕慧春、九子电影演员、导演吕玉堃。

吕月樵在百代公司灌制的《十八扯》头段"修书"模仿名小生朱素云唱腔，二段《洪羊洞》模仿孙菊仙，惟妙惟肖、几可乱真。另外，清末时期，吕在高亭公司也曾灌制过一批唱片，其中以小嗓唱老旦《滑油山》，亦有特色。

十八扯【1912年百代唱片1面】吕月樵饰孔怀／报名、方南生京胡（32782*1）

（白）大台大台！〔引子〕小生小生，我是一个小生。（白）大台大台！湛湛青天不可欺，张飞喝断灞陵桥。虽然不是好买卖，一夜夫妻百夜恩。本帅六郎杨延昭。今有秦驸马围困在穆里沙，不免修书一封去到湖北哈赤海，搬来了呼敬德，大战潘金莲！〔西皮导板〕在机房闷坏了秦叔宝，〔慢板〕手拿着没有毛的笔我细写端详：上写着拜上多拜上。

十八扯·洪羊洞【1912年百代唱片1面】吕月樵饰孔怀/报名、方南生京胡（32782*2）

[二黄原板]这几载未出兵干戈宁静，马放山甲入库共享太平。官封我节度使三关总镇，食君禄必须要当报王恩。听谯楼鼓咚咚人烟肃静，身不觉眼蒙眬瞌睡沉沉。[散板]猛抬头又只见年迈爹尊，想当初在两狼山何等光景？哪有个人死后又能复生？本当下位去身难稳。

吕月樵、吕慧君父子照

取成都【1912年百代唱片1面】吕月樵饰刘璋/报名、方南生京胡（33066）

[西皮慢板]皇儿奏本欠思论，孤哪有能将挡贼兵？孤心中只把那张松恨，地理图大不该献与他人。老严颜在巴州[二六]早降顺，张任不降命归阴。刘备孔明来路远，胆大的马超降他人。孤若是开城把贼问，西川文武起降心。左思右想孤心疑，王倒做进退[散板]两难人。

桑园寄子【1912年百代唱片1面】吕月樵饰邓伯道/报名、方南生京胡（33067）

[二黄慢板]叹兄弟一旦间中年丧命，撇下了年迈兄好不伤情。实指望读诗书功名上进，又谁知中年间一命归阴。眼望着孤坟台我心难忍！

目莲救母【1912年百代唱片2面】吕月樵饰刘青提/报名、方南生京胡（33088*1/2）

（头段）（白）娇儿！[二黄散板]忽听得长官爷一声动问，说有个孩儿寻找娘亲。刘青提原本是老身的名姓，我的儿叫傅罗卜不叫莲僧。[哭头]望长官你与我盘查细问，[散板]母子们见一面感你的大恩。

（二段）[导板]丰都城思娇儿我心难忍，（白）罗卜，我儿，儿啊！[碰板]叫一声罗卜儿细听分明：[原板]儿本是阳世的人相隔幽冥，怎来到阴曹府探望娘亲？

《恶虎村》吕月樵饰黄天霸

白文奎（1875~？）

白文奎，天津人，名旦白莲喜之子。艺宗奎（张二奎）派与孙（菊仙）派。十余岁时即登台演唱，声震一时。15岁至上海演出，"倒仓"后返津，嗓音恢复后，到京、津、沪等地演出，均享盛名，有"大嗓老生"之称。

白文奎唱片甚多，如早期的物克多、哥伦比亚、高亭、蓓开等公司均灌有唱片发行，真伪参半。百代公司还有其搭凤鸣班时期所灌制的《乌盆计》《七星灯》《三娘教子》《桑园寄子》等唱片，可信度较高。

清官册【1908年百代唱片1面】白文奎饰寇准（32612）

［二黄原板］一更一点月东升，高堂老母少奉承。伴君犹如羊伴虎，尽得忠来难尽孝心。听谯楼鼓打二更尽，坐不安来睡不宁。在霞谷县并不曾亏负百姓，金牌调我所为何情？三更三点月正明，想起了霞谷县管万民。早堂接状早堂审，一盏红灯审到天明。整顿衣冠交四更，□□□□□□□□□。

举鼎【1908年百代唱片1面】白文奎饰徐策（32613）

［二黄导板］未曾开言泪难忍，［碰板］到如今才露出以往之情，我的儿啊！［原板］第一排儿曾祖姓薛名礼字仁贵，跨海征东立下功勋。第二排儿祖父父帅丁山，在樊江关收下了樊氏夫人。有尸无头是儿的亲父母，亲生［散板］父母！

《群英会》白文奎饰诸葛亮

张毓庭（1875~1912）

张毓庭，北京人。票友下海。原为眼镜店掌柜，其岳父为清末名老生李顺亭。张学习谭（鑫培）派艺术颇有造诣，许多评论文章认为他与刘鸿声在艺术方面不相上下，《空中语》杂志提到他"清逸圆润，味淡而弥"，但是"善唱却不善演"。1912年张到上海丹桂演出，仅三日，即因咯血病逝于旅馆。

张毓庭在百代公司虽仅灌制《洪羊洞》一张唱片，却是该公司在中国灌制的第一张唱片，意义颇大，其片芯标注"长春班"字样。除此之外，哥伦比亚公司还有署名张毓庭的唱片数种。

洪羊洞【1907年百代唱片2面】张毓庭饰杨延昭、陆砚亭京胡（32001/2）

（头段）[二黄慢板]叹杨家投宋主心血用尽，最可叹焦孟将命丧番营。宗保儿搀为父……

（二段）病房来进，[原板]休惊动上房内年迈太君。[散板]方才在郊外闲游散闷，见一官长他放雕翎。对准前胸射一箭，险些儿丧了我的命残生。[哭头]猛然间睁开了昏花眼！

举鼎【1907年哥伦比亚唱片1面】张毓庭饰徐策（60492）

[二黄导板]未开言不由人珠泪滚滚，[碰板]听为父表一表以往前情，我的儿啊！[原板]头一排儿曾祖薛仁贵，跨海征东立下功勋。

《桑园会》张毓庭饰秋胡

刘鸿声（1876~1921.3.9）

刘鸿声，一作鸿升，字子余，号泽滨，北京顺义人。早年曾于刀剪铺学徒，因酷爱京剧，后入翠峰庵票房学净角，经穆凤山指点后下海。初到上海演出时，临时串演老生，从此一炮而红，享誉大江南北。他因嗓音高亢、挺拔、流利而著名，形成自己的艺术风格。因其跛足，故极少演出做功戏，擅演《辕门斩子》《斩马谡》《斩黄袍》（一说《斩红袍》）《托兆碰碑》即"三斩一碰"等唱功戏。继谭鑫培之后任北京正乐育化会会长。弟子有陈福寿（老生）、李福林（老生）、白福山（花脸）、马福仙（青衣）、文荣寿（老旦）等人。1921年在上海演出《阳平关》（饰曹操）、《完璧归赵》两出戏后，突然故于后台。其女嫁老生金伯吟为妻。

刘鸿声早期高亭公司唱片《探阴山》《铡美案》为其净行时作品，百代公司唱片均为其老生时期灌制，其中《敲骨求金》《苏武牧羊》等唱片，颇能体现其唱腔中"楼上楼"的唱法，及"脑后音"的运用特色。

探阴山【1907年高亭唱片1面】刘鸿声饰包拯（XTI294）

［二黄导板］扶大宋锦华夷赤心肝胆，［碰板］为黎民无一日心不愁烦。［原板］都只为柳金蝉屈死可惨，错断了颜查散年幼儿男。我且到望乡台亲自查看，［垛板］又只见，大鬼卒、小鬼判，拿定了，屈死的亡魂，项戴铁链，悲惨惨，阴风绕，吹得我透体皆寒。

铡美案【1907年高亭唱片1面】刘鸿声饰包拯（XTI296）

［西皮导板］包龙图打坐在开封府，［原板］尊一声驸马公细听端的：曾记得端午日朝贺天子，在朝房与驸马我相过了你的面皮。我相你左眉长来右眉短，左膀高来右膀低。眉长眉短有儿女，膀高膀低有前妻。驸马公相认是正理！

御碑亭【1913年百代唱片2面】刘鸿声饰王有道、陈一斋京胡、云雨三司鼓（33141*1/2）

（头段）［西皮原板］多谢你贤德心喜之不尽，这一科必定要身入龙门。论恩爱夫妻情我自当饮，断不可辜负你敬爱之心。谢贤妹久爱我手足的情分，猛想起父和母我好伤心。这一科金榜上若有名姓，终不愧王有道苦读书文。施一礼辞贤妹［摇板］再别闺闱，赴科场真好比平步登云。

（二段）［导板］王有道提笔泪难忍，［原板］实难舍夫妻结发的情。实指望同偕直到老，又谁知半途风波生。非是我一旦多薄幸，实难容留下贱人。只得闭口［快板］牙咬定，白纸黑字写分明：上写避雨御碑亭，其中的行为就暗不明。从此休妻任改姓，割断了丝萝永离分。写罢了休书我就画押印，［摇板］密密封好叫她行。

空城计【1913年百代唱片2面】刘鸿声饰诸葛亮、陈一斋京胡、云雨三司鼓（33142*1/2）

（头段）［西皮慢板］我本是卧龙岗散淡的人，评阴阳如反掌保定乾坤。先帝爷下南阳御驾三请，算就了汉家的业鼎足三分。官封到武乡侯执掌帅印，

（二段）东西战南北剿博古通今。周文王访姜尚周朝大振，诸葛亮怎比得前辈先生。闲来时在敌楼我亮一亮琴音，（［琴歌］）（白）哈哈哈……［原板］我面前缺少个知音的人。

辕门斩子【1913年百代唱片2面】刘鸿声饰杨延昭、陈一斋京胡、云雨三司鼓（33143*1/2）

《李陵碑》刘鸿声饰杨继业

（头段）［西皮导板］忽听得老娘亲来到帐外，［慢板］杨延昭下位去迎接娘来。见老娘施一礼躬身下拜，［原板］问老娘驾到此所为何来？

（二段）老娘亲怒冲冲愁眉难解，莫不是为宗保他不肖的奴才？提起来把儿的肝肠气坏，恨不得将奴才斧劈刀开。儿命他领人马巡查边界，谁叫他穆柯寨私配裙钗？因此上儿传令捆绑营外，问老娘儿斩他该是不该？娘道他年纪小［快板］孩童气概，讲几个年幼人娘且听来：秦甘罗十二岁身为太宰，史建瑭十三岁拜将登台。三国中周公瑾名扬四海，十岁上学道法人称将才。十二岁掌东吴水军元帅，他看着曹孟德如同婴孩。在赤壁用火攻神鬼难解，烧曹兵八十万无处葬埋。他也是父母生非神下界，难道说小畜生［散板］禽兽投胎？

斩黄袍【1913年百代唱片2面】刘鸿声饰赵匡胤、陈一斋京胡、云雨三司鼓（33144*1/2）

（头段）[西皮流水]天作保来地作保，陈桥扶起龙一条。昔日打马过金桥，偶遇先生八卦高。算得孤王八字好，后来一定到九朝。到如今果应前言兆，你比诸葛不差分毫。施罢一礼我坐陈桥，[摇板]玄郎不恭了！[流水]三弟近前听封号：你若真心把孤保，北平王位永在朝。虽然是老王封过了，加升三级爵禄高。龙争虎斗起战争，回头再宣苗先生：孤王赐你一道旨，晓谕傅后[摇板]把宫腾。[流水]适才宣罢苗先生，回头再宣高御亲：孤王赐你尚方剑，朝里朝外[散板]查得清。

（二段）[二六]孤王酒醉桃花宫，韩素梅生来好貌容。寡人一见龙心宠，兄封国舅妹封在桃花宫。内侍臣摆驾[散板]上九重，高御亲发怒你为哪宗？一见人头珠泪滚，不由孤王痛伤情。我哭、哭一声郑三弟，我叫、叫一声郑子明。孤王酒醉将你[哭头]斩，我那三弟呀！

完璧归赵【1913年百代唱片1面】刘鸿声饰蔺相如、陈一斋京胡、云雨三司鼓（33145）

[西皮导板]使臣奉命到西秦，[原板]蔺相如马上暗自思忖。论天下国强弱各想吞并，唯有我赵国地强挡西秦。若献了和氏璧不甚要紧，怕的是那秦王不纳连城。此一番使秦邦我的心意[摇板]拿定，学一个奇男子万古留名。

探母【1913年百代片1面】刘鸿声饰杨延辉、陈一斋京胡、云雨三司鼓（33146）

[西皮导板]未开言不由人泪流满面，[原板]贤公主细听我表叙一番：家住在山后磁州郡县，火塘寨上有我的家园。我的父老令公官高爵显，我的母佘太君所生我弟兄七男。都只为宋王爷五台山还愿，我弟兄八员将[快板]赴会在沙滩。我大哥替宋王尽忠遇难，我二哥短剑下命丧黄泉；我三哥被踏尸骨不见，我五弟弃红尘五台高山。我本是杨，[哭头]啊，贤公主，我的妻呀！

骂杨广【1917年百代唱片2面】刘鸿声饰伍建章、陈一斋京胡、云雨三司鼓（33345*1/2）

（头段）[二黄原板]叹文帝为国家忧成疾病，国运败生逆子搅乱乾坤。大太子虽尽道懦弱情性，二太子一心心谋篡龙廷。满朝中文武臣不理国政，一个个尽都是佞党奸臣。我的儿伍云召虽有才论，怎奈他、奉圣命、南

刘鸿声

刘鸿声

阳关前独率雄兵。为国家把我的心血用尽，为国家昼日里哪得安宁。昨夜晚得一梦吉凶[散板]未定，乌鸦噪喜鹊吵所为何情。

（二段）[西皮原板]观此贼坐龙廷亚似王莽，又好似当年楚平王。为臣子披麻执丧棒，夺社稷乱伦理亚赛虎狼。恼恨杨素狗奸党，宇文化及混乱朝纲。韩擒虎无志[流水]娘亲党，隐善作恶的靠山王。扶奸灭孝良心丧，有何脸面[散板]见先王。

敲骨求金【1917年百代唱片2面】刘鸿声饰庄周／白俭、陈一斋京胡、云雨三司鼓（33346*1/2）

（头段）（庄周）[二黄导板]见白骨天地间三光照顶，[原板]出家人、喜的是、慈悲为本、方便为门。攀下了柳枝十字摆定，无端的怎不伤痛心。阴阳宝扇将犬治定，救活一命反害一畜生。黄土做成了犬的心，人心怎比你的心。

（二段）[原板]小张聪生来命运低，吃了饱饭又要穿衣。穿上了绫罗和缎匹，你一心要娶美貌妻。二八佳人陪伴你，你一心只想做官职。七品郎官为知县，你一心怕的是小官又被大官欺。当朝一品为首相，你一心要做皇帝去登基。金銮宝殿让与你，你一心只想上天梯。上天梯儿高搭起，你在那九霄云外、云外九霄只恨天低。这也是小张聪命该如此，气化清风肉化泥。阴阳宝扇扇[散板]化了你，（白俭）霎时白骨满堂飞。

法场换子【1917年百代唱片2面】刘鸿声饰徐策、陈一斋京胡、云雨三司鼓（33347*1/2）

（头段）[反二黄慢板]见夫人含悲痛哭出棚外，可叹她年半百十月怀胎。催命鼓咚咚响三魂不在，救命锣仓啷啷复又转来。

（二段）[原板]酒醉后出离了辽王府外，都只为逛花灯惹祸招灾。灯棚内众神像被他伤坏，大不该御街上又打张泰。张泰贼奏一本皇王宠爱，圣天子降御旨斩榜下来。最可叹二爹娘冤屈受害，你夫妻无故的反把刀开。为叔父写书信与儿捎带，信后面小娇生全不明白。外加走之书信后载，还有骏马十匹在信内埋。并非是为叔父把儿来怪，把儿来怪，我的儿啊！你缘何为元帅无德无才？

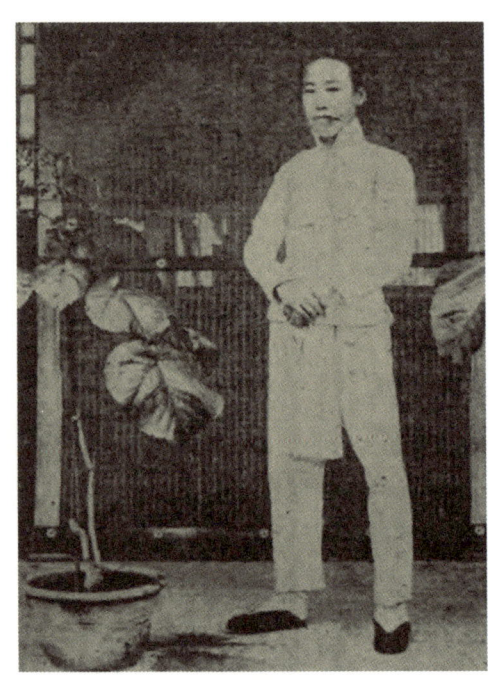

刘鸿声

乌龙院【1917年百代唱片2面】刘鸿声饰宋江、陈一斋京胡、云雨三司鼓（33348*1/2）

（头段）[四平调]宋公明打坐在乌龙院，猜一猜大姐袖内隐情。莫不是茶饭不随你的口，莫不是衣衫不合你的身；莫不是街坊得罪了你，莫不是马二娘打骂你的身？这不是来那不是，莫不是思想我宋公明？

（二段）[西皮导板]一言怒恼宋公明，[原板]骂一声阎惜娇无耻的贱人。曾记得那年遭荒旱，你母女三人来至在郓城。遭不幸尔的父丧了命，你的母卖尔身葬尔的天伦。从清晨卖到[流水]午时整，午时卖到近黄昏。大老爷打罢了退堂鼓，衙前来了宋公明。从头至尾将你问，三百两纹银我买你的身。我为你盖下了乌龙院，我为你花费了许多金。我为你[摇板]父母台前少行孝，[流水]我为你失了夫妻情。恨不得赶出[摇板]乌龙院！

苏武牧羊【1917年百代唱片2面】刘鸿声饰苏武、陈一斋京胡、云雨三司鼓（33349*1/2）

（头段）[二黄导板]汉苏武在北海身体困坏，[碰板]忍不住腮边泪悲痛伤怀，儿的娘呀！[原板]想当年在朝为官拜，朝朝待漏五更来。

（二段）闲来时跨马游郊外，闷来花园把宴排。夫妻父母多安泰，一家人好不快乐哉。到如今独坐荒郊外，我冷冷清清苦悲哀。身上无衣夜无盖，腹内无食饿难挨。我有心将身跳北海，死后落一个不明不白。无奈何只得暂且忍耐，苍天何日把眼睁开。那李陵他本是英雄将，岂肯背主把北国降？莫不是卫律偏作巧言讲，各路将军摆列营房。倘若是李陵真把良心丧，有何脸面再见[散板]故乡？

《上天台》梅荣斋饰姚期、刘鸿声饰刘秀

王雨田（生卒不详）

王雨田，北京人。原为饭店学徒，常在李毓臣所立谣（遥）吟俯畅票房学戏，与贵俊卿等人一同学艺。光绪中叶后，王在北京票界学谭（鑫培）派艺术颇为突出，凡谭腔皆能演唱，除谭的靠把戏外，亦都能演出，与王君直、王又宸、贵俊卿、张毓庭并称为票界"五谭"。庚子事变（1900）后，王雨田"下海"成为专业演员，经常为谭鑫培配戏，清末民初去世。

王氏唱片多能体现谭氏早期声腔艺术，是研究谭鑫培艺术发展的珍贵史料。由于1930年代，另有名为"王雨田"者在百代公司灌有唱片，因此又称此清末者为"老王雨田"，以示区别。王雨田在百代公司灌制的唱片均有"谣（遥）吟俯畅"字样，除亲自灌制唱片外，还帮助百代公司在北京联系演员，并担任报名，如谭鑫培、李顺亭、陈德霖等人的唱片均由王报名。

马鞍山【1908年百代唱片1面】王雨田饰钟元甫 / 报名（32170）

［二黄原板］老眼昏花路难行，耳边厢又听得百鸟喧声。乌云遮蔽了天边月，狂风吹散满天云。这才是黄梅未落青梅落，白发人反送黑发的儿身，我的儿呀！

八义图【1908年百代唱片1面】王雨田饰程婴 / 报名（32171）

［二黄原板］隐藏我儿在空山，到如今算来十五年。我心中这把那奸贼怨，苦害赵家为的哪般。可叹我公孙兄把命丧，可叹我年半百绝了儿郎。老天爷若睁三分眼，仇报仇来冤报冤。

群英会【1908年百代唱片1面】王雨田饰诸葛亮 / 报名（32172）

【借箭】［西皮原板］一霎时白茫茫满江雾露，顷刻间观不清在岸在舟。似这等巧机关世间少有，学轩辕造指车去破蚩尤。要借箭只等到四更时候，趁大雾到曹营去把箭收。

失街亭【1908年百代唱片1面】王雨田饰诸葛亮 / 报名（32173）

［西皮原板］两国交锋龙虎斗，争胜全仗统貔貅。此一番去把街亭守，安营扎寨靠溪流。管带三军要恩厚，赏罚公平莫自由。得胜归来拜公侯，在凌烟阁上美名留。

乌龙院【1908年百代唱片1面】王雨田饰张文远、路玉珊饰阎惜娇 / 报名（32346）

（张文远）［四平调］思娇娘、想娇娘，思想娇娘挂心肠。一步儿来至在乌龙院，叫声大姐快开门。（白）开门来。（阎惜娇）忽听得房门响一声，婆惜迈步出房门。用手儿开开了门两扇，（张白）啊哈哈哈。［四平调］有劳大姐喜相迎。（阎）搬一把椅儿三郎坐，（张）有劳大姐好恩情。（阎）问三郎为何不到乌龙院？（张）心中只怕一个人。（阎）你师父非是狼来非是虎，（张）非狼非虎惧怕他三分。

《柳林会》
王雨田饰莫怀古、龚云甫饰傅氏

洪羊洞【1908年百代唱片1面】王雨田饰杨延昭 / 报名（32348）

［二黄原板］为国家何曾有半点闲空，我也曾征服了塞北西东。官封我节度使三关总镇，常言道食君爵禄当报皇恩。听谯楼鼓咚咚人烟寂静，霎时间身不爽瞌睡蒙眬。

奇冤报【1908年百代唱片2面】王雨田饰刘世昌 / 报名（32377*1/2）

（头段）［反二黄慢板］未曾开言泪满腮，尊一声老丈细听开怀。

（二段）［原板］劈头盖脸洒下来，奇臭难闻我的口难开。可怜我命丧他乡之外，可怜我身在望乡台。我父母盼儿儿不能同在，妻子盼夫夫不能回来。好一似石沉归大海，可怜我尸骨不曾葬埋。望求老丈你将我带，你带我去见包县台。公堂之上将我的冤仇解，但愿你福寿康宁永无灾。

《捉放曹》王雨田饰陈宫、梅荣斋饰曹操

贵俊卿（？～1939）

贵俊卿，旗人，行二，人皆尊称"贵二爷"。约生于清同治初年，毕业于北京同文馆，精通俄文，兼擅英、德文等，有"通六国番语"之说。曾在华俄道胜银行任职。自幼喜爱京剧，酷嗜谭派唱腔，在京时常观摩谭鑫培演出，私淑有年，颇多心得。光绪二十七年（1901）田际云重开天乐园，邀其客串《洪羊洞》，大受观众赞赏，遂正式下海加入玉成班。光绪三十一年（1905）至上海先搭鹤仙茶园，后隶春仙茶园与汪笑侬同台，从此长期在上海演出，曾搭丹桂第一台、亦舞台、更新舞台等班。民国四年（1915）开办贵仙茶园。中间几度返京，并到烟台、哈尔滨等地演出。贵嗓音原甚宽亮，后变为沙涩，但韵味醇厚，吐字清晰，尤善于念白、做工。饰演《群英会》中的鲁肃一角，台步稳健，头上纱帽翅左右颤动，十分美观，当时惟贵与潘月樵最擅此技。《卖马》中的"耍锏"为著名琴师孙佐臣所教，演来具有谭鑫培壮年时风采。其善于编剧、编腔，曾编写本戏《舌战群儒》《哭昭烈》《人不如狗》等剧本，《奇双会》中李奇的"高拨子"唱法，均为贵所编。20年代末脱离舞台，到哈尔滨定居，晚年在东北滨江铁道俱乐部指导京剧，许多专业演员与票友皆受其教诲。民国二十八年（1939）底在哈尔滨病逝。其子贵少卿，先学老生，后改武生、花脸，久在关外。弟子安舒元，艺名小俊卿，亦为老生演员。

贵俊卿在百代、高亭、物克多等唱片公司均有唱片，其中1908年百代唱片有"庆寿班"字样。

琼林宴【1908年百代唱片1面】贵俊卿饰范仲禹、陆砚亭京胡、王雨田报名（32156）

[二黄原板] 我本是一穷儒太烈性，冒犯了老太师的罪非轻。念鄙人结发糟糠多薄命，浪打鸳鸯两离分。吾往日饮酒酒不醉，我今日饮酒酒醉人。

取南郡【1908 年百代唱片 1 面】贵俊卿饰鲁肃、陆砚亭京胡、王雨田报名（32157）

［西皮原板］鲁子敬在马上前思后想，口问心心问口自己商量。我不怕旁人的长枪短棒，怕孔明一张口能够敌我十张。这是我老实人自怨魔障！

状元谱【1910 年百代唱片 1 面】贵俊卿饰陈伯愚、彭玉林京胡（32831）

［西皮快三眼］张公道三十五六子有靠，陈伯愚年半百无有后苗。为儿女我也曾烧香拜庙，为子嗣我也曾补路修桥。怕只怕老天爷无有果报，是何人到坟前把纸化烧。

庆顶珠【1910 年百代唱片 1 面】贵俊卿饰萧恩、彭玉林京胡（32832）

［西皮快三眼］昨夜晚吃酒醉和衣而卧，稼场鸡惊醒了梦里南柯。二贤弟在河下相劝与我，他叫我把打渔事一旦丢却。我本当不打渔关门闲坐，怎奈我家贫穷无计奈何。清早起开柴扉乌鸦叫过，飞过来叫过去却是为何？

八大锤（王佐断臂）【1915 年物克多唱片 1 面】贵俊卿饰王佐、金阔亭京胡（43055A）

［二黄导板］听谯楼打初更玉兔东上，［碰板］为国家、秉忠心、食君禄、我就报王恩、昼夜里奔忙。［原板］想当年在洞庭何等放荡，到如今投宋主身伴宋王。岳元帅他待我像骨肉一样，俺王佐无功劳我难受荣昌。今夜晚思巧计番营去闯，留一个美名儿在万古传扬。

时慧宝（1881~1943.2.28）

时慧宝，字智侬，原籍苏州。其父为清末名旦时小福，光绪年间，因家道中衰，继父业，习老生，并习书法而渐显名。光绪二十六年（1900）以后，京剧改良运动掀起，时慧宝热心于京剧改良，陈去病、柳亚子、汪笑侬等人在上海创办《二十世纪大舞台》杂志，他曾题字祝贺。除舞台演唱以外，时慧宝还以擅长书法而闻名，宗魏碑和黄庭坚。他在《戏迷传》一剧中，不但自拉自唱，还当场书大字，博得观众喝彩。

时慧宝早年唱片极多，尤其在物克多灌有数十种唱片，但真伪混杂，不如民国时期百代、胜利等公司出版的唱片可靠。1928年胜利唱片为上海老生名票苏少卿介绍灌制。

时慧宝唱片中有很多独到之处，如《上天台》的"江阳"辙唱词为孙（菊仙）派，不同于后来流行的"人辰"辙。《水镜庄》《金马门》《马鞍山》为其代表剧目，尤其《马鞍山》先后灌制过几个版本，最后一场的二黄唱腔，早年在百代公司所灌为老唱法，于胜利、开明灌片时仿孙（菊仙）派《搜孤救孤》，改做顶板起唱，为其独有唱法。

雍凉关【1920年百代唱片1面】时慧宝饰诸葛亮、时德宝京胡（33370）

［二黄导板］习玄机学兵法孙武一样，［碰板］习天文晓地理八卦阴阳。［原板］先帝爷跃檀溪凶险波浪，水镜庄遇高贤诉说衷肠。观天星看一看魏国的气象，倘若是有凶险须要［散板］提防。

上天台【1920年百代唱片3面】时慧宝饰刘秀、时德宝京胡（33371*1/2/3）

（头段）［二黄慢板］金钟响玉磬敲王登殿上，为王的喜得是国泰民康。内侍臣摆御驾金

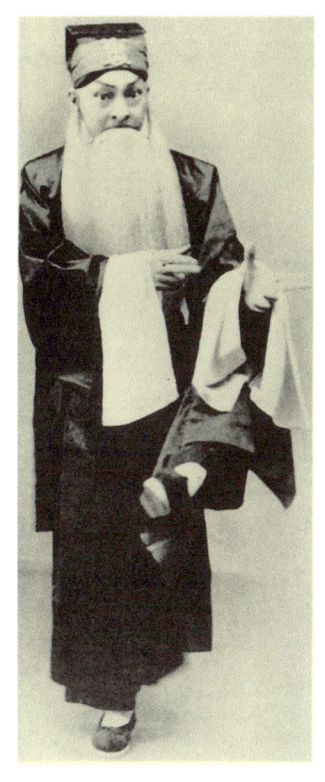

《铁莲花》时慧宝饰刘子忠

銮殿上，[原板]又听得殿角下哭声汪洋。

（二段）[慢板]王离了龙书案把好言来讲，传口诏姚皇兄细听端详：[原板]孤想起逃难在殷家庄上，孤单单独一骑奔走南阳。邓先生按八卦带孤私访，君臣们扮举子搅乱科场。鬼神庄访皇兄伯母命丧，[垛板]孝三年、改三月、孝三月、改三日、孝三日、改三时、孝三时、改三刻、孝三刻、改三分、三年三月三日三时三刻三分，永不戴孝你保定了孤王。

（三段）孤念你草桥关独把贼挡，孤念你半生来受尽了风霜。孤念你生三子把二子命丧，孤念你单剩下一子姚刚；孤念你是开国的忠元良将，[垛板]孤念你东荡西除、南征北剿、昼夜杀砍、你人不离鞍、马不停蹄、耳聋眼花、年迈苍苍、[原板]是一个耿耿的元良。剑劈了郭太师你把心来放，郭娘娘降下罪有孤承当。此一番进宫去把好言来讲，[垛板]从今后、为王的、戒酒百日、我不听谗言，[原板]岂斩你那开国的忠良，你怕什么娘娘。进宫去必须把王来随上，[垛板]叫一声、姚皇兄、姚次况、伴驾王、孤的爱卿、你那里、休流泪、就免悲伤、必须要、大着胆、把宽心放，一步一步随定了[原板]孤王。

逍遥津【1920年百代唱片2面】时慧宝饰汉献帝、时德宝京胡（33372*1/2）

（头段）[二黄导板]父子们在宫中相对落泪，[碰板]想前情叫孤王好不伤悲。[原板]贼曹操与伏后结下仇对，害得她魂灵儿不能够相随。二皇儿年纪小孩童之辈，也不能在灵前奠酒三杯。

（二段）恨奸贼把孤王[慢板]牙根咬碎，上欺君下压臣做事全非。欺寡人在金殿不敢答对，欺寡人在许田并马打围；欺寡人好一比犯人受罪，[垛板]欺寡人、好一比、扬子的江、江上的船、船到江心、入大海、波浪滔天、风吹浪打、浪打就风吹、[慢板]我难把头回。忍不能受不可孤心[散板]绞碎，又听得宫门外喧哗如雷。

《逍遥津》时慧宝饰汉献帝

柴桑口【1920年百代唱片1面】时慧宝饰诸葛亮、时德宝京胡（33373）

［二黄导板］见前灵不由人泪流脸上，［散板］想遗容好叫我魂断肝肠。可惜你钟山秀青春正旺，可惜你美英雄一旦夭亡。［哭头］实指望灭曹瞒你我安享，都督啊！

葫芦谷（七星灯）【1920年百代唱片1面】时慧宝饰诸葛亮、时德宝京胡（33374）

［二黄原板］仰面朝天自嗟叹，司马懿可算得将魁元。送去了胭粉钗裙他无怨，反留旗牌酒饭餐。有刚有智真好汉，要取中原难上难。反被他猜破我的心［散板］腹愿，腹内鲜血往上翻。出得帐来抬头看！

《胭粉计》时慧宝饰诸葛亮

伯牙携（抚）琴【1920年百代唱片1面】时慧宝饰俞伯牙、时德宝京胡（33375）

（俞伯牙）［二黄原板］自去年中秋节贤弟来到，我和你结金兰胜似个同胞。为贤弟我不爱奉君荣耀，为贤弟我不爱玉带蟒袍。实指望我和你朝夕欢笑，实指望、我和你、春游荒郊、夏赏荷花、秋饮菊酒、冬藏暖阁、谈今论古、共负辛劳。在坟台抚瑶琴［摇板］以为祭吊，（［琴歌］渔、樵白）哈哈哈。（俞）［散板］又听得那一旁笑走渔樵。

探母见娘【1920年百代唱片1面】时慧宝饰杨延辉、时德宝京胡（33376）

［西皮摇板］老娘亲请上受儿［回龙］拜，［二六］千拜万拜儿也应该。一来与母问安泰，愿老娘福寿康宁［摇板］永安泰。

宝莲灯【1932年12月百代唱片1面】时慧宝饰刘彦昌、迟景福京胡（A940）

［二黄原板］我本当带沉香秦府偿命，秦府偿命，我的儿啊！想起了三圣母送过红灯。我本当带秋儿秦府偿命，秦府偿

《四郎探母》时慧宝饰杨延辉

命，我的儿呃！后堂内现有那王氏夫人。左难右难难坏了我！

马鞍山【1932年12月百代唱片1面】时慧宝饰俞伯牙/钟元甫、迟景福京胡（A941）

（俞伯牙）[二黄导板]听说是贤弟命丧了，[散板]我心中好一似这滚油来浇。既如此烦老伯上前引道，（钟元甫）这就是新坟台上插纸标。（俞白）哎呀，贤弟呀！想你我弟兄，去岁八月中秋，在舟船之中，谈今论古，何等快乐！不想一载有余，竟自身入荒丘也！[顶板]我为贤弟不爱奉君荣耀，为贤弟我不爱玉带蟒袍。在坟台抚瑶琴以为祭吊！

时慧宝、李万春

逍遥津【1932年12月百代唱片1面】时慧宝饰汉献帝、迟景福京胡（A942）

[西皮导板]见此情不由王心头恼，[原板]伤心珠泪湿衣袍。上写着赐谕众卿晓，奸曹贼起意要夺龙朝。愿众卿早把人马到，搭救孤家命一条。一封血诏[摇板]忙修好，无有忠良走一遭。

《七擒孟获》时慧宝饰诸葛亮

水镜庄【1932年12月百代唱片1面】时慧宝饰刘备、迟景福京胡（A943）

[二黄导板]我心中恨蔡瑁狗奸谗，[碰板]我与他、往日无怨、近日无仇、苦苦害我、所为哪般？[原板]多亏了小伊籍把信传，因此上逃出了虎穴龙潭。汉刘备半世里遭凶险，到如今才知道创业难。加鞭催马朝[散板]前趱，见一顽童在庄前。

七星灯【1932年12月百代唱片1面】时慧宝饰诸葛亮、迟景福京胡（A944）

[二黄慢板]先帝爷托孤时龙恩深重，把社稷国家事付与山人。仗宝剑我忙把星台登定，[原板]望空中叩拜了过往的神灵。

雪杯缘（圆）【1932年12月百代唱片2面】时慧宝饰莫怀古、李多奎饰傅氏、迟景福／周文贵京胡（A945/6）

（头段）（傅氏）[二黄原板] 自从老爷离帝京，在蓟州堂上命丧残生。严府二次文书到，将我母子问充军。鞋弓袜小忙往[散板]前奔，两足疼痛路难行。（莫怀古）催马来至在柳林，阴风惨惨好侵人。下得马来离金镫，掌家坟墓哪边存。

（二段）[导板] 见坟台不由人泪难忍，[散板] 黄土埋定小莫成。这样的义仆世间少，蓟州堂上一命倾。（傅）都道你在蓟州命丧了，（莫）夫妻相会在今朝。（傅）你也老来我也老，（莫）不觉两鬓似银条。（傅）问声雪艳她可好？（莫）乌鸦拆散了凤凰巢。（傅）掌家莫成哪里去了？（莫）莫成他、他、他在那蓟州堂代了劳。

时慧宝

黄金台【1932年12月百代唱片2面】时慧宝饰田单、裘桂仙饰伊立、迟景福京胡（A967/8）

（头段）（田单）[二黄导板] 水不清皆因是鱼儿搅浑，（伊立白）马来！（田）[散板] 君不正又出了卖国谗臣。回头来便把千岁爷的驾请！（伊）御史衙前下了马，有劳大人相迎咱。

（田白）不知公公驾到，未曾远迎当面恕罪、恕罪！（伊）岂敢岂敢！咱家来的鲁莽，田大人恕个罪儿吧。（田）岂敢呐，岂敢！（衙役）哦！（田）啊，公公，黑夜之间，带领许多校尉，来到敝衙有何贵干？（伊）怎么着，这件事情你不知道？（田）下官不知。（伊）待咱家告诉于你。（田）公公请讲。（伊）只因东宫世子田法章，人伦大变，子要淫父妃。大王大怒，赐咱家宝剑一口，三更时分斩杀回奏。

（二段）也不知被何人走漏消息，世子连夜逃出皇城。是咱家启奏大王，大王赐咱家校尉四十名，命咱家各府搜寻。我将各府俱已搜到，并无世子的踪迹，我想世子他，定在你府啦！（田）公公，既是殿下犯罪，你我为大臣者就该上殿保奏才是。（伊）这个？连保数本，大王不准也是枉然呐。（田）公公也曾保过本来？（伊）保多喽！（田）既然如此，下官命人四下寻访，倘若访着殿下，献于公公就是了。（伊）呃？哎！田大人，你这个话呀，可不是这么个说法儿吧？（田）要怎样的讲呢？（伊）世子若在你府，你将他献将出

《碰碑》时慧宝饰杨继业

来,待咱家启奏大王,保你无事可也就完了吧!(田)多承公公美意,只是世子他……(伊)在这儿呐!(田)不在敝衙。(伊)不在你府?你这儿来。田大人!你说世子不在你府,咱家我就要!(田)要怎么样?(伊)我就要,搜啊!(田)公公!你、你、你当真要搜?(伊)要搜。(田)果然要搜?(伊)要搜。(田)请搜。(伊)搜来!起过了!田大人,你说世子不在你府,来、来、来,顺着咱家的手儿瞧,那两个女子她是嗨儿谁吧?(田)哈哈,乃是乳娘同小妹,小妹同乳娘啊哈哈哈!(伊)令妹田姑娘?(田)不敢,是小妹。(伊)请过来咱家见个礼儿。(田)礼貌不周,冒犯公公不敢相见。(伊)诶!你我一殿为臣见见何妨呢?(田)不敢相见。(伊)一定要见!(田)要见?(伊)要见。(田)就见。(伊)咱家有礼啦。

四郎探母【1915年物克多唱片2面】时慧宝饰杨延辉、时德宝京胡(42842)

(头段)[西皮慢板]杨延辉坐宫院自思自叹,想起了当年事好不惨然。我好比笼中鸟有翅难展,又好比虎离山受了孤单;我好比南来雁失群离散,

(二段)又好比浅水龙久困在沙滩。想当年沙滩会[二六]一场血战,只杀得血成河尸骨堆山。我被擒改名姓方脱此难,落番邦招驸马一十五年。萧天佐摆天门两国会战,我的娘押粮草来到北番。我有心回宋营把母来探,怎奈我无令箭也是枉然。思老娘不由儿肝肠痛断,想老娘不由人珠泪不干。想老娘每夜里三魂不见,想老娘泪珠儿就洒落在胸前。[哭头]眼睁睁母子们难得见!

上天台【1915年物克多唱片2面】时慧宝饰刘秀、殷春虎饰姚期、时德宝京胡(43021)

(头段)(刘秀)[二黄原板]孤想起逃难在殷家庄上,孤单单独一骑奔走南阳。邓先生按八卦带孤私访,君与臣扮举子搅乱科场。鬼神庄访皇兄伯母命丧,孝三年、改三月;孝三月、改三日;孝三日、改三时;孝三时、改三刻;孝三刻、改三分;三年、三月、三日、三时、三刻、三分,永不戴孝你保定了孤王。昆阳城里与岑彭打过了数仗,收二十单八宿龙凤呈祥;孤登基也曾把免死的旨降,姚不反汉汉不斩姚永镇边疆。孤岂是前朝君无道的皇上,宠亲信听谗言杀却了忠良。孤念你草桥关独把贼挡,孤念你半生来受尽了风霜。孤念你生三子把二子身丧,孤念你单剩下一子姚刚;孤念你是开国的忠元良将,孤念你东挡西除、南征北剿、昼夜

《青石山》时慧宝饰吕洞宾

杀砍、你人不离鞍、马不停蹄、耳聋眼花、年迈苍苍、是一个耿耿的元良。

（二段）剑劈了郭太师把心来放，从今后孤王是有酒不饮、我不听谗言、岂斩你那开国的忠良、你怕什么娘娘？进宫去必须把王来随上，叫一声姚皇兄、姚次况、伴驾王、孤的爱卿、你那里、休流泪、你免悲伤，必须要、大着胆、把宽心放，一步一步随定了孤王。（姚期）[原板]想当年走南阳一十二载，东挡西除才把国开。小姚刚杀丈人满门遭害，万岁爷宽放他方称心怀。自盘古哪有这臣把那君王的杯酒来戒？这也是我老姚期、幼年间、东挡西除、打动了帝王的[散板]心怀。

《空城计》时慧宝饰诸葛亮

柴桑口【1915年物克多唱片2面】时慧宝饰诸葛亮、时德宝京胡（54481）

（头段）[二黄导板]见前灵不由人泪流脸上，（白）都督，公瑾，都督啊！[散板]想遗容好叫我寸断肝肠。可惜你钟山秀青春正旺，可惜你美英雄一旦凋亡。[哭头]实指望灭曹瞒你我安享，都督啊！

（二段）[反二黄慢板]你是个创业的忠贞虎将，你是个人中的豪杰贤良。

黄金台【1928年胜利唱片1面】时慧宝饰田单、迟景福京胡（54071A）

[二黄导板]听谯楼打四更玉兔东上，[碰板]为国家秉忠心昼夜奔忙。[原板]西凉国欠三载未把贡上，进邹妃和伊立来献大王。我主爷见邹妃龙心欢畅，每日里贪酒色不理朝纲。他前番害国母早把命丧。眼见得这疆山付与了汪洋。

朱砂痣【1928年胜利唱片1面】时慧宝饰韩廷凤、苏少卿饰吴惠全、迟景福京胡（54071B）

（韩廷凤）[二黄散板]劝世人一个个存心厚道，一桩桩一件件命里所招。尊二位快请起施礼还到，这小事何须要理顺和调。（白）相公请坐、请坐。（吴惠全）大老爷在此，哪有小可的座位？（韩）还有话谈，焉有不坐的道理？（吴）告坐。（韩）吴相公，你有贵恙在身，改日再来，今日何必如此的周全呐？（吴）小人见了大老爷的银子出了一身的痛汗，我这病就好了。（韩）哦？看见银子病都好了？（吴）正是。（韩）哈哈哈哈哈哈。看起来这银钱倒是个好物件呐？（吴）好物件！（韩）好宝贝？（吴）好宝贝。（韩）好宝贝！[顶板]我救你的急我救你的难我救你的贫困。全你的节我全你的义我全你的婚姻。我娶妻不养子我前生造定。我岂肯破婚姻，到后来我留下了骂名。（白）哈哈哈哈！
［摇板］引螟蛉受教训一般有靠，留下我青山在何愁柴烧。

逍遥津【1928年胜利唱片1面】时慧宝饰汉献帝、迟景福京胡（54075A）

［西皮导板］见此情不由王心头恼，［原板］伤心珠泪洒衣袍。上写着赐予众卿晓，奸曹操起意要夺龙朝。愿众卿早把人马到，搭救孤家命一条。一封血诏忙修好，［摇板］无有忠良走一遭。

《战蒲关》时慧宝饰王霸

捉放曹【1928年胜利唱片1面】时慧宝饰陈宫、迟景福京胡（54075B）

［二黄原板］谯楼上鼓打二更下，越思越想自己做差。悔不该将家眷全行撇下，又不该随他人奔走天涯。我只说此贼的宽宏量大，又谁知赛赵高比王莽半点不差。看将来此贼的疑心忒大，汉室后根贼是个起祸的根芽。观此贼睡卧多潇洒，贼安眠好比井底之蛙。贼好比蛟龙未长鳞甲，贼好比猛虎未曾生牙。虎在笼中我不打，我岂肯放虎归山竟把［散板］人抓。拔宝剑将贼的头来割下，险些儿把此事又做差。

金马门【1928年胜利唱片1面】时慧宝饰李白、迟景福京胡（54077A）

［西皮导板］金马门怒恼了翰林院，［原板］酒醉叫骂安禄山。北海国曾把蛮诗献，我主爷金殿坐不安。传旨就把下官宣，你老爷酒醉把君参。我也曾酒醉［流水］诗百篇，我也曾酒醉写番蛮。不亏老爷的功劳显，尔的狗命难保全，［散板］焉有今天。

《太白醉写》时慧宝饰李白

马鞍山【1928年胜利唱片1面】时慧宝饰俞伯牙/钟元甫、迟景福京胡（54077B）

（俞伯牙）［二黄导板］听说是贤弟命丧了，［散板］我心中好一似这滚油来浇。烦老伯你与我前引道，（钟元甫）这就是新坟台上插纸标。（俞白）哎呀贤弟呀！曾记得你我弟兄，八月中秋，在舟船之中，何等的快乐。不想一载有余，唉！竟自身入荒丘也！［顶板］我为贤弟我不爱奉君荣耀，为贤弟我不爱玉带蟒袍。在坟台抚瑶琴以为［散板］祭吊，又听得那一旁笑走渔樵。

金马门【1929年开明唱片1面】时慧宝饰李白、迟景福京胡（56107A）

［西皮导板］金马门怒恼了翰林院，［原板］酒醉叫骂安禄山。北海国曾把蛮诗献，我主爷金殿坐不安。传旨就把下官宣，你老爷酒醉把君参。我也曾酒醉［流水］诗百篇，我也曾酒醉见番蛮。如非老爷的功劳显，尔的狗命难保全，［散板］焉有今天。

马跳檀溪【1929年开明唱片1面】时慧宝饰刘备、迟景福京胡（56107B）

［二黄导板］我心中恨蔡瑁狗奸谗，［碰板］可恨他，往日无冤、近日无仇、苦苦害我所为哪般？［原板］多亏了忠伊籍把信传，因此上逃出了虎穴龙潭。那西门外又有檀溪一片，既无有桥梁又无有渡船。幸有这白的卢好走战，它一跃逃过了檀溪边。

血带诏【1929年开明唱片1面】时慧宝饰汉献帝、迟景福京胡（56109A）

［西皮导板］恼恨那曹孟德狗奸谗，［原板］欺君误国逞威严。我与那国舅发下誓愿，定下了巧计要害阿瞒。这才是老天爷不睁眼，也不知是何人泄露了巧机关。狗奸贼亲自来判断，怕的是性命难保全。我如今一死我的心［散板］不怨，万古千秋美名传。

《太白醉写》时慧宝饰李白

马鞍山【1929年开明唱片1面】时慧宝饰俞伯牙/钟元甫、迟景福京胡（56109B）

（俞伯牙）［二黄导板］听说是贤弟命丧了，［散板］我心中好一似滚油来浇。烦老伯你与我上前引道，（钟元甫）这就是新坟台上有纸标。（俞白）哎呀贤弟呀！曾记得你我弟兄，去岁八月中秋，在舟船之中，谈今论古，何等的快乐。不想一载有余，唉，竟自身入荒丘也！［顶板］我为贤弟我不爱奉君荣耀，为贤弟我不爱玉带蟒袍。为贤弟二双亲不能够尽孝，为贤弟千山万水空走这遭。在坟台抚一曲以为［散板］祭吊！（［琴歌］）又听得那一旁笑走渔樵。

王又宸（1882~1938.2.23）

王又宸，原名国栋，字痴公，号幼臣，原籍山东掖县，其父王宝臣曾于晚清工部任职。早年曾于当铺学徒，经常出入茶馆、票房等处演唱，曾向李寿山学《别母乱箭》，向王荣山学《珠帘寨》《战太平》《南阳关》等戏，20岁左右，在北京庆丰堂拜田际云为师，下海成为专业演员，后被谭鑫培看中，招为女婿，得谭氏真传。擅演剧目有《连营寨》《洪羊洞》《南阳关》《李陵碑》《失街亭》《清风亭》《乌龙院》《盗魂铃》等，早年与荀慧生在上海创编了《诸葛亮招亲》《三搜卧龙岗》等剧目，这些剧目后来在南方广为流传。

王氏所灌唱片中，《连营寨》"哭灵牌"一折唱段，前后灌过三次，成为后世学习此剧的范本资料。《盗魂铃》唱片中，反串旦角显示了他的小嗓功力，并且模仿孙（菊仙）派的老生唱法，大小嗓转换丝毫不露痕迹。

男老生

打棍出箱【1921年5月9日百代唱片1面】王又宸饰范仲禹、徐兰沅京胡、陈宝生司鼓（33470）

［四平调］三更三点白露茫，怎不叫人泪双行。似风筝断了无情线，我那妻儿啊！夫妻好似棒打鸳鸯，啊，棒打鸳鸯。在城隍庙内挂了号，在土地祠内领回文，啊，领回文。（［八岔］）

骂曹【1921年5月9日百代唱片1面】王又宸饰祢衡、徐兰沅京胡、陈宝生司鼓（33471）

［西皮导板］谗臣当道谋汉朝，［原板］楚汉相侵动枪刀。到如今出了个奸曹操，上欺天子下压群僚。我有心替主爷把贼讨，我手中缺少杀人刀。主席坐定［快板］奸曹操，上坐文武众群僚。元旦节与贼不祥兆，假装疯魔骂奸曹操。我把蓝衫来脱掉！

南阳关【1921年5月9日百代唱片2面】王又宸饰伍云召、徐兰沅京胡、陈宝生司鼓（33472*1/2）

（头段）[西皮导板]恨杨广斩忠良谗臣当道，[原板]叹双亲不由人珠泪双抛。手扶着垛口往下瞧，韩擒虎虽年迈杀气高。

（二段）尚师徒胯下呼雷豹，麻叔谋鞭插在马鞍鞒。左右的先行官把帅保，耀武扬威逞英豪。我去了愁眉[二六]伯父叫，侄男言来禀年高：自古道臣尽忠来子当尽孝，方在人间走一遭。我的父忠心把国保，敲牙割舌为的是哪条。四员护将俱斩了，我那年迈的娘也受那一刀。[流水]况此时也就该把气消了，兵困南阳为的哪条？伍家的忠心实难表，叫儿泪抛[摇板]不泪抛。[流水]韩伯

《南阳关》王又宸饰伍云召

父说话理正道，侄男言来听根苗，倘若后来把仇报，早烧香晚点灯[摇板]供奉年高，饶是不饶。

连营寨【1921年5月9日百代唱片2面】王又宸饰刘备、徐兰沅京胡、陈宝生司鼓（33473*1/2）

（头段）[西皮导板]白盔白甲白旗号，[哭头]二弟呀，三弟呀，啊！[回龙]孤的好兄弟！[原板]大小三军哭号啕。孤王兴兵把仇报，扫灭了东吴恨方消。

（二段）[反西皮二六]点点珠泪往下抛。当年桃园结义好，胜似一母共同胞。不幸徐州失散了，万般无奈暂归曹。那曹操待你的情义好，上马的金银也曾赠过了锦绣红袍。美女十名你不要，挂印封金辞奸曹。匹马单刀保皇嫂，过五关、斩六将，擂鼓三通把蔡阳的首级枭，可算得盖世英豪。还望二弟神威保，神威[哭头]保，二弟呀！

连营寨【1929年高亭唱片1面】王又宸饰刘备、张崇麟京胡（Teb441）

[西皮导板]白盔白甲白旗号，[哭头]二弟呀，三弟呀，啊！[回龙]孤的好兄弟！[原板]大小三军哭号啕。

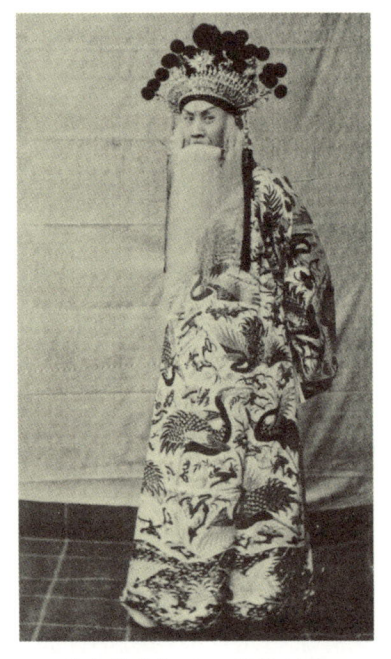

《连营寨》王又宸饰刘备

孤王兴兵把仇报，扫灭了东吴恨方消。

哭灵牌【1929年高亭唱片2面】王又宸饰刘备、张崇麟京胡（Teb442/3）

（头段）[反西皮二六]点点珠泪往下抛。当年桃园结义好，胜似一母共同胞。不幸徐州失散了，万般无奈暂归曹。那曹操待你的情义好，上马金银也曾赠过了锦绣红袍。美女十名你不要，挂印封金辞奸曹。匹马单刀保皇嫂，过五关斩六将擂鼓三通把蔡阳的首级枭，可算得是盖世的英豪。还望二弟神威保，神威[哭头]保，二弟呀！

（二段）[西皮摇板]非是为伯父伤心泪掉，我与你父生死故交。[哭头]哭罢了二弟把三弟叫，好兄弟呀![反西皮二六]叫声三弟听根苗：大破黄巾天下晓，敌人见你就望风逃。虎牢关曾把吕布的发冠挑，长坂坡前喝断了灞桥。锦绣山河孤不要，一心与你把恨消。哭哑了咽喉珠泪掉，把三弟[哭头]叫，翼德弟呀！

《盗魂铃》王又宸饰猪八戒

三本金钱豹·彩楼配（反串青衣）【1929年高亭唱片1面】王又宸饰猪八戒、张崇麟京胡（Teb460）

（白）我，猪八戒。今天咱们开开心，唱一段王三姐抛彩球。诸君要多包涵一二。[西皮导板]梳妆打扮出绣房，[慢板]在后堂辞别了二老爹娘。叫丫鬟带路[摇板]彩楼上！

三本金钱豹·三娘教子【1929年高亭唱片1面】王又宸饰猪八戒、张崇麟京胡（Teb461）

（白）《彩楼配》我是唱完了，我再唱点儿《三娘教子》。先唱三娘后唱老薛保，这就叫一人忙。（旦）[二黄原板]老薛保你不必苦苦哀告，三娘言来细听根苗：都只为东人下学甚早，这才是平地里跌了一跤。（生）劝三娘休得要珠泪垂掉，老奴言来细听根苗：千看万看看东人他年纪小，望三娘你那里轻轻打、轻轻饶，轻打轻饶、饶恕这遭你下次就不饶。（白）《三娘教子》我又唱完了。我再唱点儿小曲儿，唱点儿改良的《小下棋》：情郎哥与小妹下上盘子儿棋，手拿

《三娘教子》王又宸饰薛保

这个棋子笑而又嘻嘻,郎啊,有句话我可来也来问你。这两天你不来因为何缘故,莫不是小班儿里去打茶围,郎啊,着上杨梅可了也了不得。(白)完了。

空城计【1929年高亭唱片1面】王又宸饰诸葛亮、张崇麟京胡(Teb462)

[西皮二六]我正在城楼观山景,耳听得人马乱纷纷。旌旗招展空翻影,却原来是司马发来的兵。我也曾命人去打听,打听得司马你带兵正往西行。一来是马谡无谋少才能,二来是将帅不和就失街亭。你连得三城多侥幸,贪而无厌你又夺我西城。我诸葛在敌楼把驾等,等候了司马你到此咱们谈呐、谈、谈谈心。左右琴童人两个,我又无有埋伏又无有兵。到此我并无别的敬,早备下羊羔美酒我犒赏你众三军,你不必胡思乱想心不定,你就来、来、来、请上城来[散板]听我抚琴。人言司马用兵能,依我看来是虚名。他道我平生不设险,险中弄险显奇能。

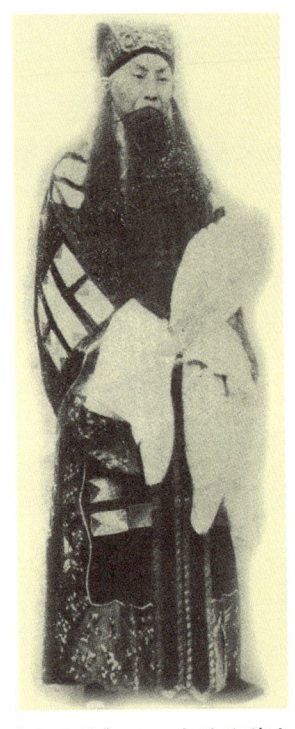

《空城计》王又宸饰诸葛亮

秦琼卖马【1936年3月27日高亭唱片2面】王又宸饰秦琼、张崇麟京胡(Teb713/4)

(头段)(白)店主东,牵马![西皮慢板]店主东带过了黄骠马,不由得秦叔宝两泪如麻。提起了此马来头大,兵部堂王大人相赠与咱。

(二段)遭不幸困至在天堂下,还你的店饭钱无奈何只得来卖它。摆一摆手儿你就牵去了吧,[摇板]但不知此马落在谁家。店主东一去不见回转,倒教我秦叔宝两眼盼穿。也是秦琼瞎了眼,拿响马当作好宾朋。拉住店家撒个赖,如此说我和你就两丢开。

托兆碰碑【1936年3月27日高亭唱片2面】王又宸饰杨继业、张崇麟京胡(Teb715/6)

(头段)[反二黄慢板]金沙滩双龙会一仗败了,只杀得血成河鬼哭神嚎。我那大郎儿[快三眼]替宋王把忠尽了,二郎儿短剑下命赴阴曹;杨三郎被马踏尸骨难找,四八郎失番邦无有下梢;五郎儿弃红尘剃发修道,夜得梦七郎儿箭射在芭蕉;只剩下六郎儿去把贼讨,[垛板]可怜他尽得忠又尽孝、东荡西杀、南征北剿、血战沙场、马

《当锏卖马》王又宸饰秦琼

《天雷报》王又宸饰张元秀

不停蹄、[快三眼]为国勤劳。可叹我八个子把四子丧了，我把四子丧了，我的儿啊！

（二段）[原板]眼见得一家人死无有下梢。魍魉臣贼潘洪又生机巧，请我主到五台去把香燎。又谁知中了那奸贼机巧，四下里众番兵犹如海潮。多亏了六郎儿一马赶到，一杆枪保圣驾闯出笼牢。有老夫领人马也把贼找，[垛板]那时我、东西杀砍、左冲右突、虎闯羊群、被困在两狼山、内无有粮、外无有草、盼兵不到，眼见得我这老残生就难以[原板]还朝，我的儿啊！腹饿了就该把战马绞倒。

洪羊洞【1936年高亭唱片2面】王又宸饰杨延昭、张崇麟京胡（Teb731/2）

（头段）[二黄摇板]孟良盗骨无音信，倒教本帅挂在心。[散板]见尸骨不由我泪双流，几载未见亲骨肉。叫家院将尸骸供奉堂口，二十年真骸骨才得回头。（白）焦赞，孟良，哎呀！[散板]听说是焦孟将俱丧番营，去了我左右膀忍痛在心。叫老军到北国尸骨搬运，待本帅明早朝启奏龙廷。

（二段）[快三眼]自那日朝罢归身染重病，三更时梦见了年迈爹尊。我前番命孟良骸骨搬请，那乃是萧天佐以假成真。二次里命孟良番营来进，又谁知焦克明就私自后跟。老军报他二人在洪羊洞丧命，去了我左右膀难以飞行。为此事终日里忧成病情，因此上臣的病重加十分，千岁爷呀！

黄金台【1929年2月蓓开唱片1面】王又宸饰田单、张崇麟京胡（90203）

【盘关】[二黄碰板]千岁爷休得要放悲声，[原板]惊动了把关人难以出城。那一旁松林内暗暗藏定，想一个良谋计好出城。抓一把灰土把脸[散板]盖定，我假装疯魔要混出城。

庆顶珠【1929年2月蓓开唱片1面】王又宸饰萧恩、张崇麟京胡（90204）

[西皮导板]听一言不由我七孔冒火，[摇板]不由我年迈人咬碎牙窝。江湖上叫萧恩不才是我，大战场小战场会过许多。爷本是出山虎独自一个，尔好比看家犬一群一窝。你本是奴下奴敢来欺我！[散板]

《黄金台》王又宸饰田单

可恨那狗贼官心术不正，把住了三江口要银三分。是老汉上堂去一句不问，打了我四十板就叉出了头门。忍不住心头火忙往前奔，叫一声桂英儿快来开门。

乌盆计【1929年2月蓓开唱片2面】王又宸饰刘世昌、张崇麟京胡（90206/7）

（头段）[西皮摇板]一日离家一日深，好似孤雁宿寒林。[原板]劝世人休把名利贪，孝敬父母种田园。为人受得苦中苦，方能传授子孙贤。叫刘升前面[散板]把路赶，霎时乌云遮满天。

（二段）[西皮导板]霎时一阵心血乱，[散板]心中疼痛为哪般？是是是、明白了，中了赵大巧机关。回头再把刘升唤，想必奴才染黄泉。[哭头]远望着南阳高声唤，爹娘啊！[散板]地府阴曹走一番。

《庆顶珠》王又宸饰萧恩、王瑶卿饰萧桂英

御碑亭【1929年2月蓓开唱片1面】王又宸饰王有道、张崇麟京胡（90208）

[西皮导板]王有道提笔泪难忍，[原板]实实的难舍结发情。实指望百年同偕老，又谁知半途风波生。非是我一旦间多薄幸，怎奈不留下贱人。黑夜避雨[快板]御碑亭，其中事儿暗不明。从此休之任凭改姓，割断丝萝两离分。写罢书信[摇板]打手印，叫你嫂嫂兄有话云。

连营寨【1915年物克多唱片2面】王又宸饰刘备（43707）

（头段）【哭灵牌】[西皮导板]白盔白甲白旗号，[哭头]二弟，三弟呀，啊，[回龙]孤的好兄弟！[原板]大小三军哭号啕。孤王兴兵把仇报，扫灭了东吴恨方消。

（二段）【七百里】[反西皮二六]点点珠泪往下抛。当年桃园结义好，胜似一母共同胞。不幸徐州失散了，万般无奈暂归曹。那曹操待你的情义好，上马的金银也曾赠过了大红袍。匹马单刀保皇嫂，过五关、斩六将、擂鼓三通把蔡阳的首级枭，可算

《御碑亭》王又宸饰王有道

得是盖世的英豪。愚兄带兵我把仇报，扫灭了东吴恨方消。还望二弟神威保，［哭头］神威保，孤的好兄弟呀！

空城计【1915年物克多唱片1面】王又宸饰诸葛亮（43708A）

［西皮慢板］我本是卧龙岗散淡的人，论阴阳如反掌博古通今。先帝爷下南阳御驾三请，算就了汉家的业鼎足三分。官封到武乡侯执掌帅印，东西战南北剿保定乾坤。

李陵碑【1915年物克多唱片1面】王又宸饰杨继业（43708B）

［反二黄慢板］叹杨家秉忠心大宋扶保，为国家只落得兵败荒郊。恨北国萧银宗打来战表！

托兆碰碑【1928年10月胜利唱片2面】王又宸饰杨继业、张崇麟京胡（43837）

（头段）［反二黄原板］眼见得一家人就死无有下梢。魑魅臣贼潘洪又生机巧，请我主到五台去把香燎。又谁知中了那奸贼机巧，四下里众番兵犹如海潮。多亏了六郎儿一马赶到，一杆枪保圣驾闯出笼牢。有老夫领人马也把贼捣，［垛板］那时我东西杀砍、左冲右突、虎闯羊群、被困在两狼山、内无有粮、外无有草、盼兵不到、眼见得我这老残生就难以［原板］还朝，我的儿啊！

（二段）腹饿了就该把战马绞倒，天寒冷扯帐床用布来包。宝雕弓打不着空中飞鸟，弓折弦断为的是哪条？［散板］恨石虎将我的战马咬倒，为大将无良骑难把兵交。叫老军看过我青铜刀爷把路找，寻一个避风所再作计较。

四郎探母【1928年10月胜利唱片2面】王又宸饰杨延昭、张崇麟京胡（43838）

（头段）［西皮导板］未开言不由人泪流满面，［原板］贤公主细听我表叙一番。我的父老令公官高爵显，我的母佘太君所生我弟兄七男。都只为宋王爷五台山还愿，我弟兄八员将［快板］赴会在沙滩。我大哥替宋王席前被难，我二哥短剑下命染黄泉；我三哥被马踏尸骨不见，我五弟弃红尘去至高山。我本是杨，［哭头］啊，贤公主我的妻呀！［摇板］我本是杨四郎名姓改换，将杨字拆

《连营寨》王又宸饰刘备

《空城计》王又宸饰诸葛亮

木易匹配姻缘。

（二段）［摇板］老娘亲请上受儿［回龙］拜，［二六］千拜万拜也折不过儿的罪来。儿在番邦数十载，常把儿的老娘挂在儿的心怀。萧后娘娘恩似海，铁镜公主配和谐。见母一面即回北塞，望老娘福寿康宁［摇板］永无灾。

《四郎探母》王又宸饰杨延昭、陈盛荪饰铁镜公主

卖马【1928年10月胜利唱片1面】王又宸饰秦琼、张崇麟京胡（43839A）

［西皮摇板］也是秦琼瞎了眼，拿响马当作好宾朋。拉住店家撒个赖，如此说我与你就两丢开。家住山东历城县，秦琼名儿天下传。我本是顶天立地男子汉，英雄到处无钱难。出得门来我卖、我卖锏！［快板］两骑马跑得似连环。明明知道是响马，无有批票怎赶拿？店东与我忙赶下，还你饭钱就是他。

汾河湾【1928年10月胜利唱片1面】王又宸饰薛仁贵、张崇麟京胡（43839B）

［西皮摇板］催马来在汾河岸，见一顽童水边玩。弹打南来空中雁，（白）枪挑！［摇板］枪挑鱼儿水面翻。翻身下了马雕鞍，我与顽童把话言。［散板］打虎误伤孩童命，是非之地难久停。仁贵拉马朝前奔，急忙去到柳家村。［流水］适才离了汾河境，一马儿来至在柳家村。勒住丝缰［摇板］用目看：［流水］见一位大嫂坐窑门。看前面好似我妻样，后影好似柳迎春。翻身下了马能行！

连营寨·哭灵牌【1930年7月胜利唱片1面】王又宸饰刘备、张崇麟京胡（54270A）

［西皮摇板］非是为伯父伤心泪掉，孤与你父生死交。哭罢二弟把三弟叫，好三弟呀！［反西皮二六］叫声三弟听根苗：大破黄巾天下晓，敌人见你就望风逃。虎牢关曾把吕布的发冠挑，长坂坡前喝断了灞桥。可恨那范疆张达贼强盗，害孤的三弟二贼脱了逃。锦绣山河孤不要，一心与你把恨消。哭哑了咽喉珠泪掉，把三弟［哭头］叫，翼德弟呀！

骂曹【1930年7月胜利唱片1面】王又宸饰祢衡、张崇麟京胡（54270B）

［西皮二六］列公大人提醒了我，犹如推醒了梦南柯。自古道责人先要责己过，手摸胸膛

自揣摩。罢、罢、罢！暂息我的心头火，[流水]事到如今没奈何。走近前、忙告错，尊声丞相听我说：你把书信交与我，顺说刘表再定夺。[摇板]丞相安心且闲坐，披星戴月过江河。顺说刘表若不妥，愿在他乡做鬼魔。

桑园寄子【1930年7月胜利唱片2面】王又宸饰邓伯道、张崇麟京胡（54285）

（头段）[二黄导板]见坟台不由人珠泪滚滚，（白）伯俭，兄弟，难得见的兄弟呀！[碰板]叫一声同胞弟细听兄云：[快三眼]曾记得你在世何等的侥幸，兄与你同商议家道洪兴。料不想身得病一旦丧命，兄弟丧命，兄弟呀！[原板]恨黄土埋却了无价宝珍。

（二段）[慢板]山又高水又深无计可奈，[原板]手攀藤带娇儿忙登山界，忙登山！眼望着白茫茫但不知是何方地界，[散板]眼观得旌旗飘把我吓坏！

《桑园寄子》
王又宸饰邓伯道

战太平【1930年7月胜利唱片2面】王又宸饰花云、张崇麟京胡（54405）

（头段）[二黄导板]头戴着紫金盔齐眉盖顶，[散板]为大将临敌时哪顾得残生。撩铠甲且把二堂进，有劳夫人点雄兵。接过夫人得胜饮，背转身来谢神灵。辞别夫人足踏镫，但愿得此一去早早回程。

（二段）[西皮导板]大炮一响惊天地，[散板]就是雀鸟也难飞。叫花安与父带坐骑，难舍妻儿两分离。[哭头]贤夫人请上受一礼，夫人呐！[散板]下官言来你是听：孙氏年小你照应，花家只有这条根。辞别夫人踏金镫，但愿得此一去早把贼平。

《战太平》王又宸饰花云

谭小培（1883~1953）

谭小培，本名嘉宾，籍贯湖北黄陂，生于北京，其父为名老生谭鑫培。幼入小荣椿班习老生，后该班报散，转入小洪奎社。出科后拜师许荫棠，习奎（张二奎）派，嗓音酷似其父，家学渊源，在全面继承其父艺术同时，又融入奎派古朴、大气的风格。曾与尚小云、程砚秋等合作多年。中年后在家课子传艺，并为其子组社搭班任管事。是老谭（鑫培）派过渡到新谭（富英）派承上启下的重要人物。

谭小培的唱片具有很珍贵的史料意义。1923年7月，百代公司约请正在上海演出的谭小培灌制了一批唱片，其中《探母》一张，是承接其父百代《四郎探母》唱片所灌，《武家坡》唱片中"都只为西凉国造了反"等句，唱词、唱腔均保留了老派唱法；为其子配演的《洪羊洞》《珠帘寨》两张唱片，保留了杨继业鬼魂唱段"中东辙"的唱法及程敬思唱段"由求辙"的唱法。1925年高亭公司所灌《摘缨会》是为纪念其师许荫棠所灌，保留了奎派的唱法。其他如《托兆碰碑》《洪羊洞》等谭（鑫培）派本门戏，谭小培也几乎是一字不动地临摹其父，是研究老谭派艺术风格的标准参照资料。

洪羊洞【1923年7月20日百代唱片2面】谭小培饰杨延昭 / 报名、迟景福京胡（33601*1/2）

（头段）（白）搀扶！［二黄慢板］叹杨家保宋主心血用尽，最可叹焦孟将命丧番营。宗保儿搀为父病床靠定，［原板］怕的是熬不过尺寸的光阴。

（二段）［导板］我方才在郊外闲游散闷，［散板］见一官长放雕翎。对我前心把箭放，险些儿丧了命残生。猛然睁开昏花眼，我面前站的是放箭之人。我与你素无仇又无怨恨，你……不该放雕翎射我前心。听说是贤爷驾到临，宗保儿上前赔罪定惊。

探母【1923年7月20日百代唱片2面】谭小培饰杨延辉/报名、迟景福京胡（33602*1/2）

（头段）［西皮慢板］我好比浅水龙困在沙滩。想当年沙滩会［二六］一场血战，只杀得血成河尸骨堆山。我有心过营去见母一面，怎奈我身在番远隔天边。思老娘不由儿把肝肠痛断，想老娘不由儿珠泪不干。［哭头］眼睁睁母子们难得见，儿的老娘！［摇板］要相逢除非是梦里团圆。

（二段）［散板］老娘亲请上受儿［回龙］拜，［二六］千拜万拜也折不过儿的罪来。儿困番邦一十五载，常把儿的老娘挂在儿的心怀。萧后娘娘恩似海，铁镜公主配了和谐。闻听得老娘兵临北塞，乔装改扮儿就转回营来。见母一面愁眉解，愿老娘福寿康宁［摇板］永无灾。［流水］铁镜公主真可爱，生下两个小婴孩。临行她把好言带，皆因是两国不和［摇板］她不敢前来。

《四郎探母》
谭小培饰杨延辉

武家坡【1923年7月20日百代唱片2面】谭小培饰薛平贵/报名、迟景福京胡（33603*1/2）

（头段）【窑门】［西皮导板］提起当年泪不干，［原板］夫妻们受苦寒窑前。自从降了红鬃战，唐主爷驾前去讨官。封我后军都督府，你的父上殿把本参。自从盘古立地天，哪有个岳父把婿参？都只为西凉国造了反，

（二段）有一封战表来到长安。唐帝爷打开［流水］表本看，吓坏了满朝文武官。苏龙魏虎为元帅，薛平贵倒做先行官。阵前遇见女代战，代战公主好威严，她把我擒下马雕鞍。西凉老王不肯斩，反把公主匹配良缘。西凉老王把驾晏，众文武保我坐银安。那一日驾坐银安殿，宾鸿大雁口吐人言。手使金弓银弹打，打下了半幅血罗衫。打开罗衫从头看，才知道寒窑受苦王宝钏，不分昼夜回家赶，为的是夫妻两团圆。三姐不信掐指算，来来来算一算，连来带去［摇板］十八年。水流千遭归大海，三姐拿去仔细地观。三姐不必寻短见，为丈夫跪在窑外边。［流水］在头上取下沿毡帽，避尘珠金光照满窑。用手取出番邦宝，三姐拿去［摇板］仔细瞧。［流水］

谭小培

西凉有个女代战,她保孤王坐长安。

失街亭【1923年8月30日百代唱片2面】谭小培饰诸葛亮／报名、迟景福京胡（33604*1/2）

（头段）[西皮摇板]先帝爷白帝城叮咛就,诸葛亮怎能够高枕无忧。但愿得此一去扫平贼寇,免老夫亲自里去把贼收。我用兵数十年从来谨慎,错用了小马谡无用之人。无奈何定空城计我的心神不定,望空中求先帝大显威灵。

（二段）小马谡失街亭令人可恨,这桩事倒教我难以调停。老军们因何故纷纷议论？国家事用不着尔等劳心。西城地原本是咽喉路径,我城内早埋伏十万神兵。叫老军扫街道把宽心拿稳！

谭富英、谭小培

托兆碰碑【1932年11月20日百代唱片2面】谭小培饰杨继业、金少山饰杨延嗣、赵济羹京胡（A826、A815）

（头段）[二黄导板]金乌坠玉兔升黄昏时候,[碰板]盼娇儿不由人珠泪双流,我的儿啊！[原板]七郎儿回雁门搬兵取救,为什么此一去不见回头？唯恐怕潘仁美记起前扣,怕的是我的儿一命罢休。含悲泪进大营双眉愁皱,身寒冷腹内饥遍体飕飕。

（二段）（杨延嗣）[二黄原板]听谯楼打罢了三更时分,空中又来了七郎鬼魂。叫鬼卒驾阴风大营来进,又只见老爹爹瞌睡沉沉。我这里将我父梦魂[散板]唤醒！（继）猛抬头只见七儿娇生。父命儿回雁门搬取救应,为什么哭啼啼身带雕翎？[哭头]我待要下位去将儿抱定！

《托兆碰碑》谭小培饰杨继业

二进宫【1932年11月20日百代唱片2面】谭小培饰杨波、金少山饰徐彦昭、王芸芳饰李艳妃、赵济羹京胡（A816/7）

（头段）（徐彦昭）[二黄原板]说什么学韩信命丧未央,站近前听老夫改换一桩：这寒宫当作了鸿门宴上,[垛板]有老夫,比樊哙,怀抱铜锤,保驾身旁,料也[原板]无妨。（杨波）我好比鱼闯过千层罗网，受了些惊吓着了些慌忙。（徐）只要你忠心把国掌，老夫我保你满门无妨。（杨）千岁爷保学生满门无伤，舍死忘生闯进昭阳。（徐）前面走的是开国将，（杨）后面跟随兵部侍郎。（徐）站立在宫门朝内望，（杨）又只见：龙国太，怀抱太子，两泪汪汪，口口声声，哭的是先王。（徐）龙国太哭的是江山难掌。（杨）千岁爷你那里切莫承当。（徐）进宫去休行那君臣大礼。（杨）学一个文站东、（徐）武列西，（合）各自分班站立在[散板]两厢。

（二段）（李艳妃）[原板]他二人把话一样讲，倒教哀家无有主张。无奈何抱太子跪昭阳。（徐）吓坏了定国王、（杨）兵部侍郎。（徐）自从盘古立帝邦，（杨）君跪臣来臣不敢当。（李）并不是哀家来跪你，跪的是我皇儿锦绣家邦。（徐）锦家邦来锦家邦，（杨）臣有一本启奏皇娘：（徐）昔日里有一个李文李广，（杨）弟兄双双扶保朝纲。（徐）李文北门带箭丧，（杨）伴驾山前又收李纲。（徐）收了一将损伤了一将，（杨）一将倒比一将强。（徐）到后来保太子登龙接位，（杨）反把李广斩首法场。（徐）这都是忠贞的前朝良将，（杨）哪一个忠良又有下场？（李）有下场来无下场，细听哀家说比方：昔日里有一个子龙将，他保阿斗冲当阳。到后来那太子登龙位上，他的名儿万载扬。（徐）困龙思水长江浪，（杨）虎落平阳想奔山岗。（徐）事到头来你想一想，（杨）谁是忠良哪个是奸党！（李）忠良本是徐杨将，奸党就是我父李良。你二人不肯把国掌，（白）罢![摇板]哀家跪死在昭阳。

《连营寨》谭小培饰刘备

打渔杀家【1932年11月20日百代唱片2面】谭小培饰萧恩、王芸芳萧桂英、赵济羹京胡（A822/3）

（头段）（萧桂英）[西皮导板]太湖池上海水发，（萧恩白）开船呐！（英）[快板]海水滚得两边花。山清水秀难描画，各个渔夫[摇板]转回家。（萧白）儿啊。[摇板]父女打渔在江下，家贫哪怕人笑咱。我的儿掌稳舵父把网撒，（白）哦![散板]怎奈是年纪衰迈气力不佳。

（二段）（萧白）二位贤弟慢走，兄不远送了。这才是好朋友。哈哈哈哈！（英）啊，爹爹，二位叔父走远了？（萧）不

《打渔杀家》王芸芳饰萧桂英

错，走远了！（英）爹爹，二位叔父他是何人？（萧）儿啊，你问的就是他？儿啊！［摇板］他本是江湖二豪家，李俊倪荣就是他。蟒袍玉带不愿挂，流落江湖访豪侠。（英白）爹爹！［摇板］昔日子期访伯牙，爹爹的交情果不差。看天色不早［散板］回去吧，（萧）猛抬头见红日坠落西下。

《四郎探母》谭小培饰杨延辉、张春彦饰杨延昭

桑园寄子【1932年11月21日百代唱片2面】谭小培邓伯道、王芸芳饰金氏、小神童饰邓方、赵济羹京胡（A824/5）

（头段）（邓方白）走哇！（邓伯道）［二黄慢板］走青山望白云（方）家乡何在？（金氏）一家人逃性命哪顾得家财。（道）山又高水又深难以忍耐，

（二段）（金）苔又滑路又狭寸步难挨。（道）［原板］手攀藤带娇儿忙登山界，忙登山！（金）走得我两腿痛珠泪满腮。（道）远望着白茫茫但不知何方地界，（金）何日里到潼关方称［散板］心怀。（道）又只见旌旗飘把我吓坏！

桑园寄子【1932年11月21日百代唱片2面】谭小培饰邓伯道、赵济羹京胡（A827/8）

谭小培

（头段）（白）难得见的兄弟呀！［二黄慢板］叹兄弟遭不幸一旦丧命，丢下了年幼儿好不伤情。远望着孤坟台珠泪难忍，见坟台不见人刀割我心。

（二段）［导板］见坟台不由人珠泪滚滚，（白）伯俭，兄弟，喂呀，难得见的兄弟呀！［碰板］叫一声同胞弟细听兄云：［快三眼］曾记得你在日何等侥幸，兄与你同商议家道弘兴，料不想身得病一旦丧命，兄弟丧［哭头］命，我那兄弟呀！

搜孤救孤【1932年11月21日百代唱片1面】谭小培饰公孙杵臼、谭富英饰程婴、赵济羹京胡（A829）

（程婴）［二黄原板］我享荣华受富贵，断送了忠良爷的后代根。这是我好意反成恶意，满腹心事向谁云！（公孙杵臼白）法场上绑得我昏迷不醒，抬

头只见小程婴。我今一死不要紧,扶保孤儿要你担承。(程)公孙兄说话弟谨遵,句句话儿记在心。无奈何烧纸把酒奠[散板]敬,公孙兄、我那亲、啊,我的儿啊!

洪羊洞【1932年11月21日百代唱片1面】谭小培饰杨继业、谭富英饰杨延昭、赵济羹京胡(A830)

(杨延昭)[二黄散板]猛抬头只见故父令公。曾记得在两狼父把命送,哪有个人死后又能复逢?[哭头]我待要下位去身难还坐!(杨继业)[碰板]六郎儿休贪睡细听从容:[原板]儿前番命孟良骸骨搬动,那乃是萧天佐一旦假充。真骸骨在北国洪羊洞,望乡台上锁上加封。我的儿将骸骨搬回大宋,那时节我的儿有始有终。嘱咐你言和语牢牢[散板]记重,我的儿临危时父再来同。

《搜孤救孤》谭富英饰程婴

摘缨会【1925年11月高亭唱片2面】谭小培饰楚庄王(Teb121/2)

(头段)[西皮慢板]劝梓童你且把愁容展放,听孤王把前事细说端详:恨只恨斗越椒兴兵犯上,刺蔿贾杀大臣要篡家邦。

(二段)天降下养繇基[二六]英雄上将,清河桥比箭法老贼身亡。回朝来在渐台论功犒赏,就有那无知辈酒后癫狂。劝梓童把此事休挂心上,劝梓童把此事付与汪洋。宫娥女掌银灯同入罗[回龙]帐,[摇板]孤与你同偕老地久天长。[散板]适才被贼挑下马,忽然间闪出了年少的娃。满营将官俱在孤功劳簿上挂,这一员小将孤就不认得他。看起来孤王洪福大,天赐良将把贼拿。

打棍出箱【1925年11月高亭唱片1面】谭小培饰范仲禹(Teb123)

[四平调]在城隍庙内挂了号,土地祠内领了回文,啊,领回文。你骂我是一个狂书生,平白地骂我所为何情?啊,所为何情?我和你一无冤来二无有仇恨,打得我皮破鲜血淋,啊,鲜血淋。叫一声范金儿你来了吧,我的儿呀!送儿到学中攻读书文,啊,攻读书文。

《摘缨会》谭小培饰楚庄王

洪羊洞【1925年11月高亭唱片1面】谭小培饰杨延昭（Teb124）

［二黄慢板］叹杨家保宋主心血用尽，最可叹焦孟将命丧番营。宗保儿搀为父病床靠定，［原板］怕只怕熬不过尺寸的光阴。

桑园寄子【1925年11月高亭唱片2面】谭小培饰邓伯道（Teb125/6）

（头段）（白）我那难得见的兄弟呀！［二黄慢板］叹兄弟遭不幸一旦丧命，撇下了年幼儿好不伤情。远望着孤坟台珠泪难忍，见坟台不见人刀割我心。

（二段）［导板］见坟台不由人珠泪滚滚，（白）伯俭，兄弟，喂呀，难得见的兄弟呀！［碰板］叫一声同胞弟细听兄云：［快三眼］曾记得你在世何等的侥幸，兄与弟同商议家道弘兴。料不想身得病一旦丧命，兄弟丧命，我那兄弟呀！［原板］似黄土埋却了无价的宝珍。

《连营寨》谭小培饰刘备

武家坡【1929年4月30日高亭唱片2面】谭小培饰薛平贵/报名、王幼卿饰王宝钏、赵济羹/王少卿京胡、王振纲司鼓（Teb313/4）

谭小培

（头段）（薛平贵）［西皮原板］那一日失了一骑马。（王宝钏白）是官马、是私马？（薛）军营之中，哪里来的私马？都是官马。（王）官马岂不要赔？（薛）哪怕他不赔。（王）我那薛郎哪里来的银钱与他赔马呀？（薛）自然的有哇！［原板］为赔马借了我十两纹银。（王白）你在军营之中，吃几份钱粮？（薛）一份。（王）我那薛郎呢？（薛）也吃一份。（王）你二人俱是一样，你哪有银钱借与他用？（薛）不怕大嫂笑话，为军的乃是个贫寒出身，积攒了几个钱，都借与他赔马了。（王）我那薛郎，乃是个贫寒出身，从不晓得花费银钱的。（薛）哎呀！薛大哥，今日我才知道，你也是个贫寒出身喏！［原板］本利算来二十两，并不曾还我半毫分。（王白）你腰中何物？（薛）防身宝剑。杀了他也该问他要。（薛）杀了人岂不要偿命吗？（王）难道说这银子就罢了不成么？（薛）只怕着落在大嫂身上了。[原板]那一日过营把账讨，他说道长安城有一个王氏宝钏。（王白）住了！王宝钏该你的？（薛）不该。（王）欠你的？（薛）也不欠。（王）不该不欠，你提她则甚？（薛）我来问你自古道：这父债？（王）父还。（薛）夫债呢？（王）妻。（薛）怎么样？（王）妻，妻不管！（薛）好个夫债妻不管。只怕汗出在病人的身上啊。[原板]他无钱便把妻来卖，将大嫂卖于了当军的人。

（二段）（王）[二六]指着西凉高声骂，无义的强盗骂几声。奴为你不把相府进，奴为你失了父女情。既是儿夫将奴卖，谁是那三媒[摇板]六证的人？（薛）[流水]苏龙魏虎为媒证，王丞相是我的主婚人。（王）提起了别人奴不晓，那苏龙魏虎是内亲。你我同道相府进，三人对面一同说分明。（薛）他三人与我有仇恨，咬定牙关他就不认承。（王）我父在朝为官宦，府下金银堆如山。本利算来有多少？命人送到那西凉川。（薛）西凉国一百单八站，为军的要人我是不要钱。（王）我进相府对父言，命几个家人把你拴。将你送到官衙内，打板子、上枷棍、丢南牢、坐监禁，管叫你思前容易就退后难。（薛）好个贞节王宝钏，百般调戏也枉然。腰中取出银一锭，将银放在这地平川。这锭银、三两三，拿回去、把家安；买绫罗，做衣衫，做一对风流夫妻过几年。（王）这锭银子奴不要，与你娘做一个安家的钱。买白布、做白衫，买白纸、糊白幡，落得个孝子名儿在天下传。

王幼卿

南天门【1929年4月30日高亭唱片2面】谭小培饰曹福/报名、王幼卿饰曹玉莲、赵济羹/王少卿京胡、王振纲司鼓（Teb315、322）

（头段）（曹玉莲）[西皮流水]我父过府把寿拜，那贼将宝摆上来。邀买忠良心一块，谋夺天启九龙台。爹爹骂贼出府外，两下里才把冤仇结。只见路旁石一块，两足疼痛我的步难挨。（曹福）[流水]自幼儿未出闺门外，鞋弓袜小路难挨。思爷想娘把心放开，头上取下金簪来。缠足带，忙松解，轻轻刺破[摇板]绣花鞋，好把路挨。（莲）老哥哥与我脸朝外，[流水]头上取下金钗来。缠足带，忙松解，轻轻刺破了红绣花鞋。老哥哥与

谭小培

我［散板］把路带，一步一步往前挨！（福白）哎呀！［散板］霎时天气变得快，鹅毛大雪降下来。荒郊又被雪来盖，处处的楼阁似银台。（莲）四面俱是冰雪块，浑身寒冷步难挨。

（二段）（福）［导板］耳边厢又听得有人呼唤，［反西皮二六］尊一声小姑娘细听我言。实指望主仆们脱了此难，又谁知到如今不能周全。怕的是到不了大同镇店，舍下了小姑娘这样的寒天、大雪飞飞、孤孤单单、好不可怜，［回龙］我的小姑娘啊！［摇板］我前面又来了八洞神仙。汉钟离会同着李铁拐，曹国舅随着阁老仙。蓝采和搀扶了纯阳祖，韩湘子何仙姑手提花篮。

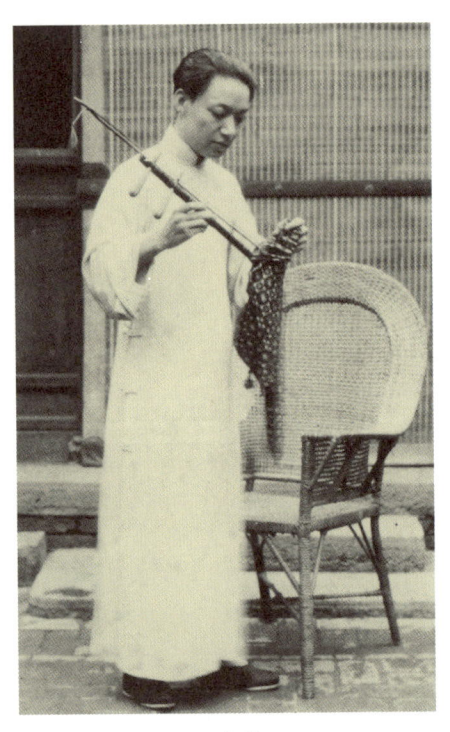

王少卿

黄金台【1929年1月蓓开唱片2面】谭小培饰田单/报名、金少山饰伊立、张崇麟京胡、王振纲司鼓（90030/1）

（头段）（［三更］）（田单白）掌灯！（众）啊。（田）［二黄导板］听谯楼打四更玉兔东上，［碰板］为国家秉忠心昼夜奔忙。［原板］西凉国欠我主三载贡饷，进邹妃和伊立来献大王。那乐毅在燕邦提兵调将，眼见得这疆土付与汪洋。

（二段）（伊立）［散板］御史衙前下了马，有劳大人相迎咱。（田白）不知公公驾到，未曾远迎，面前恕罪！（伊）岂敢，岂敢。咱家来的鲁莽，田大人你海涵呐。（田）岂敢呐，岂敢！啊，公公。（伊）田大人！（田）夤夜带领许多校尉，来在敝衙，有何贵干？（伊）哟？难道说这桩事情，你会不知道呢吗？（田）这？下官不知。（伊）待咱家告诉于你。（田）公公请讲。（伊）只因东宫世子田法章人伦大变，子要淫父妃。大王大怒，赐咱家宝剑一口，三更时分，斩杀世子回奏。也不知是谁，走漏了消息，世子连夜逃出皇城。是咱家二次上殿，启奏大王，讨下四十名校尉，在各府俱已搜到，并无世子，我想世子他，定然藏在了你府。（田）哦！我朝既有此事，你我为大臣者，就该当殿保奏才是。（伊）这个？（田）啊？（伊）咱家连保数本，大王不准，可也是枉然呐！（田）哦？公公保过本来？（伊）哎哟这个本我就保多喽！（田）这也难怪。想这皇城禁地，乃是下官所管，明日派人四下寻访。若知世子下落，献于了公公，咳，也就是了！（伊）哎呀大人！你这话可不是

金少山

这么说呀！（田）要怎样讲？（伊）世子若在你府，将他献与咱家，上殿启奏大王，保你我没事，可不也就完了吗！（田）多蒙公公的美意。可惜世子他……（伊）哈哈！在这块儿呐！（田）不在敝衙。（伊）哦？你说世子当真的不在你府？（田）呃，不在敝衙。（伊）果然的不在你府？（田）呃，不！不！不！（伊）你这儿来！田单！你说世子不在你府，咱家我就要啊！（田）要怎样？（伊）我就要——搜哇！（田）公公啊！当真要搜？（伊）当真要搜。（田）果然要搜？（伊）果然要搜。（田）好！请搜！（伊）搜啊！田单，你说世子不在你府，顺着咱家手儿瞧！身后他？（田）哈哈哈，那是乳娘同小妹，小妹同乳娘啊。哈哈哈！（伊）哦，原来是令妹田姑娘吗？（田）岂敢岂敢！（伊）请过来，待咱家见个礼儿吧！（田）小妹礼貌不周，冒犯公公，那还了得。（伊）我一定要见！（田）哦，要见？见又何妨！乳娘，请姑娘过来见过伊公公。（伊）受惊了！且住！难道说世子腾云驾雾他上了天了吗？（田）天高如何上得去？（伊）他入了地吗？

谭小培

牧羊卷【1929年1月蓓开唱片2面】谭小培饰朱春登／报名、张崇麟京胡、王振纲司鼓（90036/7）

（头段）[反二黄慢板]都只为西域国黄龙造反，命孩儿领人马去到阵前。中途路儿得了三支神箭，灭却那黄龙贼得胜回还。

（二段）实指望回家来母子相见，到今天一家人不能团圆。哭老娘不由儿把肝肠痛断，肝肠痛断，儿的娘啊！食什么爵禄做的是什么官。哭罢了老娘亲妻子来叹，哭一声赵锦棠你在哪边？我和你恩爱夫妻不能相见，[散板]不能相见，要相逢除非是梦里团圆。

秦琼卖马【1931年5月13日蓓开唱片2面】谭小培饰秦琼／报名、罗文奎饰店家、赵济羹京胡、王振纲司鼓（91316/7）

（头段）（秦琼白）看看，都说秦琼无有朋友，这才是我的好朋友！哈哈哈哈！（店家）这才是好桐油！（秦）好朋友！（店）好桐油！（秦）呃！你二爷说是好朋友，你怎么说好桐油啊？（店）谁是好朋友啊？（秦）单员外。（店）单员外？他是干什么的？

谭小培

（秦）呃，这个？（店）哪个？（秦）呃，单员外嘛！（店）啊，我瞧您呢有点儿势利眼呐！你瞧人家穿两件好衣裳，您就说是单员外。我告诉您说吧，我们这块儿三岁的小孩儿啊都认识他，他是这个坐地分赃的响马头儿，把您的马呀，给您拐了去了，您还是当官人的呐？你简直的输了眼睛了吧！我的老二啊！（秦）就是他？（店）不是他还是我吗？（秦）唉！（店）走远喽！（秦）[西皮摇板]可恨秦琼瞎了眼！（店白）您简直的俩眼睛欠挖了去了！（秦）[摇板]把响马当作好宾朋！（店白）哪儿有拿着响马交朋友的？（秦）[摇板]我拉住了店家撒个赖！（店白）哎！您这是怎么啦？（秦）我告你去！（店）您告我什么呀？（秦）我的马拴在你这店中，被响马拐骗去了，你就是窝主啊！（店）呵！你这一句话真把我咬住了！有您一告，还有我一诉呐！（秦）你且讲来。（店）哎！我告诉您说，您的马拴在我这店里头啦，是有人拨开门给您呢拉了走啦？（秦）不是的。（店）不是的？是有贼给您呢挖了窟窿盗了走啦？（秦）也不是的。（店）也不是的？您跟您的好朋友对说对讲，把您的马送给他了，您这死乞百赖地揪着我不撒手！您怎么这不害臊啊？你呀？你给我撒手吧！（秦）唉！[摇板]如此说我与你就两丢开！

罗文奎

（二段）（店）两丢开，两丢开，你还是得拿钱来。（秦）还是无有。（店）没有，我还给你喊叫，臊你的皮。（秦）哦？臊你二爷的皮吗？（店）哎，臊你的皮！（秦）好好好，任你去喊叫！（店）你简直的豁出去了不要脸了吗？我说街坊、邻舍！山东来了好汉秦琼，住在我这店里头啦，白吃白喝不给钱，他还要讲打。（秦）哎！慢来慢来慢来！（店）这怎么啦？（秦）店主东，不要喊叫，我有个策划。（店）该钱不给，你还要拆毁？（秦）呃，商量商量啊！（店）商量商量？好，有什么商量的您说吧。（秦）我那里有对劈轮双锏拿到街上去卖，卖了银钱算还你的店账也就是了。（店）就是您那个锏呀？当火筷子又沉，当通条又短，人家都不要。（秦）呃，你不懂得，货要卖于识家。（店）您的东西都是货卖于识家。（秦）拿了过来。（店）是是是！哎哟哎哟啊咳咳咳！（秦）怎么样了？（店）你猜怎么着？它拿我不动。（秦）敢是你拿他不动？（店）不错，是那么件事情。（秦）你且闪开了！（店）怨不得我不成呢，敢情有怎么两下子。（秦）[摇板]家住山东历城

谭小培、谭富英

县！（店白）历城县是个好地方儿。（秦）[摇板]叔宝的名儿天下传。（店白）您是天下扬名。（秦）[摇板]我本是顶天立地男儿汉！（店白）男儿汉您拿钱来。（秦）唉！（店）哎，一提钱就不成了？（秦）[摇板]好汉无钱到处难。（店白）没钱您就别出门儿。（秦）[摇板]无奈何出门我要卖！（店白）您别回去，您卖呀！（秦）唉！[摇板]卖锏！[快板]两匹马跑得似连环。店主东与我将他赶，赶上了他人就还你钱。

四郎探母【1931年5月13日蓓开唱片2面】谭小培饰杨延昭／报名、谭富英饰杨延辉（91318/9）

（头段）【出关】（杨延昭）[西皮导板]一封战表到东京，[原板]宋王爷御驾亲自出征。我的儿宗保当头阵，于中途路上遇见仙人，得来了天书[流水]三卷整，才知道番邦阵有名。将身且把[摇板]宝帐进，众将到来破天门。（白）拿住番邦将，升帐问端详。将番邦奸细押进帐来。（杨延辉）[摇板]大吼一声如雷震，[快板]杨家将令鬼神惊。大胆我把[摇板]宝帐进，[快板]上面坐的同胞人。将身站立丹墀地，问我一言答一声。（昭）本帅开言来审问，你是番邦什么人？家住哪州并哪县，要见本帅为何情？（辉）家住山后磁州郡，火塘寨上有家门。我父令公官极品，我母佘氏老太君。贤弟下位把兄认，我是你四哥回宋营。

（二段）（昭白）呀，四哥失落番邦一十五载，今日怎能脱离龙潭虎穴？（辉）唉！一言难尽呐！[原板]弟兄们离别十五春，我和你沙滩会两离分。闻听得老娘到北郡，因此上巧改扮黑夜里探望娘亲。（昭）四哥失落在番营，高堂上哭坏了你我的老娘亲。宗保儿与为父[流水]传将令，帐里帐外莫高声。哪一个大胆不尊令，插箭游营[摇板]不徇情。（辉）问贤弟老娘今何在？（昭）现在后帐把兵排。（辉）贤弟与我把路带，母子们见面痛伤怀！

武家坡【1931年5月16日蓓开唱片2面】谭小培饰薛平贵、雪艳琴饰王宝钏（91342/3）

（头段）【闹窑】（王）[西皮摇板]既是儿夫回窑转，可记得鸿雁把书传。（薛）水流千遭归大海，三姐拿去仔细观。（王）一见血罗我的心好惨，果是儿夫转回还。急忙开窑来相见，（白）哎！[摇板]我儿夫哪有五绺髯？（薛）三姐不信取菱花照，容颜不似彩楼前。（王）窑中哪有这菱花镜！（薛白）水盆去照。（王）[摇板]水盆里面照容颜。[哭头]夫妻分别十八载，老了啊！

（二段）（王）[摇板]急忙开窑重相见，（白）

《四郎探母》谭小培饰杨延辉、张春彦饰杨延昭

罢![摇板]不如碰死在窑前。(薛)三姐不必寻短见,为丈夫跪在地平川。(王)走向前来用手搀,十八载做的什么官?(薛白)我进得窑来,你不问我"饥寒"二字,难道说你吃官穿官不成吗?(王)啊,薛郎,你临行之时与我留下的什么啊?(薛)我也曾与你留下十担干柴,八斗老米。(王)哎呀,慢说是吃,就是数我也把它数完了。(薛)你就该去借。(王)哪里去借?(薛)相府去借。(王)自你去后,我啊,是永不进相府的。(薛)好!有心胸,有志气!告辞了。(王)哪里去?(薛)相府算粮。(王)我家爹爹病了。(薛)得的什么病症?(王)见不得你的病。(薛)他见不得我?有朝一日我得了唐氏天下,他与我牵马坠镫,我还嫌他老了呢。(王)哎呀,薛郎醒来讲话。(薛)我句句实言。(王)都是梦话。(薛)我来问你,自古道龙行有宝。(王)有宝献宝。(薛)我若无宝呢?(王)嗯!看看你的现世的宝么!(薛)待我来献宝。[流水]在头上取下沿毡帽,避尘珠金光照满窑。用手取出番邦宝,三姐拿去仔细瞧。(王白)呀![流水]用手接过番邦宝,果然金光照满窑。走向前来忙跪倒,君王面前就讨封号。

雪艳琴

王佐断臂【1928年胜利唱片2面】谭小培饰王佐、张崇麟京胡、杭子和司鼓(43810)

(头段)[二黄导板]听谯楼打初更玉兔东上,[碰板]为国家、秉忠心、食君禄、报王恩、昼夜奔忙。[原板]想当年在洞庭何等放荡,到如今投宋主答报君王。岳大哥他待我手足一样,俺王佐无功劳枉受荣光。今夜晚定巧计番营去闯,落一个美名儿万代传扬。

(二段)[原板]怎能够定巧计番营得进,前后话对文龙细说原因。前又思后又想无有计定,倒不如上公案观看古今。(白)汉朝!想那苏武卫律,一个贪生怕死,降顺北国,一个食膻吞血,执意地不降,这才是忠佞各别了。[原板]汉朝中那卫律心术不正,却为何老苏武一片丹心。饥食膻渴饮血忠心耿耿,天保护地保佑暗有神灵。(白)此书不好,待我看看《东周列国》。"要离断臂刺庆忌"。哎呀且住!想那要离刺庆忌,大丈夫所为,我何不学他一学![散板]那要离未授职能助皇上,刺庆忌有肝胆名震四方。俺一心学要离断臂去闯!

《王佐断臂》谭小培饰王佐

碰碑【1928年胜利唱片2面】谭小培饰杨继业、张崇麟京胡、杭子和司鼓（43811）

（头段）[二黄导板]金乌坠玉兔升黄昏时候，[碰板]盼娇儿不由人珠泪双流，我的儿啊！[快三眼]七郎儿回雁门搬兵取救，为什么此一去不见回头？唯恐怕潘仁美提起前仇，怕的是我的儿一命罢休。含悲泪进大营双眉愁皱，身寒冷腹内饥遍体飕飕。

（二段）[导板]猛抬头只见七儿娇生！父命儿回雁门搬取救应，为什么哭啼啼身带雕翎？[哭头]我这里下位去我将儿抱定！[散板]我方才蒙眬得一信，梦见了七郎儿转回大营。睁开了昏花眼难扎挣，又只见六郎儿瞌睡沉沉。见娇儿上了马能行，指着潘洪发恨声。娇儿若有好和歹，（白）贼呀，贼！[散板]拿我的老命与尔拼！

《托兆碰碑》谭小培饰杨继业

二进宫【1930年胜利唱片2面】谭小培饰杨波、吕慧君饰李艳妃、贾福堂饰徐彦昭（54380）

（头段）（李艳妃）[二黄原板]他二人把话一样讲，倒教哀家无有主张。没奈何怀抱太子跪至在昭阳，（徐彦昭）吓坏了定国王，（杨波）兵部侍郎。（徐）自从盘古到我邦，（杨）君跪臣来臣不敢当。（李）非是哀家来跪你，跪的是皇儿锦绣家邦。（徐）锦家邦来锦家邦。（杨）臣有一本启奏皇娘：（徐）昔日里有一个李文李广，（杨）弟兄双双扶保朝纲。（徐）李文带箭北门丧，（杨）伴驾山前又收李刚。（徐）收服了一将损伤一将，（杨）一将倒比一将强。（徐）到后来保太子登龙位上，（杨）反把李广斩首在法场。（徐）这都是那前朝的忠臣良将，（杨）哪一个忠良又有下场？（李）有下场来无下场，细听哀家说比方：昔日里有一个子龙将，他救幼主在长江。到后来保太子登龙位上，他的美名万古扬。（徐）困龙思想那长江浪，（杨）虎落平阳想奔山岗。（徐）事到头来龙国太想一想，（杨）谁是忠良哪个是奸党？（李）忠良本是徐杨将，奸党我父贼李良。二卿不把国来掌，[摇板]哀家跪死在昭阳。（徐）铜锤一举国太请上，（杨）老杨波搀扶起定国王。

（二段）（徐）近前来奏一道太平本章：杨波搬来众儿

吕慧君

郎。（李）听说杨波搬兵到，不由哀家喜眉梢。太子付与徐小姐，还要众卿保皇朝。（徐）用手接过大明后，（白）大人！（杨）千岁！（徐）[摇板]你保幼主坐龙楼。（杨）用手接过龙一条，两眼睁睁把臣瞧。趁此机会把封讨，（白）哎呀！[摇板]浑身上下似水浇，难以保朝。

谭小培、谭富英

（徐）大人不必生机巧，你的心事我猜着，莫非你保幼主嫌官小？（杨白）啊哈哈哈。（徐）[摇板]国太把杨波加封号。（李白）杨波听封。（杨）臣。（李）[摇板]我封你七岁孩童戴纱帽，子子孙孙永在朝。（杨白）谢国太。[摇板]叩罢头来谢龙恩，（徐）徐彦昭代驾且平身。（杨）一文（徐）一武（杨、徐）[散板]出宫门，（杨）仗着幼主叫皇兄。大明江山全仗你，（徐）保国家还是你杨家父子兵。

空城计【1930年胜利唱片1面】谭小培饰诸葛亮、贾福堂饰司马懿（54406A）

（司马懿）[西皮流水]坐立在雕鞍传将令，叫一声这大小三军听分明：哪一个大胆把西城进，是定斩人头[摇板]不徇情。（诸葛亮）[二六]我正在城楼观山景，耳听得城外乱纷纷。旌旗招展空翻影，原来是司马发来的兵。我连次差人去打听，打听得司马领兵往西行。一来是马谡无谋少才能，二来是将帅不和失街亭。你连得三城多侥幸，贪而无厌又夺我的西城。诸葛亮敌楼把驾等，等候你到此谈、谈、谈谈心。城外的街道打扫净，准备着司马好屯兵。诸葛亮无有别的敬，打来的羊羔美酒犒赏你的三军。既然到此就该把城进，为什么在城外犹豫不定进退两难，为的是何情？我只有琴童人两个，我是又无有埋伏又无有兵。你不要胡思乱想心不定，你来、来、来，请上城来[摇板]听我抚琴。（懿）[摇板]左思右想心不定，城内必有埋伏兵。

贾福堂

斩马谡【1930年胜利唱片1面】谭小培饰诸葛亮、贾福堂饰王平/马谡（54406B）

（诸葛亮）[西皮摇板]火在心头难消恨，[快板]帐下跪的小王平。我命你去把街亭镇，靠山近水扎大营。大胆不听我的令,失守街亭罪不轻。(王平)[流水]丞相不必怒气生,现有画图做证凭。(亮白)呃![快板]若不看画图来得紧,定与马谡同罪名。将王平责打[摇板]四十棍,(白)打![摇板]快带马谡这无用的人。(马谡)[快板]忽听丞相令传下,马谡心中乱如麻。进得帐去[摇板]忙跪下,听候丞相将令发。(亮)[快板]一见马谡跪帐下,不由老夫咬钢牙。自从扶保先皇驾,斩关夺寨把功加。敢把军令当玩耍,失守街亭[摇板]差不差?(谡)[流水]丞相帐中令传下,法令森严果不差。我今一死无牵挂,家中还有[散板]我那老白发。二次进帐忙跪下,在与丞相说根芽。(白)丞相!末将先立军状后失三城,理当斩首。怎乃我家中有八旬老母,我死之后,望丞相要另眼看待我的老母,马谡纵死九泉,也感丞相的大恩大德。(亮)[摇板]见马谡只哭得珠泪[哭头]洒!

《空城计》谭小培饰诸葛亮

男老生

孟小茹（1883~？）

孟小茹，字微芳，河北人，其父为名旦孟金喜。孟小茹初习昆旦，擅演《打樱桃》《荡湖船》等剧，后拜德珺如、陈福胜为师，改习谭（鑫培）派老生。曾与梅兰芳合演《汾河湾》《武家坡》等剧目。中华人民共和国成立后，曾在北京市戏曲学校任教。

孟小茹仅在百代公司留下4面唱片，《洪羊洞》一张为谭鑫培早期唱法，颇有特色。

洪羊洞【1910年百代唱片1面】孟小茹饰杨延昭、孙佐臣京胡（32735）

（杨延昭）[二黄原板]为国家又何曾半日闲空，我也曾征过了塞北西东。官封到节度使皇王恩重，霎时间身不爽瞌睡蒙眬。（杨延嗣）听谯楼打罢了初更时分，半空中又来了七郎鬼魂。①

教子【1910年百代唱片1面】孟小茹饰薛保、孙佐臣京胡（32736）

[二黄原板]小东人闯下了滔天大祸，好一似火上把油泼。见三娘发雷霆在机房闷坐，转面来埋怨声东人倚哥。你母亲教训你非为别过，拿好言当恶说却是为何？东人呐！这真是养子不教父之过，教子不严乃师之惰。老薛保进机房双膝跪落，双膝跪落，三娘啊！问三娘发雷霆却是为何？

《空城计》孟小茹饰诸葛亮

---

① 此处应为杨继业演唱，配唱者误唱作杨延嗣。

《盗宗卷》孟小茹饰张苍

盘关【1910年百代唱片1面】孟小茹饰田单、孙佐臣京胡（32739）

[二黄碰板]千岁爷休得要放悲声，[原板]惊动了把关人难以逃生。那一旁松林内将身藏隐，想一个妙计混出城。抓一把灰土将脸[散板]罩定，假扮一个疯魔我要混出城。

空城计【1910年百代唱片1面】孟小茹饰诸葛亮、孙佐臣京胡（32740）

（诸葛亮）[西皮二六]我正在城楼观山景，耳听得城外乱纷纷。旌旗招展空翻影，却原来是司马发来的兵。你连得了三城多侥幸，贪而无厌你又夺我的西城。诸葛亮在城楼把驾等，等候你到此谈、谈谈心。城外的街道打扫净，预备着司马好屯兵。我今无有别的敬，早备下羊羔美酒我犒赏你的众三军。你既此就该进，不该在城外就扎大营。只有琴童人两个，我是又无有埋伏是又无有兵。你不要胡思乱想心不定，你就来来来，请上城来[摇板]听我抚琴。（司马懿）左思右想心不定，倒教本帅难调停。

王凤卿（1883.7.12~1956.10.26）

王凤卿，名祥臻，又名奉卿，字仁斋，号喜翁，祖籍江苏清江（淮阴），生于北京。父为名旦王采琳，兄为名旦王瑶卿。其幼年从崇富贵、陈春元习武生，后投李顺亭、贾丽川门下改习老生。14岁即演出于四喜班，后得汪桂芬指点，亲授《文昭关》《取成都》《朱砂痣》《取帅印》《战长沙》《钓金龟》等剧，得其神髓，以汪派老生著名。为清末升平署内廷供奉，后长期与梅兰芳合作演出。中华人民共和国成立后，在中国戏曲学校任教。其长子王少卿为著名琴师，次子王幼卿为著名青衣。弟子有林树森、张菊樵、邓远芳等人。

王凤卿的百代唱片是搭陆华云的长春班时所灌，也是王盛年时期的作品，琴师即班主陆华云的兄弟陆砚亭。其中《斩华雄》一剧是与谭鑫培交流所得。大中华唱片中《霸王别姬》《苏武牧羊》均为王氏创腔，虽是新编唱段，却给人以古朴厚重之感。

骂曹【1908年百代唱片1面】王凤卿饰祢衡、陆砚亭京胡、王雨田报名（32021）

[西皮慢板]平生志气运未通，似蛟龙困至在浅水中。有朝一日春雷动，得会了风云上九重。自幼儿窗前[二六]习孔孟，少游北海遇孔融。他将某荐与曹府用，要学那孙膑[摇板]下云梦。[流水]相府门前杀气高，密密层层摆枪刀。画阁雕梁龙凤绕，亚似天子[散板]九龙朝。

鱼肠剑【1908年百代唱片1面】王凤卿饰伍子胥、陆砚亭京胡、王雨田报名（32022）

[西皮二六]富贵穷通不由己，怎奈我的时衰命运低。我本是楚国的功臣住监利，姓伍名员字子胥。临潼会斗宝无人敌，父子忠心保华夷。恨平王无道纳儿媳，信用奸贼费无忌。害

我那满门遭屈死,一家大小血染衣。闻千岁招贤纳士多仁义,还望拿云把[流水]难人提,伍子胥,知恩报德[摇板]不敢移。[快板]含悲忍泪叫贤弟,愚兄冤仇弟尽知。只为借兵到此地,不杀平王[摇板]气不息。辞别千岁奉一礼,风吹云散见虹霓。

斩华雄【1908年百代唱片1面】王凤卿饰关羽、陆砚亭京胡、王雨田报名(32024)

[西皮导板]曾破黄巾初起义,[原板]河北袁绍人马齐。那华雄斩将欺人锐气,某与他未曾比过高低。半幅掩心遮身体,青龙偃月手内提。迈虎步且进[摇板]虎帐里,奉请主帅把兵提。

让成都【1908年百代唱片1面】王凤卿饰刘璋、陆砚亭京胡、王雨田报名(32025)

[西皮原板]皇儿奏本欠思论,哪有能将敌贼兵?王心中只把张松恨,大不该地图献与他人。严颜巴州[二六]早降顺,不幸张任命归阴。聘来的马超威风凛凛,降顺刘备取都城。王本当上城把贼问,西川文武起降心。左思右想心不定,王倒做进退[散板]两难人。

朱砂痣【1929年1月17日蓓开唱片2面】王凤卿饰韩廷凤、王少卿京胡、乔玉泉司鼓(90014/5)

(头段)[二黄摇板]叹光阴去不归无限烦闷,只觉得人已老两鬓如银。[四平调]吴大哥真真是言而有信,你与我谋后代不惜辛勤。感谢你这好意情深义尽,退一日必当另有条陈。[原板]我的儿须从容端然坐定,看形象并非是平等之人。我观他各部位五官端正,在家中可读书细说分明。他说话有方寸智慧聪明,倒像个宦家子不差毫分。可记得是何年月日生辰?将八字细说明与儿推论。

(二段)这小娃言语中已藏暗隐,再问他亲父母便知真情。儿父母年多少在不在?因什么见银钱卖于他人?我观他好一似韩门真种,半像我半像妻不差毫分。我这里取菱花照照[散板]相品,举动间与我是骨肉有情。亲生子再相逢三生有幸,这才是老天爷弄假成真。你是我亲生子名叫玉印,遇兵荒遭失散十有二春。为娇儿不做官告归故井,梦不想天保佑枯木逢春。

《朱砂痣》王凤卿饰韩廷凤

文昭关【1929年1月17日蓓开唱片2面】王凤卿饰伍子胥、王少卿京胡、乔玉泉司鼓（90016/7）

（头段）[二黄慢板]一轮明月照窗前，愁人心中似箭穿。实指望奔吴国借兵回转，又谁知昭关又有阻拦。幸遇东皋公行方便，他将我隐藏在后花园。一连几天我眉不展，夜夜何曾又得安眠？俺伍员好一比丧家犬，满腹含冤向谁言！

《四郎探母》王凤卿饰杨延辉、王瑶卿饰铁镜公主

（二段）我好比哀哀长空雁，我好比龙游在浅沙滩，我好比鱼儿脱了钩线，我好比波浪中失舵的舟船。思来想去我肝肠断，今夜未过又盼明天。[原板]心中有事难合眼，翻来覆去睡不安。背地里只把东皋公怨，叫人难解巧机关。你若是真心来救我，为何几日不周全。贪图这富贵来害我，你就该将我献与昭关。哭一声爹娘不能够见面，难得见，爹娘啊！要相逢除非是梦里团圆。

鱼藏剑【1929年1月17日蓓开唱片1面】王凤卿饰伍子胥、王少卿京胡、乔玉泉司鼓（90018）

[西皮流水]正在街头闲站立，见一位军官相貌奇。头戴珠冠双凤翅，身穿一件衮龙衣。莫非他是姬太子，有心前来访子胥。本当向前[摇板]去见礼，[流水]帽破衣残不整齐。眉头一皱心生计，[散板]把我冤仇提一提：[反西皮散板]子胥阀阅门楣第，到如今落魄天涯有谁知？可叹我父母的冤仇沉海底，俺好似凤脱翎毛怎能飞？[哭头]伍子胥、伍盟府，父母的冤不能报，爹娘啊！

王少卿

取成都【1929年1月17日蓓开唱片1面】王凤卿饰刘璋、王少卿京胡、乔玉泉司鼓（90019）

[西皮慢板]听说是一声要饯行，好一似狼牙箭攒心。舍不得成都花花美景，实难舍西川老少子民。

含悲忍泪换衣襟，辞别了宗兄就要起行。但愿你把曹[二六]早扫尽，但愿你在此享太平。但愿你各国把供进，但愿你天降福禄亚似个尧君。西川文武刀刀斩尽，尽都是些贪生怕死臣。王失去西川无怨恨，望宗兄开恩照看孤的这些好[散板]子民。

浣纱记【1924年物克多唱片1面】王凤卿饰伍子胥、王少卿京胡、何斌奎司鼓（43369A）

[西皮二六]未曾开言我的泪如梭，尊一声娘行听我说：家住在楚国玉皇阁，我的父伍奢保山河。伍子胥、就是我，力举千斤我就压过了各国。恨平王无道乱朝阁，父纳子妻理不合。我的父荐奏反遭祸，可叹我满门一家大小、三百余口一刀一个、一个各个俱已见阎罗。剩下伍员人一个，弃走樊城奔吴国。行在此间腹饥饿，只见篮内饭与馍。娘行若能周济我，胜似那参经[摇板]念弥陀！多蒙娘行恩待我，胜似蛟龙得云窝。一饭不饱饥充过，千金相谢不为多。

《西施》王凤卿饰范蠡

取成都【1924年物克多唱片1面】王凤卿饰刘璋、王少卿京胡、何斌奎司鼓（43369B）

[西皮慢板]听说是一声要钱行，好一似狼牙箭穿心。舍不得成都花花美景，实难舍西川老少子民。含悲忍泪换衣襟，[原板]辞别了宗兄就要起行。但愿你把曹[二六]早扫尽，但愿你在此享太平。但愿你各国把供进，但愿你天降福禄亚似个尧君。西川文武刀刀斩尽，尽都是些贪生怕死臣。王失去西川无怨恨，望宗兄开恩照看孤的这些好[散板]子民！

苏武牧羊【1929年1月22日大中华唱片1面】王凤卿饰苏武、王少卿京胡、何斌奎司鼓、梅兰芳报名（918A）

[二黄慢板]叹光阴去不归梦幻泡影，老苏武落番邦不得安宁。我几次登高山家乡望定，沙漠宽路途遥阻隔长城。想当初围白登单于狂狞，陈平计作傀儡救了主

《苏武牧羊》王凤卿饰苏武

君。我如今困北海谁人怜悯，只有这形共影珠泪淋淋。

霸王别姬【1929年1月22日大中华唱片1面】王凤卿饰韩信、王少卿京胡、何斌奎司鼓、梅兰芳报名（918B）

［西皮导板］九里山前旌旗影，［原板］十面埋伏动刀兵。自从在褒中挂帅印，暗渡了陈仓取了三秦。楚汉两下来对阵，七十余战不见输赢。下得马来［摇板］上山顶，站在山头把旗明。李左车引霸王入了阵道，众兵将好似那海水临潮。只杀得楚霸王人喊马叫，今日里捉拿他要立功劳。

《霸王别姬》王凤卿饰韩信

文昭关【1929年1月22日大中华唱片1面】王凤卿饰伍子胥、王少卿京胡、何斌奎司鼓、梅兰芳报名（919A）

［西皮散板］伍员马上怒气冲，逃出龙潭虎穴中。听说吴国路不通，好似狼牙箭攒胸。［哭头］心猿意马终何用？爹娘啊！［散板］血海冤仇落了空。［原板］恨平王无道乱楚宫，父纳子妻礼难容。我的父谏奏反把命送，满门的家眷血染红。［流水］过了一天又一天，心中好似滚油煎。腰中枉挂三尺剑，不能够报却［摇板］父母冤。

华容道【1929年1月22日大中华唱片1面】王凤卿饰关羽、王少卿京胡、何斌奎司鼓、梅兰芳报名（919B）

［西皮导板］耳边厢又听得人喊马噪，［慢板］睁开了丹凤眼仔细观瞧。狭路上莫不是冤家来到，今相逢休要谈往日故交。三国中论奸雄可算曹操，他一派假殷勤笑里藏刀。观天时已将至午时来到，拿住了奸曹贼岂肯［摇板］相饶！［二六］我观他好一似鳖鱼吞钓，伤弓鸟［摇板］纵有翅难以飞逃。

《华容道》王凤卿饰关羽

小达子（李桂春）(1885~1962.5.4)

小达子，原名李桂春，河北霸县人。13岁入梆子科班，后改演京剧老生、武生，宗黄（月山）派。他嗓音高亢，做派火炽，擅演剧目有《独木关》《请宋灵》《风波亭》《刺巴杰》《逍遥津》《打金砖》以及梆子《回荆州》《蝴蝶杯》等，新编剧目《宏碧缘》《狸猫换太子》对之后的南派连台本戏影响深远，南方的演员唱这些剧目几乎都宗法李桂春。中华人民共和国成立后，曾任河北省戏曲学校校长等职。其子李少春为著名文武老生演员。

小达子唱片多以《狸猫换太子》为主，其中的五音联弹成为此戏的重要唱腔，为南派京剧留下了极为珍贵的历史资料。

十八扯【1908年百代唱片1面】小达子饰孔怀（32663）

[西皮导板]登州城困住了武大郎，[西皮慢板]小罗成渭水河带剑身亡。眼望着腊月大雪降，我无有棉袄冻得慌。将身儿坐至在宝帐上，手拿着没毛的笔我就细写端详。

剑峰山【1908年百代唱片1面】小达子饰邱成（32664）

（邱成）[二黄散板]昨日里在山头闲游散望，一霎时只觉得不得安康。怕的是无常到把命来丧，丢下了明月儿无有下场。（胜奎白）大哥病体如何？（邱）越加沉重了。（胜）大哥若有好歹，叫明月夫妻何人照管？（邱）好贼子！[散板]听一言来怒满胸膛，胆大贼子太张狂。霎时叫你三魂丧！

请宋灵【1912年百代唱片3面】小达子饰岳飞（32904*1/2/3）

（头段）[二黄导板]奉皇命下番营二圣迎请，[碰板]为国家，秉忠心，食君禄，当报皇恩，南征北剿，东挡西杀，到如今，身入番营，好不伤情！［原板］恨金兵兴人马大宋叛进，最可叹我主爷因战归阴。大着胆且把那牛皮帐进，闯龙潭入虎穴急走一程。

（二段）叹我主立皇朝世闯社稷，最可叹离南朝受尽苦情。恨金人将我主……

（三段）观天坐井，受的是身叫苦项戴鞍铃。臣奉命灭金人我主来请，又谁知二圣主晏驾归西。龙归沧海命丧残身，叹我主灭贼臣，一时上我痛心阵阵，我主爷，不觉阵阵珠泪痛心。

三本狸猫换太子【1923年10月1日百代唱片2面】小达子饰包拯、朱顺莱京胡（33615*1/2）

（头段）［西皮散板］今奉王命出朝堂！（白）銮驾挡道。［散板］銮驾挡道为哪桩？（白）转道！［散板］銮驾设摆御街上，且喜且怒卖癫狂。［快板］回避二次銮驾挡，三次抵道为哪桩？人来与爷了你就转东巷，王命在身谁敢当。人来与我［摇板］转北巷，［快板］低下头来暗思量。罢罢罢、让让让，目无国法是理不当。人来落轿［散板］莫喧嚷，叩见国太在道旁。

（二段）［原板］为臣跪在御街上，尊一声龙国太细听端详：奉命陈州查奸党，□□□□遇皇娘。庞昱不法吞粮饷，违抗圣命已是强梁。食王爵禄辅君上，为臣我尽忠一死报效君王。慢说娘娘［摇板］把路挡，圣上有旨我难回朝纲。

四本狸猫换太子【1923年10月1日百代唱片2面】小达子饰包拯、朱顺莱京胡（33616*1/2）

（头段）［西皮导板］恨郭槐他做事以小犯上，［原板］用狸猫换太子暗起不良。俺包拯奉王命去把粮放，在赵州桥落帽风我就遇见了皇娘。连夜修本启奏圣上，扫清宫闱再整［摇板］朝纲。发似人揪神惚恍，［散板］肉似钩搭渺渺茫茫。

（二段）［二黄原板］陈公公休得要珠泪可叹，又劝国太凤驾安。刘妃郭槐俱已拿办，［垛板］望国太、早回銮、拿住刘妃、答谢苍天、万剐郭槐、那时节普天下、是万民同庆国泰民安、［原板］请驾回还。［散板］这才是苍天爷来垂念，君臣们相逢母子团圆。

头本狸猫换太子①【1923年10月5日百代唱片2面】小达子饰陈琳、张文艳饰寇珠、朱顺莱京胡（33617*1/2）

（头段）【灵堂】（陈琳）［二黄原板］有陈琳上前把话讲，

小达子（李桂春）

---

① 灌片时，头二段顺序颠倒，即应先【九曲桥】后接【灵堂】

（寇珠）你劝君王我劝娘娘。（陈）千望娘娘要忍让，恶气消化隐在胸膛。皇宫院比不得小家的气象，［垛板］劝娘娘、保安康、护住龙心免悲伤。劝贤爷、圣帝王、以往之事心内藏。谁是谁非天理［原板］昭彰。劝贤爷休要讲宽宏大量，（寇）太子已死焉能还阳？劝娘娘你把那愁眉展放，［垛板］常言道：损人利己、报应循环、天理［原板］昭彰，刘娘娘呀！

（二段）【九曲桥】（寇白）拜你的忠心［高拨子顶板］耿耿。（陈）［原板］将胆放大奏圣上，（寇）公公见解解愁肠。（陈）怕的是应得之罪小犯上，［垛板］那时节、我陈琳、豁着我的前程、豁着我的性命、一本一本、本奏［原板］吾皇。（寇）［垛板］久闻公公你好胆量，（陈）豁着一死见君王。（寇）［散板］辞别公公抽身往，（陈）还有一事细商量。

二本狸猫换太子【1923年10月5日百代唱片2面】小达子饰陈琳、张文艳饰寇珠、朱顺莱京胡（33618*1/2）

（头段）（陈琳）［二黄散板］水流千遭归汪洋，宫在人去好悲伤。头昏眼花神恍惚，（寇珠）［碰板］陈公公休得要胆战心慌。（陈）［反二黄原板］寇承御（寇）就是我（陈）你死得冤枉，（寇）为国家尽忠死又待何妨。（陈）可怜你受冤枉（寇）我死得明亮，（陈）想必你在阴曹受尽凄凉。（寇）多亏了地藏王恩高德广，（陈）来与去皆随便可见娘娘？

（二段）（寇）那李娘娘在阳世她未把命丧，（陈）［垛板］你可知火焚宫墙？（寇）值日神奏过阎王。（陈）我也曾到过火场，寻尸骨未见娘娘，既在阳世住在何方？（寇）命当有难被隐藏，灾消难满回朝纲。（陈）我只说火焚身亡，原可以转回朝纲。喜得我心花开放，笑断我的肝肠，我喜气［原板］满膛。（寇）陈公公且莫笑（陈）是何言讲？（寇）防郭槐（陈）似防寇（寇）莫饮琼浆。（陈）莫非说用药酒（寇）暗有埋藏。（陈）［垛板］既然有灵何不报仇？（寇）阳寿未尽公公莫忙［散板］自有昭彰，（陈）这内中其情事细讲何妨？（寇）我岂肯泄天机胡言乱讲，（陈）我只得会一会祸事魍魉。

姜子牙卖面【1923年百代唱片2面】小达子饰姜子牙、朱顺莱京胡（33619*1/2）

（头段）［二黄原板］前三皇后五帝根本难讲，尧传舜舜传禹直至商汤。殷纣王淫无道酒色淫荡，宠妲己听谗言扰乱朝纲。西岐公当教主曾把志讲，［摇板］留一个代天理美名扬。

（二段）［导板］时运衰来命运低，［原板］挑

《凤凰山》小达子饰薛仁贵

小达子（李桂春）

住了灰面走东堤。大不该夫妻成双对，失去了鸳鸯把话重提。从此修真割愿比，寒贫懦弱志不移。

二本宏碧缘【1923年百代唱片2面】小达子饰骆宏勋、朱顺莱京胡（33620*1/2）

（头段）[西皮导板]我主仆辞别了花老丈，[原板]想起了任世兄泪洒胸膛。恨王伦与贺氏淫妇奸党，用巧计拆散了弟兄情肠。怕只怕到后来[散板]陷入罗网，猛抬头见一人相貌堂堂。

（二段）[二黄散板]叫余千带路往前进，不分昼夜奔都城。[原板]听谯楼打罢了初更时分，奉母命到浙江前去投亲。但愿得一路上多多平顺，办却了花烛事早禀娘亲。

二十一本狸猫换太子【1925年百代唱片2面】小达子饰包拯、朱顺莱京胡（33780*1/2）

（头段）[二黄导板]听此言不由人魂飘荡！（白）哦！你就是白公子。诶！[碰板]看见你不由人痛断了肝肠。[原板]尊公子请起来老夫有话讲，你主仆今日里欲奔何方？并非是遇强人害他命丧，皆因是襄阳王祸犯朝纲。

（二段）[西皮散板]弟兄结拜恩义好，胜似一母共同胞。走向前来忙跪倒，[流水]走上前搀起了众位英豪。思想起白护卫位居在陷空岛，他与那卢芳、韩彰、徐庆、蒋平结拜旧故交。皆因为杀御僚五鼠把东京闹，趁夜深开封府寄柬留过刀。到庞府杀妻妾庞吉的魂吓掉，□□□□□搭救老夫奏过当朝。他也曾开封府曾把那三宝盗，到后来在独龙桥下被擒、押解在京都、钦点旨意才弃暗投明扶保当朝，万古千秋留在美名标。你大家齐心努力要把那冤仇报，风云会聚[散板]雨顺风调。

八本狸猫换太子【1925年百代唱片2面】小达子饰包拯、陈月梅饰邓九如、孙庆芬饰方玉芝、朱顺莱京胡（33781*1/2）

（头段）（邓九如）[二黄导板]遭不幸我的父他把命丧，（包拯白）你二人讲。（邓）[碰板]尊列位暂听

李桂春与子女

后排左起：李幼春、李纫秋、李宝琛、大贵、李少春

我细说端详：[原板]都只为包公子鲁莽山上，我的母为救他一命悬梁。（包）你母死那包公子必然命丧，（方玉芝）我也曾保护他出了高墙。（包）你可知那公子今奔何往？（方）那公子他对我未提家乡。都只为（包）你何不言讲？（方）这件事说出口脸面无光。（包）我这里再问顽童因何故到他的庄上？

（二段）（包）[垛板]你莫要害怕，你莫要惊惶，这件事，你莫要隐藏。一桩一件、一件一桩、桩桩件件、件件桩桩、对贫道细说[原板]端详。（邓）贼舅父他把那良心来丧，贪富贵他将我献与了马刚。恨马刚他舅父当朝国丈，（包）[垛板]听此言，气满胸膛。（方）哀求列位做主张！（包）这件事，我却不敢当，劝顽童、与姑娘，来来来，你们起来[散板]再讲，耳旁里又听得喊叫非常。

《盗御马》小达子饰黄天霸

盗御马【1929年蓓开唱片2面】李桂春饰窦尔墩、朱顺莱京胡（90209、14）

（头段）[西皮导板]将酒宴摆至在分金厅上，[原板]尊一声众贤弟细听端详：江南的黄三太英雄海量，指金镖借银两他就压伏豪强。我二人李家店[快板]比武较量，不胜某虎头钩就暗起不良。用甩头打左膀未曾提防，来在这连环套就坐地又分赃。饮罢了杯中酒[散板]换衣前往，这封书管叫他命见阎王。众贤弟且免送高坡瞭望，将御马盗山寨再饮酒浆。

（二段）[二黄散板]乔装改扮下山岗，点点地界扎营房。且泯雄心朝前闯，单人独自走一场。来至在御营中用目瞭望，但不知御马圈今在哪厢。耳旁里又听得梆儿响亮，要成功跟随他暗地躲藏。圣天子御营中我也敢闯，纵然间有本领也要提防。我这里使熏香与他们点上，有窦某使本领越过花墙。御马到手喜洋洋，胆大的小更夫竟敢逞强。最可叹你二人刀下来丧，自有那黄三太与你们抵偿。

四本高廷赞【1929年蓓开唱片2面】李桂春饰高廷赞、陈月梅饰梦鸾、朱顺莱京胡（90210/1）

（头段）（高廷赞）[二黄散板]以往事弟子我嘱告天上，启空中过往神细听端详：保佑这梦鸾女平安无恙，（梦鸾）驾阴风离地府渺渺茫茫。此一番见千岁叩头往上，（高）[垛板]纯阳指点隐现形像。（梦）四肢无力意乱心忙，似梦非梦飘荡荡。（高）且莫悲痛细看端详：可是神、可是鬼、是妖是怪、可是魍魉，有什么冤你莫隐藏，你快说[原板]端详。

（二段）（梦）[反二黄原板]未开言心头恨（高）有何冤枉？（梦）尊千岁莫害怕细听衷

肠。（高）莫非你遭残害？（梦）阵前命丧，（高）难道说还能够死而还阳？（梦）适才那纯阳祖对奴言讲，（高）[垛板]既如此你快说衷肠。（梦）郑总管能够起死还阳，（高）听此言喜笑非常，郑昆是凡夫又能何方？（梦）十粒金丹他已然收藏，（高）且问你，姓字名谁，家住在哪州哪县，父是何人，快说衷肠。

五本高廷赞【1929年蓓开唱片2面】李桂春饰高廷赞、朱顺莱京胡（90212/3）

（头段）[西皮导板]不孝的儿梦鸾拜，[原板]拜上了爹尊禀开怀：得帅印吕府许恩爱，儿访你害父的仇人吕国才。今烦兰弟曹元帅，带书信内中诉明白。看罢书信愁眉[哭头]带，我的儿啊！[散板]再与元帅说开怀。

（二段）[散板]见此光景自思念，内里情由难详参。我看小将多面善，与黎氏相貌一样般。是是是来明白了，想是我高门后代男。哑人有口难分辩，纵是我儿相认难。[二六]我的儿他今日不肯把父认，不由我高廷赞暗暗自思忖：口问心平生事未把那阴功损，苍天爷赐麟儿接续后代根。不料想家门中被害遭不幸，只落得、妻离子散、女儿难得相见、举家不能团圆、岭南来投军、铁石之人也要伤心。[流水]曹元帅莫要心烦闷，千岁近前听分明：今日幸中即不幸，哑人难诉内里情。父子当面难相认，就是铁肠[散板]也要双淋。

风波亭【1915年物克多唱片1面】小达子饰岳飞、朱顺莱京胡（42797A）

[西皮导板]一见王横把命丧，[散板]血淋淋的人头乱刀伤。身为总兵你不愿往，跟随本帅你遭祸殃。鞍前马后你的功劳广，忠心耿耿无下场。[哭头]祭奠之后将你葬，王将军呐！[散板]再与二位作商量。

逍遥津【1915年物克多唱片2面】小达子饰汉献帝、朱顺莱京胡（43058A/B）

（头段）[二黄导板]汉献帝在宫中两眼垂泪，[碰板]思想起不由孤好不伤悲。[原板]曹孟德与伏后冤家作对，害得他魂灵儿无处相随。

（二段）二皇儿年纪小孩童之辈，他不能在灵前奠酒三杯。恨奸贼把孤王[三眼]牙根咬碎，上欺君下压臣任他胡为。欺寡人在金殿不敢回对，欺寡人好一似墙倒众推；欺寡人好一似犯人受罪，欺寡人好一似、扬子江、驾小舟、风狂浪打、打失了舵篙、断了篷桅；欺寡人好一似残军败队，[原板]耳听得叩宫门喧哗如雷。

小达子（李桂春）

请宋灵【1915年物克多唱片2面】小达子饰岳飞、朱顺莱京胡（43060A/B）

（头段）［反二黄慢板］叹我主立皇朝世创社稷，最可叹离南朝受尽苦情。恨金人将我主

（二段）观天坐井，受的是身叫苦项戴鞍铃。臣奉命灭金人我主来请，又谁知二圣主晏驾归天、龙归沧海命丧残生。叹我主落番邦心痛一阵、我的心痛一阵！［原板］负却了为臣我一片忠心。哭罢了吾主爷把话来论，叫一声金兀术快道详情。

二本狸猫换太子【1927年大中华唱片2面】李桂春饰陈琳、朱顺莱京胡（824）

（头段）［二黄散板］刘氏做事心太恨，寒宫冷院化灰尘。含悲忍泪宫门进，（白）嗯！［散板］你等退后莫胡云。（白）想前几日，好好一所寒宫冷院，今日瓦解冰消，变了一座瓦砾场，真乃是沧海桑田时时有变。［顶板］人生在、世界上、日月穿梭、光阴似箭、一点愚忠、皇恩浩荡、［原板］荣华安享，［扑灯蛾］痛哭进火场，四面观端详：玉体火焚化，这酸鼻痛肝肠。丢盔发乱烟火房！

（二段）［垛板］都只为、生太子、遭祸殃、听信谗言火焚冷宫、寻找［原板］娘娘，好娘娘啊！［扑灯蛾］此处寻不见，转身到那厢。闻见焦臭味，一定在中央。［碰板］看见你想起我好不悲伤。［散板］可恨苍天无报应，鬼神不知也不真。［哭头］恨刘妃骂郭槐心肠太狠，好奸贼呀！

四本狸猫换太子【1927年大中华唱片2面】李桂春饰包拯、朱顺莱京胡（825）

（头段）［二黄导板］叫王朝掌红灯御街以上，［碰板］为国家哪顾得昼夜奔忙。［原板］都只为李皇娘冤如海样，怕只怕刑部官暗起不良。行来在刑部衙用目［散板］观望，见一人出衙转奔走慌忙。

（二段）［西皮流水］龙国太在宫中把旨来传降，背转身不由我自己思量：自从盘古从头讲，哪有个臣子大胆敢打圣明王？前朝的尧舜禹汤有道的明君俱一样，我主爷仁慈孝道好比作汉刘王。到太庙快请太祖爷五爪盘龙杖，［流水］臣子打君罪难当。万岁脱袍忙请上，［摇板］打龙袍如同打君王。［导板］叩罢头来谢罢恩，［流水］龙国太待我好恩情。恩赐一对金挡翅，又赐龙凤剑一根；三宫六院任我管，还有那满朝文武大小官员，谁人不遵［散板］照剑施行。

《狸猫换太子》小达子饰包拯

六本狸猫换太子【1927年大中华唱片2面】李桂春饰包拯、朱顺莱京胡（826）

（头段）[西皮原板]万岁也到公堂上，不由我辗转暗思量。他必然为的是庞国丈，我自有言语我就去迎当。他说我诈死欺君上，为国除奸俺包拯尽忠一死我又待何妨。暂且宽刑且松绑，为臣接驾跪在大堂。

（二段）[流水]你说他劈棺可原谅，他不该鬻爵贪了赃。急忙打开[摇板]来观望，[流水]这就是庞吉贪的赃。仗皇亲、树己党，鬻官受爵乱混纲常。知县卖银三千两，黄金百斗卖君王。国太贤爷你不肯信，书信为证[摇板]黄金为赃。[流水]臣不愿金钟三下响，臣不愿朝臣待漏五更忙，望乞国太贤爷恩海量，放臣回乡[散板]种田庄。龙国太恩重似海样，肝脑涂地也应当。将身且坐大堂上，[快板]孙福孙禄听端详：你等奉命难违抗，念尔无知[散板]解还乡。回头再带庞国丈，鬻爵坐定岂敢谅。

前排：丁永利、李桂春、陈椿龄、李宝奎
后排：阎世善、高维廉、李少春、袁世海、李幼春

八本狸猫换太子【1927年大中华唱片2面】李桂春饰包拯、朱顺莱京胡（827）

（头段）[西皮导板]适才国太把旨降，（白）嗯！[散板]张龙赵虎莫声张。有理前后皆好讲，法律条条你何必慌？将老贼带在太庙上，[快板]臣有一本奏吾皇：今番赦了庞国丈，后来奸细难提防。国太贤爷开官放，臣等情愿别圣驾缴官诰，务了农就转回故乡，[散板]免受惊慌。万岁有道人民仰，臣有一本奏吾皇。

（二段）[二黄原板]我这里问顽童因何故到他的庄上？[垛板]你莫要害怕，你莫要惊慌，这件事莫要隐藏，一桩一件，一件一桩，桩桩件件，件件桩桩，对贫道我细说[原板]端详。[垛板]尊列位、莫喧嚷、这件事、我倒不敢当、劝顽童、与姑娘、来来来、你们起来[散板]再讲，耳旁里又听得喊叫非常。

九本狸猫换太子【1927年大中华唱片2面】李桂春饰包拯、朱顺莱京胡（828）

（头段）[高拨子导板]渺渺茫茫魂飘荡，[碰板]乔装改扮访马刚、安乐王还在他的庄。勇士、包冕、小姑娘，他们个个只信无有下场！[原板]贼子还敢今何往？咬牙切齿恨强梁。

那庞吉配军在逃负君上!

（二段）要想活命休枉想，[摇板]凌迟碎剐也应当。远远望见有灯亮，想是贼人出了庄。包兴与我阳关上，（白）诶![散板]你等慌张为哪桩?

十本狸猫换太子【1927年大中华唱片2面】李桂春饰包拯、朱顺莱京胡（829）

《狸猫换太子》小达子饰包拯

（头段）[二黄导板]都只为庞吉贼营私结党，[碰板]结就了那赵贼谋反朝纲。[原板]我奉命去查襄阳把反王来访，又谁知遇见了恶霸马刚。多亏了那欧阳春英雄[摇板]志广，办却了马朝贤定斩马强。

（二段）[西皮散板]奴才竟敢小犯上，金殿之上蒙君王。铜铡搭在金銮殿上，你不招管叫你铡下身亡。[垛板]我主爷在金殿金牌差臣往，为臣奉命去查襄阳。一路上接了许多供状，状状告的是贼马刚。乔装改扮前去私访，遇见那贼是抢进他的庄。多亏了北侠有胆量，他飞檐走壁、英雄盖世、抱打不平、杀了马刚、搭救为臣出了他的庄。[流水]奸贼还敢巧言讲，不由我气满在胸膛。陈亚父、还有话讲，再请过、安乐王。欧阳义士、白玉堂，来来来、咱们叩告上苍。哪一个联合结了党，秉忠心总可以对得起那日月三光，[散板]各凭天良。

张桂芬（1887~?）

张桂芬，本名松筹（一作涛、寿），曾用小桂芬、真小桂芬等艺名，天津人。其外祖父为名老生王德胜，其父为军界张子玖，其弟二桂芬唱花脸、三桂芬唱老生，其表妹陆氏嫁老生孟鸿群（即孟小冬父）。1950年代初，张为赵如泉配演《拷打吉平》，颇为增色。其子张竹轩唱武生、老生。

1905年，张桂芬在童伶时代，曾用"小桂芬"一名在物克多公司灌过少量唱片。1915年用"真小桂芬"名在物克多公司灌制唱片，其后的百代唱片均用"张桂芬"之名。此外，物克多公司在1905年、1908年还曾灌过大量署名"小桂芬"唱片，并非张桂芬灌制。

《田七郎》张桂芬饰田母、李万春饰田七郎

风波亭【1920年百代唱片1面】张桂芬饰道悦和尚（33377）

［西皮慢板］因缘遇合不虚谟，定限来时难自由。江上相逢即形影，亭中解脱素恩仇。十二金牌三道旨，千秋俎豆几生修。老僧预说风波亭，彼此轮回何时休。

逍遥津【1920年百代唱片1面】张桂芬饰穆顺（33378）

［二黄导板］在宫中君臣们珠泪滚滚，［碰板］我朝中又出了那篡位的奸臣。［原板］将皇诏藏至在发髻［散板］内，大罗神仙难知情。辞别万岁出宫廷，去到四路搬救兵。

郭仲衡（*1889.7.7~1932.12.28*）

郭仲衡，名权，北京人，原业医生，其父郭旭原任清军医局总提调。郭自幼喜好戏曲，向贾洪林、王凤卿等名演员请艺，并参加春阳友会票房。1918年前后，拜刘景然、贾洪林、姚增禄为师，拜王长林为义父，下海为专业演员。嗓音高亢，以汪（桂芬）派戏著称。因其子翰生早夭，故其兄菊荪将次子亭敏过继为子，即名老生郭少衡。

由于郭仲衡文化造诣深厚，并精通英文，各大唱片公司进京联系、聘请演员灌片多经其从中介绍，是北京地区唱片行业极为重要的人物之一。

华容道【1923年11月12日百代唱片1面】郭仲衡饰关羽、穆铁芬京胡（33621）

[西皮导板]背地里笑诸葛用兵不到，[原板]在大营他那里藐视我曹。自幼儿读春秋韬略颇晓，为不平斩雄虎怒诛土豪。蒙圣母赐清泉改换容貌，与大哥和三弟才结下[流水]生死的故交。先起首破黄巾立功不小，酒未寒斩华雄初试宝刀。[摇板]今奉命埋伏在华容小道！

鱼藏剑【1923年11月12日百代唱片1面】郭仲衡饰伍子胥、穆铁芬京胡（33622）

[西皮原板]姜子牙无时垂钓溪，运败时衰鬼神欺。周文王梦飞熊夜扑帐里，渭水河访贤臣兴社稷。东迁洛邑王纲坠，五霸争强[快板]各恃威。英雄落魄如蝼蚁，只落得吹箫[散板]讨饭吃。

忠烈图【1923年11月12日百代唱片1面】郭仲衡饰伍建章、穆铁芬京胡（33623）

[二黄原板]叹文帝为国家忧成疾病，国运败生逆子扰乱乾坤。大太子虽尽道懦弱成性，小杨广一心心谋篡龙廷。满朝中文武臣不理国政，一个个俱都是佞党奸臣。我的儿伍云召虽

有才论，怎奈他、奉圣命、南阳关前统率雄兵。为国家把我的心血用尽，为国家昼夜里哪得安宁？昨夜晚得一梦吉凶［散板］未定，乌鸦闹喜鹊噪所为何情？

让成都【1923年11月12日百代唱片1面】郭仲衡饰刘璋、穆铁芬京胡（33624）

［西皮慢板］听说一声要饯行，好一似狼牙箭穿心。舍不得成都花花美景，实难舍西川老少子民。狠心忍泪换衣巾！

芦花河【1923年11月12日百代唱片2面】郭仲衡饰薛丁山、程艳秋饰樊梨花、穆铁芬京胡（33628*1/2）

《让成都》郭仲衡饰刘璋

（头段）（樊梨花）［西皮导板］秦汉义虎一声禀，［慢板］二路的元帅转回大营。我去了愁眉换笑脸。

（二段）［原板］迎接王爷进唐营。老王爷四路去打听，打听得哪路发来兵？（薛丁山）一来是夫人威名震，各国闻名不敢动兵。（樊）既如此请至在后帐进，休管我唐营中闲事情。（薛）［快板］樊夫人她倒有隔山照影，就知本帅讲人情。未曾讲情［摇板］把罪请。（樊）问王爷施礼就为何情？

荀灌娘【1929年2月高亭唱片1面】郭仲衡饰荀崧（Teb389）

［二黄导板］听谯楼鼓咚咚人音肃静，［碰板］都只为、贼杜曾、带领人马、围困这、襄阳城、水泄不通哪得安宁。［原板］灌娘儿年纪小英勇成性，她定要闯重围搬取救兵。但愿得此一去旗开得胜，但愿得此一去马到功成。叫旗牌静悄悄北门［散板］来进！

善宝庄（敲骨求金）【1929年2月高亭唱片1面】郭仲衡饰庄周/白俭（Teb390）

（庄周）［二黄原板］小张聪生来命运低，

《汾河湾》郭仲衡饰薛仁贵、王少芳饰薛丁山

郭仲衡

吃了饱饭要想穿衣。穿上了绫罗和缎匹，你一心思得美貌妻。二八佳人陪伴你，你又说有钱无势你恐被人欺。当今一品为首相，你一心又想坐华夷。当今有道让与你，一心又想上天梯。上天梯儿忙搭起，你在那九霄云外、云外九霄反恨天低。贪心不足〔摇板〕谁似你，（白脸）霎时白骨满堂飞。

取成都【1929年2月高亭唱片2面】郭仲衡饰刘璋、李润峰京胡、尚德久司鼓（Teb391/2）

（头段）〔西皮慢板〕听说是一声要钱行，好一似狼牙箭攒心。舍不得成都花花美景，实难舍西川老少子民。狠心忍泪换衣襟，

（二段）辞别了宗兄就要起行。但愿你把曹〔二六〕早灭尽，但愿你早把东吴平。但愿你在此多安稳，但愿你在此享太平。西川文武刀刀斩尽，尽都是贪生怕死臣。王失成都无怨恨，望宗兄照看〔摇板〕孤的好子民。事到如今假殷勤，花言巧语哄王心。辞别宗兄踏金镫，刘备一旁假悲淋。

辕门斩子【1929年2月高亭唱片1面】郭仲衡饰杨延昭、李润峰京胡、尚德久司鼓（Teb393）

〔西皮原板〕适才间与贤爷帐中叙话，不由得杨延昭咬碎银牙。睁开了杀人眼观看帐下，宋营中跪定了女将娇娃。（白）焦赞，〔原板〕叫焦赞向前去仔细问话，谁家女哪里住是何根芽。听说是穆桂英心中害怕，宋营中来了个杀人的夜叉。

金锁记【1929年2月高亭唱片1面】郭仲衡饰窦天章、李润峰京胡、尚德久司鼓（Teb394）

〔西皮导板〕本院宫廷奉谕召，〔原板〕巡按江南怎辞劳。世界上不平事冤情不少，定有那无罪人困在监牢。我这里跨能行〔摇板〕急忙趱道，众乡邻跪马前驻马观瞧。

《红拂传》程砚秋饰红拂女、郭仲衡饰李靖

断密涧【1929年胜利唱片2面】郭仲衡饰王伯当、董俊峰饰李密、李润峰京胡、尚德久司鼓（54069）

（头段）（李密）[西皮原板]在头上摘下了飞龙帽，在身上脱下了蟒龙衣。勒住马头用目觑，锦绣山河化灰泥。此一去降唐[流水]好一比，虎落平川[摇板]被犬欺。（王伯当）[流水]大王不必长叹气，伯当言来听端的。阿房宫殿今何在，铜雀楼台在哪里？江山也有兴和败，哪个男儿不受屈？改邪归正投唐帝，青史名标万古题。（李）怕的是唐童将仇记，孤王的大祸我难脱离。（王）杀身大祸臣愿替，愿保大王[散板]挂紫衣。（李）昔日螳螂去捕蝉，（王）偶遇黄雀把路拦。（李）黄雀又被这金弹打，（王）打弹之人被虎餐。（李）猛虎掉在陷阱内，（王）仇报仇来冤报冤。（李）勒住丝缰用目看，（王）只见箭雁落马前。

（二段）（李）[原板]这时候孤才把那宽心放，问贤弟因何故你面带惆怅？（王）你杀那公主因为何故，忘恩负义为的是哪桩？（李）昨夜晚在宫中[快板]饮琼浆，夫妻们对坐叙心肠。我把好话对她讲，谁知道贱婢发癫狂。大丈夫岂有那容人量，因此我拔剑就斩河阳。（王）闻言怒发三千丈，太阳头上冒火光。手摸胸膛想一想，顺者生来逆者亡。（李）昔日那韩信谋家邦，（王）未央宫中一命亡。（李）李渊也是那臣谋主，（王）他本是真龙下天堂。（李）说什么真龙下天堂？孤王看来也平常。此去借来了兵和将，带领人马反大唐。孤王若把那江山掌，封你一字就并肩王。（王）说什么一字并肩王，气得王勇脸无光。河阳公主你杀丧，你是个人面兽心肠。（李）你我不必闲谈讲，君臣一路好商量。李密打马[散板]朝前闯，（王）伯当保定无义王。

二进宫【1929年胜利唱片1面】郭仲衡饰杨波、董俊峰饰徐彦昭、李润峰京胡、尚德久司鼓（54070A）

《镇潭州》金仲仁饰岳云、郭仲衡饰岳飞、王蕙芳饰杨再兴

（徐彦昭）[二黄原板]说什么学韩信命丧未央，近前来听老夫改换一桩。先皇爷怎比得汉高皇上，龙国太怎比得吕后皇娘。这寒宫只当作那鸿门宴上，[垛板]有老夫、比樊哙、怀抱铜锤、保驾身旁、料也[原板]无妨。（杨波）我好比鱼闯过千层罗网，受了些惊怕着了些慌忙。（徐）只要你忠心把国掌，老夫我保你满门无伤。（杨）千岁爷保学生满门无伤，舍死忘生闯进昭

阳。（徐）前面走的是那开国将，（杨）后面跟随兵部杨侍郎。（徐）站立在宫门朝内望，（杨）[垛板]又只见、龙国太、怀抱太子、眼泪汪汪、口口声声、哭的是[原板]先王。（徐）龙国太哭的是江山难掌，（杨）摆一摆手儿且莫承当。（徐）进宫去休行那君臣大礼，（杨）学一个文站东，（徐）武列西，（徐、杨）各自分班站立在两厢。

白马坡【1929年胜利唱片1面】郭仲衡饰关羽、董俊峰饰曹操、李润峰京胡、尚德久司鼓（54070B）

（关羽）[西皮导板]紧勒丝缰催走战，[慢板]义气冲霄日光寒。弟兄们徐州曾失散，[原板]为保皇嫂降顺曹瞒。文远请某[流水]来参战，正要立功报效还。眼望一片[摇板]黄河岸，（曹操）迎接将军上土山。

《珠帘寨》郭仲衡饰李克用

碰碑【1929年胜利唱片1面】郭仲衡饰杨继业、裘桂仙饰杨延嗣、李润峰京胡、尚德久司鼓（54121A）

（杨继业）[二黄导板]猛抬头又只见七郎娇生！命娇儿回雁门搬兵救应，儿为什么哭啼啼面带雕翎？[哭头]我本当下位去将儿抱定！（嗣）[碰板]老爹爹休贪睡细听儿禀。[原板]都只为潘洪贼记下了打子仇恨，将孩儿绑芭蕉乱箭攒身。回头来便把六哥论，小弟言来你是听。我有心与父兄再把[散板]话论，鸡报晓天明亮命赴幽冥。

《群英会》侯喜瑞饰黄盖、王又荃饰周瑜、郭仲衡饰鲁肃

法门寺【1929年胜利唱片1面】郭仲衡饰赵廉、裘桂仙饰刘瑾、李润峰京胡、尚德久司鼓（54121B）

（赵廉）[西皮散板]小傅朋他本是杀人凶犯！（刘瑾白）住了吧！他杀人是你给他的刀，是你瞧见呢啊？（赵白）千岁！[散板]臣问他口供时件件招全。在公堂未动刑俱已招认，因此上臣将他拿问在监。才知道小刘彪是杀人凶犯，又谁知这其中许多牵连。在庙堂恕为臣才疏学[哭头]浅，

千岁爷呀！望千岁开龙恩限臣三天。（刘）好一个大胆的眉坞知县，把一桩人命案审问倒颠。限三天将人犯一齐带见，如不然将人头悬挂高竿。

红拂传【1931年12月19日长城唱片2面】郭仲衡饰李靖/虬髯公、杜丽云饰红拂女、李润峰京胡、尚德久司鼓（CHI3060/1）

（头段）（李靖）[西皮原板]遥望着众高峰屏开耀镜，（红拂女）见多少春天树齐发新枝。夕阳中！（李）夕阳中见牧童堤边闲立，云端内！（红）云端内孤鹰翅上下飞腾。夫妻们！（李）夫妻们困征鞍心神不定，一路

《红拂传》郭仲衡饰李靖、程砚秋饰红拂女

上！（红）一路上哪顾得戴月披星。猛抬头！（李）猛抬头渑池城[散板]楼台万景，寻一个高宿店休息再行。

（二段）（李）[原板]都只为杨司徒威权无外，相府中献策盛酒开。多蒙那老司徒改容相待，遇着了红拂女青眼怜才。（虬髯公白）一妹既是杨府之人，因何得遇李郎他呢？（红）三兄听了！[流水]都只为杨府中侯门似海，看见了李郎君盖世英才。因此上改男装逃出府外，与李郎成眷属两意和谐。（李）[摇板]张三兄约会在旗亭等候，（红）因此上夫妻们一同来游。（李）紧加鞭催动了胯下走兽，（红）见了那张三兄细问从头。

四郎探母【1929年开明唱片2面】郭仲衡饰杨延辉、尚小云饰铁镜公主、赵砚奎京胡、程子余司鼓（56111）

（头段）（铁镜公主）[西皮流水]听他言吓得我浑身是汗，十五载才露出袖内机关。他本是杨家将把名姓改换，他思家乡想骨肉不得团圆。走上前施一礼[摇板]驸马来见，[流水]尊一声驸马爷细听咱言：早晚间休怪我言语怠慢，不知者不怪罪[摇板]你的海量放宽。（杨白）公主啊！[流水]我与你好夫妻恩爱匪浅，贤公主又何必过于忒谦？杨延辉有一日愁眉展，誓不忘贤公主恩重如山。（铁）说什么夫妻情恩德不浅，我和你好夫妻才配良缘。为什么终日里愁眉不展？有什么心腹事你只管明言。（杨）非是我这几日不眉展，有一桩心腹事不

《四郎探母》尚小云饰铁镜公主

郭仲衡

敢明言。萧天佐摆天门两国交战,我的娘押粮草来在北番。我本当过营去见母一面,怎奈我无令箭不能过关。(铁)尊驸马又何必巧言来辩,你要拜高堂母就我不阻拦。(杨)幸蒙公主不阻拦,无有令箭也枉然。(铁)有心与你的金鈚箭,恐怕一去你不回还。(杨)公主赐我的金鈚箭,见母一面即刻还。(铁)宋营相隔路途远,一夜之间你怎能够还?(杨)宋营相隔咫尺远,催马加鞭一夜还。(铁)知山知水不知浅,人心难防防不然。先前叫我盟誓愿,你对苍天要[摇板]表一番。(杨)[流水]公主叫我盟誓愿,她心我心一样般。将身跪、皇宫院,过往神灵听我言:我若探母不回转,(铁白)怎么样呢?(杨)罢![摇板]黄沙盖脸尸不全。

(二段)(杨)[流水]从头上摘下胡狄冠,身上脱下紫罗衫。沿毡帽,齐眉按,三尺青锋挂腰间。乔装改扮宫门站,等等等候了公主盗令还,好奔阳关。(铁白)走啊![摇板]适才盗来金鈚箭,见了驸马就把话言。(白)驸马。(杨)公主回来了。(铁)回来啦。(杨)令箭可曾到手?(铁)哟!只顾跟我母后谈论国事了,把您这件事情啦,可就耽误喽!(杨)哎呀!岂不误了本宫的大事!(铁)驸马,你别着急,你瞧这是什么?(杨)公主请上,受本宫一拜。(铁)一夜之间,拜的是什么呢!(杨)公主啊![流水]虽然分别一夜晚,人生须得礼当先。此番去把老母见,不到天明即可还。辞别公主[摇板]跨走战。(白)马来![摇板]泪汪汪哭出了雁门关。(铁白)驸马,我夫![哭头]啊!驸马爷呀![摇板]见驸马跨雕鞍失魂丧胆,好一似开弓放掉弦。悲悲切切进宫院,等候了天明探母还。

回荆州【1929年开明唱片1面】郭仲衡饰刘备、尚小云饰孙尚香、赵砚奎京胡、程子余司鼓(56113A)

(刘备)[西皮散板]本宫在此闲潇洒,失去荆州哪是家。见郡主难说离别[哭头]话,我的妻呀!(孙尚香白)贵人!(刘)[散板]此事只好瞒着她。(孙白)贵人为何一人在此落泪?(刘)这个?唉!祖先坟庐现在此地,不能祭扫,故而在此思亲落泪。呃呃呃!(孙)哎呀,这就不对了。(刘)怎么?(孙)方才赵云进宫何事?(刘)这个?(孙)

左起:尚小云、王少楼、郭仲衡、侯喜瑞、阎岚秋

啊？你欲言不言是何道理？（刘）郡主啊！既然知道我也不敢相瞒。适才赵云进宫报道，曹操带领人马，攻打荆州，荆州有失，我弟兄无处安身。本当暗地逃走，只是难舍郡主你。（孙）贵人呐！哪里什么曹操带领人马，分明你思念故乡，也罢！自古道：嫁夫随夫，夫唱妇随，乃人间之道理。待我进宫拜别母后，与你同行就是。（刘）请上受本宫一拜！［散板］令兄若是逞强霸，郡主好言安抚他。（孙）男已完婚女已嫁，他有言来奴有答。

《御碑亭》尚小云饰孟月华

御碑亭【1929年开明唱片1面】郭仲衡饰王有道、尚小云饰王淑英／孟月华、赵砚奎京胡、程子余司鼓（56113B）

（王淑英）［西皮摇板］回头便把嫂嫂请，哥哥唤你出房门。（孟月华）倒卧在床心烦闷，（白）何事？哎！［摇板］文章得意贺官人。（白）文章可曾得意？（王有道）文章倒也得意，只是有一事替你着急呀。（孟）啊，何事着急？（王）适才我出场时节，遇见你家小厮德禄，言道你那日不辞而别，他二老吵闹起来，如今双双染病在床，接你回去，劝劝才是你的孝道呢。（孟）德禄他现在何处？（王）呢？我打发他先回去了啊。（孟）喂呀，爹娘呀！［摇板］这是女儿不孝敬，不该说谎暗地行。眼望家门珠泪［哭头］滚，喂呀，儿的老娘！（王）［摇板］车辆已备急速行。旁人带这一封信，回家交与你天伦。（孟）心慌意乱站不稳，嘱咐官人且安心。贤妹年幼多多照应，含悲忍泪转回家门。

梅龙镇【1930年1月15日开明唱片1面】郭仲衡饰正德帝、新艳秋饰李凤姐、王子祥京胡、田鸿达京二胡（56121A）

（正德帝）［四平调］有孤王打坐在梅龙镇，想起朝中大事情。将玉玺交付了龙国太，朝中的大事有公卿。孤忙将木马一声震，唤出提壶送酒的人，啊！畅饮杯巡。（李凤姐）自幼儿生长在良善家，兄妹二人做生涯。我大哥巡更去守夜，他言道前店有位军家，将茶盘放至在桌案上，李凤姐回房我去绣花。

高庆奎（1890.6.15~1942.2.4）

高庆奎，原名振（镇）山，号子君，原籍山西榆次，生于北京。其父名丑高四保，其兄弟高连奎为著名琴师。幼坐科庆祥和科班，从师贾丽川、贾洪林学文武老生，12岁登台为谭鑫培配演娃娃生，18岁"倒仓"后从李鑫甫练武功学把子。1919年，高庆奎随梅兰芳赴日本演出。1921年，高庆奎自组庆兴社。1934年5月，高嗓音失润，直至无法正常演出。1938年，高庆奎到中华戏曲专科学校任教，后至富连成科班任顾问。他继承了刘鸿声的"三斩一碰（探）"，即《斩黄袍》《斩马谡》《辕门斩子》《碰碑》《四郎探母》。净行能演《铡判官》，武生能演《连环套》，红生能演《华容道》，效仿汪（桂芬）派的老旦戏《钓金龟》《游六殿》等。他还重排、改编、整理了一批历史剧，并将相关内容整理为本戏，如《鼎盛春秋》《逍遥津》《哭秦庭》《豫让桥》《赠绨袍》《马陵道》《史可法》《苏秦张仪》《窃符救赵》《浔阳楼》《应天球》等，许多剧目传唱至今，影响深远。其子晋林（高盛麟）、晋涛（高世泰）、晋其（高世寿）、晋元（高韵笙）均为京剧著名演员。弟子有白家麟、李和曾及女婿李盛藻等人。

高庆奎1928年胜利、1929年高亭唱片均由郭仲衡介绍灌制。

珠帘寨【1921年10月21日百代唱片2面】高庆奎饰李克用、高连奎京胡（33505*1/2）

（头段）[西皮导板]昔日有个三大贤，[原板]刘备关张结拜在桃园。弟兄们徐州曾失散，到后来相逢古城边。圣贤爷在马上呼三弟，张三爷在城楼怒发冲冠。你今降了奸曹操，要上古城难上难。话言之间人呐喊。

（二段）谈话之间[流水]人呐喊，老蔡阳的人马就来到了古城边。城楼助你三通鼓，杀了蔡阳是方能进关。哗啦啦打罢了头通鼓，老爷提刀跨雕鞍；哗啦啦打罢了二通鼓，人有精神马撒欢；哗啦啦打罢了三通鼓，蔡阳的首级就落在马前。一来是老儿命该染，二来是弟兄们畅得团圆。贤弟休回长安转，就在沙陀[摇板]住几年。贤弟举目来观瞧，[流水]众家儿郎杀气高。大太保亚似个金钱豹,二太保亚似个浪里蛟;三太保上山能打虎,四太保下海能斩蛟;五太保双枪耍得好,六太保手使丈八矛;七太保惯使倒扎桀,八太保手使青龙偃月刀;九太保双锏舞得妙,是亚赛过秦叔宝,十太保鞭插马鞍鞒;还有一个小太保,我与他枪对枪来〔摇板〕刀对刀。

八大锤【1921年10月21日百代唱片1面】高庆奎饰王佐、高连奎京胡(33506)

〔二黄导板〕听谯楼打初更玉兔东上,〔碰板〕为国家、秉忠心、食君禄、报王恩、昼夜奔忙。〔原板〕想当年在洞庭何等散荡,平杨幺卫宋主报答君王。岳大哥他待我手足一样,俺王佐无寸功怎受荣昌?

《珠帘寨》高庆奎饰李克用

鱼藏剑【1921年10月21日百代唱片1面】高庆奎饰伍子胥、高连奎京胡(33507)

〔西皮原板〕一事无成两鬓斑,叹光阴一去不回还。日月轮流常相见,青山绿水还在面前。俺伍员弃楚非本愿,恨平王屈杀我慈严。行至在昭关〔流水〕无阻险,马到长江有渡船。眼望吴国〔摇板〕路不远,紧紧夹鞭马加鞭。

空城计【1921年10月21日百代唱片1面】高庆奎饰诸葛亮、高连奎京胡(33508)

〔西皮二六〕我正在城楼观山景,耳听得城外乱纷纷。旌旗招展空翻影,原来是司马发来的兵。我日前差人去打听,打听得司马你领兵就往西行。一来是马谡无才少学问,二来是他将帅不和才失守了街亭。你连夺三城多侥幸,贪而你无厌又夺我的西城。诸葛亮城楼把驾等,等候你到此谈、谈、谈谈心。到此并无有别的敬,早预备着羊羔美酒我犒赏你的三军。到此就该把城进,为什么你犹疑不定、进退两难、为的是何情?左右琴童人两个,我是又无有埋伏二也无有兵。你不要胡思乱想心不定,你就来来来,请上城来〔散板〕听我抚琴。

《珠帘寨》高庆奎饰李克用

七擒孟获【1921年10月21日百代唱片1面】
高庆奎饰诸葛亮、高连奎京胡（33509）

[西皮原板]可笑那小孟获不尊王化，因此上领雄兵收服于他。昨日里被我擒将他放下，他那里心儿内笑我怕他。想当年卧龙岗三请愚下，先帝爷江山事托与咱。拜帅过黄道日[摇板]发动人马，但愿得收服他扶保汉家。

胭粉计【1921年10月21日百代唱片2面】
高庆奎饰诸葛亮、高连奎京胡（33510*1/2）

（头段）[西皮二六]闻言怒发冲牛斗，强打精神说从头：奉命出师把兵斗，要把国贼一笔勾。老王朗与我凭口斗，被我骂死在阵头。小周郎与我把智斗，兵败花荡命丧在巴丘。唯有你这老贼不知羞来又不知丑，你看你头戴着凤冠、身穿着霞帔、捏捏扭扭，你真真的不害羞。你若是斗兵、斗将、斗阵我与你来斗，哪个与你来斗羞？我只得传令[散板]回营走，方晓得司马懿他是一个女流。

高庆奎

（二段）[二黄原板]仰面朝天暗思叹，司马懿可算得将中魁元。我与他送去了衣裙一件，反予我旗牌官酒饭餐。有刚有柔是好汉，诸葛亮比司马难上加难。思想起司马心中[散板]大患，不由我鲜血往上翻。

戏迷传【1921年10月21日百代唱片1面】
高庆奎饰伍音、高连奎京胡（33511）

【骂曹】[引子]爱习梨园，每日里文武昆乱。（白）卑人，姓武名音字六律。自幼爱习弹唱西皮二黄，今早起来，闷闷不乐，我不免到庄前庄后，游玩一番便了。[西皮原板]平生志气运未通，似蛟龙困在浅水中。有朝一日春雷动，得会风云上九重。自幼儿窗前[流水]习孔孟，要学孙膑[摇板]下云梦。

《赠绨袍》高庆奎饰范雎、郝寿臣饰须贾

戏迷传【1921年10月21日百代唱片1面】高庆奎饰伍音、高连奎京胡（33512）

【九更天】（白）哎呀，妈妈呀！是我同定二东人上京求名，不想行在中途偶得凶信，大东人染病在床，我主仆才急速回来。不想大东人染病在床，下世去了，我二东人要守灵一夜，不想清晨去了两个公差，不问青红皂白，将我家二东人拿在县衙堂上，问起情由，那太爷说我家二东人，因奸不从杀死寡嫂。我家二东人乃是读书识理之人，焉能做那逆伦之事？我上得堂去，替主鸣冤，好一位清如水明如镜的太爷，限我三天，寻找这个人头。妈妈你想，这个人头哪里去寻哪里去找？与你商议将你我的女儿就是这一刀杀死，搭救东人呐！［二黄散板］那二东人他待我恩德不浅，受他人点水的恩当报涌泉。狠心肠执钢刀将儿来砍，父女情难下手自刎刀残。

《战蒲关》高庆奎饰刘忠

汾河湾【1921年10月21日百代唱片2面】高庆奎饰薛仁贵、高连奎京胡（33513*1/2）

《汾河湾》高庆奎饰薛仁贵、王幼卿饰柳迎春

（头段）［西皮摇板］催马来在汾河湾，见一顽童打弹丸。弹打、弹打南来当头雁，（白）枪挑、［摇板］枪挑鱼儿水浪翻。翻身下了马走战，再与顽童把话言。［流水］将身离了汾河境，一马儿来至在柳家村。勒住丝缰［摇板］用目睁，见一大嫂坐窑门。翻身下了马能行，再与大嫂把话明。

（二段）［导板］家住绛州县龙门，［原板］薛仁贵好命苦无亲无邻。自幼儿父早亡母又丧命，撇下了仁贵受苦情。常言道姻缘一线引，柳家村上招了亲。你的父嫌贫心忒狠，将你我二人赶出了门庭。夫妻们双双［流水］无投奔，破瓦寒窑暂存身。寒窑受苦苦难尽，无奈何立志去投军。结交下弟兄们周青等，跨海征东把贼平。我的妻不信掐指算，来来来，算一算，连去带来［散板］十八春。

汾河湾[①]【1921年10月21日百代唱片1面】
高庆奎饰薛仁贵、高连奎京胡（33513*2）

[西皮导板]家住绛州县龙门，[原板]薛仁贵好命苦无亲无邻。自幼儿父早亡母又丧命，撇下了仁贵受苦情。常言道姻缘一线引，柳家村上招了亲。你的父嫌贫心忒狠，将你我二人赶出了门庭。夫妻们双双[流水]无投奔，破瓦寒窑去存身。我的妻不信掐指算，来来来，算一算，连去带来十八春。

煤山恨【1932年12月16日百代唱片2面】
高庆奎饰崇祯、高连奎京胡（A1025/6）

（头段）[二黄导板]霎时间只觉得天昏地暗，[散板]霎时间宫阙破好不惨然。（白）王承恩，快快打探闯贼的兵势如何，速速报与我知。快去。且住！想我乃是一朝人王帝主，如今国家已破，难道说我还落在闯贼之手？也罢！我不免咬破指尖，撕下袍服，写下血诏，晓谕闯贼，保护我的好子民，唉！也就是了。[散板]此时间哪顾得泪流满面，快快保我逃平安。

（二段）（念）德薄承天命，登荣十七年。朕非亡国主，误国有谗奸。去冠发覆面，缢死在煤山。尸体任碎裂，百姓要垂怜！[碰板]洪武爷创天下传留已遍，[原板]传到了我崇祯承继江山。孤登基灭却了专宫太监，[慢板]并非是我朝中无有能贤。最可叹周遇吉身带乱箭，最可叹栋梁臣殉国坦然。到如今孤有泪皇天未鉴，哭也枉然箭刺心穿。

《煤山恨》高庆奎饰崇祯、高韵笙饰皇子

《煤山恨》高庆奎饰崇祯、李慧琴饰皇后、高韵笙饰皇子

---

① 此段唱片有两版存世。从唱词中便可看出，其中一版唱词比较全，但演唱紧促，每句之间几乎不等完整过门便起唱。另一版唱词省略了很多，但演唱时比较从容。

史可法【1932年12月16日百代唱片2面】高庆奎饰史可法、高连奎京胡（A1027/8）

（头段）[反二黄原板]在南都望京城伤感悲愤，半空中恤念我一点忠诚。恨闯贼起反心北上犯顺，一层层一队队围困燕京。最可叹我主爷束手被困，盼不来四方的勤王救兵。最可叹十九日天地不明，霎时间宫阙破鬼哭神惊。最可叹煤山上送了性命，送了性命，我主爷啊！

（二段）[西皮原板]为国家不由我心神不定，要把我心内事细写分明。上写着观来书措辞不正，说什么不讨贼不该立君。我国家立新君名正言顺，我主爷他本是神宗之孙。洪承畴拜伪官辜恩惜命，史可法秉忠心岂怀二心。修罢了一封书[摇板]坦然方寸，（白）哈哈哈哈！[摇板]从今后势勠力重振乾坤。

《史可法》高庆奎饰史可法

斩马谡【1932年12月16日百代唱片1面】高庆奎饰诸葛亮、郝寿臣饰马谡、高连奎京胡（A1029）

（诸葛亮）[西皮导板]翻来覆去难消恨，[快板]帐下跪定小王平。临行再三嘱咐你，靠山近水扎大营。失守了三城不打紧，反被司马笑山人。他笑我平日多谨慎，交锋对垒我就错用了人。[摇板]若不是画图来得紧，老夫险些也被擒。（白）来！[摇板]将王平责打四十棍，快带马谡无用的人。（马谡）[快板]忽听一声令传下，马谡心中似刀扎。不该先立军状下，不该山顶把营扎。[摇板]自古军令无戏耍，等候丞相把令发。（亮）[快板]一见马谡跪帐下，不由老夫咬钢牙。自你归顺先皇驾，斩关夺寨把功加。闲来与你常谈话，听你的韬略也不差。今日把将令当玩耍，失守了三城你差不差？（马）[流水]自从奉命领人马，沿山一带把营扎。是晚也曾看八卦，朱雀勾陈仔细察。白虎当头凶难卦，因此街亭失了它。丞相快把那令传下，斩了马谡[摇板]正军法。

斩马谡【1929年2月26日高亭唱片1面】高庆奎饰诸葛亮、高连奎京胡、律凤山司鼓（Teb395）

[西皮导板]翻来覆去难消恨，[快板]帐下跪的小王平。临行再三嘱咐你，靠山近水扎大营。失守了三城不打紧，反被司马笑山人。他笑我平日多谨慎，交锋对

高庆奎

垒[摇板]我就错用了人。若不是画图来得紧,老夫险些也被擒。(白)来![摇板]将王平责打四十棍,快带马谡无用的人。

斩黄袍【1929年2月26日高亭唱片1面】高庆奎饰赵匡胤/高怀德、高连奎京胡、律凤山司鼓(Teb396)

(赵匡胤)[西皮二六]孤王酒醉桃花宫,韩素梅生来好貌容。寡人一见龙心宠,兄封国舅他妹封在桃花宫。内侍臣摆驾[散板]上九重,(高怀德白)你来了!(赵)[散板]高御亲发怒你为哪宗?一见人头珠泪滚,怎不叫孤痛伤心。我哭,哭一声郑三弟,我叫、叫、叫、叫一声郑子明。寡人酒醉将你[哭头]斩,我那三弟呀!

《豫让吞炭》高庆奎饰豫让

苏秦张仪【1929年2月26日高亭唱片1面】高庆奎饰张仪/苏秦、高连奎京胡、律凤山司鼓(Teb397)

(张仪)[西皮散板]原来是你用的权术奸诈,恨张仪我忒忠厚有目如瞎。方记得万言书被火焚化!(苏秦白)又是你的万言书。乃是我做得好,那商鞅他才不要我呀。(张)你可晓得我张仪么?[原板]献三策封客卿非我自夸。(苏白)你的三胜策好啊,那商鞅他不用你呀。(张)你听了哇![原板]我听说不用你大怒之下!(苏白)他不用我,我都不生气,与你什么相干呐?(张)呃![原板]我为你抛弃了紫袍乌纱。楚大夫约请我[流水]并非是假,可叹你一路上是不能回家。分金银我待你恩高义大,做高官你也该[散板]仔细的详察。

逍遥津【1929年2月26日高亭唱片2面】高庆奎饰汉献帝、高连奎京胡、律凤山司鼓(Teb398/9)

(头段)(白)伏后!御妻!妻呀![二黄导板]父子们在宫院伤心落泪,[碰板]想起了朝中事好不伤悲。

(二段)[原板]曹孟德与伏后冤家作对,害得她魂灵儿不能够相随。二皇儿年岁小孩童之辈,他不能在灵前敬酒三杯。我恨奸贼把孤的[慢板]牙根咬碎,上欺君下压臣做事全非。欺寡人在金殿不敢回对,欺寡人好一似猫鼠相随。

《苏秦张仪》高庆奎饰苏秦

辕门斩子【1929年2月26日高亭唱片2面】高庆奎饰杨延昭、高连奎京胡、律凤山司鼓（Teb400/1）

（头段）［西皮导板］听说是老娘亲来到帐外，［慢板］杨延昭下位去迎娘来。见老娘施一礼躬身下拜，［原板］老娘亲驾到此所为何来？

（二段）老娘亲怒冲冲愁眉难解，莫不是为宗保他不肖的奴才？提起来把儿的肝肠气坏，恨不得把奴才斧劈刀开。儿命他领人马巡查四外，谁叫他穆柯寨私配裙钗？因此上儿将他捆绑帐外，问老娘儿斩他该是不该？娘道他年岁小［快板］孩童气概，说几个年幼人娘且听来：秦甘罗十二岁身为太宰，史建瑭十三岁拜将登台。三国中小周郎名扬四海，七岁上学道法人称将才。在赤壁用火攻神鬼难解，烧曹兵八十万死无葬埋。这也是父母生非神下界，难道说小奴才［散板］禽兽投胎？

《信陵君窃符救赵》
高庆奎饰信陵君

信陵君窃符救赵【1929年2月26日高亭唱片1面】高庆奎饰信陵君、高连奎京胡、律凤山司鼓（Teb402）

［西皮导板］周文王梦飞熊夜扑帐外，［原板］渭水河访贤臣王业宏开。国域内无善人邦家必败，草莽中没英雄所为何来？叫人来抬仪仗［散板］夷门以外，迎请那老侯生方称心怀。

《掘地见母》
金仲仁饰共叔段、高庆奎饰武姜、张鸣才饰寤生

掘地见母（反串老旦）【1929年2月26日高亭唱片1面】高庆奎饰武姜、高连奎京胡、律凤山司鼓（Teb403）

（白）伤感人也！［二黄慢板］寒宫地冷飕飕令人悲惨，想起了叔段儿好不悲酸。

铡判官（反串花脸）【1929年2月26日高亭唱片1面】高庆奎饰包拯、高连奎京胡、律凤山司鼓（Teb404）

［二黄导板］扶大宋锦华夷赤心肝胆，［碰板］坐开封无一日我心不愁烦。［原板］都只为那柳金蝉屈情可惨，错断了颜查散年幼儿男。我且到那望乡台仔细地查看，［垛

板］又只见、小鬼卒、大鬼判，押定了屈死的鬼魂，项戴铁链，悲惨惨他就阴风绕，吹得我［原板］透骨寒。

武家坡【1924年物克多唱片1面】高庆奎饰薛平贵、高连奎京胡（43362A）

［西皮导板］一马儿离了西凉界，［原板］不由人一阵阵泪洒胸怀。青是山绿是水花花世界，薛平贵好一似孤雁飞来。老王允在朝中官居太宰，他把我贫穷人哪放心怀。柳林下拴战马武家坡界，［摇板］见了那众大嫂借问开怀。

御碑亭【1924年物克多唱片1面】高庆奎饰王有道、高连奎京胡（43362B）

［西皮导板］王有道提笔泪难忍，［原板］实难舍夫妻结发情。实指望同偕同欢庆，料不想中途风波生。桑田月下［快板］令人恨，御碑亭避雨有私情。写罢休书［摇板］打手印，叫出你嫂嫂即刻行。

《铡判官》高庆奎饰包拯、郝寿臣饰阎王

骂曹【1924年物克多唱片1面】高庆奎饰祢衡、高连奎京胡（43365A）

［西皮二六］丞相委用恩非小，区区鼓吏就怎敢辞劳？出得帐来微微笑，孔大夫做事也不高。明知道奸贼的言强矫，浅沙滩无水怎能够藏蛟？满腹经纶空怀抱，永世不能够上青霄。［快板］我越思越想心头恼，寻一个巧计骂奸曹。罢罢罢暂且忍下了，明天自有我的巧妙高。［摇板］方才与贼一席话，气得卑某乱如麻。［快板］明日里进帐将贼骂，拚着一死就染黄沙。纵然将我的头割下，落一个骂贼的名儿［摇板］扬天涯。

《铁莲花》高庆奎饰刘子忠、高盛麟饰定生

《四郎探母》高庆奎饰杨延辉、雪艳琴饰铁镜公主

四郎探母【1924年物克多唱片1面】高庆奎饰杨延辉、高连奎京胡（43365B）

［西皮摇板］老娘亲请上受儿［回龙］拜，［二六］千拜万拜儿也是应该。儿困番邦一十五载，常把儿的老娘挂至儿的心怀。番邦衣帽儿懒穿懒戴，每年间花开［快板］儿的心不开。见母一面愁眉解，福寿康宁［散板］永无灾。

捉放曹【1924年物克多唱片1面】高庆奎饰陈宫、高连奎京胡（43366A）

［西皮二六］曹孟德休得要谤毁董卓，董太师他倒有治国的才学。灭黄巾虽无功却也无过，十常侍乱宫闱扫荡群魔。收下了吕奉先威镇海角，传一令如山倒一呼百诺。我教你解进京献与董卓，千金赏万户侯加官受爵。你好比扑灯蛾自来寻火，你好比抢食鱼自入在网罗。你好比虎临刑岂被放过，擒虎易放虎难你自己揣摩。

状元谱【1924年物克多唱片1面】高庆奎饰陈伯愚、高连奎京胡（43366B）

［西皮慢板］张公道三十五六子有靠，陈伯愚临半百绝了后苗。为儿女我也曾烧香拜庙，为子嗣我也曾补路修桥。看起来老天爷无有果报，百年后有何人把纸化烧？

胭粉计【1924年物克多唱片2面】高庆奎饰诸葛亮、高连奎京胡（43686）

（头段）［二黄慢板］汉诸葛受龙恩托孤严命，把江山事付山人执掌龙廷。执宝剑上星台勉强扎挣，［原板］诸葛亮拜坛台叩拜神灵。并非是诸葛亮怕死惜命，为的是我主爷锦绣龙廷。

（二段）［碰板］我和你虽是将帅倒有那师徒情面，［原板］嘱咐你三件事牢记心间。头一件我死后满营中莫要挂孝，第二件你断后慢移营盘；这三件我死后那魏延造反，［散板］

《浔阳楼》高庆奎饰宋江、张鸣才饰戴宗

我、我自有良谋杀魏延。快快与我把令传,快叫众将到阵前。

哭秦庭【1928年10月胜利唱片4面】高庆奎饰申包胥、高连奎京胡(43827/8)

(头段)[西皮导板]申包胥怀抱亡国恨,[原板]无奈何在山中修写书文。上写着申包胥顿首拜,拜上了当年结义人。曾记得长亭两相认,你我分手直到如今。你不该逼主[快板]出帝京,你不该鞭打死尸痕。一封书信[摇板]忙修定,解铃人还要系铃人。

(二段)[二黄散板]不分昼夜往前奔,恨不得插翅见秦君。(白)且住!行来并非一日,看看已到秦国交界,我不免搬兵要紧。[原板]心儿内只把伍员恨,大不该鞭打死尸灵。只走得衣冠不齐整,只走得两足疼痛难以步行。咬定了牙关往[散板]前进,搬不来秦兵我不回程。

《哭秦庭》高庆奎饰申包胥

(三段)[导板]申包胥站立在秦庭以外,(白)大王,我主,大王啊![碰板]想起了楚国事好不伤怀。

(四段)[反二黄慢板]老王爷楚鬻熊受封周代,到庄王成霸业名震江淮。传到了平王爷朝政败坏!

余叔岩（1890.11.28~1943.5.19）

余叔岩，名第祺，早年艺名"小小余三胜"，祖籍湖北罗田，生于北京。其祖父为名老生余三胜，其父名旦余紫云。余叔岩幼从吴联奎、姚增禄学戏，曾用"小小余三胜"艺名演出于天津下天仙戏园，红极一时，"倒仓"后回北京休养，得其岳父陈德霖帮助，向钱金福、王长林等习把子功。后拜谭鑫培为师，谭授其《太平桥》中史敬思、《失街亭》中王平的演技。著名谭派名票王君直和陈彦衡，在唱念方面对他帮助极大。王君直不但教声韵学，还介绍李佩卿做他的琴师。1918年后，嗓音恢复，以本名余叔岩重返舞台。1928年后，由于身体原因，余极少对外演出。1931年与梅兰芳同为发起人，在北平成立国剧学会，并以他与张伯驹合编的《乱弹音韵辑要》作为学会附设传习所的音韵学课程教材，其撰写的京剧胡琴《老八板》一文，发表在1932年《国剧画报》第13期。1932年，余叔岩在国剧学会中发表关于京剧老生演唱法则的讲演（1932年《国剧画报》第28、29两期刊登过这次讲演的消息和部分内容），从多方面概括了京剧老生演唱法则，是研究余氏演唱艺术理论的重要参考资料。其弟子有杨宝忠、谭富英、孟小冬、李少春、王少楼、吴少霞（吴彦衡）、陈少霖等人。

1909年，余氏的两张半唱片为其"小小余三胜"时期所唱，唱片署名"小余三胜"。1925年灌片时，所选择的谭派戏尽量避免与谭鑫培所灌制过的唱段冲突；1932年长城唱片则有意选择了两段与谭一样的唱段；1939年灌制的《沙桥饯别》是余氏新创作的唱腔，也为了同社会上已经流传的唱法做区别。

碰碑【1909年蓓克唱片2面】小余三胜饰杨继业、余伯钦京胡（20861/2）

（头段）[二黄导板]金乌坠玉兔升初更时分，[碰板]盼娇儿不由人珠泪双淋，我的儿啊！

（二段）[原板]小潘洪与我家结下仇恨，到如今困两狼无有救兵。七郎儿回雁门搬取救应，为什么几日月未见回程？闷恢恢我且把宝帐来进，宋营中叹坏了大小兵丁。

空城计【1909年蓓克唱片2面】小余三胜饰诸葛亮、余伯钦京胡（20863/4）

（头段）［西皮慢板］我本是卧龙岗散淡的人，评阴阳如反掌保定乾坤。先帝爷下南阳御驾三请，

（二段）保定了汉家的业鼎足三分。官封到武乡侯执掌帅印，东西战南北剿博古通今。周文王访姜尚周室大振，我诸葛怎比得前辈的先生。闲无事在敌楼我亮一亮琴音，［原板］我面前缺少个知音的人。

《空城计》小小余三胜（余叔岩）饰诸葛亮

庆顶珠【1909年蓓克唱片1面】小余三胜饰萧恩、余伯钦京胡（20866）

［西皮慢板］昨夜晚吃酒醉和衣而卧，稼上鸡惊醒了梦里南柯。二贤弟在河下相劝与我，他劝我把打渔事一旦丢却。我本当不打渔家中闲坐，怎奈我家贫穷无计奈何。

捉放曹【1925年5月16日百代唱片2面】余叔岩饰陈宫、李佩卿京胡、曹湘石月琴、李善卿三弦、杭子和司鼓、罗文田大锣、王振纲小锣、李玉安报名（33658*1/2）

（头段）［西皮慢板］听他言吓得我心惊胆怕，背转身自埋怨我自己做差。我先前指望他宽宏量大，却原来贼是个无义的冤家。马行在夹道内我难以回马，

（二段）这才是花随水水不能恋花。这时候我只得暂且忍耐在心下，既同行共大事必须要劝解于他。［二六］休道我言语多必有奸诈，你本是大义人把事做差。吕伯奢与你父相交不假，为什么起疑心杀他的全家？一家人被你杀也就该罢，出庄来杀老丈是何根芽？［摇板］好言语劝不醒蠢牛木马，把此贼好一比井底之蛙。

余叔岩

《卖马》余叔岩饰秦琼

卖马【1925年5月16日百代唱片1面】余叔岩饰秦琼、李佩卿京胡、曹湘石月琴、李善卿三弦、杭子和司鼓、罗文田大锣、王振纲小锣、李玉安报名（33659）

［西皮摇板］站立店中用目洒，［流水］不由得叔宝怒气发。明明认得他是响马，江湖路上也曾会过他。骂一声贼子真胆大，杀人放火海走天涯。今日相逢在潞州天堂下，无有批票怎敢拿。眼前若有历城县，定要将他锁拿到公衙。板子打、夹棍夹，看他犯法不犯法。减头去尾［散板］要一耍，倒教二位耻笑咱。［摇板］心中恼恨单雄信，不该骗我马能行。有朝犯在秦琼手，我打一铜来我要问一声。二贤弟只管把响马来放，放出祸来有秦琼担承。

法场换子【1925年5月16日百代唱片1面】余叔岩饰徐策、李佩卿京胡、曹湘石月琴、李善卿三弦、杭子和司鼓、罗文田大锣、王振纲小锣、李玉安报名（33660）

［二黄慢板］恨薛刚小奴才不如禽兽，吃醉了酒全不顾满面含羞。闯下了滔天祸一人逃走，连累他二爹娘不能到头。把一个两辽王午门斩首，樊夫人拔宝剑自刎人头。眼见得忠良臣乏嗣无后，可怜他斩草除根、寸草不留、天地含忧，怎教我看水流舟？夫人呐！

上天台【1925年5月百代唱片1面】余叔岩饰刘秀、李佩卿京胡、曹湘石月琴、李善卿三弦、杭子和司鼓、罗文田大锣、王振纲小锣、李玉安报名（33744）

［二黄慢板］姚皇兄休得要告职归林，你本是擎天柱一根。汉江山多亏了皇兄所挣，叫寡人怎舍得开国元勋，你我是布衣的君臣。

一捧雪【1925年5月百代唱片1面】余叔岩饰莫成、李佩卿京胡、曹湘石月琴、李善卿三弦、杭子和司鼓、罗文田大锣、王振纲小锣、李玉安报名（33745）

［二黄导板］一家人只哭得如酒醉，（白）老爷，大人，唉！夫人呐！［原板］那一边哭坏了雪氏夫人。戚大人八台的官救不了家主爷的命，家主爷的命，老爷呀！实实地难坏了小莫成。

余叔岩

《战樊城》余叔岩饰伍子胥

战樊城【1925年5月百代唱片2面】余叔岩饰伍子胥、李佩卿京胡、曹湘石月琴、李善卿三弦、杭子和司鼓、罗文田大锣、王振纲小锣、李玉安报名（33746*1/2）

（头段）[西皮原板]兄长说话欠思论，休把今人比古人。文王被囚天注定，伯邑考粉身命里生成。既是平王[二六]加官赠，就该有圣旨到樊城。若是爹娘修书信，为什么有逃走二字在书后存？怕的是失足罹陷阱，那时节插翅也难腾。我一心坐定樊城镇，愿做个不忠[散板]不孝人。

（二段）[原板]一封书信到樊城，拆散我弟兄两离分。叫家院看过酒一樽，弟与兄长[二六]来饯行。登山涉水多安稳，披星戴月奔都城。若是阖家同欢庆，在爹娘台前问安宁。倘若是家门遭不幸，报仇之事有弟伍员。非是小弟不从命，为的是逃走二字解不明。兄长饮干杯中酒，一路平安[散板]早到京。

打棍出箱【1925年5月百代唱片1面】余叔岩饰范仲禹、李佩卿京胡、曹湘石月琴、李善卿三弦、杭子和司鼓、王振纲小锣、李玉安报名（33747）

[二黄原板]我本是一穷儒太烈性，冒犯了老太师府门庭。念卑人结发糟糠多薄命，棒打鸳鸯两离分。我往日饮酒酒不醉，到今日饮酒酒醉人。

桑园寄子【1925年5月百代唱片1面】余叔岩饰邓伯道、李佩卿京胡、曹湘石月琴、李善卿三弦、杭子和司鼓、罗文田大锣、王振纲小锣、李玉安报名（33748）

[二黄散板]此时间顾不得父子恩爱，眼见得亲骨肉两下分开。急忙忙扯下了衣襟一块，咬指尖腹内痛珠泪满腮。我家住在太原府汶水县界，我的名叫邓伯道逃难此来。舍亲生救侄儿留传后代，也免得旁人骂我年老无才。

探母【1925年5月百代唱片2面】余叔岩饰杨延辉、李佩卿京胡、曹湘石月琴、李善卿三弦、杭子和司鼓、罗文田大锣、王振纲小锣、李玉安报名（33749*1/2）

（头段）【见娘】[西皮摇板]老娘亲请上受儿[回龙]拜，[二六]千拜万拜也是折不过儿的罪来。孩儿被

《问樵闹府》
余叔岩饰范仲禹、王长林饰樵夫

擒在番邦外，隐姓埋名躲祸灾。多蒙太后恩似海，铁镜公主配和谐。儿在番邦一十五载，常把我的老娘挂在儿的心怀。胡狄衣冠懒穿戴，每年间花开[快板]儿的心不开。闻听得老娘征北塞，乔装改扮过营来。见母一面愁眉解，愿老娘福寿康宁[摇板]永和谐无灾。

（二段）【哭堂】[反西皮散板]辞别老娘出帐外，杨四郎心中似刀裁。舍不得老娘年高迈，舍不得六贤弟将英才；舍不得二贤妹未出闺阁外，实难舍结发的夫妻两分开。

《四郎探母》余叔岩饰杨延辉

八大锤【1925年5月百代唱片1面】余叔岩饰王佐、罗福山饰乳娘、李佩卿京胡、曹湘石月琴、李善卿三弦、杭子和司鼓、王振纲小锣、李玉安报名（33750）

（王佐白）走啊！[二黄摇板]这几天到番营未有巧计，怎能够见他人细说端的。（白）来此已是陆文龙的营盘，待我偷觑偷觑。（乳娘）哪里来的奸细？小番将他拿下了。（王）啊，老太太不要高声呐，我不是奸细呀，我就是新近狼主收留下的一个残废人，取名"苦人儿"就是我啊。（乳）哦！昨日殿下回来言道：南朝有一将官名唤王佐，来在此地改名"苦人儿"就是足下么？（王）正是呀！（乳）哎呀，你吃了苦了哇！（王）听老太太讲话，不像此处人呐。（乳）老身原本不是此地人氏。（王）哪里人氏？（乳）湖广潭州人氏。（王）哦？老太太是湖广潭州人么？（乳）湖广潭州人呐。（王）诶嘿！我也是湖广潭州人呐。（乳）你也是湖广潭州人？（王）我也是湖广潭州人。（乳）我们是乡亲了。（王）我们是同乡了啊。（乳）重见一礼。（王）重见一礼。（乳）久旱逢甘雨，（王）他乡遇故知。啊，老太太因何至此啊？（乳）嗫声！请到里面讲话。（王）是，是，是！（乳）我与将军乃是同乡，说也无妨。老身薛氏，昔年在潞安州陆登老爷府中以为乳娘。不想狼主打破潞安州，老爷夫人尽忠尽节而死，撇下未满三月公子，被狼主掳抢北国，至今一十六载，不知此仇何日得报的了！（王）唉，真是可怜呐！（乳）

《四郎探母》余叔岩饰杨延昭、张伯驹饰杨延辉

《盗宗卷》余叔岩饰张苍

本来的可怜呐。（王）啊，老太太，但不知那陆老先生他的后人还有无有啊？（乳）怎的无有后人？昨日在阵前，连挑数员宋将那就是陆公子。（王）哦？那就是陆公子啊？（乳）那就是陆公子。（王）哎，我今日来的好机会呀！

搜孤救孤【1925年11月11日高亭唱片2面】余叔岩饰程婴、李佩卿京胡、曹湘石月琴、李善卿三弦、杭子和司鼓、罗文田大锣、王振纲小锣、李玉安报名（Teb127）

（头段）[二黄原板]娘子不必太烈性，卑人言来你是听：赵屠二家有仇恨，三百余口命赴幽冥。我与那公孙杵臼把计定，他舍命来你我舍亲生。舍子搭救忠良后，老天爷不绝我的后代根。你今舍了亲生子，来年必定降麒麟。千言万语她不肯，不舍娇儿难救孤身。无奈何我只得双膝[散板]跪，哀求娘子舍亲生。

（二段）[导板]白虎大堂奉了命，[原板]都只为、救孤儿、舍亲生、连累了、年迈苍苍受苦刑、眼见得两离分。我与他人定巧计，到如今连累他受苦刑。开言便把公孙兄问，小弟言来你是听：你若是再三地不肯招认，大人的王法不徇情。手持皮鞭将[散板]你打，你切莫要胡言攀扯我好人。

洪羊洞【1925年11月11日高亭唱片1面】余叔岩饰杨延昭、李佩卿京胡、曹湘石月琴、李善卿三弦、杭子和司鼓、王振纲小锣、李玉安报名（Teb128）

[二黄慢板]叹杨家投宋主心血用尽，真可叹焦孟将命丧番营。宗保儿搀为父软榻靠枕，[原板]怕只怕熬不过尺寸光阴。

空城计【1925年11月11日高亭唱片2面】余叔岩饰诸葛亮、李佩卿京胡、曹湘石月琴、李善卿三弦、杭子和司鼓、罗文田大锣、王振纲小锣、李玉安报名（Teb129/30）

（头段）[西皮慢板]我本是卧龙岗散淡的人，评

《空城计》余叔岩饰王平

阴阳如反掌保定乾坤。先帝爷下南阳御驾三请，算就了汉家的业鼎足三分。

（二段）官封到武乡侯执掌帅印，东西战南北剿博古通今。周文王访姜尚周室大振，汉诸葛怎比得前辈的先生。闲无事在敌楼我亮一亮琴音，（［琴歌］）［原板］我面前缺少个知音的人。

《镇潭州》余叔岩饰岳飞、程继仙饰杨再兴

战太平【1925年11月11日高亭唱片1面】余叔岩饰花云、李佩卿京胡、曹湘石月琴、李善卿三弦、杭子和司鼓、罗文田大锣、王振纲小锣、李玉安报名（Teb131）

［二黄导板］头戴着紫金盔齐眉盖顶，［散板］为大将临阵死哪顾得贪生。撩铠甲且把二堂进，有劳夫人点雄兵。接过夫人得胜饮，背转身来谢神灵。辞别夫人足踏镫，但愿此去扫荡烟尘。

鱼藏剑【1925年11月11日高亭唱片1面】余叔岩饰伍子胥、李佩卿京胡、曹湘石月琴、李善卿三弦、杭子和司鼓、罗文田大锣、王振纲小锣、李玉安报名（Teb132）

［西皮原板］一事无成两鬓斑，叹光阴一去不回还。日月轮流催晓箭，青山绿水常在面前。恨平王无道纲常乱，信用无极狗奸谗。他害我满门真悲惨，我与奸贼不共戴天。实指望到吴国［快板］借兵转，行至在昭关有阻拦。单人避难常遮掩，在黎阳山下遇高贤。设计救出了昭关险，马到长江无渡船。多蒙渔夫行方便。他为我投江实可怜。浣纱女、心好善，一饭之恩前世缘。眼望吴城［散板］路不远，报仇心急马加鞭。

《托兆碰碑》余叔岩饰杨继业

托兆碰碑【1925年11月11日高亭唱片1面】余叔岩饰杨继业、李佩卿京胡、曹湘石月琴、李善卿三弦、杭子和司鼓、罗文田大锣、王振纲小锣、李玉安报名（Teb133）

［二黄导板］金乌坠玉兔升黄昏时候，［碰板］盼

娇儿不由人珠泪双流,我的儿啊![原板]七郎儿回雁门搬兵求救,为什么此一去不见回头。唯恐那潘仁美记起前扣,怕的是我的儿一命罢休。含悲泪进大营双眉愁皱,腹内饥身寒冷遍体飕飕。

状元谱【1925年11月11日高亭唱片1面】余叔岩饰陈伯愚、李佩卿京胡、曹湘石月琴、李善卿三弦、杭子和司鼓、罗文田大锣、王振纲小锣、李玉安报名（Teb134）

[西皮慢板]张公道三十五六子有靠,陈伯愚年半百无有后苗。为儿女我也曾朝山拜庙,为儿女我也曾补路修桥。怕将来老天爷无有果报,眼睁睁有何人去把纸烧。

《洗浮山》余叔岩饰贺天保

乌盆计【1925年11月11日高亭唱片1面】余叔岩饰刘世昌、李佩卿京胡、曹湘石月琴、李善卿三弦、杭子和司鼓、罗文田大锣、王振纲小锣、李玉安报名（Teb135）

[二黄原板]老丈不必胆怕惊,我有言来你是听:休把我当作了妖魔论,我本屈死一鬼魂。我忙将树枝摆摇动,抓一把沙土扬灰尘。我和你远无怨近无有仇恨,望求老丈把冤伸。

《珠帘寨》余叔岩饰李克用

珠帘寨【1925年11月11日高亭唱片1面】余叔岩饰李克用、李佩卿京胡、曹湘石月琴、李善卿三弦、杭子和司鼓、罗文田大锣、王振纲小锣、李玉安报名（Teb136）

[西皮导板]昔日有个三大贤,[原板]刘关张结义在桃园。弟兄们徐州曾失散,古城相逢又团圆。关二爷马上呼三弟,张翼德在城楼怒发冲冠。耳边厢又听[快板]人呐喊,老蔡阳的人马来到了古城边。城楼上助你三通鼓,十面旌旗壮壮威严。哗啦啦打罢了头通鼓,关二爷提刀跨雕鞍;哗啦啦啦打罢了二通鼓,人有精神马又欢;哗啦啦打罢了三通鼓,蔡阳的人头落在马前。一来是老儿命该丧,二来弟兄得团圆。贤弟休回长安转,就在这沙陀过几年,[散板]落得个清闲。

八大锤【1925年11月11日高亭唱片1面】余叔岩饰王佐、李佩卿京胡、曹湘石月琴、李善卿三弦、杭子和司鼓、罗文田大锣、王振纲小锣、李玉安报名（Teb137）

[二黄导板]听谯楼打初更玉兔东上，[碰板]为国家、秉忠心、食君禄、报王恩、昼夜奔忙。[原板]想当年在洞庭逍遥放荡，到如今食君禄未报宋王。岳大哥他待我手足一样，我王佐无功劳怎受荣光。今夜晚思一计番营去闯，留一个美名儿万载传扬。

捉放曹【1932年3月31日长城唱片2面】余叔岩饰陈宫、朱嘉夔京胡、杭子和司鼓（CHI3289/90）

（头段）【宿店】[二黄慢板]一轮明月照窗下，陈宫心中乱如麻。悔不该心猿并意马，悔不该随他人到吕家。吕伯奢可算得义气大，杀猪沽酒款待于他。

（二段）又谁知此贼的疑心太大，拔出剑将他的满门杀。一家人俱丧在宝剑之下，年迈的老丈命染黄沙。屈死的冤鬼魂休要怨咱，自有那神灵天地鉴察。[原板]听谯楼打罢了二更鼓下，越思越想把事来做差。悔不该把家属一旦撇下，悔不该弃县令抛却了乌纱。我只说贼是个宽宏量大，汉室后来贼是惹祸的根芽。

打渔杀家【1932年3月31日长城唱片1面】余叔岩饰萧恩、朱嘉夔京胡、杭子和司鼓（CHI3291）

[西皮原板]昨夜晚吃酒醉和衣而卧，稼场鸡惊醒了梦里南柯。二贤弟在河下相劝与我，他叫我把打渔事一旦丢却。我本当不打渔关门闲坐，怎奈我家贫穷无计奈何。清早起开柴扉乌鸦叫过，飞过来叫过去却是[二六]为何？将身儿来至在草堂内坐，桂英儿捧茶来为父解渴。

《宁武关》余叔岩饰周遇吉

《翠屏山》余叔岩饰石秀、王长林饰海和尚

失街亭【1932年3月31日长城唱片1面】余叔岩饰诸葛亮、朱嘉夔京胡、杭子和司鼓（CHI3292）

［西皮原板］两国交锋龙虎斗，各为其主统貔貅。款待三军要宽厚，赏罚中公平莫要自由。此一番领兵去镇守，靠山近水把营收。［摇板］先帝爷白帝城叮咛就，俺诸葛扶幼主岂能无忧？但愿得此一去扫平贼寇，也免得我亲自去把贼收。

摘缨会【1932年3月31日长城唱片2面】余叔岩饰楚庄王、朱嘉夔京胡、杭子和司鼓（CHI3293/4）

（头段）［西皮慢板］劝梓童休得要把本奏上，听孤王把前情细说端详：都只为斗越椒欺君罔上，他父子掌兵权搅乱家邦。

（二段）天降下养由基英雄［二六］良将，只杀得他父子鼠窜奔忙。因此上在渐台论功行赏，竟有那无耻徒酒后癫狂。劝梓童把此事休挂心上，劝梓童把此事付与了汪洋。宫娥女掌银灯引归［回龙］罗帐，［摇板］孤与你同偕老地久天长。

余叔岩、朱嘉夔

乌龙院【1932年3月31日长城唱片1面】余叔岩饰宋江、朱嘉夔京胡、杭子和司鼓（CHI3295）

［四平调］宋公明打坐乌龙院，猜一猜大姐腹内情。莫不是茶饭不随你的口？莫不是衣衫不合你的身？莫不是邻居们得罪了你？莫不是马二娘打骂不仁？这不是来那不是，莫不是思想我宋公明？

打严嵩【1932年3月31日长城唱片1面】余叔岩饰邹应龙、朱嘉夔京胡、杭子和司鼓（CHI3296）

［西皮散板］月台下辞别了严太尊，叫声尊官你是听：三百两银子值多少？有道是脸面值千金。适才太师对我论，我就是太师爷心腹人。从今后不把你当尊官敬，你就是邹老爷牵马坠镫、一个势利的小人。

余叔岩

伐东吴【1939年11月19日国乐唱片1面】余叔岩饰黄忠/刘备、王瑞芝京胡、白登云司鼓（K337）

（黄忠）[西皮原板]忆昔当年长沙镇，算来不觉有数春。荆襄阆中遭不幸，一心要把东吴平。黄汉升撩袍御营进，（刘备）老将军免礼且平身。暂陪朕坐消愁闷，（黄）行兵不必泪伤心。

伐东吴[①]【1939年11月19日国乐唱片1面】余叔岩饰黄忠/刘备、王瑞芝京胡、白登云司鼓（K337）

（黄忠）[西皮原板]忆昔当年长沙镇，算来不觉有数春。荆襄阆中遭不幸，一心要把东吴平。黄汉升撩袍御营进，（刘备）老将军免礼且平身。暂陪朕坐消愁闷，（黄）行兵不必泪伤心。

《定军山》余叔岩饰黄忠

打侄上坟【1939年11月19日国乐唱片1面】余叔岩饰陈伯愚、王瑞芝京胡、白登云司鼓（K338）

[西皮散板]提起了二爹娘要掌儿的嘴，陈门中岂要你这不孝人。这样奴才终何用？我活活打死你这败家的根。[原板]老来无子甚悲惨，陈门中出了个不肖儿男。一步儿来在前庭院，见安人只哭得珠泪不干。

沙桥饯别【1939年11月19日国乐唱片2面】余叔岩饰唐太宗、王瑞芝京胡、白登云司鼓（K339/40）

（头段）[二黄慢板]提龙笔写牒文大唐国号，孤御弟唐三藏替孤代劳。各国内众蛮王休要阻道，到西天取了经即便还朝。

（二段）孤赐你锦袈裟霞光万道，孤赐你紫金钵禅杖一条；孤赐你藏经箱僧衣僧帽，孤赐你四童儿鞍前马后、涉水登山好把箱挑。内侍臣与孤王将宝抬到，金銮殿忙与你改换法袍。

王瑞芝操琴

---

① 这张唱片在唱词上并无大区别，只是在国乐唱片的编号上，第二版是K337*1/2，以示与另一版的不同。

言菊朋（1890.12.29～1942.6.20）

言菊朋，本姓玛拉特氏，名延寿（延、言谐音，遂取"言"为汉姓），字锡其，号仰山，北京人，蒙古族正蓝旗，大学士松筠玄孙。曾在清廷蒙藏院任职，因酷爱京剧，参加清音雅集、春阳友会等票房。早年经常观摩谭鑫培演出，并师从陈彦衡学谭（鑫培）派戏，又向红豆馆主、钱金福、王长林等请益，唱、念、做、打均有法度。1923年，在梅兰芳、陈彦衡等人鼓励下，正式下海成为专业演员。其长子言少朋工老生，马连良弟子；次子言小朋，原工武生，后从事电影事业；次女言慧珠，工青衣花衫，梅兰芳弟子；三女言慧兰，评剧演员。弟子有：奚啸伯、李家载、宋湛清、张少楼等人。

言氏所灌唱片极多，流传亦最广。1924至1925年唱片宗谭（鑫培）派，之后所灌唱片多为其个人创造。1935年胜利唱片回归谭派唱法，并于唱片所附唱词页上标注当时流行唱法与谭派区别之处。

清官册【1933年2月28日百代唱片2面】言菊朋饰寇准/报名、章梓宸京胡、谭长海司鼓（A1125/6）

（**头段**）（白）夫人请！［二黄原板］接过了夫人酒一樽，背转身来谢神灵。扭回头便对夫人论，下官言来你是听：高堂老母要你孝顺，免得我一路上时刻挂心。辞别夫人跨［散板］金镫，不分昼夜奔都城。

（**二段**）（［五更］）［散板］谯楼鼓打五更尽，铁甲将军夜渡津。朝房鼓不住地咚咚打，文武百官胆战兢。有寇准打从东华门进，文武百官发笑声。笑只笑我小寇准，七品郎官见圣君。有才不在官大小，无才你们枉受爵禄恩。大摇大摆上龙廷，品级台前臣见君。

天雷报【1933年2月28日百代唱片2面】言菊朋饰张元秀、焦宝奎饰贺氏／报名、章梓宸京胡、谭长海司鼓（A1127/8）

言菊朋

（头段）（张元秀白）妈妈，你今日起来得早哇！（贺氏）难道说你还不叫我起床不成么？（张）不是哦，你乃有病之人呐。（贺）是啊，你可知道我这病症从何而起？（张）不过从娇儿身上所起。（贺）我一来思念继保，二来是你这个老天杀的气得于我。（张）怎么是我气得你呀？（贺）好好的儿子，你不该将他赶门在外。（张）哎，养子哪有不教训的？（贺）哪有像你这样的教训，我恩养他一十三载，慢说他是一个人，就是一块顽石，今日磨明日磨，也要将它磨光了。［四平调］好好的儿子奴仆待，不该将他赶门在外。（张白）哎！只因那日，在清风亭上偏偏遇着他的亲娘，说得句句相投，而况且又有血书为证，故而才教她认去，若有一字之虚，慢说是个人呐，就是一只鸡犬——（贺）怎样？（张）岂能教她白白地认了去呀！［四平调］清风亭遇着他的亲娘到来，叫我无可无奈。纵然被她认了去，并不是妈妈十月怀胎。

（二段）（贺白）你这个老天杀的，你埋怨我？我的儿子被你赶门在外，我不埋怨你，我埋怨哪个哟！［四平调］虽不是我十月怀胎，恩养他一十三载。眼前若有那娇儿在，万事皆休无话来。（张白）我不埋怨你，你倒埋怨起我来了哇。啊？（贺）你埋怨我何来呢？（张）旁人娶妻，为的是生男养女，自从娶了你这个老乞婆，啊？一不生男、二不养女，你呀，你绝了我张门的后代！（贺）嘿嘿！我把你这个老天杀的！我不生男养女，你休得埋怨我呀。（张）怨哪个？（贺）埋怨你张门祖上哦！［四平调］我不生不养无福哉，苦苦争吵为何来？（张）这才是年高迈血气衰，前世欠下的儿女债。你苦苦与我来撒赖，活活地逼我丧阳台。

卖马【1933年2月28日百代唱片2面】言菊朋饰秦琼／报名、焦宝奎饰店家、章梓宸京胡、谭长海司鼓（A1129/30）

《卖马》言菊朋饰秦琼

（头段）（店家白）我说秦二爷！（秦琼）哦。（店）您说的这个话我明白了，净等这个蔡大老爷给你批票回文吧？（秦）正是。（店）拙比这么说，他要是一个月不给你老人家批票回文呢？（秦）你就等他一个月。（店）哎！那么他要是一年呐？（秦）何妨等他一年呢？（店）好呃！诶，他这一辈子要不给你批票回文呢？（秦）少不得等他一辈子啊！（店）好啊！我说什么，他说什么！我说秦二爷，人吃五谷杂粮，没有不生病的，眼看你病得这样，你要是死在我的

《卖马》言菊朋饰秦琼

店里，应当怎么办呢？（秦）啊？我若死在你这个店中啊？（店）啊！（秦）店主东！（店）啊！（秦）呵呵呵呵呵呵！（店）怎么着？（秦）你呀？你就大大的发个财了啊！（店）哎？你说我发财？这个财怎么发呢？（秦）我若当真死在你这店内？（店）啊！（秦）买上一大口棺木。（店）诶。（秦）将你二爷成殓起来。（店）成。（秦）在西门以外，高岗之上。（店）喔。（秦）立一碑牌。（店）哦。（秦）上刻：山东好汉，姓秦名琼字叔宝啊。（店）哦。（秦）那时节，（店）啊。（秦）你就不要这样打扮了。（店）怎么样的打扮呢？（秦）必须头戴麻箍。（店）哎。（秦）身穿重孝。（店）哦。（秦）腰系麻辫。（店）诶。（秦）手执哭丧棒儿。（店）啊？（秦）与你二爷摔丧盆子，大大的请上一个份子，岂不就发个财了么？（店）你这么一说，我不是你的儿子了吗？（秦）呃！这不敢当啊！（店）好啊！你这是骂我？有钱便罢，没钱我要扒你！（秦）哦？剥你二爷？（店）诶！说扒就扒！哎哟哟哟！（秦）岂有此理！（店）诶！扒、扒不了，我给你喊叫！臊臊你的皮呀！（秦）任你喊叫！（店）街坊，邻居！秦琼吃了喝了不……（秦）呃呃呃！（店）怎么着？（秦）我有个撒悔呀！（店）有什么撒悔？（秦）看槽头之上，拴着那骑黄骠马，拉到长街去卖，卖来银钱还你的店钱就是啊！（店）你这马成了马灯谁要呀？（秦）唉！有道是货卖识家！（店）怎么样？（秦）你不懂啊！（店）哦！那么怎么样办呢？（秦）店主东！（店）诶！（秦）你去牵马！

（二段）（秦）[西皮慢板]店主东带过了黄骠马！（店白）给您牵过来了！（秦）[慢板]不由得秦叔宝两泪如麻。（店白）为什么哭啊？（秦）[慢板]提起了此马来头大！（店白）有什么来头呀？（秦）[慢板]兵部堂黄大人相赠与咱。（店白）你不该卖。（秦）[慢板]遭不幸困至在天堂下，还你的店饭钱无奈何只得来卖它！

乌盆计【1933年2月28日百代唱片2面】言菊朋饰刘世昌／报名、章梓宸京胡、谭长海司鼓（A1131/2）

（头段）[反二黄慢板]未曾开言泪满腮，尊一声老丈听开怀：家住在南阳……

（二段）城关外，离城数里太平街。刘世昌祖居有数代，务农为本颇有家财。奉命上京做买卖，贩卖绸缎倒生财。前三年也曾把货卖，算清账目转回家来。路过赵大窑

言菊朋

言菊朋练习《打鼓骂曹》

门以外，借宿一宵惹祸灾。赵大夫妻将我谋害，把我的尸骨未曾葬埋。可怜我冤仇有三载！

打鼓骂曹【1933年3月1日百代唱片2面】言菊朋饰祢衡、章梓宸京胡、谭长海司鼓、焦宝奎报名（A1133/4）

（头段）［西皮导板］谗臣当道谋汉朝，［原板］楚汉相争动枪刀。到如今出了个奸曹操，上欺天子下压群僚。我有心替主爷把仇报，掌中缺少杀人的刀。下席坐定奸曹操！

（二段）【言君亲自打鼓】（［夜深沉］）［流水］昔日里文王访姜尚，亲临渭水得栋梁。臣坐车，君拉缰，为国求贤理应当。我本是堂堂奇男子，把我当作小儿郎。枉在朝中为首相，狗奸贼不识臭和香！［散板］曹操错把话来论，祢衡言来听端详。

武家坡【1933年3月1日百代唱片2面】言菊朋饰薛平贵/报名、章梓宸京胡、谭长海司鼓（A1135/6）

（头段）（笑）哈哈哈哈！［西皮摇板］一见宝钏回窑转，果然为我受熬煎。不上马来步下赶，回到窑中两团圆。［导板］提起了当年泪不干，［原板］夫妻们受苦寒窑前。自从降了红鬃战，唐王驾前去讨官。

（二段）官封为后军都督府，你的父御前把本参。自从盘古立天地，［流水］哪有个岳父把婿参。西凉国造了反，薛平贵倒作了先行官。两军阵前遇代战，代战公主好威严，她将我擒过了马雕鞍。她和老王不肯斩，才把公主匹配良缘。西凉的老王把驾晏，代战女保我坐银安。那一日驾坐银安殿，宾鸿大雁口吐人言。手拿金弓银弹打，打下了半幅血罗衫。打开罗衫从头看，才知道寒窑受苦的王宝钏。不分昼夜往前趱，为的是回来夫妻团圆。三姐不信从头算，算来算去［摇板］十八年。水流千遭归大海，原物交回本人看。

《宁武关》言菊朋饰周遇吉

大保国【1933 年 3 月 1 日百代唱片 2 面】言菊朋饰杨波 / 报名、章梓宸京胡、谭长海司鼓（A1137/8）

（**头段**）[二黄摇板]正在朝房把本修，忽听国太让龙楼。本当上殿把本奏，怎奈我官卑职小不敢出头！（念）一自元朝居华地，世上多少古今奇。山崩地裂石鼓响，风起云回星斗移。[慢板]臣不奏前三皇后代五帝，

（**二段**）奏的是我大明一统华夷。太祖爷初登基在南京立帝，四下里反叛贼要夺华夷。湖广的陈友谅在江西起义，广东贼领人马杀到广西。只杀得妻寻夫那兄找弟，父在东来子在西。

让徐州【1935 年 1 月 16 日百代唱片 2 面】言菊朋饰陶谦 / 报名、李润峰京胡、谭长海司鼓（A2135/6）

（**头段**）[二黄原板]未开言不由人珠泪滚滚，千斤重任我就要你担承。二犬子皆年幼难当重任，老朽年迈我也不能够担承。望使君放开怀慨然应允，救生民积阴功也免得我坐卧不宁。[四平调]叹人生如花草春夏茂盛，待等那秋风起日见凋零。为国家终日里忧成疾病！

（**二段**）[西皮导板]汉高祖开基业江山独创，[反西皮二六]传流了四百年锦绣家邦。到如今气运衰四方扰攘，恨曹操专国政君弱臣强。还有那黄巾贼他把那各处掠抢，众诸侯分疆土他们各霸一方。怎奈我徐州城兵微地广，怕的是那曹操、他记恨前仇、兴人马，那时节免受灾殃。

戏凤【1935 年 1 月 16/7 日百代唱片 2 面】言菊朋饰正德帝 / 报名、新艳秋饰李凤姐、李润峰 / 王子祥京胡、田鸿达京二胡、谭长海司鼓（A2137/8）

（**头段**）（李凤姐）[四平调]自幼儿生长在良善家，兄妹二人作生涯。我大哥前村去守夜，他言道前店有位军家。将茶盘放至在桌案上，李凤姐回房我去绣花，啊！去绣花。（正德帝）好花儿出在深山里，美女生在小地名。孤将这木马二声震，（李）又来炊茶卖酒的人。

（**二段**）（李）[西皮流水]月儿弯弯照天下，问声军爷你哪里有家？（正）凤姐不必细盘查，为军家住在那天底下。（李白）人不住在天底下，还住在天上头不成么？（正）我这个住处与众大不相同。（李）怎么不同？（正）我住在北京城内，大圈圈里面有个小圈圈。小圈圈里面有个黄圈圈，我啊，就住在那个黄圈圈里面呐。（李）我啊，我认得你。（正）你怎么认得我？哎呀呀，她怎么晓得我啊？（李）你就是我哥哥的……

《让徐州》言菊朋饰陶谦

新艳秋

（正）什么？（李）大舅子啊。（正）胡说！（李）[流水]军爷做事理太差，三番两次取笑咱。梅龙镇上访一访，凤姐本是个好人家。（正）好人家、歹人家，不该鬓间斜插海棠花。扭扭捏捏实可爱，风流就在这朵海棠花。（李）海棠花来海棠花，倒被军爷取笑咱。用手取下海棠花，从今后不戴这海棠花。（正）凤姐做事理太差，不该踏碎了海棠花。为军用手忙拾起，[摇板]我与你插、插、插上这朵海棠花。（李）凤姐一见事不好，去到绣房我躲避他。

回龙阁【1935年1月17日百代唱片2面】言菊朋饰薛平贵/报名、新艳秋饰王宝钏、李润峰/王子祥京胡、田鸿达京二胡、谭长海司鼓（A2139/40）

（头段）（王宝钏）[西皮流水]王宝钏低头用目看，代战女打扮似天仙。怪不得儿夫他不回转，就被她缠绕了一十八年。宝钏若是男儿汉，我也在她国住几年。我本当不把礼来见，她道我王氏宝钏礼不端。走向前来用手搀，尊一声贤妹听我言：儿夫西凉你照看，[摇板]多蒙你照看她一十八年！姐妹双双上金殿，参王驾来问王安。（薛平贵）[流水]宝钏封在昭阳院，代战西宫掌兵权。孤赐你二人龙凤剑，三人同掌锦长安。

（二段）（王）[摇板]在金殿领圣旨忙下金殿，相府去把儿的老娘搬。（薛）[导板]二梓童搀岳母待王拜见，[二六]搬岳母如同搬泰山。不幸我的亲娘去世早，你比我的亲娘甚是贤。老岳母封在养老院，一日三餐王去问安。请请请，老岳母你请下金銮。

前部让徐州（战濮阳）【1936年3月10日百代唱片2面】言菊朋饰陈宫/报名、马连昆饰曹操、李润峰京胡、谭长海司鼓（A3014/5）

（头段）（曹操）[西皮摇板]我爱那陈公台为人义好，[流水]可惜他一旦间反叛吾曹。守城军你快去把信通报，你就说曹孟德来会故交。（陈宫）[导板]耳边厢忽听得曹操来到，[原板]站城头扶垛口往下观瞧。白龙驹坐定了奸贼曹操，一派的假殷勤那袖里藏刀。今日里引人马何事来到？说明了我和你再把兵交。

（二段）（曹）[原板]曹孟德听一言满脸赔笑，尊一声公台兄细听根苗：你若是擒吕布城池献了，回朝去我保你身挂紫袍。

《翠屏山》言菊朋饰石秀

王又荃

（陈）[二六]曹孟德休得要花言语巧，我这里似明月就照你的心梢。你若是念故交将兵退了，我和你常和好就永不犯你的边壕。你若是执意地横行霸道，顷刻间管叫你是片甲难逃。（曹）[摇板]陈公台说此话令人可恼，霎时间濮阳城化为海潮。

黄鹤楼【1936年3月10日百代唱片1面】言菊朋饰刘备/报名、吴彦衡饰赵云、王又荃饰周瑜、李润峰京胡、谭长海司鼓（A3016）

（刘备）[西皮原板]他那里忽然提前情，倒教我有口也难云。待等西川多安稳，依然还你荆州的城。（周瑜）出言来全不口问心，三番两次蒙哄人。赤壁交兵[摇板]俺临阵，岂肯双手奉他人？（赵云）常言忠义要秉正，不该欺侮我君臣。席前再问荆州事，怒恼常山赵将军。

阳平关【1936年3月10日百代唱片1面】言菊朋饰黄忠/报名、吴彦衡饰赵云、李润峰京胡、谭长海司鼓（A3017）

（赵云白）且慢呐！老将军忒也劳倦，此事待俺赵云前往。（黄忠）四将军！食王爵禄，当报国恩，何言"劳倦"二字？（赵）适才探马报道：曹操守粮囤，那骁将张郃在彼，夏侯渊一勇之夫，被老将军刀劈马下。俺今出马，力斩张郃之头，胜强夏侯渊十倍。（黄）四将军！某家今要斩那张郃的头来，你看如何？（赵）军家哪有常胜之理？（黄）哦！[西皮二六]说什么军家无常胜，仔细看一看黄汉升。一马儿杀到曹营境，恰好似猛虎赶羊群。某家今年七十整，正好抖一抖我的老精神。咱叫他马前来听命，你看我老将[摇板]能不能！（赵）此事赵云当退任，（黄）让我黄忠再战几春。

芦花河【1936年3月10日百代唱片2面】言菊朋饰薛丁山/报名、胡菊琴饰樊梨花、李润峰京胡、谭长海司鼓（A3018/9）

（头段）（樊梨花）[西皮导板]秦汉一虎一声禀，[原板]迎接王爷进唐营。王爷四路去打听，打听得哪路现发兵。（薛丁山）一来是夫人威名震，四海闻名不敢动兵。

（二段）（樊白）王爷呀！[二六]王爷有所不知情，妾身言来听分明：奴才犯了皇王令，因此上捆绑问斩刑。（薛）[摇板]我道是犯了那皇王将令，却原来为的是临阵招亲。曾记得大战在寒

吴彦衡

［二六］寒江岭，寒江关前大交兵。那时节夫人来对阵，你那里见面就要提亲。本帅再三不应允，夫人你又把巧计生。设下了那移山倒海的阵，将本帅我吊至在半空存。

奇冤报【1925年10月高亭唱片1面】言菊朋饰刘世昌、赵仲奎京胡、乔玉泉司鼓（Teb60）

［西皮原板］叹人生世间名利牵，抛父母别妻子远离故园。道旁美景懒得看，披星戴月奔家园。行程之间［散板］把天变，狂风大雨遮满天。刘升带路往前赶，暂求旅店把身安。

战蒲关【1925年10月高亭唱片1面】言菊朋饰王霸、赵仲奎京胡、乔玉泉司鼓（Teb61）

［二黄原板］恨贼臣暗地里长安城献，害得我军与民好不惨然。二小主齐来到蒲关避难，众贼兵围困似铁桶一般。到如今月余来未曾合眼，可怜我，头戴盔，身披甲，腰悬昆吾，手执战杆，马不离鞍，昼夜里防奸。这边厢人叫苦悲声不断，那边厢又听得人人哭天。

《失印救火》言菊朋饰白怀

法场换子【1925年10月高亭唱片1面】言菊朋饰徐策、赵仲奎京胡、乔玉泉司鼓（Teb62）

［反二黄慢板］见夫人哭出了法场以外，可怜她年半百十月怀胎。催命鼓响咚咚魂飞天外，救生锣仓啷响魂又转来。

清官册【1925年10月高亭唱片2面】言菊朋饰寇准、赵仲奎京胡、乔玉泉司鼓（Teb63/4）

（头段）［二黄慢板］一轮明月照窗棂，想起了高堂上老娘亲。尽得忠来难尽孝，食王的爵禄报王恩。

（二段）［原板］听谯楼打罢了二更时分，想起了在霞谷治理万民。早堂接状早堂审，晚堂接状要审清。到后来接下了无头案，一对红灯到天明。谯楼上鼓打三更正，越思越想好不安宁。有寇准并不曾虐民苦吏，金牌调我为何情？顶冠束带四更正，忙把家院叫一声。回去与老爷送一个信，你就说平安到了都城，倘若是少夫人来问你，［垛板］你就说，你老爷，一步一蹬、一蹬一步、一步一蹬、一蹬一步，［散板］步步高升。

辕门斩子【1925年10月高亭唱片1面】言菊朋饰杨延昭、赵仲奎京胡、乔玉泉司鼓（Teb65）

[西皮导板]耳边厢又听得贤爷驾到，[原板]恨宗保不由人怒气难消。见千岁施一礼扬尘舞蹈，问千岁因何故驾离龙朝？臣命他领将令巡察营哨，谁想他在山东私把亲招。临阵上招亲事王法犯了，因此上绑辕门定斩不饶。君有言臣当领将他恕了，宋王爷降下罪哪个承招。

回龙阁【1925年10月高亭唱片1面】言菊朋饰薛平贵、赵仲奎京胡、乔玉泉司鼓（Teb66）

[西皮导板]长安城内把兵点，[原板]薛平贵才得报仇冤。马大江海把旨传，你就说孤王我驾坐在长安。龙行虎步上金殿，忽然一计在心间。马大江海把旨传，朝房内宣苏龙快把驾参。

法门寺【1925年10月高亭唱片2面】言菊朋饰赵廉、赵仲奎京胡、乔玉泉司鼓（Teb67/8）

（头段）[西皮慢板]眉坞县在马上心神不稳，这几天为人犯死里逃生。劝世人休为官务农为本，可怜我为县令不如庶民。

（二段）实指望做清官[二六]高升一品，又谁知孙家庄起下了祸根。孙玉娇卖风流门前站定，与傅朋丢玉镯暗地里调情。刘媒婆你不该从中勾引，转面来骂刘彪大胆的畜生。孙家庄黑夜里刀伤二命，将人头胡乱丢移祸于旁人。刘公道在衙门充当里正，见人头你为何不打报呈。叹褚生和贾氏无端丧命，待本县去请那高道名僧、诵念经文、超度尔的阴魂。叫衙役将人犯与爷带定！

汾河湾【1925年10月高亭唱片2面】言菊朋饰薛仁贵、赵仲奎京胡、乔玉泉司鼓（Teb69/70）

（头段）[西皮导板]家住绛州县龙门，[原板]薛仁贵好命苦无亲无邻。幼年间父早亡母又丧命，丢下了仁贵无处生存。常言道姻缘一线引，柳家村上招了亲。

（二段）你的父嫌贫心太狠，将你我二人赶出了门庭。夫妻们双双[流水]无投奔，

《汾河湾》言菊朋饰薛仁贵、南铁生饰柳迎春

破瓦寒窑暂安身。每日里窑中苦难尽，没奈何立志去投军。结交了兄弟们周青等，跨海征东把贼平。幸喜得狼烟俱扫尽，保定圣驾转回京。前三日修下了辞王的本，特地回来探望柳迎春。我的妻若还不肯信，来来来，算一算，算来算去〔散板〕十八春。〔导板〕听一言来吓掉魂，〔散板〕凉水浇头怀抱冰。适才路过汾河境，见一个顽童打弹能。

宝莲灯【1925年10月高亭唱片1面】言菊朋饰刘彦昌、赵仲奎京胡、乔玉泉司鼓（Teb71）

〔二黄快三眼〕昔日里有一个孤竹君，伯夷、叔齐二大贤人。都只为孤竹君身染重病，传口诏命次子即位为君。那叔齐分长幼不能担任，那伯夷尊父命也不能应承。弟让兄来兄不能应允，兄推弟来两不能够担任。那伯夷出午门无有踪影，那叔齐逃出了后宰门。首阳山前冻饿死，留得美名万古存。为父的怎比得孤竹君，二娇儿也难比那二个贤人，打死了别家子父能做主，打死了秦官保父不能担承。

《宝莲灯》言菊朋饰刘彦昌、王幼卿饰王桂英

击鼓骂曹【1925年10月高亭唱片1面】言菊朋饰祢衡、赵仲奎京胡、乔玉泉司鼓（Teb72）

〔西皮二六〕列公大人提醒了我，犹如推醒梦南柯。自古道责人先要责己过，手摸胸膛我自揣摩。罢罢罢，暂息我的心头火，〔流水〕学一个陆贾与随何。你把书信交与我，顺说刘表再定夺。〔摇板〕丞相宽心安闲坐，披星戴月过江河。顺说事儿若不妥，恐死他乡做鬼魔！

雁门关【1929年3月高亭唱片2面】言菊朋饰杨延辉、赵济羹京胡、魏希云司鼓（Teb197/8）

（头段）〔西皮慢板〕父子们扶大宋南征北战，赴双龙保圣驾来到了辽邦。我的父在两狼曾把命丧，弟兄们大败阵头亡。

（二段）不幸被擒遭罗网，受恩深重〔二六〕配鸾凰。只望夫妻们多和畅，实难忘我那白发老母娘。娘想儿来倚门望，儿想老娘痛断了肝肠。母子们两下里空妄想，我心中有事暗自凄凉。〔摇板〕小娇儿休把泪珠降，为父言来听端详：父子们同把银安上，见了太后将令诓。

鱼藏剑【1929年3月高亭唱片1面】言菊朋饰伍子胥、赵济羹京胡、魏希云司鼓（Teb199）

［西皮原板］姜子牙无时隐钓溪，运败时衰鬼神欺。周文王梦飞熊夜扑帐里，渭水河访贤臣保社稷。英雄落魄异邦地，只落得吹箫［散板］讨饭吃。

天水关【1929年3月高亭唱片1面】言菊朋饰诸葛亮、赵济羹京胡、魏希云司鼓（Teb200）

［二黄慢板］先帝爷在白帝城龙归海境，传口诏叫老臣常挂在心。命老臣保陛下社稷重整，教老臣把孙曹定要扫平。出师表并不是别端议论，望陛下准臣本臣要发兵。

《天水关》言菊朋饰诸葛亮

南天门【1929年3月高亭唱片2面】言菊朋饰曹福、王芸芳饰曹玉莲、赵济羹京胡、魏希云司鼓（Teb201/2）

（头段）（曹玉莲）［西皮导板］不顾得弱质走慌忙，（曹福）［散板］逃出主仆人一双。（莲）似鱼儿逃出千层网，（福）虎口内逃出了两只羊。

（二段）（莲）［原板］可恨那魏忠贤奸贼逆党，（福）我朝中出谗臣搅乱家邦。（莲）我的父遭不幸宝剑命丧，［哭头］老爹爹！（福）太老爷！（福、莲）啊！（福）太老爷！［原板］最可叹忠良臣无有下场。（莲）我的母跳花井把命来丧，［哭头］老娘亲！（福）太夫人！（福、莲）啊！（莲）老娘亲！

打金枝【1929年3月高亭唱片2面】言菊朋饰唐王、赵济羹京胡、魏希云司鼓（Teb203/4）

（头段）（白）摆驾！［西皮慢板］金乌东升玉兔坠，景阳钟三下响王出宫闱。唐室历年遭颠沛，国乱只为杨贵妃。

（二段）安禄山在河东曾起［二六］反意，兵困长安夺社稷。杨玉环身死马嵬驿，可怜她一命丧沟渠。先皇驾幸西蜀地，多亏皇兄郭子仪。血战三载把狼烟息，擒住了贼子在剑下劈。到如今乐享这太平日，黄河清北海晏有凤来仪。内侍臣摆御驾在九

《南天门》言菊朋饰曹福、章晓珊饰曹玉莲

龙［回龙］里，［摇板］孤王有道福寿齐。

战北原【1929年2月蓓开唱片2面】言菊朋饰诸葛亮、赵济羹京胡、魏希云司鼓（90042/3）

（头段）［西皮原板］自幼儿习兵法学演八卦，比管仲和乐毅半点不差。先帝爷三顾我茅庐之下，又感那托孤的恩尽瘁邦家。这几日在营中未把仗打，司马懿他那里笑我怕他。选一个黄道日发动人马，［摇板］灭司马扶炎刘扭转中华。

（二段）（白）郑将军，你何苦啊？［原板］我本是卧龙岗一道家，三天限曾造过十万狼牙。南屏山借东风如同戏耍，收孟获我也曾七纵七拿。适才间斩秦郎多多劳驾，山顶上把老夫活活笑煞。［摇板］谁不知诸葛亮智谋广大，尔好比螳螂辈井底之蛙。区区的诈降计敢来戏耍，圣门前卖诗文你的智量忒差。

四郎探母【1929年2月蓓开唱片2面】言菊朋饰杨延辉、赵济羹京胡、魏希云司鼓（90044/5）

（头段）【坐宫】［西皮慢板］杨延辉坐宫院自思自叹，想起了当年事好不惨然。我好比笼中鸟有翅难展，我好比虎离山受了孤单。我好比南来雁失群飞散，

（二段）我好比浅水龙困在沙滩。想当年沙滩会［二六］一场血战，只杀得血成河尸骨堆山；只杀得杨家将东逃西散，只杀得众儿郎滚下马鞍。我被擒改名姓身脱此难，将杨字改木易匹配良缘。萧天佐摆天门两下会战，我的娘领人马来到北番。我有心过营去见母一面，怎奈我身在番远隔天边。思老娘不由人肝肠痛断，想老娘想得我珠泪不干。［哭头］眼睁睁母子们难得见，老娘啊！［摇板］母子们要相逢梦里团圆。

贺后骂殿【1929年2月蓓开唱片2面】言菊朋饰赵光义、赵济羹京胡、魏希云司鼓（90046/7）

（头段）［二黄慢板］自盘古立帝邦天子为重，老皇嫂骂孤王情理难容。论国法就该把残生断送，

（二段）［碰板］还念你与兄王掌印东宫。兄王爷晏了驾钟鼓齐动，满朝中文武臣议论孤穷。都说道大皇儿他年轻无用，一个个保孤王驾坐九重。孤虽是登大宝依然大宋，哪一个大胆的敢坐金龙。把皇嫂当作了太后侍奉，崇上徽号容是不容。［原板］老皇嫂说什么务农耕种，普天

《四郎探母》言菊朋饰杨延辉

下俱都是老王来封。享荣华受富贵你母子们同共，亦非是叔为君、侄为臣各分西东。走上前打一躬把皇嫂尊奉，昭阳院改为养老宫。赐皇嫂尚方剑泰山压重，管三宫、和六院、大小嫔妃任你施行，从与不从？

宫门带【1929年2月蓓开唱片2面】言菊朋饰李渊、赵济羹京胡、魏希云司鼓（90048/9）

（头段）【封官】［二黄原板］劝皇儿休得要［慢板］珠泪滚滚，为父的心中明如灯。将二妃打至在冷宫廷，自羞自惭必丧生。武德君迈虎步忙下龙廷，走近前叫一声褚先生：满朝中文武臣纷纷议论，怎当得先生你赤胆忠心。为皇儿把卿家的心血用尽，

（二段）为皇儿可算得擎天柱一根。为皇儿哪顾得残生性命，为皇儿哪顾得全家满门。为皇儿连奏了十道保本，［垛板］为皇儿，把夏桀、与商纣、前朝后代、一代一代、比与［快三眼］孤听。孤赐你吏部大堂带管那都察院，太子太保外加正卿。再赐你尚方剑如山压定，［垛板］压定了、九卿四相、满朝的文武、大小官员，哪一个不遵，先斩后奏，［原板］一本本奏与寡人，你是干国的良臣！好一个孝道的李世民，赤胆忠心的褚先生。孤的皇儿残生性命亏你救应，改日里命皇儿拜为师生。内侍臣把酒宴宫中摆定，孤与那皇儿、先生来压惊。左手拉住了世民子，右手带定了褚先生。［垛板］孤的皇儿、李世民，孤的爱卿、褚先生，你二人放大了胆、且宽心，一步一步随定了［散板］寡人。

金水桥【1929年2月蓓开唱片2面】言菊朋饰李世民、赵济羹京胡、魏希云司鼓（90050/1）

（头段）（白）摆驾！［二黄慢板］想当年先王爷带兵出征，下江南十数年才把贼平。得了胜回朝来交旨复命，麒麟阁摆筵宴犒赏功臣。

（二段）小杨广在席前说话不正，紫金杯打奸王闯下祸根。因此上修下了辞王表本，连夜里领家属转回故村。行至在临潼山被贼围困，多亏那秦恩公搭救满门。隋炀帝坐江山为君不正，下扬州观琼花苦害黎民。五花棒打得那奸王丧命，众文武保父王驾坐龙廷。遭不幸先帝爷身染重病，老太后望儿楼凤驭上宾。满朝中文武臣纷纷议论，一个个保孤王驾坐龙廷。内侍臣摆御驾九龙口进。

左起：言小朋、言少朋、言菊朋、言慧珠

审潘洪【1929年2月蓓开唱片2面】言菊朋饰寇准、魏希云司鼓（90052/3）

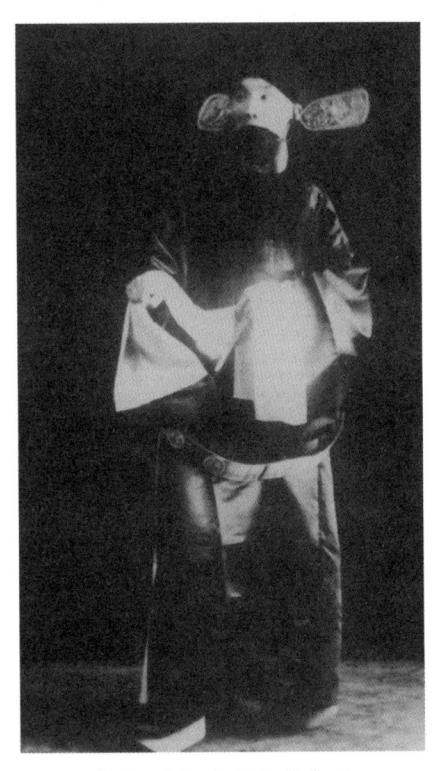

《群英会》言菊朋饰鲁肃

（**头段**）（白）潘洪，仁美！想你这老贼生在大宋，乃一人之下万万人之上，也就该知足者也。怎么？你还贪心不足，宠爱你子潘豹，在那天齐庙前摆下了百日擂台，要将天下的英雄打尽！也是那杨老将军他的家法不紧，那杨七将军游往天齐庙，见你子潘豹在那擂台之上卖些个浪言大话，那杨七将军性如烈火，上得擂去三拳两足将你子潘豹打死。你这老贼一闻此言，就与杨老将军抓袍捋带上殿面奏。好一个有道的明君，不加罪杨老将军反道你子有不好之处。你这老贼就怀恨在心，私通了北国胡儿，打来了连环战表。你这老贼在金殿之上讨下了帅印，单要那杨老将军以为前站先行。那杨老将军闻听你这老贼挂了帅印，恐你报打子仇恨，就上殿推奏，圣上不准，命呼老将军做了杨家的保官。那杨老将军情急无奈，去到瓦桥三关，调他六子回营同灭胡儿。天气炎热，误了你这老贼的卯期可也是有之，你就要将他斩首。那呼老将军进帐讲情，你把这假人情准在呼老将军的身上啊。

（**二段**）你这老贼暗中命小军报道营中缺粮。想你这做元帅的，有道是人马未动，粮草先行，怎么会营中缺粮？那贺朝进一不是正帅，二不是副帅，公然坐在虎头公案，巧用国家的大臣，命呼老将军催押粮草。你又传下将令是违令者斩。想那呼老将军乃是开国的元勋，又是杨家的保官，岂是与你这老贼押粮催草之人，出得营去大笑了三声，他口吐鲜血而亡！那杨老将军见呼老将军一死，犹如断了他杨家的命脉一般，带领他六子反出大营，不听你这老贼的提调。你这老贼就差白牌带领尚方宝剑，追赶他父子回营。那杨七将军性如烈火，打碎了白牌，扭断了尚方宝剑。那杨老将军他可是个知罪的臣子，命他六子回营请罪。你本要将他斩首，念他乃当今的驸马，又是三关的元帅，你是轻易不敢妄动，责打他四十军棍。黄道日不教他父子出马，黑道日反命他父子出兵。想这黄道日期必定旗开得胜，马到功成，黑道日期不是损兵，定是折将，偏偏他又大获全胜而归。你就该大开营门，迎接他父子进关才是。怎么？反命五百名雁翎刀手，把住了雁门关口，命他父子将胡儿斩尽杀绝方许进关。想那胡儿的人马犹如潮水一般，一时焉能杀得尽，一时焉能斩得绝！那杨家父子只得杀一阵败一阵，杀一阵败一阵，败至在这两狼山下。

审潘洪[1]【1929年2月蓓开唱片2面】
言菊朋饰寇准、魏希云司鼓（90052/3）

（头段）（白）潘洪，仁美！想你这老贼生在大宋，乃一人之下万万人之上，也就该知足者也。怎么？你还贪心不足，宠爱你子潘豹，在那天齐庙前摆下了百日擂台，要将天下的英雄打尽！也是那杨老将军他的家法不紧，那杨七将军游往天齐庙，见你子潘豹在那擂台之上卖些个浪言大话，那杨七将军性如烈火，上得擂去是三拳两足将你子潘豹打死。你这老贼一

言菊朋（中）、汤志朋（右）

闻此言，就与杨老将军抓袍扯带上殿面奏。好一个有道的明君，不加罪杨老将军反道你子有不好之处。你这老贼就怀恨在心，私通了北国胡儿，打来了连环战表。你这老贼在金殿之上挂了帅印，单要那杨老将军以为前站先行。那杨老将军闻听你这老贼挂了帅印，恐你报打子仇恨，就上殿推奏，圣上不准，命呼老将军做了杨家的保官。那杨老将军情急无奈，去到瓦桥三关，调他六子回营同灭胡儿。杨老将军只因天气炎热，误了你这老贼的卯期可也是有之，你就要将他斩首。那呼老将军进帐讲情，你把这假人情准在呼老将军的身上。

（二段）暗中命小军报道营中缺粮。想你这做元帅的，有道是人马未动，粮草先行，怎么会营中缺粮？那贺朝进一不是正帅，二不是副帅，公然坐在虎头公案，巧用国家的大臣，命呼老将军催押粮草。那呼老将军乃是开国的元勋，又是杨家的保官，岂是与你这老贼押粮催草之人，出得营去大笑了三声，他口吐鲜血而亡！那杨老将军见呼老将军一死，犹如断了他杨家的命脉一般，带领他六子反出大营，不听你这老贼的提调。你这老贼就差白牌尚方宝剑，追赶他父子回营。那杨七将军性如烈火，打碎了白牌，扭断了尚方宝剑。那杨老将军他可是个知罪的臣子，命他六子回营请罪。你本要将他斩首，奈他乃当今的驸马，又是三关的元帅，你是轻易不敢妄动，责打他四十军棍。黄道日不教他父子出马，黑道日反命他父子出兵。想这黄道日期必定旗开得胜，黑道日期不是损兵，定是折将，偏偏他又大胜而归。你就该大开营门，迎接他父子进关才是。怎么？反命五百名雁翎刀手，把住了雁门关口，命他父子将胡儿斩尽杀绝方许进关。想那胡儿的人马犹如潮水一般，一时焉能杀得尽，一时焉能斩得绝！那杨家父子只得杀一阵败一阵，杀一阵败一阵，败至在这两狼山下。

---

[1] 此张唱片共有两版存世。在念白词句中，有多处不同。

骊珠梦【1929年2月蓓开唱片2面】言菊朋饰正德帝、徐碧云饰李凤姐、赵济羹京胡、魏希云司鼓（90054/5）

（头段）（李凤姐）[反二黄慢板]我与你隔幽冥一般牵挂，到如今拆比翼镜里昙花。

（二段）（李）休得要叹凄凉鸾孤凤寡，鸾孤凤寡，万岁爷啊！（正德帝）[原板]猛抬头又只见美貌容华。（李）劝君王你不必相思无奈。（正）实难舍红颜女埋骨黄沙。（李）在茔前难诉这离别[散板]情话！

骂杨广【1931年5月9日蓓开唱片2面】言菊朋饰伍建章、王瑞芝京胡、魏希云司鼓（91294/5）

（头段）[二黄原板]叹文帝为国家忧成病症，气数败擅立子败坏人伦。大太子偏是个懦弱的秉性，二太子一心心要谋篡乾坤。满朝中文武臣纷纷议论，一个个尽都是那佞党奸臣。我的儿伍云召虽有本领，怎奈他镇南阳远在边廷。昨夜晚得一梦[散板]神魂不稳，乌鸦噪喜鹊鸣所为何情？

（二段）[西皮原板]看此贼坐龙廷亚赛王莽，又好比当年楚平王。那一旁杨素狗奸党，宇文化及搅乱家邦。韩擒虎是内亲缺少智量，[流水]隐恶扬善的靠山王。尔等俱把良心丧，拿什么脸面[散板]你们见先皇？怒气不息公案闯，手提羊毫写两行。

《珠帘寨》言菊朋饰李克用

珠帘寨【1931年5月9日蓓开唱片2面】言菊朋饰李克用、王瑞芝京胡、魏希云司鼓（91296/7）

（头段）[西皮导板]叫太保传令把队收，[原板]我与贤弟叙一叙根由：忆昔当年在五凤楼，文武百官庆贺千秋。自从那年分别后，到如今相逢在北州。[摇板]叫太保推杯换大斗，[流水]李克用跪席前面带惭羞。当初不该打死段国舅，怒恼了唐王要斩人头。多蒙恩官来保奏，才有我一家活命留。天高地厚恩情厚，这杯水酒饮下喉。

（二段）[导板]昔日有个三大贤，[原板]刘关张结拜在桃园。弟兄们徐州曾失散，后来古城又团圆。关二爷马上呼三弟，翼德敌楼把脸翻。一言未尽[流水]人呐喊，蔡阳的人马来在了古城边。敌楼上助君三通鼓，十面旌旗壮壮威严。

哗啦啦啦打罢了头通鼓,二爷提刀跨雕鞍;哗啦啦啦啦啦啦打罢了二通鼓,人有精神马又欢;哗啦啦啦啦啦啦打罢了三通鼓,蔡阳的人头落在马前。一来是老儿命该丧,二来是弟兄们得团圆。劝贤弟休回长安转,就在沙陀过几年[散板]落得个清闲。

乔国老讽鲁肃【1931年5月9日蓓开唱片2面】言菊朋饰乔玄、王瑞芝京胡、魏希云司鼓(91298/9)

(头段)[西皮导板]前三皇后五帝列代有道,[慢板]夏桀王宠妹喜社稷倾消。汤代夏国号商放桀南巢,到纣王宠妲己苦害群僚。周文王访贤臣渭水垂钓,姜吕望灭成汤扶保周朝。

(二段)恨幽王宠褒姒灵台发笑,[二六]五霸强七雄暴才动了枪刀。高祖爷创基业功劳不小,四百年桓灵帝朝政败消。献帝朝有董卓豺狼当道,欺天子蔑诸侯势压群僚。王司徒献连环美人机巧,降下了魏蜀吴才三分了汉朝。曹孟德在中原自称王号,吾主爷坐东吴雨顺风调。乔松山在东吴是三朝的元老,[散板]享

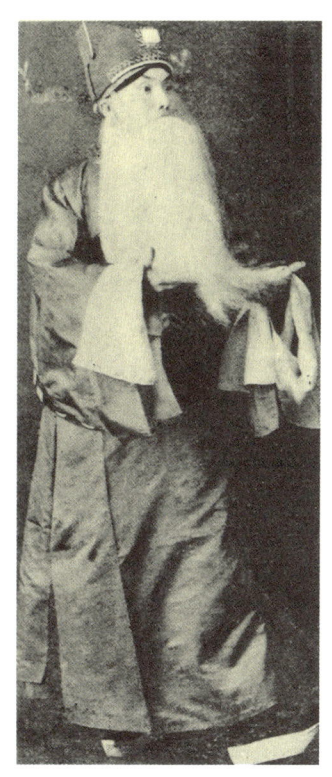

《乔国老讽鲁肃》言菊朋饰乔玄

不尽太平福每把香烧。

卧龙吊孝【1931年5月9日蓓开唱片2面】言菊朋饰诸葛亮、王瑞芝京胡、魏希云司鼓(91300/1)

(头段)[二黄导板]见灵堂不由人珠泪满面,[碰板]叫一声公瑾弟细听根源:[反二黄慢板]曹孟德领人马八十三万,

(二段)擅敢夺东吴郡吞并江南。周都督虽年少颇具肝胆,命山人借东风在暗地成全。料不想大英雄不幸命断,空余那美名儿在万古留传。只哭得诸葛亮把肝肠痛断,肝肠痛断,都督哇!

桑园寄子【1936年3月10日蓓开唱片1面】言菊朋饰邓伯道、章梓宸京胡、谭长海司鼓(91476)

[二黄导板]见坟台不由人珠泪滚滚,(白)伯俭,兄弟,喂呀!难得见的兄弟啊![碰板]叫一声同胞弟细听兄云:[快三眼]曾记得你在世何等的侥幸,兄与弟同商议家道洪兴,料不想身得病一旦丧命,兄弟丧命,兄弟呀!

骂王朗【1936年3月10日蓓开唱片2面】言菊朋饰诸葛亮、章梓宸京胡、谭长海司鼓（91477/8）

（头段）（白）唉，先皇啊！［二黄慢板］叹先皇白帝城龙归天上，托孤与诸葛亮扶保家邦。领圣命与魏国

（二段）连打数仗，夏侯懋黄口儿逃奔西羌。取天水多亏了那子龙老将，搬姜母那伯约他才肯来降！孝子的门方能求那忠臣良将，传道法收桃李列在门墙。将身儿来至在中军宝帐，等候那众将回共作商量！

托兆碰碑【1936年3月10日蓓开唱片2面】言菊朋饰杨继业、章梓宸京胡、谭长海司鼓（91479/80）

（头段）［反二黄慢板］叹杨家秉忠心大宋扶保，到如今只落得兵败荒郊。恨北国萧银宗打来战表，擅敢夺吾主爷锦绣龙朝。

（二段）贼潘洪在金殿帅印挂了，我父子倒做了马前的英豪。金沙滩双龙会一阵败了，只杀得血成河鬼哭神嚎。我的大郎儿替宋王［快三眼］把忠尽了，二郎儿短剑下命赴阴曹；杨三郎被马踏尸首不晓，四八郎失番邦无有下梢；杨五郎在五台学法修道，七郎儿被潘洪箭射芭蕉。

《托兆碰碑》言菊朋饰杨继业

白蟒台【1936年3月10日蓓开唱片1面】言菊朋饰王莽、章梓宸京胡、谭长海司鼓（91481）

［西皮导板］忽听一声推帐外，［原板］不由孤家泪悲哀。悔不该药酒将君害，悔不该谋篡九龙台。悔不该错把岑彭爱，怒恼湖阳将英才，含悲忍泪［摇板］云台观外，午时已到再投胎。

取帅印【1924年物克多唱片2面】言菊朋饰秦琼、陈彦衡京胡、乔玉泉司鼓（43355）

（头段）［西皮原板］疾病缠身整一春，吉凶二字解不明。残身难逃幽冥境，再不能替君扫烟尘。臣子怀玉年纪轻，文韬武略将超群。胸中颇有安邦论，可命他挂帅统雄兵。

（二段）［摇板］叔宝闻言心安稳，纵死九泉也甘心。枕上谢恩把首顿，转面再谢众公卿。［二六］叫怀玉近前听父命，句句言词记在心。倘若是为父遭不幸，追封王位葬至在山林。我的儿子袭父职品，银屏公主配为婚。列位国公为媒证，即日里婚配驾登程。这都是圣上面应允，儿要三跪九叩谢王的恩。

鱼藏剑【1924年物克多唱片1面】言菊朋饰伍子胥、陈彦衡京胡、乔玉泉司鼓（43359A）

［西皮原板］一事无成两鬓斑，叹光阴一去不回还。恨平王无道纲常乱，信用无极狗奸谗。害我的满门真悲惨，我与那平王不共戴天。实指望到吴国［快板］借兵转，行至在昭关有阻拦。单人避难常遮掩，在黎阳山下遇高贤。设计救出了昭关险，马到长江无渡船，多蒙渔夫行方便，他为我投江实可怜。浣纱女真悲惨，一饭之恩前世缘。眼望吴城路不远！

陈彦衡

状元谱【1924年物克多唱片1面】言菊朋饰陈伯愚、陈彦衡京胡、乔玉泉司鼓（43359B）

［西皮慢板］张公道三十五六子有靠，陈伯愚年半百无有后苗。为儿女我也曾朝山拜庙，为儿女我也曾补路修桥。怕将来老天爷无有果报，眼睁睁有何人去把纸烧。

法场换子【1924年物克多唱片1面】言菊朋饰徐策、陈彦衡京胡、乔玉泉司鼓（43361A）

［二黄慢板］恨薛刚小奴才不如禽兽，吃醉酒全不管满面含羞。闯下了塌天祸径自逃走，连累了二双亲不能到头。眼见得忠良将乏嗣无后，这才是斩草除根、寸草不留、天地含忧，好教我顺水推舟。夫人呐！

奇冤报【1924年物克多唱片1面】言菊朋饰刘世昌、陈彦衡京胡、乔玉泉司鼓（43361B）

［二黄原板］老丈不必胆怕惊，我有言来你是听：休把我当作了妖魔论，我本是屈死一鬼魂。忙将树枝摆摇动，抓一把灰土扬灰尘。我和你远无怨近无有仇恨，望求老丈把冤伸！

《二进宫》言菊朋饰杨波

二进宫【1924年物克多唱片2面】言菊朋饰杨波、陈彦衡京胡、乔玉泉司鼓（43685）

（头段）［二黄慢板］千岁爷进寒宫休要慌忙，站宫门听学生细说比方：昔日里楚汉两争强，鸿门设宴要害汉王。

（二段）张子房背剑把韩信来访，九里山前摆下战场。逼得个楚项羽乌江命丧，到后来封韩信三齐王。他朝中有一个萧何丞相，后宫院有一位吕后皇娘。君臣们定下了天罗地网，三宣韩信进了昭阳。九月十三雪霜降，盖世忠良不得久长。千岁爷进寒宫学生不往，怕的是辜负了十年寒窗、九载遨游、八月科场、七篇文章，才落得个兵部侍郎，无有下场。

桑园寄子【1924年物克多唱片1面】言菊朋饰邓伯道、陈彦衡京胡、乔玉泉司鼓（43697A）

［二黄散板］霎时间顾不得父子们的恩爱，眼见得亲骨肉两下分开。急忙忙扯下了衣襟一块，咬指间腹内痛珠泪满腮。我家住在太原府汾水地界，我的名邓伯道逃难此来。舍亲生救侄儿流传后代，也免得人笑骂我的年老无才。将吾儿年庚月血书上载，仁君子你、你、你救了去我佛如来。

辕门斩子【1924年物克多唱片1面】言菊朋饰杨延昭、陈彦衡京胡、乔玉泉司鼓（43697B）

［西皮导板］恨宗保犯将令捆绑营外，［慢板］不由人一阵阵怒满胸怀。见老娘施一礼躬身下拜，［原板］问老娘因何故愁眉不开？

应天球【1928年胜利唱片1面】言菊朋饰王浚、陈鸿寿京胡、魏希云司鼓（43802A）

［西皮原板］勤学业苦钻研青春有限，为读书讲什么铁砚磨穿。年少人须知道光阴犹箭，到后来学业成钟鼎名传。从今后尔若能自新向善，可算得我王门中贤孝儿男。［摇板］脱去蟒袍紫衫衣，谁认识我老元勋？

浣纱记【1928年胜利唱片1面】言菊朋饰伍子胥、陈鸿寿京胡、魏希云司鼓（43802B）

［西皮二六］未曾开言我的心难过，两眼不住泪如梭。家住在监利小楚国，我的父人称伍相国。伍子胥就是我，临潼会斗宝压倒了各国。恨平王无道纲常错，他不该父纳子妻理不和。我的父谏奏反遭祸，可叹我的一家满门、三百余口见阎罗。只剩下子胥人一个，插翅不能飞出了网罗。幸遇皋公搭救我，逃出了昭关我奔走了吴国。行至在长江路难过，多蒙渔丈渡江河。是我一夜未宿腹饥饿，你的篮中有饭又有馍。娘行若肯周济我，胜似那看经念弥陀。［摇板］多蒙娘行周济我，来生结草当报德。一饭不足饥充过，千金重谢不为多。

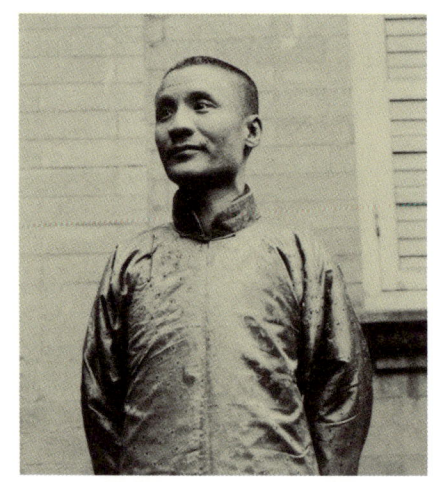

言菊朋

《文昭关》言菊朋饰伍子胥

文昭关【1928年胜利唱片2面】言菊朋饰伍子胥、陈鸿寿京胡、魏希云司鼓（43803）

（头段）[二黄慢板]一轮明月照窗前，愁人心中似箭穿。实指望到吴国借兵回转，又谁知昭关又遇阻拦。

（二段）幸遇皋公他行方便，他把我隐藏在后花园。一连七日我的眉难展，夜夜何曾得安眠！俺伍员好一比丧家之犬，满腹的含冤我向谁言？我好比哀哀长空雁，我好比波浪中小小渔船；我好比鱼儿吞了钩线，我好比浅水龙困在沙滩。思来想去我的肝肠断，今夜晚怎能够等到明天！

朱痕记【1928年胜利唱片2面】言菊朋饰朱春登、陈鸿寿京胡、魏希云司鼓（43804）

（头段）[二黄导板]见坟台不由人珠泪满面，（白）母亲！老娘！喂呀，娘啊！[碰板]尊一声去世的娘细听儿言：[反二黄慢板]都只为西施国黄龙造反，

（二段）因此上替叔父去到军前。路途中儿得了三支神箭，因此上才能够扫灭狼烟。实指望回家来母子们团圆，不料想儿的娘命染黄泉。只哭得娘的儿把肝肠痛断，肝肠痛断，儿的娘啊！[原板]食的什么禄来做的是什么官！

探母【1935年胜利唱片2面】言菊朋饰杨延辉、章梓宸京胡、谭长海司鼓（54722）

（头段）【坐宫】[西皮慢板]杨延辉坐宫院自思自叹，想起了当年事好不惨然。我好比笼中鸟有翅难展，我好比虎离山受了孤单。

（二段）我好比南来雁失群飞散，我好比浅水龙困在沙滩。想当年沙滩会[二六]一场血战，只杀得血成河尸骨堆山。只杀得杨家将东逃西散，只杀得众儿郎滚下马鞍。我被擒改名姓身脱此难，在番邦招驸马一十五年。萧天佐摆天门两下会战，我的娘领人马来到了北番。

捉放宿店【1935年胜利唱片2面】言菊朋饰陈宫、章梓宸京胡、谭长海司鼓（54730）

（头段）（白）唉！我好悔也！[二黄慢板]一

《四郎探母》言菊朋饰杨延辉、云艳霞饰铁镜公主

轮明月照窗下,陈宫心中乱如麻。悔不该心猿……

（二段）并意马,悔不该随他人到吕家。吕伯奢可算得义气大,杀猪沽酒款待于他。又谁知此贼的疑心忒大,拔出剑就将他的满门杀。一家人俱丧在宝剑之下,年迈老丈命染黄沙。屈死的冤魂鬼休要怨咱,自有那神灵天地鉴察。[原板]听谯楼打罢了二更鼓下,越思越想把事来做差。

武家坡【1935年胜利唱片2面】言菊朋饰薛平贵、云艳霞饰王宝钏、章梓宸京胡、谭长海司鼓（54731）

（头段）（薛平贵）[西皮导板]八月十五月光明!（王宝钏白）住了!军营之中,连个灯亮都无有么?（薛）军营中苦得很,哪里来的灯亮啊?（王）全凭何物修书?（薛）全凭皓月当空![原板]薛大哥在月下修书文。（王）奴问他好来?（薛）他倒好。（王）再问他安宁?（薛）倒也安宁。（王）三餐茶饭?（薛）小军造。（王）衣衫破了?（薛）有人缝。薛大哥这几年运不通,在军营之中受了苦刑。（王白）受了苦?敢是挨了打?（薛）正是挨了打了啊!（王）打了多少?（薛）一捆四十。（王）哎呀,我那苦命的夫哇!（薛）不要哭呀,这个苦楚么,还在后头呢!

（二段）（王）[二六]听一言来心怨恨,无义的强盗骂几声:奴为你不把相府进,妻为你失落了父女情。既是儿夫将奴卖,谁是那三媒六证的人?（薛）[流水]苏龙、魏虎为媒证,王丞相是我的主婚人。（王）你说此话我不信,苏龙魏虎是内亲。二人同把相府进,三人对面问分明。（薛）你的父与我有仇恨,咬定牙关怕他不认承。（王）我的父在朝为官宦,金子银子堆如山,算来本利有多少?一马儿送到你的西凉川。（薛）西凉川四十单八站,为军要人不要钱。（王）军爷说话理不端,定然将你送当官。板子打来夹棍夹,看你要人还是要钱!

打渔杀家【1935年胜利唱片2面】言菊朋饰萧恩、云艳霞饰萧桂英、章梓宸京胡、谭长海司鼓（54740）

（头段）（萧桂英）[西皮导板]太湖石边波浪翻!（萧恩白）嗯,开船呐!（英）[快板]父女打渔在江下。青山绿水难描画,哪有个渔人常在家!（恩白）儿啊![摇板]父女们打渔在河下,家贫哪怕人笑咱!攀住篷索[散板]父把网撒,年纪衰迈气力不佳。

《打渔杀家》言菊朋饰萧恩、言慧珠饰萧桂英

（二段）（恩白）儿啊，这夜晚行船比不得白昼，你要拿稳了舵！（英）是！（恩）[快板]这件事倒教我心头冒火，今夜晚将贼的满门杀却。恨不得生双翅[散板]江边越过，（白）啊？[散板]我的儿你缘何撒了篷索？（英白）啊，爹爹，此番前去杀人还是真的，还是假的？（恩）这杀人还有什么假的哟？（英）若是真的，女儿害怕，我不去了。（恩）呀呀呸！先前为父怎样嘱咐于你，不教你来，你是偏偏的要来，如今船行半江，儿又要回去，也罢！待为父拨转船头我就送你回去。（英）女儿舍不得爹爹。（恩）[哭头]啊！桂英呐！我的儿啊！

骂殿【1935年胜利唱片1面】言菊朋饰赵光义、章梓宸京胡、谭长海司鼓（54743A）

[二黄原板]赵德芳我的儿休要悲痛，近前来听叔王把儿来封：孤赐你金镶白玉锁，[垛板]加封你一亲王、二良王、三忠王、四正王、五德王、六靖王。上殿不参王，下殿不辞王。我再赐你凹面金铜，上打昏君，下打谗臣，压定了满朝的文武，大小官员，谁敢不尊，你是个[原板]八贤王，代管[散板]孤穹。小娇儿从今后你莫要悲痛，老皇嫂请回养老宫。

定军山【1935年胜利唱片1面】言菊朋饰黄忠、章梓宸京胡、谭长海司鼓（54743B）

[西皮二六]在黄罗宝帐领将令，气坏老将黄汉升。某昔年镇守长沙郡，遇着亭侯二将军。我中了他人的拖刀计，俺百步穿杨射他的盔缨。弃暗投明来归顺，[快板]食王的爵禄我当报王的恩。效当竭力忠心尽，再与师爷把话明：一不用战鼓咚咚打，二不用武将随后跟。只要我黄忠一匹马，匹马单刀取定军。十日之内功得胜，军师大印付了某的身；十日之内不得胜，愿将人头挂营门。来来来，带过爷的马能行，[摇板]要把那定军山一扫平。[快板]我主爷攻打葭萌关，将士纷纷取东川。张郃被某吓破胆，卸甲丢盔奔荒山。可笑军师见识浅，他道我胜不了夏侯渊。黄忠马上将令传，大小儿郎听爷言：刀出鞘，弓上弦，玲珑铠甲扣连环。进前的儿郎把功建，退后的人头挂高竿。大吼一声催前趟，[散板]十日之内取东川。

《战太平》言菊朋饰花云

战太平【1935年胜利唱片1面】言菊朋饰花云、章梓宸京胡、谭长海司鼓（54746A）

[二黄导板]头戴着紫金盔齐眉盖顶，[散板]为大将临阵时哪顾得残生。撩铠甲且把二堂进，有劳夫人点雄兵。接过夫人得胜饮，背转身

来谢神灵。辞别夫人足踏镫,但愿得此去奏凯烟尘。

御碑亭【1935年胜利唱片1面】言菊朋饰王有道、章梓宸京胡、谭长海司鼓（54746B）

［西皮导板］王有道提笔泪难忍,［原板］实难舍夫妻结发情。实指望同庚同偕老,又谁知半途风波生。非是我有道［快板］多薄幸,实在难留下贱的人。男女避雨御碑亭,暧昧事儿实难明。从此休妻任改姓,割断了丝萝两离分。写罢休书［散板］打手印,秘密封好待她行。

梅龙镇【1935年胜利唱片2面】言菊朋饰正德帝、云艳霞饰李凤姐、章梓宸京胡、谭长海司鼓（54747）

（头段）（正德帝）［四平调］风额挡帽忙摘动,避尘珠照定满堂红。我叫一声凤姐来看宝,（白）你可晓得这男女授受不亲啊！哼！［四平调］哪一个凡官敢穿龙袍,啊！五爪的金龙。（李凤姐白）呀！［四平调］怪不得昨晚得一梦,斗大的红影坠奴房中。奴走上前来双膝跪,万岁封我哪一宫？

（二段）（正白）哪有不封之理？听封！［四平调］孤三宫六院俱封定,封你游玩嬉耍宫。（李）叩罢头来谢龙恩,（正）用手搀起爱梓童。（李）我低声儿问万岁,今宵何方去？（正）为君打马奔大同。（李）在梅龙镇上宿一晚,（正）游龙落在凤巢中。（李白）万岁请呐！（正）到哪里去？（李）请到我的卧房。（正）哎呀呀,我怕呀！（李）你怕什么？（正）我怕你哥哥回来呀。（李）我哥哥回来,有娘娘保驾。（正）哦！有娘娘保驾？（李）正是！（正）如此,凤姐！（李）军爷！（正）梓童！（李）万岁！（正）啊？爱卿！（李）万万岁！（正）哪里去啊？（李）卧房。（正）好！就要来呀！摆驾！

问樵闹府【1928年3月19日大中华唱片2面】言菊朋饰范仲禹、赵济羹京胡、魏希云司鼓（882）

（头段）（［二黄小开门］）（白）哦！老太师,卑人酒是够了,不、不、不能奉陪了。呜呼呀！好一座洁净的书房！唉！是我误听樵夫之言,打上老太师的府门,不怪罪于我,反留我饮宴,书房安眠。呃！难得呀！难得！［四平调］听谯楼打罢了初更时分,忽然想起了小娇生,我叫一声范金儿你来了吧,我的儿啊！送儿到学中攻读书文,啊！攻读书文。

（二段）（白）哦？书房内面,莫非有鬼呀！［四平调］耳边厢打罢了二更尽,忽然想起了陆氏妻。我哭一声苦命妻你何方去？我的妻！夫妻们一旦两分离,啊！两分离。（白）啊？书房内面,为何阴风惨惨？鬼哭神嚎！范仲禹啊,范仲禹！只怕你

《问樵闹府》言菊朋饰范仲禹

难逃今晚！［四平调］三更三点白露茫，怎不叫人泪两行，似风筝断了那无情的线，妻儿呃，好一似无情棒打鸳鸯，啊！棒打鸳鸯。

法场换子【1928年3月19日大中华唱片2面】言菊朋饰徐策、赵济羹京胡、魏希云司鼓（883）

（头段）［反二黄慢板］见夫人哭出了法场以外，可怜她年半百十月怀胎。催命鼓响咚咚魂飞天外，救生锣仓啷响魂又转来。

（二段）站席棚先埋怨薛猛元帅，大不该命薛刚私进京来。进什么京来把什么寿拜，二爹娘爱子心又把宴排。三杯酒下咽喉劣性还在，酒壮胆胆包天闯下祸来。御花园众神将打成土块，幼主爷紫金冠打落在尘埃。探花郎张登荣被他打坏，又不该上金殿去打张泰。张泰贼奏一本将你来害，将你来害，我的儿呀！

捉放宿店【1928年3月19日大中华唱片2面】言菊朋饰陈宫、赵济羹京胡、魏希云司鼓（884）

（头段）［西皮二六］曹孟德休得要谤坏董卓，董太师他倒有那治国的韬略。破黄巾虽无功却也无过，十常侍乱宫闱扫荡群魔。收下了吕奉先威镇海角，传一令亚好似山倒海挪。你好比扑灯蛾自来投火，又好比抢食鱼你自投网罗。你本是下山虎把路来走错，既擒虎焉能够放虎归窝。擒住了你反放你必来伤我，擒虎易放虎难你自己揣摩。

（二段）［二黄原板］看此贼睡卧真个潇洒，安眠好一似井底之蛙。贼好比蛟龙未生鳞甲，又好比豺狼未曾长牙。虎在笼中我不打，我岂肯放虎归山又把［散板］人抓。执宝剑将贼的头割下，险些儿把此事又做差。（白）现有笔墨，待我题诗一首，点悟此贼！［四更］）便以四更为题。正是：鼓打四更月正浓，心猿意马归故踪。误杀吕家人数口，方知曹！明公！睡熟了哇！曹操是奸雄。陈宫题。看天已明亮，不免寻找行囊马匹，我就逃走了吧！（［五更］）［散板］这是我陈宫做事差，平白无故走天涯，落花有意随流水，流水无情恋落花。

骂曹【1929年开明唱片1面】言菊朋饰祢衡/众卿、裘桂仙饰曹操、赵济羹京胡、魏希云司鼓（56079A）

（祢衡）［西皮二六］未曾开言我的心头恨，尊一声列位大人听详情：家住在平原孝义村，姓祢名衡字表正平。我胸中颇有安邦论，曾与那孔融当过了幕宾。他把我荐与曹奸佞，贼有眼

《打鼓骂曹》言菊朋饰祢衡

不识宝和珍。我宁做忠良门下客，不愿做奸贼帐下的人！（曹白）你乃舌辩之徒！（祢）呀呀呸！［流水］贼道我身居舌辩徒，舌辩之徒有张、苏，有朝大开昆仑手，要把奸贼一笔勾！（曹白）井底之蛙，能起多大风浪？（祢）呸！［流水］贼把我比作井底蛙，井底夏蛙大又差，有朝一日风云驾，要把奸贼一把抓！（曹白）列位大人！他道老夫奸，老夫奸在哪里？（众）丞相是大大的忠臣。（曹）忠臣？（众）忠臣。（曹）忠臣？哈哈哈！（祢）［散板］狗奸贼他那里故意问道，尊一声列公卿细听根苗：他自幼举孝廉官卑职小，他本是夏侯子过继姓曹。

二进宫【1929年开明唱片1面】言菊朋饰杨波、裘桂仙饰徐彦昭、赵济羹京胡、魏希云司鼓（56079B）

（徐彦昭）［二黄摇板］探罢皇陵到昭阳，（杨波）宫门上锁贼李良。（徐）铜锤付与大人掌，（杨）四郎我儿击宫墙。（杨）［原板］我好比鱼闯过千层罗网，受了些惊恐着些个慌忙。（徐）只要你忠心把国保，老夫保你满门无伤。（杨）千岁爷保学生满门无伤，拚得一生闯进昭阳。（徐）前面走的是定国将，（杨）后面跟随兵部杨侍郎。（徐）站立在宫门朝内望，（杨）但只见龙国太、怀抱幼主、两泪汪汪、口口声声哭的是先皇。（徐）龙国太哭的是江山难掌，（杨）摆一摆手儿切莫要承当。（徐）进宫去休把那君臣礼尚，（杨）学一个文站东，（徐）武列西，（杨、徐）各自分班站立在两厢。

托兆【1929年开明唱片1面】言菊朋饰杨继业、裘桂仙饰杨延嗣、赵济羹京胡、魏希云司鼓（56080A）

（杨延嗣）［二黄原板］听谯楼打罢了三更时分，阴曹府来了我七郎鬼魂。叫鬼卒驾阴风宋营来进，又只见老爹尊瞌睡沉沉。我这里将父的阴魂［散板］唤醒，（杨继业）抬头只见七郎娇生。命娇儿回雁门搬请救应，为什么哭啼啼身带雕翎？我这里下位去将儿抱定！（嗣）［碰板］老爹爹休贪睡细听儿禀。［原板］回头来便把六哥论，小弟言来你是听。我有心与父兄再把话论，［散板］鸡报晓天明亮命赴幽冥。

珠帘寨【1929年开明唱片1面】言菊朋饰李克用、赵济羹京胡、魏希云司鼓（56080B）

［西皮导板］叫太保传令把队收，［原板］我与贤弟叙一叙根由：忆昔当年在五凤楼，文武百官庆贺千秋。自从那年分别后，到如今相逢在北州。［导板］叫太保推杯换大斗，［流水］李克用跪席前面带惭羞。当初不该打死段国舅，怒恼了唐王要斩人头。

《托兆碰碑》言菊朋饰杨继业

天高地厚恩情还有，这杯水酒饮下喉。

南阳关【1929年开明唱片2面】言菊朋饰伍云召、赵济羹京胡、魏希云司鼓（56081）

（头段）[西皮导板]恨杨广斩忠良谗臣当道，[慢板]叹双亲不由人珠泪双抛。[原板]手扶着垛口往下瞧，韩擒虎虽年迈杀气高。尚师徒胯下呼雷豹，麻叔谋使长枪鞭插在马鞍鞒。左右先锋把帅保，耀武扬威逞英豪。

（二段）揾干了泪痕[二六]伯父叫，侄男有话禀年高。自古道臣尽忠来子当尽孝，方在人间走一遭。我的父忠心把国保，敲牙割舌为的是哪条。叹四员虎将俱已斩了，我那年迈的娘[快板]也受那一刀。到如今就该把气消了，兵困南阳为哪条。世代的忠良难话表，叫儿泪抛[摇板]不泪抛。[流水]老伯父把话讲差了，侄儿言来听根苗：宇文化及行奸巧，苦害我家为哪条？又将侄儿拿住了，绝了伍家后代根苗。站立在城楼苦哀告，望求放我路一条。有朝一日把仇报，早烧香晚点灯，供奉年高，[散板]饶是不饶。好话讲了多和少，百般哀求不肯饶。叫伍保与爷城开了，舍死忘生把阵交。

连营寨【1929年开明唱片2面】言菊朋饰刘备、赵济羹京胡、魏希云司鼓（56082）

（头段）[西皮导板]白甲白盔白旗号，[哭头]二弟，三弟呀！啊！[回龙]孤的好兄弟！[原板]大小将官哭号啕。孤王领兵把仇报，扫平了东吴贼恨方消。请过了神牌往怀抱，

（二段）[反西皮二六]点点珠泪往下抛。当年桃园结义好，好似一母共同胞。不幸在徐州失散了，万般无奈暂且归曹。那曹操待你的情义好，上马金银也赠过了红袍。美女十名你不要，挂印封金辞奸曹。匹马单刀保皇嫂，过五关、斩六将，擂鼓三通把蔡阳的首级枭，可算得盖世的英豪。还望二弟神灵保，神灵保！孤的好兄弟啊！[摇板]不杀孙权不回朝。

云台观【1929年开明唱片2面】言菊朋饰王莽/邳彤、赵济羹京胡、魏希云司鼓（56084）

（头段）（王莽白）啊？你们是哪里来的，怎么杀进孤的蟒台来了啊？呜呼呀！你原来就是邓先生。邓先生！想孤当初登基的时节，也曾赐你官爵，你言说要入山修炼，孤道你是高人隐士，故而未便强留，不想你是凡心又动，归降了刘秀，你定要兴刘灭莽，你可知：狡兔死，走狗烹，飞鸟尽，良弓藏，这未央宫斩韩信之故耳？[二黄原板]你是个天下一大才，六韬三略巧安排。孤封你官爵你不爱，入山修炼理也应该，越文仲他贪功受了害。反不如那范蠡，不图富贵，看破了名利，荡悠悠，一叶扁舟游湖中，逍遥自在

《云台观》言菊朋饰王莽

无祸无灾。

（二段）（白）岑彭，想当年武科场中，孤王中了你的相貌，不中马武的奇才，点你为头名状元，又挂你为帅，镇守棘阳，是何等不好哪些儿不乐呀？不想你，竟自归降了刘秀，前来拿孤，岑彭啊！你是吃了我王莽的俸禄，怎么与刘秀办事呀？似你这样忘恩负义，只恐人容，这天不容啊！[原板]你本是田舍郎孝心不改，做状元入科场才进京来。棘阳城中为元帅，为此报效理也应该。食王爵禄将孤害，思一思、想一想你该也不该？（白）啊，我看你好生的耳熟，你、你、你就是邳彤吗？你家大元帅呢？（邳彤）自刎沙场！（王白）啊呀呀，不不好了！[散板]听说苏献把命坏，去了我左右膀难以飞开。眼前若有苏献在，岂容尔等入蟒台？

《盗宗卷》言菊朋饰张苍

御碑亭【1929 年开明唱片 1 面】言菊朋饰王有道、赵济羹京胡、魏希云司鼓（56085A）

[西皮原板]承谢你贤德心喜之不尽，此一科必定要身入龙门。谢贤妹你待我手足的情分，思想起父母恩我好伤心。但愿得此一去功名有份，方不愧王有道满腹的书文。施一礼辞贤妹再辞闺阁，[摇板]赴科场好一似平步登云。三场毕只觉得文章高兴，放彩牌喜盈盈出了龙门。回家去贤妻妹同欢同庆，不觉得来至在自己家门。

凤鸣关【1929 年开明唱片 1 面】言菊朋饰赵云、赵济羹京胡、魏希云司鼓（56085B）

（白）师爷！俺赵云，老虽老头上发项下须，胸中韬略却还不老，有道是，虎老雄心在，这年迈力刚强！[西皮二六]师爷说话貌视人，怒恼常山将赵云。磐河曾救公孙瓒的命，只杀得袁绍奔走大营。卧牛山前来归顺，保住了先帝归古城。长坂坡前大杀一阵，要与曹兵赌输赢。大功劳一时说不尽，小功劳一时也表不清。眼前若有师爷将令，要学那黄汉升[摇板]去取定军。师爷不与这支令，兵发中原就去不成。

回龙阁【1929 年开明唱片 1 面】言菊朋饰薛平贵、赵济羹京胡、魏希云司鼓（56131B）

[西皮导板]二梓童搀岳母待王拜见，[二六]搬岳母如同搬泰山。不幸我的亲娘去世早，你比我的亲娘甚是贤。宝钏封在昭阳院，代战西宫掌兵权。老岳母就封在养老院，一日三餐王去问安。请，请，请，老岳母你请下[摇板]金銮。王允近前听旨传，孤封你养老太师在朝班，有职无权。

应天球【1931年12月19日长城唱片2面】言菊朋饰王浚、张长林京胡、谭长海司鼓（CHI3080/1）

（头段）[二黄慢板]提起了那三害令人可恨，说出来连壮士也要心惊。第一害那南山出了猛虎，他把那行路人皮骨全吞。

（二段）第二害又比那猛虎还狠，长桥下出了个恶魔妖精。在水中兴波浪吞舟荡顿，到旱道捉动物苦害行人。

镇澶（潭）州【1931年12月19日长城唱片1面】言菊朋饰岳飞、张长林京胡、谭长海司鼓（CHI3082）

[二黄快三眼]清晨起打一阵龙争虎斗，战不过杨再兴脸带含羞。小岳云犯将令理当斩首，怎奈那众将官苦苦哀求。口声声念他们鞍前马后，有本帅令出山摇鬼神愁。怒恼了莽牛皋气冲斗牛，拔宝剑他就要自刎咽喉。怕的是绝了我岳门之后，那时节老娘亲，年纪迈，盼孙不到，望子不归，终日里愁锁眉头。无奈何暂且把奴才宽宥，死罪已免活罪难留。叫三军你与爷小心防守，[散板]收服来杨再兴方展眉头。

《镇潭州》言菊朋饰岳飞

桑园寄子【1931年12月19日长城唱片2面】言菊朋饰邓伯道、张长林京胡、谭长海司鼓（CHI3083/4）

张长林操琴

（头段）[引子]家道隆兴，训子嗣，早成功名。[诗]人生在世几度秋，好似杨花水上浮。有朝一日狂风到，大限来时一笔勾。（白）老汉邓伯道。兄弟伯俭，不幸去岁身亡。今日乃是他的周年之期，不免备些祭礼，去到坟前一祭。咳，难得见的兄弟呀！[二黄慢板]叹兄弟遭不幸一旦丧命，丢下了年幼儿好不伤情。远望着孤坟台珠泪难忍，见坟台不见人刀割我心。

（二段）（白）兄弟！今日乃是你的周年之期，是愚兄备得祭礼，带领两个孩儿前来祭奠于你，来来来，受愚兄一帛纸钱，也不枉手足一场。（白）伯俭，兄弟，喂呀，难得见的兄弟啊！[导板]见坟台不由人珠泪滚滚，（白）伯俭，兄弟，喂呀，难得见的兄弟啊！[碰板]叫一声同胞弟细听兄云：[快三眼]曾记得你在世何等的侥幸，兄与弟同商议家道隆兴，料不想身得病一旦丧命，兄弟丧命，兄弟呀！

［原板］恨黄土埋却了无价的宝珍。

上天台【1931年12月19日长城唱片2面】言菊朋饰刘秀、张长林京胡、谭长海司鼓（CHI3085/6）

（头段）［二黄原板］孤离了龙书案［快三眼］皇兄带定，为王的传口诏细听分明：小爱卿与太师结下仇恨，不该把太师爷剑劈府门。因此上发湖北灭他的情性，候娘娘气平时赦他回京。孤登基也曾把免死牌赠，姚不反汉汉不斩姚凌烟阁标名。孤念你老伯母悬梁自尽，［垛板］孤念你孝三年、改三月、孝三月、改三日、孝三日、改三时、孝三时、改三刻、孝三刻、改三分、三年、三月、三日、三时、三刻、三分，［快三眼］永不戴孝保定寡人。

（二段）孤念你三个子把二子丧命，孤念你只落得一子霸林；［垛板］孤念你、幼年间、东荡西除、南征北战、昼夜杀砍、马不停蹄、到如今、二目昏花、两鬓苍苍、［快三眼］卿还是那忠心耿耿！孤念你是一个开国老臣。此一番进宫去定惊赔罪你把那好言奉敬，郭娘娘降下罪有孤担承。适才间卿的本那寡人已准，寡人戒酒我不听谗言，岂斩我那开国老臣？孤是有道的明君。君臣们好一比那骨肉的情分，［垛板］我叫一声：姚皇兄、姚次匡、伴驾王、孤的爱卿，你那里休流泪、免悲声、放大了胆、一步、一步随定了寡人。

洪羊洞【1931年12月19日长城唱片1面】言菊朋饰杨延昭、张长林京胡、谭长海司鼓（CHI3087）

［二黄快三眼］自那日朝罢归安然睡定，三更时梦见了年迈爹尊。我前番命孟良骸骨搬请，那乃是萧天佐以假成真。真骸骨现在那洪羊洞，望乡台第三层那才是真。二次里命孟良番营来进，又谁知焦克明在私自后跟。老军报他二人在洪羊洞丧命，去了我左右膀难以飞行。为此事终日里忧成疾病，因此上臣的病重加十分。千岁爷呀！

空城计【1931年12月19日长城唱片2面】言菊朋饰诸葛亮、张长林京胡、谭长海司鼓（CHI3088/9）

（头段）［西皮慢板］我本是卧龙岗散淡的人，评阴阳如反掌保定乾坤。先帝爷下南阳御驾三请，算就了汉家的业鼎足三分。官封到武乡侯执掌帅印，

（二段）东西战南北剿博古通今。周文王访姜尚周室大振，我诸葛怎比得前辈的先生？闲无事在敌楼我亮一亮琴音，（［琴歌］）（笑）哈哈哈哈！［原板］我面前缺少个知音的人。

《空城计》言菊朋饰诸葛亮

空城计【1938年国乐唱片2面】言菊朋饰诸葛亮、李慕良京胡、谭长海司鼓（K117）

（头段）［西皮慢板］我本是卧龙岗散淡的人，评阴阳如反掌保定乾坤。先帝爷下南阳御驾三请，算就了汉家的业鼎足三分。

（二段）官封到武乡侯执掌帅印，东西战南北剿博古通今。周文王访姜尚周室大振，我诸葛怎比得前辈的先生。闲无事在敌楼我亮一亮琴音，［原板］我面前缺少个知音的人。

《捉放曹》言菊朋饰陈宫

捉放曹【1938年国乐唱片2面】言菊朋饰陈宫、李慕良京胡、谭长海司鼓（K118）

（头段）［西皮慢板］听他言吓得我心惊胆怕，背转身自埋怨自己做差。我先前指望他宽宏量大，却原来贼是个无义的冤家。马行在夹道内我难以回马，

（二段）这才是花随水水不能够恋花。这时候我只得忍耐在心下，既同行共大事必须要劝解于他。［二六］休道我言语多语有奸诈，你本是大义人把事来做差。吕伯奢与你父相交不假，为什么起疑心杀他的全家？一家人被你杀也就该罢，出庄来杀老丈是何根芽？［摇板］好言语劝不醒蠢牛木马，把此贼比作了井底之蛙。

托兆碰碑【1938年国乐唱片2面】言菊朋饰杨继业、李慕良京胡、谭长海司鼓（K119）

（头段）［反二黄快三眼］金沙滩双龙会一阵败了，只杀得血成河鬼哭神嚎。我的大郎儿替宋王把忠尽了，二郎儿短剑下命赴阴曹；杨三郎被马踏尸首不晓，四八郎失番邦无有下梢；杨五郎在五台学法修道，七郎儿被潘洪箭射芭蕉；只落得杨延昭随父征讨，［垛板］可怜他、尽得忠、又尽孝、昼夜杀砍、马不停蹄、为国［快三眼］辛劳。可怜我八个子把四子丧了，四子丧了，我的儿呀！

（二段）［原板］战得我年迈人无有下梢。方良臣与潘洪又生机巧，诓我主赴五台去把香焱。又谁知中了那奸贼的笼套，四下里众番奴犹如海潮。多亏了杨延昭一马来到，一杆枪救圣驾闯出笼牢。有老夫领人马也来战道，［垛板］那时我、东除西撞、左冲右突、虎闯羊群，被困在两狼山，内无有粮、外无有草，救兵不到，眼见得我这老残生就难以［原板］还朝，我的儿呀！饥饿了就该把战马宰了，天寒冷尔就该扯营放烧。

李慕良

二进宫【1939年10月国乐唱片2面】言菊朋饰杨波、李慕良京胡、谭长海司鼓（K170）

（头段）[二黄慢板]千岁爷进寒宫休要慌忙，站宫门听学生细说比方：昔日里楚汉两争强，鸿门设宴要害汉王。

（二段）张子房背剑把韩信来访，九里山前摆下战场。逼得个楚项羽在乌江命丧，那韩信官封到三齐王。他朝中有一个萧何丞相，后宫院有一位吕后皇娘。君臣们安排下天罗地网，三宣韩信进了未央。九月十三雪霜降，盖世忠良不得久长。千岁爷进寒宫学生不往，怕的是：辜负了，十年寒窗、九载巡游、八月科场、七篇文章，才落得个兵部侍郎，无有下场。

《定军山》言菊朋饰黄忠

定军山【1939年10月国乐唱片2面】言菊朋饰黄忠、李慕良京胡、谭长海司鼓（K183）

（头段）（白）老将生来勇，血气贯长虹。杀人如削土，跨马走西东。两膀千斤力，能开铁臂弓。若论交锋事，还算老黄忠。[西皮二六]师爷说话言太差，不由黄忠怒气发。一十三岁习弓马，威名镇守在长沙。自从归顺皇叔爷的驾，匹马单刀取过了巫峡。斩关夺寨功劳大，师爷不信你在功劳簿上查一查。不是我黄忠夸大话，（白）弓来！[流水]铁胎宝弓手中拿。满满搭上朱红扣，两旁的儿郎把咱夸。二次拧动了我的千斤力，人有精神力又佳。三次拉开秋月样，[散板]再与师爷把话答。

（二段）[流水]夏侯渊武艺果然好，可算将中一英豪。将身且坐宝帐道，[摇板]营外为何闹吵吵？（白）且住！老夫正在为难之际，这封书信来得是刚刚凑巧。那夏侯渊，约我明日午时三刻，与他阵头走马换将，那时叫他放回我国先行陈式，然后，放他的侄男夏侯尚。老夫幼年习就了百步穿杨之箭，将那夏侯尚射死。夏侯渊一定与他侄儿报仇。那时老夫杀一阵败一阵，杀一阵败一阵，败至在荒郊野外！诱夏侯渊赶来，学关公拖刀之计，将他斩下马来。夏侯渊呐！我的儿啊！那时你不赶来便罢，儿若赶来，便中老爷拖刀之计也。[流水]这封书来得真凑巧，天助黄忠成功劳。站立在营门三军叫，大小儿郎听根苗：头通鼓、战饭造，二通鼓、紧战袍；三通鼓、刀出鞘；四通鼓、把兵交。近前个个俱有赏，退后项上吃一刀。三军与爷归营号，[散板]到明天午时三刻我要成功劳。

小寿仙（生卒不详）

小寿仙，原名何学亮，字寿仙，安徽怀宁县人，生于苏州。其父为上海名丑何家声。小寿仙幼年唱老生，"倒仓"后改丑行，用本名继续演出。

哥伦比亚公司灌制了很多小寿仙幼年时期老生的唱片。

探母【1910年哥伦比亚唱片2面】小寿仙饰杨延辉/杨宗保（58013）

（头段）（杨延辉白）一言难尽呐！[原板]失落在番邦十五春，铁石人儿也泪淋。闻听得老娘驾来到此郡，因此上乔装打扮回宋营，黑夜里我探望娘亲。（杨延昭）四兄长失落在番营，后帐内哭坏了老娘亲。宗保儿进前[流水]听父令，晓谕帐下[摇板]众三军。（杨宗保白）得令！[摇板]帐中领了父帅令，帐里帐外莫高声。（辉）问贤弟老娘亲今何在？（昭）现在后帐未出来。（辉）有劳贤弟把路带，母子相逢痛伤怀。

（二段）[摇板]老娘亲请上受儿[回龙]拜，（佘太君白）儿啊！（辉）娘啊。[二六]千拜万拜儿也是应该。儿困番邦一十五载，常把儿的老娘挂在我心怀。萧太后待儿的恩似海，铁镜公主配和谐。胡狄衣冠懒穿戴，每年间花开[快板]儿的心不开。□□□□□闻听老娘到北塞，乔装改扮回营来。见母一面愁眉解，愿老娘福寿康宁[摇板]永无灾。

雷喜福（1894~1968）

雷喜福，原姓李，名海锋，北京人。幼时因家庭变故卖于雷姓人家为养子，后雷氏夫妇又相继过世，便由养母之父张九抚养。11岁时入喜连成学艺，艺名张喜福，入科后，初习青衣，后改武生，一年后专工老生。师从叶春善、萧长华、叶福海、蔡荣贵、谭春仲等。1912年出科，对外演出时，以张喜福之名与赵松樵之姐明月英（艺名）曾演出《法场换子》。在科班效力三年后，留社内任教。21岁时改张为雷姓，从此沿用雷喜福之名。富连成科班中连、富、盛、世、元字科诸班学生，如马连良、谭富英、李盛藻、叶世长、谭元寿等均曾受业于雷。为搭班演戏，雷正式拜谭春仲为师，后曾与尚小云、荀慧生、徐碧云、孟丽君、金少梅、侯喜瑞、钟鸣岐、童芷苓、董玉苓等合作，享誉大江南北。

1951年经萧长华举荐，雷喜福被聘为中国戏曲学校教师，多次为学生作示范演出，与萧长华合演《选元戎》，与侯喜瑞合演《打严嵩》，与梅兰芳、姜妙香合演《奇双会》，与程砚秋、萧长华合录《审头刺汤》等。积极参加抗美援朝义演，演出了《失印救火》《审头刺汤》《搜孤救孤》等。1952年又将自己的私房戏装全部捐献戏校，受到戏校领导和师生的赞誉。他教学认真、一丝不苟，为戏校师生传授百余出剧目。其长子雷元硕，富连成坐科，工老旦；次子雷振春先习老生，后改琴师；女雷振华亦工老生。正式弟子有刘荣升、德仁趾、胡振声、宋钰声等，中国戏曲学校学生朱秉谦、孙岳、萧润增、毕英琦、苏移、陈国卿、逯兴才、冯志孝、耿其昌等均受其教诲。

1936年蓓开公司约请雷喜福在欧美同学会录制了三张唱片，其中《六部大审》是雷喜福代表作，为富连成教师叶福海传授，《滚钉板》《葫芦谷》两面唱片发行量极少。

六部大审【1936年3月蓓开唱片2面】雷喜福饰闵觉、雷振春京胡（91492/3）

（头段）[西皮原板]自那日朝罢归身体不爽，因此上得重病倒卧在床。这几天我未曾朝见圣上，我朝中出刺客搅乱朝纲。叫家院你与爷向前引道，看一看审刺客怎样开销。

（二段）（白）大丞相，你道我，轻慢你当朝首相。想你这宰相之家，不过是燮理阴阳，调和鼎鼐。翰林之家，尽取天下文章。想圣上设立六部，乃是：吏、户、礼、兵、刑、工，各有专司。吏部专管天下升官调遣；礼部专管人间之礼义；户部专管天下地丁钱粮；兵部专管天下五营四哨、兵马钱粮；工部专管天下火工等件；唯有

《搜孤救孤》雷喜福饰公孙杵臼、贯盛习饰程婴

我这刑部，督理刑命，执掌生杀之大权。想刺客乃弑君之徒，天子的重犯，理应我刑部审问，何劳大丞相你来审问？大丞相，你既要审问，却也不难，我和你手挽手，同见晋王天子，那时大丞相你就该启奏一本，说道：晋朝之中不用六部只用五部。万岁必然问将下来：是哪部可裁？是哪部可减？那时大丞相，哎！你再顶上一本，说道我刑部可裁，刑部可减。万岁若是准了你的本章，你裁掉我刑部，你方可审得，方可问得。万岁若是不准你的本章，你也裁不掉我刑部，你也审不得，你也问不得。此地乃是有王法的所在，你要与我坐下！[散板]非是我不念在同朝脸面，审刺客何用他宰相专权？对列公施一礼忙登公案，审刺客若不公面奏龙颜。

四进士【1936年3月蓓开唱片2面】雷喜福饰宋士杰、雷振春京胡（91494/5）

（头段）（白）身在公门好修行，善恶不差半毫分。存心作些阴功事，远在儿女近在身。老汉宋士杰，在前任道台衙门，当了一名刑房书吏，只因我办事傲上，大人将我刑房革退。是我在西门以外，开了一座小小店房。看今日天气晴和，不免大街走走。哎呀且住！看这一群游民光棍，追赶一个女子，待我赶上前去，我打他一个抱不平！唉！前者为打抱不平，挨了四十大板，如今这抱不平，咳咳！我是不打的为妙啊！哎呀且住！我本当不管，那个女子言道：异乡人好命苦！我想这一群游民光棍，将那个女子赶至在僻静之处，

《状元谱》雷喜福饰陈伯愚

要坏了她的名节,这个抱不平我是要打的呀!怎奈她是个女流,我怎么救她呢?哎呀这这这这!呵呵哈哈哈哈!不免将妈妈唤将出来,搭救于她。[西皮散板]三杯酒下咽喉大事误定,眼见得信阳州无有好人。

(二段)(白)小人宋士杰。在前任道台衙门,当了一名刑房书吏。只因我办事中正,大人将我刑房革退,是我在西门以外,开了一座小小店房。那年小人去到上蔡县办事,住在杨素贞的家中,我与她父有八拜之交,在酒席筵前叙来叙去,那时杨素贞般长般大,就将她拜在小人名下,认为义女,后配人家。只因她夫死得不明,来在越衙告状,大人,有道是:是亲者不能不顾,不是亲者不能相顾;不是麦子不粘泥,不是草籽不挂布。她是小人的干女儿,小人是她干父,干女儿不住在干父的家中,难道叫她住在庵观寺院不成?[摇板]大堂之中上了刑,好似鳌鱼把钩吞。出得察院观动静,只见杨春与素贞。你家住河南上蔡县,你家住南京水西门。你我三人不相认,宋士杰与你是哪一门子亲。

《鬼断家私》雷喜福饰倪守谦

滚钉板【1936年3月蓓开唱片1面】雷喜福饰马义、雷振春京胡(91496)

[二黄散板]见此情不由我肝肠痛断,好一似这钢刀把我心剜。含悲泪进草堂巧言舌辩,见妈妈我只得巧语低言。二东人他待我恩德不浅,生和死全凭儿顷刻之间。

葫芦谷【1936年3月蓓开唱片1面】雷喜福饰诸葛亮、雷振春京胡(91497)

[二黄原板]仰面朝天一声叹,司马懿可算得将中魁元。我与他送去了裙钗一件,反与我旗牌官酒来餐。有刚有柔是好汉,诸葛亮比司马难上加难。看起来那仲达是[散板]后患,不由我鲜血往上翻。魏延扑灭本命灯,枉费心机事难成。我这里将宝剑忙忙摔定,(姜维)丞相为何两泪淋?

麒麟童（周信芳）(1895.1.14~1975.3.8)

周信芳，名士楚，字信芳，艺名麒麟童，原籍浙江慈城（今浙江省慈溪市），生于江苏淮安。其父周慰堂，艺名金琴仙，母许桂仙，均为京剧旦角演员。幼从陈长兴练功学戏，后拜王玉芳为师。7岁登台，艺名七龄童，后改麒麟童。1908年到北京与梅兰芳、林树森等人带艺入喜连成科班演出、学戏。1912年返沪，在新舞台等剧场与谭鑫培、李吉瑞、金秀山、冯子和等人同台，颇受熏陶，演技渐趋成熟。1915年至1926年，先后在上海丹桂第一舞台、更新舞台、大新舞台、天蟾舞台演出、排演了《汉刘邦》《天雨花》《封神榜》《飞龙传》《华丽缘》《狸猫换太子》等一大批连台本戏，享誉大江南北。1927年参加南国话剧社，在《雷雨》中饰周朴园。抗日战争爆发以后，积极参加救亡活动，并编演了如《徽钦二帝》《文天祥》《史可法》《香妃》《董小宛》等具有民族意识的剧目。1943年，周信芳被选为上海伶界联合会会长。中华人民共和国成立后，周信芳当选为第一、二、三届全国人民代表大会代表，历任中国戏曲研究院副院长、上海京剧院院长、中国戏剧家协会上海分会主席等职务。并移植演出了昆曲《十五贯》，创演了《义责王魁》和《海瑞上疏》等优秀历史剧目。

周信芳的唱腔接近口语，酣畅朴直，念白饱满有力，富有浓厚的生活气息，表演调动唱、念、做、打全部予以充分展示，善于运用髯口、服饰及道具等来塑造人物，在音乐作曲、锣鼓、服装、化妆等方面作了极大的革新和创作。其子周少麟继承其父衣钵，为麒派重要传人。周早期弟子有程毓章、高百岁、陈鹤峰、李如春等，1960年前后，他先后收沈金波、童祥苓、萧润增、张学海等人。

周信芳所灌制的唱片，片芯均写作"麒麟童"，片头报名为"周信芳"。其唱片每一张都对南派京剧有着极大的影响，《跑城》《追韩信》《斩经堂》几乎成为家喻户晓的唱段。

斩经堂【1936年6月高亭唱片2面】麒麟童饰吴汉、孙葵林京胡/笛、张鑫芳京二胡、黄成美司鼓（Teb761/2）

（头段）（吴汉）[高拨子散板]从空降下无情剑，斩断夫妻两离分。含悲忍泪经堂进，到经堂去杀王兰英。[吹腔]在前堂奉了母亲命，经堂去杀王氏兰英。迈虎步且把经堂过，且听王氏讲说什么！她祝告吴子颜高官荣显，她祝告我的娘福寿绵绵。含悲泪我且把经堂叩，（王兰英）是何人来叩门环！

（二段）（吴）[二黄碰板]贤公主休要跪休要哭，听本宫从前事细对你说：千错万错你父错，他不该一心心谋夺山河。杀却了汉家臣数百余口，就是那鸡和犬也不存留。我的父上金殿反遭斩首，到如今子报父的仇。[垛板]前堂奉了母亲的命，后堂又将你人头割。我本当、杀了你，怎奈是我们恩爱夫妻难以下毒手。我本当、不杀你，怎奈是我的老娘前堂等人头。这才是马到临崖难回头，船到江心难补漏。贤公主、成全我，我把你忠孝节义四字留，万古名留，贤公主啊！

《斩经堂》周信芳饰吴汉

徐策跑城【1936年6月高亭唱片2面】麒麟童饰徐策、刘韵芳饰家院、孙葵林京胡、张鑫芳京二胡、黄成美司鼓（Teb763/4）

（头段）（徐策）[高拨子摇板]忽听家院报一信，言道寒山发来兵。叫家院带过了爷的马能行，看是何人到来临。（薛蛟）翻身下了马能行，儿问爹爹可安宁？（家院白）小将跪城！（徐）哦！[导板]忽听得家院一声禀，（家院白）小将跪城！（徐）哦！[垛板]老徐策，我站城楼，我的耳又聋，我的眼又花，我的耳聋眼花看不见，城下儿郎哪一个，跪在城边，我问你，家住哪州哪府并哪县，哪一个村庄有你家门？你的爹姓甚，你的母姓甚？你们弟兄排行第几名？说得清，道得明，放下吊桥开城门，放你进城，你若是说不清来道不明，要想开城[回龙]万不能，[散板]你报上了花名。

（二段）[原板]湛湛青天不可欺，未曾起意神先知。善恶到头终有报，且看来早与来迟。薛刚在阳河把酒戒，他爹娘的

《徐策跑城》周信芳饰徐策

生寿把酒开。三杯入肚出府外，惹下了塌天大祸灾。天佐天佑俱打坏，张泰的门牙打下来。太庙的神像俱打坏，太子的金盔落尘埃。举家绑在西郊外，三百余口把刀开。寒山发来人和马，（白）寒山发来三千七百人和马，薛蛟、薛葵、薛刚，呀！[摇板]青龙会还有八百兵。

《萧何月下追韩信》周信芳饰萧何

萧何月下追韩信【1936年6月高亭唱片2面】麒麟童饰萧何、刘韵芳饰韩信/内侍、孙葵林京胡、张鑫芳京二胡、黄成美司鼓（Teb765/6）

（头段）（韩信白）相国容禀！昔齐王好鼓瑟，晋有一贤士。善于鼓瑟。王坐于堂上，命鼓瑟之人立于堂下，贤士不悦，何况我韩信耳。（萧何）呀！[西皮流水]好一个聪明小韩信，他将古人打动我的心。[摇板]他言说萧何少恭敬，（白）将军！[摇板]恕我萧何未相迎。（白）不知将军驾到，有失迎迓，望乞恕罪！（韩）岂敢！闻得君正臣贤，不辞千里而来，特来投止！（萧）将军虽有奇才，栈道烧绝，不能东归也是枉然。（韩）栈道烧绝，免项羽西顾之忧，瞒不了我韩信耳。（萧）夏侯将军，我想张良先生火烧栈道的时节，言道：寻访兴汉灭楚元帅，以角书为凭，到如今无有音信。我想韩将军宏才大略，他不请还请何人？呵呵，子房啊，子房！你往日机警，这一回也失了机会了。[摇板]夏侯将军速修本，三生有兴慰平生。

（二段）（内侍白）下面听者：有本早奏，无本退班呐！（萧）萧何有本启奏！（侍）随旨上殿。（萧）领旨！[慢流水]我主爷起义在芒砀，拔剑斩蛇天下扬。遵奉王约圣旨降，两路分兵定咸阳。先进咸阳为皇上，后进咸阳扶保在朝纲。也是我主洪福广，一路上得遇陆贾郦生与张良。一路上秋毫无犯军威壮，我也曾约法定过三章。项羽不遵怀王约，反将我主贬汉王。今日里萧何荐良将，但愿得言听计从重整汉家邦，一同回故乡。撩袍端带我把金殿上，[摇板]扬尘舞蹈见大王。

《文昭关》周信芳饰伍子胥

华容道【1936年11月高亭唱片2面】麒麟童饰关羽、金少山饰曹操、孙葵林京胡、张鑫芳京二胡、黄成美司鼓（Teb767/8）

《华容道》周信芳饰关羽

（头段）（关羽白）慢说一十八骑残兵败将，就是一十八只猛虎，关某何惧。［西皮二六］你好比鳌鱼吞钩钓，（曹操白）我好比惊弓之鸟。（关）［二六］惊弓鸟怎能脱逃。（曹白）啊！［摇板］想当年我待你恩德非小，上马金下马银美酒红袍。官封到寿亭侯爵禄不小，难道说大丈夫忘却故交。（关）［快板］虽然是你待我恩德义好，我也曾还过了你的功劳，斩颜良诛文丑立功报效，将印信挂中梁［摇板］封金辞曹。（曹）我也曾派张辽文凭送到，我也曾赠过了美酒红袍。（关）［快板］不提起送文凭还则罢了，提起了送文凭怒满眉梢。在黄河斩秦琪文凭来到，蒙丞相空人情某倒心焦。（曹）［摇板］想当年你许我永远答报，难道说今日里一次不饶？（关）［快板］非是俺忘却了永远相报，都只为挟天子罪恶难逃。今日来在华容道，你来来来，［散板］试一试某的青龙刀。

（二段）（曹白）哎呀！［散板］一见关公变了脸，吓得曹某心胆寒。望求放我逃脱［哭头］险，君侯啊！不忘恩德大如天。（白）二君侯，二将军！（白）当年，你在吾营曹某待你不薄，上马献金，下马献银，三日一小宴，五日一大宴，你言道，饶俺曹某三不死，今日一次不饶不成？也罢！望求君侯放我一条生路，回转中原，慢说是曹某，就是众将也感君侯大恩，唉，大德啊！（关白）哎呀！［散板］往日杀人不眨眼，今日心肠软似棉。俺关某岂是无义汉，忍叫人头挂高竿。叫三军摆下长蛇阵，你认得此阵放你还。

打严嵩【1936年11月高亭唱片2面】麒麟童饰邹应龙、金少山饰严嵩、孙葵林京胡、张鑫芳京二胡、黄成美司鼓（Teb769/70）

（头段）（严嵩白）小千岁，老臣年迈打不得了哇。（邹应龙）哎呀，太师爷不要惊慌，喏喏

《打严嵩》周信芳饰邹应龙、裘盛戎饰严嵩

《打严嵩》周信芳饰邹应龙、袁盛戎饰严嵩

喏,你的心腹人在此。(严)心腹人?(邹)呃?(严)我被他们打坏了啊!(邹)哎呀呀,哪一个敢打太师爷?(严)我慢慢对你言讲。(邹)慢慢地讲。(严)我奉了圣旨一道,校卫四十名,去至开山府捉拿常保童,上殿辩理。我进得府去,刚刚开读圣旨,那小娃娃他就说了话了啊。(邹)他讲说什么啊?(严)他说:老太师不必开读圣旨,小王知罪就是啊。(邹)哈哈!何罪之有?(严)愿将丘、马两匠献出。(邹)好!献罢之后?(严)他又赐我一个座位。(邹)着哇,金殿上二十四把金交椅,都有太师爷的座位,何况他小小的开山府。坐的好,坐的是,呵呵,坐的对呀。(严)坐的对?(邹)呃!(严)我大不该坐。(邹)怎么?(严)一坐,我就坐出祸事来了。(邹)哎呀!坐出什么祸来了?(严)他言道:老太师,你在我朝为官还是个忠臣,还是奸臣呐?(邹)呵哟,大大的忠臣!(严)着哇,哪一个不晓得我是忠臣。(邹)着哇。(严)娃娃言道:帘拢卷起。叫我抬头观看。(邹)看些什么?(严)嘿嘿,我不晓得,这个小娃娃,受了哪一个坏种!(邹)阿嚏!(严)王八蛋的挑唆呃!(邹)哎呀,不要骂人呐!(严)他将老王的御容伴驾王真像悬挂中堂,我为大臣者见君不参就有一行大罪呀。(邹)哎呀,这便如何是好啊?(严)不妨事,我言道:我有辩呐!(邹)呃,有辩!(严)娃娃又说话了!(邹)讲说什么?(严)太师你还会变吗?(邹)会辩呀!(严)孩子们,金盆打水呀!(邹)打水做什么?(严)他叫我变一个王八,变一个乌龟呀!(邹)太师爷!(严)呃?(邹)变了无有?(严)呸!(邹)咳呀!(严)焉能变那些肮脏东西,舌辩之辩。(邹)唉!我也说的是舌辩之辩呐。(严)着哇!(邹)怎样辩法?(严)我说道:日非朔望,闲不参君(邹)好!好一个日非朔望,闲不参君!(严)呃!(邹)辩得好!(严)辩得好?(邹)辩得好!(严)辩得好?(邹)[山歌]辩得好喔!(严白)诶!你不要打我的瓜皮酱啊。(邹)哈哈!辩罢之后?(严)又要我坐下了!(邹)呃,坐罢之后?(严)他说:老太师!我开山王府欠粮?(邹)不欠粮!(严)缺饷?(邹)不缺饷!(严)你干什么来了?(邹)请千岁上殿辩理呀!(严)他拿来!(邹)什么?(严)跟我要圣旨啊!(邹)哎呀!请过去了!(严)呃,他来一个不认账啊!(邹)呵哟!不认账到厉害的很呐!(严)他就说:哇!胆大严嵩今日害文明日害武,害来害去害到小王我的头上。今

《鸿门宴》周信芳饰张良

天不打你，惯你的下次。来呀，脱袍打严嵩！（邹）哎呀呀呀！

（二段）（严）闪开了！闪开了！（邹）哪里去？（严）上殿奏本，参倒常保童呢！（邹）万岁问道太师爷你哪里有伤？（严）浑身上下俱是伤痕！（邹）怎样验伤？（严）少不得金銮殿上脱袍验伤。（邹）啊？（严）脱袍验伤？（邹）脱袍验伤？（严）诶！（邹）哎呀！（严）怎么样？（邹）哎呀？（严）怎么样？（邹）哎呀呀呀！（严）哎呀呀呀，你这是怎么样了哇？（邹）不是小官在此，你将事错办了。（严）怎见得？（邹）身为大臣，脱袍见君，有欺君之罪，交部严加议处。（严）哎呀，这便怎么样啊？（邹）我有一

《潘金莲》周信芳饰武松、欧阳予倩饰潘金莲

拙见在此。（严）有什么高见？（邹）在这文武两班，寻一个心粗胆大的，在脸面上做一两处伤痕，方能上殿参倒常保童。（严）做面伤？（邹）面伤。（严）一奏就准？（邹）一奏就准！（严）哪里去寻？（邹）文班中去问。（严）文班中？好，列位大人请了。（文官）请了。（邹）呃！（严）与我做面伤？（邹）呃。（文官）溜了。（严）他们跑了。（邹）呵呵，武班中去问。（严）武班中？好！（邹）有力气。（严）有力气。（邹）有胆量。（严）有胆量。（邹）看得清。（严）看得清。（邹）打得准。（严）打得准。（邹）呃。（严）列位王侯请了。（武官）请了。（严）哪一位与我做面伤？（武官）跑了。（严）呵呵！他们跑的跑了，溜的溜了。（邹）叫我好恨呐！（严）诶！敢莫恨着老夫不成？（邹）焉能恨着老太师？我恨只恨，这两班文武，哪一个不是太师爷的保举荐？太师爷有了此事，一个个溜的溜了，是跑的跑了！幸亏无有来打太师爷，打了太师爷，我邹应龙就不与他们甘休。（严）噫！呵呵，说了半日，打老夫的人儿在这里。诶，你请上，受我一全礼呀。（邹）咳呀，此礼为何？（严）你想啊！文武两班，哪一个是老夫的心腹人？你是我的心腹人，此事非你不可啊。（邹）我受太师爷封官之恩未曾答报，焉能下此毒手？（严）你打了我，如同报恩一样啊。（邹）哦！我倒明白了。（严）明白何来？（邹）你这是叫我报恩呐？（严）叫你报恩。（邹）我要报恩了。（严）报恩吧。（邹）报恩了。[西皮导板]大骂严嵩是奸佞！（严白）诶！我叫你打，你怎么骂起我来？真真岂有此理呀！（邹）哎呀！老太师，你错怪了我了！（严）怎见得？（邹）这有个名堂。（严）有什么名堂？（邹）

《博浪锥》周信芳饰张良

这叫指东而骂西，指黑而骂白，指的老太师，骂的是常保童，我骂上气来，我好打。幸亏无有打着太师，刚刚骂了一句就是这样地动怒，若是打着太师，哎呀呀！（严）怎么样？（邹）那时节小官我就吃罪不起了。（严）嗯！（邹）怎么办！（严）怎么办？（邹）另请高明。（严）哎呀，你回来呀。（邹）呃？（严）如此说来我是错怪了你了？（邹）错怪了我了。（严）怎么办？（邹）啊？（严）你是连打带骂吧。（邹）连打带骂？（严）正是。（邹）严嵩！（严）哎！（邹）卖国贼！（严）骂得好！（邹）[快板]骂声老贼不是人。大不该害死杨继盛，不该害死马总兵。罢罢罢，心头恨，管教老贼两眼平。

孙葵林

四进士【1936年11月高亭唱片2面】麒麟童饰宋士杰、孙葵林京胡、张鑫芳京二胡、黄成美司鼓（Teb771/2）

（头段）[西皮导板]上写田伦顿首拜，[原板]拜上了信阳州顾大人。双塔寺前分别后，倒有几载未相逢。姚家庄有个[流水]杨氏女，她本是姚家不贤的人。药酒害死亲夫主，反赖姐丈姚廷椿。三百两纹银压书信，还望年兄念弟情。上方官司归故里，登门叩谢顾年兄。

（二段）[散板]公堂之上上了刑，好似鳌鱼把钩吞。悲切切出了都察院，只见杨春就与素贞。你本河南上蔡县，你是南京水西门。我三人从来不相认，宋士杰与你们是哪门子亲？我为你挨了四十板，我为你披枷戴锁边外去充军。可叹我年迈人离乡[哭头]郡，杨春、杨素贞！谁是披麻戴孝人？

《四进士》周信芳饰宋士杰

逍遥津【1936年11月高亭唱片2面】麒麟童饰汉献帝、孙葵林京胡、张鑫芳京二胡、黄成美司鼓（Teb775/6）

（头段）[二黄导板]父子们在宫中伤心落泪，[碰板]不由孤一阵阵好不伤悲。[原板]曹孟德与伏后结下仇对，害得她魂灵儿不能够相随。二皇儿年纪小孩童之辈，不能够到灵前奠酒三杯。

（二段）恨奸贼把孤王[慢板]牙根咬碎，上欺君下压臣做事全非。欺寡人在金殿不敢回对，欺寡人好一似猫鼠相随；欺寡人好一似家人奴婢，欺寡人好一似墙倒众推；欺寡人好一似风摆芦苇，欺寡人好一似孤灯风吹；欺寡人好一似孤魂怨鬼，[垛板]欺寡人、好一似、扬子江心，一只小舟、风狂浪打、浪打风狂、波浪滔天，[慢板]难以挽回。欺寡人好一似残兵败队，[原板]又听得宫墙外喧哗[摇板]如雷。

路遥知马力【1930年4月23/4日蓓开唱片2面】麒麟童饰路遥、周五宝饰日久／报名、孙葵林京胡、黄成美司鼓（91263/4）

（头段）【宿店】（路遥）[二黄原板]想当年为富绅何等光景，遭回禄只落得家业凋零。可怜我一路上艰难尝尽，但不知何日里才到东京。听谯楼打罢了二更时分，想起了家中事令人伤心。可怜我老妻室无人照应，又想起二娇儿何方存身。[四平调]鼓打三更我好伤情，越思越想两泪淋。但愿得此一番兄弟得见，倾谈肺腑叙叙苦情，叙叙苦情。

《路遥知马力》周信芳饰路遥

（二段）【行路】（日久白）你说马力是你的兄弟，他做了王爷，你怎么卖了零碎绸子了？（路）小哥！不提马力还则罢了。（日）提起马力呢？（路）提起马力呀？[顶板]是令人可恨，尊一声小哥哥你细听详情：我也曾在扬子江中我救过他性命，我二人在草堂同把香焚。他言说到京城把叔父寻定，我也曾卖庄田、赠瞎驴、我赠过二百两纹银。又谁知到京城身居王位，我只说他与朋友交、言而有信、谁知他忘了我大恩。因此上我一怒出了府门，倒至在荒郊外并无有分文，我多蒙小哥哥你救我的性命，[垛板]我路遥、到西京、早烧香、晚点灯、一天三餐、供奉与你、[原板]死不忘恩。小哥哥你与我忙把[散板]路引，一路加鞭奔西京。

投军别窑【1930年4月23/4日蓓开唱片2面】麒麟童饰薛平贵、潘雪艳饰王宝钏、孙葵林京胡、黄成美司鼓、周五宝报名（91265/6）

（头段）（薛平贵）[西皮导板]可恨王允太不仁，[原板]害得我夫妻们两下离分。催马加鞭[摇板]往前进，叫声三姐快开窑门。（王宝钏白）来了。[流水]忽听窑外有人唤，想必平郎转回还，[摇板]开开窑门用目看，（薛白）三姐，为丈夫回来了。（王）[散板]因何这身荣耀还？

（二段）（王白）啊，薛郎！你这身荣耀，莫非你做了官了？（薛）为丈夫降了红鬃烈马，圣上见喜，封为后军督府。

《香妃》周信芳饰布那敦

（王）如此待为妻谢天谢地！（薛）你慢谢天地，其中有变呐。（王）此话从何而起？（薛）哎呀，三姐！可恨你父与魏虎上得金殿参奏一本。西凉下国，打来战表，要夺我主江山，苏龙魏虎以为正副帅，为丈夫后军督府改为马前的先锋，我即日就要登程。（王）怎么讲？（薛）我这就要走了。（王）哎呀！［西皮导板］听一言吓得我珠泪落下，（白）薛郎！（薛）三姐。（王）吾夫。（薛）吾妻。（同）哎呀！（王）［原板］好一似万把刀把我心挖。父好比秦赵高指鹿为马，又好比汉萧何私造律法。（薛）贼好比秦赵高指鹿为马，贼好比汉萧何私造律法。为丈夫与你父冤仇结下，害得我夫妻们就各奔天涯。

《投军别窑》周信芳饰薛平贵

投军别窑[①]【1930年4月23/4日蓓开唱片1面】
麒麟童饰薛平贵、潘雪艳饰王宝钏、孙葵林京胡、黄成美司鼓、周五宝报名（91266）

《杨家将》周信芳饰杨继业

（王宝钏白）啊，薛郎！你这身荣耀，莫非做了官了？（薛平贵）降了红鬃烈马，圣上见喜，封为后军督府。（王）如此待我谢天谢地！（薛）你慢谢天地，其中有变呐！（王）此话从何而起？（薛）哎呀，三姐！可恨你父与魏虎上得金殿参奏一本。西凉下国，打来战表，要夺我主江山，苏龙魏虎以为正副帅，为丈夫后军督府改为马前的先锋，我即日就要登程。（王）怎么讲？（薛）我这就要走了！（王）哎呀！［导板］听一言吓得我珠泪落下，（白）薛郎！（薛）三姐！（王）吾夫！（薛）吾妻！（王）喂呀！（薛）哎呀！（王）［原板］好一似万把刀把我心挖。父好比秦赵高指鹿为马，又好比汉萧何私造律法。（薛）贼好比秦赵高指鹿为马，贼好比汉萧何私造律法。为丈夫与你父冤仇结下，害得我夫妻们就各奔天涯。

---

① 此段唱片有两版存世。从两人念白中可以对比看出，两版唱词小有差异。

赵五娘【1930年4月23/4日蓓开唱片2面】麒麟童饰张广才、周五宝饰蔡父/李旺/报名、孙葵林京胡、黄成美司鼓（91267/8）

（头段）【劝架】（张广才白）五娘子请过来。五娘子你也不必悲泪，你的孝道我们合村都亦晓得的。你婆婆她的脾气不好，我们也是知道的。总言之：天下无有不是的父母。你看在你丈夫的份上，还要忍耐才是。啊，老哥，老嫂。（蔡父）呵，大公。（张）你们也不必吵闹，家中无有柴米，我送来就是，我有一言，你二老听了。[西皮二六]休要闹来休要吵，张广才言来听根苗：蔡伯喈到京城去赶考，怎奈他千里迢迢无有人把信捎。五娘子行孝我们合村都知道，又何必、终朝每日、闹闹吵吵，为的是哪条？但等那蔡伯喈得中了，你看他、头戴着乌纱、身穿着大红袍、玉带围着腰。改换门墙多荣耀，那时节一家[散板]快乐逍遥。

《扫松下书》周信芳饰张广才、李长山饰李旺

（二段）【扫松】（张）我不是拜的你呀！（李旺）拜的哪个？（张）我拜的是忘恩负义的[清江引顶板]蔡伯喈，小哥哥、你在荒郊外、听老汉、把那蔡家的事儿、一一从头说开怀。蔡伯喈到京城把那功名求戴，在家中撇下了二老双台。他的父为他把那双眼哭坏，他的母终朝每日泪满在胸怀。家中贫穷无计可奈，最可叹他二老双双冻饿而死就丧了阳台。五娘子剪下了青丝到那长街去卖，卖了银钱把他公婆来葬埋。似这等贤德的媳妇令人可爱，是老汉送米我又送柴。他那里身背着琵琶到那京城地界，但愿他夫妻相会配和谐。他把那父母的恩情抛至在那三江以外，他把那养育的恩情一旦都丢开。小哥哥你与我把信来带，你叫那蔡伯喈他早早地回家来。倘若是蔡伯喈把那良心来坏，小哥，你问他的身从哪里得来。倘若是蔡伯喈佯睬再不睬，你就说、在这陈留郡、有个老者叫张广才、托过小哥把信带，说我一个拜！一个拜！

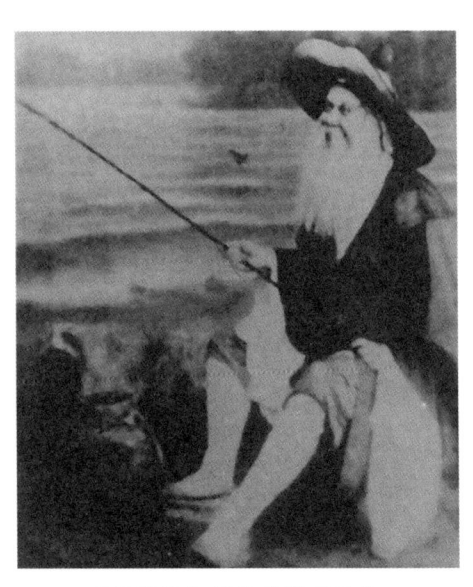

《封神榜》周信芳饰姜子牙

封神榜【1930年4月23/4日蓓开唱片2面】麒麟童饰姜子牙/闻仲、孙葵林京胡、黄成美司鼓、周五宝报名（91269/70）

（头段）【子牙休妻】[西皮导板]马氏女早注下

十恶大败，[原板]我如今休了她好运立来。她笑我不能够做买卖，看起来她是个肉眼凡胎。姜子牙实难舍夫妻恩爱，你看她全无有半点悲哀。这时候好叫我情急[流水]无奈，这也是天数定命里应该。[摇板]写罢了退婚书忙把印盖，[散板]眼睁睁夫妻们两下分开。

（二段）【太师回朝】[高拨子导板]闻一言不由人雷轰头顶，[散板]冷水浇头怀抱冰。实指望征北海江山奠定，（白）唉！[垛板]又谁知我主爷宣淫无道乱人伦。外有那费仲、尤浑善利好谀掌朝政，内有那妖妃惑主造下了摘星楼台、酒池、肉林、炮烙与虿盆。到如今商容比干、梅伯和杨任，箕子、微子一概的忠臣，或斩、或留、或拘、或放、一个一个俱斩尽。只剩下老闻仲孤掌难鸣不能够扭乾坤，不由得老泪双淋。[散板]娇儿一言来提醒，悲伤忘了大事情。叫三军带过墨麒麟，赶回朝歌莫消停。

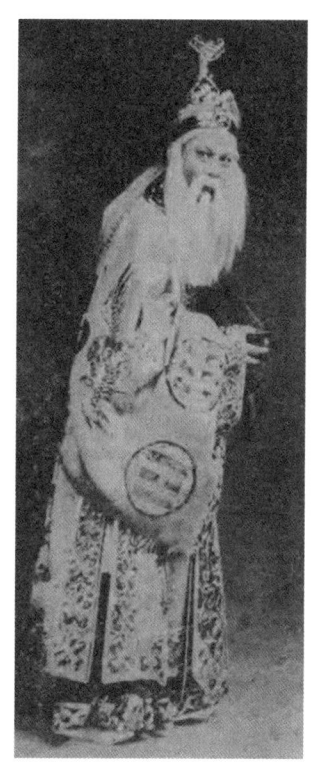

《封神榜》周信芳饰姜子牙

打严嵩【1930年4月23/4日蓓开唱片2面】麒麟童饰邹应龙、周五宝饰严侠／报名、孙葵林京胡、黄成美司鼓（91279/80）

（头段）（邹应龙）[西皮原板]嘉靖爷坐江山风调雨顺，我朝中出奸贼名叫严嵩。大不该害死了杨继盛，大不该害死了马总兵。撩袍端带[摇板]往前进，去到严府见机行。[流水]急急走来急急行，不觉来到严府的门。

（二段）[流水]听说一声叫报门，吓得应龙胆战惊。东角门下[摇板]施一礼，西角门下我打一躬。[流水]走上前来双膝跪，问声太师可安宁。（白）太师爷！（严侠）高声些！（邹）太师爷！（严）还要高声！（邹）咳！[快板]连叫数声不答应，不由应龙怒气生。将身站在丹墀处，问我一言答一声。[流水]忽听万岁宣应龙，在午门来了我保国忠。那一日打从那大街进，偶遇着小小顽童放悲声。我问那顽童啼哭因何故，他言说严嵩老贼杀他的举家一满门。劝顽童休流泪免悲声，邹老爷是你的报仇人。站立在金阶用目来观眄，上面坐的嘉靖有道君。那一旁坐的是老海瑞，他本是、我国中、尽忠保国、架海的金梁、擎天柱一根。那一旁坐的是严阁老，他本是、吾国中、上欺天子下压臣、谋朝篡位、卖了国的奸臣他名叫严嵩。我本当上殿奏一本，怎奈我官

《打严嵩》周信芳饰邹应龙、周五宝饰严侠

卑职小不能够参大臣。罢，罢，罢，暂忍我的心头恨，品级台前臣见君。

萧何月下追韩信【1930年4月23/4日蓓开唱片2面】麒麟童饰萧何、周五宝饰樵夫／报名、孙葵林京胡、黄成美司鼓（91281/2）

（头段）（萧何白）马来！［西皮导板］催马加鞭迷了道，（樵夫）［山歌］砍柴呵！（萧白）呀！［散板］我不免向前问一问樵。（萧白）喂，樵子请了。（樵）哦，请了。（萧）你可曾看见一位将军，身背宝剑，胯下青鬃马，由此道而去呀？（樵）哎呀！过去四十余里了。（萧）哎呀。［散板］听说去了四十遥，又见月影上树梢。忽然间想起了我的腹中饥了，纵然是饿死我也要追赶英豪。

《萧何月下追韩信》周信芳饰萧何

（二段）（白）韩将军，将军呐！你有管乐之才，伊吕之匹。我连保三本，大王说你出身微贱，不肯重用。怒恼将军遄奔他乡，我追赶前来，将军随我回去，我以全家性命力保将军。将军，千不念万不念，不念你我一见如故，［二黄顶板］是三生有幸，天降下擎天柱保定乾坤。全凭着韬和略将我点醒，我也曾连三本保荐与汉君。他说你出身微贱不肯重用，那时节、怒恼将军、跨下了战马、身背宝剑、出了东门。我萧何闻此言雷轰头顶，顾不得、山又高、这水又深、山高水深、路途遥远、我忍饥挨饿来寻将军。望将军你还念我萧何的情分，望将军、且息怒、暂吞声、你莫发雷霆、随我萧何转回程，大丈夫要三思而行。

全部韩信【1936年6月蓓开唱片2面】麒麟童饰韩信、刘韵芳饰漂母、孙葵林京胡、张鑫芳京二胡、张世恩司鼓（91544/5）

《汉刘邦》周信芳饰韩信

（头段）（韩信）［反西皮二六］我的名叫韩信淮阴年少，父早亡母又故珠泪号啕。（漂母白）你可曾读过书么？（韩）［二六］幼读书壮学剑兵书了了，空有才无有运难把名标。（漂白）你做何生理？（韩）［二六］去学吏要贿赂缺少钱钞，因此上无事业埋没英豪！（漂白）难道说你无有好朋友么？（韩）［二六］世态炎凉哪有管鲍，漂母问我发一发牢骚。亲戚见我回身跑，好朋友见我远远逃。因此上淮阴来垂钓，饥一顿、饱一顿、忍饥挨饿、暂候时光、把岁月熬！

（二段）（白）信拜别了！[二黄原板]自幼儿父亡早母又丧命，九里山选墓道葬埋儿娘亲。徒四壁只一剑无人指引，无银钱难为吏又难经营。众宾朋他见我俱都逃奔，无奈何执钓竿来在河滨。蒙漂母恩德仁慈种种使韩信恭敬，多蒙你赠饭吃又赠银命我去投军。但愿得此一番若有寸进，刻骨铭心死不忘恩。[散板]含悲忍泪奔阳关，漂母恩德记在心不敢说报恩。

明末遗恨【1936年6月蓓开唱片2面】麒麟童饰崇祯、刘韵芳饰王承恩、孙葵林京胡、张鑫芳京二胡、张世恩司鼓（91546/7）

《汉刘邦》周信芳饰刘邦、陈嘉祥饰樊哙

（头段）（崇祯）[二黄导板]眼睁睁气数到金汤未稳，[碰板]自登基、东也荒、西也旱、无一日得到安宁。[原板]听说是居庸关贼兵围困，三百年锦江山化为灰尘。满朝中俱都是逸臣奸佞，哪一个能分忧能定太平？可怜我一统封疆被流寇[散板]吞并，

（二段）金瓯损山河震铜驼棘荆。这也是朕无福塞遭末运，（王承恩白）保重了！（崇）[散板]君臣们冒风雪足踏寒冰。[初更]听谯楼打初更人烟寂静，（兵卒白）呔！什么人夜行？（王）咋！圣驾在此，还不退下。（崇）卿家。（王）万岁爷！（崇）这是什么人呐？（王）这是守夜的兵卒。（崇）他们不冷呐？（王）不到换班的时候不敢擅离寸步。（崇）他们的长官也在此处？（王）他们的长官呐？（崇）呃？（王）早就跟着姨太太入了温柔乡了。（崇）他们多少俸银？（王）二两银子一个月。（崇）只有二两银子？（王）万岁爷，他们八个月没有关饷了。（崇）孤的府库空虚，都发了饷了哇！（王）您的饷银是按月不缺，都被他们长官从中给克扣去了。（崇）唉，这就莫怪天下大乱了！[散板]兵是匪匪是兵长官造成。走天街见御林夜值防紧，（[节节高]）（王白）啊？[散板]耳听得似笙歌管弦之音。

《明末遗恨》周信芳饰崇祯、刘韵芳饰王承恩

九更天【1936年6月蓓开唱片2面】麒麟童饰马义、贯盛习饰马妻、孙葵林京胡、张鑫芳京二胡、张世恩司鼓（91548/9）

《九更天》周信芳饰马义

（头段）（马义）[二黄散板]为东人把我的肝肠痛断，我心中好一似钢刀来剜。悲切切进草堂巧言遮辩，见了妈妈说根源。（马妻白）啊老老！你是几时回来的呀？（义）啊？（妻）咳！我问你是几时回来的呀？（义）哦！你问的是我呀？（妻）嗯！（义）我是昨日回来的。（妻）哦，老老，你为何这等模样啊？（义）哎呀妈妈！我与二东人进京赴试，行到中途夜宿旅店，二东人偶得一兆，只见大东人浑身是血，急忙回得家来，问起情由，大东人早已亡故，二东人在灵前守孝一夜，清晨起来来了两个公差，将吾二东人锁到衙前，问起情由，原来是强奸寡嫂，寡嫂不从，逼死寡嫂，因此钉枢收监了。（妻）想二东人待我家厚恩，必须想条妙策搭救二东人才是呀。（义）哎呀妈妈！好一位清似水明似镜太爷，限我三天有了大主母人头，我家东人有救，若无大主母人头，唉！我家东人他性命难保。（妻）想这人头无踪无影，你是哪里去寻呐？（义）哎呀妈妈！想这人头又无踪又无影，叫我往哪里去找哪里去寻。我只得回得家来与妈妈你、你……商议呀！（妻）商议什么哇？（义）哎呀妈妈！与妈妈商议商议，将我亲生女儿就是这一刀杀死，好搭救二东人性命！

（二段）（妻）哎呀，老老啊！想你我二老偌大年纪只生一女，若是将他杀死，搭救旁人，万万不得，唉！能够啊！[散板]老老做事不思忖，怎能够杀女儿救旁人。（义白）妈妈！[散板]那二东人他待我恩德匪浅，受他人点水恩当报涌泉。（白）呀！[散板]她母女只哭得肝肠痛断，就、就……是那铁心人也要泪涟。（白）罢！[散板]狠心肠举钢刀儿头来断，我的儿你、你……生和死自刎刀残。

罗小宝（罗筱宝）(1895~1926.10.25)

罗小宝，亦作筱宝，名宴群，字蔡舫，北京人。原学梆子青衣，后改皮黄老生，师从陈彦衡，艺宗谭（鑫培）派老生。1918年后，演出于上海丹桂第一舞台。因体质较弱，故其做工稍逊，但箭衣戏极佳。罗嗓音宽亮浑厚，演唱平实规矩，吐字发音准确，是谭（鑫培）派继承者中的佼佼者。其中年后患有癫痫症，因时有发作，息影舞台。后贫病交加，病逝于上海。

罗小宝传世唱片另有百代公司灌制《举鼎观画》《乌龙院》《三娘教子》等唱片。

武家坡【1921年5月7日百代唱片2面】罗小宝饰薛平贵、吴彩霞饰王宝钏、李尽苴京胡（33462*1/2）

（头段）（薛平贵）[西皮导板]一马离了西凉界，[原板]不由人一阵阵泪洒胸怀。青的山绿的水花花世界，薛平贵好一似孤雁归来。那王允在朝中身为太宰，哪把我贫贱人挂在心怀。柳林下拴战马[摇板]武家坡外，尊一声众大嫂细听开怀。

（二段）[导板]八月十五月光明，[原板]薛大哥月下修书文。（王宝钏）我问他好来？（薛）他倒好。（王）再问他安宁？（薛）倒也安宁。（王）三餐茶饭？（薛）小军造。（王）衣裳破了？（薛）有人缝。薛大哥这几年命运不通，在西凉营中受了苦情。（王）[二六]指着西凉高声骂，无义强盗骂几声：既是儿夫将我卖，谁是那三媒六证人？（薛）[流水]那苏龙魏虎为媒证，王丞相就是主婚的人。（王）提起别人不知情，苏龙魏虎是内亲。你我去到相府进，三人对面咱们说分明。

打鼓骂曹【1925年高亭唱片2面】罗小宝饰祢衡、李尽苴京胡、张小渔报名（Teb1/2）

（头段）[西皮导板]谗臣当道谋汉朝，[原板]楚汉相争动枪刀。高祖爷咸阳登大宝，一统山河乐唐尧。到如今又出了奸曹操，上欺天子下压群僚。我有心替主爷把仇报，掌中缺少

罗小宝

杀人的刀。

（二段）下席坐定奸曹操，[快板]左右文武众群僚。狗奸贼传令如山倒，舍死忘生在今朝。我把蓝衫来脱[回龙]掉！[二六]未曾开言我的心头恨，尊一声列公听分明：家住在平原孝义村，姓祢名衡字正平。我胸中颇有安邦论，曾与孔融当过了幕宾。将我荐与曹奸佞，贼有眼不识宝和珍。宁做忠良门下客，不愿做奸贼帐下的人。[摇板]狗奸贼出巧言故意问道，[散板]尊一声列公卿细听根苗：自幼儿为孝廉官卑职小，他本是夏侯子过继姓曹。到如今做高官忘了宗祧，全不怕骂名儿万古留标。

奇冤报【1925年高亭唱片2面】罗小宝饰刘世昌、李尽苴京胡、张小渔报名（Teb3/4）

（头段）[西皮原板]好一个赵大哥甚慷慨，霎时间酒饭摆上来。行至在中途被雨盖，借宿一宵理不该。到明天再当多谢拜，昏昏沉沉倒在土台。[导板]霎时腹内肝肠断，[散板]心惊肉跳为哪般？是是是来明白了，中了赵大的巧机关。回头便把刘升唤！

（二段）[二黄原板]老丈不必胆怕惊，我有言来你是听：休把我当作了妖魔论，我本是屈死一鬼魂。忙将树枝来摇动，抓一把沙土扬灰尘。我和你远无怨近无有仇恨，望求老丈把冤伸。

乌龙院【1925年高亭唱片2面】罗小宝饰宋江、李尽苴京胡、张小渔报名（Teb5/6）

（头段）[四平调]大老爷打鼓退了堂，衙前来了我宋江。那一日闲游在大街上，遇见好汉小刘唐。他把那实情对我讲，请我到梁山去为王。行一步来至在大街上，又听得众宾朋说短道长。好话出在君子的口，立志不听小人言。一步儿来至在乌龙院，青天白日把门关。

（二段）宋公明打坐在乌龙院，猜一猜大姐腹内情。莫不是茶饭不合你的口？莫不是衣衫不合你的身？莫不是邻居们得罪了你？莫不是马二娘打骂不成？这不是来那不是，莫不是思想我宋公明？[二黄散板]那日大街闲游定，闲讲言语不好听。话到舌尖留半句，讲出口来你难为人。

托兆碰碑【1925年高亭唱片1面】罗小宝饰杨继业、李尽苴京胡、张小渔报名（Teb7）

[二黄导板]金乌坠玉兔升黄昏时候，[碰板]盼娇儿不由人珠泪双流，我的儿啊！[原板]命七郎回雁门搬兵求救，为什么这时候不见回头。唯恐那潘仁美记起前扣，又恐怕我的儿一命罢休。含悲泪进大营双眉愁皱，腹内饥身又冷遍体飕飕。

四郎探母【1925年高亭唱片2面】罗小宝饰杨延辉、李尽芭京胡、张小渔报名（Teb8、11）

（头段）［西皮导板］未开言不由人泪流满面，［原板］贤公主细听我表叙家园。家住在山后磁州县，火塘寨上有我的家园。我的父老令公官高爵显，我的母佘太君所生我弟兄七男。都只为宋王爷五台山还愿，我弟兄八员将［快板］赴会在沙滩。我大哥替宋王席前命染，我二哥短剑下命丧黄泉；我三哥被马踏尸骨泥烂，我五弟五台山落发修禅。我本是杨，［哭头］啊，贤公主，我的妻呀！

（二段）【见娘】［西皮摇板］老娘亲请上受儿［回龙］拜！［二六］千拜万拜也是折不过儿的罪来。孩儿被困在番邦外，铁镜公主配和谐。萧后待儿的恩似海，常把儿的老娘挂在儿的心怀。蝴蝶衣冠儿懒穿戴，每年间花开［快板］儿的心不开。闻听老娘到北塞，乔装改扮回营来。见母一面愁云解，愿老娘福寿康宁［散板］永无灾。

捉放曹【1925年高亭唱片2面】罗小宝饰陈宫、李尽芭京胡、张小渔报名（Teb9/10）

（头段）［西皮慢板］听他言吓得我心惊胆怕，背转身只埋怨自己做差。我先前只道他宽宏量大，却原来贼是个无义的冤家。马行到夹道内我难以回马，

（二段）这才是花随水水不能够恋花。这时候我只得暂且忍耐在心下，既同行共大事必须要劝解于他。［二六］休道我言语多必有奸诈，你本是大义人把事做差。吕伯奢与你父相交不假，为什么起疑心杀他的全家。一家人被你杀也就该罢，出庄来杀老丈是何根芽？［摇板］好言语劝不醒蠢牛木马，把贼子比作了井底之蛙。

举鼎观画【1925年高亭唱片1面】罗小宝饰徐策、李尽芭京胡、张小渔报名（Teb12）

（白）家院，溶墨！［二黄碰板］说明了十七载冤仇恨，血海冤仇要报清。老徐策在前堂修书信，打发娇儿早早回程。［原板］我未曾提笔泪难忍，骂一声小薛刚不孝的畜生。自幼儿出娘胎妄为任性，吃醉酒闯下祸连累满门。老夫见惨施恻隐，闯下祸自己事连累满门。此子并非别家后，乃是你薛家后代根。到如今长大成人有本领，老夫内应共灭贼人。一封书信忙写定！

捉放曹【1923年大中华唱片1面】罗筱宝饰陈宫、李尽芭京胡（576A）

［西皮慢板］听他言吓得我心惊胆怕，背转身只埋怨自

罗小宝

己做差。我先前只道他宽宏量大，却原来贼是个无义的冤家。马行到夹道内我难以回马，这才是花随水水不能够恋花。这时候我只得暂且忍耐在心下！

八大锤【1923年大中华唱片1面】罗筱宝饰王佐、李尽芭京胡（576B）

[二黄导板]听谯楼打初更玉兔东上，[碰板]为国家，秉忠心，食君禄，报王恩，昼夜奔忙。[原板]想当年在洞庭逍遥放荡，到如今归宋主怎报君王？岳大哥他待我手足一样，俺王佐无功劳怎受荣光。今夜晚思一计番营去闯，落一个美名儿万代传扬。

汾河湾【1923年大中华唱片2面】罗筱宝饰薛仁贵、李尽芭京胡（577）

（头段）[西皮导板]家住绛州县龙门，[原板]薛仁贵好命苦无亲无邻。幼年间父早亡母又丧命，撇下了仁贵无处把身存。常言道姻缘一线引，柳家村上招了亲。

（二段）你的父嫌贫心太狠，将你我二人赶出了门庭。夫妻们双双[流水]无投奔，破瓦寒窑暂存身。每日里窑中苦难尽，无奈何立志去投军。结交了拜弟周青等，跨海征东把贼平。幸喜得狼烟俱扫定，保定圣驾回都城。前三日修下辞王本，特地前来探望柳迎春。我的妻若还不肯信，来来来，算一算，算来算去十八春。[导板]听一言来吓掉魂，[散板]冷水浇头怀抱冰。适才路过汾河境，见一顽童打弹能。

林树森（1895.6.23～1947.11.14）

林树森，字守宽，艺名小益芳。福建兴化（今莆田）人，生于上海。出身梨园世家，其祖父林连桂（贵），原系徽班武生、文武老生演员，其父林宝奎，工老生，擅袍带皇帽戏等，且通中医。林氏兄弟三人，大哥树勋，习文武老生兼工丑，二哥树棠，幼习武生，都长期随夏氏兄弟（夏月珊、夏月润）在上海新舞台演出。林树森排行第三，习称他为"林三爷"。林树森幼年丧父，随舅父王益芳习武生，7岁登台演娃娃生，取艺名"小益芳"。11岁带艺入北京喜连成科班学老生，与梅兰芳、麒麟童（周信芳）、贯大元等人同班。1910年起长期在上海、武汉等地演出。1930年代初任上海伶界联合会主席，1944年任理事长。曾组织林剧团于抗日战争时期在上海演过宣传爱国主义的进步剧目。林以关公戏见长，有"红生第一人"之誉。1947年，林受邀赴汉演出，于11月14日下午四时十分，因心脏病与关节炎并发，病逝于武汉华商旅社。其长子子松从商，次子子柏肄业于震旦大学，长女嫁文武老生阎晶（阎皓明）。

从唱片中可以看出林的戏路之宽，除关公戏外，还有《枪毙阎瑞生》《孙庞斗智》《追韩信》等时装戏和连台本戏，并且为金少山配演了《锁五龙》中的徐茂公、程咬金，《打龙袍》中的李后等唱片，另有《雪拥蓝关》《太行山》等在当时就已经很不常见的剧目。

关公月下赞貂蝉【1922年12月21日百代唱片1面】林树森饰关羽、张文艳饰貂蝉（33579）

（关羽白）貂蝉，你可算女中丈夫也！[二黄顶板]你可算英豪，[垛板]你把那、从前的事、一桩桩、一件件、桩桩件件、[原板]细说根苗。（貂蝉）奴本是良家女家门颠倒，早丧母晚丧父无有下梢。多亏了行善者慈悲行道，[垛板]收留奴、葬父身、恩同再造、[原板]不忘慈劳。（关）貂蝉女说此话世间少，可叹你为国家秉重辛劳。王司徒他一死忠心可表，（貂）牡丹亭收为女志广才高。连环计定下了牢笼机巧，［垛板］因此上、舍身为国不辞劳、女流辈、纵一死、［原板］哪放在心梢。（关）灭却了董卓贼世间少，［垛板］你可算、巾帼中、名流千载、［原板］万古名标。

二本枪毙阎瑞生【1922年12月21日百代唱片2面】林树森饰阎瑞生、朱荣奎饰吴春芳（33581*1/2）

（头段）【遇鬼】（阎瑞生）［二黄导板］四下里重叠叠无处逃往，［散板］心儿内战兢兢逃奔何方？［原板］阎瑞生在中途自思自想，思想起害莲英大不应当。悔不该做此事太以荒唐，［垛板］悔不该、我三人、把莲英诓、蒙至在麦田把她伤、到如今、我一个人、逃奔外乡、上天无路、入地无门、我有家难奔、有国难逃、无亲无故、好不凄凉、只落得、孤苦伶仃、这伶仃孤苦、心惊胆战、胆战心惊、［原板］我好不惨伤。我这里大着胆忙往［散板］前往！

（二段）【枪毙】（阎瑞生）［西皮慢流水］阎瑞生做事错又错，尊一声父老子弟先生同胞大家细听我把话来说：想当年毕业在震旦大学，在上海当翻译何等快乐。也是我不务正把生意歇落，每日里花天酒地我又把那麻将搓。吃双台不为奇外打□□□，最喜欢出风头我□□□□□。今天是我的东道、明天他们来请我，到了那端午节我实实的真难过。到江湾遇阿春他用话打动我，因此上我哄骗莲英蒙至在麦田害了她一命见阎罗。我只希望做此事无人知却，又谁知今日里绳捆索绑枪毙在法场这也是天网恢恢疏而不漏我。我奉劝少年的同胞你们休学我，到阴曹见祖先［散板］我有何面目。（吴春芳白）让我吴春芳来唱脱两声！［散板］你好比勾魂票把我来勾，想不到今朝要吃卫生丸。

徐策跑城【1934年高亭唱片1面】林树森饰徐策、黄友仁京胡（Teb681）

［高拨子原板］湛湛青天不可欺，未曾起意神先知。善恶到头终有报，只争来早与来迟。阳河堂上他把酒戒，父母的生寿把酒开。三杯酒下咽喉性情哪还在，酒壮胆来惹祸灾。御花园神像他打坏，太子爷金冠打尘埃。玉石的栏杆都损坏，不该向前打张泰。张泰贼奏本皇王爱，将他满门绑御街。看看他薛家绝后代，老夫用金斗调下来。恩养薛蛟十七载，寒山搬兵把仇解。我算算他薛家多少人和马，［散板］拿住张泰把仇解。

扫松下书【1934年高亭唱片1面】林树森饰张广才、黄友仁京胡（Teb682）

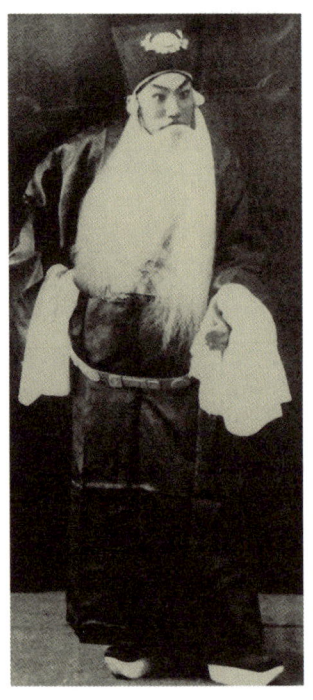

《徐策跑城》林树森饰徐策

［清江引导板］黄叶飘飘树叶落秋风寒，（白）鸟鸟乎！［顶

板］为什么不与我把书来传？我劝世人在世间都要学好，莫学浪子无有下梢。我急急走来至在蔡家的坟道，［垛板］我急急走来急急跑，急急忙忙到荒郊。到坟前把松扫，方显得两世的旧故交，啊，去世的旧故交。（白）嗯哼！［数板］老迈年高，老迈年高，只为去世的旧故交。他自己的儿子不行孝，无亲无靠无下梢。老汉前来到，顾不得年纪老，路途遥，亲自到坟前把松扫，也免旁人耻笑，旁人耻笑。（白）小哥哥你随我来！［垛板］小哥哥你随我来，来来来，你随我来，到荒郊外。这就是你家状元爷，那蔡伯喈他父母的主坟台。

《扫松下书》林树森饰张广才

斩颜良【1934年高亭唱片1面】林树森饰关羽/曹操、黄友仁京胡（Teb683）

（关羽）［西皮导板］紧勒马飞跨雕鞍，［原板］正气冲霄透光寒。弟兄们徐州曾失散，为保皇嫂降顺曹瞒。身在曹营心在汉，也不知皇叔驾可安。远望着旌旗［散板］两河岸，（曹操）迎接将军上土山。

水淹七军【1934年高亭唱片1面】林树森饰关羽（Teb684）

［引子］绿袍金甲逞威风，凤目蚕眉美髯公。秉烛达旦天下晓，汉室传留大英雄。［诗］收了刀兵卷了旗，两下不战马停蹄。强中自有强将勇，庞德可算世间稀。（白）好了哇，好了！［吹腔］想当年破黄巾威风何在，今见那庞德败下阵来。（白）庞德小儿好一身盔铠也！［吹腔］头戴着乌油盔齐眉盖顶，身披铠甲威风气概。

单刀赴会【1934年高亭唱片1面】林树森饰关羽、黄友仁京胡（Teb685）

［西皮二六］闻言怒发三千丈，帐中怒恼关云长。三郡之地休狂想，哪一个大胆来讨荆襄。不看先生诸葛亮，定斩首级［摇板］挂营房。（白）上得船来好江景也！［新水令］大江东风乘乎来，观江边云雾弥漫。我若是辞不去，好叫他取笑某英名威。（白）看汉阳江心，波浪滔天，好一派景致也！［喜迁莺］观江水滔滔浪平，波浪中恐有伏兵，惊也莫惊。凭着俺青龙偃月敌万军。

《单刀会》林树森饰关羽

古城训弟【1934年高亭唱片1面】林树森饰关羽（Teb686）

（白）你这蠢夫只顾你之英勇，不管旁人之进退，桃园结拜乌牛白马共祭上天，起首以来破黄巾、斩张布，虎牢关、战吕布，兵不满千，将不满十员。偶得小沛一郡。今有河北袁术，差大将纪灵带兵十万要打散桃园，幸遇吕布辕门射戟与我两下解围，兄弟徐州失散，愚兄被困土山，幸遇张辽顺说。我本当不降，怎奈二位皇嫂也在下邳，我是不得已而降曹。我进得曹营，那曹操待我十分的恩厚，三日小宴、五日大宴、上马献金、下马献银，他不过买我一点真心，我哪有半点降曹之意？我在曹营，哪日不思兄何日不思弟？那曹操待你有这份的恩厚，你还有什么桃园？你还有什么弟兄？愚兄征战汝南，路遇孙乾送信，是他言道，大哥身在河北，回转曹营挂印封金辞曹，过五关斩六将来至古城，你就该迎接皇嫂才是你的正理，你不该赐愚兄三通战鼓、军卒十名、十面小旗，叫我立斩蔡阳，幸遇苍天保佑，我与蔡阳未战三合，被我刀劈马下，这是我斩了蔡阳，进得城来言训你这蠢夫，我若斩不了蔡阳，我的人头岂不落在你张三爷之手！你弟兄就在古城，俺要回转许昌去了。大哥三弟请起。[吹腔]大哥哥家住在大树娄桑，桃园兄弟四海名扬。

《古城训弟》林树森饰关羽

战太平【1934年高亭唱片1面】林树森饰花云、黄友仁京胡（Teb687）

[二黄导板]头戴着紫金盔齐眉按顶，[散板]为大将临阵时哪顾得贪生。撩铠甲且把二堂进，有劳夫人点雄兵。接过夫人得胜饮，背转身来谢神灵。辞别夫人足踏镫，但愿此去扫荡烟尘。

法场换子【1934年高亭唱片1面】林树森饰徐策、黄友仁京胡（Teb688）

[二黄慢板]恨薛刚小奴才不如禽兽，吃醉了酒全不顾满面含羞。闯下了塌天祸一人逃走，连累他二爹娘不能到头。把一个两辽王午门斩首，樊夫人拔宝剑自刎人头。眼见得忠良臣乏嗣无后，可怜他、斩草除根、寸草不留、天地含忧、怎教我看水流舟。夫人呐！

《三盗九龙杯》林树森饰黄三太、叶盛章饰杨香武

平贵别窑【1934年高亭唱片2面】林树森饰薛平贵、潘雪艳饰王宝钏、黄友仁京胡（Teb689/90）

（头段）（薛平贵）[诗]头戴金盔双翅飘，身披铠甲锦战袍。红沙涧内降烈马，好似腾云上九霄。（白）薛平贵，长安人也。是我前去投军，降了红鬃烈马，唐王见喜，封我后军督府。只因西凉下国打来战表，争斗我主江山，可恨王允参奏一本，我后军督府改为马前先行。只得回窑辞别三姐。天呐，天！困煞英雄也！[西皮导板]心中只把王允恨，[原板]苦苦的害我所为何情。催马加鞭[摇板]往前进，叫声三姐开窑门。（白）开门来！（王宝钏）来了。[流水]忽听窑外有人唤，想必平郎转回还。开开窑门[散板]用目看，哪里来的荣耀还？

（二段）（王白）薛郎回来了。（薛）回来了。（王）哪里来的这身荣耀？（薛）为丈夫前去投军，降了红鬃烈马，唐王见喜封我后军督府，我是做官回来了。（王）怎么，你做了官了？（薛）着哇，我做了官了。（王）待为妻谢天谢地。（薛）慢谢天地，其中有变。（王）此话从何而起？（薛）三姐！只因西凉下国打来战表，争斗我主江山，可恨你父参奏一本，我后军督府改为马前先行，即日出兵，特地回窑辞别三姐。（王）怎么讲？（薛）辞别于你。（王）哎呀！（薛）三姐醒来。（王）[导板]听一言吓得我两眼泪下，（白）薛郎。（薛）三姐。（王）我夫。（薛）吾妻。（同）喂呀！（王）[原板]好一似万把刀把我心挖。父好比秦赵高指鹿为马，又好比汉萧何私造律法。（薛）说什么秦赵高指鹿为马，讲什么汉萧何私造律法。你的父与平贵冤仇结下，害得我夫妻们各奔天涯。

三娘教子【1934年高亭唱片2面】林树森饰薛保、潘雪艳饰王春娥、黄友仁京胡（Teb691/2）

（头段）（薛保）[二黄原板]小东人下学归机房闯祸，好一似火上把油泼。三主母机房内珠泪双落，转面来埋怨声东人倚哥。你的娘教训你非为之过，为什么拿好言当作了恶说。东人呐！这才是养不教父之过，教不严来师之惰。老薛保进机房双膝跪落，双膝跪落，三娘啊！母子们吵闹却是为何？

（二段）（王春娥）老薛保你不必苦苦哀告，三娘言来细听根苗：实指望养儿终身有靠，又谁知半途中闪的我一跤。（薛）劝三娘休得要珠泪垂掉，老奴言来听根苗：千看万看看他的年纪小，[垛板]望三娘、念东人、下世早、留下了、

《岳家庄》林树森饰岳云

一根苗、轻打轻骂、饶恕一遭、［原板］下次不饶。（王）你道他年纪小心不小，说出话来如同钢刀。织什么机来把什么［摇板］子教，割断了机头两开交。

华容道【1928年胜利唱片2面】林树森饰关羽、金少山饰曹操（43782）

（头段）（关羽白）曹操！慢说一十八骑残兵败将，就是一十八只猛虎，关某何惧？狭路相逢，我怎肯放你过去呀！［西皮二六］那曹操好一似鳌鱼吞钩！（曹操白）我好比惊弓之鸟！（关）［二六］尔是惊弓鸟有双翅难以飞逃。（曹）［摇板］想当年我待你恩德非小，上马金下马银美酒红袍。官封到寿亭侯爵禄不小，难道说大丈夫忘却故交。（关）［快板］你虽然待我的恩高义好，我也曾抵过了你的功劳。斩颜良诛文丑立功报效，将印信挂高竿封金辞曹。（曹）［摇板］我也曾派张辽文凭送到，我也曾赠过了美酒红袍。（关）［快板］休提起送文凭令人可恼，提起了送文凭怒上眉梢。过五关斩六将文凭才到，丞相送的美酒大红袍不放某的心梢。（曹）［摇板］想当年你许我云阳答报，难道说今日里一次不饶。（关）［快板］曹孟德你休要絮絮叨叨，只气得关美髯怒气难消。关平周将一声叫，为父言来听根苗：绳索与我安排好，顷刻间管叫尔［散板］魂魄消。

《华容道》林树森饰关羽

（二段）（曹）一见关公变了脸，吓得曹操心胆寒。望求放我逃脱［哭头］险，二君侯啊！不忘恩德重如山。（白）二君侯，二将军！想当年你在吾营，曹操待你不薄，三日一小宴。五日一大宴。上马献金。下马献银。是你言道，饶过曹操三不死，今日一次不饶不成？也罢！望求二君侯，放我一条生路回转中原，慢说是曹操，就是众将也感君侯的大恩，唉！大德呀！（关）［散板］往日杀人不眨眼，铁打的心肠软如棉。丈夫说话要应典，［快板］叫一声孟德听我言：当初待某家有恩典，今日里报恩在眼前。关某摆下无名的线，认识此阵尔就快加鞭。

扫松下书【1928年胜利唱片1面】林树森饰张广才（43785A）

（白）啊，李万哥，你当真的要走么？请上受我一拜。这一拜，并非拜你，拜的是那忘恩无义的［清江引二六］蔡伯喈，小哥哥在这荒郊外、听老汉、把他蔡家的事儿、谁是谁

《扫松下书》林树森饰张广才

非、一一从头说开怀。蔡伯喈进京城把这功名求戴，在家中撇下了他二老萱台。陈留郡干旱有三载，旱涝不收老天爷它降灾。他父母为他把这双眼哭坏，五娘子终日里她泪满在胸怀。家寒贫穷无计真可奈，他二老只落得冻饿而死一命就丧了阳台。五娘子剪下了头发长街去卖，卖了些个银钱把他公婆才葬埋。似这样贤德的媳妇令人真可爱，是老汉日间送米我夜晚又送柴。她身背着琵琶奔那京都地界，但愿她夫妻见面要痛哭悲哀。小哥你与我把口信来带，你叫那蔡伯喈他早早回家来。他把他父母的恩情抛至在三江外，他把养育之恩一旦都丢开。倘若是那蔡伯喈把良心来坏，你问他身从哪里来。倘若是他佯瞅再若是不睬，你就说、在陈留郡、在这荒郊外、遇见老汉叫张广才、托付小哥把信带，你就说我一个拜！

《徐策跑城》林树森饰徐策

徐策跑城【1928年胜利唱片1面】林树森饰徐策（43786A）

［高拨子摇板］忽然听得一声报，寒山搬来众英豪。家院带路敌楼到，手扶垛口看分晓：红旗字来白旗队，层层密密摆枪刀。红旗下来了一小将，等他到来问根苗。［导板］耳边厢又听得家院来禀：［垛板］老徐策我站城楼，我的耳又聋，我的眼又花，耳聋眼花眼花耳聋，观不见城下儿郎哪一个，尔就跪在城边？尔家住在哪府哪州并哪县？是哪座村庄是有家园？还是住内城？还是住外城？尔的家中还有几个人？尔的爹姓甚？尔的母姓甚？尔是排行第几名？尔要说得清，尔要道得明，老夫开了城，放了吊桥你来进城，说不清道不明，要想进城万不能，尔要报上［回龙］花儿名，［散板］要报上花儿名。

战长沙【1928年胜利唱片3面】林树森饰关羽（43786B、43787）

（头段）［西皮导板］某奉军师将令差，［原板］耀武扬威坐将台。旌旗不觉空中摆，大小儿郎两边排。正气冲开云霄汉，盖世奇才豹胆开。某家出世［流水］英名在，哪把长沙挂在怀。小校与爷［散板］把马带，功成名就列三台。

《汉津口》林树森饰关羽

（二段）（白）众小校，迎敌者！黄忠，若问某家的威风，稳坐雕鞍，你且听道！［导板］勒马停蹄站疆场，［二六］黄忠老将听端详：某大哥堂堂帝王相，当今的皇叔天下扬。某三弟翼德英勇将，［流水］大吼一声桥断梁。四弟赵云无人挡，长坂坡前救过小王。某破黄巾兵百万，颜良文丑丧疆场。过五关、斩六将，擂鼓三通斩蔡阳。劝你早把长沙让，少若迟延［散板］在某的刀下亡。

（三段）［摇板］黄忠老儿失了机，［流水］要与某家见高低。我大哥去至河北地，关某围困在土山围。能言会讲的张文远，顺说豪杰降孟德。关某不中他人计，黄河渡口刀劈秦琪。我把黄忠好一比，绵羊见虎把头低。将身且坐［摇板］虎踏椅，且听探马报端的。［散板］接过了雕翎箭一条。明知深山有虎豹，单身大胆去砍樵。

《战长沙》林树森饰关羽

走麦城【1930年胜利唱片1面】林树森饰关羽（54003A）

［高拨子导板］恨孙曹他不该小反上，［碰板］观只见吴兵闹嚷嚷。［原板］旌旗不觉空飘荡，杀气黑暗遮日光。东吴发来千员将，对对貔貅数百双。看罢且归［散板］虎帐里，再与列公作商量。

关公收周仓【1930年胜利唱片1面】林树森饰关羽（54003B）

［二黄慢板］一路上多劳倦精神不爽，孤灯下叹坏了关云长。众口讲我贪富贵荣华贪享，心问口口问心自己思量。奸曹操是汉贼名为汉相，俺关某岂能够把他来降？他虽然待我的恩情宽广，我怎把拜桃园付与汪洋。

古城训弟【1930年胜利唱片2面】林树森饰关羽（54004）

（头段）［西皮导板］离却曹营奔阳关，［慢板］一路行来泪不干。曾围困多亏了张辽文远，三事约降汉室在土山。挂印封金英雄汉，不分昼夜闯离了五关。

（二段）（白）马童，带路！［吹腔］卸连环脱去了黄金甲胄，今日乎展去了千万忧愁。耳边厢又听得人声呐吼，（白）呀！［吹腔］是何处的军兵们无处奔投。（白）向前查看，何处军马啰唪？哦！听我吩咐！［吹腔］晓他们愿归降上册排名，不愿降者赏银凭叫他们各自去逃生。（白）你二爷，一概不用，叫他们下去。其情可恼，与我打了下去。带路！［吹腔］叫马童你与我把路来引,行匆匆一步步我就走进了古城。

孙庞斗智【1930年胜利唱片2面】林树森饰王禅（54005）

（头段）[二黄原板]我看那庞洪道行事不正,适才间言语中诡诈欺人。倘若是学道成功名有份,他必要闭塞贤路、独霸权衡、嫉妒为心。听见他明誓愿可泣可悯,云蒙山收下了[散板]庞涓孙膑。

（二段）[西皮原板]自从盘古分地天,贫道参修不记年。静秉青灯对黄卷,普救生灵度有缘。[散板]开言叫声庞洪道,再唤孙膑听根苗:为师传授你们兵法妙,理所当受苦莫要辞劳。[垛板]外示安、内精神、如妇眠、似虎行、神通广大,（白）昆吾剑![散板]来传定,兵书战册看分明。

《凤凰山》林树森饰薛仁贵

龙虎斗【1930年胜利唱片1面】林树森饰赵匡胤、曹甫臣饰呼延赞（54187A）

（赵匡胤）[西皮导板]耳边厢又听得三呼万岁,（呼延赞白）万岁!（赵）[原板]想必是我朝中发来救兵。猛然间睁开了丹凤眼,（呼白）万岁!（赵）[原板]又只见呼小将[流水]跪至在马前。马上擒孤擒不住,诓孤下马难上难。（呼）万岁爷不必心害怕,呼延赞保你坐中华。（赵）你若保孤坐中华,快对苍天把誓发。（呼）呼延赞保主若有假,死在了千军万马踏。（赵）左思右想不下马,金锏挑起孤的小卿家。（呼）[散板]走向前来参王驾,（赵）孤王传旨且平身。（呼）杀父仇人哪一个?（赵）欧阳方是尔的对头人。

二进宫【1930年胜利唱片1面】林树森饰杨波、曹甫臣饰徐彦昭（54187B）

（徐彦昭）[二黄摇板]用手接过大明后,（白）大人。（杨波）千岁。（徐）[摇板]你保幼主坐龙楼。（杨）用手接过龙一条,两眼睁睁把臣瞧。站立宫门生机巧,浑身上下似水浇难以保朝。（徐白）大人。[摇板]大人不必生机巧,你的心事某猜着。保国家莫不是嫌官小?（杨白）哈哈……（徐）[摇板]国太与杨波加封号。（杨）叩罢头来谢龙恩,（徐）徐彦昭代驾且平身。（杨）一文（徐）一武（杨、徐）[散板]出宫门,（杨）怀抱幼主叫皇兄。大明江山全仗你,（徐）保国家你杨家父子兵。

借人头【1930年胜利唱片1面】林树森饰赵匡胤、曹甫臣饰高行周（54188A）

（赵匡胤）[西皮快板]过了头关到二关，满营将士谁敢拦。翻身下了青鬃战，玉石栏杆把马拴。手搭凉篷朝上看，上面坐的将魁元。认得他是高鹞子，昔年前大战狗鸡滩。手使宝刀[摇板]往上砍，（高行周）何人大胆敢欺天。[原板]高行周坐虎堂细观貌相，看一看河东创业的儿郎。丹凤眼来卧眉样，五绺长须飘洒在胸膛。问玄郎到高平因为何故？（赵）在伯父台前问问[摇板]安宁。

断密涧【1930年胜利唱片1面】林树森饰王伯当、曹甫臣饰李密（54188B）

（王伯当）[西皮流水]好一个仁义李世民，话不虚传果是真。松林忙把[摇板]千岁请，（李密）心中恍惚不安宁。（白）贤弟回来了。（王）回来了。（李）可曾见过唐童？（王）见过唐童。（李）南牢之事？（王）一概不究。（李）待孤向前。（王）见了唐童怎样行礼？（李）无非是打上一躬呃。（王）哎！他乃一君，你乃一臣，行个君臣大礼。（李）此事万万不能。（王）大王前来则甚？（李）前来降唐。（王）却又来！[快板]说什么瓦岗你为君，说什么低头不为臣。向前去行个君臣礼，我保你头戴乌纱[摇板]入朝门。（李白）贤弟！[流水]李密闻言不定准，背转身来自思忖：在瓦岗为王多侥幸，称孤道寡似朝廷。将令一出山岳震，大小儿郎谁不尊？只要那唐童他不记恨，我情愿屈膝跪他人。王贤弟与孤了你就忙把路来引，[摇板]有罪李密臣见君。[散板]人言唐童似尧舜，（王）话不虚传果是真。（李）降唐事儿孤把心拿稳，（王）狂风吹散满天云。

《截江夺斗》林树森饰赵云

截江夺斗【1930年胜利唱片2面】林树森饰赵云（54189）

（头段）[西皮导板]赵云船头打一躬，[原板]娘娘凤耳听从容：那东吴定下牢笼计，娘娘入在圈套中。[快板]听一言来双眉耸，二目圆睁似火红。手使战杆[散板]分心刺，这一枪刺你个满江红。马到临崖收缰晚，船到江心补漏难。娘娘要去留太子，免得为臣挂心间。

（二段）（白）赵云表英名，娘娘凤耳听：提起了长坂事，令人心又惊。[顶板]恨刘宗恼刘宗，江山一旦归奸雄。君臣无有安身处，一起迈奔在江东。（白）只杀得宝剑难入鞘，血染锦战袍。疆场神鬼叫，方显武将高。为臣奉命，保定二位夫人与小主人，在军中失散，遇见了三将军，那翼德叫道：赵云呐，赵云！你保的好家眷。问的为臣哑口无言，只得勒转马头，我就杀！杀入了曹营。得了那贼青釭宝剑，糜夫人投井一死，为臣怀揣阿斗，二次杀出重围，只杀得真龙出现。曹操传将令，晓谕众三军：不许放冷箭，生擒活赵云。这是为臣当年，在长坂坡七进七出，好一场厮杀也！〔散板〕只杀得遍地血成海，五阎罗降下追魂牌。娘娘要去留太子，免得为臣挂心怀。问得娘娘无话解，三将军也驾小舟来。

《临潼斗宝》林树森饰伍子胥

平贵别窑【1930年7月2日胜利唱片4面】林树森饰薛平贵、王芸芳饰王宝钏（54274/5）

（头段）（薛平贵白）头戴金盔双翅飘，身披铠甲锦战袍。红沙涧内降烈马，好似腾云上九霄。俺，薛平贵，长安人也。是俺前去投军，降了红鬃烈马，唐王见喜，封我后军督府。只因西凉下国打来战表，苏龙魏虎为帅，俺改为马前先行。只得回窑辞别三姐。天呐，天！困煞俺英雄也！〔西皮导板〕心中只把王允恨，〔原板〕苦苦的害我所为何情。紧紧加鞭〔摇板〕往前进，叫声三姐开窑门。（白）开门来。（王宝钏）来了。〔流水〕平郎投军未回转，不知可能得意还。〔摇板〕开开窑门仔细看，（薛白）三姐。（王）来呀。〔散板〕这样的戎装为哪般？

（二段）（王白）啊，薛郎！看你这样打扮，想必是做了官了吧？（薛）着哇，做了官了。为丈夫降了红鬃烈马，唐王见喜，封我后军督府。（王）哎呀，果然是做了官了。待我谢天谢地。（薛）慢谢天地，其中有变。（王）此话从何而起？（薛）三姐！西凉下国打来战表，可恨你父参奏一本，我后军督府改为马前先行，即日就要出兵，特地回窑辞别三姐。（王）怎么讲？（薛）辞别于你。（王）哎呀。（薛）三姐醒来。（王）〔导板〕听一言吓得我心惊怕，（薛白）三姐。（王）薛郎。（薛）三姐。（王）吾夫。（薛）吾妻。（同）喂呀。（王）〔原板〕不由我一阵阵珠泪如麻。父好比秦赵高指鹿为马，又好比汉萧何私造律法。（薛）说什么秦赵高指鹿为马，讲什么汉萧何私造律法。你的父与平贵冤仇结下，害得我夫妻们各奔天涯。

（三段）（王）〔原板〕手指着相府〔二六〕高声骂，苦苦的害我理义差。〔哭头〕眼看着好鸳鸯如同浪打，狠心的爹爹呀！〔摇板〕害得我夫妻两下分拆。（薛白）三姐。〔流水〕三姐不必泪双流，丈夫言来听从头：十担干柴米八斗，你在寒窑度春秋。守得住来将我〔哭头〕守，王三姐呀！〔摇板〕守不住来就把我丢！（王）〔流水〕平郎夫说话没来由，反叫为妻心内愁。十担干柴米八斗，奴在寒窑就度春秋。守不住来也要守，纵死寒窑我也不出头。（薛白）好哇！〔散板〕三姐说话志量有，上得古书美名留！

（四段）（王）〔原板〕夫妻们双双出窑门，（薛）叫人难舍又难分。（王）但愿你此一去旗开得胜，（薛）自有那探马儿来报信音。（王）西凉路上你多加保重，（薛）你在那寒窑内各自要留心。（王）送平郎送至在［摇板］三岔路口，（薛白）唉！［快板］怎不叫人泪双淋。（王）从空降下无情剑，（薛）斩断人间的恩爱情。（王）三姐难舍薛平贵，（薛）平贵难舍受苦的人。（王）流泪眼观流泪眼，（薛）断肠人送断肠人。（王）［哭头］夫妻们（同）只哭得泪难忍，（王）喂呀，奴的夫啊！（薛白）啊！［散板］忽听号炮响三声。不辞三姐上能行，（王白）哎呀！［散板］拉住了儿夫不放开。你要走来将奴带，（薛）苦苦拉我为何来。

锁五龙【1930年7月胜利唱片2面】林树森饰徐茂公／罗成／程咬金、金少山饰单雄信（54286）

（头段）（单雄信）［西皮导板］大喝一声绑帐外，［原板］不由得豪杰笑开怀。单人独骑我把唐营踹，只杀得儿郎痛悲哀。遍野荒郊血成海，尸骨堆山无处里葬埋。小唐童被某胆吓坏，［快板］二次里被擒也应该。他命我降唐我不爱，情愿一死赴阳台。今生不能够把仇解，二十年投胎某再来。一口怒气冲天外，骂声唐童小奴才。胞兄被你箭射坏，兵发洛阳为着谁来？吾儿搬兵被暗害，可怜他死得无处葬埋。单氏门中绝后代，海样的冤仇怎丢开？今生不能够把仇解，你坐那江山［散板］某再来！

（二段）（徐茂公）［摇板］主公不要愁眉攒，为臣自有巧机关。（白）看酒！［摇板］人来看过梅花盏，但愿你早到鬼门关。（单）［快板］休要提起曾结拜，贾家楼前把土排。俺在洛阳为驸马，你在唐营为将才。咬金叔宝被你拐，点手又唤罗成来。锦绣江山被你卖，你是个人面兽投胎。（罗成白）看酒！［摇板］人来看过梅花盏，但愿阴魂上天台。（单）呸！［快板］见罗成把我的牙咬坏，大骂无知小奴才。记不得打散了瓦岗寨，记不得一家大小洛阳来。我为你修下了三贤府，我为你花费了多少财！忘恩负义投唐寨，花言巧语哄谁来？雄信一死名还在，奴才呀！奴才！［摇板］怕的你乱箭攒身你的尸无葬埋。（程咬金白）哎！别动手！（单）嗯！（程）［摇板］贤弟且等营门外，愚兄自有巧安排。（白）看酒！［摇板］五哥饮干这头斗酒，但愿灵魂要上天台。（单白）哦？要上天台？（程）不错！要上天台。（单）好，酒来！（程）［摇板］五哥饮干这二斗酒，但愿你阴魂要赴蓬莱。（单白）哦？要赴蓬莱？（程）不错，要赴蓬莱。（单）好，酒来！哈哈哈！

《收徐达》林树森饰徐达

武昭关【1930年7月胜利唱片1面】林树森饰伍子胥（54287A）

（伍员）[二黄散板]耳边厢又听得金鼓振，大胆的卞庄贼又显奇能。远望着松林内一寺院，请国太下龙驹臣退贼兵。（马昭仪）[导板]兵困禅宇（伍）马吼悲，[原板]不由伍员心着急。在葵花井边拴战马，虎头、虎头金枪插丹墀。将身儿来至在禅堂内，且听国太传旨意。

雪拥蓝关【1930年7月胜利唱片1面】林树森饰韩愈（54287B）

（[二黄小开门]）（白）带马！[清江引导板]常言道人离乡贱，[原板]似蛟龙离了沧海。似猛虎离了山岗，似凤凰飞至在乌鸦群班。昔日里有一位绝粮孔子，他也曾把麒麟叹。况且圣人遭磨难，何况我韩愈谪边关。喂呀，难挨难挨，生死由命富贵在天，发配到潮阳去路有八千。

《武昭关》林树森饰伍子胥

路遥知马力【1930年7月胜利唱片2面】林树森饰路遥（54288）

（头段）[二黄原板]一更一点月明亮，坐至在招商店犯了惆怅。与马力曾结拜手足一样，他享荣华我遭殃。听谯楼打罢了二更尽，我心中好一似万把钢钉。修桥补路各自把香进，家遭回禄好不伤心。三更三点月当空，叹人生在世如梦中。黄金过斗终何用，大限来时一场空。听谯楼打罢了四更后，翻来覆去添忧愁。一路之上罪受够，浑身寒冷（白）遍体[摇板]飕飕。（白）天交五鼓了。[摇板]鸡鸣犬唱五更天，唤出店家我要奔阳关。

（二段）（白）提起马力呀，[顶板]令人可恼，尊一声小哥哥细听根苗：想当年那小马力在扬子江命难保，恻隐心搭救他多亏我路遥。我二人在花厅金兰拜了，真个是情投意合、患难相顾、同盆净脸、同桌吃饭、同榻安眠、又好似一母同胞。要学那刘关张人人知道，要学那羊角哀左伯桃。他言说到东京叔父寻找，可怜我、卖庄田、赠金银、送瞎驴、我二人分别在荒郊。也是我遭回禄运败衰了，无奈何撇妻抛儿把他来瞧。又谁知马力他架子大了，真个是、小人之辈、势力之眼他一步登高。

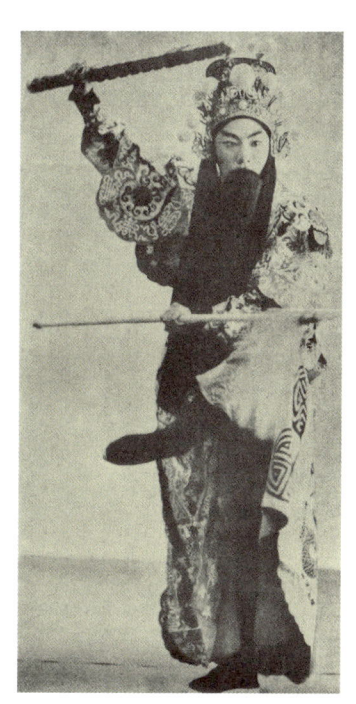

《临潼斗宝》林树森饰伍子胥

我好比孤魂鬼有路难找，他好比玉皇爷驾坐在灵霄。小哥哥搭救我如同再造，我路遥、回西京、早烧香、晚点灯、一日三餐我报你的恩劳。

打龙袍【1930年7月胜利唱片2面】林树森饰宋仁宗/李后、金少山饰包拯（54325A/B）

（头段）（包拯白）领旨！［西皮流水］忽听万岁宣包拯，来了陈州放粮臣。撩袍端带了我就上龙廷，［摇板］品级台前臣见君。［流水］万岁爷准了为臣的本，也免得国太受苦情。午门巧办花灯彩，［摇板］暗地里打动了有道君。［流水］老恩师不必胆怕惊，学生言来听分明：既做忠臣［摇板］我不怕死，怕死焉能奉当今！（白）咳！［流水］忽听万岁押包拯，

《虎牢关》林树森饰关羽

午门来了惹祸人。放心大胆了我把龙廷进，［摇板］问我一言我答一声。（宋仁宗）［摇板］开言大骂小包拯，不该午门办花灯。（包）［快板］在陈州放粮转回京，赵州桥下遇冤情。口口声声龙国太，倒把为臣吃一惊。放着亲娘子不认，外国闻知你这无道君。（仁）［摇板］有本就该当殿奏，不该午门欺寡人。

（二段）（包）［快板］休道臣得下了疯魔的病，国太的言词记在心。千言万语主不听，在景阳宫问一问那二十年前的老陈琳。（李后）［流水］一见皇儿跪埃尘，开言大骂小昏君。哪一宫生，哪一宫养？哪一宫是儿的老娘亲？越思越想气难忍，不由哀家动无名。内侍看过紫金棍，（白）包卿！（包）臣！（李）［摇板］我命你责打这无道的君。（包白）领旨！［流水］在金殿领了国太的命，背转身来自思忖：自从那盘古到如今，哪有这臣子敢打圣明君！万岁的龙袍［摇板］忙脱定，俺包拯打龙袍犹如臣打君。（李）包卿近前听封赠：［流水］我封你太子太保在朝门。内侍看过金帽翅，（内侍白）领旨！（李）［流水］又赐你尚方剑一根。倘若皇儿犯了罪，（白）包卿！［摇板］画影图形也要充军。（包白）谢国太！［导板］叩罢头来谢罢恩！

《虎牢关》林树森饰关羽

《虎牢关》林树森饰关羽

二进宫【1930年胜利唱片2面】林树森饰杨波、金少山饰徐彦昭（54355）

（头段）（杨波）[二黄慢板]千岁爷进昭阳休要慌忙，站宫门听学生细说比方：汉高祖曾赴会鸿门宴上，保驾官名樊哙陈平张良。张子房背宝剑韩信来访，九里山前摆下了战场。千岁爷进寒宫学生不往，怕的是学韩信命丧未央。

（二段）（徐彦昭）[原板]说什么学韩信命丧未央，站近前听老夫改换一桩。先王爷怎比得汉高皇上，龙国太怎比那吕后娘娘。李良贼他怎比萧何丞相，大人怎比三齐王。这寒宫权当作了鸿门宴上，有老夫、比樊哙、保驾身旁料也无妨。（杨）我好比鱼闯过千层罗网，受了些惊来着了些慌忙。（徐）只要你忠心把国掌，老夫保你满门无妨。（杨）千岁爷保学生满门无伤，舍死忘生闯进在昭阳。（徐）前面走的开国将，（杨）后面跟随兵部侍郎。（徐）站立在宫门朝内望，（杨）又只见、龙国太、怀抱幼主、两泪汪汪、口口声声哭的是先王。（徐）龙国太哭的是江山难掌，（杨）摆一摆手儿莫要承当。（徐）进宫去休行那君臣大礼，（杨）学一个文站东，（徐）武列西，（同）各自分班站立在两厢。

二进宫【1930年7月胜利唱片2面】林树森饰杨波、金少山饰徐彦昭、小菊红饰李艳妃（54379）

（头段）（李艳妃）[二黄慢板]李艳妃坐昭阳自思自想，想起了老王爷无有主张。耳边厢又听得朝靴响亮，想必徐杨二将进了昭阳。有几句话儿不好言讲，我只得怀抱太子、两泪汪汪、口口声声、哭的是先王！

（二段）（徐彦昭）[原板]怀抱着太子爷江山难掌，（杨波）为什么恨天怨地，颊带惆怅所为哪桩？（李）非是哀家颊带惆怅，都只为我朝中不得安康。（杨）臣朝中有什么祸从天降？（徐）你就该、宣太师、进宫来、父女商量又待何妨？（李）太师爷心肠如同王莽，他要夺我皇儿锦绣家邦。（徐）太师爷娘娘的父他本是皇亲国丈，（杨）臣量他并无有篡位的心肠，太师爷忠良。（李）你道他无有那

《虎牢关》林树森饰关羽

篡位心肠，他为何、封锁昭阳、断了水火、所为哪桩？（杨）七月里十三三本奏上，龙国太你偏偏要让。（徐）你言道：大明朝、有事无事、不用徐杨二大奸党、赶出朝廊、自立为王。

南天门【1930年7月2日胜利唱片2面】林树森饰曹福、王芸芳饰曹玉莲（54383）

（头段）（曹玉莲）[西皮流水]八月十五把寿拜，各样的珠宝往上抬。邀买忠良心一块，奸贼要坐九龙台。我的父骂贼出府外，因此上两下里结下仇来。狗奸贼上金殿一本奏坏，将我府、捆的捆、绑的绑、推出午门、要把刀开。主仆双双逃门外，鞋弓袜小步难挨。（曹福白）小姐为何不走？（莲）两足疼痛不能行走了啊！（福）哦！[流水]小姑娘啼哭坐土台，点点珠泪洒下来。自幼儿未出闺门外，鞋弓袜小

《二本武松》林树森饰林冲

寸步难挨。思想双亲肝肠坏，头上拔下金钗来。缠足带、松放解，轻轻刺破绣花鞋，好把路挨。（莲白）曹福。[摇板]曹福你把脸朝外，[流水]在头上取下金簪来。缠足带儿忙松解，轻轻刺破了绣花鞋。曹福与我把路带，一步一步往前挨。（福白）哎呀！[散板]霎时天气变得快，鹅毛大雪降下来。荒郊俱被雪遮盖，一带的山林似银台。

（二段）[快板]小姑娘啼哭坐道边，点点珠泪洒胸前。难道说你冷我不冷，哪个多穿几件棉？不辞小姐[散板]走了吧，（莲白）喂呀！[散板]拉住了衣襟不放开。你要走来将奴[哭头]带，喂呀，老哥哥呀！（福白）唉！[散板]小姑娘只哭得甚可怜。无奈何脱下了衣一[回龙]件，[散板]我与小姐来遮寒。（莲白）老哥！[散板]难道说我冷你不冷，老哥哥你莫非是铁打的身。（福）男子头上有三把火，我比小姐强十分。

太行山【1930年7月胜利唱片2面】林树森饰王英、金少山饰姚刚（54407）

（头段）（姚刚白）喽啰的！大开寨门有请呐！（[吹打]）（王英）三哥！（姚）贤弟！（同）啊？哈哈！（王）三哥请上，小弟参拜。（姚）愚兄也有一拜。正是：当年离别金沙滩，今日相逢太行山。（王）闻得三哥登龙位，一来贺喜二问安！（姚）好一个二问安呀！哈哈哈哈！

《大名府》林树森饰史文恭

（［吹打］）不知贤弟驾到未曾远迎，当面恕罪！（王）来的鲁莽三哥海涵！（姚）今番到此必有所为！（王）只因刘王将江山卖于蓟州罗王，特请三哥发兵相助！（姚）贤弟抬头观看呐！山上喽兵俱多，缺少粮草。（王）粮草在弟！（姚）发兵在兄！（王）几时发兵？（姚）秋后发兵。（王）告辞！（姚）且慢！你我弟兄许久未见，今日见面，必须要畅饮一回！（王）小弟奉陪！（姚）喽啰们退下，侍女们把盏。［二黄导板］太行山摆酒宴开怀畅饮，（白）请！干！［原板］叙一叙当年离别的情。君有道弟兄们百鸟朝凤，（王白）这君无道？（姚）君无道？（王）呃！（姚）［原板］君无道一个个独霸山林。今日里重相见好有一比，（王白）比作何来？（姚）上水舟！（王）哦！（姚）下水排！（王）嗯！（姚）不能相逢又［散板］相逢。

《斩车胄》林树森饰关羽

（二段）（王）［原板］久别三哥今相见，拨开了乌云得见青天。太行山好一比金銮宝殿，（姚白）比不得金銮宝殿！（王）比得的！（姚）比得的？哈哈！（王）［原板］两旁宫女似天仙。（姚白）比不得！（王）比得的！（姚）比得的？宫娥们退下，喽啰的把盏！（王）［原板］姚三哥坐太行全不思想，在山下又出了大事一桩。（姚白）有什么大事？自管的讲来！（王）［原板］天下荒荒刀［散板］兵动！（姚白）王英，天下刀兵荒荒，任他杀！杀不到你二龙山！任他反呐！反不到太行山！饮酒便饮酒，不要胡言乱语！你小心了啊！（王）哦！（姚）嗯！（王）［原板］离乱纷纷动刀枪。（姚）嗯！（王）［原板］一言未发寨门掩，叫我有口也难言。拚着挨他四十棍，汉刘二字要周全！（白）三哥！［散板］刘王酒醉江山卖，他今失落锦江山！（姚白）哇呀呀！

打严嵩【1935年胜利唱片2面】林树森饰邹应龙、黄友仁京胡（54633）

（头段）（白）领旨！［西皮流水］忽听万岁宣应龙，在朝房来了我保国忠。那一日打从大街进，偶遇见小小的顽童放悲声。我问顽童啼哭因何故，他言道严嵩老贼害了他举家大小一满门。劝顽童休流泪你免悲声，邹老爷就是尔的报仇人。站立在殿角来观定，上面坐的嘉靖有道君。那一旁坐的是老海瑞，他本是我朝中架海紫金梁擎天柱一根。那一旁坐的是严阁老，他本是、我朝中、上欺君、下压臣、谋朝篡位、卖国的奸臣他名叫严嵩。我本当上殿奏一本，怎奈我官卑职小不能够见圣君。罢、罢、罢，暂忍我的心头恨，在品级台前臣见君。（白）正是：点起灯芯火，能烧万重山。

（二段）［摇板］辞别太师上能行，把话说与尊官听：三百两银子值多少，各人的脸面值

《借东风》林树森饰诸葛亮

千金。严府我要常来往,我就是你太师爷心腹上的人。今后不把你尊官叫,你就是邹老爷牵马坠镫势利的小人。

追韩信【1935年胜利唱片2面】林树森饰萧何、黄友仁京胡(54634)

(头段)[西皮散板]听得从人来禀报,不由萧何心内焦。三番两次把栋梁保,大王不用为哪条?头上整整乌纱帽,身上撩起紫罗袍。此番韩信追得到,协力同心保汉朝。韩信若是追不到,这万里的江山一旦抛。急急忙忙往前道,来到东门问根苗。(白)马来![散板]催马加鞭迷了道,只得向前问问樵。

(二段)(白)得见将军,一见如故,[二黄顶板]三生有幸,天降下擎天柱保定乾坤。全仗着韬和略将我点醒,我也曾连三本保荐汉君。说到你出身微贱不肯重用,那时节怒恼了将军、身背宝剑、跨下战马、出了东门。我萧何闻此言雷轰头顶,顾不得、山又高、水又深、水深山高、路途遥远、忍饥挨饿、来寻将军。望将军看在我萧何的情分,劝将军、且息怒、暂吞声、你莫发雷霆、随我萧何转回程、大丈夫要三思而行。

华容道【1928年大中华唱片1面】林树森饰关羽、孙佐臣京胡(864A)

[西皮导板]耳听得周将报曹操来到,[慢板]卧蚕眉丹凤眼仔细观瞧。[原板]狭路上莫不是冤家来到,奉军命来拿你谁念故交。

古城相会【1928年大中华唱片1面】林树森饰关羽、孙佐臣京胡(864B)

(白)三弟!你当真的不认愚兄?果然不认愚兄?三弟,桃园结拜天下皆知,若是自杀恐被人耻笑,你大开城门,迎接皇嫂,待愚兄自刎头落!罢![西皮导板]勒马停蹄珠泪掉,[二六]青龙刀斜挎在马鞍鞒。曹孟德他待我恩德非小,上马金下马银美酒大红袍。官封我汉寿亭侯官职大了,大丈夫怎忘却当年的旧故交。今日里古城外弟兄来会到,三兄弟却怎么把桃园结拜义气一旦抛?[快板]罢!罢!罢!暂忍我的心头恼,一口热血洒战袍。无奈何下马[回龙]自尽了,[散板]桃园失散在今朝!

《古城相会》林树森饰关羽

封金挂印【1928年大中华唱片1面】林树森饰关羽、孙佐臣京胡（865A）

[西皮摇板]躬身施礼我告辞了，[快板]不由得关云长暗暗地皱眉梢。曹孟德虽然待我的恩情好，我怎把桃园结拜义气一旦抛？我本当与他来比较，两下难免动枪刀[摇板]难过灞桥。丞相敬酒我当扰，（白）啊？[摇板]梅花盏内有笼牢。（白）且住！某在曹营，建立大功，全仗某这青龙刀，英勇之力。丞相所赐沽美酒，待俺祭了俺的青龙刀！啊？[快板]青龙刀、火光冒，倒教云长解不了。曹操不该生机巧，要害关某命赴阴曹。任你好来任你巧，谅尔难逃三庭刀！

《封金挂印》林树森饰关羽

水淹七军【1928年大中华唱片1面】林树森饰关羽、孙佐臣京胡（865B）

[高拨子导板]离却了九金八宝莲花帐，[碰板]耳听得曹营闹嚷嚷。[原板]曾破黄巾灭贼党，北平曾把那熊虎伤。（白）过五关！[原板]过五关来诛六将，（白）擂鼓！[原板]擂鼓三通斩蔡阳。关平周将[散板]土山上，生擒庞德如探囊。

贯大元（1897.8.22~1969.7.15）

贯大元，字昱明，京郊顺义人。其父为著名武旦贯紫林，二弟盛吉工丑行，三弟盛习工老生。贯大元幼从贾丽川、姚增禄学老生，后与梅兰芳、周信芳等同在喜连成科班借台演戏。少年时即往来京、津两地，演出《琼林宴》《南阳关》《珠帘寨》等谭（鑫培）派剧目。后与杨小楼、梅兰芳、尚小云、程砚秋、荀慧生、金少山等人合作。贯大元艺宗谭（鑫培）派，得王瑶卿、贾洪林指点，又常与余叔岩切磋艺术。其唱工质朴醇正，间用京音，身段边式。1919年，曾随梅兰芳赴日本公演，演出《空城计》《文昭关》《御碑亭》等戏。当时剧评家评论贯的表演是"许荫棠之堂皇，李鑫甫之功力，贾洪林之做派，兼而有之"。贯武功根底扎实，如《战太平》花云被擒后的虎跳，《战长沙》黄忠扎靠提刀走抢背，《打渔杀家》受刑后出场走反抢背，以及《王佐断臂》《焚绵山》等剧目的吊毛，皆博得内外行称誉。贯大元对于艺术兼收并蓄，如谭（鑫培）派戏《捉放曹》《失街亭》《洪羊洞》《定军山》得自王瑶卿，其他如《别母乱箭》《铁莲花》《搜孤救孤》等剧目，为余叔岩亲授。除谭派、余派剧目外，贯还擅演《焚烟墩》《困曹府》《汉阳院》等冷门剧目，曾与王文源、安舒元并称"老生三元"。1950年代初，任教于中国戏曲学校，对造就青年一代作出贡献。其子贯涌，从事戏曲教育工作。

1910年百代唱片为贯大元幼年所灌，1928至1929年所灌《汉阳院》《困曹府》《浣纱记》《骂殿》《甘露寺》等唱片均有其独到之处。

黄金台【1910年4月百代唱片1面】贯大元饰田单、孙佐臣京胡（32749）

［二黄导板］听谯楼打四更玉兔东上，［碰板］为国家秉忠心昼夜奔忙。［原板］西凉国欠三载未把贡上，进邹妃和伊立来献大王。我主爷见邹妃龙心欢畅，每日里贪酒色不理朝纲。

闹府（琼林宴）【1910年4月百代唱片1面】贯大元饰范仲禹、孙佐臣京胡（32750）

[二黄原板]我本是一穷儒太烈性，冒犯太师府门庭。念鄙人结发糟糠无踪影，浪打鸳鸯两离分。我往日饮酒酒不醉，心中有事酒醉人。

空城计（失街亭）【1910年4月百代唱片1面】贯大元饰诸葛亮、孙佐臣京胡（32751）

[西皮原板]两国相争龙虎斗，一来一往动貔貅。此番去把街亭守，旗开得胜把名留。[摇板]先帝爷托孤事龙恩深厚，诸葛亮怎能敢高枕无忧。但愿得此一去扫灭贼寇，免老夫统大兵剿灭贼丘。

《问樵闹府》贯大元饰范仲禹、贯盛吉饰樵夫

奇冤报【1910年4月百代唱片1面】贯大元饰刘世昌、孙佐臣京胡（32752）

[西皮原板]人生世间名利贪，孝敬双亲种田园。为人受得苦中苦，方能传授子孙贤。主仆二人[散板]往前趱，霎时乌云遮满天。

失街亭【1936年3月18日百代唱片2面】贯大元饰诸葛亮、贯盛吉饰老军甲、于芝珊饰老军乙、王少卿京胡（A3034/5）

（头段）（诸葛亮白）老军们进见。（老军甲、乙）啊哈！（甲）司马兵到，（乙）心惊肉跳。（甲）见了丞相，（乙）急忙跪倒。（甲）参见丞相，（乙）有何差遣？（诸）命尔等将四门大开，每门上二十名老军，打扫街道，司马懿兵临城下，不可惊慌浮躁，违令者斩。（甲）是。丞相吩咐我，（乙）准死不能活。（诸）天呐！天！汉室兴败，就在这空城一计也！[西皮摇板]我用兵数十年从来谨慎，错用了小马谡无用之人。没奈何用空城计我这心神不定，望空中求先帝大显威灵。

（二段）（诸）小马谡失街亭令人可恨，此时间倒教我难以调停。（甲白）哎，伙计！（乙）哎！（甲）咱们丞相八成老糊涂了吧？（乙）怎么会老糊涂了啦？（甲）司马懿统领大

《打渔杀家》贯大元饰萧恩

兵夺取西城，咱们丞相就应该将四门紧闭。反将四门大开，这是什么缘故呐？（乙）咱们就等死吧。（诸）嗯！（甲、乙）他说的！（诸）[摇板]问老军因何故纷纷议论？（甲白）是，非是小人们纷纷议论。司马懿统领大兵夺取西城，您就该将四门紧闭，反将四门大开，小人们是担惊害怕呀。（诸）[摇板]国家事用不着尔等劳心。（甲白）是。国家事用不着小人们担心。这西城通汉中，乃是咽喉之要路，你可拿个准主意才好啊。（乙）要紧的地方儿。（诸）[摇板]这西城是汉中咽喉路径，（乙白）不错，嗓子儿上。（诸）[摇板]我城内早埋伏十万神兵。

苏武牧羊【1936年3月18日百代唱片6面】贯大元饰苏武、王幼卿饰胡阿云、王少卿京胡（A3036/9）

（头段）（苏武白）番女听者！休同你们狼主，种下这样美人之计，前来哄我！我苏武岂是美色哄得动的呀？我是个血性的男子，就是不作你们外国的奴隶。（胡阿云）呀！[西皮散板]见此情不由人心中纳闷，（白）有啦！[散板]且说些从容语看他怎生。（白）哎哟，慢着！我原是在殿上，狼主就说把我赐配苏武，我呢，因知道他是个英雄才肯来嫁他。怎么？他又说我同我们狼主，定下美人计来哄他，哎呀，他这句话，倒把我给说糊涂啦。我可不能不说话喽。相公，我本打算要给你请个安、见个礼。我想我给你请安，你不是也得还个安，是不是啊？我又想你是个南方人，没请过安，两条腿挺直的，可哪儿还得了安呐。相公，我们这给你们拜拜了。（苏）不消呀。（胡）呵，好横啊，连个礼儿也不还，你也应该让我坐下呀。（苏）那旁有坐，你自己不会坐下么？（胡）呵，这够多干呐！咳！我这不是找硬钉子碰吗？没法子呀，坐下咱们就坐下。

（二段）（胡）我说相公，论理说呢，我是新来乍到的，可不应该先开口说话，无奈一件事情，刚才你说的那套话呀，我是实在的不明白，我得请教请教。（苏）有什么不明白的？无非是装糊涂啊。（胡）请问你，刚才你说我同我们狼主，定下美人计来哄你？我呐，是不能不分辩分辩。你既是个不爱美色，有志气的男子，那么我们还拿美人计来哄你什么劲儿啊？（苏）不过哄我归降而已呀。（胡）哦，哄你归降？哎，这件事情，或者我们狼主他有这个心。哎，可是怎么着，他有这个心，没这个心，我是一点儿也不知道啊。那么你一定要说我同他们通通作弊来哄你呀，咳！那可真是屈了我的心啦。我瞧啊，可惜你这个人呐，真有点儿想不开么。（苏）啊？我怎么想不开？怎么想不开呢？（胡）哟……你瞧你！

《苏武牧羊》贯大元饰苏武

又不是个大姑娘，说话头都不敢抬，你害什么臊啊？咳！不是我说你，到底儿是南方人，没有我们北方人大方啊。（苏）你这话真真的岂有此理！[二六]我本是顶天的奇男子，有什么低头怕见人？身困匈奴数十年整，终朝每日就身伴着羊群。你这番激人的言语难动心，就有些怕见你尊范却是真。

《苏武牧羊》王幼卿饰胡阿云

（三段）（胡白）你说这个话倒不是不大方啊，你是有点儿怕瞧我呀！哎，这么办，咱们俩人商量商量，只当你上一回当，瞜瞜我不成啊？（苏）谁来看你呀。（胡）人生天地之间，须要知权达变，才是个英雄。当初大舜圣人，也曾不告而娶。你想从古至今，这个自由结婚可也不是打咱们俩人兴的。再者你出使我国被困海上，十有余年，家中的妻子是存亡未卜，哎，可不是我咒你呀，倘若是死了，你又是鳏寡孤独，岂不绝了你苏氏的宗祠么？难道说不孝有三，无后为大，这两句话，相公你都不懂吗？（苏）我怎么不懂啊？就是不能归降番狗。（胡）嚄！骂我们番狗，你瞧你够多损就结啦！我就知道奉狼主之命，堂堂正正来嫁你的，日后若能生下一男半女，你苏家第一样儿先绝不了后啦，第二样儿久后你要是回国的时候儿，我还说得上来不跟你走吗？即便你不回国，到底儿我也算是你一个老伴儿不是呢？我说的这个话对不对？你慢慢儿地想想，再来回我的话。（苏）这个？（胡）刚才狼主见我之时，就要纳为贵妃，我都没有依从他，才把我赐配与你，我呐，因知道你呀，是个惊天动地的英雄才肯来嫁你的。我说了这么半天的话，相公，你还要是不明白呀，哎哟！可真透着我爱嫁老头子啦。（苏）哎呀！[散板]气恼中看她的如何模样，若或是窈窕女行走何妨？

（四段）（苏白）哎呀，且住！气恼之中，看看她的相貌如何。啊，小姐，卑人这厢有礼了。（胡）不消！（苏）哎呀，你又不是小家之女，无故的害起羞来了。到底是北方人呐，没有我们南方人大方啊。（胡）哈哈，他这一会儿还了我一个镢子！我说，咳，告诉你，我倒不是不大方，有点儿怕人家瞧。（苏）怕人看是生得丑啊。（胡）对呀！你想想那蒙古的鞑子妞儿，可哪有长得好看的呐？（苏）这就难怪了。（胡）哟，啧啧，瞧呀啊！这么大的岁数胡子都快白了，刚听说媳妇儿长得不好看，立刻把脸往下这么一沉，呵呵，这就难怪了！咳，南方人呐真是一点儿亏也不吃啊，我说，咳，过来给你瞧！（苏）哈哈，哈哈，哈哈哈哈！[散板]见此情不由人心中欢畅，真比那王国母西子还强。老苏武此时候神魂飘荡，（白）啊！小姐！（胡）咳！初次见面别这么动手动脚的，叫人家瞧着有点儿观之不雅。（苏）哈哈哈哈！[散板]我与你赴巫山地久天长。

（五段）（胡）[导板]嫁忠良得遂我一生志向，[慢板]弃荣华来受这贫苦风光。每日里良妻样妇随夫唱，

（六段）一年间容易过产下儿郎。（白）我胡阿云，乃是北番，匈奴国人氏。自从嫁了苏

武，不觉已有二载，生下一子，取名"通国"。今儿个早晨相公出去牧羊去啦，孩子也睡着了，我才抓了这么个工夫儿到海岸儿上，洗洗衣裳，心里头惦记孩子，赶紧就快回来啦，也不知道，这孩子这会儿是醒啦还睡着呐。待我来瞧瞧他。正是：贤良是本性，儿女也关情。（孩子哭）哟！这孩子敢情醒啦，我说好孩子别哭，我就来哄你。［摇板］养儿女我实指终身有望，但愿得长成人孝顺爹娘。

洪羊洞【1928年4月高亭唱片1面】贯大元饰杨延昭、陈九荣京胡（Teb269）

［二黄摇板］孟佩仓盗骨无信音，倒教本帅挂在心。［散板］见尸骨不由人泪双流，几载不见亲骨肉。家院供奉二堂后，再与老军说从头。［导板］听说是焦孟将双双丧命，［摇板］好似钢钉刺我心。叫老军到北国把尸灵搬请，待本帅请高僧超度灵魂。［哭头］霎时间腹内痛心血上奔，休得要惊动了年迈太君。

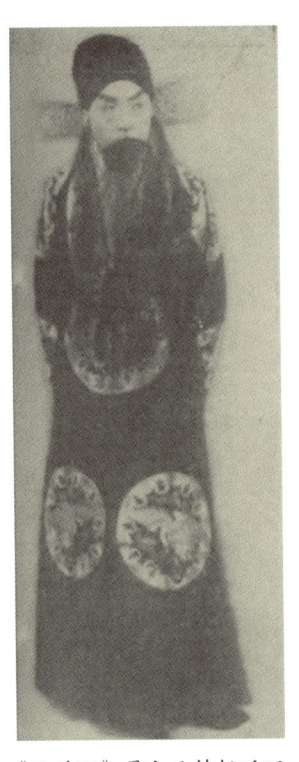

《洪羊洞》贯大元饰杨延昭

上天台【1928年4月高亭唱片1面】贯大元饰刘秀、陈九荣京胡（Teb270）

［二黄慢板］姚皇兄休得要告职归林，你本是擎天柱一根。汉江山多亏了皇兄所挣，叫寡人怎舍得开国元勋，你我是布衣的君臣。

黄金台【1928年4月高亭唱片1面】贯大元饰田单、陈九荣京胡（Teb271）

【盘关】［二黄碰板］千岁爷休得要放悲声，［原板］切莫要惊动了把城的兵丁。那一旁松林内暗暗藏隐，寻一个巧计好脱生。抓一把黑漆土把脸［散板］罩定，我装一个疯魔汉要过此城。

御碑亭【1928年4月高亭唱片1面】贯大元饰王有道、陈九荣京胡（Teb272）

［西皮导板］王有道提笔泪难忍，［原板］实难舍夫妻结发的情。指望和谐同欢庆，又谁知中途风波生。非是我一旦间多薄情，实难容忍下贱人。未曾提笔［快板］牙咬定，字字行行写得明：那一日避雨在御碑亭，亭中必定有隐情。今日休妻改

《黄金台》贯大元饰田单

别姓，斩断丝萝两离分。写罢休书［摇板］打手印，快唤你嫂嫂出房门。

探母【1928年4月高亭唱片1面】贯大元饰杨延辉、陈九荣京胡（Teb273）

［西皮快板］乔装改扮番儿汉，好到宋营拜慈颜。催马来在关前站，把关的儿郎列两边。听说一声要令箭，翻身下了马雕鞍。腰中取出金鈚箭，把关的儿郎仔细观。［摇板］两国不和累交战，把守关口莫偷闲。任那南蛮巧改扮，无有太后的令箭休放他过关。［原板］弟兄们分别十五春，铁石人儿也泪淋。闻听得老娘来到北郡，因此上巧装扮黑夜里探望娘亲。［摇板］有劳贤弟把路带，母子相逢痛伤怀。

《宝莲灯》贯大元饰刘彦昌、徐碧云饰王桂英

汉阳院【1928年4月高亭唱片1面】贯大元饰刘备、陈九荣京胡（Teb274）

［西皮导板］见墓思兄伤心难忍，［散板］伤心万语向谁云？蠢弟无才又无德［回龙］行，［反西皮二六］有负兄托罪在备身。起祸的蔡瑁与张允，荆襄九郡付他人。实可叹樊城新野的好百姓，看他们、一个个、扶老携幼、登山涉水、遄奔途程、［回龙］我好伤情。［西皮摇板］一同跨马往前进，寻一个所在且安身。

镇澶（潭）州【1928年11月蓓开唱片1面】贯大元饰岳飞、陈九荣京胡（91031）

［二黄原板］清早起会一阵龙争虎斗，战不过杨再兴脸带含羞。岳云儿犯军规理应斩首，还念他众叔父苦苦哀求。怕的是绝了我岳门之后，怕的是、老娘亲、盼孙不到、盼子不归、终日里两泪交流。夜来时巡营哨小心防守，收伏了杨再兴脸放眉头。

《南阳关》贯大元饰伍云召

战长沙【1928年11月蓓开唱片1面】贯大元饰黄忠、陈九荣京胡（91032）

[西皮导板]年迈为国绑帐口，[原板]汗马功劳苦到头。都只为桃园齐心斗，一来一往动貔貅。误中了关公拖刀计，蒙他不斩将我留。元帅一见气冲牛斗，绑出了辕门要斩头。将身儿来在[摇板]法场口，好一似祭祀猪羊等时候。

困曹府【1928年11月蓓开唱片2面】贯大元饰赵匡胤、陈九荣京胡（91033/4）

（头段）[二黄慢板]小豪杰坐书房心中暗想，二相公心无事瞌睡一旁。无奈何推吊窗观看月亮，此乃是中秋月分外轮光。

（二段）[原板]叹爹娘和弟妹在家悬望，盼玄郎成了功及早还乡。洒金桥遇苗训对我来讲，他道我后来有九五之望。周文王坐江山全凭姜尚，小唐王坐江山元霸逞强。汉刘秀坐江山二十八将，二十八将！我玄郎坐江山妄想一场。恨金鸡不报晓天还未亮，谯楼上睡着了打更儿郎。恨不得抛长枪刺落了天边月亮，用金钩，钩出了红日轮光。

《定军山》贯大元饰黄忠

浣纱记【1928年11月蓓开唱片1面】贯大元饰伍子胥、陈九荣京胡（91035）

《阳平关》贯大元饰黄忠

[西皮二六]未曾开言我的心难过，尊一声娘行听我说：家住在楚国玉皇阁，我的父伍奢保山河。伍子胥就是我，力举千斤压各国。恨平王无道乱朝阁，父纳子妻理不合。我的父荐奏反遭大祸，可怜我一家大小三百余口一刀一个一一见阎罗。只剩下伍员人一个，弃走樊城我逃奔在吴国。昭关路险也已过，幸遇着渔翁[流水]渡江河。行至此间腹中饿，只见篮内饭与馍。娘行若肯周济我，胜似斋僧[摇板]念弥陀。

桑园会【1928年11月蓓开唱片1面】贯大元饰秋胡、陈九荣京胡（91036）

[西皮导板]秋胡他把良心丧，[原板]他在那

楚国配鸾凰。我劝他归家他不往,撇下了大嫂守空房。你好比皓月[二六]空明亮,一片乌云遮住了光。你好比鲜花无人赏,卑人好比采花郎。大嫂若是依我讲,学一个仙女配襄王。[流水]大嫂不是这样讲,卑人言来听比方:花木逢春重开放,人有几载的好风光。姻缘有份对面讲,千里相逢在田桑。趁此机会无人往,学一个织女配牛郎。

乌龙院【1928年11月蓓开唱片1面】贯大元饰宋江、陈九荣京胡（91037）

[四平调]大老爷打鼓退了堂,衙前来了我宋江。那一日闲游大街上,偶遇好友小刘唐。他把那实言对我讲,请我到梁山去为王。这富贵岂是人妄想,自有天爷做主张。一步儿来在大街上,又听得众宾朋说短道长。好话儿出自君子口,大丈夫岂听小人言。信步来在乌龙院,青天白日把门关。

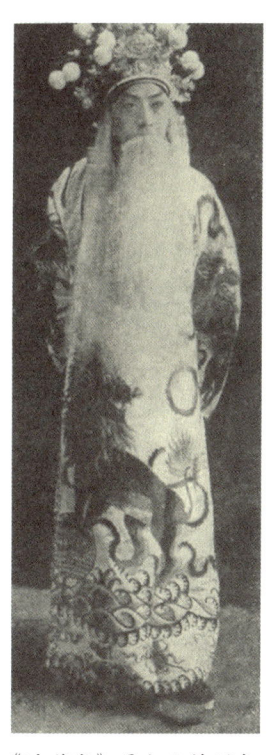

《连营寨》贯大元饰刘备

探母坐宫【1929年胜利唱片2面】贯大元饰杨延辉、陈九荣京胡（54124）

（头段）[西皮慢板]杨延辉坐宫院自思自叹,想起了当年事好不惨然。我好比笼中鸟有翅难展,我好比虎离山受了孤单;我好比南来雁失群飞散,

（二段）我好比浅水龙困在沙滩。想当年沙滩会[二六]一场血战,只杀得众儿郎滚下马鞍。我被擒改名姓身脱此难,将杨字改木易匹配良缘。萧天佐摆天门两下会战,我的娘领人马来到北番。我有心回宋营见母一面,怎奈我身在番远隔天边。思老母思得我肝肠痛断,想老娘不由人泪洒在胸前。[哭头]眼睁睁高堂母难得见,老娘啊!

骂殿【1929年胜利唱片2面】贯大元饰赵光义、陈九荣京胡（54125）

（头段）[二黄慢板]自盘古立地天皇帝为重,老皇嫂骂孤王情理难容。论国法就将你残生断送,

（二段）[快三眼]还念你与皇兄掌印九重。先皇爷晏了驾钟鼓齐动,满朝中文武臣议论孤穷。都说道大皇儿青春无用,文武臣扶保孤掌理九重。孤虽然改国号依然大宋,哪一个胆大的敢坐金龙?走向前来打一躬把皇嫂尊奉,昭阳院改作了养老宫。把皇嫂当作了太后侍奉,崇上徽号容也不容?

《碰碑》贯大元饰杨继业

甘露寺【1929年胜利唱片1面】贯大元饰乔玄、陈九荣京胡（54126A）

[西皮原板]千岁爷杀字莫出口，细听老臣说从头：刘备本是[流水]靖王后，汉室玄孙一脉流。他有个二弟汉寿亭侯，青龙偃月鬼神愁。在白马坡斩颜良诛文丑，古城又斩那老蔡阳的头。他有个三弟张翼德，双手能使这丈八矛。大破黄巾功为首，虎牢关前大战吕温侯。当阳桥间一声吼，喝断了桥梁是水倒流。他有个四弟子龙将，此人威名就贯九州。长坂坡前救阿斗，杀得那曹兵个个发愁。这一班虎将无敌手，何况有孔明用计谋。你杀刘备非时候，他人未必肯罢休。倘若荆州发人马，东吴哪个去出头？扭转身、启太后，将计就计[散板]结鸾俦。

《武昭关》贯大元饰伍子胥

搜孤救孤【1929年胜利唱片1面】贯大元饰程婴、陈九荣京胡（54126B）

【法场】[二黄摇板]将身来在法场中，只见孤儿与公兄。（白）公孙兄，赵公子！你二人死在九泉，休要骂我程婴呐。[碰板]躬身下拜礼恭敬，眼望孤儿泪淋淋。法场上看的人都来叫骂，个个骂的是我程婴，是一个无义的人。[原板]我享荣华受富贵，断送了忠良后代根。也是我好意反成恶意，满腹心事向谁云。

杨宝忠（1899.6.10~1967.12.28）

杨宝忠，号信臣，原籍安徽合肥，生于北京。其父为名旦杨小朵。杨宝忠初从张春彦、鲍吉祥学老生，随钱金福、许德义习武功，后又向陈秀华学戏。清末民初演出于北京、天津，以《辕门斩子》《捉放曹》等剧目为号召。21岁拜余叔岩为师，为余大弟子。他演的《击鼓骂曹》《南阳关》《御碑亭》等剧均为余氏亲授，尤以《击鼓骂曹》中的鼓套子最为著名。后因嗓音问题，改从父学京胡，又向胡琴名家陈彦衡求教，后拜三弦名家锡子刚为师，专攻文场。1937年，杨被马连良聘为琴师，后长期为其弟杨宝森伴奏。

杨宝忠与李佩卿、杭子和为挚友，故其在物克多公司（胜利公司前身）和胜利公司所灌制的唱片均为李、杭伴奏。此外，杨还灌有《夜深沉》《正反八岔》等曲牌唱片。

南阳关【1924年9月物克多唱片2面】杨宝忠饰伍云召、李佩卿京胡、杭子和司鼓（43374）

（头段）[西皮导板]恨杨广斩忠良谗臣当道，[原板]叹双亲不由人珠泪双抛。手扶着垛口往下瞧：韩擒虎虽年迈杀气高。尚师徒胯下呼雷豹，麻叔谋使长枪鞭插在马鞍鞒。

（二段）左右先锋把帅保，耀武扬威逞英豪。揾干了泪痕[二六]伯父叫，侄男有话禀年高。自古道臣尽忠来子当尽孝，方能在人间走一遭。我的父忠心把国保，敲牙割舌为的是哪条。四员虎将俱斩了，我那年迈的娘[流水]也受那一刀。到如今就该把气消了，兵困南阳为哪条？历代的忠良难话表，叫儿泪抛[摇板]不泪抛。[流水]老伯父把话讲差了，侄儿言来听根苗：宇文化及行奸巧，苦害忠良为哪条？你与我父既交好，就该放儿路一条。纵然将我擒住了，绝了伍家后代根苗。有朝一日把仇报，早烧香晚点灯供奉年高，[散板]饶是不饶？好话说了多和少，伯父不肯将我饶。叫伍保与爷城开了！

《南天门》杨宝忠饰曹福、尚小云饰曹玉莲

珠帘寨【1924年9月物克多唱片2面】杨宝忠饰李克用、李佩卿京胡、杭子和司鼓（43383）

（头段）[西皮导板]太保传令把队收，[原板]孤与贤弟叙一叙旧根由。忆昔当年五凤楼，文武百官庆贺千秋。内有文楚段国舅，他笑孤坐席不正礼貌不周。怒恼孤王气冲牛斗，抓将过来往下丢。自从那年分别后，今日里相逢在北州。

（二段）[导板]昔日有个三大贤，[原板]刘关张结义在桃园。弟兄们徐州曾失散，古城相逢又团圆。关二爷马上呼三弟，张翼德在城楼怒发冲冠。耳边厢又听[快板]人呐喊，老蔡阳的人马来在了古城边。城楼上助你三通鼓，十面旌旗壮壮威严。哗啦啦打罢了头通鼓，关二爷提刀跨雕鞍；哗啦啦打罢了二通鼓，人有精神马又欢；哗啦啦打罢了三通鼓，蔡阳的人头落在马前。一来是老儿该丧命，二来弟兄得团圆。贤弟休把长安转，就在沙陀过几年，[散板]落得个清闲。

琼林宴【1929年10月胜利唱片2面】杨宝忠饰范仲禹、李佩卿京胡、杭子和司鼓（54063）

（头段）（[八岔]）[二黄原板]我本是一穷儒太烈性，冒犯了老太师府门庭。念卑人结发糟糠多薄命，浪打鸳鸯两离分。我往日饮酒酒不醉，到今日饮酒酒能醉人。

（二段）[四平调]听谯楼打罢了初更时分，猛然想起小娇生。我叫一声范金儿你来了吧，我的儿呀！送儿到学中攻读书文，啊，攻读书文。耳边厢打罢了二更尽，猛然想起结发的人。叫一声陆氏妻何方去？我的妻呀！夫妻们见面叙一叙苦情，啊，叙一叙苦情。三更三点白露茫，怎不叫人泪两行。似风筝断了无情的线，我的妻儿呀！好似无情浪打鸳鸯，啊，浪打[摇板]鸳鸯。

乌龙院【1929年10月胜利唱片1面】杨宝忠饰宋江、李佩卿京胡、杭子和司鼓（54064A）

（白）少陪了！[四平调]大堂上打罢了退堂鼓，衙前来了宋公明。那一日闲游在大街上，偶遇好汉小刘唐。他把

李佩卿

《打鼓骂曹》杨宝忠饰祢衡

那实言事对我讲,请我到梁山去为王。富贵岂是人妄想,自有天爷做主张。一步儿来至在大街上,(白)啊?〔四平调〕又听得众宾朋说短道长。好话出在君子口,立志不听小人言。一步儿来至在乌龙院,青天白日把门关。

御碑亭【1929年10月胜利唱片1面】杨宝忠饰王有道、李佩卿京胡、杭子和司鼓(54064B)

〔西皮导板〕王有道提笔泪难忍,〔原板〕实难舍夫妻结发的情。实指望同庚共到老,又谁知半途风波生。非是我一旦多薄幸,实是难容下贱的人。只得闭口〔快板〕牙咬定,字字行行写得清。那一日避雨在御碑亭,其中暗昧事不明。从此任你嫁别姓,割断了丝萝永离分。写罢了休书〔摇板〕打手印,密密封好等她行。贤妹将你嫂嫂请,说孟家差人到来临。

打渔杀家【1929年10月胜利唱片1面】杨宝忠饰萧恩、李佩卿京胡、杭子和司鼓(54065A)

〔西皮散板〕可恨那吕子秋为官不正,欺压我三江口贫困的良民。上公堂原被告一言不问,责打我四十板就赶出了头门。莫奈何咬牙关忙往家奔,叫一声桂英儿快来开门。〔快板〕恨奸贼不由我心中冒火,心儿里一阵阵咬碎牙窝。那赃官凭势力欺压于我,今夜晚过江去将尔杀却。恨不得生双翅〔散板〕月下而过,我的儿因何故撒了篷索?〔哭头〕啊,桂英我的儿啊!

定军山【1929年10月胜利唱片1面】杨宝忠饰黄忠、李佩卿京胡、杭子和司鼓(54064B)

〔西皮二六〕师爷说话言太差,不由我黄忠怒气发。一十三岁习弓马,威名镇守在长沙。自从归顺皇叔爷的驾,匹马单刀取过了巫峡。斩关夺寨功劳大,军师爷不信在功劳簿上查一查。非是我黄忠夸大话,〔流水〕铁胎弯弓手中拿。满满搭上朱红扣,两旁的儿郎把咱夸。二次我用这两膀的力,人有精神力又加。三次开弓〔散板〕秋月样,我对师爷把话答。

杭子和

《南天门》杨宝忠饰曹福、绿牡丹饰曹玉莲

林四娘【1930年5月胜利唱片1面】杨宝忠饰林兆梦、李佩卿京胡、杭子和司鼓（54259A）

［二黄导板］未开言不由人双眉紧皱，［碰板］待为父细说那以往的情由，我的儿呀！［原板］都只为那赃官行同禽兽，因说亲未应允结下冤仇。皆因是郎为心诬人结寇，因此上为父的身受牢囚。

状元谱【1930年5月胜利唱片1面】杨宝忠饰陈伯愚、李佩卿京胡、杭子和司鼓（54259B）

［西皮散板］提起了二爹娘要掌儿的嘴，陈门中岂要你这不孝的人。这样的奴才终何用？活活打死你这败家的根。［原板］老来无子甚悲惨，陈门中出了个不孝儿男。一步儿来在前庭院，见安人只哭得珠泪不干。

张如庭（1899~？）

张如庭，北京人，其兄为谭（鑫培）派老生张毓庭。张如庭幼年拜朱玉龙门下，童伶时代即在京津一代演出，倒仓后在家休养，后得其义父范廉泉介绍拜陈秀华学戏，1929年，张到上海演出，拜赵如泉为师。1948年，到保定演出，深受当地观众欢迎。中华人民共和国成立后，入保定市京剧团。

张如庭在百代公司还与金碧莲合灌有《四郎探母》《南天门》《御碑亭》等唱片，但影响与发行量均不及与金少山合作所灌《空城计》《法门寺》两张。

桑园寄子【1930年百代唱片2面】张如庭饰邓伯道/邓方、金碧莲饰金氏（34082*1/2）

《甘露寺》张如庭饰乔玄

（头段）（邓伯道）[二黄慢板]走青山望白云（方）家乡何在？（金氏）一家人逃性命哪顾得家财。（道）山又高水又深无计怎奈，

（二段）（金）鞋又弓足又小寸步难挨。（道）[快三眼]手攀藤带娇儿忙登山界，忙登山！（金）这一阵走得我好不伤怀。（道）远望着白茫茫认不出何方地界，（金）但愿得到潼关再做[散板]安排。（道）又只见旌旗飘把我吓坏！

桑园寄子【1930年百代唱片1面】张如庭饰邓伯道（34083）

【哭坟】[二黄导板]见坟台不由人珠泪滚滚，（白）兄弟，伯俭，唉，难得见的兄弟呀！[碰板]叫一声同胞弟细听兄云：[快三眼]曾记得弟在时何等的侥幸，兄与弟同商量家道弘兴，料不想身得病一旦丧命，兄弟丧[哭头]命，兄弟呀！[原板]恨黄土埋却了无价宝珍。

空城计【1932年2月15日百代唱片2面】张如庭饰诸葛亮、金少山饰司马懿（34255*1/2）

（头段）（司马懿白）众将官！（众将）有！（懿）听我令下！（众将）啊。（懿）［西皮流水］坐立在雕鞍传将令，大小三军听分明：哪一个私自把城进，定斩人头［散板］不徇情。（诸葛亮）［慢板］我本是卧龙岗散淡的人，论阴阳如反掌保定乾坤。先帝爷下南阳御驾三请，算就了汉家业鼎足三分。官封到武乡侯执掌帅印，

（二段）东西战南北剿博古通今。周文王访姜尚周室大振，我诸葛怎比得前辈的先生。闲无事在敌楼我亮一亮琴音，（［琴歌］）（白）呵呵呵呵。［原板］我面前缺少个知音的人。（懿）有本督在马上心神不定，诸葛亮在敌楼饮酒抚琴。我本当传将令杀进城，（白）杀！杀不得！［快板］又恐怕中了巧计行。勒住了丝缰把话论，尊一声诸葛听分明：任凭你设下了千般计，我和你棋逢对手［摇板］一般平。

《空城计》张如庭饰诸葛亮

法门寺【1932年2月15日百代唱片2面】张如庭饰赵廉、金少山饰刘瑾（34256*1/2）

（头段）（赵廉）［西皮散板］才知道小刘彪是杀人的正犯，又谁知道这内中许多牵连。［哭头］在庙堂恕为臣才疏学浅，千岁爷！［散板］望千岁开大恩限臣三天。（刘瑾白）喳！［散板］好一个大胆的眉坞知县，将一桩人命案审问倒颠。在佛堂限三天一齐带见，少一名将人头悬挂高竿。

（二段）（赵）［流水］骂声公道真胆大，居然不怕犯王法。此番见了千岁爷驾，老奴才！顷刻之间把尔的头来杀。（白）叩见千岁！（刘）我说这个眉坞县呐，你这个官司都带齐了吗？（赵）带齐了。（刘）你还有什么话说吗？（赵）千岁！［流水］一概人犯俱带妥，望求千岁做定夺。（刘白）我说这个贾桂儿呀！（贾桂）喳！（刘）这个眉坞县他说是人犯带齐啦，叫咱们爷们儿拿个主意。（贾）是啦！（刘）这个主意我不能拿吧？（贾）您不拿谁给拿呢？（刘）我总得拿主意？（贾）您总得给拿。（刘）那么咱们审案呐！来呀！带官司！（贾）慢着慢着！（刘）慢着什么呢？（贾）您看呐，眉坞县他也是一个父母官儿，跟黎民百姓跪到这

《南阳关》张如庭饰伍云召

儿什么样子？您总得开开恩叫他起来呀。（刘）叫他起来？（贾）是的。（刘）好的，那么你起来吧。（赵）谢千岁！（刘）来呀！带官司的审案呐！（贾）慢着慢着！（刘）怎么又慢着呐？（贾）他是一个县官，您总得赏他一个公案桌儿，您总得叫他坐下呀。（刘）得了吧！我坐着哪儿有他的座儿呀？（贾）咱们爷们是外场人儿，不要这个够使的。（刘）那么着依你说怎么样？还得让他坐下？（贾）坐下呀。（刘）嘿！那么你就坐下吧。（赵）谢坐。（刘）啊，这个眉坞县呐，我把他三个小孩儿好有一比。（赵）比从何来？（刘）你且听道！［散板］孙玉娇拾玉镯错中有错，宋巧娇可算得这女中的娇娥。他三人成婚配全在于我，好一似织女星巧渡银河。

困曹府【1932年2月15日百代唱片2面】张如庭饰赵匡胤（34258*1/2）

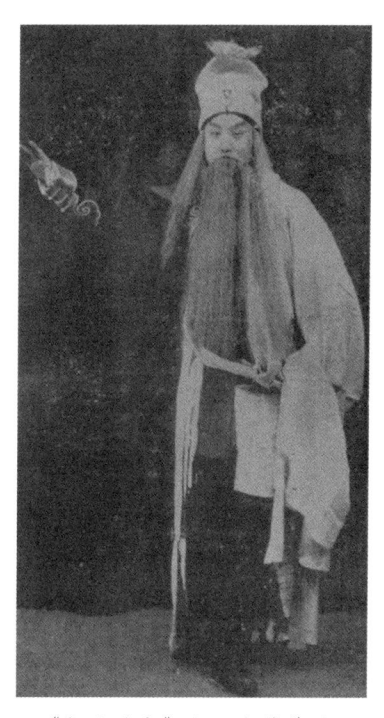

《打渔杀家》张如庭饰萧恩

（头段）［二黄慢板］小豪杰坐书房心中暗想，二相公心无事瞌睡一旁。无奈何推吊窗观看月亮，此乃是中秋月分外风光。

（二段）［原板］叹爹娘和弟妹在家悬望，盼玄郎成了功及早还乡。洒金桥遇苗训对我言讲，他道我后来有九五之望。周文王坐江山全凭姜尚，小唐王坐江山元霸逞强。汉刘秀坐江山二十八将，有二十八将！俺玄郎坐江山妄想一场。恨金鸡不报晓天还未亮，谯楼上睡着了打更儿郎。恨不得抛长枪刺落了天边月亮，用金钩钩出了红日轮光。

上天台【1932年2月15日百代唱片2面】张如庭饰刘秀（34259*1/2）

（头段）［二黄慢板］金钟响玉香引应王登龙廷，寡人我喜的是五谷丰登。文凭着邓先生阴阳有准，武仗着姚皇兄保定乾坤。内侍臣忙摆驾九龙口进，又听得殿角下大放悲声。

（二段）老皇兄休得要告职归林，你本是擎天柱一根。汉江山多亏了皇兄所挣，叫寡人怎舍得开国元勋，你我是布衣的君臣。

《临潼山》张如庭饰李渊

安舒元（1900~1961）

安舒元，名煜柱，字舒元，艺名小俊卿，北京人。曾娶露兰春为妻。12岁师从贵俊卿学老生，14岁以"小俊卿"艺名在北京城南游艺园与马连良同台演出。后又经天津名票王君直指点，技艺飞进。20岁时易名安舒元。1924年后，到上海、武汉、天津等地献艺。1943年与黄玉麟、白家麟、高百岁、王少楼、徐兰沅等在北京合作组班，排演了《封神榜》《八仙得道》《狸猫换太子》《水浒传》等连台本戏。1949年后，经田汉推荐到戏曲实验学校（后名中国戏曲学校）任教，学生有李鸣岩、金桐、陈国卿等。1958年调吉林省戏曲学校任教。1961年在长春病逝。

安舒元传世唱片数量不多，除高亭公司唱片外，另有传声公司唱片传世。

定军山【1925年高亭唱片1面】安舒元饰黄忠、单泽浦京胡（Teb23）

［西皮二六］师爷说话言太差，不由黄忠怒气发。一十三岁习弓马，威名镇守在长沙。自从归顺皇叔爷的驾，匹马单刀取过了巫峡。斩关夺寨的功劳大，军师爷不信在那功劳簿上就查一查。非是我黄忠［摇板］夸大话，（白）弓来。［流水］铁胎的宝弓掌中拿。满满搭上［摇板］朱红扣，［流水］两旁的儿郎把咱夸。二次我用这两膀的力，人有精神力又加。［散板］三次开弓秋月下！

珠帘寨【1925年高亭唱片1面】安舒元饰李克用、单泽浦京胡（Teb24）

［西皮摇板］贤弟抬首来观瞧，（白）贤弟呀。［流水］对对旌旗空中飘。大太保亚似温侯貌，二太保犹如是浪里蛟；三太保上山擒虎豹，四太保生来的志量高；五太保手持开山斧，六太保手持青铜偃月刀；七太保银枪真奥妙，八太保上阵是白袍；九太保双锏耍得好，亚赛过秦叔宝，十太保双手能打镖；还有个十一小太保虽然年纪小，一个倒比他一个高。哪怕黄

巢人马到,孤与他枪对枪来［摇板］刀对刀。来来来吃一杯这开心的酒。

四郎探母【1925年高亭唱片2面】安舒元饰杨延辉、单泽浦京胡（Teb25/6）

（头段）［西皮慢板］杨延辉坐宫院自思自叹,想起了当年事好不惨然。我好比笼中鸟有翅难展,我好比虎离山受了孤单。我好比南来雁失群飞散,

（二段）我好比浅水龙被困沙滩。想当年沙滩会［二六］一场血战,只杀得血成河尸骨堆山。只杀得杨家将东逃西散,只杀得众儿郎滚下马鞍。我被擒改名姓身脱此难,将杨字拆木易匹配良缘。萧天佐摆天门两下会战,儿的娘押粮草来到北番。我有心出关去见母一面,怎奈我身在番远隔天边。思老母不由人把肝肠痛断,想老娘不由儿泪珠不干。［哭头］眼睁睁母子们难得见,儿的老娘啊!

《珠帘寨》安舒元饰李克用

琼林宴【1925年高亭唱片2面】安舒元饰范仲禹、单泽浦京胡（Teb27/8）

（头段）［二黄散板］恨贼子把我的牙咬断,擅抢民妻为哪般？甩开了大步往前趱,不觉来到贼的府门前。［原板］我本是一穷儒太烈性,冒犯了太师爷府门庭。念卑人结发糟糠多不幸,棒打鸳鸯两离分。

（二段）［四平调］听谯楼打罢了那初更时分,忽然想起了小娇生。我叫一声范金儿你来了吧,我的儿啊!送儿到学中读一读书文,啊,读一读书文。耳边厢又听得二更尽,猛然想起了结发的人。我叫一声白氏妻你来了吧,我的妻呀!夫妻们见面叙一叙苦情,啊,叙一叙苦情。三更三点白露茫,怎不叫人泪两行。似风筝断了那无情的线,妻儿呀,好一似无情棒打鸳鸯,啊,棒打鸳鸯。

张国斌（生卒不详）

张国斌，其父为武旦"赛阵风"张英甫，其叔为著名武生"盖叫天"张英杰。其弟名武生张质彬，其女曾嫁武生李仲林。张在得胜公司亦灌过唱片，存世量较少。

玉堂春【1930年4月蓓开唱片2面】张国斌饰刘秉义、潘雪艳饰苏三、周五宝报名（91239/40）

（头段）（刘秉义白）苏三你将院中之事，从头至尾一一讲来。讲得明白还则罢了，如若不然你来看，大人的旧病又要发作了。（苏三）谢大人！［西皮二六］打发公子回原郡，二人在灯前把誓盟。公子立志不另娶，玉堂春至死不嫁人。（刘白）后来怎么嫁了山西的沈洪？（苏）［流水］那一日梳头来照镜，在楼下来了沈燕林。他在楼下夸豪富，蔑却公子王金龙。奴在北楼高声骂，只骂得燕林脸绯红。羞愧难当出院去，主仆二人又把巧计生。（刘白）他们定的什么计啊？（苏）［流水］做媒的银子三百两。（刘白）鸨儿？（苏）［流水］鸨儿到手一斗金。鸨儿贪财将奴卖，将奴卖于了沈燕林。假说公子得了中，他得中皇榜第一名。奴为他关王庙里把香进，这才一马就到了洪洞。

（二段）（刘白）洪洞住了几载？（苏）［流水］在洪洞住了一年整。（刘白）皮氏待你如何？（苏）［流水］皮氏贱人起毒心。一碗药面付奴手，我双手付与沈官人。官人不解其中意，吃一口来哼一声。昏昏沉沉倒在地，七孔流血他命归阴。（刘白）人命关天岂不要你偿命呐？（苏）［流水］皮氏一见冲冲怒，她道说犯妇奴谋害亲夫君。惊动乡邻和地保，拉拉扯扯是到了公庭。（刘白）头一堂？（苏）［流水］头堂官司问得好。（刘白）二一堂？（苏）［流水］二堂官司变了心。（刘白）想是他们受了贿了呀。（苏）［流水］王知县受贿一千两。（刘白）合衙人等？（苏）［流水］合衙分了八百银。（刘白）将他们带来与你对词。（苏）［流水］上堂去先打我四十板。（刘白）不该招认！（苏）［流水］皮鞭打断了数十根。（刘白）死也不该招认。（苏）［流水］犯妇本当不招认，无情的拶子我难受刑。（刘白）在监中住了几载？（苏）［流水］在监中住了一年整。（刘白）可有人探望于你？（苏）［流水］并无有一人来探望奴的身。（刘白）鸨儿？（苏）［摇板］她不来看。（刘白）你那知心人呢？（苏）［流水］苏三哪有知心的人？（刘白）就是王公子。（苏）［流水］王公子他一家多和顺，我与他露水夫妻有的什么情？（刘白）眼前若有公子你可相认？（苏）［流水］说什么不认得王公子，青纱盖脸我也认也认得清。（刘白）如今他有官而回，你认他他不认你也是枉然。（苏）［摇板］

眼前若有公子在，死在九泉也甘心。

雪艳女审头【1930年4月蓓开唱片2面】张国斌饰陆炳、潘雪艳饰雪艳、周五宝饰汤勤／报名（91241/2）

（头段）（陆炳白）带雪艳！雪艳。（雪艳）有。（陆）你夫妻在哪里被伏？（雪）蓟州西门以外柳林之下。（陆）什么时候？（雪）黄昏时候。（陆）怎样叫开城门？（雪）叫开城门劈了栅子，击动戚大人堂鼓，才见戚大人。（陆）戚大人怎样言道？（雪）戚大人言道：此事大了，须要两下担待。（陆）何谓"两下担待"？（雪）头门以里仪门以外，有座军牢小房，里面有灯有火，外面有封有锁，将我等并锁在一处，等到五鼓天明，看着绑、看着斩，人头打入木桶，回复严爷。（陆）可是实情？（雪）句句实情。（陆）将雪艳带了下去。汤老爷，哎，汤老爷！（汤勤）哎、哎、哎，老大人。（陆）这人头是真的了。（汤）怎见得？（陆）他四人口供皆是一样，岂不是真的了啊？（汤）啊，老大人，想他四人日间同行，晚来同宿一处，他们串通了口供前来蒙哄老大人的。（陆）他四人串通口供瞒哄老夫么？（汤）正是。（陆）汤老爷，老夫倒有一个凭天断呐。（汤）何谓凭天断？（陆）昨日斩了几名人犯，人头未曾示众，将人头搭在堂口，将莫怀古的人头也摆在其内，命雪艳上前相认，认真就是真，认假就是假，汤老爷意下如何？（汤）但凭老大人。（陆）带雪艳。雪艳。（雪）有。（陆）老夫说人头是真的，汤老爷说人头是假的，老夫与你个凭天断呐。（雪）何谓"凭天断"？（陆）昨日斩了几名人犯，人头未曾示众，将人头摆在堂口，将你丈夫的人头也摆在其内，命你上前相认，认真就是真，认假就是假，快将你丈夫的人头抱来我看。

（二段）（雪）〔二黄散板〕陆大人坐在公堂上，吩咐雪艳女娘行。站立在堂口用目望，对对的人头列两旁。这厢好似夫模样，他、他、他……为何人头面皮黄？〔哭头〕这厢不是到那厢望，喂呀老爷呀！〔散板〕怀抱人头跪公堂。

珠帘寨【1930年4月蓓开唱片1面】张国斌饰程敬思、周五宝报名（91243）

〔西皮原板〕自从千岁离朝后，满朝文武泪双流。为千岁懒把乌纱扣，为千岁懒穿紫罗绸。山高路远少来问候，望千岁恕学生礼貌不周。〔流水〕接过了千岁梨花斗，学生言来听从头：甲子年、开科久，山东的黄巢把功名求。试官见他的文字有，御笔亲点占鳌头。唐王见他的容貌丑，贬去状元起祸忧。祥梅寺、贼起首，将我主赶在西岐美良州。学生到此无别由，一来问候〔摇板〕二把兵求。

清官册【1930年4月蓓开唱片1面】张国斌饰寇准、周五宝报名（91244）

〔二黄原板〕接过了夫人酒一樽，背转身来谢神灵。拿名帖请荣耀前来护印，你就说你老爷即刻奔京。夫人请上礼恭敬，下官言来你是听。高堂上老母要你孝敬，早晚间必须要侍候勤，辞别夫人〔摇板〕上能行，披星戴月奔京城，马蹄踏倒路旁草，日落西山小红桃。

管绍华（1901.2.9~1981.2.2）

管绍华，原名家骏，满族瓜尔佳氏，北京人。原为药剂师，经常向陈少五、王福山、福寿山等人问艺。1920年代中后期，他参加了公余雅集社票房。1930年代初期，与奚啸伯、邢威明、陶畏初并称北京"四大老生名票"。1933年，管经言菊朋建议，拜余叔岩管事李玉安为师，下海成为专业演员，搭杨小楼松庆社演出。1935年向王瑶卿学戏，经王指点《武家坡》《四郎探母》《雁门关》等生旦剧目。此后演出于京、津、沪及东北地区，深受观众喜爱。后加入中国人民解放军四野文工团，担任主演，南下演出。1950年代，管先后成立丽群京剧社、管绍华京剧团、北京国华京剧团等剧团，在北京、东北等地区巡演。1958年，国华京剧团与南铁生、毕谷云的民生京剧团合并为北京红星京剧团，演出了大量生旦挑梁剧目。1959年，管应邀加入辽宁营口京剧团，并在营口戏校任教，并被选为营口市第三届政协委员。1962年返京。

1934年胜利唱片，是管绍华票友时期所灌，1936年至1937年间，在百代公司所灌《四郎探母》一剧，是其成名之作，有"探母管"之称号。

四郎探母【1936年3月百代唱片12面】 管绍华饰杨延辉、王玉蓉饰铁镜公主、章梓宸/周昌泰京胡、管觐声京二胡、张来有司鼓（C5404/8、C5417/23）

（头段）【坐宫】（杨延辉）[引子]金井锁梧桐，长叹空随一阵风。（白）失落番邦十五年，雁过衡阳各一天。高堂老母难得见，怎不叫人泪涟涟。本宫，四郎延辉，山后磁州人氏。父讳金刀令公，母亲佘氏太君，生我弟兄七男，俱受君禄。只因十五年前，沙滩赴会，一场血战，只杀得我弟兄死走逃亡。那时本宫被擒，改名木易。多蒙萧太后不肯杀害，反将公主匹配，算来倒有一十五载。昨日小番报道：萧天佐在九龙飞虎峪，设下了天门大阵，宋王御驾亲征。闻听老娘，押粮来到雁门关口，是我有心回营见母一面，怎奈关口阻隔，插翅不能飞过。思想起来，好不伤感人也！

（二段）[西皮慢板]杨延辉坐宫院自思自叹，想起了当年事好不惨然。我好比笼中鸟有翅难展，我好比虎离山受了孤单。我好比南来雁失群离散，

（三段）我好比浅水龙久困沙滩。想当年沙滩会[二六]一场血战，只杀得众儿郎滚下马鞍。我被擒改名姓方脱此难，将杨字拆木易匹配良缘。萧天佐摆天门两下会战，我的娘领人马来到北番。我有心回宋营见母一面，怎奈我身在番远隔天边。思老母不由我肝肠痛断，想老娘泪珠儿洒落在胸前。[哭头]眼睁睁高堂母难得见，儿的老娘啊！[摇板]要相逢除非是梦里团圆。

（四段）（铁镜公主白）丫头，带路啊！[摇板]芍药开牡丹放花红一片，艳阳天春光好百鸟声喧。我本当与驸马消遣游玩，怎奈他终日里愁锁眉尖。（白）驸马，咱家来啦！（辉）公主来了，请坐。（铁）坐着。我说驸马，自从来到我国一十五载，朝欢暮乐，未尝忧思。我瞧你这两天，怎么愁眉不展的？莫非你有什么心事吧？（辉）本宫无有心事，公主不要多疑。（铁）你说你没有心事，你瞧，你的眼泪还没有擦干呢。（辉）这个？（铁）现擦也来不及啦。（辉）唉，本宫心事倒有，慢说公主，就是那大罗神仙，难以猜透。（铁）慢说是你的心事，就是我母后的国家大事，咱家不猜便罢。（辉）若猜呢？（铁）猜他个八九分。（辉）如此就请公主猜上一猜。（铁）丫头啊，打坐向前。[导板]夫妻们打坐在皇宫院，

（五段）[慢板]猜一猜驸马爷满腹机关。莫不是我母后将你怠慢？

（六段）（辉白）啊！公主，你这头一猜……（铁）猜着了？（辉）错了。（铁）怎么错啦？（辉）想那太后，乃是一国之主，本宫又有半子之劳，慢说无有怠慢，纵有怠慢，看在公主的面上也要担待一二。（铁）是啊！想我母后乃是一国之主，你这女婿又是半子之劳，慢说没有怠慢，即便有些个怠慢，还把她老人家怎么样呢？（辉）是啊。（铁）不是的？（辉）不是的。（铁）哦，是了！[慢板]莫不是夫妻们冷落少欢？（辉白）啊，公主，你又猜错了。（铁）又错啦？（辉）想你我夫妻，相亲相爱，一十五载，何言冷落少欢呐？（铁）是啊，想你我乃是恩爱的夫妻，我怎么说冷落少欢呢？（辉）是啊。（铁）不是的？（辉）不是的。（铁）哦哦，是了！

（七段）[慢板]莫不是思游玩那秦楼楚馆？（辉白）想这皇宫内院异景非常，那秦楼楚馆焉是本宫去的所在呀？（铁）是呀，想那秦楼楚馆，难道说还胜得过皇宫内院不成吗？（辉）着啊。（铁）又不是的？（辉）不是的。（铁）哦哦是了！[慢板]莫不是抱琵琶你就另想别弹？

《四郎探母》灌片后于北京欧美同学会合影
左起：管绍华、王瑶卿、傅祥巽、王玉蓉

（八段）（辉白）公主此言差矣。想本宫乃是被擒之人，多蒙太后不斩之恩，事到而今，还讲什么怀抱琵琶另想别弹。你出此言不甚要紧，岂不愧煞，唉，本宫呃。（铁）哟！你别哭啊，我跟你闹着玩呢。这倒难猜了！［慢板］这不是那不是是何意见？（白）驸马，你这儿来，我这一猜，猜到你的心眼儿去！（辉）公主请猜。（铁）［摇板］莫不是你思骨肉意马心猿？（辉白）哦！［流水］贤公主虽女流智谋广远，猜透了杨延辉腹内机关。我本当吐实言求她婉转，（铁白）猜着啦？（辉）慢来呀。［摇板］还须要紧闭口慢露真言。

《四郎探母》管绍华饰杨延辉、王玉蓉饰铁镜公主

（九段）（铁白）我说驸马，心事被咱家猜着了没有呀？（辉）本宫心事，倒被公主猜透。但是不能与本宫做主，唉，也是枉然。（铁）只要你说出来，大小给你拿个主意就是啦。（辉）哦，公主啊！［快板］我在南来你在番，千里姻缘一线穿。公主对天盟誓愿，本宫方肯吐真言。（铁白）叫咱家起誓啊？（辉）正是。（铁）我不会的。（辉）怎么？番邦女子连誓都不会盟么？（铁）比不得你们南蛮子。拿起誓当白玩儿了。（辉）待本宫教导与你。（铁）你教我吧。（辉）跪在此地，口称皇天在上，番邦女子在下，驸马爷对我说了真情实话，我若是走漏消息半点，到后来天把我怎长，地把我怎短。（铁）你听着：皇天在上，番邦女子在下，驸马爷对我说了真情实话，我若走漏消息半点，到后来，天把我怎么长，地把我怎么短。我说驸马，到底怎么长，怎么短呐？（辉）诶！要你终身，对天一表。（铁）你当我不会起誓？过来抱着孩子，待咱家起誓啦！［流水］铁镜女跪尘埃祝告上天，尊一声过往神细听咱言，我若是走漏了他的消息半点，（辉白）怎么样啊？（铁）罢！［摇板］三尺绫自悬梁尸不周全。（辉白）言重了！［流水］一见公主盟誓愿，本宫才把心放宽。二次里走向前［摇板］重把礼见，（铁白）猜着了？（辉）［摇板］我方肯到宋营拜母问安。

（十段）（铁白）我说驸马，誓也起了，有什么话你快说吧！（辉）你道本宫，当真姓木名易么？（铁）哟！谁不知道，你是木易驸马呀！（辉）非也。（铁）非也？哈哈，好啊！自从来到我国一十五载，连个真名实姓都没有？今儿个说了真名实姓便罢！如若不然，奏知母后，要你的脑袋！你可冤苦了我啦！（辉）［导板］未开言不由人泪流满面，（［婴孩啼哭］）（白）啊，本宫与你讲话，怎么在阿哥身上打搅啊？（铁）你说你的，拦着我儿子不撒尿吗？（辉）唉，公主啊！（铁）说好的！［原板］贤公主细听我表叙家园。我的父老令公官高爵显，我的母佘太君所生我弟兄七男。都只为宋王爷五台山还愿，

（十一段）我弟兄八员将［快板］赴会在沙滩。我大哥替宋王长枪命染，我二哥短剑下命染黄泉；我三哥被马踏尸骨泥烂，我五弟弃红尘五台深山。我本是杨……（铁白）噗声！驸

马，到底儿杨什么？（辉）唉！［哭头］啊！贤公主，我的妻呀！［摇板］我本是杨四郎名姓改换，将杨字拆木易匹配良缘。（铁白）呀！［流水］听他言吓得我浑身是汗，十五载到今日才吐真言。原来是杨家将把名姓改换，他思家乡想骨肉不能团圆。我这里走向前再把礼见，尊一声驸马爷细听咱言：早晚间休怪我言语怠慢，不知者莫怪罪你的海量放宽。

（十二段）（辉）［快板］我和你夫妻们恩德匪浅，贤公主你何必礼义太谦。杨延辉有一日愁眉开展，忘不了贤公主恩德如山。（铁）讲什么夫妻情恩德不浅，咱与你隔南北千里姻缘。因何故终日里愁眉不展，有什么心腹事你就只管明言。（辉）非是我这几日愁眉不展，有一件心腹事不敢明言。萧天佐摆天门两国交战，我的母押粮草来到北番。我有心回营去见母一面，怎奈我身在番是不能过关。（铁）你那里休得要巧言改辩，你要拜高堂母是我不阻拦。（辉）既是公主不阻拦，无有令箭怎能过关？（铁）有心发你金鈚箭，怕你一去他不回还。（辉）公主赐我的金鈚箭，见母一面即刻还。（铁）宋营离此路途远，一夜之间你怎能还？（辉）宋营虽然路途远，快马加鞭一夜还。（铁）适才叫咱盟誓愿，你对苍天与我表一番。（辉）哦！［快板］公主要我盟誓愿，双膝跪在地平川。我若探母不回转，（铁白）怎么样啊？（辉）也罢！［摇板］黄沙盖脸尸骨不全。（铁白）言重了！［流水］一见驸马盟誓愿，咱家才把心放宽，你在后宫［摇板］乔改扮，盗来令箭你好出关。（辉）［快板］一见公主盗令箭，本宫才把心放宽。扭回头来［散板］叫小番！备爷的千里战扣连环爷好过关！

四郎探母【1937年4月11/2/3日百代唱片20面】管绍华饰杨延辉、王玉蓉饰铁镜公主、吴彩霞饰萧太后/四夫人、李宝奎饰杨延昭、李多奎饰佘太君、沈鬘华饰杨宗保、朱斌仙饰大国舅、贾松龄饰二国舅、王丽卿饰八姐、赵斌芝饰九妹、章梓宸/周昌泰京胡、管觐声京二胡、张来有司鼓（A4645/64）

（十三段）【盗令】（萧太后）［导板］两国不和屡交战，［慢板］各为其主夺江山。老王爷设下了双龙会宴，

（十四段）失计不成丧黄泉。叫番儿摆驾银安殿，［摇板］看是何人把驾参。

（十五段）【盗令】（铁）［摇板］适才离了皇宫院，见了母后把驾参。（萧）我儿不在皇宫院，来在银安为哪般？（铁）儿在皇宫心闷倦，特地前来问娘安。（萧）我儿说话礼太谦，母女何必常问安。（白）回喀吧！（铁）［摇板］辞别母后下银安，［流水］举目回头四下观。桌案现有金鈚箭，不能够到手也枉

《四郎探母》王玉蓉饰铁镜公主、吴彩霞饰萧太后

然。低下头来心暗转,(白)有啦![摇板]有一巧计在心间,忙把娇生掐一把!(萧白)转来![摇板]皇孙啼哭为哪般?(铁白)母后![流水]小奴才生来皮肉贱,他要母后令箭玩。论律就该推出斩,(白)斩了吧!(萧)[流水]我的儿说话理不端。别人要令理当斩,皇孙要令拿去玩。我今赐你金鈚箭,五鼓天明[摇板]即刻还。

(十六段)【盗令·别宫】(铁)谢罢母后金鈚箭,中了咱家我的巧机关。(萧)番儿退班摆酒宴,后宫兵书仔细观。(辉)[快板]在头上摘下胡狄冠,身上脱下紫罗衫;沿毡帽,齐眉掩,三尺青锋挂腰间。将身来在皇宫院,等等等,等候了公主盗令还,好奔阳关。(铁)[摇板]银安盗来金鈚箭,成全驸马孝义全。(辉白)公主回来了。(铁)回来啦。(辉)令箭可曾到手?(铁)哟!我只顾跟我母后说话,把您的事情忘啦!(辉)哎呀!你误了本宫的大事了!(铁)你瞧,这是什么?(辉)如此请上受我一拜。(铁)一夜之间,拜的什么!(辉)公主啊![流水]虽然分别一夜晚,为人必须礼当先。辞别公主跨走战,[摇板]泪汪汪哭出了雁门关。

(十七段)【别宫·过关】(铁白)驸马,我夫![哭头]啊,驸马爷呀![摇板]见驸马跨雕鞍我失魂丧胆,等驸马早回转我心才安。(大国舅)[摇板]番儿带路往前趱,(二国舅)有人过关仔细盘。(辉)[快板]适才离了皇宫院,一马来在雁门关。勒住丝缰用目看,把关的儿郎列两边。(白)开关呐!(国舅)哪儿喀?(辉)奉了太后之令,出关另有公干。(国舅)可有金鈚令箭?(辉)站定了![快板]听说番儿要令箭,翻身下了马雕鞍。用手取出金鈚箭,把关的儿郎仔细观。(大国舅)[摇板]果然是太后的金鈚箭,(二国舅)尊一声壮士就请过关。(辉)[摇板]两国不和常交战,把守关口莫偷闲。严防南朝乔改扮,无有太后金鈚令箭,莫放他过关!

(十八段)【过关·巡营】(大国舅)[摇板]番儿与我关门掩!(二国舅)我见了太后说根源。(杨宗保)[摇板]帐中领了父帅令,巡营瞭哨要小心。(白)俺,杨宗保。奉了父帅将令,巡营瞭哨,嗯!军士们!听爷一令呐![导板]杨宗保在马上忙传将令,[慢板]叫一声众兵丁细听分明。

(十九段)【巡营】萧天佐摆下了无名大阵,他要夺我主爷锦绣龙廷。向前者一个个俱有封赠,退后者按军令插箭游营。耳边厢又听得[摇板]銮铃震,军士撒下绊马绳。

(二十段)【被擒·见

《四郎探母》管绍华饰杨延辉、朱斌仙饰大国舅、贾松龄饰二国舅

弟】（辉）[快板]为探慈母到宋营，乔装改扮黑夜行。催马加鞭往前进，刀枪剑戟似麻林。大胆且把宋营进，闯进宋营我就见娘亲。【见弟】（杨延昭）[导板]一封战表到东京，[原板]宋王爷御驾亲自征。萧天佐摆下了无名阵，宋营将官解不明。我命那宗保[快板]去巡营，中途路上遇仙人。赐他天书三卷整，才知番邦阵有名。天门阵一百单八阵，阵阵俱有我杨姓的人：红沙阵内孟佩仓，黑沙阵内焦克明；童子阵，杨宗保，女儿阵内穆桂英；青龙阵，宋天子，白虎阵内有本帅的名。将身儿且坐宝帐等，[摇板]候五哥下山来好破天门。（宗）宝剑令箭作证凭，见了父帅说分明。

（廿一段）【见兄】（杨宗保白）参见父帅！（杨延昭）罢了！命儿巡营，可有军情？（宗）孩儿巡营瞭哨，拿住番邦奸细了！（昭）有何为证？（宗）宝剑令箭为证！（昭）呈上来。（宗）是。（昭）呜呼呀！果然番邦令箭，吩咐大小将官，击鼓升帐！（宗）得令！下面听者：元帅有令，击鼓升帐！（昭）拿住番邦将，升帐问端详。番邦奸细押进帐来。（杨延辉）[西皮摇板]大喝一声如雷震，[快板]帐下的儿郎胆气生。大胆且把宝帐进，上面坐定同胞人。站立不通名和姓，问我一言答一声。（昭）本帅宝帐用目睁，灯光之下看不清。白虎堂上开言问：你是番邦什么人？家住哪州并哪郡，要见本帅为何情？（辉）家住在山后磁州郡，火塘寨上有家门。我父令公官一品，我母佘氏老太君。六弟下位将我认，我是你四哥回宋营。（昭）听说是四哥回宋营，倒教本帅喜在心。众将与爷掩肃静！[摇板]自己骨肉认不清。走近前来忙松捆，恕弟不知少逢迎。（宗）忽听前堂哭悲声，见了父帅问分明。（白）参见父帅！（昭）罢了。见过儿四伯父。（宗）是。参见四伯父！（辉）罢了，这是何人？（昭）侄男宗保。（辉）多大年纪？（昭）一十四岁。（辉）呜呼呀！且喜杨家有后，待我谢天谢地！（昭）当谢天地。请坐。（辉）一旁坐下。（宗）告坐。

（廿二段）【见兄】（昭）四哥失落番邦一十五载，怎样脱离虎口？（辉）唉！一言难尽呐！[原板]弟兄分别十五春，铁石人儿也泪淋。闻听得老娘来到北郡，因此上巧改扮，黑夜里探望娘亲。（昭）四哥失落在番营，盼坏了老娘亲、哭坏了四嫂夫人。宗保儿进前[流水]听将令，晓谕三军[摇板]莫高声。（宗白）得令！[摇板]骨肉相逢多欢庆，晓谕帐外众三军。（辉）问贤弟老娘今何在？（昭）现在后帐把兵排。（辉）有劳贤弟把路带，母子相逢要痛伤怀！

（廿三段）【见娘】（佘太君）[摇

《四郎探母》
管绍华饰杨延辉、李宝奎饰杨延昭、沈曼华饰杨宗保

板］宋王爷御驾征北塞，［流水］两国不和动兵灾。我的儿宋营挂了帅，老身随征到此来。八姐九妹前把路带，［摇板］张灯结彩就为何来？（昭）四哥且站营门外，（辉）贤弟禀报老萱台。（昭白）四哥稍等。参见母亲。（佘）儿呀，夜静更深，进帐何事？（昭）恭喜母亲，贺喜母亲！（佘）为娘喜从何来？（昭）我四哥回来了！（佘）哪个四哥？（昭）失落番邦延辉四哥回来了！（佘）他……现在哪里？（昭）现在帐外。（佘）快快唤他进来！（昭）遵命！母亲唤你！（辉）带路！（佘）这就是你四哥？（辉）母亲。（佘）我儿。（辉）老娘！（佘）娇儿。（辉）母亲呐！（佘）唉！我的儿啊！［导板］一见娇儿泪满腮，［流水］点点珠泪洒下来。沙滩会，一场败，只杀得杨家好不悲哀。儿大哥长枪来刺坏，你二哥短剑下他命赴阳台；儿三哥马踏如泥块，我的儿你失落番邦一十五载未曾回来；唯有儿五弟把性情改，削发为僧出家在五台；儿六弟镇守三关为元帅，最可叹你七弟他被潘洪就绑在芭蕉树上乱箭攒身无处葬埋。［哭头］娘只说我的儿今何在，延辉我的儿啊！［摇板］哪阵风将儿你吹回来？

（廿四段）【见娘】（辉）［导板］老娘亲请上受儿［回龙］拜！（白）母亲呐！（佘）儿呀！（辉）［二六］千拜万拜折不过儿的罪来。儿困番邦一十五载，常把儿的老娘挂在儿的心怀。萧太后的恩似海，铁镜公主配和谐。胡狄衣冠懒穿戴，［快板］每年间花开儿的心不开。闻听得老娘来北塞，乔装改扮黑夜来。见母一面愁眉解，愿老娘福寿康宁［摇板］永无有祸灾。

（廿五段）【见娘】（佘）［流水］我的儿失落番邦外，为娘每日挂心怀。夫妻恩爱不恩爱？公主贤才不贤才？（辉白）母亲！［流水］铁镜公主真可爱，千金难买女裙钗。本当黑夜来叩拜，怎奈是两国相争她不能来。（佘）［摇板］眼望番邦深深拜，贤德媳妇不能来。（辉）六贤弟请上受兄拜，贤弟可挂忠孝牌。（昭）说什么可挂忠孝牌，侍奉母亲理应该。（辉）二贤妹请上同受兄拜，愧煞愚兄不将才。（八姐、九妹白）四哥！［摇板］四哥不必把礼拜，侍奉老母也应该。（佘）儿啊！［散板］我儿失落番邦外，你妻未曾伴妆台。（辉白）哎呀！［散板］问贤妹你四嫂今何在？（八姐九妹）现在后帐未出来。（辉）有劳贤妹把路带，（佘哭介）儿啊！（辉）［散板］儿到后帐看一看娘的儿媳、儿的妻、女裙钗，儿去去就来。（佘）［散板］六郎儿后帐把宴摆，与你四哥接风莫迟挨！

（廿六段）【见四夫人】（四夫人）［西皮流水］儿夫失落番邦外，在后帐哭坏女裙钗。茶不思来饭不爱，十五载未上梳妆台。（八姐九妹）［摇板］四哥且等营门外，见了四嫂说开怀。（白）参见四嫂。（四夫人）罢了。二位贤妹，黑夜之间，进帐何事？（八姐、九妹）恭喜四嫂，贺喜四嫂！（四夫人）喜从何来呢？（八姐九妹）我四哥回来了！（四夫人）哪个四哥回来了啊？（八姐九妹）失落番邦延辉四哥。（四夫人）啊？四郎他……回来了么？（八姐九妹）正是！（四夫人）现在

《四郎探母》李多奎饰佘太君

哪里？（八姐九妹）现在帐外。（四夫人）说我有请！（八姐九妹）有请四哥！（杨延辉）贤妻！（四夫人）四郎！（辉）我妻！（四夫人）我夫！（同白）妻（夫）啊！（四夫人）[导板]一见儿夫泪满腮，[流水]点点珠泪洒下来。失落番邦十五载，你在何处把名埋？（辉白）哎！妻呀！[流水]失落番邦十五载，铁镜公主配和谐。若不是她盗令来得快，插翅难以过营来。（四夫人）[摇板]听一言来心喜坏，看你是个无义的才。（辉）虽然我在番邦外，常把贤妻挂心怀。夫妻只哭得肝肠坏！

（廿七段）【别家】（[四更]）（辉白）哎呀！[散板]谯楼鼓打四更牌，辞别贤妻出帐外！（四夫人）手拉儿夫不放开，你今要走将我带。（辉）你苦苦地拉我为何来？（四夫人）高堂老母年高迈，恨煞不遇的女裙钗。（辉）怎不知老娘年高迈，船到江心步难挨。狠心肠将妻丢帐外！（佘太君）[散板]耳听得帐外悲声坏，夫妻们见面也要伤怀。（辉）辞别老娘回北塞，（四夫人）再与婆婆说开怀。（白）哎呀，婆婆！你孩儿他……要回去了！（佘）儿啊！岂不知这"天伦为大，忠孝当先"？（辉）哎呀，母亲！孩儿岂不知"天伦为大，忠孝当先"。此时若是不回去，你那贤德的儿妇，与那小孙孙，就要受那一刀之苦啊。

（廿八段）【哭堂】（佘）[散板]我哭一声延辉我的儿啊！（辉）老娘亲！（昭）四兄长！（辉）六贤弟呃！（八姐九妹）四哥哥！（辉）二贤妹！（四夫人）四郎夫！（辉）苦命的妻呀！（同）啊！（辉）老娘亲！（昭）四兄长！（辉）六贤弟呃！（八姐九妹）四哥哥！（辉）二贤妹！（四夫人）四郎夫！（起五更）（辉白）哎呀！[散板]谯楼鼓打五更牌，辞别一家回北塞！[反西皮散板]杨四郎心中似刀裁！（佘白）儿呀！（辉）[散板]舍不得老娘年高迈，（昭白）兄长！（辉）[散板]舍不得六贤弟将英才。（八姐九妹白）四哥！（辉）[散板]舍不得二贤妹未出闺门外，（四夫人白）夫啊！（辉）[散板]实难舍结发糟糠两下分开。一家人只哭得肝肠坏！

（廿九段）【被擒回令】（佘）一见我儿回北塞，不由老身痛伤怀。大破天门扫北塞，我儿一定转回来！（大国舅白）摘去顶戴，（二国舅）罚俸三载。（大国舅）国舅请了！（二国舅）请了！（大国舅）奉了太后之命，捉拿木易。来啊！（众）有！（大国舅）打道上关来啦！（二国舅）下马！（大国舅）戴上！（萧）散下鹰鹞去，捉拿燕子回。（国舅）木易拿到！（萧）绑进帐来！（国舅）绑进帐来！（辉唱）不该盗令回宋营，如今木易身受刑。大胆且把银安进，[摇板]问我一言答一声。（二国舅白）木易当面。（萧）[快板]家住哪州并哪郡！快快从头说分明。（辉）家住山后磁州郡，火塘寨上有家门，我父令公官一品，我母佘氏老太君。若问孩儿名和姓，我本是杨……（国舅白）说！（萧）杨什么？（二国舅）叫什么？（辉）[摇板]杨延辉就是儿的名！（萧白）咦！[摇板]吩咐两旁刀斧手，斩他首级挂营门。（国舅白）喳！（辉）[快板]忽听太后问斩刑，吓得我木易胆战惊。眼望后宫高声[哭头]叫，我的妻呀！[摇板]夫妻相逢再等来生！

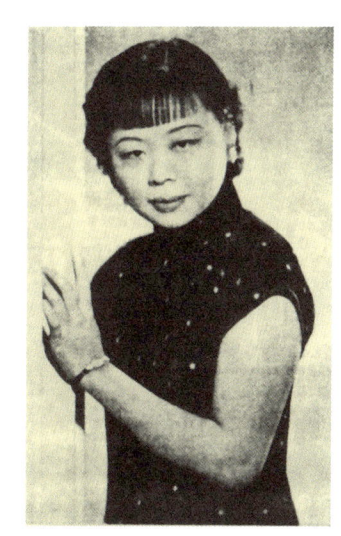

王玉蓉

（二国舅白）公主快走吧！（铁镜公主）［流水］忽听国舅一声请，倒教咱家吃一惊。驸马因何犯将令？［摇板］快快醒来说分明。

（三十段）【回令】（大国舅白）醒醒瞧瞧，谁来啦？（辉）［摇板］在银安殿绑得我昏迷不醒，（白）哎！公主啊！（大国舅白）哎！我是母猪，公主在那边呢！（辉）唉！［快板］一见公主到来临。公主若念夫妻义，太后面前讲人情。公主不念夫妻义，斩了我四郎［摇板］你是反穿罗裙！（铁白）驸马！［流水］驸马暂受一时捆，咱家上殿讲人情。迈步且把［摇板］银安进，问我一言答一声。（萧）我儿不在后宫廷，来在银安你为何情？（铁白）母后！［摇板］驸马犯了何条令，因何捆绑要问斩刑？（萧）你夫妻定计盗我的令，反把巧言问娘亲！（铁）驸马犯罪律当斩，看在儿份饶他身。（萧白）定斩不赦！（铁）呀！［流水］母后不把人情准，倒教咱家无计行。下得银安［摇板］把驸马请，（白）驸马！［摇板］一同哀告你我的老娘亲。

（三十一段）【回令】（辉白）太后！（铁）阿娘！（同）太后（阿娘）！（辉）［哭头］我哭、哭一声老太后！（铁）我叫、叫、叫一声老娘亲！（辉）［反西皮散板］当初被擒就该斩，（铁）不该将儿配为婚。（辉）斩了孩儿不要紧，（铁）儿的终身靠何人？（辉）老太后！（铁）老娘亲！（同）啊！（辉）［干唱］我的丈母娘啊！（大国舅）我的现大洋啊！（二国舅白）得了，别打哈哈儿啦！

（三十二段）【赦免】（二国舅）小公母俩哭得怪可怜的，咱们哥儿俩讲个人情吧！（大国舅）老太后在上，我二人给您叩头啦！（萧）二位国舅敢是与木易讲人情吗？（国舅）不敢！老太后开恩吧！（萧）木易出关的时候是谁给放的？（国舅）他放的！（萧）谁擒的呢？（国舅）我擒的！（萧）啊哈哈哈哈。（国舅）乐了！（萧）先斩木易，然后要你们俩人儿的脑袋！（国舅）莫管闲事！（铁）［流水］母后再三不应允，倒教咱家怒气生。当初被擒就该斩！（萧）不知他是姓杨的人。（铁）斩了驸马儿无靠，（萧）再与我儿配为婚。（铁）好马不把双鞍配，（萧）［摇板］哪有长生不老人？（白）下殿喀！（铁）呀！［摇板］下得银安无计行！（白）我说二位国舅呀！（国舅）公主！（铁）我可一点儿主意也没有啦！（大国舅）我倒有一个好主意，您把小阿哥，往老太后身上这么一放，你就说：我不活着啦！老太后要是一心疼外孙子，她可就赦了！（铁）我可舍不得我的孩子。（大国舅）舍不了小的，你可就救不了这老的！（二国舅）这话又说回来啦，你要舍了小的，救了老的，往后，何愁没有小的啊？（大国舅）舍了吧！（铁）哎！［散板］阿哥摔与老娘亲！（白）我不活啦！我不活啦！（萧）得啦！

《雁门关》吴彩霞饰萧太后

我赦啦！（国舅）老太后赦了！（铁）赦了？我别装着玩了！（大国舅）快松绑吧！（铁）别胡巴结差事了！（二国舅）你巴结什么差事啊！（大国舅）干嘛？刷色干什么呀？（铁）二位国舅啊！（国舅）公主！（铁）母后还生着气呢！（大国舅）哎，过去您抹稀泥，请个安就得了！（二国舅）对啦！（铁）母后你别生气啦！我这里给您请安啦！（大国舅）羊皮吊面儿——不理。（二国舅）你这边儿再来一蹲！（铁）母后，您还跟小孩子生气吗？得啦！我这里给您请安啦！（二国舅）骆驼打哈欠——扭过脖去啦。（大国舅）是事不过三，你当中间再来一个就行了。（二国舅）对啦。（铁）我说母后，得啦！你把阿哥赏给我吧！我这里给您请安啦！（国舅）你乐着点儿，赦了！（辉）［摇板］未谢太后先谢你！（白）多蒙公主讲情，我这里当面谢过！（铁）哪的话呐！（辉）［摇板］公主可算贤德的人！（铁白）驸马！［摇板］母后得罪咱家赔礼，（白）驸马，母后得罪您呐！没有说的！我这儿给你请安啦！赔礼啦！［摇板］千万莫要记在心。（辉）夫妻双双银安进，多谢太后不斩恩。（萧白）命你镇守北天门，将功赎罪。再要是私自探母，留神你的脑袋！下殿咯！（辉）谢太后！

洪羊洞【1936年3月百代唱片1面】管绍华饰杨延昭、章梓宸京胡（C5402）

［二黄原板］为国家哪何曾半点闲空，我也曾征过了塞北西东。官封到节度使皇王恩重，身不爽我只得瞌睡蒙眬。［散板］猛抬头只见我父令公。曾记得两狼山父把命送，哪有那人死后又能复生。我这里下位去难以转动！

长坂坡【1936年3月百代唱片1面】管绍华饰刘备、章梓宸京胡（C5403）

［西皮导板］堪叹万般皆由命，［原板］算来由命不由人。弟兄桃园秉忠信，保国安民破黄巾。实指望治国安邦定，又谁知奸曹做劫臣。我幸托身［流水］荆州郡，刘表待我亲弟身。不觉心酸［散板］泪难忍，狂风刮起马前尘。

游龙戏凤【1937年4月9日百代唱片4面】管绍华饰正德帝、陶默厂饰李凤姐、章梓宸京胡（A4607/10）

（头段）（正德帝）［四平调］有寡人驾坐在梅龙镇，想起朝中大事情。将玉玺交与龙国太，朝中大事有公卿。孤忙将木马一声震，唤出送茶送酒的人，啊，看是何人！（白）酒保。（李凤姐）来了。［四平调］自幼儿生长在梅龙镇上，兄妹二人开店房。我哥哥巡更对我讲，他说前店有一位军长。将茶盘放至在桌案上，（白）唔！［四平调］凤姐回转后店房，啊，后店房。

（二段）（正）好花出在仙山内，美女生在小地名。孤忙将木

《连营寨》管绍华饰刘备

陶默厂

马二声响,(李)来了提茶送酒人。(正白)酒保、酒保。(李)我们这里无有酒保,倒有个酒大姐在此啊。(正)好大的口气啊。好,以酒为名,我就叫她一声酒大姐。啊,酒大姐,我来问你,方才巡更守夜之人,他是何人?(李)他是我家哥哥。(正)哦,他叫什么名字?(李)他叫李龙。(正)他叫李龙,你叫什么名字啊?(李)我么?是无有名字的。(正)呃,人生天地之间,岂能无有名字之理呀?(李)说出来,怕军爷你叫。(正)为军的不叫就是。(李)如此我姓李。(正)呃,我晓得你姓李,你叫什么名字啊?(李)我叫……(正)叫什么?(李)李凤姐哟。(正)好一个李凤姐。(李)拿名字来还我。(呃,话出如风,怎能还你。(李)军爷方才说过不叫,怎么又叫起来了?(正)下次不叫就是。(李)下次不可。做什么?(正)我来问你,梅龙镇上就是这样的酒饭不成么?(李)我家有三等。(正)哪三等?(李)上中下三等。(正)我来问你,上等人的何人所用。(李)来往官员所用。(正)中等的?(李)买卖客商。(正)下等的呢?(李)不说也罢。

(三段)(正)为何不讲?(李)说出来恐怕军爷着恼。(正)为军的不恼就是。(李)就是你们吃粮当军之人所用。(正)呜呼呀!想这当军之人。还有许多的苦处。待孤王回朝之后,犒赏他们也就是了。好!你将这上等的酒席摆来我用。(李)打个哑谜你可晓得?(正)略知一二。(李)行船?(正)船钱。(李)宿店?(正)店钱。(李)这是吃酒呢?(正)自然是酒后了啊。(李)啐!怎么连酒钱也不晓得。什么叫作酒后?(正)听你之言敢莫是要钱么?(李)我倒不要钱。(正)哪个要钱?(李)我哥哥回来,问我要钱。(正)这就好办了。将帘儿卷起。[四平调]好一个乖巧的李凤姐,未曾吃酒要钱文。九龙袋内摸一把,白晃晃现出一锭银。(白)拿去。(李)放下。(正)放在哪里?(李)放在桌儿上。(正)呃,桌子是光的,银子是滑的。滚了地下那还了得?(李)滚在地下,我会拾起。(正)我怕闪了大姐你的腰。(李)闪了我的腰与你什么相干?(正)为军我心痛啊。(李)我倒不心痛,哪个要你来心痛?(正)好个不识抬举。好,放在桌上。拿去。(李)军爷敢是舍不得?(正)呃,我倒是舍得,恐怕大姐你呀,舍不得吧!(李)哎呀,且住!我看这位军爷有些不老成,待我哄他一哄。啊,军爷你进得店来,可曾看见我家古画。(正)这倒不曾看见。在哪里?(李)在那里。(正)在哪里?(李)在这里。(正)哦,被他诓了去了!

(四段)(李)[四平调]用手儿取过了银一锭,问问军爷几个人?(正)为军的一人一骑马。(李)一人用不了许多银。(白)银子多了。(正)人的饭食,马的草料,俱在这银子上算账啊。(李)哦,马的饭食,人的草料。(正)呃,人的饭食,马的草料啊。(李)还多。(正)还多?送与大姐买花儿戴了。(李)多谢军爷!(正)不用谢了。(李)军爷请。(正)请到哪里?(李)请到客堂。(正)我正要到你的卧房啊。(李)哎,客堂啊。(正)哎,客堂哦?呵呵![八岔]这是何人的房子?(李)这是我家哥哥的卧房。(正)哎呀,肮脏得很呐。呃，这又是谁的房子啊？（李）这是我的卧房。（正）哦，待我进去瞻仰瞻仰。（李）且慢。你可晓得：男女授受不亲呐？（正）他还晓得男女授受不亲喏！哈哈哈哈！［四平调］孤龙行虎步把客堂进，（白）啊？梅龙镇上，就是这么紧的门户么。（李）遇着你们这样人，不得不紧！（正）哎，好紧喏！哈哈哈哈！（李）啐！［四平调］回身扣上两扇门，啊，打扫灰尘。

打棍出箱【1936年3月百代唱片2面】管绍华饰范仲禹、章梓宸京胡（C5400/1）

（头段）（白）走啊！［二黄散板］山前山后我俱找到，寻不着妻和儿落哪条。（白）卑人，府学生员范仲禹。今逢大比之年，进京求取功名。是我带领妻室孩儿行在万泉山下，不想妻室孩儿，唉，失去啊。方才樵夫对我言道，这里有一个告老的太师，他是叫这个——呃，葛登云呐。我不免找上前去，定与他拼命呐！唉！拼命呐！［散板］恨贼子把我的牙咬断，擅抢民妻礼不端。甩开大步朝前闯，不觉来到贼的府门前。

（二段）【闹府】［原板］我本是一穷儒太烈性，冒犯了老太师府门庭。念卑人结发糟糠多薄命，浪打鸳鸯两离分。我往日饮酒酒不醉，到今日饮酒这酒醉人。

《定军山》管绍华饰黄忠

打棍出箱【1937年4月9日百代唱片2面】管绍华饰范仲禹、章梓宸京胡（A4611/2）

（头段）（白）啊，老太师，卑人酒已够了，不能奉陪了。呜呼呀，好一座清净的书房。唉，想我误听樵哥之言打上府门，太师爷不怪罪于我反用酒饭款待，如此看来，真乃是难得呀，难得！［四平调］听谯楼打罢了初更时分，猛然想起小娇生。我叫一声范金儿你快来吧，我的儿啊！送儿到学中读一读书文，啊，读一读书文。（白）啊？书房之中阴风惨惨，莫非有鬼么？

（二段）［四平调］谯楼上打罢了二更时分，蒙眬想起结发的情。我叫一声陆氏妻你快来吧，我的妻呀！夫妻们见面叙一叙苦情，啊，叙一叙

《打棍出箱》管绍华饰范仲禹

苦情。（白）啊？书房之中阴风惨惨、鬼哭神嚎，哎呀，范仲禹呀，范仲禹，你的性命难逃今晚！咳！［四平调］三更三点白露茫，怎不叫人泪两行。似风筝好似断了线，妻儿啊！夫妻们好比浪打鸳鸯，啊，浪打鸳鸯。

打棍出箱【1937年4月11日百代唱片2面】管绍华饰范仲禹、章梓宸京胡（A4643/4）

（头段）［四平调］在城隍庙内挂了号，在土地祠内领过了回文，啊，领了回文。（［八岔］）（白）你为何骂我？你骂了我了！［四平调］你骂我是一个狂学生，平白地骂我为何情？啊，所为何情？（［八岔］）（白）你为何打我哇？你打了我了！［四平调］我和你一无冤来二无恨，平白地打我鲜血淋，啊，鲜血淋。

（二段）（［八岔］）（白）你是我的儿子啊！儿啊！［四平调］叫一声小娇儿你快来吧，我的儿啊！送儿到学中读一读书文，啊，读一读书文。（［八岔］）（白）你是我的妻子啊！唉，妻呀！［四平调］叫一声贤德妻你快来吧，我的妻呀！红罗帐内叙一叙旧情，啊，叙一叙旧情。

乌龙院【1942年百代唱片4面】管绍华饰宋江、魏莲芳饰阎惜娇（PN23/4/5/6）

（头段）（宋江）［四平调］宋公明打坐在乌龙院，猜一猜大姐腹内机关：莫不是茶饭不合你的口？（阎惜娇白）我说宋大爷，想咱们这俗等人家，吃的是鸡鸭鱼肉，难道还要吃那龙心凤肝不成吗！（宋白）如此，不对呀？（阎）不对。（宋）哦哦哦，是了。［四平调］莫不是衣衫不称你的身？（阎白）宋大爷，您这一猜？（宋）猜着了。（阎）没猜着。（宋）怎么？（阎）想咱们这平等人家，供是绫罗绸缎，难道还要穿那龙衣凤衫不成吗！（宋）如此还是不对呀？（阎）不对。（宋）哦哦，是了！［四平调］莫不是邻居们得罪了你？（阎白）宋大爷，想那街坊？好街坊。邻居？好邻居。我不去惹人家，人家呢也不来惹我，纵然我有什么不好，看在您的面上也不好意思的不是。（宋）那是自然，谅他们也不敢呐！（阎）哼，给了脸了不是。（宋）还是不对呀？（阎）不对。（宋）哦哦，是了！［四平调］莫不是马二娘打骂不仁？（阎白）宋大爷，想那马二娘乃是我的老的儿，打也打得，骂也骂得，我还敢把她老人家可怎么样呐！

（二段）（宋）这倒难了！［四平调］这不是来那不是。（阎白）我说宋大爷，您猜不着就甭猜了。（宋）呃，我这一猜就猜着了。（阎）那么您就请猜。（宋）听了！［四平调］莫不是思想我宋公明？（阎白）哎哟，真有你的，你真会给猜着啦。（宋）呃，我料你就是想我啊！（阎）可不是想你吗！请坐，请坐。（宋）哦，坐下。你是怎样的想我呢？（阎）别忙！我想想。哦，对啦。我前儿个想你来的。（宋）哦，前天衙中有事啊。（阎）我昨儿个也想你来的。（宋）昨天同朋友吃酒。（阎）咳，我就是今儿个想你想得厉害。（宋）呃，偏偏地今天我就来了，你是怎样的想法呢？（阎）我呀？清晨起来，头也不顾得梳，脸也不顾得洗，前厅跑到

《法门寺》管绍华饰赵廉

后院,后院跑到厨房;左手拿着个小碟儿,扠点儿凉水,右手拿着蒜瓣,喝口凉水,就口蒜瓣。这就叫"淡想淡想,想断肝肠"!(宋)哎呀,你这样的想法,恐怕不是想我吧?(阎)谁想你呀?(宋)大姐你呀!(阎)你姐姐想你!你妹妹想你!(宋)呀呸![二黄散板]适才我在大街行,(阎白)怎么着?(宋)[散板]众人的言语不受听。(阎白)说什么来着?(宋)[散板]话到舌尖留半句,(阎白)说吧。(宋)[散板]说出口来难为人。

(三段)(阎白)你住了吧!想我们做妇人的,一要行得正,二要走得端,三条大道走中间。我一不作贼。(宋)我问你这二?(阎)二?二不偷人家的。(宋)三呢?(阎)三、三、三?(宋)三!(阎)还嘚儿四呢!(宋)你呀,就坏这三上了啊![散板]人道你私通了张!(阎白)张什么?张什么?(宋)不说了。(阎)咳!说出来吧!(宋)说出口来难看呐!(阎)哎,憋到肚子里头是病,说吧!(宋)诶![散板]那张文远!(白)张文远!我会猜不着你的心事!呵呵,你叫我寒心喏!(阎)呀![四平调]被他猜破内中情。(白)哼!真有的啊!三猜两猜被他给猜着啦!咳,没法子,把他对付走了得啦!我说宋大爷!(宋)呀呸!哪一个不唤我是宋大爷,呵呵,又嘚儿宋大爷了又!(阎)哦,宋大爷不好,那么宋先生。(宋)呀呸!哪一个不晓得我是宋先生,要你来臭奉承!(阎)咳,您呐不知道,我呀不会用酒,清晨起来,吃了两杯早酒;酒言酒语的可就把您给得罪啦。真格的,您呐还处不过我去吗?您高抬抬手儿,我呐,可也就过去啦。得啦!哎哟哎哟,我一个人儿的宋大爷哟!(宋)哎呀,你这个酒少吃些才是啊!(阎)明儿个我就拜礼儿去!(宋)少饮也就是了。(阎)得啦,您呢,请坐吧!(宋)请坐。(阎)刚才您提什么张、张什么呀?(宋)呃、呃就是那张文远。(阎)他是你什么人呐?(宋)是我的徒儿。(阎)白天呢?(宋)衙中抄写墨卷。(阎)晚上?(宋)同榻安眠。(阎)说着说着你漏了话头儿了不是?(宋)怎么漏了?(阎)八成儿你私通那张文远来的!(宋)唉,哪有男子私通男子的道理呀?(阎)哦,你没有?(宋)不曾。(阎)嗯!有这么个人儿你惹不了!(宋)哪一个?(阎)就是你妈、你奶奶!(宋)呀呸!

(四段)[西皮导板]一言怒恼宋公明!(宋白)阎大姐。(阎)宋大爷。(宋)阎婆惜。(阎)宋公明。(宋)阎惜娇!(阎)宋江!宋江!宋江!宋江!(宋)啊?你敢唤我的官印?我把你这贼淫妇!(阎)哎哟!他可骂苦了我们了!宋江啊、宋江!我把你这活王八!(宋)花了许多银钱,只落得"王八"二字!(阎)你呀认了吧!(宋)[原板]骂一声阎惜娇无义的贱人。(阎白)你少骂人吧。(宋)[原板]曾记得那年遭荒旱,你一家三人来到郓城。(阎白)提不着那个!(宋)[原板]遭不幸尔的父丧了命!(阎白)谁嘚儿问你啦!(宋)[原板]无有银钱葬尔的天伦。清晨起卖到[快板]午时正,午时卖到夜黄昏。大老爷打罢了退堂鼓,衙前来了宋公明。我为你盖下乌龙院,我为你得罪了众宾朋;我为你在父母台前［摇板］少孝敬,(阎白)你就该天打雷劈!(宋)哎!［摇板］我为你失去了夫妻的情。［散板］将你赶出乌龙院!(阎白)我就走!(宋)哪里去?(阎)［散板］走遍天下有宾朋。(宋)任你走在天边外,难逃宋江的掌握中。

法门寺【1934年胜利唱片4面】管绍华饰赵廉、柏翠微饰宋巧娇、张稔年饰刘瑾、张泽圃饰贾桂（54569、54607）

《法门寺》张稔年饰刘瑾

(头段)【庙堂】(宋巧娇)［西皮导板］宋巧娇跪至在大佛宝殿!(校尉白)哦!(刘瑾)桂儿诶!(贾桂)喳!(刘)外头又为什么这么鸡猫喊叫的?(贾)奴婢我不知道啊。(刘)这宝座离着近,是惊了驾,是你担哪,哎,还是我担哪?(贾)奴婢我溜肩膀,我担不起呀!(刘)你也知道担不起呀?(贾)喳。(刘)瞧瞧去。(贾)喳。我说校尉的!(校尉)哦。(贾)什么事这么鸡猫子喊叫的?(校尉)千岁爷虎威。(贾)你们不知道宝座离着近呐,要是惊了驾,是你担哪,还是我担哪?下去吧!哎,我说小妞儿啊,我说我的,真格的你倒是唱你的呀。(宋)千岁!［慢板］尊国太后与千岁细听奴言。

(二段)孙玉娇卖风流［二六］在门前站,奴的夫闲游玩来在孙家的门前。故意儿丢玉镯被那刘媒婆她看见,暗地里诓绣鞋勾奸卖奸。小刘彪夤夜里刀伤命案,那位县太爷就将奴的丈夫拿问在监。［哭头］望国太与千岁仔细查问,千岁爷!

《法门寺》张稔年饰刘瑾、张泽圃饰贾桂

(三段)(刘白)听女子之言与状纸相符,请母后定夺。(国太)我儿审明此案,胜似为娘烧香还愿。(刘)传旨,请驾回宫。(［吹打］)桂儿。(贾)喳。(刘)这法门寺归哪管?(贾)属眉坞县所管。(刘)眉坞知县他来了没有?(贾)请了个安他又回去了。(刘)好大架子啊。(贾)架子不小啊。(刘)抓眉坞县。(贾)喳。我说校尉的。(校尉)啊。(贾)抓眉坞县啊。(刘)告状的小妞儿,我给你传你的父母官去了,少时到来只管与他对质，别害怕，全有咱家与你做主。（宋）仰仗千岁。（贾）坐电线你就来了啊。我替你言语一声。启禀千岁爷，眉坞县到。没听见？得高点儿声，眉坞县到。还是没听见，还得使点儿劲。眉坞县到啊！（刘）你跟我嘀咕什么啊？（贾）哎哟！我们嗓子都快喊哑啦，还跟您嘀咕呐？（刘）什么事啊？（贾）眉坞县他来了。（刘）我早就知道了。（贾）您这不是成心吗？（刘）他在哪儿呐？（贾）你瞧就这一堆。（刘）哎哟，他干嘛直哆嗦？（贾）他这时候儿许犯神经病呢吧？（刘）咱们爷们儿得称呼称呼他啊。（贾）对了。（刘）下面跪的可是眉坞县县太爷吗？（赵廉）臣不敢，赵廉。（刘）笊篱，捞面那个家伙？（贾）不是，人叫赵廉呐！（刘）廉儿头啊？（贾）对啦！

《法门寺》张稔年饰刘瑾、张泽圃饰贾桂

（刘）见了咱家，为何不抬起头来？（赵）臣有罪不敢抬头。（刘）恕你无罪。（赵）谢千岁。（刘）嗻！好一胆大眉坞知县，孙家庄一刀连伤二命，一无凶器，二无见证。擅敢将世袭指挥拿问在监，呵哈哈哈！哥哥儿啊。你眼睛里头还有皇上啊？（贾）早就没了，没了。（刘）这话可又说回来了，你眼睛里头既没有皇上，还有咱家我吗？（贾）我说千岁爷，这话说来说去，可又说回来了。（刘）嗯。（贾）既是眼中没有千岁爷您呢，还有咱家某吗？

（**四段**）（赵）[散板]小傅朋他本是杀人凶犯！（刘白）得了！他是杀人的凶犯？难道说你给他买的刀吗？（赵）千岁！（刘）说好的！（赵）[散板]臣问他口供时件件招全。在公堂未动刑自己招认，因此上臣将他拿问在监。（宋白）千岁！[散板]千岁爷必须要仔细判断，内有个刘媒婆引奸卖奸。（刘白）告状的小妞儿，年轻轻儿的打官司别往里拉扯好人呐！（贾）我说千岁爷，这状纸上可有个刘媒婆呀。（刘）不错，有个刘媒婆，她在哪儿住？（宋）白衣庵。（刘）你呢？（宋）也住白衣庵。（刘）哎呀，桂儿诶！（贾）喳。（刘）拿这么好孩子，跟那无流嘎杂子住长了可没有好儿啊。（贾）趁早找房搬家。（刘）搬哪儿去？（贾）搬我那儿去。（刘）你呢？（贾）我么？再搬出去。（刘）别招说了。抓刘媒婆啊！（贾）喳。我说校尉的。（校尉）啊。（贾）抓刘媒婆。

《法门寺》管绍华饰赵廉

四郎探母【1934 年胜利唱片 4 面】管绍华饰杨延辉、杨文雏饰铁镜公主、逸臣居士饰萧太后（54576、54596）

（头段）（杨延辉）[西皮导板]未开言不由人泪流满面，[原板]贤公主细听我表叙家园。我的父老令公官高爵显，我的母佘太君所生我弟兄七男。都只为宋王爷五台山还愿，我弟兄八员将[快板]赴会在沙滩。我大哥替宋王长枪命染，我二哥短剑下命染黄泉；我三哥被马踏尸骨泥烂，我五弟弃红尘五台深山。我本是杨！（铁镜公主白）杨什么？（辉）[哭头]啊，贤公主，我的妻呀！

（二段）（铁）[流水]听他言吓得我心惊胆战，十五年到今日才知根源。怪不得这几日他愁眉不展，思家乡想骨肉不得团圆。我这里走上前[摇板]重把礼见，[流水]尊一声驸马爷细听我言：早晚间休怪奴言语轻慢，不知者不见罪[摇板]海量放宽。（辉白）公主啊！[快板]我和你夫妻们恩德匪浅，贤公主你何必礼义太谦。杨延辉有一日愁眉开展，忘不了贤公主恩德如山。（铁）夫妻们说什么恩德不浅，这也是前世里缔结良缘。这几日缘何故愁眉不展，有什么心腹事你对咱明言。（辉）非是我这几日愁眉不展，有一件心腹事不敢明言。萧天佐摆天门两国交战，我的母押粮草来到北番。我有心回营去见母一面，怎奈我身在番是不能过关。（铁）自古道家从父嫁从夫转，你要拜高堂母我不阻拦。（辉）既是公主不阻拦，无有令箭是怎能过？（铁）我本当赠你的金鈚令箭，怕的是一去你不回还。（辉）公主赐我的金鈚箭，见母一面即刻还。（铁）宋营番营路途远，一夜之间你怎能还？（辉）宋营虽然路途远，快马加鞭一夜还。（铁）先前要我盟誓愿，你也对天[摇板]表一番。

（三段）（辉）[流水]公主要我盟誓愿，双膝跪在地平川。我若探母不回转，（铁白）怎么样？（辉）也罢！[摇板]黄沙盖脸尸不全。（铁白）驸马请起！[流水]一见驸马盟誓愿，咱家才把心放宽。驸马后宫[摇板]把衣换，我盗令箭你好出关。（辉）[快板]一见公主盗令箭，本宫才把心放宽。扭回头来[散板]叫小番，备爷的千里战扣连环爷好过关。（萧太后）[西皮导板]两国不合常交战，

（四段）[慢板]各为了其家来保江山。叫番儿带路[摇板]银安殿，看是何人把驾参。

打渔杀家【1938 年国乐唱片 8 面】管绍华饰萧恩、杨丽华饰萧桂英、罗小奎饰教师爷 / 众家丁（C20070/3）

（头段）（萧桂英）[西皮导板]白浪滔滔海水发，（萧恩白）开船呐！（英）[快板]江边俱是打渔家。青山绿水难描画，树直哪怕日影斜。（萧白）儿啊。[散板]父女打渔在河下，家贫哪怕人笑咱。桂英儿掌舟舵父把网撒，可怜我年迈苍苍气力不佳。（英白）爹爹年迈，这河下生意不作也罢！（萧）本当不作河下生意，怎奈你我父女拿什么度日呀？（英）喂呀！（萧）不必啼哭，将船拴在柳荫之下为父要凉爽凉爽啊。（英）是。（萧）儿啊，将那鲜鱼烹制好了，为父要在舟中饮酒。（英）儿遵命！

《庆顶珠》管绍华饰萧恩

（二段）（萧）啊，二位贤弟慢走，愚兄不远送了！这才是我的好朋友！哈哈！（英）爹爹上船来吧！（萧）哦，来了。（英）啊，爹爹，此二位叔叔他是甚等样人？（萧）哦，儿问的是他？儿呀！[摇板]忆昔当年擒方腊，倪荣李俊二豪侠。蟒袍玉带不愿挂，弟兄们双双走天涯。（英白）呀！[摇板]昔日有个俞伯牙，千里迢迢访豪家。知心人儿说的是[散板]知心话，（萧）猛抬头见红日坠落西斜。（白）啊，儿啊，你看天色不早，你我父女回去吧。（英）回去吧。（萧）哎，待我收拾收拾。（英）是！（萧）正是：父女打渔在江下，（英）家贫哪怕人笑咱。（萧）看看不觉红日落，（英）一轮明月照芦花。

（三段）（萧）[原板]昨夜晚吃酒醉和衣而卧，稼场鸡惊醒了梦里南柯。二贤弟在河下相劝与我，他劝我把打渔的事一旦丢却。我本当不打渔关门闲坐，怎奈我家贫穷无计奈何。清晨起开柴扉乌鸦叫过，飞过来叫过去[二六]却是为何。将身儿来至在草堂打坐，桂英儿捧茶来为父解渴。

（四段）（英）[摇板]遭不幸我的母早年亡故，撇下了桂英儿受尽折磨。清晨起我的父呼唤于我，我这里捧香茶与父解渴。（白）爹爹请来用茶。（萧）为父不叫你渔家打扮，怎么还是这样渔家的打扮呐？（英）啊，爹爹，女儿生在渔家，长在渔船，不叫女儿渔家打扮，是要怎样的打扮呢？（萧）嗯。不听教训就是不孝哇！（英）啊，爹爹，不必生气，女儿改过就是！（萧）这便才是啊！（众）走哇。（教师爷）走哇。（众）别走啦！到了！（教）就这儿？我去瞧瞧去。走吧。咱们回去吧！他没在家。（众）怎么没在家呀？（教）关着门呢。（众）诶，关着门是在家呢！锁着门才没在家呢！（教）这叫去吧！（众）叫门我们不会，瞧您的！（教）这也得瞧我的？萧恩呐！萧恩！（众）使点劲呐！（教）使劲不让他听见了吗！（众）为的是要他听见！（教）哦，为的是叫他听见？等我脱了衣裳啊。瞧见没有？这叫门得有个架势，这叫拦门式。他不出来便罢，他若出来，上头一拳，底下一脚，他就得躺下。这就叫"金风未动蝉先觉，暗算无常死不知。"呔！萧恩呐！呵，这是谁泼的水啊？滑了我一个跟头啊。得了！萧恩出来啦！（教）萧恩出来啦？我瞧瞧去哦！哟呵，糟老头子！咱们跟他横着点儿！是我，是我！是嗯儿我！（萧）哦，你是哪里来的？（教）我们是丁府上来的。（萧）哦，原来是丁府上的教师爷。（教）罢啦。（萧）嘿！（教）哎，老头子会两下子啊。（萧）到此则甚？（教）我们给请安来啦！问好来啦！催讨渔税银子地来啦！（萧）原来为此。你来看，这几日天旱水浅，鱼不上网。改日有了银钱，送上府去，何必你来？

（五段）（教）怎么着？你说什么这两天天旱水浅，鱼不上网。改日有了银钱，给我们爷们儿送上府去。要是别人来啦，你拿这两句话给他打发走啦！今儿教师爷我来啦，任凭你怎样说，摆派你怎么说，上回书，算你白说！你得拿渔税银子的来！（萧）旁人来啦，到还罢了，今日教师爷你来了么？哈哈哈！越发的无有！（教）这多干呐。要钱没有，你认识这个不认识？（萧）朝廷王法，要它何用？（教）什么朝廷的王法呀！这是你姥姥怕你活得不长远，给你打的百家锁！（萧）放屁！（教）哎，没砸着，锁上，拉着就走啊！萧恩呐！要钱没有，教师爷我要锁你！（萧）啊？尔要讲锁？（教）要讲锁！（萧）好！你就与我锁锁锁！（教）得啦！锁他拉着走。怎么锁我也拉着走啊！（众）拉错了。（教）又拉错啦！来，拿着，用不着这个！哎！我说萧恩老头儿！我们爷们儿啊，是奉命差遣，概不由己，这么办，你跟我们辛苦一趟，到趟丁府，要不要在他，给不给在您，我们爷们儿就交代差使啦！您瞧怎么样？（萧）话倒是两句好话，可惜你二大爷无有工夫啊。（教）二大爷了啊？跟你要钱，你是没有，让你跟我们走，你又不走。教师爷带的人多，我要讲打！（萧）啊？尔要讲打么？（教）要讲打！（萧）唉！老汉幼年之间，听见打架二字，好像是小孩子盼新年穿新鞋的一般。如今呐，我老了，打不动了啊。（教）这呀撒鞋，你说什么你幼年间听说打架如同那小孩子穿新鞋过新年的一般？教师爷我听说打架，好有一比！（萧）比作何来？（教）好比那耗子舔猫的鼻梁骨，我要作死！（萧）啊？听你之言，敢莫是当真讲打？（教）要打！（萧）果然讲打？（教）果然讲打！（萧）娃娃！待老汉将衣帽丢在家中，打个样儿与你们见识见识啊！〔导板〕听一言气得我七孔冒火！（教白）听一言气得你七孔冒火？今儿教师爷我打你一个八处生烟！（萧）〔摇板〕只气得年迈人咬碎牙窝。在江湖叫萧恩不才是我！

《庆顶珠》管绍华饰萧恩

（六段）（教白）怎么的？在江湖叫萧恩不才是你？教师爷我也有个名有个姓！（萧）尔叫什么东西？（教）人嘛！怎么东西！我叫左铜锤！哎呀，锤上喽！（萧）〔摇板〕大战场小战场会过许多。我本是出山虎独自一个！（教）你说什么？你好比出山虎独自一个？教师爷我好比那打猎的，单打你这个出山虎！哎！打呀！（萧）〔摇板〕尔好比看家犬一群一窝。（教）哎！怎么揪我耳朵呀！（萧）〔散板〕你本是奴下奴敢来欺我？（教白）打呀！（众）别打啦！人家骂啦！（教）骂什么呀？（众）骂你一人儿奴下奴！没有我们四个人儿什么事情！（教）有的，你们四个人倒择得挺干净呐。我问问他去！萧恩呐！你骂我们爷们儿奴下奴，不错！我们是奴，我是丁家门儿奴，不是你萧家门儿奴！这么办，经得住教师爷三羊头，鱼税银子不要，带领徒弟一走，你瞧怎么样？（萧）就便是三狗头，你二大爷何惧呀？（教）人头怎么改了狗头啦？你那儿有功夫吧！（萧）这里来！（教）哎！你站稳了吧！（萧）哎！起来！起来！起来！（教）得，您让我过去得了！（萧）哎！闻听教师爷武艺高强！老汉今日倒要领教领教啊！（教）领教什么呀？我是这马勺苍蝇混饭吃！你让我过去得啦！（萧）总要领教！（教）总要领教！（萧）哎！（教）我练两手你瞧瞧！（萧）好，你且练来！（教）你瞧这个！（萧）这叫什么？（教）挑水的扁担。（萧）不好。（教）您再瞧这个。（萧）又叫什么？（教）砸煤的锤子！（萧）越发的不好！（教）这也不好？我没好的啦！您呐让我过去得啦！（萧）哎！慢来！打尔三拳头，放尔过去呃！（教）三拳头？（萧）哎！（教）我连三指头也经不住啊。（萧）总要打的！（教）总要打？你别忙，等我运运气！（萧）这做什么？（教）我这儿搂把呢！（萧）招打！（教）哎！慢着，你把这孤丁去了，改押躺怎么样？有的！你们俩打一个呀！（英）啊，爹爹！看孩儿打得可好？（萧）打得好！打出祸来了！快取为父衣帽过来。去到丁府，抢他个原告儿！（英）依女儿之见，不去的好。（萧）快快取来！（英）是！衣帽到。（萧）好生看守门户，为父去也！（英）遵命！

（七段）（英）[原板]我的父抢上告输赢未准，倒教我桂英儿挂在心头。将身儿坐至在草堂内，等候了爹爹回细问根由。（萧）[散板]恼恨那吕子秋为官不正，仗势力欺压我贫苦的良民。上堂去他那里一言不问，责打我四十板叉出了头门。没奈何咬牙关忙往家奔，叫一声桂英儿快来开门。

（八段）（英）忽听门外有人声，想必爹爹转回程。（白）爹爹为何这等模样？（萧）哎呀儿呀！为父上得堂去，那贼一言不问，将为父重责，喂呀……（英）贼子呀！[散板]骂一声贼子真可恨，欺压爹爹为何情？（白）如此说来，爹爹你、你你受了屈了！（萧）这还不叫作受屈。（英）怎样才算受屈呢？（萧）那贼言道，叫为父连夜过江，与他赔罪。那时才叫作受屈呀！（英）爹爹还是去也不去？（萧）哎呀！为父恨不得飞过江，我就杀！（英）噤声！杀什么呀？（萧）杀尔的满门。方消为父心头之恨呐！（英）爹爹呀！他家势力浩大，你你你还是忍耐了吧！（萧）你小孩子家，晓得什么？快取为父衣帽戒刀过来。（英）依女儿看来，还是不去的好。（萧）不用你管，快快取来！（英）是。爹爹，戒刀在此。（萧）好好看守门户，为父去也！（英）爹爹请转！（萧）何事？（英）女儿跟随爹爹前去如何？（萧）女流之辈，不去也罢！（英）爹爹杀人，孩儿站在一旁，与爹爹助助胆量，也是好的呀！（萧）既要前去，带好儿自己的戒刀，随为父的走啊！（英）是，啊！爹爹请转！（萧）何事？（英）这门还未曾关呢！（萧）这门么？关也罢，不关也罢。（英）里面还有许多的动用家具呢！（萧）门都不关，要家具何用？不明白的冤家呀。（英）喂呀呀！（萧）不必啼哭，儿呀，庆顶珠可在身旁？（英）现在身旁。（萧）如此甚好。想这夜晚之间，比不得白昼，儿要掌稳了舵！（英）遵命！（萧）[快板]恼恨那吕子秋行事可恶，今夜晚过江去将他杀却。船行在半江中儿要掌稳了舵，啊？[散板]我的儿因何故撒了篷索？（英白）啊，爹爹，此番过江，杀人是真的还是假的啊？（萧）自然是真的。（英）女儿心中害怕，我、我不去了啊。（萧）哎！不叫儿前来，儿偏偏要来，船行半江之中，也罢！待为父将你送回。（英）女儿舍不得爹爹。（萧）[哭头]啊！桂英我的儿呀！

国家出版基金项目
NATIONAL PUBLICATION FOUNDATION

京剧大戏考

老生部·下

何毅 ◎ 编著

中国戏剧出版社
CHINA THEATRE PRESS

1.《戏考大全》
2.《新大戏考》
3.《新编大戏考》（1981年）
4. 上海徐家汇百代公司外貌

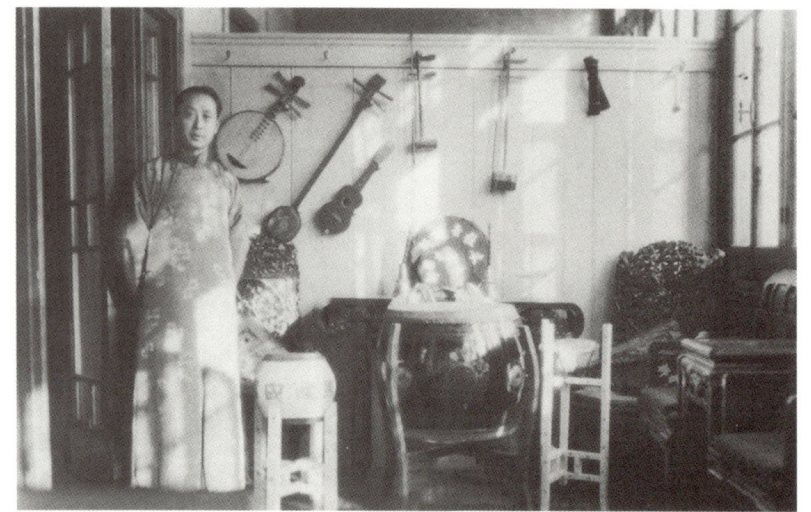

1. 马连良于1933年初创办灌音制片社
2. 马连良与录音师蓝佑普
3. 1936年9月亚尔西爱胜利公司于北京饭店宴请名伶：
   前排左起：刘砚亭、程砚秋、梅兰芳、杨小楼、谭小培、谭富英、姚玉芙
   后排左起：赫顿、桑沛安、李伯言、师子光、蒲美钟、杨宝森、张敬明
4. 《四郎探母》马连良饰杨延辉

1. 《乌龙院》马连良饰宋江、李玉茹饰阎惜娇
2. 《甘露寺》马连良饰乔玄
3. 《草船借箭》马连良饰鲁肃、李洪福饰诸葛亮
4. 《摘缨会》马连良饰楚庄王、张君秋饰许姬
5. 《四郎探母》谭富英饰杨延辉、张君秋饰铁镜公主

1.《借东风》谭富英饰诸葛亮
2.《游龙戏凤》谭富英饰正德帝、张君秋饰李凤姐
3.《四郎探母》谭富英饰杨延辉
4.《汾河湾》谭富英饰薛仁贵、谭元寿饰薛丁山
5.《定军山》谭富英饰黄忠
6.《南阳关》杨宝森饰伍云召

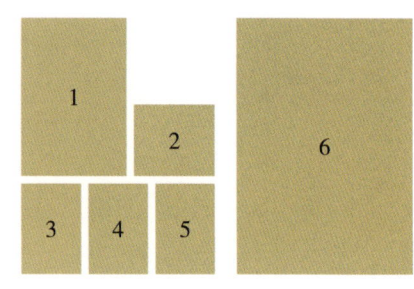

1.《四郎探母》杨宝森饰杨延辉
2.《打渔杀家》杨宝森饰萧恩、赵栖云饰萧桂英
3.《战樊城》杨宝森饰伍员
4.《汾河湾》奚啸伯饰薛仁贵、侯玉兰饰柳迎春
5.《洪羊洞》奚啸伯饰杨延昭
6.《南天门》奚啸伯饰曹福、侯玉兰饰曹玉莲

1.《八大锤》李少春饰陆文龙
2.《战太平》李少春饰花云
3.《打渔杀家》李少春饰萧恩、侯玉兰饰萧桂英
4.《洗浮山》李少春饰贺天保
5.《四郎探母》李少春饰杨延辉、侯玉兰饰铁镜公主
6.《莲花湖》李少春饰胜英
7.《四郎探母》陈少霖饰杨延辉
8.《四郎探母》陈少霖饰杨延辉
9.《连营寨》陈少霖饰刘备

1.《状元谱》王少楼饰陈伯愚
2.《恶虎村》吴彦衡饰黄天霸
3.《一枝桃》吴彦衡饰谢虎
4.《卖马》王少楼饰秦琼
5.《空城计》孟小冬饰诸葛亮

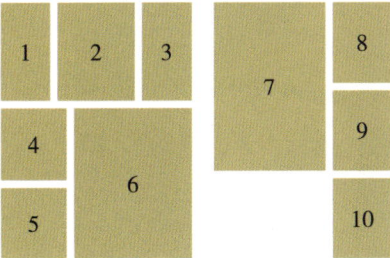

1. 《空城计》孟小冬饰诸葛亮
2. 孟小冬古装
3. 《托兆碰碑》孟小冬饰杨继业
4. 孟小冬
5. 《四郎探母》孟小冬饰铁镜公主
6. 《四郎探母》孟小冬饰杨延辉
7. 《青梅煮酒论英雄》李盛藻饰刘备、袁世海饰曹操
8. 《青梅煮酒论英雄》李盛藻饰刘备、袁世海饰曹操
9. 《甘露寺》厉慧良饰乔玄
10. 《四郎探母》陈大濩饰杨延辉

1.《衣锦荣归》
  张文涓饰朱春登
2.《逍遥津》
  刘永奎饰汉献帝
3.《四郎探母》
  张文涓饰杨延辉
4.《借东风》
  李和曾饰诸葛亮

马连良（1901.2.28～1966.12.6）

马连良，字温如，北京人，回族。其父马西园开茶馆为业，三叔马昆山为老生演员。马连良8岁入北京喜连成科班，先从茹莱卿学武小生，后从叶春善、蔡荣贵、萧长华学老生，一年后即登台演出。17岁出科，随三叔马昆山去福州担任主演，以谭（鑫培）派须生为号召。26岁自行组班，发展成为独树一帜的"马派"表演风格，自1920年代至1960年代盛行不衰。1930年代，他与周信芳同台演出，被誉为"南麒北马"，并与余叔岩、高庆奎、言菊朋并称前"四大须生"，后又与谭富英、奚啸伯、杨宝森并称后"四大须生"。

1952年7月1日马连良受到周恩来总理接见，同年8月建立"马连良剧团"。先在青岛演出，演期未满即返京主动参加第三届赴朝慰问团，在朝鲜演出《四进士》等剧目。1955年，马连良京剧团与谭富英、裘盛戎之北京市京剧二团合成北京京剧团，马连良任团长，此后，与中国京剧院合作排演《赤壁之战》，与谭富英、张君秋、裘盛戎等人合演《秦香莲》《赵氏孤儿》《青霞丹雪》《官渡之战》《海瑞罢官》《状元媒》等大批量新编历史剧。1962年兼任北京市戏曲学校校长。1963年赴港澳演出近三个月。1964年他以64岁高龄参演现代戏《杜鹃山》，次年排出《南方来信》，参加华北地区现代戏会演，又排出现代戏《年年有余》。其传人弟子有：李万春、言少朋、王金璐、王和霖、迟金声、尹月樵（女）、周啸天、张学津、冯志孝、梁益鸣、张克让等人。

马连良是灌制老唱片数量最多的几位演员之一，并于1933年初创办马连良灌音制片社（北京东城区冰渣胡同5号），名票陶默厂、俞伯平均在该社灌过唱片，马本人也曾在此灌过《风波亭》《假金牌》等唱片。

南天门【1922年5月2日百代唱片1面】马连良饰曹福/报名、胡子元京胡、律凤山司鼓（33529）

[西皮导板]耳边厢又听得有人呼唤，[反西皮二六]尊一声小姑娘细听我言：实指望保小姐脱离大难，又谁知行至在中途不能够周全。怕的是到不了大同地面，似这等数九寒天大雪飞飞、摔得你甚是可怜，[回龙]我的小姑娘啊！[摇板]猛然间睁开了昏花眼，半空中又来了八洞神仙。汉钟离手拿着阴阳宝扇，李铁拐面带笑站立在云端；曹国舅蓝采和云端立站，张果老骑驴颠倒颠；韩湘子何仙姑云端来现，吕纯阳背宝剑也在眼前；王母娘娘莲台坐，左金童右玉女站立在两边。

《扫松下书》马连良饰张广才

定军山【1922年5月2日百代唱片1面】马连良饰黄忠/报名、胡子元京胡、律凤山司鼓（33530）

【斩渊】[西皮流水]夏侯渊武艺果然好，可算将中一英豪。将身且坐[摇板]莲花宝，营外因何闹吵吵。（白）且住，老夫正在营中无计可施，夏侯渊这封书信来得是刚刚的凑巧。明日午时三刻与老夫走马换将。那时间先叫他放出我国陈式，然后再放他侄男夏侯尚。老夫习就百步穿杨，将他侄男射死，那夏侯渊必不甘休。那时老夫杀一阵败一阵，杀一阵败一阵，败至在旷野荒郊，习关公拖刀之计将他斩下马来。夏侯渊我的儿，你不来便罢，你若来时，中老夫拖刀之计也！[流水]这一封书信来得巧，助我黄忠成功劳。站立在营门三军叫，大小儿郎听根苗：头通鼓、战饭造，二通鼓、紧战袍；三通鼓、刀出鞘，四通鼓、把锋交。上前个个俱有赏，退后项上吃一刀。就此与爷我归营号，[散板]到明天午时三刻成功劳。

《珠帘寨》马连良饰李克用

珠帘寨【1922年5月2日百代唱片2面】马连良饰李克用/报名、胡子元京胡、律凤山司鼓（33531*1/2）

（头段）[西皮导板]太保传令把队收，[原板]我与贤弟叙一叙旧根由。忆昔当年五凤楼，文武百官庆贺千秋。内有文楚段国舅,他道孤坐席不正礼貌不周。怒恼了孤王气冲牛斗,孤将他抓将过来摔至在龙楼。自从那年分别后,今日相逢在北州。

（二段）[摇板]如今的事儿大变更,讲什么妇人自由男女要平行。唯有孤王的家法紧,她比那平权自由还狠十分。孤若不遵她的令,到晚来不叫孤进她的卧室门。东宫不要往西宫里奔,西宫也是照样行闭门吹了灯。闹得孤黑夜里无处困,坐在银安把闷气来生。孤生来一世好把酒来饮,这是我好酒贪杯惯坏了她们。你不信沙陀国内访一访你再问一问,家家有本难念的经个个观世音。叫老军与孤[回龙]你就报门进,[摇板]上面坐的两个夜叉精。狼狈为奸拿了一个稳,她不言来我也不作声。

《扫松下书》马连良饰张广才

对金瓶【1922年5月2日百代唱片2面】马连良饰韩文瑞／报名、胡子元京胡、律凤山司鼓（33532*1/2）

（头段）[二黄导板]韩文瑞在监中珠泪滚滚,[碰板]恨贼人、起歹心、诬良为盗所为何情？[原板]都只为温台贼兴兵犯境,一家人为逃难两下离分。禁大哥唤一声心神不定,莫不是投文到要丧残生。[散板]狱神殿前忙跪定,尊声神圣显威灵。文瑞此去得活命,重修庙宇改金身,辞别了禁大哥忙出监门。

（二段）[西皮流水]行了一程又一程,两足疼痛路难行。（白）唉,解大哥呀！[反西皮二六]未曾开言我的心头恨,尊一声大哥听详情：自幼在家读书为本,一心想占鳌头荣耀门庭。我兄长为避祸出了家门,温台贼造了反又害黎民。无奈何同嫂嫂四乡逃奔,在中途失嫂嫂我无处找寻。主仆们缺盘费难把京进,无可奈卖字画好度光阴。将字画卖至在蔡家府门,又谁知那孟伯良、赠金银、暗怀假心、所为何情？[回龙]我的解大哥呃！[西皮摇板]赫天冤枉何处明？

《开山府》马连良饰邹应龙、马连昆饰严嵩

开山府【1922年5月2日百代唱片2面】马连良饰邹应龙／报名、胡子元京胡、律凤山司鼓（33533*1/2）

（头段）[西皮原板]嘉靖爷坐江山风调雨顺,乙丑科会入进士身。心中只把严嵩恨,

《借东风》马连良饰诸葛亮

残害我朝忠良臣。恨奸贼害死杨继盛,尸骨抬到长安城。对天发下宏誓恨,不灭奸贼枉为人。

（二段）［快板］忽听得里面唤一声,吓得应龙胆战惊。东角门外要施一礼,西角门外要打一躬。大摇大摆相府进,［摇板］上面参见一品臣。［流水］忽听得万岁宣一声,朝房中又来保国臣。站立在金阶用目睁,金殿上坐的是两班臣。那一旁坐的是赵大人,他本是我朝的忠良臣；这一旁坐的是海瑞君,他本是嘉靖爷的御先生；上面坐的是严嵩贼,他本是我国谋朝篡位的臣。有人提起严嵩贼的名和姓,那孩童闻知都要放悲声,问那顽童因何哭,他言道奸贼害了他家一满门。我劝顽童休泪滚,邹老爷与你把冤伸。将身来至在金殿进,品级台下臣见君。［散板］施礼辞别太师尊,把话说与尊官听：从今后我要常来往,我就是太师爷的一个心腹人。

借东风【1922年5月2日百代唱片1面】马连良饰诸葛亮/报名、胡子元京胡、律凤山司鼓（33534）

［二黄导板］先天术玄妙法犹如反掌,［碰板］设坛台祭东风相助周郎。［原板］曹孟德占天时兵多将广,领人马下江南兵扎在长江。孙仲谋无决策难以抵挡,东吴的臣武将要战文官要降。鲁子敬到江夏虚实探望,［垛板］搬请我、诸葛亮、过长江、同心破曹、共作［原板］商量。我算定了甲子日东风必降,南屏山设坛台足踏魁罡。我这里持法剑把七星台上,诸葛亮上坛台观看四方。望江北锁战船连环排上,［垛板］叹只叹、东风起、火烧战船、曹营的兵将、无处［原板］躲藏。

天雷报【1922年5月2日百代唱片1面】马连良饰张元秀/报名、胡子元京胡、律凤山司鼓（33535）

（白）咳,妈妈你呀,说呆话了,慢说是个人,他就是鸡犬,也不能让人家白白的认去。况且那血书上面的言词一字不差,故而才叫他领去。那儿子又不是你十月怀胎亲生养的啊！［四平调］青风亭遇着他的亲娘到来,叫我无计可奈。虽然他亲娘认了去,并非是妈妈十月怀胎。

《天雷报》马连良饰张元秀

《清风亭》马连良饰张元秀、黄桂秋饰周桂英

（白）哈哈，我不埋怨你呀，你倒埋怨起我来了啊。人家娶妻生子，为的是传宗接代。自从娶了你这个老乞婆，不生不养，岂不绝了我张氏门中的宗祠了么！［四平调］这才是年纪迈血气衰，前世造下儿女的债。苦苦与我来撒赖，活活逼我丧阳台。［散板］到如今路在我的儿不在，水流长江不回来。

清官册·审潘洪【1922年5月2日百代唱片2面】马连良饰寇准／报名、胡子元京胡、律凤山司鼓（33536*1/2）

（头段）（白）潘洪，我把你这卖国的奸贼。只因你子潘豹在天齐庙摆下百日擂台，也是那杨老将军他的家规不严，杨七将军私出府门，上得擂去三拳两足将你子打死，是你这老贼一闻此言，与杨老将军抓袍夺带面见当今，好个有道明君，见你两家，一家是当朝太师，一家是皇家的忠良，不忍加罪，在麒麟阁大摆筵宴，与你两家解和，谁知你这老贼，怀恨在心，私通了北国胡儿，打来了连环战表。你这老贼在金殿讨下了帅印，命杨老将军以为前站先行，那杨老将军与你有打子之仇，上殿连辞了数本，万岁不准，命呼老将军以做他杨家的保官，那杨老将军情急无奈，命他六郎孩儿去到瓦桥搬兵，天气炎热，误了你的卯期也是有之啊，你这老贼彼时要将杨六将军推出斩首，我想那呼老将军乃是他杨家的保官，进帐讲情，你这老贼将人情准下，暗使小军报道营中缺粮，命呼老将军催押粮草，我想那呼老将军乃是开国的元勋，又是他杨家的保官，岂肯与你这老贼催粮，无奈出得营去就气噎身亡了。那杨老将军见他的保官一死，怒出了大营，不服你的调遣也是有之啊，你这老贼命白牌请过尚方宝剑，追赶他父子回营，那杨七将军性如烈火，彼时打碎白牌，扭毁尚方宝剑。那杨老将军乃知罪的臣子，命他六郎孩儿进营请罪，你这老贼见他是皇家郡马不敢加害，责打了四十军棍，叱出了大营。

（二段）黄道日期你不发兵，黑道日期命他父子出马，我想这黑道日期出兵，不是损兵呢，呃，定是折将啊，偏偏他父子就得胜回营，你就该开关迎接，才是你做元帅的道理，怎么，你命贺朝进带领五百雁翎刀手，把住了雁门关口，传下一令，命他父子将胡儿杀尽斩绝方可开关，若是杀不尽斩不绝不能开关。我想那胡儿的人马，犹如潮水一般，一时焉能斩得尽杀得绝，杨老将军情急无奈，只得

马连良

《大红袍》马连良饰海瑞

杀一阵败一阵、杀一阵败一阵，败至在两狼山下。那杨老将军在两狼山，内无有粮草，外无有救兵，命他七郎孩儿回朝搬兵，谁知你这老贼，想起了打子之仇，将杨七将军诓下马来，用酒劝醉，绑至在芭蕉树上，射了他一百单三箭。杨老将军在两狼山不见他七子回营，又命他六郎孩儿回朝打探，可叹那杨老将军在两狼山，内无有粮草外无有救兵，盼兵兵不到，盼子子不归，只得就碰死那李陵碑下。杨六将军回朝攒下了御状，圣上命前任刘御史审问你这老贼，不明不白死在八千岁金锏之下，才提调本御史前来，想你为臣不能尽忠，为子不能尽孝，似你这样不忠不孝不仁不义卖国的奸贼！〔二黄散板〕杨七郎打死潘豹子，官报私仇到如今。老贼做事心太狠，朝朝暮暮起毒心。人来看过铜夹棒，看他招承不招承。

打渔杀家【1931年1月20日百代唱片2面】马连良饰萧恩、梅兰芳饰萧桂英、徐兰沅京胡、王少卿京二胡、何斌奎司鼓（34214*1/2）

（头段）（萧桂英）〔西皮原板〕老爹爹清晨起前去出首，倒教我桂英儿挂在心头。将身儿坐至在草堂等候，等候了爹爹回细问根由。（萧恩）〔散板〕恼恨那吕子秋为官不正，仗势力欺压我贫穷的良民。原被告他那里一言不问，责打我四十板就叉出了头门。无奈何咬牙关忙往家奔，叫一声桂英儿快来开门。

（二段）（英）〔散板〕忽听门外有人声，想是爹爹转回程。（白）爹爹为何这等模样？（萧）哎呀儿呀！为父上得堂去，那贼一言不问，将为父重责！哦！（英）贼子呀！〔散板〕骂一声贼子真可恨，欺压爹爹为何情？（白）如此说来，爹爹你，你受了屈了啊！（萧）这还不叫作受屈呀。（英）怎样才算受屈呢？（萧）那贼言道，叫为父连夜过江，与那贼赔礼。这才叫受屈呀！（英）啊，爹爹，你还是去也不去呢？（萧）哎呀！为父恨不得插翅飞过江去，我就杀！（英）噤声！爹爹，杀什么

《打渔杀家》马连良饰萧恩、梅兰芳饰萧桂英

《四郎探母》
梅兰芳饰铁镜公主

呀？（萧）杀了贼的满门，方消我心头之恨！（英）爹爹呀！他家势力浩大，爹爹你，你你你还是忍耐了吧！（萧）不要你管，取为父的衣帽戒刀过来。（英）依女儿看来，还是不去的好。（萧）不要你管，快快取来！（英）是。爹爹，戒刀在此。（萧）好，我儿在此等候，为父去也！（英）爹爹请转！（萧）儿呀，何事？（英）儿跟随爹爹前去如何？（萧）女流之辈，去之无益！（英）爹爹杀人，孩儿站在一旁，与爹爹壮壮胆量，也是好的呀！（萧）既要前去，带着儿的戒刀，将儿婆家，聘礼珠子，带在身旁。（英）现在身旁。（萧）开门呐！（英）是。啊，爹爹请转！（萧）儿呀，何事？（英）这门还未曾上锁呢！（萧）这门么？唉！关也罢，不关也罢。（英）啊，爹爹，里面还有许多的动用家具呢！（萧）呵呵！傻孩子呀！门都不关，还要家具则甚呢？（英）不要了？（萧）唉！不明白的冤家呀！（英）喂呀呀！（萧）不要啼哭，随为父的走啊！（英）走！（萧）儿呀！夜晚行船，比不得白昼，我儿要掌稳了舵！（英）遵命！（萧）［快板］恼恨那吕子秋行事可恶，恨不得插双翅飞过江河。船行到半江中［散板］儿要掌稳了舵，我的儿为什么撒了篷索？（英白）啊，爹爹，此番过江杀人，还是真的，还是假的呀？（萧）呃！为父恨不得杀死贼的满门，方消我心头之恨呐！（英）女儿有些害怕，我，我不去了。（萧）呀呀呸！为父在家怎样嘱咐与你？不叫儿前来，儿是偏偏前来，船行到半江之中，也罢！待为父送儿回。（英）孩儿舍不得爹爹！（萧）［哭头］啊！桂英儿啊！

四郎探母【1931年1月20日百代唱片1面】马连良饰杨延辉、梅兰芳饰铁镜公主、徐兰沅京胡、王少卿京二胡、何斌奎司鼓（34215）

（铁镜公主）［西皮流水］母后上面不容情，倒教咱家无计行。出得殿来把驸马请，［摇板］一同哀告你我的老娘亲。（杨延辉）［叫头］太后！（铁）额娘！（杨）唉，太后呀！（铁）额娘！（杨）［散板］我哭、哭一声老太后！（铁）我叫、叫、叫、叫一声老娘亲！（杨）当初被擒就该斩。（铁）不该与儿配为婚。（杨）斩了孩儿不打紧。（铁）儿的终身靠何人？（杨）［哭头］老太后！（铁）老娘亲！（杨）啊，我的丈母娘啊！

《四郎探母》
马连良饰杨延辉、梅兰芳饰铁镜公主

《宝莲灯》马连良饰刘彦昌、黄桂秋饰王桂英

宝莲灯【1931年1月20日百代唱片1面】马连良饰刘彦昌、梅兰芳饰王桂英、徐兰沅京胡、王少卿京二胡、何斌奎司鼓（34216）

（王桂英）[二黄散板]一句话儿错出唇，把娇儿送到那枉死的城。手拉娇儿后堂进，（刘彦昌白）下官在这里跪久了哇！（王）呀！[散板]二堂跪坏奴夫君。将身跪在尘埃地，尊了一声过往的神：我若舍子有假意，三尺的白绫就丧残生。（刘）[小导板]多谢夫人开了恩。（王）[散板]哪里的人马就呐喊声？（王白）哎呀老爷！哪里人马呐喊？（刘）秦府的人马！（王）两个孩儿？（刘）花园逃命！（王）随我来！啊，老爷，沉香呢？（刘）逃走了！（王）叫他转来！有话问他。（刘）有话何不早讲！我儿转来！（王）儿啊！今日放你逃走，若是见了你那亲生的母亲，把为娘舍子之事，对她说明，等到为娘，百年之后，儿要到我的坟前，化一陌纸钱，也不枉为娘我舍子一场，话已讲完，儿来也在你，这不来，也，也在你了！（刘）沉香！吾儿！唉！儿啊！[散板]父子们诉衷肠我珠泪难忍，为父的言来儿是听：那王桂英不是儿的亲、不是儿亲生母，华山现有儿娘亲。我儿若是不肯信，现有血书做证凭。

铁莲花【1931年2月7日百代唱片1面】马连良饰刘子忠、赵桂元京胡、乔玉泉司鼓（34217）

[二黄散板]这小冤家不与我争口气，将碗摔在这地埃尘。舍不得拷打娇生子，贱人一旁发狠声。（白）罢！[散板]我咬定了牙关将儿打，贱人又来假殷勤。方才不把定生打，你道我是两样的心。这家中的事儿你照应，我去到外面找定生。

盗宗卷【1931年2月7日百代唱片1面】马连良饰张苍、赵桂元京胡、乔玉泉司鼓（34218）

[西皮导板]听一言吓得我魂飞不定，[散板]黑洞洞摸出了这相府的门。（白）且住！陈平老儿请我过府饮宴，哪里是过府饮宴？他要与我要那皇家的宗卷，我想那

《盗宗卷》马连良饰张苍

《盗宗卷》马连良饰张苍、丁悚饰陈平

宗卷被国太在金殿之上用火焚化,陈平老儿限我三天,有了便罢,若是无有,要将我全家诛戮。唉!不免拜罢老王爵禄之恩,唉,寻个自尽了。[散板]张苍撩袍跪埃尘,拜谢我主的爵禄恩。一把钢刀项上刎,这明亮亮的钢刀就吓煞人。我站立在前厅高声叫,叫了十声九不应。舍不得娇儿书房叫,不知奴才往哪厢存?人活百岁也是死,祸到临头难逃生。(白)罢![散板]一把钢刀项上刎!

御碑亭【1931年2月7日百代唱片2面】马连良饰王有道、赵桂元京胡、乔玉泉司鼓（34221、19）

（头段）[西皮原板]贤德妻论恩爱我自当饮,断不可辜负你敬爱之心。谢贤妹体爱我手足情分,猛想起父母的恩实也伤心。但愿得金榜上有我的名姓,也不亏王有道苦读书文。施一礼别贤妹[摇板]再别闺阁,入科场好一似鱼跳龙门。三场毕只觉得文章高兴,喜滋滋放彩牌出了龙门。归家去与闺阁细说欢庆,转过了几条街[散板]便是家门。听一言气得我火烧双鬓,男和女在碑亭定有隐情。我本当打进去将她细问,这桩事闹起来我的脸面何存。

（二段）[西皮导板]王有道提笔泪难忍,[原板]实实难舍结发人。实指望同偕到老枕,又谁知半途风波生。非是我一旦[快板]多薄幸,无奈不留下贱人。只得闭口牙咬定,白纸黑字写分明:从此休妻改名姓,割断丝萝永离分。写罢休书[摇板]打手印,[流水]紧紧封好付她人。快快与我[摇板]把你嫂嫂请,孟家庄有人到来临。[哭头]啊,我的妻呀![摇板]从前恩爱一时尽,若要相逢恐不能。这是我家门遭不幸,孤孤惨惨愁煞人。

珠帘寨【1931年2月7日百代唱片2面】马连良饰李克用、赵桂元京胡、乔玉泉司鼓（34220*1/2）

（头段）[西皮导板]太保传令把队收,[原板]我与贤弟叙一叙旧根由。忆昔当年五凤楼,文武百官庆贺千秋。内有文楚段国舅,他笑孤坐席不正礼貌不周。怒恼了孤王气冲牛斗,抓将过来摔死在龙楼。自从那年分别后,今日相逢在北州。

马连良

（二段）[摇板]如今的事儿大变更，讲什么事事要维新。别的事儿孤不恨，恨只恨妇人自由男女要平行。唯有孤的家法紧，她比那平权自由还胜十分。孤若不遵她的令，到晚来不叫孤进她的卧室门。东宫不收往西宫里奔，西宫与东宫一样行，照旧关门吹了灯。闹得孤黑夜里无处困，坐在银安把闷气来生。我生来一世好把酒来饮，这是我好酒贪杯惯坏了她们。你不信沙陀国内访一访你再问一问，家家有本难念的经个个观世音。叫老军与孤你就[回龙]报门进，[摇板]上面坐定两个夜叉精。狼狈为奸拿了个稳，她不来问我我也不作声。

《珠帘寨》马连良饰李克用

洪羊洞【1931年2月7日百代唱片1面】马连良饰杨延昭、赵桂元京胡、乔玉泉司鼓（34222）

[二黄散板]方才郊外去散闷，偶遇官长放雕翎。对我前心射一箭，险些儿要了命残生。猛然间睁开了昏花[哭头]眼，[散板]抬头只见对头人。放箭官长就是你，你、你、你、你……不该放雕翎射我前心。八贤爷恕为臣有此重病，宗保儿向前去赔罪压惊。

四进士【1931年2月7日百代唱片1面】马连良饰宋士杰、赵桂元京胡、乔玉泉司鼓（34223）

[西皮导板]上写田伦顿首拜，[原板]拜上了信阳州顾年兄。自从在双塔寺分别后，倒有数载未相逢。姚家庄有个杨氏女，[流水]她本是姚家不贤人。药酒毒死了亲夫主，反赖大伯姚廷椿。三百两银子压书信，还望念在同榜情。上风官司归故里，登门叩谢顾年兄。[导板]待等按院下了马，再与干女把冤伸。

乌盆计【1931年2月7日百代唱片1面】马连良饰刘世昌、赵桂元京胡、乔玉泉司鼓（34224）

[西皮原板]好一个赵大哥人慷慨，顷刻间酒饭摆上来。行至在中途大雨盖，打搅一宵理不该。到明天我只得多谢拜，昏昏沉沉倒卧土台。[导板]霎

《四进士》马连良饰宋士杰、马富禄饰万氏

时一阵肝肠断，［散板］腹内疼痛为哪般？回头便把刘升唤，想是奴才丧黄泉。是是是来我明白了，中了赵大的巧机关。［哭头］眼望着南阳高声喊，儿的娘啊，［散板］阴曹地府走一番。

南阳关【1931年2月7日百代唱片1面】马连良饰伍云召、赵桂元京胡、乔玉泉司鼓（34225）

［西皮散板］宇文成都兴兵到，这贼的武艺比我高。［哭头］眼见得冤仇不能够报，爹娘啊！［散板］老天爷助我成功劳。这一阵杀得我昏迷了，只见夫人泪号啕。［哭头］劝夫人早早方便了，夫人啊！［散板］放我父子路一条。［流水］未曾开言珠泪掉，尊声贤弟听根苗：娇儿付与你怀抱，早晚要你费辛劳。辞别贤弟［散板］跨虎豹，好一似伍子胥往吴国逃。

《苏武牧羊》马连良饰苏武

苏武牧羊【1937年4月15日百代唱片2面】马连良饰苏武、杨宝忠京胡、乔玉泉司鼓（A4683/4）

（头段）［二黄散板］贤弟提起望家乡，不由子卿两泪汪。贤弟带路头前往，不知家乡在何方？［导板］登层台望家乡躬身下拜，［碰板］向长空洒血泪好不伤怀。

（二段）［反二黄原板］想当年奉王旨来到北海，晓番奴息干戈免动刀来。贼卫律津华馆假意款待，又谁知贼暗地早有安排。他劝臣我降北国把心术来改，为臣我破口骂贼无话来。二次里见番王煽惑一派，牧舐羊食膻血夜卧羊台。圣天子望为臣把刀兵和解，［垛板］怎知道、为臣我、困沙漠、日无食、夜无盖、冷冷清清、［原板］痛伤怀。大料着臣的命我要丧北海，我命丧北海，我主爷呀！

武家坡【1937年4月15/6/7日百代唱片12面】马连良饰薛平贵、王玉蓉饰王宝钏、杨宝忠/周昌泰京胡、乔玉泉司鼓（A4685/96）

（头段）（薛平贵）［西皮导板］一马离了西凉界，［原板］不由人一阵阵泪洒胸怀。青是山绿是水花花

《苏武牧羊》马连良饰苏武

世界，薛平贵好一似孤雁归来。那王允在朝中身为太宰，哪把我贫穷人放在心怀。恨魏虎是内亲将我来害，苦苦的要害我所为何来。柳林下拴战马［摇板］武家坡外，见了这众大嫂借问开怀。（白）大嫂请了！（内）请了。军爷失迷路途？（薛）乃是找名问姓的。（内）哪一家呢？（薛）王丞相之女，薛平贵之妻，王宝钏。（内）回转寒窑去了。（薛）烦劳大嫂转达一声，就说她丈夫带来万金家书，叫她前来接取。（内）军爷稍待。王三姐！（王宝钏）做什么？（内）你家丈夫带来万金家书，坡前接取。（王）有劳了！

（二段）［导板］邻居大嫂一声唤，［慢板］武家坡来了王氏宝钏。站立在坡前用目看，

（三段）这军爷貌好似我的夫男。假意儿在此剜苦菜，他那里问一声我回答一言。

（四段）（薛）［原板］这大嫂传话［流水］太迟慢，武家坡站得我不耐烦。站立坡前用目看，见一位大嫂把菜剜。前

《武家坡》马连良饰薛平贵

影儿看也看不见，后影儿好像妻宝钏。本当向前将妻唤，错认了民妻［摇板］理不端。（白）大嫂请了！（王）还礼。军爷敢是失迷路途的？（薛）亦非失迷路途，乃找名问姓的。（王）有名便知，无名不晓。（薛）王丞相之女，薛平贵之妻，王宝钏。（王）王宝钏？（薛）正是。（王）军爷与她有亲？（薛）无亲。（王）有故？（薛）非故。（王）你问她则甚？（薛）我与她丈夫同军吃粮，托我带来家书，故而动问。（王）军爷请稍站。（薛）请。（王）哎呀，且住！想我夫妻，分别一十八载，今日才得书信回来，本当向前接取，怎奈衣衫褴褛。若不向前，书信又不能到手！这？这便怎么处？我自有道理！啊，军爷！（薛）呃。（王）要见王宝钏，与你打个哑谜，你可晓得？（薛）略知一二。（王）远？（薛）远在天边，不能相见。（王）近？（薛）哦！莫非就是薛大嫂？（王）不敢，平贵之寒妻。（薛）哎呀呀！来！来！来！重见一礼。（王）方才见过礼了。（薛）有道是：礼多人不怪呀！（王）好个礼多人不怪。军爷拿书信来。（薛）请稍待！哎呀且住！想我离家一十八载，也不知她的贞节如何？我不免调戏她一番，她若守节，上前相认。她若失节，将她杀死，去见代战公主！［流水］洞宾曾把牡丹戏，庄子先生三戏妻。秋胡曾戏过罗氏女，平贵要戏自己的妻。弓叉袋内把书取！（王白）书信呢？（薛）［流水］我把大嫂的书信失。

（五段）（王白）书信放在哪里？（薛）弓叉袋内。（王）

《武家坡》王玉蓉饰王宝钏

王玉蓉

敢莫是不要紧的所在?（薛）要紧的所在。（王）为何失落了?（薛）想是中途打雁失落。（王）打雁则甚?（薛）打雁充饥呀。（王）想是那雁儿,吃了你的心肝不成么?（薛）大嫂,一封书信,能值几何?何得开口骂人呀?（王）有道是:为人谋而不忠乎,与朋友交而不信乎,失落人家书信,岂不令人痛乎呀?（薛）哎呀呀!真不愧大家之女,开口就是文呐!大嫂不必痛哭,书信上面的言语,我还记得几句。（王）哦,是了!想是我丈夫带来安家银子,被你尽心花费。书信拿不出来,可是么?（薛）不是的!我那薛大哥,在那里修书,我在一旁打点行李,偷看几句,故而记得!（王）如此说来,你是有心失落的了!（薛）呵,我若有心,也不失落你的书信呐!（王）站远些!（薛）呵呵呵![导板]八月十五月正明,（王白）住了,军营之中,连个灯亮都无有么?（薛）全凭皓月当空。[原板]薛大哥在月下修书文。（王）我问他好来?（薛）他倒好。（王）再问他安宁?（薛）倒也安宁。（王）三餐茶饭,（薛）有小军造。（王）衣衫破了,（薛）自有人缝。薛大哥这几年运不通,他在那征西路上受了苦刑。

（六段）（王白）受了苦情?敢莫是挨了打了?（薛）不错!正是挨了打了。（王）打了多少?（薛）四十军棍。（王）喂呀,我那苦命的夫啊!（薛）大嫂不必痛哭,这苦么?还在后头呢!（王）放老成些!（薛）呵呵![原板]在营中失了一骑马!（王白）是官马,还是私马?（薛）自然是官马。（王）既是官马,岂不要赔?（薛）哪怕他不赔!（王）他哪有许多银钱赔马呢?（薛）自然有啊![原板]因赔马借了我十两银。（王白）军营之中吃几份钱粮?（薛）一份。（王）我那丈夫呢?（薛）也是一份。（王）你二人俱是一样,你哪有银钱借与他用?（薛）我那薛大哥,乃是风流的男子,银钱尽心花费。为军的乃是贫寒出身,故而积攒得下,借与他用。（王）不对了!（薛）怎么?（王）我那薛郎,他也是个贫寒出身,从来不晓得花费银钱的!（薛）哎呀,薛大哥啊,我今日才知你也是贫寒出身呐!（王）倒被他取笑了!（薛）[原板]本利算来二十两,不曾还我半毫分。（王）你就该问他要!（薛）他无有也是枉然。（王）打骂也该问他要!（薛）岂不伤

《武家坡》马连良饰薛平贵、王玉蓉饰王宝钏

马连良、王玉蓉于北京欧美同学会灌制《武家坡》

了朋友的和气。（王）你腰中带的何物？（薛）防身宝剑。（王）着啊！杀了他也该问他要！（薛）杀人岂不要偿命呐！（王）难道说，你这银子就不要了么？（薛）呃，有道是善财难舍呀！（王）放老成些！（薛）[原板]二次里过营去讨要，他言道：长安城有一个王氏宝钏。（王白）住了！

（七段）王宝钏该你的？（薛）不该。（王）欠你的？（薛）也不欠。（王）提她则甚？（薛）我且问你，这父债？（王）子还。（薛）夫债呢？（王）妻……（薛）妻怎么样？（王）妻不管！（薛）哎呀！她倒推了个干净！依我看来，这汗得要出在这病人的身上啊！[原板]薛大哥无钱将妻卖，将大嫂卖于当军的人。（王白）当军人是哪个？（薛）喏喏喏！就是我。（王）有何为证？（薛）有字据为证！（王）拿来我看。（薛）呃！字据被你拿去，三把两把扯碎，为军的岂不落一个人财两空！（王）依你之见呢？（薛）依我之见，去往前村，请出三老四少，同拆同观。（王）此事当真？（薛）当真！（王）果然？（薛）哪个哄你不成！（王）[哭头]啊！狠心的强盗啊！[二六]指着西凉高声骂，无义的强盗骂几声。妻为你不把相府进，妻为你丧了父女情。既是儿夫将奴卖，谁是那三媒六证的人？

（八段）（薛）[流水]苏龙魏虎为媒证，王丞相是我的主婚人。（王）提起了别人我不晓，那苏龙魏虎是内亲。你我同道相府进，三人对面你就说分明。（薛）他三人与我有仇恨，咬定牙关就不认承。（王）我父在朝为官宦，府下金银堆如山。本利算来有多少？命人送到那西凉川。（薛）西凉川一百单八站，为军的要人我不要钱。（王）我进相府对父言，命几个家人将你拴。将你送到那官衙内，打板子，上枷棍；丢南牢，坐监禁，管叫你思前容易你就退后的难。（薛）大嫂说话理不端，卑人哪怕到当官。衙里衙外我打点，管叫大嫂你断与了咱。（王）军爷休要发狂言，欺奴犹如欺了天。西凉鞑子造了反，妻儿老小与奴一般。（薛）腰中取出银一锭，用手放在地平川。这锭银、三两三，拿回去、把家安；买绫罗，和绸缎，落一对少年的夫妻咱们过几年。（王）这锭银子我不要，与你娘做一个安家的钱，买白布，做白衫，买白纸，挂白幡，做一个孝子的名儿在那天下传。（薛）是烈女不该门前站，因何来在大道边？为军的起下[摇板]这不

《武家坡》马连良饰薛平贵

杨宝忠操琴

良意，一马双双往西凉川。（白）上马呀！（王）呀！［流水］一见狂徒变了脸，有一巧计在心尖。［摇板］一把黄土抓在手，（白）军爷，你看那旁有人来了。（薛）在哪里？（王）在那里呢！咄！［摇板］急忙奔到那寒窑前。（薛笑介）哈哈哈！［摇板］好个贞节王宝钏，果然为我受熬煎。不骑马来步下赶，夫妻相逢武家坡前。

（九段）（王）前面走的王宝钏，（薛）后面跟随薛平男。（王）进得窑来把门掩，（薛）将为丈夫关至在这窑外边。（王白）咳！［快板］先前说是当军男，如今又说夫回还。说的明来重相见，说不明来［散板］也枉然！（薛）［导板］二月二日龙发现，［原板］王三姐打扮彩楼前。那王孙公子千千万，彩球单打平贵男。夫妻同把［流水］相府转，你的父一见怒冲冠。西海岸，妖魔显，红鬃烈马把人餐。为丈夫降了红鬃战，你的父上殿把本参。西凉国，造了反，为丈夫倒做了先行的官。校场以上把兵点，平贵寒窑别宝钏。王三姐舍不得薛平贵，薛平贵怎舍得王宝钏。马缰绳，剑砍断，妻回寒窑夫奔西凉川。三姐不信掐指算，连去带来［摇板］十八年。

（十段）（王）既是儿夫回家转，血书拿来仔细观。（薛）水流千遭归大海，原物交还旧主人。（王白）呀！［流水］一见血书心好惨，果然是儿夫转回还。开开窑门［摇板］重相见，（白）咳！［摇板］我儿夫哪有五绺髯？（薛）三姐不信菱花照，不如当年彩楼前。（王）寒窑内哪有菱花镜？（薛白）水盆里面。（王）［摇板］水盆里面照容颜。（白）老了！［哭头］啊，容颜变！［摇板］十八载老了我王宝钏。（白）既是儿夫回来，你要往后退一步。（薛）哦，退一步。（王）再往退后一步。（薛）再退一步。（王）再要退后一步！（薛）哎呀，往后就无有路了啊！（王）后面有路，你……也不回来了啊！［流水］出得窑来高声骂，无义的强盗骂几声：寒窑一旦交与你，不如碰死在窑门。（薛）妻呀！［摇板］三姐不必寻短见，为丈夫跪至在窑外边。（王）走向前来用手搀，十八载做的是什么官？

（十一段）（薛白）我进得窑来，不问我"饥寒"二字，就问我做官，难道吃官穿官不成？（王）你进得窑来，也不问妻子"饥寒"二字。（薛）也曾与你留下安家度用。（王）什么度用？（薛）十担干柴，八斗老米。（王）慢说是吃，就是数啊，也把它数完了。（薛）就该去借。（王）哪里去借？

《武家坡》马连良饰薛平贵、王玉蓉饰王宝钏

《武家坡》马连良饰薛平贵、王玉蓉饰王宝钏

（薛）相府去借。（王）自从你走后，我不曾进得相府。（薛）哦？你不曾进得相府？（王）不曾。（薛）好有志气！告辞。（王）哪里去？（薛）去至相府算粮。（王）我爹爹他病了。（薛）他得的什么病？（王）他是见不得你的病。（薛）哦？他见不得我？有日我身登大宝，他与我牵马坠镫，呵呵！我还嫌他老呢！（王）啊，薛郎，你要醒来说话。（薛）不曾睡着。（王）句句梦话。（薛）自古龙行有宝。（王）有宝献宝。（薛）无宝呢？（王）看你的现世宝！（薛）三姐看宝。[流水]腰中取出番邦宝，三姐拿去仔细瞧。（王白）呀！[流水]用手接过番邦宝，果然是金光照满窑。走向前，忙跪倒，君王跟前[摇板]讨封号！（薛白）下跪何人？（王）王宝钏。（薛）跪在我的面前则甚？（王）前来讨封。（薛）哎呀，我封不得你。（王）为何？（薛）你方才在武家坡前骂得我好苦，我不封！（王）方才在武家坡前，我啊，不知道是你呀。（薛）哦，你不知道是我？你若知呢？（王）若知？嗯！我还多骂上你几句！（薛）哎呀呀呀，如此说来，我越发的不封。（王）当真不封？（薛）当真不封。（王）果然不封？（薛）果然不封。（王）不封就罢！（薛）哎呀，慢来慢来，哪有不封之理？三姐听封。

（十二段）[流水]三姐不必把脸变，有个缘故在其间。西凉有个代……（王白）带什么来了？（薛）唉！[流水]西凉国有个女代战，[摇板]她的为人甚是贤。（王）[流水]西凉国女代战，她的恩情比我贤。有一日、登龙位，她为正来是我为偏。（薛）讲什么正来论什么偏，你我结发比她先。有朝一日登龙殿，封你朝阳[摇板]掌正权。（王）叩头忙谢龙恩典，十八载守成龙一盘。（薛）平贵离家十八年，（王）受苦受难王宝钏。（薛）今日夫妻重相见，（王）只怕相逢在梦间。（薛白）呃，夫妻相会，不是做梦。（王）不是做梦。（薛）呃。（王）薛郎！（薛）三姐！（王）随我来呀！（薛）来了！[尾声]

武家坡[①]【1937年5月百代唱片1面】马连良饰薛平贵、王玉蓉饰王宝钏、杨宝忠/周昌泰京胡、乔玉泉司鼓（A4696）

（薛平贵）[西皮流水]三姐不必把脸变，有个缘故在其间。西凉有个代……（王宝钏白）

---

① 此段（即第十二段）唱片曾因初版母盘受损，百代公司于同年5月12日至22日，邀王玉蓉到上海重新补录了一次。

带什么来了？（薛）唉！［流水］西凉国有个女代战，［摇板］她的为人甚是贤。（王）［流水］西凉国女代战，她的恩情比我贤。有一日、登龙位，她为正来就我为偏。（薛）讲什么正来论什么偏，你我结发比她先。有朝一日登龙殿，封你朝阳［摇板］掌正权。（王）叩头忙谢龙恩典，十八载守成龙一盘。（薛）平贵离家十八年，（王）受苦受难王宝钏。（薛）今日夫妻重相见，（王）只怕相逢在梦间。（薛白）夫妻相会，不是做梦。（王）不是做梦。（薛）不是做梦。（王）薛郎！（薛）三姐！（王）随我来呀！（薛）来了！（［尾声］）

八大锤【1942年2月7日百代唱片1面】马连良饰王佐、李慕良京胡、罗万金月琴、李善卿三弦、乔玉泉司鼓、马连贵大锣、陈文兴小锣、胡宝立铙钹（PN11）

［二黄导板］听谯楼打初更玉兔东上，［碰板］为国家，秉忠心，食君禄，报王恩，昼夜奔忙。［原板］想当年在洞庭逍遥放荡，到如今投宋主未报宋王，岳大哥他待我手足一样，我王佐无功劳怎受荣光，今夜晚思一计番营去闯，落一个美名儿在万载传扬。

《八大锤》马连良饰王佐

青梅煮酒论英雄【1942年2月7日百代唱片2面】马连良饰刘备、李慕良京胡、罗万金月琴、李善卿三弦、乔玉泉司鼓、马连贵大锣、陈文兴小锣、胡宝立铙钹（PN12、PN16）

（头段）［二黄慢板］恨曹操在许田欺君太甚，有二弟见此情心怀不平。［原板］董国舅受血诏忠心耿耿，回府去会合了我等七人。但愿得大事成扫除奸佞，早烧香晚点灯答谢神灵。

（二段）（白）俺，刘备。只因徐州失散，权倚曹操帐下，前者许田射鹿，奸贼受众欢呼，圣上被欺不过，回得宫去，修下血诏，密使董承，会合诸侯，共灭曹贼。怎奈他势力浩大，只可待时而动，为此在后院浇水种菜，以避贼的耳目也。［西皮散板］恨曹操用心巧打来柬命，在家庭欺叔父在朝欺君。挟天子

《青梅煮酒论英雄》马连良饰刘备

令诸侯欲谋汉鼎,三尺童闺中女尽睹皆闻。[快板]曹孟德无故地前来相召,想必是董国舅做事不牢。若被他看破了牢笼圈套,我七人俱难免项上餐刀。细思想此一去吉凶难保,在檐下须低头[散板]去走一遭。

十老安刘①【1942年6月12日百代唱片2面】马连良饰蒯彻、李慕良京胡、罗万金月琴、李善卿三弦、乔玉泉司鼓、马连贵大锣、陈文兴小锣、胡宝立铙钹(PN13/4)

《十老安刘》马连良饰蒯彻

(头段)[西皮摇板]淮南王他把令传下,分作三班去见他。[流水]此时间不可闹笑话,胡言乱语怎瞒咱?在长安是你夸大话,为什么事到如今耍奸滑。左手拉住了李左车,右手再把栾布拉。三人同把那鬼门关上踏,[散板]生死二字且由他。听罢言来笑吟吟,我有言来你是听:你既知小刘长暴虐烈性,为什么举荐我来见他人?这也是你耍朋友自己的报应,要求救你只好另请高明。

(二段)[散板]我将主意来拿稳,衣冠斜挎见他人。撩袍我且钻刀阵,看他把我怎样行?[小导板]辞别千岁长安转,[流水]得意洋洋笑连天。看半副銮驾并列站,这一场荣耀非等闲。死里逃生我好险,似这样虎口搬牙的事儿哪一个大胆敢向前?摇摇摆摆我出前殿,[摇板]实佩你舌辩侯名不虚传。

《十老安刘》马连良饰蒯彻

庆顶珠【1942年2月7日百代唱片1面】马连良饰萧恩、李慕良京胡、罗万金月琴、李善卿三弦、乔玉泉司鼓、马连贵大锣、陈文兴小锣、胡宝立铙钹(PN15)

[西皮原板]昨夜晚吃酒醉和衣而卧,稼上鸡惊醒了梦里南柯。二贤弟在河下相劝与我,他叫我把打渔事一旦丢却。我本当不打渔关门闲坐,怎奈我家贫穷无计奈何。清早起开柴扉乌鸦叫过,飞过来叫过去却是[二六]为何?将身儿来至在草堂内坐,桂英儿捧茶来为父解渴。

---

① 此张唱片原为1942年2月7日灌制,因模板在送日本制版途中损毁,故于6月12日在北京东拴马桩日商公司重新录制。

群英会【1942年2月7日百代唱片2面】马连良饰鲁肃、李洪福饰孔明、李慕良京胡、罗万金月琴、李善卿三弦、乔玉泉司鼓、马连贵大锣、陈文兴小锣、胡宝立铙钹（PN17/8）

《群英会》马连良饰鲁肃、姜妙香饰周瑜、李洪福饰诸葛亮

（头段）（鲁肃）[西皮原板]限三天造雕翎这般时候,为什么他那里不瞅不忧？[快板]昨日里在帐中夸下海口,这件事好叫我替你担忧。（孔明白）大夫,我又无有什么要紧的事,你替我担的是什么忧啊？（鲁）啊？昨日你在帐中立下了军状,三日造齐十万支狼牙,我怎么不替你担忧,啊,我是怎么不替你担忧哇？（孔）哎呀,还有此事吗？（鲁）怎么样？（孔）我忘怀了啊。（鲁）你看他忘怀了！（孔）来、来算算日期吧。（鲁）算算日期。（孔）昨日？（鲁）一天。（孔）今日？（鲁）两天。（孔）明日？（鲁）三天。拿来！（孔）什么？（鲁）箭呐！（孔）我是一支也无有哇！（鲁）怎么样啊？（孔）你你你救我一救哇！（鲁）起来、起来。（孔）救我一救啊！（鲁）起来,我倒有一个好主意。（孔）有什么好主意？（鲁）你倒不如驾一小舟暗暗逃回江夏去吧！（孔）诶！我奉主之命过得江来同心破曹,寸功未立怎样回复我主？我啊,是走不得。（鲁）怎么,走不得？（孔）走不得。（鲁）哎呀,你看又走不得！呃,先生。（孔）呃。（鲁）我倒有一个干净绝妙的好主意。（孔）有什么好主意？（鲁）你倒不如投江死了吧！（孔）蝼蚁尚且贪生,为人岂不惜命？你不是叫我走就是叫我死,你这是什么朋友哇。（鲁）嘿嘿！叫你走你不走,叫你死呢,你又舍不得一死,这不叫我鲁肃替你为难了吗？（孔）大夫啊！（鲁）大夫也治不了你的病呐！（孔）[摇板]鲁大夫往日里待人甚厚！（鲁白）还用你说？（孔）[摇板]你保我过江来无祸无忧。

《群英会》马连良饰鲁肃、曹连孝饰诸葛亮

《四进士》马连良饰宋士杰

（鲁白）我待你不错啊。（孔）[摇板]周都督要杀我你不搭救？（鲁白）这是你自找啊！（孔）[摇板]看起来算不了什么好朋友。（鲁）哎！[快板]这件事乃是你自作自受，为什么鲁子敬不够朋友？

（二段）（孔）[原板]一霎时白茫茫满江雾露，顷刻间分不见在岸在舟。似这等巧机关世界少有，学轩辕造指车去破蚩尤。（鲁）鲁子敬在舟中浑身战抖，拿性命当儿戏他全不担忧。这时候他还有心肠饮酒，（孔白）哎呀！脸呐！（鲁）唉！[原板]怕只怕到曹营就难保人头。（水兵白）满江大雾哪里而发？（孔）曹营而发。（鲁）呃！慢来，慢来，慢来！那曹营如何去得？要去是你去我不去。来、来、来，搭扶手我要下去了。（孔）慢来，慢来，慢来！大夫，你来看船行江心拢不着岸，你呀，下不去了啊。（鲁）怎么，下不去了？（孔）下不去了啊。（鲁）哎呀呀呀呀！嘿嘿！（孔）大夫无妨紧要，还是吃酒啊。（鲁）怎么，还要吃酒？（孔）饮酒有趣呀。（鲁）诸葛亮！（孔）怎么样？（鲁）我鲁肃对待你不错。（孔）啊。（鲁）怎么你临死还要拉一个垫背的？（孔）岂有此理。（鲁）好了，豁了我这个人头不要，我就交你这个朋友，吃酒啊！（孔）[快板]鲁大夫放宽心只管饮酒，我保你到曹营去把箭收。

四进士【1925年10月高亭唱片1面】马连良饰宋士杰、胡子元京胡、方富元司鼓（Teb51）

[西皮摇板]宋士杰当堂上了刑，好似鱼儿把钩吞。含悲忍泪出院门，只见杨春与素贞。你不在河南上蔡县，你不在南京水西门。我二人从来不相认，宋士杰与你是哪门子亲？我为你挨了四十板，又发到了边外去充军。可怜我年迈苍苍遭此[哭头]境，老天爷啊，[摇板]谁是我披麻戴孝人？

祭泸江【1925年10月高亭唱片1面】马连良饰诸葛亮、胡子元京胡、方富元司鼓（Teb52）

[二黄碰板]维大汉建兴年九月秋降，武乡侯诸葛亮致祭长江！[原板]享于那殁王事蜀中校将，施于那南方鬼陷阵身亡。吾皇帝比三王恩威布广，[垛板]因异俗、肆狼心、奉王命、举貔貅、

《祭泸江》马连良饰诸葛亮

《临潼山》马连良饰李渊

问罪遐荒、大剿八方、扫荡［原板］边疆。思想此不由我悲声［散板］大放，一霎时乌云散露出天光。

清官册【1925年10月高亭唱片2面】马连良饰寇准、胡子元京胡、方富元司鼓（Teb53/4）

（头段）［二黄慢板］一更一点月正明，有寇准坐官驿独伴孤灯。平白地金牌调慌忙不定，心问口口问心暗自思忖。［原板］听谯楼打罢了二更时分，想起了当年一举成名。八千岁奏一本领凭上任，来到了霞峪县管辖黎民。

（二段）谯楼上打三更人烟肃静，想起了霞峪县管辖黎民。早堂接状午堂审，午堂收状审判分明。到晚来接下了无情冤状，一盏孤灯我审到天明。听谯楼打罢了四更时分，叫家院你与爷改换衣巾。回头来便把家院叫，老爷言来你是听：命你回衙报一信，一路上急急走且莫消停。倘若是太夫人将你来问，你就说你老爷不久归程。若是那少夫人将你来问，［垛板］你就说、你老爷、进了京、面了圣、平步登云、一步一步、往［原板］上升。

雍凉关【1925年10月高亭唱片2面】马连良饰诸葛亮、胡子元京胡、方富元司鼓（Teb55/6）

（头段）［二黄导板］习玄机学兵法孙武一样，［碰板］识天文晓地理八卦阴阳。［原板］先帝爷越檀溪凶险波浪，水镜庄遇高贤诉说衷肠。有卧龙和凤雏访成一相，汉江山鼎三分齐受荣康。徐元直荐山人徐母命丧，蒙先帝三顾我出了龙岗。

（二段）立头功败夏侯火烧博望，借东风烧曹瞒弃了荆襄。孙仲谋霸江东寸土不让，我三气小周郎搬尸柴桑。伐东吴先帝爷龙归海藏，曾受过托孤恩扶保汉邦。奉王命征孟获七擒七放，奏凯歌班师回祭渡泸江。到如今伐中原意外之想，司马懿挂了帅枉费心肠。观天机看一看魏国气象，站中央仰面看四星八方。观金星射斗牛神光齐放，二十八宿保定了紫气贪狼。东北方一将星黑暗不亮，［散板］一定是司马懿将星无光。

《借东风》马连良饰诸葛亮

审头【1925年10月高亭唱片1面】马连良饰陆炳、胡子元京胡、方富元司鼓（Teb57）

（陆炳白）哈哈，哈哈，呵呵呵哈哈！（汤勤）老大人，为何发笑啊？（陆）我笑你这两句话是颠而又狂，尊而又大。（汤）啊，怎见得？（陆）我方才问道，那严爷可是狼，你说道他不是狼；我又问道他是虎，你又说道他不是虎。纵然是狼我有打狼的汉子，纵然是虎我有擒虎的英雄，想我陆炳乃是二甲进士出身，为官以来，一不欺君、二不罔上、三不贪赃、四不卖法。我做官做的是嘉靖皇上的官，又不曾做他严府的官，又不是他严府走狗、使用的奴才！我陆炳奉了天子令诏审问人头，你不过是奉了严大人一句话，前来会审人头，我与那严大人乃是一殿为臣，你到此我不过是看其上敬其下，才赐

《审头刺汤》马连良饰陆炳、张君秋饰雪艳

了你一个座位，你就该在一旁耳闻目睹，听其自然才是。怎么？你一不耳闻、二不目睹，又道人头是真，又道人头是假，真假难辨、反复无常！你来在我这锦衣卫大堂这么摆来摆去，可我又不买你的字画呀！呵呵，真乃是无羞无耻、不知自爱，左右，撤座！

《审头刺汤》马连良饰陆炳

刺汤【1925年10月高亭唱片1面】马连良饰陆炳、胡子元京胡、方富元司鼓（Teb58）

［二黄散板］大炮一响人头落，为人休犯律萧何。［摇板］狗汤勤下堂喜洋洋，怎知机关在内藏。吩咐左右忙退堂，快请戚大人到二堂有话商量。［四平调］贤弟你休道兄好无才，怎知机关揣在怀。狗汤勤莫仁兄的冤仇在，岂肯把事两丢开？贤弟你请去坐八台，三日自有好音来。

珠帘寨【1925年10月高亭唱片1面】马连良饰程敬思、胡子元京胡、方富元司鼓（Teb59）

［西皮原板］自从千岁离朝后，满朝中文武臣泪双流。为千岁懒把朝房走，为千岁懒观五凤楼。山高路遥少来问候，望千岁恕学生礼貌不［散板］周。

三娘教子【1931年5月高亭唱片2面】马连良饰薛保、赵桂元京胡、乔玉泉司鼓、蔡荣贵报名（Teb589/90）

（头段）[二黄原板]小东人下学归机房闯祸，好一似火上把油泼。见三娘把泪啼机房闷坐，转面来问一声东人倚哥。你的母教训你非为之过，为什么把好言当作了恶说，东人呐！这才是养子不教父之过，教不严来师之惰。老薛保进机房双膝跪落，三娘啊！问三娘把泪啼却是为何？

（二段）[散板]见三娘她把这机头割断，吓得我老薛保胆战心寒。走向前来好言奉劝，尊一声三主母细听我言：遭不幸老东人镇江命染，多亏我老薛保千山万水搬尸回还。恨只恨张、刘二氏把心肠改变，一个个反穿裙另嫁夫男。喜只喜三主母发下誓愿，一心心教子男把名传。

《三娘教子》马连良饰薛保

桑园会【1931年5月高亭唱片2面】马连良饰秋胡、尚小云饰罗敷、赵桂元京胡、乔玉泉司鼓、蔡荣贵报名（Teb591/2）

（头段）（秋胡）[西皮流水]秋胡打马奔家乡，行人路上马蹄忙。坐立雕鞍用目望，见一位大嫂手攀桑。前影儿好像罗敷女，后影好像我的妻房。本当下马[摇板]将妻唤，错认民妻罪非常。（罗敷）[流水]耳边厢又听得人喧嚷，举目四下抬头张。阳关大道人来往，见一客官就站道旁。（白）客官敢莫是失迷路途？（秋）并非失迷路途，乃是找名问姓的。（罗）有名便知，无名不晓。（秋）姓秋名胡字高强，大嫂可知吗？（罗）客官问他则甚？（秋）我与他有八拜之交，托我带来万金家书，故而动问。（罗）呀！[流水]听一言来心欢畅，背转身来喜洋洋。二十年前他前往，今日还有[摇板]信还乡。（白）秋胡离我家不远，客官可将书信放下，我与他带回就是。（秋）书信要面交本人。（罗）如若不见本人呢？（秋）原书带回。（罗）你既与秋胡有八拜之交，可将他家中之事说的一字不差，奴家放桑不采，带你前去。（秋）大嫂听了。[流水]站立在桑园把话讲，尊一

《桑园会》马连良饰秋胡、张君秋饰罗敷

声大嫂听端详:家住鲁国古田桑,姓秋名胡字高强。他父名叫秋祖望,二十年前早已亡;他母柯氏六旬上,白发孀居在高堂。娶妻名叫罗敷女,独自一人守空房。这是那秋兄对我讲,并无有虚言哄娘行。

（二段）（秋）[导板]那秋胡他把良心丧,[原板]他在那楚国配了鸾凰。我劝他归家他不往,撇下了大嫂守空房。你好比皓月[二六]空明亮,你又好比黄金土内埋藏;你好比鲜花无人赏,卑人好比那采花郎。桑园之内无人往,学一个织女配牛郎。（罗白）客官呐。[流水]客官说话不思量,奴家言来听端详:有书早把书献上,无书早早离田桑。（秋）[流水]大嫂把话错来讲,卑人言来听端详:男儿无妻家无主,女子无夫室无梁。桑园之内无人往,学一个巫山神女[摇板]会襄王。

《桑园会》尚小云饰罗敷

四郎探母【1931年5月高亭唱片2面】马连良饰杨延辉、尚小云饰铁镜公主、赵桂元京胡、乔玉泉司鼓、蔡荣贵报名（Teb593/4）

（头段）（铁镜公主）[西皮流水]听他言吓得我浑身是汗,十五载才露出袖内机关。他本是杨家将把名姓改换,他思家乡想骨肉不得团圆。走上前施一礼[摇板]驸马来见,[流水]尊一声驸马爷细听咱言:早晚间休怪我言语怠慢,不知者不作罪[摇板]你的海量放宽。（杨延辉）[快板]我和你夫妻情恩爱不浅,贤公主又何必礼义太谦。杨延辉有一日愁眉得展,誓不忘贤公主恩重如山。（铁）说什么夫妻情恩爱不浅,我与你配夫妻前世良缘。为什么终日里愁眉不展,有什么心腹事你只管明言。（杨）非是我这几日愁眉不展,有一桩心腹事不敢明言。萧天佐摆天门两国交战,我的娘押粮草来到北番。我有心回宋营见母一面,怎奈我身在番不能出关。（铁）尊驸马又何必巧言来辩,你要拜高堂母是我不阻拦。（杨）蒙公主施恩德母子相见,怎奈我无令箭不能出关。（铁）有心与你的金鈚箭,恐怕一去你不回还。（杨）公主赐我金鈚箭,五鼓天明我即刻还。（铁）宋营相隔路途远,一夜之间你怎能够还?（杨）宋营虽然路途远,快马加鞭我一夜还。（铁）知山知水不知浅,人心难防防不然。先前叫我盟誓愿,你对苍天就表一番。

马连良、尚小云

（二段）（铁）[流水]母后不把人情准,倒教咱家无计行。无奈何下金殿[摇板]我把驸马来请,一同哀告你我的老娘亲。（杨白）太后！（铁）额娘！（合）唉，太后/额娘啊！（杨）[散板]我哭、哭一声老太后，（铁）我叫、叫一声老娘亲。（杨）当初被擒就该斩，（铁）不该与儿配为婚。（杨）斩了孩儿不打紧，（铁）女儿的终身靠何人？（杨）[哭头]老太后！（铁）老娘亲！（杨、铁同）啊！（杨）[干唱]我的丈母娘啊！

甘露寺【1931年5月高亭唱片2面】马连良饰乔玄、李洪福饰刘备、马连昆饰孙权、刘俊峰饰吴国太、赵桂元京胡、乔玉泉司鼓、蔡荣贵报名（Teb621/2）

《甘露寺》马连良饰乔玄、刘连荣饰孙权

（头段）（吴国太白）老身久闻皇叔乃汉室之苗裔，请道其详。（刘备）太后容禀！[西皮导板]太后吴王坐宝殿，[原板]细听刘备表一表家园。我祖高皇兴炎汉！（乔玄白）啊，太后，可知皇叔的根基？（吴）我不知呀。（乔）皇叔乃中山靖王之后，汉景帝陛下之玄孙；荆襄王刘表之堂弟；当今献帝之皇叔。喏喏喏，国太请看，生得是：龙眉凤目、两耳垂肩、双手过膝，真乃是帝王的根本呐。哈哈哈哈。（孙权）噢？他乃帝王的根本？（乔）帝王的根本。（孙）与你何干？（乔）说说也无妨紧要呀！（孙）多口！（乔）嘿嘿！反道我多口。（刘）[原板]弟兄结义在桃园，结拜二弟关美髯。（乔白）啊，太后，关美髯国太可晓得？（吴）我也不晓得啊。（乔）乃皇叔结拜的二弟，此人姓关名羽字云长，乃蒲州解良人氏。弟兄桃园结义以来，在徐州失散，万般无奈，暂归曹营，那曹操待他十分恩厚，三日一小宴，五日一大宴，上马金、下马银，美女十名俱一不受，闻得皇叔么，有了下落，彼时挂印封金，在灞桥挑袍，过五关，斩六将，这位将军，他的义气不小哇！（孙）哦？他的义气不小？（乔）义气不小。（孙）你可曾亲眼得见？（乔）虽不是我亲眼得见，谁人不知，哎，是哪一个不晓哇？（孙）真真的唠叨！（乔）这也不算我唠叨啊。

（二段）（刘）[原板]保定皇嫂过五关。刀劈秦琪黄河岸，范阳翼德张为三。（乔白）啊，太后！张翼德国太可晓得？（吴）本后不知？（乔）乃是皇叔结拜的三弟，

《甘露寺》马连良饰乔玄

此人姓张名飞字翼德,乃涿州范阳人氏。这位将军,在当阳桥,大喝一声,吓得曹操,收了青龙伞,跌死夏侯杰,这位将军好威风啊,好煞气呀!(孙)哦?他的好威风、好煞气?(乔)好威风、好煞气。(孙)你不要多讲,一旁养养你的老精神吧!(乔)哦,是是是是!(刘)[原板]四弟本是英雄将。(乔白)啊,太后,赵子龙国太可晓得?(吴)我也不晓得。(乔)乃是皇叔的四弟,此人姓赵名云

《甘露寺》马连良饰乔玄

字子龙,乃真定常山人氏,这位将军在长坂坡前,与曹兵交战,杀得曹兵么,是七进七出啊。(孙)我只知三进三出。(乔)哎哎哎,记错了,记错了,七进七出啊。(孙)三进三出。(乔)哎,七进七出,是七出七进呐!(孙)也不怕拌坏了你的嘴。(乔)本来是七进七出啊!(刘)[原板]长坂坡前救儿男。三顾茅庐诸葛亮!(乔白)啊,太后,诸葛亮国太可晓得?(吴)我也是不知。(乔)此人复姓诸葛名亮字孔明,道号卧龙。皇叔三顾茅庐才得下山,这位先生在南屏山祭借东风,烧退曹兵八十三万,好烧哇,好烧!(孙)诸葛亮火大,烧得你在此胡说八道。(刘)[摇板]现有历代宗谱传。

《四郎探母》马连良饰杨延辉

四郎探母【1931年5月高亭唱片2面】马连良饰杨延辉、赵桂元京胡、乔玉泉司鼓、蔡荣贵报名(Teb623/4)

(头段)【坐宫】[西皮慢板]杨延辉坐宫院自思自叹,想起了当年事好不惨然。我好比笼中鸟有翅难展,我好比虎离山受了孤单;我好比南来雁失群离散,

(二段)我好比浅水龙被困在沙滩。想当年沙滩会一场[二六]血战,只杀得众儿郎滚下马鞍。我被擒改名姓身脱此难,将杨字改木易匹配良缘。萧天佐摆天门两下会战,我的娘押粮草来到北番。我有心回宋营见母一面,怎奈我身在番远隔天边。思老母思得我把肝肠痛断,想老娘泪珠儿洒落在胸前。[哭头]眼睁睁高堂母难得见,儿的老娘啊![摇板]要相逢除非是梦里团圆。

闹府【1931年5月高亭唱片2面】马连良饰范仲禹、赵桂元京胡、乔玉泉司鼓、蔡荣贵报名（Teb625/6）

（头段）（白）啊，太师爷，卑人酒已够了，不能奉陪了。啊，来此什么所在？哦，原来是一座书房，哎，是我在山中听了樵夫之言，打上太师府门，太师不怪罪还则罢了，反用酒款待，看将起来，真乃是难得呀，难得！［四平调］在谯楼以上起了更，忽然想起小娇生。我叫一声范金儿快来吧，我的儿啊！送儿到学中读读书文，啊，读读书文。听谯楼打罢了二更尽，忽然想起结发的人。我叫一声白氏妻往何厢去，我的妻呀，夫妻们见面叙叙苦情，啊，叙叙苦情。

《问樵闹府》马连良饰范仲禹、马富禄饰樵夫

（二段）三更三点白露茫，怎不叫人泪两行，似风筝断了那无情的线，我的妻呀，夫妻们好比棒打鸳鸯，啊，［散板］棒打鸳鸯。［四平调］在城隍庙内挂了号，在土地祠内领回文，啊，领回文。你骂我是一个狂书生，平白骂我所为何情，啊，所为何情。

《苏武牧羊》马连良饰苏武

苏武牧羊【1931年5月高亭唱片1面】马连良饰苏武、赵桂元京胡、乔玉泉司鼓、蔡荣贵报名（Teb627）

［西皮原板］承贤弟朋友情我心敬领，恨只恨从今后不能同行。十九载困匈奴风霜受尽，今日里才能够转回龙廷。［散板］想天道叹人生俱难拿定，既放我何不放胡氏阿云。观娇妻与幼子［哭头］心痛难忍，妻儿呀！［散板］恨不得捐身躯死不欲生。

大红袍【1929年2月蓓开唱片1面】马连良饰海瑞、赵桂元京胡、乔玉泉司鼓、蔡荣贵报名（90141）

［二黄慢板］女儿家守闺教拙即是巧，纵然有运筹才能也不高。古今的奇女子传名不少，有几个骂街巷掀裙扎腰。可叹你令椿萱去世又早，把一个千金体任意酕醄。既难学花木兰智勇节孝，从今后绿窗下凤绣鸾描。

汉阳院【1929年2月蓓开唱片1面】马连良饰刘备、赵桂元京胡、乔玉泉司鼓、蔡荣贵报名（90142）

[西皮导板]与卿分别有数载，[原板]今日里相逢天降来。孤王看书你休怪，一封书信亲手开。上写曹操顿首拜，皇叔台前问安泰。东吴孙权[流水]争地界，赤壁鏖兵把兵排。曹刘二家合一块，得了东吴四六开。看罢书信忙[摇板]揣怀，有劳先生远路来。

甘露寺【1929年2月蓓开唱片1面】马连良饰乔玄/报名、赵桂元京胡、乔玉泉司鼓（90143）

《甘露寺》马连良饰乔玄

[西皮原板]劝千岁杀字休出口，老臣与主说从头：刘备本是靖王的后，汉帝玄孙一脉流。他有个二弟[流水]寿亭侯，青龙偃月神鬼皆愁。白马坡前诛文丑，在古城曾斩过老蔡阳的头。他三弟翼德性情有，丈八蛇矛贯取咽喉。曾破黄巾兵百万，虎牢关前战温侯。当阳桥前一声吼，喝断了桥梁水倒流。他四弟子龙英雄将，盖世英雄贯九州。长坂坡、救阿斗，杀得曹兵个个愁。这一班武将哪国有？还有诸葛用计谋。你杀刘备不要紧，他弟兄闻知是怎肯罢休？若是兴兵来争斗，东吴哪个敢出头。我扭转回身奏太后，将计就计[散板]结鸾俦。

一捧雪【1929年2月蓓开唱片2面】马连良饰莫成/报名、赵桂元京胡、乔玉泉司鼓（90144/5）

（头段）（莫成）[二黄导板]一家人只哭得珠泪滚滚，[碰板]那一旁哭坏了雪氏夫人。[原板]戚大人八台官救不了家主爷的命，家主爷的命，老爷呀！蓟州堂闷坏了我小莫成。（白）且住！自那年跟随我家老爷进京补官，我家大主母手捧一斗酒，与我家老爷饯行之后，叫道说："莫掌家，此番跟随你家老爷进京，劝你家老爷酒要少饮，事要正办，在你老爷身旁诸事须要小心，慢说你家老爷恩待于你，就是我母子在钱塘，也是感恩匪浅。"

（二段）如今我家老爷惹下这杀身大祸，难道叫我袖手旁观，这看水流舟？哎呀，且住！事到如今我又想起一桩心事来了，有一日跟随我家老爷过府拜客，打从海岱门经过，偶遇一位相面的先生，与我家老爷相了一相，然后又与我觑了一觑，他叫道："莫

《一捧雪》马连良饰莫成

《一捧雪》马连良饰莫成

掌家，莫大哥，你的好贵相。你有你家老爷之相，可惜你呀，无有你家老爷之福，你家老爷日后有桩大事，要应在你的身上。"那时节他说得无心，我听得有意，莫非就应在今晚这蓟州堂上？哎呀，想我这为奴的，何日才得出头，倒不如今日替我家老爷一死，也落得个青史名标这万古流芳。我就是这个主意，咳！我就是这个主意呀！大人。（戚继光）掌家跪在我的面前则甚？（成）我家老爷有了救了。（戚）哦，有了救了，起来。莫仁兄醒来！（莫怀古）贤弟何事？（戚）你有了救了。（古）我的救在哪里？（戚）掌家言道有救。（古）啊掌家，我的救在哪里？（成）事到如今还有什么救星？倒不如小人替老爷一死啊。（古）唉，哪有人替人死的道理？有这两句话也就是了。（成）老爷讲什么无有人替人死的道理，小人有辈古人，说与老爷、夫人、大人一同赏听：昔日杨生好养犬，酒醉睡卧在高山，有那不知事务的牧童，他就放火烧荒，看看那火烧在杨生的身上，那犬见事不好，翻身跳下涧去，滚湿毛衣，舍身救主。

夜审潘洪【1929年2月蓓开唱片1面】马连良饰寇准 / 报名、赵桂元京胡、乔玉泉司鼓（90147）

［二黄原板］接过了夫人酒一樽，背转身来谢过神灵。回头再与夫人论，下官言来你是听：高堂老母多孝敬，护守印信要小心。辞别了夫人［散板］跨金镫，但愿此去早早回程。

焚绵山（火烧绵山）【1929年2月蓓开唱片1面】马连良饰介子推 / 报名、赵桂元京胡、乔玉泉司鼓（90148）

［西皮导板］春草青青隐翠溪，［原板］老母叮咛结草衣。山高也有长流水，喜鹊只只绕树飞。我好比箕子绝宗义，又好比鸿雁受单栖。人马呐喊耳边里，叫人心中难猜疑。站立在山头［摇板］用目觑，［快板］刀枪剑戟摆列齐。五色旌旗空中起，人马纷纷绕树飞。见几个手拿双环戟，见几个手使打将锤。见几个手拿宣化斧，见几个兵刃不出齐。莫不是哪国烟尘起，莫不是重耳把兵提。莫不是要把绵山洗，莫不是来访我介子推。任你搜来任你洗，稳坐绵山永不离。

马连良

广泰庄【1929年2月蓓开唱片2面】马连良饰徐达/报名、赵桂元京胡、乔玉泉司鼓（90149/50）

（头段）[西皮原板]朱千岁且莫将我夸奖，徐达言来细听端详：遭不幸我家严早把命丧，只有老母在高堂。请千岁驾转再把贤访，成全我落孝名万古流芳。[二六]难比师弟韬略广，朝朝暮暮伴君王。自古常言道得好，忠孝不能两全扬。保定千岁回营往，实不能同去[摇板]保家邦。[快板]郭师弟把话错来讲，徐达言来就细听端详：自幼祖居在广泰庄，无惧无忧乐安康。聘请事儿再不要讲，我不是贪心[摇板]小儿郎。

（二段）[散板]郭英说话太猖狂，把我徐达当平常。任你风吹浪又广，稳坐舟中不开桨。[流水]昨与郭英把话讲，气得豪杰怒满堂。闷恹恹且坐[摇板]二堂上，眼跳心惊为哪桩？[散板]听得家将道端详，倒教徐达着了慌。家将带路庄口上，看是何人抢我的庄。一见贼子退出庄，太阳头上冒火光。家将带路回庄往，低下头来暗思量。本当不与贼打仗，广泰庄内定遭殃。家将与爷备丝缰！

《广泰庄》马连良饰徐达

朱砂井【1929年2月蓓开唱片2面】马连良饰赵廉/报名、赵桂元京胡、乔玉泉司鼓（90151/2）

（头段）[西皮慢板]眉坞县在马上心神不定，这几天为人犯死里逃生。自幼儿在窗前习学孔圣，一心想占鳌头荣耀门庭。实指望做清官[二六]高升一品，又谁知孙家庄起下了祸根。孙玉娇卖风流在门前站定，引动了小傅朋起下淫心。

（二段）假意儿失玉镯以为媒证，又有个刘媒婆你老不正经。诓玉娇绣鞋儿在两下里勾引，小刘彪起歹心你讹诈书生。孙家庄你一刀连伤二命，将人头丢别家你移祸与人。刘公道当乡约常在衙门，为什么见人头你不打报呈？朱砂井隐人头暗害人命，最可叹宋国士他绝了后根。宋巧娇冤枉状将本县告定，千岁爷将本县传到法门。见千岁认刑时休要怨恨，[垛板]待本县、我请高僧和高道、高搭着席棚、[二六]我超度尔的亡魂。明知道山有虎伤人性命，放大胆[散板]闯虎穴去见上人。

《广泰庄》马连良饰徐达

《打侄上坟》马连良饰陈伯愚

打侄上坟【1931年5月14/5日蓓开唱片2面】马连良饰陈伯愚、赵桂元京胡、乔玉泉司鼓、蔡荣贵报名（91326、33）

（头段）[西皮散板]提起了二爹娘就掌儿的嘴，活活气坏年迈的人。万贯家财俱花尽，活活打死你这败家的根。（白）陈大官呐，小奴才！可记得儿爹娘染病在床，那时将我二老唤到床前，叫道一声："兄弟呀、弟妇，我二老这病，不久于人世，一死别无牵挂，只有大官孩儿要你另眼看待。"话到此间，我那兄嫂，唉！双双去世。那时你这奴才刚刚七岁，送到学中攻书，一十五岁身入黉门，是何等的不喜呀，呃，哪些儿不乐啊？怎么你在外面听信学友之言，回得家来与我二老是朝吵暮闹，问起情由，儿要分居另过，本当不分与你，又恐旁人家言道，说我以大压小，以叔压侄。

（二段）（陈伯愚白）是我二老万般无奈，将儿亲娘舅请到家中，将这上等的家财分儿一大半呐。儿就该在外面发奋攻书，功名上进才是正理。怎么？你在外面不习正道，吃喝嫖赌，浪荡夜游，失去功名，一份家财尽情花费，只落得乞、乞、乞、乞讨之中。安人，这个奴才多大年纪了？（安人）二十一岁了。（愚）着啊，二十一岁还是什么小孩子啊？（白）陈门中祖先呐，曾祖！你们在外面为官的时节，哪里有些检点不到，才生下这样败家的子嗣，怎不气、气、气死我也！（安）员外请转，大官儿气绝了！（愚）啊？呀呀呸！（念）亦非痴呆别家人，不该败坏我门庭。叔侄好比黄粱梦，你是谁来我何人？（白）陈芝过来，这奴才死了便罢，若是不死，与我轰、与我赶了出去呀！[西皮原板]我二老前世里未曾了愿，为什么年半百无有儿男。一步儿来至在西墙立站，又听得安人痛哭大官。

翠屏山【1931年5月14/5日蓓开唱片1面】马连良饰石秀、赵桂元京胡、乔玉泉司鼓、蔡荣贵报名（91327）

[西皮原板]石三郎进门来莺儿大骂，只骂得小豪杰我脸上发烧。忍不住心头火与她争吵，还看在杨仁兄生死故交。走向前施一礼老丈别了，俺石秀出门去要海走一遭。忙谢过潘老丈恩德义好，你令爱她待我不如初交。也是我自无才朋友来靠，反被这无耻奴假颜观瞧。

《打侄上坟》
马连良饰陈伯愚、叶盛兰饰陈大官、李洪福饰陈志

辕门斩子【1931年5月14/5日蓓开唱片2面】马连良饰杨延昭、赵桂元京胡、乔玉泉司鼓、蔡荣贵报名（91328/9）

（头段）[西皮导板]忽听得老娘亲来到帐外，[慢板]只气得杨延昭怒满胸怀。见老娘施一礼我躬身下拜，问老娘驾到此所为何来？[原板]娘进帐儿这里早已知解，定然是为宗保不肖奴才。

（二段）提起来把儿的肝胆气坏，恨不得把奴才斧劈刀开。儿命他领人马巡查营外，到山东穆柯寨私配裙钗。按军令犯王法活命难解，问老娘儿斩他该是不该？娘道他年纪小孩童气概，[快板]有几个年幼人娘且听来。秦甘罗十二岁身为太宰，史建瑭十三岁拜帅登台。三国中周公瑾名扬四海，七岁上学剑法人称将才。在赤壁用火攻神鬼难解，烧曹兵八十万无处葬埋。这也是父母生非神鬼怪，难道说小畜生[摇板]是禽兽投胎？[流水]昨日里斩八将头挂营外，老娘亲怎不把慈悲放开。今日里斩宗保娘把儿怪，哭啼啼泪滚滚哭进帐来。[摇板]叫焦赞将宝剑悬挂帐外，老娘亲再讲情儿自刎头来。

《过巴州》马连良饰严颜、袁世海饰张飞

《楚汉争》马连良饰纪信、马春樵饰项羽

楚汉争【1931年5月14/5日蓓开唱片1面】马连良饰纪信、赵桂元京胡、乔玉泉司鼓、蔡荣贵报名（91330）

[西皮原板]军师爷把话当众论，背转身来自思忖：汉王在荥阳遭围困，好一似孔子困蔡城。韩信领兵燕赵境，并无有能将去抵贼兵。汉王降事[流水]我纪信，逢丑父替主标芳名。汉王降事我纪信，要学丑父贯古今。走近前、把话论，纪信替主[摇板]并无二心。[流水]说什么青史表芳名，臣替君难子奉亲。效当竭力当尽命，贪生怕死我[散板]不为人。

楚汉争①【1931年5月14/5日蓓开唱片1面】马连良饰纪信、赵桂元京胡、乔玉泉司鼓、蔡荣贵报名（91330）

〔西皮原板〕军师爷把话当众论，背转身来自思忖：汉王在荥阳遭围困，好一似孔子困蔡城。韩信领兵燕赵境，并无有能将去抵贼兵。军师爷画图〔流水〕把忠论，逢丑父替主标芳名。汉王降事我纪信，要学丑父贯古今。走近前、把话论，纪信替主〔摇板〕并无二心。〔流水〕说什么青史表芳名，臣替君难子奉亲。效当竭力当尽命，贪生怕死我〔摇板〕不为人。

男起解【1931年5月14/5日蓓开唱片1面】马连良饰秦琼、赵桂元京胡、乔玉泉司鼓、蔡荣贵报名（91331）

〔西皮导板〕家住山东历城县上，〔原板〕秦叔宝英名天下扬。都只为二宾朋打劫皇杠，与杨林老儿结下了仇肠。我也曾与魏文通见过三镖，大不该金锏杨林伤。又谁知那老儿嫉妒心太广，一支令下至在历城县堂。一步儿来在〔摇板〕长亭上，这是我好交宾朋英雄的下场。

《楚汉争》马连良饰纪信

《打登州》马连良饰秦琼

乌龙院【1931年5月14/5日蓓开唱片1面】马连良饰宋江、赵桂元京胡、乔玉泉司鼓、蔡荣贵报名（91332）

〔四平调〕宋公明打坐在乌龙院，猜一猜大姐腹内情。莫不是茶饭不对你的口，莫不是衣衫不合你的心；莫不是邻居们得罪了你，莫不是马二娘打骂不仁；这不是来难坏了我，莫不是思想我宋公明？

打严嵩【1931年5月14/5日蓓开唱片1面】马连良饰邹应龙、赵桂元京胡、乔玉泉司鼓、蔡荣贵报名（91334）

〔西皮散板〕施礼辞别太师尊，把话说与尊官听：从今后我要常来往，我就是太师爷的一个心腹人。三百两银

---

① 此唱片有两版存世，区别在于：第一次录制时，把转板处"军师爷画图把忠论"一句唱做"汉王降事我纪信"，第二次录制时更正。

《安居平五路》马连良饰诸葛亮

子值多少,有道是这人的脸面值千金。从今后不把你当尊官来叫,你就是你邹老爷牵马坠镫一个势利的小人。

小桃园【1931年5月14/5日蓓开唱片1面】马连良饰刘备、赵桂元京胡、乔玉泉司鼓、蔡荣贵报名(91335)

[西皮摇板]想当年结桃园对天发咒,愿同年同日月共同罢休。到如今一旦间死别分手,只剩下孤一人好不哀忧。[散板]一见首级到,珠泪往下抛。临行嘱咐话,全不挂心梢。[哭头]放悲声哭三弟,啊,三弟呀![散板]凌烟阁上美名标。

安居平五路【1931年5月14/5日蓓开唱片1面】马连良饰诸葛亮、赵桂元京胡、乔玉泉司鼓、蔡荣贵报名(91336)

[二黄慢板]西国王轲比能武艺颇胜,领人马兵十万来伐西平。臣也曾命马超前去平定,羌人见马超到必然退兵。他祖住西凉地英名远震。那羌贼称他是神威将军,不交战管教他东逃西奔。此一路请我主但放龙心,臣料定大功必成。

要离刺庆忌【1931年5月14/5日蓓开唱片1面】马连良饰要离、赵桂元京胡、乔玉泉司鼓、蔡荣贵报名(91337)

[二黄导板]霎时间痛得三魂飘零,[散板]鲜血淋淋就痛煞了人。咬牙关走近前把话来论,昏王姬光听详情:我纵有口把命自尽,(白)姬光啊,贼![散板]我死在阴曹府要勾尔的魂。只皆因为贪名自落网,有一日成功后扬名万方。

甘露寺【1924年7月① 物克多唱片1面】马连良饰乔玄、胡子元京胡、律凤山司鼓(43357A)

[西皮原板]劝千岁杀字休开口,老臣与主说从头:刘备本是靖王后,汉帝玄孙一脉流。他有个二弟[流水]寿亭侯,青龙偃月鬼神愁。白马坡斩过颜良诛文丑,古城又斩蔡阳头。他三弟翼德性情有,

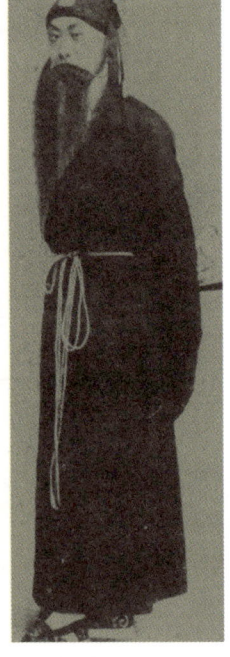

《要离刺庆忌》马连良饰要离

---

① 这批物克多唱片,为1924年7月28日至31日专程赴上海灌制,地点在永安公司大东旅社。

《八大锤》马连良饰王佐

双手能使丈八矛。曾破黄巾兵百万，虎牢关前战温侯。当阳桥前一声吼，喝断了灞桥水倒流。他四弟子龙英雄将，盖世英雄贯九州。长坂坡、救阿斗，杀得曹兵个个愁。这般的武将哪国有，还有诸葛用计谋。你杀刘备不要紧，他弟兄闻知怎肯罢休？若是兴兵来争斗，东吴哪个敢出头。扭转头、奏太后，将计就计［散板］结鸾俦。

王佐断臂【1924年7月物克多唱片1面】马连良饰王佐、胡子元京胡、律凤山司鼓（43357B）

［二黄导板］听谯楼打初更玉兔东上，［碰板］为国家，秉忠心，食君禄，报王恩，昼夜奔忙。［原板］想当年在洞庭逍遥放荡，到如今投宋主身报君王，岳大哥他待我手足一样，怎奈我无功劳妄废时光，今夜晚思一计番营去闯！

战樊城【1924年7月物克多唱片1面】马连良饰伍子胥、胡子元京胡、律凤山司鼓（43358A）

［西皮原板］兄长说话欠思论，休把今人比古人。文王被囚天注定，伯邑考粉身［二六］命里生成。若是平王加官赠，就该有圣旨来到樊城。既是爹娘的真书信，为什么有逃走二字在书后存？怕的是失足入陷阱，插翅不能够远飞腾。小弟愿把樊城镇，宁做个不忠［散板］不孝的人。

定军山【1924年7月物克多唱片1面】马连良饰黄忠、胡子元京胡、律凤山司鼓（43358B）

［西皮二六］师爷说话言太差，不由得黄忠怒气发。一十三岁习弓马，威名镇守在长沙。自从归顺皇叔爷的驾，匹马单刀取过了巫峡。斩关夺寨的功劳大，师爷不信你在功劳簿上就查一查。非是我黄忠［摇板］夸大话，（白）弓来呀！［流水］铁胎的宝弓手中拿。满满

《胭脂宝褶》马连良饰白怀、马盛龙饰白奇、茹富华饰白简

搭上［摇板］朱红扣，［流水］帐下的儿郎把咱夸。二次再用这两膀的力，人有精神力又佳。三次开弓［散板］秋月样，再与师爷把话答。

宝莲灯【1924年7月物克多唱片1面】马连良饰刘彦昌、胡子元京胡、律凤山司鼓（43360A）

［二黄原板］伯夷叔齐二贤人，推国让位坐龙廷。兄让弟坐弟不坐，弟让兄坐兄不担承。一个前门

《打棍出箱》马连良饰范仲禹、马富禄饰衙役甲、马四立饰衙役乙

去逃奔，那一个出了后宰门。弟兄双双来投奔，在首阳山前一命归阴。打死了别家子父能做主，打死了秦官保父不能担承。我本当带沉香前去偿命，前去偿命，苦命的儿，想起了三圣母送过红灯。我本当带秋儿秦府抵命，秦府抵命，我的儿。

打棍出箱【1924年7月物克多唱片1面】马连良饰范仲禹、胡子元京胡、律凤山司鼓（43360B）

［二黄散板］恨贼子把我的牙咬断，擅抢民妻理不端。甩开大步朝前趱，不觉来到贼的府门前。［原板］我本是一穷儒太烈性，冒犯了老太师府门庭。念卑人结发糟糠多薄命，棒打鸳鸯两离分。我往日饮酒酒不醉，到如今饮酒酒醉人。

打鼓骂曹【1924年7月物克多唱片1面】马连良饰祢衡、胡子元京胡、律凤山司鼓（43690A）

［西皮二六］列公大人齐来劝我，犹如惊醒梦南柯。自古道责人先责己过，手摸胸膛我自揣摩。罢、罢、罢，暂忍我的心头火，［流水］要学陆贾与随何。走向前来忙认错，顺说刘表［摇板］再定夺。丞相宽心且台坐，披星戴月奔江河。顺说事儿若不妥，恐死他乡做鬼魔！

《打鼓骂曹》马连良饰祢衡

连营寨【1924 年 7 月物克多唱片 1 面】马连良饰刘备、胡子元京胡、律凤山司鼓（43690B）

〔西皮散板〕亦非是为伯父的伤心泪掉，我与尔父生死交。哭罢了二弟把三弟叫，〔哭头〕翼德，桓侯，啊，我那豹头环眼好兄弟呀！〔反西皮二六〕叫声三弟听根苗：大破黄巾天下晓，长坂坡前喝断了灞桥。虎牢关曾把吕布的发冠挑，长坂坡前喝断了灞桥。[1] 恨只恨范江张达贼强盗，害孤的三弟命归阴曹。哭哑了咽喉把珠泪掉，把三弟〔哭头〕叫！好兄弟呀！〔摇板〕不杀孙权怎罢了。

《连营寨》马连良饰刘备

哭刘表【1928 年 9 月胜利唱片 1 面】马连良饰刘备、胡子元京胡、乔玉泉司鼓（43845A）

〔西皮散板〕见坟思兄泪难忍，千言万语向谁云？蠢弟无才无德行，〔反西皮二六〕负兄寄托罪在备身。百姓无干受涂困，望兄英灵救难民。起祸蔡瑁与张允，把荆襄九郡付别人。可叹数万的众百姓，〔垛板〕叹他们、一个个、扶老携幼、怀男抱女、随定我、登山涉水、戴月披星、流离失所、好叫我触目伤〔回龙〕心！〔摇板〕吩咐百姓快起行！大家上马朝前奔，只得奔走江陵城。

清风亭【1928 年 9 月胜利唱片 1 面】马连良饰张元秀、胡子元京胡、乔玉泉司鼓（43845B）

〔二黄原板〕我二老年古稀无后实惨，周梁桥拾一子接传香烟。张继保虽年小听教听管，也不枉我二老将养几年。清晨起到学中去把书念，〔垛板〕但愿得、老天爷、保佑着娇儿、早早成名，〔原板〕从今后也改换家园。我这里唤娇儿早上学院，家虽贫学不辍古有〔散板〕格言。我哭、哭一声张继保，叫、叫一声小娇儿啊！你此去一家团圆庆，眼睁睁我二老依靠何人？〔哭头〕张继保，小娇儿呀！啊，我的儿啊！

《清风亭》马连良饰张元秀、马富禄饰贺氏

---

[1] 唱片中将"长坂坡前喝断了灞桥"唱了两遍。

鸿门宴【1928年9月胜利唱片1面】马连良饰范增、胡子元京胡、乔玉泉司鼓（43846A）

[西皮摇板]虚飘飘旌旗五色煌，[流水]扑咚咚金鼓震八荒；明亮亮枪矛龙蛇晃，孤律律刀剑日月光；呜嘟嘟画角声嘹亮，姑牛牛悲笳韵凄凉；勿辘辘征车儿铁轮响，扑啦啦战马驰骤忙；似这等壁垒森严亚赛过天罗网，那刘邦到此一定丧无常。只要他鱼儿入了千层网，哪怕他神机妙算的张子房，[散板]怎逃这祸起萧墙。张子房学苏秦一番辩论，说退了帐下的甲士军兵。必须要使巧计伤他性命，免留得他年的后患祸根。

《宫门带》
马连良饰李渊、叶盛兰饰李世民、李洪福饰褚遂良

宫门带【1928年9月胜利唱片1面】马连良饰李渊、胡子元京胡、乔玉泉司鼓（43846B）

[二黄原板]孤王我离金阙九龙罩定，叫一声孤皇儿李世民。为社稷昼夜里哪得安静，为江山你也曾南战北征。转面来再与卿家论，你本是擎天柱一根。为皇儿奏过了十道保本，为皇儿哪顾得你自己的残生；为皇儿君臣们一番争论，[垛板]为皇儿、你把那、商汤桀纣、历代的昏王、说与[原板]孤听。孤封你吏部大堂代理都察院，将皇儿拜先生以为师生。左手拉定了世民子，右手拉定了褚先生。[垛板]叫一声孤的皇儿、李世民、褚先生、皇儿的恩人、孤的爱卿、你那里、放宽心、大着胆、一步一步、随定了寡人。

《白蟒台》马连良饰王莽

白蟒台【1928年9月胜利唱片1面】马连良饰王莽、胡子元京胡、乔玉泉司鼓（43847A）

[西皮导板]八月十五把寿拜，[原板]满朝中文和武拜寿在金阶。老王莽去拜寿是君王不睬，含羞带愧回府来。徐士英定计[流水]平帝害，苏献一旁巧安排。我坐江山十八载，内有九载动兵灾。洛阳死了大元帅，今日循环报应来。将身儿来

在［摇板］云台观外，这是我谋朝篡位大不该。［流水］御外男莫要将我拜，舅父言来听开怀：我今一死国奏凯，我的儿有福［散板］你要坐坐龙台。

火牛阵【1928年9月胜利唱片1面】马连良饰田单、胡子元京胡、乔玉泉司鼓（43847B）

［二黄碰板］千岁爷休得要放悲声，［原板］惊动了把关人难以逃生。那一旁松林内暗暗藏隐，寻一个良谋好出城。抓一把灰土把脸［散板］罩定，我装一个疯魔要过此城。

《火牛阵》马连良饰田单、王长林饰皂隶

夜审潘洪【1930年胜利唱片1面】马连良饰寇准、胡子元京胡、郎富润三弦、乔玉泉司鼓（54236A）

［二黄原板］听谯楼打罢了四更时分，叫家院你与爷改换衣巾。回头来便把家院叫，老爷言来你是听：命你回衙报一信，一路上急急走切莫稍停。倘若是太夫人将你来问，你就说你老爷不久回程。若是那少夫人将你来问，［垛板］你就说、你老爷、进了京、面了圣、平步登云、一步一步、［原板］往上升。朝臣待漏五更冷，铁甲将军夜渡津。东华门本是文官走，西华门本是那武将行。有寇准打从这东华［摇板］门进，两旁文武笑盈盈。

《三顾茅庐》马连良饰诸葛亮、谭富英饰刘备、裘盛戎饰张飞

三顾茅庐【1930年胜利唱片1面】马连良饰诸葛亮、胡子元京胡、郎富润三弦、乔玉泉司鼓（54236B）

［西皮导板］皇叔三到卧龙岗，［流水］聘请诸葛下山岗。新野县人马又不广，武将只有赵云关张。招募民兵常训讲，每日操演费心肠。夏侯惇统领着兵和将，怎知道诸葛亮我早有提防。昨日里帐中派兵将，关平刘封去烧粮。赵子龙挡头阵引贼入罗网，烧得他片甲不归无处藏。同主公

《斩郑文》马连良饰诸葛亮、刘连荣饰郑文

且把[摇板]山头上,博望坡前放火光。[散板]头次火攻用得当,这场厮杀非寻常。同主公且回城内往,功劳簿上画几行。

斩郑文【1930年胜利唱片1面】马连良饰诸葛亮、胡子元京胡、郎富润三弦、乔玉泉司鼓（54263A）

[西皮摇板]见一将跪帐中身体高大,[流水]因何事带愁容珠泪如麻?问来将因何事反背司马,说你的名和姓[摇板]哪里有家?人言那司马懿才学高大,却缘何英雄辈做事有差?见过了合营将请坐叙话,待老夫奏幼主定把功加。[散板]他二人见了面双枪并驾,未战那三两合就把他杀。莫不是司马懿叫他来降诈,候郑文回营来仔细盘查。

清风亭【1930年胜利唱片1面】马连良饰张元秀、胡子元京胡、郎富润三弦、乔玉泉司鼓（54263B）

[二黄散板]泪汪汪站在亭子上,继保我儿听端详:怎不学丁郎刻木把双亲奉养,怎不学卧冰小王祥?我的儿下位来将父相认,这奴才一旦忘却天良。（念）世人难挣市上钱,有钱无子也枉然。是我无子又无钱,恩养此子接香烟。身荣不把义父认,逼死恩母在亭前。抱男抱女世上有,愚者愚来贤者贤。奉劝列公休继子,这报恩只得这二百钱。

洪羊洞【1930年胜利唱片1面】马连良饰杨延昭、胡子元京胡、郎富润三弦、乔玉泉司鼓（54265A）

[二黄原板]为国家哪何曾半点闲空,我也曾征过了塞北西东。官封到节度使皇恩深重,身不爽不由人瞌睡蒙眬。[散板]猛抬头又只见我父令公!曾记得在两狼山父把命送,哪有个人死后又能重逢。

马连良、郝寿臣

龙虎斗【1930年胜利唱片1面】马连良饰赵匡胤、郎富润唢呐、乔玉泉司鼓（54265B）

［唢呐二黄原板］报马儿不住地飞来报，他报道罗家山兵发一标。欧阳方在金殿帅印挂了，呼寿廷倒做了马前英豪。在头上取下了飞龙帽罩，（白）身上啊！［原板］在身上脱去衮龙袍。［散板］孤的玲珑、玲珑铠甲叮当响，孤王亲自到战场，御林军且退黄罗帐，会一会敌人小儿郎。

草船借箭【1930年胜利唱片1面】马连良饰诸葛亮、胡子元京胡、郎富润三弦、乔玉泉司鼓（54280A）

《芦花河》马连良饰薛丁山、朱琴心饰樊梨花

［西皮原板］周公瑾命鲁肃紧跟防守，不由人背地里冷笑不休。他那里要杀我焉得能够，一桩桩一件件记在心头。［摇板］鲁大夫平日里待人甚厚，你保我过江来无事无忧。周都督他要杀我你不搭救，看起来你算不得什么好朋友。

讨荆州【1930年胜利唱片1面】马连良饰鲁肃、胡子元京胡、郎富润三弦、乔玉泉司鼓（54280B）

《讨荆州》马连良饰鲁肃

［西皮流水］马前站定雄虎将，只见旌旗遮月光。实实服了诸葛亮，用兵调计非寻常。大着胆儿我就往内闯，［摇板］为见皇叔我的马蹄忙。［原板］见皇叔哭刘表感伤不尽，真乃是仁德主仗义之君。辅公子守荆州理上原应，但只是苦了我鲁肃一人。奉命来我说不出长篇大论，要争夺想用武我又不能。无奈何且忍耐举杯痛饮，妙不妙你心中自然分明。蒙厚恩美酒席把酒来饮，当告别好军师我就要起身。

奇冤报【1930年胜利唱片2面】马连良饰刘世昌、胡子元京胡、郎富润三弦、乔玉泉司鼓（54321）

（头段）［反二黄慢板］未曾开言泪满腮，尊一声老丈细听开怀：家住在南阳城关外，离城十里有太平街。

（二段）刘世昌祖居有数代，务农为本颇有家财。奉命上京做买卖，算清账目转回家来。行至在定远县交界，忽然间老

马连良、周信芳

天爷降下雨来。来至在赵大的窑门之外，借宿谁知又惹祸灾。他夫妻见财将我谋害，可怜我尸骨也未曾葬埋。烧作了乌盆在窑中卖，偶遇老丈讨债来。可怜我冤仇有三载，有三载，老丈啊！

秋胡戏妻【1930年胜利唱片1面】马连良饰秋胡、胡子元京胡、郎富润三弦、乔玉泉司鼓（54353A）

[西皮导板]那秋胡他把良心丧，[原板]他在那楚国配了鸾凰。我劝他回家他不往，撇下了大嫂守空房。你好比皓月[二六]空明亮，你好比黄金土内埋藏。你好比鲜花无人赏，卑人好比那采花郎。桑园之内无人往，学一个织女[摇板]配牛郎。黄金不要抽身往，果然贞节女娘行。

渭水河【1930年胜利唱片1面】马连良饰姜子牙、胡子元京胡、郎富润三弦、乔玉泉司鼓（54353B）

[二黄原板]纣王无道贪色酒，午门外盖下了摘星楼。比干丞相掏心死，贾氏夫人坠高楼。昨夜晚站土台观看星斗，却原来那姬昌灭纣兴周，将身儿来至在渭水河口，那边厢又来了西伯[散板]王侯。

胭脂宝褶【1942年6月12日胜利唱片1面】马连良饰永乐帝、李慕良京胡、罗万金月琴、李善卿三弦、乔玉泉司鼓、马连贵大锣、陈文兴小锣、胡宝立铙钹（42181A）

[四平调]适才间离却了皇宫内院，众梓童送孤到粉宫楼前。沿毡帽遮不住龙眉凤眼，学一个赵太祖黉夜访贤。（白）孤，大明天子，国号永乐，自登基以来风调雨顺、国泰民安。前夜龙床打睡，偶得一梦，见金龙盘绕玉柱，是孤醒来，宣先生详解，先生言道：金龙盘绕玉柱，不出良将，定出贤臣。趁正月十五大放花灯，与民同乐，为此改装前去私访。侍儿，少时行在御街之上，要主仆相称，记下了。摆驾！[摇板]叫侍儿掌红灯御街来进，哪一个相认我是永乐君。

《胭脂宝褶》马连良饰永乐帝

《胭脂宝褶》李洪福饰白奇、马连良饰白怀、叶盛兰饰白简

胭脂宝褶【1942年6月12日胜利唱片1面】马连良饰白怀、李慕良京胡、罗万金月琴、李善卿三弦、乔玉泉司鼓、马连贵大锣、陈文兴小锣、胡宝立铙钹（42181B）

（白）贵县听了！［西皮原板］我的儿真名叫白简，圣上钦赐明如天。加封了我的儿是八府巡按，洛阳县巧相逢父子们团圆。都只为下官船［流水］印信失险，因此上施巧计失而复还。这就是以往事细说一遍，我父子感谢你［散板］送印周全。

宝莲灯【1942年6月12日胜利唱片1面】马连良饰刘彦昌、李慕良京胡、罗万金月琴、李善卿三弦、乔玉泉司鼓、马连贵大锣、陈文兴小锣、胡宝立铙钹（42182A）

（念）伯夷叔齐二大贤，推国让位坐江山。兄让弟坐弟不允，弟让兄坐兄不担。前辈的古人儿怎比，至今留名万古传。［二黄原板］伯夷叔齐二贤人，推国让位坐龙廷。兄让弟坐弟不坐，弟让兄坐兄不担承。这个前门去逃奔，那一个出了后宰门。弟兄双双来投奔，首阳山、命归阴、美名儿万载存。打死了别家子父能做主，打死了秦官保父不能担承。

打严嵩【1942年6月12日胜利唱片1面】马连良饰邹应龙、李慕良京胡、罗万金月琴、李善卿三弦、乔玉泉司鼓、马连贵大锣、陈文兴小锣、胡宝立铙钹（42182B）

［西皮流水］忽听得里面唤一声，吓得应龙胆战惊，东角门外要施一礼，西角门外要打一躬，大摇大摆［摇板］相府进，上面参见一品臣。［流水］忽听得万岁宣一声，朝房中又来报国臣。站立在金阶用目睁，金殿上坐的是两班臣。那一旁坐的是赵大人，他本是我朝的忠良臣；这一旁坐的是海瑞君，他本是嘉靖爷的御先生；上面坐的是严嵩贼，他本是我国谋朝篡位的臣。有人提起严嵩贼的名和姓，那孩童闻知都要放悲声。问顽童，因何哭？他言道奸贼害了他家一满门。我劝顽童休泪痕，邹老爷是尔的报仇人。将身且把金殿进，品级台下［散板］臣见君。

《五彩舆》马连良饰海瑞

南天门【1942年8月3日胜利唱片4面】马连良饰曹福、言慧珠饰曹玉莲、李慕良/黄天麟京胡、杨深泉京二胡、罗万金月琴、李善卿三弦、乔玉泉司鼓、马连贵大锣、陈文兴小锣、胡宝立铙钹（42183/4）

（头段）（曹玉莲）[西皮导板]急急忙忙走得慌，（曹福白）走啊！[散板]点点珠泪洒胸膛。（莲）鱼儿逃出千层网，（福）虎口内逃出了两只羊。（白）啊，小姐，幸喜逃出虎口，待老奴搀扶慢慢行走。（莲）搀扶了。[原板]天启爷坐早朝天还未亮，（福）我朝中出谗臣搅乱家邦。

（二段）（莲）恼恨那魏忠贤奸臣逆党，（福）太老爷坐天官吏部大堂，（莲）我的父修下了辞王本章，（福）辞了官罢了职转回故乡，（莲）叹严亲丧至在宝剑之上，[哭头]老爹爹！（福）太老爷！啊，太老爷！[原板]最可叹忠良臣无有下场。

（三段）（莲）我的母坠花井一命身丧，[哭头]老娘亲！（福）太夫人！（莲）啊，喂呀，儿的娘啊！（福）[原板]太夫人投花井一命身亡。（莲）这一阵走得我[二六]足痛腿胀，腹内儿又无食饥饿难当。心慌乱软怯怯难以前往，没奈何坐至在大路一旁。

（四段）[二六]三家店前未把饭用，心猿意马归旧宗。无有脚程难行动，主仆二人[回龙]奔大同。（福白）哎！[快板]恨奸贼把我的牙咬坏，可叹老爷太无才。忠良反被奸贼害，害得我一家就好不伤怀。拿住了奸贼千刀宰，挖尔心肝[摇板]方称我的心怀。（莲白）曹福来呀！（福）来了。（莲）[流水]八月十五把寿拜，各样的珠宝摆上来。要买忠良的心一块，奸贼要谋九龙台。我父骂贼出府外，两家结下冤仇来。将身来在荒郊外，两足疼痛我的步难挨。

《汾河湾》言慧珠饰柳迎春

汾河湾【1942年8月3日胜利唱片2面】马连良饰薛仁贵、言慧珠饰柳迎春、李慕良/黄天麟京胡、杨深泉京二胡、罗万金月琴、李善卿三弦、乔玉泉司鼓、马连贵大锣、陈文兴小锣、胡宝立铙钹（42185）

（头段）（柳迎春）[西皮摇板]你去投军十八春，妻在寒窑受苦情。今日等来我明日也等！（薛仁贵白）呃，我就回来了。（柳）薛郎啊！[摇板]等你回来[回龙]我好做夫人！（薛白）啊？[摇板]一见柳氏面带春，莫非暗地有情人？出得窑门观动静，（白）啊？[摇板]四下并无一个人。将马拴在柳林地，二次进窑细留神。东张西望来观定，（白）啊？[散板]这只男鞋必有因。（白）且住啊！想我离家一十八载，这只男鞋是哪里来的？

《汾河湾》马连良饰薛仁贵、黄桂秋饰柳迎春

哦呵呵，是了，方才见柳氏情意不正，定有私通，有了，我不免将她唤将出来，用剑将她杀死，就是这个主意。柳氏与我走了出来呀。

（二段）（薛）[导板]听罢言来吓掉了魂，（白）丁山，我儿，儿啊！（柳白）哎，我是儿子他的娘啊！（薛）[散板]冷水浇头怀抱冰。适才打马汾河境，见一顽童显奇能。（柳白）那就是你我的儿子！（薛）[散板]弹打南来当头雁，枪挑鱼儿水浪分。（柳白）他少时就要回来了。（薛）他不回来了啊！[散板]本当对她来言定，又恐惊坏这受苦的人。（柳白）薛郎啊，你说了半日为妻也不得明白。（薛）哎呀，妻啊，你有所不知，适才行在汾河湾，见一顽童在那里打雁，忽然来了一只猛虎，又恐伤坏娃娃，是我用袖箭误将他射死了。（柳）哎呀！[导板]听说娇儿丧了命，（白）丁山，我儿，儿啊！（薛）诶，我是儿子他的爸爸呀。（柳）喂呀。[散板]冷水浇头我怀抱冰。我儿与你何仇恨，因何害他的命残生？（白）罢！

庆顶珠【1923年大中华唱片1面】马连良饰萧恩、胡子元京胡、律凤山司鼓（540A）

[西皮散板]父女打渔在江下，家贫哪怕人笑咱。桂英儿掌稳了舵父把网撒，怎奈我年衰迈气力不佳。[原板]昨夜晚吃酒醉和衣而卧，稼上鸡惊醒了梦里南柯。二贤弟在河下相劝与我，他叫我打渔事一旦丢却。我本当不打渔关门闲坐，怎奈我家贫穷无计奈何。清早起开柴扉乌鸦叫过，飞过来叫过去却是[二六]为何？将身儿我且把草堂内坐，桂英儿取茶来为父解渴。

《打渔杀家》马连良饰萧恩、王长林饰大教师

打鼓骂曹【1923年大中华唱片1面】马连良饰祢衡、胡子元京胡、律凤山司鼓（540B）

[西皮导板]谗臣当道谋汉朝，[原板]楚汉相争动枪刀。我有心替主爷把贼讨，手中内缺少杀人的刀。下席上坐定[快板]奸曹操，上坐文武众群僚。元旦节与贼个不祥兆，假装疯魔骂奸曹。我把蓝衫来脱掉！破衣褴衫摆摆摇。大着胆儿往上跑，帐下的儿郎闹吵吵。尔等不必呵呵笑，有辈古人听根苗：昔日太公曾垂钓，张良拾履在圯桥。为人受得苦中苦，脱去了褴衫要换紫袍。侍儿把话讲差了，休把虎子当狸猫。有朝一日时运到，拔剑要斩海底蛟。休道我白日梦颠倒，霎时就要上青霄。我把破衣[摇板]俱脱掉！

《珠帘寨》马连良饰李克用

珠帘寨【1923年大中华唱片2面】马连良饰李克用、胡子元京胡、律凤山司鼓（542）

（头段）[西皮导板]太保传令把队收，[原板]我与贤弟叙一叙旧根由：忆昔当年五凤楼，文武百官庆贺千秋。内有文楚段国舅，他道孤坐席不正礼貌不周。气恼了孤王气冲牛斗，孤将他抓将过来摔死在龙楼。自从那年分别后，今日相逢在北州。

（二段）[导板]昔日有个三大贤，[原板]刘关张结义在桃园。弟兄们徐州曾失散，古城相会又团圆。关二爷在城下呼三弟，张翼德在敌楼怒发冲冠。耳边厢听得[流水]人呐喊，老蔡阳的人马来到了古城边。城楼上助他三通鼓，十面旌旗壮壮威严。哗啦啦啦打罢了头通鼓，人有精神马又欢。哗啦啦打罢了二通鼓，二爷提刀跨雕鞍。哗啦啦打罢了三通鼓，蔡阳的人头落在马前。一来是老儿命该死，二来弟兄得团圆。贤弟好比刘玄德，愚兄怎比关美髯。敬思休回长安城，就在这沙陀过几年，[散板]落得个清闲。

天雷报【1930年1月9日大中华唱片2面】马连良饰张元秀、马富禄饰贺氏、赵桂元京胡，乔玉泉司鼓、蔡荣贵报名（960）

（头段）（张元秀）[二黄散板]到如今路在儿不在，（贺氏）水流长江不回来。（张）再不能帮为父打草鞋，（贺）再不能与为娘来把磨挨，（同）

《天雷报》马连良饰张元秀、马富禄饰贺氏

《天雷报》马连良饰张元秀、马富禄饰贺氏

［哭头］望娇儿只哭得我（张）咽喉哑，我的儿啊！［散板］可怜她、她、她……气堵咽喉倒在怀。

（二段）［摇板］屋漏又遭连阴雨，（贺）行船又遇顶头的风。（白）好大的一座庙啊！（张）唉，这不是庙哇。（贺）这是什么？（张）这就是"青风亭"。（贺）哦！这就是"青风亭"。（张）正是。（贺）啊，老老，你我儿继保，可是打此条路上走的呀？（张）正是呀。（贺）不叫它"青风亭"了。（张）叫它什么？（贺）改作"望儿亭"。（张）呵呵，也不是"望儿亭"。（贺）是什么？（张）这叫"断肠亭"呐！张继保！（贺）小娇儿！唉！（同）儿啊！［散板］眼睁睁亭在我的儿不在，（贺）怎不叫娘痛伤怀。（张）［哭头］哭一声，（贺）我那小娇儿，（张）今何在？（贺）［散板］我二老死后谁人葬埋？

乌龙院【1930年1月9日大中华唱片1面】马连良饰宋江、赵桂元京胡，乔玉泉司鼓、蔡荣贵报名（961A）

［四平调］大老爷打罢了退堂鼓，衙前来了我宋江。那一日闲游在大街上，偶遇着好汉小刘唐。他把那实言对我讲，请我到梁山去为王。这富贵岂是人妄想，自有天爷做主张。行一步来到了长街上，又听得众宾朋说短道长。自古道世事常滔滔，大丈夫不听小人言。一步儿来在了乌龙院！

磐河战【1930年1月9日大中华唱片1面】马连良饰公孙瓒、赵桂元京胡，乔玉泉司鼓、蔡荣贵报名（961B）

［西皮摇板］二弟此去无音信，［流水］倒教本帅挂在心。将身且坐［摇板］二堂等，眼跳心惊为何情？［导板］听说二弟命丧了，［散板］点点珠泪洒战袍，指着河北骂袁绍，害我的二弟为的哪条？开言便把军士们叫，本帅言来听根苗：我有心领兵去把仇报，尔等可愿在马后劳。就此与爷放号炮，似猛虎与蛟龙相斗一遭。

《乌龙院》马连良饰宋江

断臂说书【1930年1月9日大中华唱片1面】马连良饰王佐、赵桂元京胡,乔玉泉司鼓、蔡荣贵报名(962A)

[二黄摇板]听罢言来喜心上,把话说与她知详。我断臂皆因公子往,舍死忘生到番邦。这断臂的事儿休要嚷,说讲出来我的罪难当。待等公子到后帐,全仗太太做主张。我把他父母的冤仇细细讲,言语打动他心肠。但愿得文龙归宋往,扫平了金人把仇偿。那马倒有思乡意,如今的人身不如它。

《王佐断臂》马连良饰王佐

白蟒台【1930年1月9日大中华唱片1面】马连良饰王莽、赵桂元京胡,乔玉泉司鼓、蔡荣贵报名(962B)

[西皮摇板]想当年设酒宴松棚会上,[流水]用药酒毒死了平帝老王。刘氏宗室俱已丧,逃走了妖人刘秀小儿郎。白水村中曾结党,招兵聚将积草屯粮。吴汉杀妻潼关献上,可叹我女就命丧无常。九梁王亲自领兵把贼挡,但愿得旗开得胜早还乡。倘若是孤的国运衰难以久享,[摇板]造蟒台防后事也好躲藏。[散板]听说刘秀到洛阳,不由孤王心内慌。[哭头]眼巴巴江山不能掌,[散板]宣上邳彤作商量。

六出祁山【1930年1月9日大中华唱片2面】马连良饰诸葛亮、赵桂元京胡,乔玉泉司鼓、蔡荣贵报名(963)

(头段)[西皮慢板]先帝爷三顾请才把山下,秉忠心我扶保汉室邦家。在金殿奉王旨统领人马,来至在祁山地才把兵扎。这几日我未出兵不把仗打,司马懿他笑我惧怕于他。择一个黄道日[摇板]我发动人马,尽一片协力心扶保汉家。

(二段)[散板]四下安排天罗网,准备弩弓射虎狼。耳旁听得鸾铃响,只见司马到战场。你做事全然不思想,损兵折将你往何方?你人困马乏打什么仗,败阵的绵羊敢逞强。传令忙出一勇将,我这一只虎能挡你那一群羊。坐立四轮把令降,我营的将士听端详:人马扎在祁山上,择一个黄道再来摆战场。

《白蟒台》马连良饰王莽、曹连孝饰王洪

打鼓骂曹【1930年1月9日大中华唱片1面】马连良饰祢衡、赵桂元京胡，乔玉泉司鼓、蔡荣贵报名（964A）

[西皮导板]逸臣当道谋汉朝，[原板]楚汉相争动枪刀。太祖爷咸阳登大宝，一统山河乐唐尧。到如今出了个奸曹操，上欺天子下压群僚。我有心替主爷把贼讨，手中内缺少杀人的刀。下席上坐定[快板]奸曹操，上坐文武众群僚。元旦节与贼个不祥兆，假装疯魔骂奸曹。我把蓝衫来脱掉！

《打鼓骂曹》马连良饰祢衡

取南郡【1930年1月9日大中华唱片1面】马连良饰鲁肃、赵桂元京胡，乔玉泉司鼓、蔡荣贵报名（964B）

[西皮导板]鲁肃马上前思后想，[原板]心问口口问心暗自思量。我不怕旁人的长枪短棒，怕孔明一张口敌我十张。此一番提荆州言语不让，酒席前对众人如何下场。这是我老实人自怨魔障，必须要定一个妙计良方。初见面不待他我开口先讲，我只把大道理向众宣扬。那时节方显我理直气壮，[摇板]回头来见公瑾我的脸也有光。

珠帘寨【1930年1月9日大中华唱片1面】马连良饰李克用、赵桂元京胡，乔玉泉司鼓、蔡荣贵报名（965A）

[西皮二六]老虽老孤的须发老，上阵全凭马和刀。非是孤不服老，[快板]胸中的韬略比人高。草莽的贼寇何足道，叫他来试试孤的九九八十一斤定唐刀。你将酒筵安排好，得胜回来贺贺功劳。人来与爷[散板]前引道，会一会山寇小儿曹。[导板]叫三军与爷带虎豹，[快板]马前来的小娃娃。儿的本领有多大，敢与老夫[散板]动杀法。接住雕翎箭一条！周德威小儿行奸巧，暗放冷箭不算高。

王长林、马连良

《要离刺庆忌》马连良饰要离、刘连荣饰椒邱诉

马义救主【1930年1月9日大中华唱片1面】马连良饰马义、赵桂元京胡，乔玉泉司鼓、蔡荣贵报名（965B）

［二黄散板］那二东人他待我恩德不浅，受人的点水恩当报涌泉。她母女们只哭得肝肠痛断，怎忍得把我亲生的女自举刀残。狠心肠用钢刀把女儿来砍，生、生、生、生、生和死全凭儿自己刀残。

马义救主【1929年12月16/7日开明唱片1面】马连良饰马义、赵桂元京胡、乔玉泉司鼓、蔡荣贵报名（56061A）

（［小拉子］）［二黄散板］见此情不由我肝肠痛断，我心中似钢刀把我的心剜。含悲泪进草堂随机应变，见妈妈我得悄语低言。

阳平关【1929年12月16/7日开明唱片1面】马连良饰黄忠、赵桂元京胡、乔玉泉司鼓、蔡荣贵报名（56061B）

［西皮二六］说什么军家无常胜，你仔细看看黄汉升。一马儿冲入曹营境，恰好似那猛虎赶羊群。黄忠今年七十整，正好抖抖我的老精神。杀叫他马前来归顺，你看我老儿能不能！［摇板］黄忠越老越好胜，他那里越激越吓我是偏要行。［导板］我在人前夸老硬，［快板］胸中韬略计三分。赵国廉颇八十整，日餐斗米肉十斤。老夫今年七十整，我比廉颇不差毫分。哪怕他兵来如潮涌，哪怕他将到似风云。杀他血流人头滚，杀他尸横马能行。洋洋得意［摇板］往前进，张著赶来事有因。

《阳平关》马连良饰黄忠、刘奎官饰赵云

《十道本》马连良饰褚遂良

哭周瑜【1929年12月16/7日开明唱片1面】马连良饰鲁肃、赵桂元京胡、乔玉泉司鼓、蔡荣贵报名（56062A）

[二黄散板]我哭哭一声周都督，叫叫叫一声周公瑾之灵魂！想从前我和你相交刎颈，举荐我为大夫统领雄兵。在赤壁烧曹贼一战得胜，乘锐气取汉水可得荆门。你一心誓必要先取南郡，我心中总提防那诸葛孔明。料不想一霎时中年丧命，（白）都督，公瑾！[散板]东吴的国家事你交托何人？

舌战群儒【1929年12月16/7日开明唱片1面】马连良饰诸葛亮、赵桂元京胡、乔玉泉司鼓、蔡荣贵报名（56062B）

[西皮导板]诸葛亮在馆驿牙关笑破，[流水]笑只笑这东吴露出手脚。最可笑鲁子敬平生长者，最可笑张昭步陟等无才无学。最可笑孙仲谋他枉把江东坐，遇事则迷犹豫未决。诸葛亮激孙权将他的疑心说破，激周瑜费了我许多唇舌。铜雀台揽二乔是我诸葛移祸，最可笑小周郎他气闷在心窝。用言语激得他反来求我，使他南北相争动干戈。不用兵马将曹破，坐观成败我诸葛。独一人下江东[摇板]是天运凑我，于中取事唾手而得。我和你手足情焉能够忘却？兄则友弟则恭情义相合。

十道本【1929年12月16/7日开明唱片1面】马连良饰褚遂良、赵桂元京胡、乔玉泉司鼓、蔡荣贵报名（56063A）

[西皮散板]听说要斩二主君，斩断了擎天柱一根。保本的官儿推出斩，长孙无忌就问斩刑。这都是奸妃用的计，谁想我主就认了真。我本当上殿去保本，他定要将我问斩刑。我歪戴着乌纱袍插带，装一个疯魔我去见君。大摇大摆龙廷进，与他个君不君来臣不臣。

秦琼发配【1929年12月16/7日开明唱片1面】马连良饰秦琼、赵桂元京胡、乔玉泉司鼓、蔡荣贵报名（56063B）

[二黄导板]登州城闷坏了秦叔宝，[碰板]走过来、行过去、大小街巷、人烟稠密、披枷戴锁、好不心焦。[原板]十三省中拿强盗，豪杰英名四海名标。这才是屋漏又遭连阴雨，船到江心折

《镫打石雷》马连良饰秦琼

男老生

了篙。徐茂公阴阳算得妙，袖内阴阳按略韬。既是为我前来到，因何不救出笼牢。是是是来我明白了，其中定有巧计高。

白蟒台【1929年12月16/7日开明唱片1面】马连良饰王莽、赵桂元京胡、乔玉泉司鼓、蔡荣贵报名（56068A）

[二黄散板]听说是九梁王遭了害，好一似刀割肉箭穿胸怀。眼前若有苏献在，岂容尔等打进孤的蟒台。[原板]在阵前死了大元帅，你就该单人奔回京来，去报冤仇把人马带，方显得大英雄做事有才，孤道你忠心耿耿的邳天采，[垛板]又谁知、你归顺了刘秀、泄露真情、带众将进[原板]蟒台，这是你的大不该。

《白蟒台》马连良饰王莽

火烧藤甲【1929年12月16/7日开明唱片1面】马连良饰诸葛亮、赵桂元京胡、乔玉泉司鼓、蔡荣贵报名（56068B）

[西皮摇板]叹先帝享安然创业未半，[流水]在公道夹攻时兵火濒天。为报那三顾恩力复炎汉，因此上统雄师兵入生元。擒孟获这都是[摇板]兵捷保转，欲蛮人归王化独霸中原。[导板]诸葛山头来观瞧，[散板]只见山下火焰高。只杀得蛮兵互相抱，只烧得藤甲无处逃。我今有功社稷[哭头]了，苍生啊![散板]怕只怕我自己要寿夭。

武乡侯【1929年12月16/7日开明唱片2面】马连良饰诸葛亮、赵桂元京胡、乔玉泉司鼓、蔡荣贵报名（56069）

（头段）[二黄导板]叹先王开辟时精神用碎，[碰板]受尽了千辛万苦，得又失，失又聚，成败兴衰千折万磨不把心灰。[慢板]都只为汉朝中失却正位，先帝爷一心要旧业复回。

（二段）天不佑出现了孟德曹贼，上欺君下压臣颠倒是非。孙仲谋在江东文武齐备，魏蜀吴三分鼎各霸一堆。先帝爷以人和无有地位，借荆州屯军马暂解燃眉。张永年献地图把西川暗退，为臣我、施巧计、殷勤侍奉、假

《武乡侯》马连良饰诸葛亮

道而归、好叫他将八十一州垂手而回。

三顾茅庐【1929年12月16/7日开明唱片1面】马连良饰诸葛亮、赵桂元京胡、乔玉泉司鼓、蔡荣贵报名（56070A）

［西皮慢板］隐居在卧龙岗无愁无闷，叹前朝和后汉累代明君。前三皇后五帝尧王传舜，舜传禹十七代商汤为君。商纣王宠妲己酒色不正，周文王夜得梦得访贤臣。昨夜晚与崔州平［流水］天下论，众意相容取功名。生不逢时且坐定，且自埋名隐山林。一霎时我身困倦［摇板］和衣而困，若无事休惊动且莫高声。

《群英会》马连良饰诸葛亮

黑驴告状【1929年12月16/7日开明唱片1面】马连良饰范仲禹、赵桂元京胡、乔玉泉司鼓、蔡荣贵报名（56070B）

［西皮散板］问了几处俱不晓，路途遥远空一遭。同妻儿且回再计较，（白）啊？［散板］他母子们不见为哪条？（白）哎呀，且住！是我去至山口打探，命他母子在此等候，怎么不见了哇？哎呀！想是这万全山旷野荒郊，定有狼虫虎豹，他母子若遇此物是定遭毒手。哎呀天呐！若果如此，我范仲禹真正命苦也！［散板］指望到此把岳母探，不想失散在万全山。他母子们如若是遭凶险，眼见得骨肉分离不能够团圆。

《黑驴告状》马连良饰范仲禹

青梅煮酒论英雄【1929年12月16/7日开明唱片2面】马连良饰刘备、赵桂元京胡、乔玉泉司鼓、蔡荣贵报名（56071）

（头段）［二黄慢板］恨曹操在许田欺君太甚，有二弟见此情心怀不平。董国舅受血诏忠心耿耿，回府去会合了我等七人。但愿得大事成扫除奸佞，早烧香晚点灯答谢神灵。

（二段）［西皮二六］曹操为人多奸巧，识破计谋我自把祸招。趁此正好生机巧，丞相台前说根苗：滚雷大作吓一跳，险些刘备魂魄消。一时失手把杯箸掉，望丞相宽宏大量［散板］莫挂心梢。险些闯入天罗网，虎落平阳想山岗。耐住怒气坐一旁，溜出虎口亦有伤。

甘露寺【1938年8月[①]国乐唱片1面】马连良饰乔玄、杨宝忠京胡、乔玉泉司鼓（K114A）

[西皮原板]劝千岁杀字休出口，老臣与主说从头：刘备本是靖王的后，汉帝玄孙一脉流。他有个二弟[流水]汉寿亭侯，青龙偃月神鬼皆愁。白马坡前诛文丑，在古城曾斩过老蔡阳的头。他三弟翼德威风有，丈八蛇矛贯取咽喉。曾破黄巾兵百万，虎牢关前战温侯。当阳桥前一声吼，喝断了桥梁水倒流。他四弟子龙常山将，盖世英雄贯九州。长坂坡、救阿斗，杀得曹兵个个愁。这一班武将哪国有，还有诸葛用计谋。你杀刘备不要紧，他弟兄闻知是怎肯罢休。若是兴兵来争斗，东吴哪个敢出头？我扭转回身奏太后，将计就计[散板]结鸾俦。

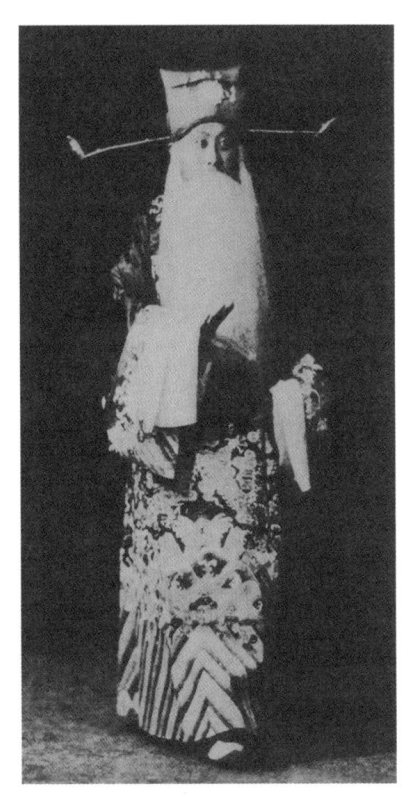

《甘露寺》马连良饰乔玄

甘露寺【1938年8月国乐唱片1面】马连良饰鲁肃、陈盛泰饰周瑜、杨宝忠京胡、乔玉泉司鼓（K114B）

（鲁肃）[散板]明明知道刘备走，都督苦苦做对头。凡事若不早料就，到此方知失计谋。迈步且把宝帐走，见了都督说从头。（白）哎呀，都督啊。那刘备同郡主回往荆州，乃是正理，你为何将他赶回，是何意也呀？（周瑜）将他赶回囚死东吴。（鲁）哎呀，使不得使不得。（周）怎么使不得？（鲁）他乃是娇客呀。（周）什么娇客呀？（鲁）都督定下美人之计，将那刘备诓过江来，太后以假成真，将郡主招赘刘备，我东吴谁人不知哪一个不晓，他岂不是娇客呀？（周）我好容易将他诓过江来，难道轻轻地放他回去不成？（鲁）不难不难，只要都督多办几个美人，慢说那刘备，就是那张飞，他也愿意来呀！（周）我一定要将他囚死东吴！（鲁）太后未必依你。（周）有吴侯做主。（鲁）荆州兴兵前来？（周）本都抵挡。（鲁）哎呀，我怕呀！（周）怕什么？（鲁）我怕孔明的

《群英会》马连良饰鲁肃、叶盛兰饰周瑜

---

① 这批国乐唱片为1938年8月12日马连良赴沪演出前，在北京西长安街中央电台国乐唱片收音所灌制。

计是厉害的呀。（周）他主刘备被我困在东吴，那孔明他还有什么计呀？（鲁）都督忘怀了？当初赤壁鏖兵火烧战船，都督命那孔明在南屏山祭借东风，都督差了丁奉、徐盛前去刺杀，他尚且逃走，到后来差来关、张、赵云，杀得你大败，险些将你气死，这不是孔明的计吗？（周）气死我也。（鲁）都督不要生气，这生气的日子还在后头呢。（周）大夫你不要管我的闲事啊。（鲁）哪一个要管你的闲事，交朋友的热心劝你几句呀。（周）哎呀，老兄呀！（鲁）呃，不敢不敢，少弟。（周）你呀，是个老实人呐！（鲁）诶，我是老实人说的是老实话。（周）鲁大夫吃醉了，请出帐去吧。（鲁）唉！正是：如今不听我言语，中计败兵后悔迟。

借东风【1938年8月国乐唱片2面】马连良饰诸葛亮、杨宝忠京胡、乔玉泉司鼓（K115）

《借东风》马连良饰诸葛亮

（头段）[二黄导板]先天术玄妙法犹如反掌，[碰板]设坛台祭东风相助周郎。[原板]曹孟德占天时兵多将广，领人马下江南兵扎在长江。孙仲谋无决策难以抵挡，东吴的臣武将要战文官要降。鲁子敬到江夏虚实探望，[垛板]搬请我、诸葛亮、过长江、同心破曹、共作[原板]商量。那庞士元献连环俱已停当，数九天少东风急坏了周郎。我算定了甲子日东风必降，南屏山设坛台足踏魁罡。我这里持法剑把七星台上！

（二段）诸葛亮上坛台观瞻四方。望江北锁战船连环排上，[垛板]叹只叹、东风起、火烧战船、曹营的兵将、无处[原板]躲藏。这也是大数到难逃罗网，我诸葛站坛台祝告[散板]上苍。耳听得风声起从东而降，为什么有一道杀气红光？

范仲禹【1938年8月国乐唱片2面】马连良饰范仲禹、魏莲芳饰白玉莲、杨宝忠京胡、乔玉泉司鼓（K116）

《问樵闹府》马连良饰范仲禹、马富禄饰樵夫

（头段）（范仲禹）[西皮慢板]最可怜父早亡母又命丧，上无兄下无弟独守门墙。自幼儿未贸易经营不讲，一心想占鳌头苦

《打棍出箱》马连良饰范仲禹、马富禄饰衙役甲、马四立饰衙役乙

读文章。忍着饥耐着寒功名进上,扬名声显父母与祖争光。

（二段）（范仲禹）[摇板]夫妻父子一同往,只为功名跋涉忙。（白）卑人范仲禹,只因圣上加一恩科,在家多蒙乡长刘仁兄赠我银两,上京求名,且喜三场已毕,静候观榜。趁此游闲,带领妻儿去往万全山探望岳母。啊,娘子!（白玉莲白）相公。（范）吩咐车夫急急趱行。（莲）晓得!（范）[原板]宋王爷有道君龙恩大放,（莲）因此上与儿夫离了故乡。（范）一个个都盼想题名在那金榜上,（莲）也不枉终日里苦读文章。（范）忙吩咐车夫们急忙[摇板]前往,不觉得来到了万全山旁。

春秋笔【1939年11月30日[①] 国乐唱片1面】马连良饰张恩（K173A）

（白）啊?[西皮摇板]狂风日落乌鸦噪,[流水]孤灯明灭人寂寞。吹来愁绪有多少,一齐攒聚在心梢。未曾开言泪汪汪,尊一声贵差细听端详:王大人待我的恩德广,粉身碎骨也难报偿。但不知他身犯何罪他乡往,怎不教人这心惨伤。[反西皮原板]见公文把我的三魂吓掉,从天上降下了杀人的刀。耳边厢又听得驿卒来叫,珠泪滚滚哭号啕。

春秋笔【1939年11月30日国乐唱片1面】马连良饰王彦丞（K173B）

[二黄导板]离店房逃至在天涯路外,[碰板]我好比丧家犬好不悲哀。[原板]到如今家难投有国难在,走荒山忽无路踏破了芒鞋。逃性命顾不得风尘年迈,[垛板]实可怜、我一家大小、东离西散、令人[原板]伤怀。

《春秋笔》马连良饰张恩

---

① 以下两张国乐唱片,是1939年11月30日晚10时,在北京西长安街中央电台国乐唱片收音所灌制。

串龙珠【1939年11月30日国乐唱片2面】马连良饰徐达（K174）

（头段）[二黄导板]在郊外领王命将民教管，^①[顶板]实可叹好良民平白无故、祸起无端、好教人泪眼心酸。[原板]谁叫你生乱世不如鸡犬，只恨你不量力又谁可怜。也是你自作自受你休得埋怨，怒冲冲不敢言苦在心间。假意儿责打他我心酸手[散板]软，你、你、你……休得要以卵击石自相残。

（二段）[西皮散板]这一个刚告到断去了手腕，那一个又告到眼被贼剜。那一个告的是屈打良善，这一个口声声平白遭此冤。完颜龙他本是皇家的亲眷，我徐达官职小无有威权。如不然把这些案甩手不管，（白）啊！[散板]一时无计两周全。

《串龙珠》马连良饰徐达

---

① 此处[二黄导板]在舞台上，应为完颜龙唱"喝令州官打反叛"一句，灌片时临时改由徐达演唱。

王泊生（1902~1965）

王泊生，河北遵化县人。早年毕业于北平国立艺术专科学校戏剧系，曾组织美生社话剧团，男女同台演出在当时引起轰动。后向朱天祥学习京剧昆曲，又从常州徽班马振良学习徽戏。常年演出于北平、上海、南京等地，颇负盛名。曾被周信芳赞誉为中国戏剧界"北方怪杰"与"革新家"。1929年夏，山东省立实验剧院在济南成立，王泊生应聘担任教务主任。次年夏，该院被迫停办。王于当年组建成立了晦鸣社京昆剧团，担任社长兼主演，带领该剧院师生进京演出。1931年任北平国剧学会教务主任、北京燕京大学文学系讲师。在京期间，与程砚秋、郝寿臣、侯喜瑞等人同台演出。并同余叔岩、梅兰芳、余胜荪等人交流学习。1934年夏，山东省立剧院成立，王泊生亲任院长，其妻吴瑞燕主持教务工作（吴与王曾是北平人艺戏专同学）。学员中较出名者有徐荣奎、赵荣琛、李云鹤、高麟（即高玉倩）等。

1934年4月，王泊生应上海荣记共舞台之约莅沪演出三天，演出前，于百代公司灌制10面唱片，初版均为12寸唱片，后再版为10寸唱片。其中《子胥逃国》学自余胜荪，《打金砖》改编自小达子（李桂春）剧本，这两张唱片流传最广。《四郎探母》一张在当年未公开发行。

大屠宫·逍遥津【1934年4月11日百代唱片1面】王泊生饰汉献帝（A1503）

［二黄导板］父子们在宫中伤心落泪，［碰板］叫孤王思想起好不伤悲。［原板］曹孟德与孤王结下仇对，害伏后魂灵儿不能够相随。二皇儿年纪小孩童之辈，不能够到灵前奠酒三杯。这亡国的君还不如庶民之辈，满朝中忠良将热血成灰。实可叹伏老国丈是年高受累，［垛板］可叹他、朝朝为国、世代忠良、白发苍苍、忠心耿耿、到如今、他那一家满门、一个一个、冤魂［原板］含悲。

子胥逃国【1934年4月11日百代唱片2面】王泊生饰伍子胥（A1504/5）

（头段）【文昭关】[二黄慢板]一轮明月照窗前，愁人心中似箭穿。实指望到吴国借兵回转，又谁知昭关上又有阻拦。思来想去我的肝肠痛断，今夜晚怎能够盼到明天。

（二段）【叹五更】[原板]心中有事难合眼，翻来覆去睡不安。我背地里只把那东皋公怨，令人难测巧机关。你若是真心来救我，为何七日不周全？贪图了富贵来害我，你就该将我献于昭关。哭一声爹娘难得见，难得[哭头]见，爹娘啊，[原板]要相逢除非是梦里团圆。鸡鸣犬吠五更天，越思越想好伤惨。想起了在朝为官宦，那些朝臣待漏五更寒。到如今夜宿荒村院，我冷冷清清向谁言。我本当拔宝剑自寻短见，寻短[哭头]见，盟府呀！父母冤仇化灰烟。对天发下宏誓愿，我不杀平王我的心怎甘。

《子胥逃国》王泊生饰伍子胥

鱼藏剑【1934年4月11日百代唱片1面】王泊生饰伍子胥（A1506）

【吴市吹箫】[西皮流水]伍员抬头用目觑，见一官长相貌奇。头戴金盔双凤翅，身穿一件衮龙衣。尧眉舜目非凡体，好似仙子下瑶池。莫非他是姬千岁，特地来访伍子胥。本当向前[摇板]施一礼，[流水]帽破衣残不整齐。眉头一皱心生计，把我的冤仇[散板]提一提。[反西皮散板]子胥阀阅门楣第，到如今落魄天涯有谁知。父母冤仇沉海底，我好比凤脱翎毛怎能飞。[哭头]伍子胥、伍盟府，父母冤不能报，爹娘啊！

打金砖【1934年4月11日百代唱片2面】王泊生饰刘秀（A1507、A1511）

（头段）【狂遁】[二黄导板]恨奸妃害得我无处投奔，[碰板]见本章一本本朝见寡人。[原板]恨奸妃在西宫劝孤痛饮，酒醉后害死了那文武功臣。无奈何我只得后宰门逃命，两廊下站的是那无头鬼魂。

（二段）【归天】[二黄原板]姚皇兄在空中向孤索命，尊一声伴驾王细听分明：可叹你为孤王伯母丧命，[垛板]可叹你、为孤王、白发苍苍、年迈耄耋、[原板]你又受苦刑。老皇兄在

《鱼藏剑》王泊生饰伍子胥

《打金砖》王泊生饰刘秀

空中休把孤恨,休把孤[哭头]恨,姚皇兄呀![散板]孤与你今日里共赴阴程。(白)哎呀![散板]众家皇兄俱来到,为何不见马子章?满朝的文武我皆不怕,我一见马武我胆魄慌。舍死忘生把天台上,看他有何计对孤王。

四郎探母【1934年4月11日百代唱片1面】王泊生饰杨延辉(A1508)

【坐宫】[西皮导板]未开言不由人泪流满面,[原板]贤公主细听我表叙一番:家住在山后磁州小县,火塘寨上有我的家园。我的父老令公官高爵显,我的母佘太君所生我弟兄七男。都只为宋王爷五台山还愿,潘仁美诓圣驾来到北番。你的父摆下了双龙会宴,我弟兄八员将[快板]就赴会在沙滩。我大哥替宋王把忠尽献,我二哥短剑下命赴黄泉。我三哥被马踏尸骨泥烂,我五弟弃红尘五台高山。我本是杨,[哭头]啊,贤公主我的妻呀。

捉放曹【1934年4月11日百代唱片1面】王泊生饰陈宫(A1509)

【行路】[反西皮摇板]陈宫心中似刀扎。多蒙老丈你的美意大,好意反成恶冤家。急忙中难说你我的知心话,休怨我陈宫你怨他。[西皮散板]一剑就将头割下,白发老丈染黄沙。[哭头]你一家大小遭剑下,老丈啊![散板]再与孟德把话答。

粉宫楼【1934年4月11日百代唱片1面】王泊生饰晋王(A1510)

【困城】[西皮二六]听罢言来自思忖,谁知内中有此情。也是孤一时不明被贼哄,几将忠良问典刑。回头便对梓童论,千错万错在孤身。孤王亲自来松捆,定斩西宫不容情。回头再对闵卿论,错斩擎天柱一根。宰相的位儿付与你,三宫六院任卿行。[流水]那天官夫人受惊恐,内臣与孤快宽刑。两个奸贼堪痛恨,孤王待你是天高地厚恩。食君禄就该把忠尽,贪赃卖法任意行。人来将贼抛落

《捉放曹》王泊生饰陈宫

皇城下，任卿杀、任卿砍、千刀万剐任卿行。来来与孤把城开［回龙］定，［摇板］快迎那小皇儿进都城。

四郎探母【1934年4月16日百代唱片1面】王泊生饰杨延辉（A1512）

【见娘】［西皮摇板］老娘亲请上受儿［回龙］拜，［二六］千拜万拜儿是应该儿报不过娘的恩来。当年沙滩一阵败，杀得天地鬼神哀。孩儿被擒到北塞，好一似明珠在土内埋。就算得过这十五载，常把儿的老娘挂在儿的心怀。萧后把儿当木易待，铁镜公主配和谐。胡寨衣冠儿懒穿懒戴，每年间花开［快板］儿的心不开。闻听得老娘临北塞，乔装过营见娘来。见母一面愁眉解，儿愿老娘福寿康宁永安泰。

《四郎探母》王泊生饰杨延辉

高百岁（1903.4.14~1969.1.23）

高百岁，字幼斋，号智云，又名伯绥，生于北京。8岁拜名票吕正一习《锁五龙》《探阴山》等净行剧目，10岁带艺入"富连成"坐科两年，初学净角，后经刘鸿声建议改老生，从朱四龙学戏，并以演刘（鸿声）派为号召。12岁应上海丹桂第一舞台之聘，以童伶挂头牌老生，主演《打严嵩》《铡美案》等剧，兼演老生和花脸戏，轰动上海滩。后挑班演出，辗转于天津、沈阳、哈尔滨、海参崴、安东、长春、吉林、营口、烟台、大连等地。15岁拜周信芳为师，专心钻研"麒派"艺术，兼演高（庆奎）派、汪（桂芬、笑侬）派戏，间或演出净角剧目。1927年参加由田汉组织的南国社，与田汉、欧阳予倩、洪深等人发起戏剧改革运动。之后曾与周信芳合演过话剧《雷雨》，与欧阳予倩、周信芳合作排演了《武松与潘金莲》。1947年与田汉、梅兰芳、欧阳予倩、周信芳等人发起组织京剧改革促进会。1948年应汉口新市场（今民众乐园）大舞台之聘，前往演出，后赴长沙。1949年9月，武汉市文化局派人将高百岁从长沙接回武汉，参加筹备中南京剧工作团。该团于1950年成立，高任副总团长兼第一团团长；1952年改为武汉京剧团，高任团长。高百岁与高盛麟、郭玉昆、关正明、陈鹤峰等长期同台合作，巡回演出于全国各地，均获好评。晚年致力于演出现代戏和新编剧目。

高百岁除丽歌唱片外，在物克多公司也灌过许多唱片。

打严嵩【1936年11月3日丽歌唱片2面】高百岁饰邹应龙、焦宝奎饰严侠、方南生京胡、潘宏勋司鼓（A3800/1）

（头段）（白）哈哈哈！[西皮流水]忽听万岁宣应龙，在午门来了我报国忠。那一日打从大街进，见几个小小的顽童放悲声。我问那顽童啼哭因何故，他言道严嵩老贼害死他的全家一满门。劝顽童休落泪你免悲声，邹老爷就是尔的报仇人。站立在金阶用目来观定，金殿上坐的是嘉靖皇帝有道君。那一旁坐的是老海瑞，他本是、我国中、尽忠报国、架海的金梁、擎天柱一根。那一旁坐的是严阁老，他本是、我国中、上欺天子、下压臣、谋朝篡位、卖国的奸贼他名叫严嵩。我本当上殿奏一本，怎奈我官卑职小怎能够参大臣。罢罢罢，暂且忍去我的心头恨，在品级台前臣见君。

（二段）（邹应龙）[摇板]施礼辞别严太尊！（严侠白）送邹老爷。（邹）[摇板]把话说与尊官听。（严白）您有什么话说？（邹）[摇板]三百两纹银值多少？（严白）本来呀。（邹）[摇板]你我的脸面值千金。（严白）你也没给，我也没要。（邹）[摇板]从今后府下我要常来往，（严白）您随随便便。（邹）[摇板]我就是太师爷心腹上的人。（严白）我知道噢。（邹）[摇板]从今后不把尊官叫，（严白）邹老爷，你不叫我尊官，您叫我什么呀？（邹）你呀？（严）啊。（邹）喏。（严白）我也不叫"喏"呀！（邹）[摇板]你就是邹老爷牵马坠镫——（严白）怎么样？（邹）呸！[摇板]势力的小人。

《大红袍》高百岁饰海瑞

临江驿【1936年11月3日丽歌唱片2面】高百岁饰崔文远、方南生京胡、潘宏勋司鼓（A3802/3）

（头段）[西皮导板]访友归又碰着狂风巨浪，（白）呀！[散板]又听得救人声近在耳厢。我这里掌稳舵用目观望，穿绫罗定是那官家的女郎。[流水]见一个脸红颜趋前退后，见一个羞答答脸带含羞。罢罢罢这良缘待我成就，这才是窈窕淑女君子好逑。[摇板]女儿向前敬杯酒，夫妻的情分儿莫要羞。

（二段）（白）我把你这大胆的小奴才！恨我不该将我的干女儿许配于你，你一去三载杳无音信回来。她闻听你做了秦川知县，故而前来寻找于你，怎么尔不但不认反将她毒打，远配沙门海岛，天理何在，你的良心何存？奴才呀奴才，你既是读书人，就晓得鹦鹉会说话，猩猩会说话，一个人也不过会说话罢了，为人不知礼义，与禽兽何异哉？奴才呀奴才，你幸亏做了一个秦川知县，你就六亲不认，你若做了宰相，连祖宗都不祭了啊！似你这样忘恩负义之人，哪个管你的闲事，我是不管你的闲事，我是不、不、不……不管尔的闲事呀！[散板]今日里如乐昌破镜重现，为

《明末遗恨》高百岁饰李国桢

什么不欢乐只记仇冤？无奈何双膝跪叩求赦免，今日里留飞鸟重见良缘。［流水］休提起先前的许多磨难，休提起好事多磨神最严。但愿得你夫妻齐眉举碗，但愿得不负文君白头篇［散板］寿共百年。

鹿台恨【1936年11月3日丽歌唱片2面】高百岁饰比干、方南生京胡、潘宏勋司鼓（A3804/5）

《六国封相》高百岁饰苏秦

（头段）［西皮导板］鹿台纷纷把宴排，［原板］眼望着锦绣江山泪满腮。哪有神仙到凡界？其中真假难解开。国家不幸［散板］妖作怪，一阵骚气何处来？事已至此无可奈，含羞带愧下鹿台。

（二段）［二黄导板］这都是盘古氏无端啰唣，［碰板］说什么昆仑威、擎天入海潮，都是他弄的灵霄。［原板］伏羲氏画的什么奇和偶，女娲氏断什么柱天鳌。神农氏尝什么卉百草，［垛板］最可恨、轩辕氏、整什么衣衫、造什么纸币、招祸惹非［原板］杀人刀。

扫松下书【1936年11月3日丽歌唱片1面】高百岁饰张广才、方南生京胡、潘宏勋司鼓（A3806）

《唐僧取经》高百岁饰唐僧，演出后与其妻刘剑英合影

［清江引导板］黄叶飘飘叶落秋风绕，（白）喔嘘！呵呵，想当年蔡伯喈进京求名的时节，这班寒鸦在头上乱叫，今日又是这样乱叫，鸟哇，鸟哇，你因何不捎书？缘何不带信？鸟鸟乎！［顶板］被秋风吹得我遍体摆摇。我劝世人在世间须要学好，莫学浪子无有下梢。行几步来至在三岔路道，（白）哦！［原板］是何物绊跌了老汉我一跤？（白）呵呵！原来是蔡家的树木，俱被贼人盗了去了。想这旷野荒郊树木甚多，这个贼人怎么单单盗去蔡家的树木呢？［顶板］我骂一声盗木贼好无分晓，单单盗却了蔡家的树苗。行一步来至在蔡家的坟道，［垛板］我急急走来急速跑，急急忙忙到荒郊。到坟前把松扫，［原板］方显得两世旧故交，旧故交。

唐僧取经【1936年11月3日丽歌唱片1面】高百岁饰唐僧、方南生京胡、潘宏勋司鼓（A3807）

[高拨子摇板]一路行来好危险，师徒四众往西天。行走心急步似箭，马踏尘沙红日满。日落，日落西山天将晚，荒村，荒村野镇古桑田。东方，东方葱葱森林现，[垛板]见北方地平川，落霞孤鹜照山边。南临大海沙滩岸，耳听得那归入林中野鸟它闹声喧。风吹树叶落片片，阡陌田间少人烟。举目留神来观[回龙]看：[垛板]见僧人手足脚镣、项戴铁链，蓬头垢面一个一个都把那罪衣来穿。莫非身犯何等罪案，被他们打得甚是可怜。僧道无仇又无怨，倒教我目睹惨情怎不[回龙]心酸？

追韩信【1936年11月3日丽歌唱片2面】高百岁饰萧何、方南生京胡、潘宏勋司鼓（A3808/9）

《追韩信》高百岁饰萧何

（头段）[西皮流水]我主爷起义在芒砀，拔剑斩蛇天下扬。遵奉怀王圣旨降，两路分兵定咸阳。先定咸阳为皇上，后定咸阳扶保在朝纲。也是我主洪福广，一路上得遇郦生、陆贾和张良。秋毫无犯军威状，也曾约法定三章。重瞳不遵怀王约，反将我主贬汉王。今日里萧何荐良将，但愿得言听计从、重整汉家邦、我们一同就回故乡。撩袍端带我把金殿上，[摇板]扬尘舞蹈奏大王。[散板]大王执意不用信，倒教萧何无计行。如今大材小用了，君臣何日转回程。

（二段）（白）将军，你我一见如故[二黄顶板]是三生有幸，天降下擎天柱保定乾坤。全凭着韬和略将我点醒，我也曾连三本保荐汉君。他说你出身微贱不肯重用，那时节怒恼将军、身背宝剑、跨下战马、逃出了东门。我萧何闻此言雷轰头顶，我顾不得这山又高、水又深，山高水深、路途遥远、忍饥挨饿、来寻将军。望将军你还念萧何情分，望将军且息怒、你暂吞声、你莫发雷霆、随我萧何转归程，大丈夫要三思而行。[散板]千言万语他不听，倒教萧何无计行。走向前来双膝跪，不看萧何看生灵。

陈鹤峰（1904~1972）

陈鹤峰，原名陈鸿声，浙江鄞县人。13岁从谢月亭习老生，两年后演唱于浙江及江苏南部等地演出，以《斩黄袍》《斩马谡》《辕门斩子》《碰碑》（即"三斩一碰"）等唱功剧目为号召，兼演武生戏。1929年到上海，搭班周信芳主演的老天蟾舞台，改名陈鹤峰，专习麒派艺术。1932年拜周信芳为师，后与张翼鹏、云艳霞合作，在荣记大舞台演出《西游记》，在新天蟾舞台领衔主演《金镖黄天霸》《华丽缘》等连台本戏，连场爆满，盛极一时。1943年首次到武汉，演出于汉口大舞台（今人民剧院），深受武汉观众欢迎。1948年春节第二次赴汉演出，至次年3月去长沙。1949年9月由长沙回上海路过武汉，经中共中央中南局宣传部文艺处挽留，演出于民众乐园大舞台，并参加筹建中南京剧工作团。1950年该团成立，陈任副团长。1952年中南京剧团改为武汉市京剧团，继续任副团长。1953年随中国人民赴朝慰问团前往朝鲜，为中国人民志愿军和朝鲜军民登台演出。在1954年武汉防汛斗争中，率队深入工地演唱，荣立三等功。1956年随中央代表团赴西藏慰问演出。1960年调任湖北省戏曲学校副校长。其妻云艳霞为南方著名旦角演员。

陈鹤峰唱片不多，其中《封神榜·文王得兆》一张发行量极少。

暗渡阴平【1929年百代唱片1面】陈鹤峰饰邓艾、牛雨声京胡（33983）

［二黄导板］军士们饱餐顿爬山越岭，［碰板］山又高、水又深、父子们、带领雄兵、登山洑水、暗渡阴平、我为的是功名！［原板］邓士载向空中求天救应，保佑着军士们能获残生。挽娇儿手攀藤爬山越岭，爬山越岭，众军士因何故啼哭纷纷。

路遥知马力【1929年百代唱片1面】陈鹤峰饰路遥、牛雨声京胡（33984）

（白）不提起马力还则罢了，提起了马力么？［顶板］是令人可恨，尊一声小哥哥细听分

《四本封神榜》陈鹤峰饰韩荣、张俊臣饰余化

明：想当年我在扬子江中我救过他的性命，我二人在草堂同把香焚。他言说到东京把叔父投奔，我也曾卖庄田、赠瞎驴、我又赠过二百两纹银。他走后又谁知他身居王位，不料他受荣华就忘了我大恩。也是我一怒气出了府门，一路上无音信我身无有分文。多亏了小哥哥你救我的性命，我路遥、回家去、早烧香、我晚点灯、一日三餐我报答你的大恩。

封神榜【1929 年百代唱片 2 面】陈鹤峰饰姬昌、牛雨声京胡（33986*1/2）

（头段）【文王得兆】［二黄导板］大丈夫须见机达志人命，［碰板］我姬昌、运蹇钝、被困羑里城、终朝每日、无非是顺天而行。［原板］伯邑考自幼儿秉性孝顺，他必然拼性命来赎父身。耳边厢万籁肃人烟肃静，为什么一时间血潮分明。

（二段）［散板］临行时我也曾再三叮咛，七年内切不可来探天伦。头披发身带血是何情因？怕的是从此后永隔幽阴。［高拨子导板］恨费仲尤浑心肠狠，［摇板］苦苦害我为何情？急急忙忙往前进，后面人马追得紧。

五本封神榜【1929 年百代唱片 1 面】陈鹤峰饰周文王、牛雨声京胡（33987）

【文王梦飞熊】［二黄导板］我太公礼贤士终日盼望，［散板］为什么大贤人不到我邦？耳边厢又听得风声响亮，［碰板］见一物、非龙、非虎、非熊、非彪吓得我胆战心慌。［原板］莫非说周姬昌合当命丧，你看它展双翅巨口来张。

临江驿【1929 年百代唱片 1 面】陈鹤峰饰张天觉、牛雨声京胡（33988）

［西皮导板］一片忠心作宋臣，［原板］日夜勤劳受苦辛。常思故园千里梦，劳顿鞍马十年尘。淮河失散亲生［哭头］女，翠鸾儿呀！［摇板］秋雨不住更销魂。

《甘露寺》陈鹤峰饰乔玄

谭富英（1906~1977.3.22）

谭富英，谱名豫升，籍贯湖北黄陂，生于北京。其祖父谭鑫培、父谭小培均为著名京剧老生演员，外祖父德珺如为著名小生演员。后师从余叔岩。1915年，由祖父谭鑫培亲自聘请陈秀华为其开蒙，学习了《鱼肠剑》《黄金台》和半出《昭关》等剧目。1917年，由谭鑫培送入富连成科班，先向叶福海学习昆曲《仙圆》《宁武关》《弹词》，及武生戏《殷家堡》《落马湖》《长坂坡》等剧目，后向萧长华、王喜秀、雷喜福等人习老生。1923年出科，初搭王蕙芳班社，与徐碧云、贯大元等人同台演出，同年随其父到上海演出，一炮而红，并受百代公司约请灌制唱片。1933年，谭与雪艳琴合拍的电影《四郎探母》是中国电影史上第一部有声戏曲片。1935年自组扶椿社。1941年扶椿社改名同庆社。谭富英擅长演出大部分为谭门本派剧目，既以唱工取胜又以武功见长。代表剧目主要有《失·空·斩》《捉放曹》《鼎盛春秋》《晋楚交兵》《南阳关》《战太平》《定军山》《桑园寄子》《奇冤报》《击鼓骂曹》《洪羊洞》《四郎探母》《桑园会》《珠帘寨》《群英会》《大保国》《二进宫》等都是很受广大观众欢迎的剧目。

中华人民共和国成立后，与戎社合并为太平京剧团，1955年任北京京剧团副团长。1956年，与马连良、萧长华、叶盛兰、裘盛戎、袁世海等人合拍影片《群英会》《借东风》。1959年，与马连良、叶盛兰、李少春、裘盛戎、袁世海、孙盛武、李和曾等人合作演出了新改编的《赤壁之战》。并演出了《将相和》《秦香莲》《赵氏孤儿》《文天祥》等新编历史剧目。1964年，因病辍演，告别舞台。

谭富英主攻文武老生，擅长靠把戏，融其父谭小培与老师余叔岩所教导其祖谭（鑫培）派和余（叔岩）派的艺术，形成自己的表演风格，世称"新谭派"。与马连良、杨宝森、奚啸伯并称后"四大须生"。其子谭元寿为著名老生演员。弟子有高宝贤、马长礼、孙岳、李崇善、施雪怀、殷宝忠等人。

谭所灌唱片甚多，除了常见的谭派、余派常见剧目外，还有《盗宗卷》《战蒲关》《四进士》《骊珠梦》《戏牡丹》等，是研究老生流派的宝贵资料。

定军山【1923年7月19日百代唱片2面】谭富英饰黄忠、迟景福京胡、谭小培报名（33589*1/2）

（头段）[西皮二六]师爷说话言太差，不由黄忠怒气发。一十三岁习弓马，赫赫威名我镇守在长沙。自从归顺了皇叔爷的驾，匹马单刀取过了巫峡。斩关夺寨功劳大，军师爷不信你在功劳簿上查一查。亦非是黄忠[摇板]夸大话，[流水]铁胎弯弓手中拿。满满搭上[摇板]朱红扣，[流水]帐下的儿郎把咱夸。二次里忙用这两膀力。人有精神力气加。三次开弓[散板]秋月样，再与师爷把话答。

（二段）[二六]在黄罗宝帐领将令，气坏老将黄汉升。某昔年大战长沙镇，阵前遇着二将军。某中了他人的托刀计，俺的百步穿杨箭射他盔缨。弃暗投明[快板]来归顺，食王的爵禄当报王的恩，孝当竭力把忠尽，再与师爷把话论：一不用战鼓通鼓打，二不要护将随后跟。只要黄忠一骑马，匹马单刀取定军。十日之内功得胜，军师大印付了某的身；十日之内功不胜，愿将老头挂在营门。来来来带过爷的马能行，[摇板]要把那定军山一扫平。[快板]我主爷攻打葭萌关，将士纷纷取东川。皇叔赐我三千众，他命我攻打定军山。恼恨那军师见识浅，道我难胜夏侯渊。张郃被某吓破胆，卸甲丢盔奔荒山。坐立雕鞍将令传，大小儿郎听爷言：刀出鞘、弓上弦，个个奋勇要当先。上前个个功劳显，退后的人头挂高竿。军士与爷催前战，[散板]十日之内取东川。

《定军山》谭富英饰黄忠

法门寺【1923年7月19日百代唱片2面】谭富英饰赵廉、王连浦饰刘瑾、迟景福京胡、谭小培报名（33590*1/2）

（头段）（刘瑾白）下面跪的这个敢是眉坞县的县太爷吗？（赵廉）臣不敢，赵廉。（刘）什么？你叫笊篱儿？噢，我明白了。你见了咱家为什么不抬起头来呀？（赵）有罪不敢抬头。（刘）哎哟，哎哟！你又有什么罪过？抬起头来咱家我瞧瞧你。（赵）谢千岁！（刘）咋！好一个胆大的眉坞知县，孙家庄黑夜之间刀伤二命，一无凶器，二无见证，无故把个世袭指挥拿问了在

《法门寺》谭富英饰赵廉

监,哈哈哈!哥啊哥啊,你那眼睛里头还有皇上吗?可这话又说回来了,你那眼睛里头既没有皇上,你还瞧得起咱家吗?没什么说的,把纱帽壳儿给他摘下来。(赵)[西皮散板]小傅朋他本是杀人的凶犯!(刘白)住了吧!小傅朋是杀人的凶犯,甭说,你给他买的刀吧?(赵)千岁![散板]臣问他口供事件件招全。在法堂未动刑自己招认,因此上臣将他拿问在监。

(二段)(赵白)哦![散板]才知道小刘彪是杀人的凶犯,又谁知这内中有许多的牵连。[哭头]在庙堂念为臣才疏学浅,千岁爷呀![散板]望千岁开龙恩限臣三天。(刘白)咋![散板]好一个胆大的眉坞知县,把一桩人命案审问倒颠。限三天将人犯一齐带见,少一名将人头悬挂在高竿。

《定军山》谭富英饰黄忠

盗宗卷【1923年7月19日百代唱片2面】谭富英饰张苍、迟景福京胡、谭小培报名(33591*1/2)

谭富英

(头段)(白)家院掌灯![西皮流水]正在府中把宴摆,陈平有帖请我来。(白)下官,张苍。正在府中饮宴,陈相爷有帖相约,不知为了何事。哦,是了,想是昨日金殿得罪于我,请我过府饮宴,与我赔个笑脸也是有的。哎呀呀,老相爷,你我一殿为臣这是何苦哦。[摇板]家院掌灯把路引,见了相爷饮杯巡。[流水]心中只把国太恨,宗卷不该用火焚。家院掌灯把路引,不觉来在相府的门。(白)家院在此等候,待你老爷进去畅饮几杯。[流水]将身且把相府进,里面为何冷清清?站在丹墀来观定,陈平那里饮杯巡。(白)啊呀且住!陈平老儿请我过府饮宴,他怎么自斟自饮呐?噢,是了。想是他等我不及,故饮几杯也是有的。有了,我不免在此咳嗽一声,他必然下位迎接于我,我就是这个主意。嗯哼!听见了,哎呀呀,我只当他下位迎接于我,原来他对天表他是炎汉忠良。你是炎汉忠良,我张苍就不是炎汉的忠良吗?你表我也表,表、表、都来表上几表。[流水]双膝跌跪在尘埃,过往神灵听开怀:我若有心向着吕,老天与我降祸灾。叩罢头抽身拜,问声相爷可安泰。

（二段）[散板]听一言吓得我魂飞不定,黑洞洞摸出了相府门。(白)且住!陈平老儿,限我三天有了皇家宗卷还则罢了,若无皇家宗卷,要将我全家诛戮。也罢!我不免拜谢老王爵禄之恩,寻个自尽了吧。[散板]张苍撩袍跪埃尘,拜谢我主爵禄恩。一把钢刀项上刎,这明亮亮的钢刀怕煞人。站立前庭娇儿唤,(白)儿啊,为父在此自尽你要拉呀,你要扯!唉![散板]不知奴才哪厢存?回头便把夫人唤!(白)夫人我在此自尽你要拉呀、你要扯。

谭富英

打鼓骂曹【1923年7月19日百代唱片1面】谭富英饰祢衡、迟景福京胡、谭小培报名（33592）

[西皮二六]列公大人齐来劝我,酒醉方醒梦南柯。自古道责人先责己过,手摸胸膛自揣摩。[回龙]罢、罢、罢,暂息我的心头火,[流水]事到头来无奈何。丞相有书交与我,顺说刘表不推托。[摇板]接过书信用手托,披星戴月奔江河。顺说刘表若不妥,愿死他乡做鬼魔。

斩马谡【1923年7月19日百代唱片1面】谭富英饰诸葛亮、迟景福京胡、谭小培报名（33593）

《四郎探母》谭富英饰杨延辉

[西皮摇板]怒在心头难消恨,[快板]帐下跪定小王平。我命你去把街亭镇,靠山近水扎大营。大胆不听我的令,失守街亭罪不轻。若不是画图来得紧,定与马谡同罪名。[摇板]将王平责打四十棍,(白)打![摇板]快带马谡这无用的人。[快板]见马谡跪帐下,不由老夫咬钢牙。自从扶保先皇驾,斩关夺寨把功加。敢把军令当玩耍,失守街亭差不差?[散板]我哭、哭一声小马谡,我叫、叫一声马幼常。未曾出兵先立军状,又谁知为国家一命亡。[哭头]马谡啊,幼常啊,啊,参谋啊。

战蒲关【1923年7月19日百代唱片1面】谭富英饰王霸、迟景福京胡、谭小培报名（33594）

[二黄原板]恨贼臣暗地里长安城献,害得那众军民好不惨然。小主爷虽来在蒲关避难,众贼兵围困得铁桶一般。可叹我月余来未曾合眼,我只得、头戴盔、身穿甲、腰挂昆吾、好不惨然。这一旁人叫苦悲声[散板]不断,难道说真饿死首阳荒山。

战樊城【1923年7月19日百代唱片1面】谭富英饰伍子胥、迟景福京胡、谭小培报名（33595）

［西皮原板］一封书信到樊城，拆散了弟兄两离分。叫家院看过酒一樽，弟与兄长［二六］来饯行。登山涉水多劳顿，披星戴月奔家门。若是爹娘同安庆，在那二老台前要问安宁。非是小弟不同奔，皆因是那逃走二字就解不明。兄长饮干杯中饮，但愿你一路平安［摇板］早到程。［快板］兄长上马两泪淋，叫人难舍又难分。流泪眼观流泪眼，断肠人送断肠人。倘若家门遭不幸，杀上天子午朝门。吉凶二字安排定，稳坐樊城我等信音。

《战樊城》谭富英饰伍子胥

王佐断臂【1923年7月19日百代唱片2面】谭富英饰王佐、迟景福京胡、谭小培报名（33596*1/2）

（头段）［二黄导板］听谯楼打初更玉兔东上，［碰板］为国家、秉忠心、食君禄、报王恩、昼夜奔忙。［原板］想当年在洞庭何等放荡，到如今投宋主答报君王。岳大哥他待我手足一样，俺王佐无功劳柱受荣光。今夜晚定巧计番营去闯，落一个美名儿万载传扬。

（二段）［原板］怎能够定巧计番营得进，前后话对文龙细说原因。前又思后又想设计不定，倒不如上公案观看古今。汉朝中那卫律心术不正，却为何老苏武一片丹心，饥食毡渴饮雪忠心耿耿，天保护地保佑暗有神灵。［散板］那要离未受职能助皇上，刺庆忌有肝胆名震四方。我一心学要离断臂去闯，顾不得生和死天做主张。

搜孤救孤【1932年11月20日百代唱片1面】谭富英饰程婴、谭小培饰公孙杵臼、赵济羹京胡（A829）

（程婴）［二黄原板］我享荣华受富贵，断送了忠良爷的后代根。这是我好意反成恶意，满腹心事向谁云！（公孙杵白）法场上绑得我昏迷不醒，抬头只见小程婴。我今一死不要紧，扶保孤儿要你担承。（程）公孙兄说话弟谨遵，句句话儿记在心。无奈何烧纸把酒奠［散板］敬，公孙兄、我那亲、啊，我的儿啊！

《战樊城》谭富英饰伍子胥

洪羊洞【1932年11月20日百代唱片1面】谭富英饰杨延昭、谭小培饰杨继业、赵济羹京胡（A830）

（杨延昭）[二黄散板]猛抬头只见故父令公。曾记得在两狼父把命送，哪有个人死后又能复逢？[哭头]我待要下位去身难还坐！（杨继业）[碰板]六郎儿休贪睡细听从容：[原板]儿前番命孟良骸骨搬动，那乃是萧天佐一旦假充。真骸骨在北国洪羊洞，望乡台上锁上加封。我的儿将骸骨搬回大宋，那时节我的儿有始有终。嘱咐你言和语牢牢[散板]记重，我的儿临危时父再来同。

红鬃烈马【1932年11月21日百代唱片2面】谭富英饰薛平贵、王芸芳饰代战公主、赵济羹京胡（A831/2）

《战太平》谭富英饰花云

（头段）（薛平贵）[西皮原板]夫妻们对面饮琼浆，哪知道血书袖中藏。虽然西凉孤执掌，怕的是南朝动刀枪。（代战白）大王！[原板]劝大王你且把愁眉展放，听妾身把此事细说端详：哪怕那南朝兵将广，妾一人敢挡那百万儿郎。（薛）公主虽然韬略广，你一人怎能挡百万儿郎？

（二段）（代）内侍臣看酒[摇板]大盏上，多饮几杯解愁肠。（薛白）公主！[摇板]公主进酒王心爽，孤有言来听端详。（代白）哟！大王为什么推杯不饮呐？（薛）非是孤家推杯不饮，自我到西凉一十八载，多蒙公主照看，今日我要把敬三大杯。（代）哎哟！咱家的酒量比不得从前啊！（薛）从前能吃多少？（代）能吃一百杯。（薛）如今呢？（代）如今呐，哎哟，只能吃五十双杯。（薛笑）哈哈！还是一样呃。（代）取笑了。（薛）看酒。（代）哽哽。（薛）你也醉了。[快板]公主醉倒银安殿，中了平贵巧机关。内侍与我把袍换，[摇板]番邦令箭带身边。内侍带马休迟慢，（代白）大王。（薛）哎呀！[摇板]闪却公主泪如泉。桌案现有笔墨砚，[快板]手提羊毫写周全。春夏秋冬四季天，孤王亲自去阅边。公主若念夫妻义，带领人马赶到三关。公主不念夫妻义，西凉国改作女儿川。内侍带过马走战！

《卖马当锏》谭富英饰秦琼

法门寺【1932年11月21日百代唱片2面】谭富英饰赵廉、金少山饰刘瑾、赵济羹京胡（A833/4）

（头段）（赵廉白）叩见千岁。（刘瑾）下跪可是眉坞县的这位县太爷吗？（赵）臣，不敢。赵廉。（刘）赵廉。见了咱家为何不抬起头来？（赵）是。臣有罪不敢抬头。（刘）我恕你无罪。（赵）谢千岁！（刘）咋！大胆的眉坞知县，孙家庄一刀连伤二命，一无凶器，二无见证。无故将世袭指挥拿问在监，哥哥儿啊哥哥儿。哈哈哈哈哈哈，你那个心眼儿里头还瞧得起皇上吗？啊！这话又是说回来了，你既然瞧不起皇上，你还瞧得起咱家吗？呵呵。没有那么些个话儿说。来呀，帽子给他摘下来，叫他朝上回话吧！（赵白）千岁！［西皮散板］小傅朋他本是杀人的凶犯！（刘白）你住了吧！小傅朋是杀人的凶犯？你怎么会知道？不用说呀！八成是你给他的刀吗？（赵）是，千岁！（刘）紧着说好的吧！（赵）［散板］臣问他口供时件件招全。在法堂未动刑自己招认，因此上臣将他拿问在监。

《问樵闹府》谭富英饰范仲禹

（二段）（赵白）哦！［散板］早知道小刘彪杀人的凶犯，又谁知这内中有许多牵连。［哭头］在庙堂念为臣才学浅，千岁爷呀！望千岁开大恩限臣三天。（刘白）咋！［散板］好一个胆大的眉坞知县，将一桩人命案审问倒颠。在佛堂限三天一齐带见，少一名将人头悬挂高竿。

《赶三关》谭富英饰薛平贵

赶三关【1932年11月21日百代唱片2面】谭富英饰薛平贵、王芸芳饰代战公主、赵济羹京胡（A835/6）

（头段）（薛平贵）［西皮流水］莫老将军对我言，公主带兵到关前。放心不下［摇板］敌楼看：［流水］旌旗遮了半壁天。马达江海一声唤，快宣那公主到城边，［摇板］王有话言。（代战）［流水］坐立雕鞍用目看，城上站着无义男。按着军令大王问：为何私自［摇板］奔长安？（薛白）公主！［流水］那一日驾坐银安殿，宾鸿大雁口吐人言。手持金弓和弹打，打下了半幅血罗衫。展开罗衫用目看，才知道寒窑受苦王宝钏。非是我独自离宫院，为的是前妻王宝钏。（代白）住了吧！怎么着？你张口"王宝钏"，闭口"王宝钏"。"王宝钏"是你的什么人呢？（薛）乃是孤的前妻。（代）啊？怎么着，你还有前妻吗？（薛）有前妻。（代）哎哟！你可害苦了我们了！［导板］代战女坐雕鞍泪流满面，［流水］不由我一阵心内酸。

既有前妻王三姐,早该对奴[摇板]说实言。

(二段)(薛)[流水]孤本当对你说实言,公主不放是也枉然。(代)你那里休得巧言辩,要转长安是[摇板]难上难。(薛白)哎呀![流水]一见公主把脸变,不由得孤王心内酸。[哭头]眼望寒窑高声唤,王三姐呀![摇板]夫妻们要相逢难上难。(代白)呀![摇板]一见大王泪满面,倒教咱家心内酸。低下头来自思连,(白)呀![摇板]猛然一计想心间。(白)大王,并不是咱家不放你回去,皆因你国,奸多忠少,咱家放心不下。我这里有金翎鸽儿一只,你带在身旁,若有人谋害于你,你将鸽儿放回,我也好发兵搭救于你。(薛)多谢公主![摇板]多谢公主开恩典,放我平贵回长安。金鈚令箭交与你,我夫妻分别赶三关。

《战樊城》谭富英饰伍子胥

鼎盛春秋【1932年11月21日百代唱片2面】谭富英饰伍子胥、金少山饰专诸、赵济羹京胡(A837/8)

(头段)(伍子胥白)哎呀且住!方才听老丈之言,专诸孝义双全,力大无比,俺伍员若得此人报仇可成也。不免前去拜访。正是:要交需交奇男子,方算人间大丈夫。来此已是。专兄开门来!(专诸)嗯哼!饶人亦非痴荼汉,痴荼从来不饶人。是哪一位呀?(伍)愚下拜访!(专白)噢!原来是位壮士,请到寒舍。(伍)请!(专)请坐!(伍)有坐。(专)请问将军贵姓高名?(伍)在下姓伍名员字子胥,乃楚国监利人也。(专)呜呼呀!原来是盟府将军,失敬了!(伍)岂敢!(专)为何这等模样?(伍)唉!专兄啊![西皮流水]平王无道乱楚邦,父纳子妻乱纲常。我父谏奏把命丧,特地借兵见吴王。(专白)闻听姬光千岁,招贤纳士,将军投奔他府,必然发兵报仇。(伍)若得如此,俺伍员之幸也。我有意与专兄结为兄弟,不知专兄意下如何?(专)俺专诸一介寒伍,怎敢高攀。(伍)愚下执意,不必推辞。(专)如此说来,拜过家母。(伍)正要拜见。(专、伍)请呐!(伍)[摇板]孝义双全人敬仰,

《鼎盛春秋》谭富英饰伍子胥

（专）兄有仇恨弟挂肠。（伍）报仇之事全仰仗，（专）借来了吴兵伐平王。

（二段）（伍）[流水]日过东来又转西，举目无亲甚惨凄。衣衫褴褛怎遮体，吹箫讨饭来乞食。[原板]姜子牙无时垂钓溪，时衰运败鬼神欺。周文王梦飞熊夜扑帐里，渭水河访贤臣扶保社稷。东迁洛邑[快板]王纲坠，各国诸侯把心移。困苦的英雄似蝼蚁，眼见得含冤化灰泥。英雄落魄谁周济，只落得吹箫[散板]讨饭吃。

南阳关【1925年11月高亭唱片2面】谭富英饰伍云召（Teb115/6）

（头段）[西皮导板]恨杨广斩忠良谗臣当道，（白）唉！娘啊！[原板]叹双亲不由人珠泪双抛。手扶着垛口往下瞧，韩擒虎虽年迈杀气高。尚师徒胯下呼雷豹，

《战樊城》谭富英饰伍子胥

（二段）麻叔谋使长枪鞭插在马鞍鞒。两员先行把帅保，耀武扬威逞英豪。揾干了泪痕[二六]伯父叫，侄儿有言禀年高：自古道臣尽忠来子当尽孝，也不枉在人间走一遭。我的父忠心把国保，敲牙割舌为的是哪条。四员虎将俱斩了，我那年迈的娘[快板]也受那一刀。到如今就该把气消了，兵困南阳为的哪条。历代的忠良难话表，叫儿泪抛不泪抛。老伯父把话讲差了，侄儿言来听根苗。宇文化及行机巧，杨广不该霸当朝。有日伍家把仇报，早烧香晚点灯，俸年高饶是不饶？[散板]好话说了有多少，百般哀告不肯饶。伍保与爷城开了！

珠帘寨【1925年11月高亭唱片1面】谭富英饰李克用（Teb117）

[西皮导板]太保传令把队收，（白）请！[原板]孤与贤弟叙一叙旧根由。忆昔当年五凤楼，满朝文武庆贺千秋。内有国舅段文楚，他笑孤坐席不正礼貌不周。摔死了文楚段国舅，唐王一怒要斩人头。若不是恩官把本奏，此一相逢在北州。

《珠帘寨》谭富英饰李克用

定军山【1925年11月高亭唱片1面】谭富英饰黄忠（Teb118）

［西皮快板］我主爷攻打葭萌关，将士纷纷取东川。皇叔赐我三千众，他命我攻打定军山。恼恨军师见识浅，道某难胜夏侯渊。张郃被某吓破了胆，弃甲丢盔奔荒山。坐立雕鞍将令传，大小儿郎听爷言：刀出鞘、弓上弦，个个奋勇要当先。众将与爷催前趋，［散板］十日之内取东川。［流水］适才间大战在山坡，一来一往动干戈。我营打罢得胜的鼓，［摇板］营外缘何不鸣锣？

《定军山》谭富英饰黄忠、刘砚亭饰夏侯渊

［流水］这一封书信来得巧，偏助黄忠成功劳。站立在营门传令号，大小儿郎听根苗：头通鼓、战饭造，二通鼓、紧战袍；三通鼓、刀出鞘，四通鼓、把兵交。上前个个俱有赏，退后难免吃一刀。众将与爷归营号，［散板］到明天午时三刻逞功劳。

搜孤救孤【1925年11月高亭唱片2面】谭富英饰程婴（Teb119/20）

《战太平》谭富英饰花云

（头段）［二黄原板］劝娘子不必太烈性，卑人言来你是听：赵屠二家结仇恨，三百余口命赴幽冥。我与那公孙杵臼把计定，他舍老命你我舍娇生。舍子搭救忠良的后，老天爷续接我的后代根。你今舍了亲生子，来年必定降麒麟。千言万语不肯应允，怕的是孤儿命难存。没奈何只得双［散板］膝跪，望求娘子舍亲生。常言妇人的心肠狠，狠毒不过妇人心。手执钢刀要你的命！

（二段）［散板］将身来在法场中，只见我儿与公兄。（白）公孙兄、赵公子，你二人死在九泉，休怨我程婴呐。［碰板］躬身施礼把话论，眼望孤儿泪淋淋。法场上见之人都来叫骂，个个骂的是我小程婴，是一个不义的之人。［原板］我享荣华受富贵，断送了忠良后代根。这是我好意反成恨，满腹心事向谁云。公孙兄说话理情顺，句句话儿记在心。没奈何烧钱把酒奠敬，公孙兄、我那亲［哭头］儿，我的儿呀！

骂曹【1928年4月30日高亭唱片1面】谭富英饰祢衡、赵济羹京胡、王振纲司鼓（Teb309）

［西皮二六］丞相委用恩非小，区区鼓吏怎敢辞劳。出得帐来微微笑，孔大夫做事也不高。明知道曹贼多奸巧，全凭势力压当朝。［流水］我越思越想心头恼，寻一个巧计骂奸曹。罢罢罢！暂且忍下了，明日自有我的巧妙高。［导板］适才与贼一席话，［散板］不由正平乱如麻。（白）酒逢知己千杯少，话不投机半句多。适才进得相府，与奸贼深施一礼，他坐在上面昂然不动，还则罢了，反道我的礼貌不周，又将我用为鼓吏。明日大宴群臣，当着满朝文武，我要百般辱骂，纵然将我斩首，也落得个青史名标。正是：明知山有虎，偏向虎山行。［快板］昔日里韩信受胯下，英雄落魄走天涯。到后来登台把帅挂，扶保汉室锦邦家。明日里进帐把贼骂，拚着一死染黄沙。纵然将我的头割下，落一个骂贼的名儿扬天涯。

捉放曹【1928年4月30日高亭唱片1面】谭富英饰陈宫、赵济羹京胡、王振纲司鼓（Teb310）

［西皮快板］背转身来自参详。指望他是一个定国的安邦将，却原来贼是个人面［散板］兽心肠。陈宫心中似刀扎。多蒙老丈你的美意大，好意反成恶冤家。急忙忙难说知心话，你休怨我陈宫你怨他。

捉放曹【1928年4月30日高亭唱片1面】谭富英饰陈宫、裘桂仙饰曹操、赵济羹京胡、王振纲司鼓（Teb321）

《捉放曹》谭富英饰陈宫、王泉奎饰曹操

（曹操白）你的言多语诈！（陈宫）［西皮二六］休道我言语多必有奸诈，你本是大义人把事来做差。吕伯奢与你父相交不假，你为何起疑心杀他的全家。一家人被你杀也就该罢，出庄来杀老丈是何根芽？（曹白）公台！［导板］劝公台休埋怨一同上马，［流水］坐雕鞍听孟德我细说根芽：吕伯奢与我父相交不假，错把他我当作了对头冤家。哪怕那哗啦啦泰山倒下，五阎君撞咱也要斩杀。（陈）［摇板］好言语劝不醒蠢牛木马，把此贼比作了井底之

《空城计》谭富英饰诸葛亮

蛙。（曹）紧加鞭催动了能行胯下，（陈）大不该同此贼海走天涯。

失街亭【1928年4月30日高亭唱片2面】谭富英饰诸葛亮、赵济羹京胡、王振纲司鼓（Teb311/2）

（头段）（白）今逢大敌非比寻常，我有一言将军听了。[西皮原板]两国交锋龙虎斗，各为其主统貔貅。大小三军要宽厚，赏罚公平莫要自由。此一番带兵去镇守，靠山近水把营收。

（二段）[摇板]小马谡失街亭令人可恨，这时候倒教我难以调停。老军们因何故纷纷议论，国家事用不着尔等劳心。西城地原本是咽喉路径，我城内早埋伏十万神兵。叫老军扫街道把宽心拿稳，退司马保空城全仗此琴。

法门寺【1928年4月30日高亭唱片1面】谭富英饰赵廉、裘桂仙饰刘瑾、赵济羹京胡、王振纲司鼓（Teb320）

（刘瑾白）下面跪的是眉坞县的县太爷吗？（赵廉）臣不敢，赵廉。（刘）见了咱家为何不抬起头来？（赵）臣有罪不敢抬头。（刘）哎！哪的话呢？你也没有什么罪过，你抬起来我瞧瞧你。（赵）谢千岁呀！（刘）咋！好一个大胆的眉坞知县，孙家庄一刀连伤二命，一无凶器、二无见证，私自把个世挥指袭拿问在监了，哈哈哈哈，哥儿呀哥儿！你这眼里头还有皇上吗？唉！这话又说回来了，既没有皇上，你还瞧得起咱家我吗？摘帽子！（赵）[西皮导板]小傅朋他本是杀人的凶犯！（刘白）住了吧！他杀人是你给他的刀，是你瞧见啦？啊？（赵）千岁！[散板]臣问他口供时件件招全。在法堂未动刑自己招认，因此上臣将他拿问在监。（刘）好一个大胆的眉坞知县，把一桩人命案审问倒颠。限三天将人犯一齐带见，如不然将人头悬挂高竿。

搜孤救孤【1929年1月蓓开唱片4面】谭富英饰程婴、谭小培饰公孙杵臼/报名、金少山饰屠岸贾、张崇麟京胡、王振纲司鼓（90021/4）

（头段）（屠岸贾白）斩草不除根，萌芽依旧生。老夫屠岸贾。也曾搜寻孤儿，不曾搜出。我

谭小培、谭富英

有赏格在外，十日之内，若有人献出孤儿，赏赐千金；十日之内，若无人献出孤儿，老夫要将晋国之中的孩童，与孤儿同庚者，我要斩尽杀绝。看看十日已满，来！（校尉）哦！（屠）伺候了。（校尉）哦！（程婴）走啊！来此已是，待我击鼓。（屠）抓进来！（程）叩见大人。（屠）咳！你为何击动老夫的堂鼓？（程）小人有机密大事回禀，望求大人退去左右。（屠）我这两旁，俱是老夫心腹之人，你但讲无妨。（程）大人前番搜孤，可曾搜出？（屠）不曾搜出。（程）孤儿在……（屠）啊！今在何出处？（程）现在首阳山，公孙杵臼家中窝藏。（屠）来。去到首阳山，将公孙杵臼抓来见我。他隐藏孤儿不报，你是怎么知道？（程）昔年我二人有八拜之交，只因他隐藏孤儿，是小人劝他献出，他是执意地不肯，小人本当不出首报告，怎奈大人有言在先，知情者不举，是罪加一等。因此小人特地前来禀明大人。（屠）嗯，你叫什么名字？（程）小人叫程婴。（屠）程婴。（程）有。（屠）起过一旁。咳！胆大老狗，隐藏孤儿不报，你该当何罪呀？（公孙杵臼）大人呐！小人隐藏孤儿，是何人得见？（屠）你抬头观看，他叫程婴。（公孙）大人呐！那程婴与小人旧有仇恨，他是诬告小人。（屠）你待怎讲？（公孙）诬告小人。（屠）住口！

（二段）[二黄散板]听一言来怒气生，骂声老狗不是人！隐藏孤儿你不报，论王法就该问斩刑！（公孙白）大人！[散板]白虎大堂一声禀，尊声大人听分明：程婴与我有仇恨，哪有孤儿献大人？（屠白）呸！[散板]骂声老狗太欺心，不动大刑难招承。人来与爷乱棍打，（公孙）纵然打死也难招承！（屠白）啊！[散板]回头便把程婴叫，我今赐你鞭一根。一边打来一边问，看他招承不招承？（程）[导板]白虎大堂奉了命！（屠白）与我打！（程）[原板]都只为、救孤儿、舍亲生、连累了、年迈苍苍受苦刑，眼见得两离分！我与他人定巧计，到如今连累他受苦刑。手举皮鞭将你[散板]打，你莫要胡言攀扯好人！

（三段）（公孙白）好贼！[散板]开言大骂小程婴，苦苦害我为何情？我今一死不要紧，（白）贼呀，贼！[散板]我在阴曹地府要勾尔的魂！（程）公孙杵臼不招承，首阳山前去搜寻。（屠白）来，将老狗带上前去。打道首阳山。老狗！你说孤儿不在，你来看，这婴孩他是哪里来的？（公孙白）好贼子！[散板]骂声奸贼太狠心，苦害赵家为何情？拚着老命我把孤儿抢！（屠白）嘿！嗯！[散板]我一足踢在地埃尘！人来与爷上了捆。（程）这是你飞蛾投火自烧身！（白）启大人，小人讨祭。（屠）你因何又讨祭？（程）小人与他有八拜之交，如若不祭，旁人道我不仁不义了。（屠）好，

《搜孤救孤》
谭富英饰程婴、哈宝山饰公孙杵臼、王泉奎饰屠岸贾

《搜孤救孤》
谭富英饰程婴、哈宝山饰公孙杵臼、王泉奎饰屠岸贾

我就容你一祭。（程）[散板]虽然杯酒寻常饮，祭祭当年结拜情。

（四段）（公孙）[导板]一片好心反成恨，[碰板]可怜我年迈人受了苦刑！[原板]我与程婴把计定，我舍老命他舍亲生。纵然一死有何恨？搭救了忠良后代根。含悲忍泪法场[散板]进，咬紧牙关等时辰。（程）[散板]将身来在法场中，只见我儿与公孙兄。（白）公孙兄！赵公子！你二人死在九泉休怨我程婴。[碰板]躬身下拜把话论，眼望孤儿泪淋淋。法场上见的人都来叫骂，个个骂的是小程婴，是一个无义的之人！

捉放曹【1929年1月蓓开唱片6面】谭富英饰陈宫、谭小培饰吕伯奢／报名、金少山饰曹操、张崇麟京胡、王振纲司鼓（90025/8、90034/5）

（头段）（吕伯奢白）待我庄前庄后游玩一番便了。[西皮原板]昨夜晚一梦大不祥，梦见了猛虎赶群羊。羊入虎口无处往，一家大小被虎伤。将身儿来至在庄头上，吉凶二字实难防。（曹操白）马来。[散板]八月秋风桂花香，（陈宫）行人路上马蹄忙。（曹）勒住丝缰用目望，（吕白）嗯哼！（陈）[散板]见一老丈坐道旁。（吕白）那旁来的敢是曹操？（曹）哎！我乃行路之人，老丈不要见差了。（吕）贤侄不要惊慌，老汉吕伯奢，与你父有八拜之交，怎么贤侄就忘怀了吗？（曹）呜呼！原来是吕伯父至此，侄男不知，多有得罪。待我下马参拜。（陈）明公赶路要紧。（曹）是呀，本当进庄拜见伯母，怎奈侄男有要事在身，不敢久停，就在此处告辞。（吕）贵客焉有临门不入的道理？待老汉与二公牵马。（曹）这就不敢！

（二段）（吕白）请呐！[流水]怪不得昨晚灯花放，今日喜鹊叫门墙。我当大祸从天降，贵客临门到我庄。（白）二公请。（曹）请！（吕）啊，贤侄，此位是谁？（曹）此乃中牟县正

《捉放曹》谭富英饰陈宫、哈宝山饰吕伯奢、王泉奎饰曹操

堂,姓陈名公字公台。伯父向前见过。(吕)呜呼呀!原来父母太爷到了。恕小老儿不知,多有慢怠!(陈)岂敢!冒到宝庄老丈海涵!(吕)岂敢!二公请坐。(曹)有坐。(吕)啊,贤侄,为何这等模样?(曹)哎!伯父![西皮原板]恨董卓专权乱朝纲,欺君王貌法亚似个虎狼。行刺未成[流水]命险丧,连夜逃出了是非墙。中牟县入罗网,绳捆索绑到公堂。多亏了公台将我放,侄男险作了[散板]瓦上霜。(吕白)哦![散板]老汉撩衣跪草堂,[流水]多蒙太爷施恩广。孟德不是你释放,险些作了瓦上霜。(陈白)老丈![流水]多蒙老丈美言讲,诛戮同胞非栋梁。七品郎官成何样,同奔原为汉家邦。(吕白)这就是了,怪不得你父昨日逃回原郡去了。(曹)不好了![散板]听一言来两泪汪,连累爹爹逃故乡。

(三段)(吕白)贤侄不必悲泪,父子们日后还有相会之期。(曹)但愿如此。(吕)二公请稍待,待老汉去至后面分派分派。(曹、陈)我们前村用过,老丈不要费心!(吕)贵客焉有临门慢怠之理,二公请坐。(曹、陈)有坐。(吕)正是:在家从不迎宾客,出外方知少主人。(陈)明公,方才老丈提起令尊大人,忽然落泪,真乃忠孝双全。(曹)父子之情,焉有不痛之理?(陈)明公啊![流水]休流泪来免悲伤,忠孝二字挂肚旁。同心协力把业创,凌烟阁上把名扬。(吕)[摇板]人得喜事精神爽,月到中秋分外光。(曹白)伯父手提葫芦,往哪里去?(吕)家中菜蔬俱有,只是缺少美酒,待老汉去至前村沽瓶美酒回来,还要把敬三杯。(曹陈)家常随便,不要费心!(吕)焉有慢怠之理。二公请坐。(曹)请呐!(吕)[摇板]二公且坐草堂上,沽瓶美酒待忠良。(陈)老汉亲自沽佳酿,他人美意似孟尝。(曹)[散板]家父与他常来往,当年结拜一炉香。孟德抬头四下望,又听刀声响叮当。(白)公台。(陈)明公。(曹)你可曾听见?(陈)听见什么?(曹)后面刀声响亮,敢莫是要下手你我不成?(陈)言语恍惚,叫人难解。(曹)二堂观看动静如何?(陈)这倒使得。(曹)请呐![散板]孟德撩衣草堂上,(白)哎呀!(陈)[散板]言语恍惚实难防。(曹白)公台。你又可曾听见?(陈)又听见什么?(曹)后面言道:"捆而杀之,绑而杀之。"你看四下无人,不是下手你我,还有哪个?(陈)那老丈去往前村,沽酒回来,还要把敬三杯,你不要见差了。

《捉放曹》谭富英饰陈宫、哈宝山饰吕伯奢、王泉奎饰曹操

(曹)我倒明白了。(陈)明白何来?(曹)想是那老狗以沽酒为名,去到前村,约来乡约地保,捉拿你我,他求千金之赏,你道是与不是?(陈)我看那老丈慈厚为人,岂是贪赏之辈。(曹)如今的人儿看不得面带厚道,待我动起手来。

(四段)(陈)明公吓!等那老丈回来,若有此事,你再动手也还不迟。(曹)公台!等那老狗回来,帮他的人多,你我的人少,难道叫我束手被擒不成？（陈）依你之见呢？（曹）乃是先下手的为强，后下手的遭殃。（陈）你可不要莽撞呀！（曹）[散板]恼恨老狗太不良，（陈）他人未必有此心肠。（曹）分明要求那千金的赏，（陈）求赏焉有此风光？（曹）宝剑出鞘朝后闯，（陈）他一家大小要遭祸殃。（曹）自作自受自承当，小鬼怎挡五阎王。宝剑一举全家丧，（陈）吓得我三魂七魄亡。（曹）手执宝剑厨下闯，（陈）陈公上前扯衣裳。（白）明公，手执宝剑哪道而去？（曹）我取把火来，烧了他的庄院。（陈）杀人放火，断断使不得。（曹）曹操做事要，要干干净净。闪开了！[散板]取一把火来烧他的庄，（陈）你杀人还要火焚房。（曹）手执宝剑厨下闯，（陈）又见一猪在厨房。（白）明公，你将他一家杀错了。（曹）怎见得杀错了？（陈）那老丈吩咐家下人等，杀猪宰羊，款待你我，岂不杀错了？（曹）我却不信。（陈）你去看来。（曹）嘿嘿！（陈）嘿嘿！（曹）[散板]孟德做事太莽撞，错把一家好人伤。

《捉放曹》谭富英饰陈宫、哈宝山饰吕伯奢

（**五段**）（曹操）[西皮散板]孟德做事太莽撞，错把一家好人伤。（陈宫）明公。你将他一家杀错，等那老丈沽酒回来，你我拿何言答对？（曹）这个？公台，倒不如你我寻找马匹，我们逃走了吧！（陈）事到如今也只好是一走。（曹）走啊！（陈）走走走！（曹）[导板]出得庄来把马上，（陈）[快板]背转身来自参详：指望他是定国的安邦将，却原来贼是个人面兽心肠。（吕伯奢白）嗯哼！[摇板]老汉亲自沽佳酿，眼跳心惊为哪桩。将身来在庄口上，（曹白）嘿嘿！遇见了！（吕）[摇板]这般时候奔何方？（白）啊！贤侄这般时候，往哪道而去？（曹）侄男避祸是小，连累伯父是大。（吕）老汉也曾吩咐家下人等，杀猪宰羊。（曹）不能久停！（吕）款待二公，怎么就要转去，老汉就要强留了。（曹）这个！（陈）是呀，不必强留，回到家去自然明白。你我后会有期。多谢了！（曹）告辞了。[摇板]辞别伯父把马跨，（陈）陈宫心中似刀扎。多蒙老丈美意大，（吕白）款待不周！（陈）[摇板]好朋友反成恶冤家，（吕白）这是哪里说起？（陈）[摇板]急忙忙难说知心话，你休怨我陈宫你怨他。

（**六段**）（吕白）啊？[摇板]孟德上马语发诈，陈宫为何泪如麻。莫不是家下人说了闲话，言语不周得罪了他。教人难解真和假，（白）哦！[摇板]回到家去问根芽。（曹）勒住丝缰停住马，（陈）他人不走又有差。（白）明公为何停马不走？（曹）我忘了嘱咐老丈几句言语。（陈）什么言语，你就放他一条老命去吧！（曹）哎！你少管俺的闲事。（陈）哎！天地良心呐！（曹）什么天地良心。伯父请转！（吕）哦！回来了！[摇板]适才未说知心话，再与孟德把话答。（白）呃，贤侄可有回转之意？（曹）不错，回转之意倒有。伯父，你看你身后何人？（吕）在哪里？（曹）看剑！（陈）哎呀！[散板]陈公一见咽喉哑，白发老丈染黄沙。你一家大小宝剑下，老丈呀！（曹笑）哈哈哈……（陈）呸！［散板］再与孟德把话答。（白）明公！你既将他一家杀死，尚且追悔不及，又将老丈剑劈道旁，是何理也？（曹）曹操做事要干干净净。（陈）似你这样疑心杀人，岂不被天下人笑骂于你？（曹）这个……

谭富英、谭小培

法门寺【1929年1月蓓开唱片1面】谭富英饰赵廉、金少山饰刘瑾、张崇麟京胡、王振纲司鼓、谭小培报名（90029）

（赵廉白）叩见千岁！（刘瑾）下跪的可是眉坞县的这位县太爷吗？（赵）臣不敢，赵廉。（刘）见了咱家为何不抬起头来？（赵）有罪不敢抬头。（刘）我恕你无罪。（赵）千岁呃！（刘）咋！胆大的眉坞知县，孙家庄一刀连伤二命，一无凶器、二无见证，无故将世袭指挥拿问在监，哥哥儿啊哥哥儿。哈哈哈哈哈哈，你那个心眼儿里头还瞧得起皇上吗？这个话可又说回来了，你既然瞧不起皇上，你还瞧得起咱家吗？咳。没那么些个说的。帽子给他摘下来，你朝上回话罢！（赵）千岁！［西皮导板］小傅朋他本是杀人的凶犯！（刘白）你住了吧！小傅朋是杀人的凶犯，你怎么会知道？不用说呀，八成是你给他买的刀吧？（赵）千岁！（刘）你说好的吧！（赵）［散板］臣问他口供时件件招全。在法堂未动刑自己招认，因此上臣将他拿问在监。（刘白）咋！［散板］好一个大胆的眉坞知县，你将这一桩人命事审问倒颠。在佛堂限三天一齐带见，少一名将人头悬挂高竿。

《琼林宴》谭富英饰范仲禹

琼林宴【1929年1月蓓开唱片2面】谭富英饰范仲禹、张崇麟京胡、王振纲司鼓、谭小培报名（90032/3）

（头段）（白）太师爷，卑人酒已够了，老太师请便。呜呼呀，原来是座洁净的书房。唉，悔不该在山中，误听樵夫之言，打上人家府门。好一位太师爷，宽宏大量，不怪罪于我，反酒饭款待，真乃是难得呀，难得！［四平调］听谯楼打罢了初更时分，猛然想起小娇生。我叫一声范金儿你来了吧，我的儿啊！送儿到学中攻读书文，啊！攻读书文。谯楼上打罢了二更尽，猛然想起结发的人。我叫一声陆氏妻你来了吧！我的妻呀！夫妻们见面叙一叙苦情，啊！叙一叙苦情。

（二段）三更三点白露茫，怎不叫人泪两行。似风筝断了那无情的线，我那妻儿啊！好一似无情棒打鸳鸯，啊！［散板］浪打鸳鸯。［四平调］你骂我是个狂书生，平白地骂我所为何情？啊！所为何情？（白）唉！［四平调］我和你一无怨来二无有仇恨，打得我皮破鲜血淋，啊！鲜血淋。

阳平关【1929年1月蓓开唱片1面】谭富英饰黄忠、谭小培饰赵云/报名、张崇麟京胡、王振纲司鼓（90040）

《阳平关》谭富英饰黄忠、杨盛春饰赵云

（黄忠）［西皮二六］说什么军家无有常胜，仔细看看黄汉升。一马儿冲入曹营境，恰好似猛虎赶羊群。杀叫他马前来送命，看一看老儿［摇板］我就能不能！（赵云）此事俺赵云当退任，（黄）你让我黄忠战几春。躬身施礼请将令，差池敢当军令行。黄忠越老越好胜，（白）马来！［摇板］他那里越激越气我偏要行。［导板］我在人前夸老硬，［快板］胸中背地计三分。赵国的廉颇八十整，日餐斗米肉十斤。老夫今年七十整，他道老将便无能。洋洋得意往前进，［散板］张著到来定有因。

《阳平关》谭富英饰黄忠、杨盛春饰赵云

四郎探母【1931年5月13日蓓开唱片2面】谭富英饰杨延辉、谭小培饰杨延昭/报名、赵济羹京胡、王振纲司鼓（91318/9）

（头段）【出关①】（杨延昭）［西皮导板］一封战表到东京，［原板］宋王爷御驾亲自出征。我的儿宗保当头阵，于中途路上遇见仙人，得来了天书［流水］三卷整，才知道番邦阵有名。将身且把［摇板］宝帐进，众将到来破天门。（白）拿住番邦将，升帐问端详。将番邦奸

---

① 此处据原片芯标注。唱片内容实为【见弟】。

细押进帐来。（杨延辉）[摇板]大吼一声如雷震，[快板]杨家将令鬼神惊。大胆我把[摇板]宝帐进，[快板]上面坐的同胞人。将身站立丹墀地，问我一言答一声。（昭）本帅开言来审问，你是番邦什么人？家住哪州并哪县，要见本帅为何情？（辉）家住山后磁州郡，火塘寨上有家门。我父令公官极品，我母佘氏老太君。贤弟下位把兄认，我是你四哥回宋营。

（二段）（昭白）呀，四哥失落番邦一十五载，今日怎能脱离龙潭虎穴？（辉）唉！一言难尽呐！[原板]弟兄们离别十五春，我和你沙滩会两离分。闻听得老娘到北郡，因此上巧改扮黑夜里探望娘亲。（昭）四哥失落在番营，高堂上哭坏了你我的老娘亲。宗保儿与为父[流水]传将令，帐里帐外莫高声。哪一个大胆不尊令，插箭游营[摇板]不徇情。（辉）问贤弟老娘今何在？（昭）现在后帐把兵排。（辉）贤弟与我把路带，母子们见面痛伤怀！

《四郎探母》谭富英饰杨延辉

四郎探母【1931年5月16日蓓开唱片2面】谭富英饰杨延辉、雪艳琴饰铁镜公主、赵济羹京胡、王振纲司鼓（91346/7）

（头段）【坐宫】（铁镜公主）[西皮流水]听他言吓得我浑身是汗，十五载才露出袖内机关。他本是杨家将把名姓改换，思家乡想骨肉不得团圆。走向前施一礼[摇板]驸马来见，

《四郎探母》
谭富英饰杨延辉、雪艳琴饰铁镜公主

（白）驸马！（杨延辉）公主！（铁）[流水]尊一声驸马爷细听咱言，早晚间休怪我言语急慢，不知者不作罪[摇板]你的海量放宽。（杨白）公主！[快板]我和你好夫妻恩爱不浅，贤公主又何必言语太谦。杨延辉有一日愁眉得展，誓不忘贤公主恩重如山。（铁）说什么夫妻情恩德不浅，我和你配夫妻前世良缘。为什么终日里愁眉不展，有什么心腹事你只管明言。（杨）非是我终日里愁眉难展，有一桩心腹事不敢明言。我本当过营去见母一面，怎奈我身在番如在深渊。（铁）尊驸马又何言巧语来辩，你要拜高堂母就我不阻拦。（杨）我本当过营把母探，怎奈我无令箭不能出关。（铁）有心与你的金鈚箭，恐怕你一去你不回还。（杨）番营宋营去不远，探母一面即刻还。（铁）宋营离此千里远，一夜之间就怎能够还？（杨）公主只管放

大胆，快马加鞭一夜还。（铁）知山知水不知险，人心难防防不然，先前叫我盟誓愿，你也对苍天要表一番。（杨）公主叫我盟誓愿，将身跪在地平川。我若探母［摇板］不回转！（铁白）驸马，怎么样啊？（杨白）哎呀！［摇板］黄沙盖脸尸不全。

（二段）（杨）［快板］在头上取下胡狄冠，身上脱下紫罗衫，沿毡帽齐眉按，三尺青锋挂腰间。将身来在皇宫院，等、等、等候了公主盗令箭也好过关。（铁）［摇板］适才盗来金鈚箭，成就驸马孝义全。（白）驸马。（杨）公主回来了。（铁）我回来

《四郎探母》
谭富英饰杨延辉、萧长华饰大国舅、马富禄饰二国舅

啦。（杨）令箭可曾到手？（铁）哎哟！我光顾与我母后谈论国家大事啦，把您这件事情啊，可就给忘啦！（杨）啊，怎么你、你忘怀了么？（铁）啊，忘了。（杨）哎呀！你耽误我的大事了啊！（铁）那你真别着急，你当我真忘啦。给你瞧这个是什么呢？（杨）真乃是贤德的公主，请上受我一拜。（铁）一夜之间，不拜也罢。（杨）［快板］虽然是阻隔一夜晚，为人必须礼当先。小番带马休迟慢，（铁白）驸马转来。（杨）啊？［摇板］公主有话你快些言。（铁白）驸马，此番到了南朝见了我们婆婆，就说不孝的儿媳知罪了。［流水］铁镜女未开言泪流满面，尊一声驸马爷细听咱言。此一番到南朝见母一面，莫忘了你杨家［摇板］后代根源。（杨白）公主！［快板］适才也曾盟誓愿，撇了公主欺了天。施罢一礼［摇板］跨走战，（白）马来！［摇板］泪汪汪哭出了雁门关。（铁）［哭头］驸马，我夫！啊，驸马爷呀！

洪羊洞【1924年物克多唱片1面】谭富英饰杨延昭、迟景福京胡（43370A）

［二黄原板］为国家哪何曾半日闲空，我也曾平服了塞北西东。官封到节度使皇王恩重，身不爽不由人瞌睡蒙眬。［散板］猛抬头只见故父令公。曾记得在两狼父把命送，哪有个人死后又能重逢？我这里下位去难以转动！

桑园寄子【1924年物克多唱片1面】谭富英饰邓伯道、迟景福京胡（43370B）

［二黄慢板］叹兄弟遭不幸一旦丧命，丢下了年幼儿好不伤情。眼望着孤坟台珠泪难忍，见坟台不见人刀割我心。

定军山【1924年物克多唱片2面】谭富英饰黄忠、迟景福京胡（43687）

（头段）［西皮二六］师爷说话言太差，不由黄忠怒气发。一十三岁习弓马，奉命镇守在长沙。自从归顺了皇叔爷的驾，匹马单刀我取过了巫峡。斩关夺寨功劳大，军师爷不信你在功劳簿上查一查。亦非是某黄忠夸大话。［快板］铁胎宝弓手中拿，满满搭上朱红扣，帐下的儿郎把咱夸。二次里忙用这两膀的力，人有精神力气佳。三次开弓秋月样，［散板］再与师爷把话答。

（二段）［流水］夏侯渊生来世间少，可算将中一英豪。将身且坐［摇板］莲花宝，营外缘何闹吵吵。［快板］这一封书信来得巧，天助黄忠成功劳。站立在营门传令号，大小儿郎听根苗：头通鼓、战饭造，二通鼓、紧战袍；三通鼓、刀出鞘，四通鼓、把兵交。向前个个俱有赏，退后难免吃一刀。众将与爷归营号，［散板］到明天午时三刻要成功劳。

《定军山》谭富英饰黄忠

洪羊洞【1928年胜利唱片2面】谭富英饰杨延昭、张崇麟京胡、杭子和司鼓（43807）

（头段）［二黄原板］为国家哪何曾半日闲空，我也曾平服了塞北西东。官封到节度使皇王恩重，身不爽不由人瞌睡蒙眬。［散板］猛抬头只见故父令公。曾记得在两狼父把命送，哪有个人死后又能复逢？我这里下位去难以转动！

（二段）［慢板］叹杨家投宋主心血用尽，真可叹焦孟将命丧番营。宗保儿搀为父扶榻靠枕，［原板］怕只怕熬不过尺寸光阴。

《洪羊洞》
谭富英饰杨延昭、孟永云饰杨宗保

失街亭【1928年胜利唱片1面】谭富英饰诸葛亮、张崇麟京胡、杭子和司鼓（43808A）

［西皮原板］两国交锋龙虎斗，各为其主统貔貅。款待三军要宽厚，赏罚中公平莫要自由。此一番领兵去镇守，靠山近水把营收。［摇板］先帝爷白帝城叮咛就，俺诸葛扶幼主岂能无忧。但愿得此一去扫平贼寇，免老夫亲自里去把贼收。

打渔杀家【1928年胜利唱片1面】谭富英饰萧恩、张崇麟京胡、杭子和司鼓（43808B）

［西皮原板］昨夜晚吃酒醉和衣而卧，稼场鸡惊醒了梦里南柯。二贤弟在河下相劝与我，他叫我把打渔的事一旦丢却。我本当不打渔关门闲坐，怎奈我家贫穷无计奈何。清晨起开柴扉乌鸦叫过，飞过来叫过去［二六］却是为何。将身儿来至在草堂内坐，桂英儿捧茶来为父解渴。

《打渔杀家》谭富英饰萧恩、徐碧云饰萧桂英

骂曹【1928年胜利唱片2面】谭富英饰祢衡、张崇麟京胡、杭子和司鼓（43809）

（头段）［西皮快三眼］平生志气运未通，似蛟龙困在浅水中。有朝一日春雷动，得会风云上九重。［流水］相府门前杀气高，密密层层摆枪刀，画凤雕梁双凤绕，亚似天子九龙朝。人言曹贼多奸巧，亚似当年秦赵高。欺君误国非正道，全凭势力压当朝。站在丹墀微微笑，哪怕虎穴与笼牢！平生志气与天高，休把经纶结富豪。我本是堂堂名史表，岂与你犬马共同槽！

（二段）［导板］逸臣当道谋汉朝，［原板］楚汉相争动枪刀。汉高祖咸阳登大宝，一统山河乐唐尧。到如今出了个奸曹操，上欺天子下压群僚。我有心替主爷把贼扫，手中内缺少杀人的刀！下席上坐定了［快板］奸曹操，上坐文武众群僚。元旦节与贼个不祥兆，假装疯魔骂奸曹。我把蓝衫来脱掉！

草船借箭【1930年胜利唱片2面】谭富英饰鲁肃、谭小培饰诸葛亮（54354）

（头段）（鲁肃）［西皮原板］限三天造雕翎这般时候，为什么在一旁佯睬不愁。［快板］昨日里在帐中夸下海口，这桩事倒教我替你担忧。（诸葛亮白）啊？我又无有什么要紧的事情，要大夫你替我担什么忧啊？（鲁）昨日你在帐中，立了军状，三日造十万支雕翎，你的箭在哪里？我怎么不替你担忧啊？（诸）还有此事

《草船借箭》谭富英饰鲁肃、马连良饰诸葛亮

吗?(鲁)啊?怎么无有啊?(诸)不是大夫提起,我倒忘怀了。(鲁)哎呀呀!这样的军国大事,你会忘怀了哇?(诸)来来来,算算日期。(鲁)哎,算来。(诸)昨日?(鲁)一天。(诸)今日?(鲁)二天。(诸)明日?(鲁)三天,拿箭来。(诸)呃,我一支也无有哇。(鲁)怎么?一支也无有?(诸)一支无有。(鲁)哎,这便如何是好哇。(诸)哎呀呀。大夫你你要救我一救呀!(鲁)这?呃!我倒有个主意在此。(诸)什么主意。(鲁)你倒不如驾一只小舟,逃回江夏去吧。(诸)我奉主公之命过江,同心破曹。如今寸功未立,把什么言语回复吾主?走不得。(鲁)啊?走不得?(诸)呃,走不得。(鲁)哎呀,

《草船借箭》谭富英饰鲁肃、马连良饰诸葛亮

这、这,呃!我还有个干净绝妙的主意。(诸)什么绝妙主意?(鲁)你倒不如投江死了吧!(诸)呃!蝼蚁尚且贪生,为人岂不惜命?你救不了我倒也罢了,怎么反劝我一死。你这是什么朋友哇?(鲁)哎呀呀!你看这倒难了,教你走你不走。教你死呢。哎!你又舍不得一死。这岂不教我鲁肃为难了么。(诸)哎,大夫啊![摇板]人言道鲁子敬待人忠厚,你保我过江来无祸无忧。周都督要杀我你不来搭救,(白)哎![摇板]看起来你算不得什么好朋友。

(二段)(诸)[原板]一霎时白茫茫满江雾露,顷刻间观不出在岸在舟。似这等巧机关世间少有,学轩辕造指南大破蚩尤。(鲁白)唉![原板]鲁子敬在舟中浑身战抖,(白)唉![原板]把性命当儿戏全不担忧。这时候他还有心肠饮酒,怕的是到曹营难保人头。(诸白)船往曹营进发。(鲁)啊?慢来,慢来。你这个人有什么疯病么?(诸)怎么。(鲁)曹营地面如何去得,要去是你去,我不去。我走了哇!(诸)船到江心,拢不住岸了。(鲁)依你便怎么样。(诸)还是饮酒。(鲁)好,饮酒就饮酒。(诸)请呐。[摇板]鲁大夫你只管宽心来饮,少刻间到曹营搬取雕翎。

《珠帘寨》谭富英饰李克用

珠帘寨【1930年胜利唱片2面】谭富英饰李克用、谭小培饰程敬思(54394)

(头段)(李克用)[西皮摇板]太保推杯换大斗,[流水]李克用跪席前面带含羞。当初不该摔死国舅,唐王一怒要斩人头。若不是恩官把本奏,才保得孤王活

命留。似这等天高地厚恩情有，这一杯水酒要饮下喉。（程敬思）用手接过梨花斗，走上前来说从头。甲子年，开科后，山东黄巢把功名求。试官见他文字有，御笔亲点占鳌头。圣上见他容貌丑，才把状元是一笔钩。恃着这贼文字有，将吾主赶至在那西岐美良州。学生此来无别由，一来是问安二把兵求。（李）听说黄巢造了反，不由得孤王笑心间。席前饮宴且饮宴，提起唐王孤不耐烦。（程）我这里提起唐天子，老大王一旁不耐烦。是是是来明白了，这老儿是一个爱宝男。人来将宝搭上殿，[摇板]特请千岁把宝观。（李）[流水]一见珠宝帐中摆，李克用心中解不开。贤弟清官有数载，此宝物打从何处来？

《珠帘寨》
谭富英饰李克用、哈宝山饰程敬思、计艳芬饰二皇娘

（二段）（程）[流水]此宝出在东海外，三年五载进贡来。我主爱将如山海，特命学生就进宝来。（李）程贤弟进宝因何故？（程）特请千岁把兵排。（李）年纪迈来血气衰，难与国家做栋梁才。（程）千岁爷虎老雄心在，黄巢闻名就不敢来。（李）程贤弟休要把孤抬，有辈古人听开怀。周朝有个姜吕望，稳坐钓鱼台就不下来。（程）钓鱼台来钓鱼台，钓得周朝八百载。千岁不发人和马，黄巢笑你是老无才！（李）他笑只笑唐天子，耻笑孤王惹祸灾。一马踏入唐世界，万里乾坤复转来。（程）如此就该发人马。（李）唐王晏驾你再来。（程）[摇板]问千岁此宝爱不爱？（李）孤谢你千里迢迢路远来，却之不恭受之有愧，来来来，一例全收往后抬。（程白）呀！[流水]这老儿做事太无情，收了珠宝不发兵。用手取出唐王旨，我奉圣旨来调兵。（李白）啊？[流水]程敬思做事太无情，不该圣旨欺压人，左手夺过皇王旨，右手搵住帝王的文。哪个再提唐天子，插箭游营不徇情。

《御碑亭》谭富英饰王有道

御碑亭【1936年胜利唱片2面】谭富英饰王有道、程砚秋饰孟月华、李伯言饰王淑英、周长华京胡、白登云司鼓（42002）

（头段）（孟月华）[西皮原板]我这里夫妻情把酒来敬，但愿你得中了改换门庭。（王有道白）妻啊！[原板]多谢你贤德心喜之不尽，但愿得此一去身入黉门。（王淑英）这一杯妹敬你定当饮尽，但愿得此一去鱼跳龙门。（王

白）贤妹呀！［原板］贤德妹体谅我手足情分，想起了父母恩无限伤情。但愿得这一科功名有份，终不亏王有道苦读书文。施一礼辞贤妹［摇板］再别闺阃，入科场好一似平步登云。

（二段）（孟）［散板］都是女儿少孝敬，不该说谎不辞行。惹得双亲［哭头］身染病，爹娘啊！（王白）娘子啊！［散板］车在门前快早行。这是旁人一书信，回去交与二双亲。（孟）心慌意乱站不稳，嘱咐官人且安心。家中事儿多多地照应，悲悲切切上车行。（孟）［流水］自幼父母娇生养，盈盈十五嫁王昌。既读诗书全不想，我岂是柳絮就随风狂。（王）男儿志气三千丈，污秽之言怎能当。碑亭暗室虽明亮，一时性急我就未推详。（孟）风雨莫测人难量，暗室何必日月光。阴谋毒计你良心丧，休书好比绑云阳。手摸胸膛想一想，负义的王魁也比你强。（王）万般事儿当原谅，何况结发情义长。事已悔过无返往，可念昔日绣鸳鸯。（孟）［摇板］只得同跪庭堂上。（王）哈哈！［摇板］你是我的贤妻房！

谭富英

奇冤报【1936年胜利唱片2面】谭富英饰刘世昌、德少如京胡、王振纲司鼓（42003）

（头段）［西皮导板］霎时一阵肝肠断，［散板］腹内疼痛为哪般？回头便把刘升唤，想必奴才也丧黄泉，是是是来我明白了，中了赵大的巧机关。眼望着南阳高声唤，爹娘啊！阴曹地府走一番。

（二段）［反二黄原板］因此上随老丈转回家来。劈头盖脸洒下来，奇臭难闻口难开。可怜我命丧在他乡以外，害得我身丧望乡台。父母盼儿儿不在，妻子盼丈夫不能回来。望求老丈将我带，你带我去见那包县台。倘若是把我的冤仇来解，但愿你福寿康宁永无灾。

定军山【1936年胜利唱片2面】谭富英饰黄忠、德少如京胡、王振纲司鼓（42108）

（头段）［西皮二六］师爷说话言太差，不由黄忠怒气发。一十三岁习弓马，威名镇守在长沙。自从归顺了皇叔爷的驾，匹马单刀我取过了巫峡。斩关夺寨功劳大，军师爷不信在功劳簿上查一查。亦非是某黄忠夸大话。［快板］铁胎宝弓手中拿，满满搭上朱红扣，帐下

《定军山》谭富英饰黄忠

儿郎个个夸。二次里忙用这两膀的力，人有精神力又佳。三次开弓秋月样，［散板］再与师爷把话答。

（二段）［流水］适才间大战在山坡，一来一往动干戈。魏营打罢得胜的鼓，我军为何不鸣锣。（白）且住。老夫正在营中，无计可施。夏侯渊这封书信来得是刚刚凑巧。明日午时三刻，他与老夫走马换将，叫他放出我国先行陈式，然后放他侄男夏侯尚。是老夫习就百步穿杨，将他侄男一箭射死。他必不甘休，领兵追我。是老夫杀一阵败一阵，杀一阵败一阵，败至在旷野荒郊，习关公当年拖刀之计，将他斩在马下。夏侯渊呐，我的儿啊！你不来便罢，你若来时，中了老夫拖刀之计也。［快板］这一封书信来得巧，天助黄忠成功劳。站立在营门三军叫，大小儿郎听根苗：头通鼓、战饭造，二通鼓、紧战袍；三通鼓、刀出鞘，四通鼓、把兵交。向前个个有犒赏，退后难免吃一刀。三军与爷归营号，［散板］到明天午时三刻要成功劳。

《定军山》谭富英饰黄忠

四郎探母【1936年胜利唱片2面】谭富英饰杨延辉、梅兰芳饰铁镜公主、徐兰沅京胡、王少卿京二胡、何斌奎司鼓（42109）

《四郎探母》谭富英饰杨延辉、张君秋饰铁镜公主

（头段）（铁镜公主）［西皮流水］听他言吓得我浑身是汗，十五载到今日才吐真言。他本是杨家将把名姓改换，他思家乡想骨肉就不得团圆。我这里走向前再把礼见！（白）驸马！（杨延辉）公主！（铁）［流水］尊一声驸马爷你细听咱言：早晚间休怪我言语怠慢，不知者不怪罪你的海量放宽。（杨白）公主啊！［快板］我和你好夫妻恩德不浅，贤公主又何必言语太谦。杨延辉有一日愁眉得展，誓不忘贤公主恩重如山。（铁）讲什么夫妻情恩德不浅，咱与你隔南北千里姻缘。因何故终日里愁眉不展，有什么心腹事你只管明言。（杨）非是我终日里愁眉难展，有一桩心腹事不敢明言。萧天佐摆天门两国交战，我的娘押粮草来到北番。我有心过关去见母一面，怎奈我身在番难以过

关。（铁）你那里休得要巧言改辩，你要拜高堂母就我不阻拦。（杨）我本当过营把母探，怎奈我无令箭不能过关。（铁）我有心与你金鈚箭，怕你一去就不能回还。（杨）番营宋营距不远，探母一面即刻还。（铁）宋营离此路途远，一夜之间你怎能够还？（杨）公主只管放大胆，快马加鞭一夜还。（铁）先前叫我盟誓愿，你对苍天就表一番。（杨）哦！公主叫我盟誓愿，过往神灵听根源：我若探母不回转！（铁白）怎么样？（杨）哎呀！[摇板]黄沙盖脸尸骨不全。

（二段）（杨）[快板]在头上取下胡狄冠，身上脱下了紫罗衫。沿毡帽，齐眉掩，三尺青锋挂腰间。将身来在皇宫院，等等等、等候了公主盗令箭，好奔阳关。（铁）[摇板]银安盗来金鈚箭，成就驸马孝义全。（杨白）公主回来了。（铁）回来啦。（杨）哎呀呀，辛苦你了。（铁）好说，好说。（杨）有累你了哇。（铁）哪儿的话啊。（杨）呵呵！拿来。（铁）拿来什么呀？（杨）呃？令箭呐！（铁）哟！可了不得了，我们娘儿俩只顾了谈心说话儿了，我把这个事情啊，给您呢忘啦！（杨）啊！怎么？你、你忘怀了么？（铁）可不是忘了嘛。（杨）哎呀呀！耽误我的大事了啊！真乃是妇道的人家：嘴上无毛，办事不牢哇。（铁）驸马，别着急，你瞧这是什么？（杨）呵呵！真乃是贤德的公主，请上受我一拜。（铁）一夜之间，拜的是什么呀！（杨）公主啊！[快板]虽然阻隔一夜晚，为人必须礼当先。辞别了公主跨走战。（白）马来呀！[摇板]泪汪汪哭出了雁门关。（铁）驸马，我夫！[哭头]啊！驸马爷呀！[摇板]见驸马跨雕鞍我失魂丧胆，等候他交令回奴心才安。

《四郎探母》谭富英饰杨延辉

《打渔杀家》谭富英饰萧恩、华慧麟饰萧桂英

打渔杀家【1936年胜利唱片2面】谭富英饰萧恩、梅兰芳饰萧桂英、徐兰沅京胡、王少卿京二胡、何斌奎司鼓（54963）

（头段）（萧桂英）[西皮导板]白浪滔滔海水发。（萧恩白）开船呐！（英）[快板]江边俱是打渔家。青山绿水难描画，树直哪怕日影斜。（萧白）儿啊！[摇板]父女打渔在江下，家贫哪怕人笑咱。稳住篷索父把网撒！（英白）看仔细！（萧）呃！[散板]年纪衰迈气力不佳。（英白）爹爹年迈，这河下生意不作也罢！（萧）为父本当，不作河下的生意，父女拿什么度日呀？（英）喂呀！苦命的爹爹呀！（萧

唉！儿呀！莫要啼哭。将船渡在芦苇之中，为父凉爽凉爽。（英）是。（萧）儿呀！将为父打来的鲜鱼，烹煮好了，为父畅饮几杯。（英）儿遵命！

（**二段**）（萧）啊，二位贤弟慢些走，兄不能远送了！真乃是我的好朋友！哈哈！（英）爹爹上船来呀！（萧）呵，来了。（英）啊，爹爹，方才那二位叔父，他是甚等样人？（萧）我儿问的就是他？儿呀！［摇板］他本江湖二豪家，李俊倪荣就是他。蟒袍玉带不愿挂，弟兄们双双走天涯。（英）呀！［摇板］昔日有个俞伯牙，千里迢迢访豪家。知心人说的是那知心话。（萧）［散板］猛抬头见红日坠落西下。（白）儿啊，天时不早，我们回家去吧。（英）回去吧。（萧）收拾收拾。（英）是！（萧）正是：父女打渔在江下，（英）家贫哪怕人笑咱。（萧）看看不觉红日落，（英）一轮明月照芦花。

《打渔杀家》谭富英饰萧恩、华慧麟饰萧桂英

游龙戏凤【1936年胜利唱片2面】谭富英饰正德帝、梅兰芳饰李凤姐、徐兰沅京胡、王少卿京二胡、何斌奎司鼓（54964）

（**头段**）（李凤姐）［西皮流水］月儿弯弯照天涯，请问军爷你住在哪家？（正德帝）大姐不必细盘查，天底下就是我的家。（李白）住了！我想一个人不住在天底下，难道还住在天上不成？（正）呃，我这个天底下与旁人不同呃！（李）怎么不同啊？（正）我就住在紫禁城内，外面一个大圈圈，里面一个小圈圈。我就住在里面呐。（李）啊，军爷，我好像认识你。（正）哦？你认得我？是哪个？（李）你是我哥哥的？（正）什么？（李）大舅子。（正）哼！胡说！（李）［流水］骂一声军爷理太差，不该调戏我们好人家。（正）好人家来歹人家，不该斜插海棠花。扭扭捏，多俊雅，风流就在这朵海棠花。（李）海棠花来海棠花，倒被军爷取笑咱。忙将花儿丢地下，从今后不戴这朵海棠花。（正）李凤姐，做事差，不该撇了海棠花。为军将花忙拾起，来来来，我与你插、［散板］插、插上这

《游龙戏凤》谭富英饰正德帝、张君秋饰李凤姐

《游龙戏凤》谭富英饰正德帝、张君秋饰李凤姐

朵海棠花。（白）哎，戴上啊！（李）军爷百般调戏咱，去到后面就躲避他。（正白）哈哈哈。[摇板]任你上天把地下，为军赶你到天涯。（李）[流水]前面走的李凤姐。（正）后面跟的是正德君。（李）进得门来忙关定。（正）叫声大姐你快开门！

（二段）（正）[四平调]在头上取下飞龙帽罩，避尘珠照得满堂红。叫一声凤姐来观宝，哪一个大胆敢穿龙袍？啊，五爪的金龙。（李）怪不得昨夜得一梦，五爪金龙落房中。我这里向前忙跪定，望求万岁将我封。（正）那三宫六院俱已封尽，封你闲游嬉耍宫。（李）叩罢了头来龙恩重。（正）用手搀起爱梓童。（李）低声问万岁因何无侍从？（正）孤王打马奔大同。（李）就在这店中寻一梦。（正）游龙落在凤巢中。

武家坡【1936年胜利唱片2面】谭富英饰薛平贵、程砚秋饰王宝钏、周长华京胡、白登云司鼓（54965）

（头段）（薛平贵）[西皮原板]二次里过营把债讨，他言道：长安城有一个王氏宝钏。（王宝钏白）住了！王宝钏该你的？（薛）不该。（王）少你的？（薛）也不少啊。（王）不该不少，提她则甚？（薛）我来问你，自古道：父债？（王）子还。（薛）夫债呢？（王）妻……（薛）妻怎么样？（王）不管！（薛）你倒推了个干净呐！我想少不得要应在大嫂的身上哦！[原板]薛大哥无钱将妻卖，将大嫂卖于了当军的人。（王白）住了！当军人又是哪个？（薛）喏喏喏！就是在下。（王）有何为证？（薛）有婚书为证！（王）好，拿来我看。（薛）且慢！你将我的婚书诓到手去，三把两把扯碎，为军的岂不落个人财两空。（王）依你之见？（薛）依我之见，去到前村，请上三老四少，同拆同观。（王）此话当真？（薛）当真！（王）果然？（薛）哪个骗你不成！（王）[哭头]啊，

《武家坡》程砚秋饰王宝钏

谭富英

狠心的强盗啊！［二六］指着西凉高声骂，无义的强盗骂一声。我为你不把相府进，我为你失却父女情。既是我夫把我卖，谁是那三媒六证的人？

（二段）（薛）［流水］苏龙、魏虎为媒证，王丞相是我的主婚人。（王）提起了旁人我不晓，苏龙、魏虎是内亲。你我同把相府进，三人对面他说分明。（薛）他三人与我有仇恨，咬定牙关他就不认承。（王）我父在朝为官宦，府上金银堆如山，本利算来该多少？命人送到那西凉川。（薛）西凉国一百单八站，为军要人我就不要钱。（王）我进相府对父言，家人小子有万千。将你带到官衙内，打板子、上枷棍、丢南牢、坐监禁，管叫你思前容易你就退后难。（薛）好一个贞节王宝钏，百般调戏也枉然。怀中取出银一锭，将银放在了地平川，这锭银、三两三，拿回去、把家安，买绫罗、做衣衫，做一对风流夫妻就过几年。（王）这锭银子我不要，与你娘做一个安家的钱，买绫罗、做衣衫，买白纸、糊白幡，落得个孝子的名儿在这天下传。（薛）烈女不该出绣房，因何来在大路旁？为军起下不良意，［摇板］一马双双到西凉。（白）走！上马！（王）［快板］一见军爷变了脸，吓得宝钏心胆寒。［摇板］低下头来心暗转。（薛白）上马！（王）那旁有人来了！（薛）在哪里？（王）在那里。（薛）哦？在哪里？（王）咄！（薛）哎呀！（王）［摇板］急忙来到那寒窑前。（薛）哈哈哈！好个贞节王宝钏，果然为我受熬煎。手拉丝缰步下赶，夫妻们相逢寒窑前。

洪羊洞【1936年胜利唱片2面】谭富英饰杨延昭、德少如京胡、王振纲司鼓（54968）

（头段）［二黄摇板］孟良盗骨无音信，倒教本帅挂在心。［散板］见骸骨不由人泪双流，数载不见亲骨肉。家院供奉二堂后，再与老军说从头。［导板］听说是焦孟将双双丧命，［散板］好似钢刀刺我心。叫老军到北国把尸灵搬请，到明日奏圣上超度阴魂。霎时间腹内痛心血上涌，休得要惊动了年迈的太君。

《战太平》谭富英饰花云、姜妙香饰朱文逊

《空城计》谭富英饰诸葛亮

（二段）[快三眼]自那日朝罢归身染重病,三更时梦见了年迈爹尊。我前番命孟良骸骨搬请,那乃是萧天佐弄假成真。二次里命孟良番营来进,又谁知焦克明他私自后跟。老军报他二人在洪羊洞丧命,去了我左右膀难以飞行。为此事终日里忧成疾病,因此上臣的病重加十分。千岁爷呀！

空城计【1936年胜利唱片2面】谭富英饰诸葛亮、德少如京胡、王振纲司鼓（54969）

（头段）[西皮二六]我正在城楼观山景,耳听得城外乱纷纷。旌旗招展空翻影,却原来是司马发来的兵。我连次差人去打听,打听得司马领兵往西行。一来是马谡无谋少才能,二来是将帅不和失街亭。你连得三城多侥幸,贪而无厌你又夺我的西城。诸葛亮敌楼把驾等,等候你到此谈、谈谈谈心。命人把街道打扫净,预备司马好屯兵。你到此无有别的敬,打来的羊羔美酒犒赏你的三军。既然到此就该进,为什么在城外犹豫不定进退两难,为的是何情？我只有琴童人两个,我是又无有埋伏又无有兵。你不要胡思乱想心不定,你就来来来,请上城楼来[散板]听我抚琴。人言司马善用兵,到此不敢夺空城。看来汉家有福分,少刻间斩马谡责打王平。

（二段）[摇板]火在心头难消恨！[快板]帐下跪的小王平。我命你去把街亭镇,靠山近水扎大营。大胆不听我的令,失守街亭罪不轻！[快板]若不是画图来得紧,定与马谡一路行。将王平责打[摇板]四十棍,快带马谡无用的人！[快板]一见马谡跪帐下,不由老夫咬钢牙。自从扶保先王驾,斩关夺寨把功加。敢把那军令当玩耍,失守街亭差不差？[散板]吩咐两旁刀斧手,快斩马谡正军法。见马谡只哭得珠泪洒,我心中好一似乱刀扎。我哭,哭一声小马谡,叫,叫一声马幼常。未曾出兵先立军令状,又谁知为国家一命亡。马谡哇！参谋哇！啊！马幼常啊！

《镇潭州》谭富英饰岳飞、姜妙香饰杨再兴

定军山【1923年大中华唱片2面】谭富英饰黄忠、迟景福京胡（546）

《定军山》谭富英饰黄忠

（头段）[西皮二六]师爷说话言太差，不由黄忠怒气发。一十三岁习弓马，赫赫威名我镇守在长沙。自从归顺了皇叔爷的驾，匹马单刀取过了巫峡。斩关夺寨功劳大，师爷不信你功劳簿上查一查。亦非是我黄忠夸大话。[快板]铁胎宝弓手中拿，满满搭上朱红扣，帐下的儿郎把咱夸。二次忙用这两膀的力，人有精神力气佳。三次开弓秋月样，[散板]再与师爷把话答。

（二段）[流水]适才间大战在山坡，一来一往动干戈。魏营打罢[摇板]收军鼓，营外为何不鸣锣。[流水]这一封书信来得巧，天助黄忠成功劳。站立在营门三军叫，大小儿郎听根苗：头通鼓、战饭造，二通鼓、紧战袍；三通鼓、刀出鞘，四通鼓、把兵交。上前个个俱有赏，退后难免吃一刀。众将与爷归营号，[摇板]到明天午时三刻要成功劳。

南阳关【1923年大中华唱片2面】谭富英饰伍云召、迟景福京胡（547）

（头段）[西皮导板]恨杨广斩忠良谗臣当道，[慢板]叹双亲不由人珠泪双抛。[原板]手扶着垛口往下瞧，韩擒虎虽年迈杀气高。尚师徒胯下呼雷豹，麻叔谋使长枪鞭插在马鞍鞒。

（二段）两员先行把帅保，耀武扬威逞英豪。拭干了泪痕[二六]伯父叫，侄儿有言禀年高。自古道臣尽忠来子当尽孝，方能在人间走一遭。我的父忠心把国保，敲牙割舌为的是哪条？四员虎将俱已斩了，我那年迈的娘[快板]也受那一刀。到如今就该把气消了，兵困南阳为哪条。世代的忠良难话表，叫儿就泪抛不泪抛。老伯父把话讲差了，侄儿言来听根苗：宇文化及行机巧，杨广不该霸当朝。君不正，国难保，父不正来子外逃。有日伍家把仇报，早烧香晚点灯俸年高，饶是不饶。[散板]好话说了有多少，百般哀告不肯饶。伍保与爷把城开了！

《南阳关》谭富英饰伍云召

谭富英为其子谭元寿吊嗓

四进士【1930年开明唱片1面】谭富英饰宋士杰、赵济羹京胡、王振纲司鼓（56094A）

[西皮摇板]宋士杰当堂上了刑，好似鱼儿把钩吞。下得察院来观定，只见杨春与素贞。你不在河南上蔡县，你不在南京水西门。我三人从来不相认，一不带故二不沾亲。我为你挨了四十板，又发到边外去充军。[哭头]可怜我年迈苍苍遭此刑，苍天爷啊！[摇板]谁是我披麻戴孝的人？看得真来认得明，为父边外去不成。二次便把察院进，尊一声青天老大人。官司本是百姓告，无有状子告不成。

宿店【1930年开明唱片1面】谭富英饰陈宫、赵济羹京胡、王振纲司鼓（56094B）

[二黄原板]听谯楼打罢了二更鼓下，越思越想把事来做差。悔不该把家属一旦撇下，又不该弃县令抛却了乌纱，我只说贼是个宽宏量大，汉室后来贼是惹祸的根芽。观此贼睡卧真个潇洒，安眠好似井底蛙。贼好比蛟龙未生鳞甲，贼好比猛虎未曾长牙。虎落笼中我不打，我岂肯放虎归山[散板]又把人抓。拔宝剑将贼的头割下，险些把事又做差。

骊珠梦【1930年开明唱片1面】谭富英饰正德帝、赵济羹京胡、王振纲司鼓（56095A）

[四平调]有寡人闷坐梅龙镇，想起朝中大事情。将玉玺交付龙国太，朝中大事托付了众卿。孤忙将木马儿一声震，唤出递茶送酒的人，啊，畅饮杯巡！在头上摘下沿毡帽，身上显出衮龙袍。叫一声凤姐来看宝，哪一个庶民敢穿龙袍？啊！五九的金龙。

黄金台【1930年开明唱片1面】谭富英饰田单、赵济羹京胡、王振纲司鼓（56095B）

【盘关】[二黄碰板]千岁爷休得要放悲声，[原板]惊动了把关人难以逃生。那一旁松林内暗暗藏隐，想一个妙计好出城。抓一把灰土把脸

《游龙戏凤》谭富英饰正德帝、吴素秋饰李凤姐

《黄金台》谭富英饰田单

［散板］罩定，我装一个疯魔混出城。

戏白牡丹【1930年开明唱片1面】谭富英饰吕洞宾、赵济羹京胡、王振纲司鼓（56097B）

［二黄导板］赴蟠桃辞王母离了仙界，［碰板］迈步儿出洞府散淡精神。［原板］青的山绿是水花花美景，有苍松和绿柏一片丹青。鱼池内龙戏水用目放定，趁此时正好做养性修身。

御碑亭【1930年开明唱片1面】谭富英饰王有道、赵济羹京胡、王振纲司鼓（56099A）

［西皮导板］王有道提笔泪难忍，［原板］实难舍夫妻两离分。实指望同庚直到老，又谁知半途风波生。非是我一旦多薄命，实实难容下贱的人。忍住了泪痕［快板］咬牙恨，字字行行写得清。男女避雨御碑亭，疑她暧昧事不明。从此休妻改名姓，永断丝萝两离分。写罢了休书［摇板］打手印，［快板］紧紧封好付他人。贤妹快把嫂嫂请，［摇板］孟家庄差人到来临。

卖马当锏【1930年开明唱片1面】谭富英饰秦琼、赵济羹京胡、王振纲司鼓（56099B）

［西皮摇板］站立店中用目洒，［流水］不由得叔宝怒气发。明明认得他是响马，江湖路上也曾会过他。骂一声贼子真胆大，杀人放火海走天涯。今日相逢在潞州天堂下，无有批票怎敢拿。眼前若有历城县，我立刻将他锁拿到官衙。板子打来夹棍夹，看他犯法不犯法。减头去尾把锏耍，［散板］倒教二位取笑咱。［摇板］心中恼恨单雄信，不该骗我马能行。有朝犯在秦琼手，我打一锏来问一声。二贤弟只管把响马来放，［散板］放出祸来有秦琼担承。

《卖马当锏》谭富英饰秦琼

问樵闹府【1938年10月26日国乐唱片1面】谭富英饰范仲禹、赵济羹京胡、王振纲司鼓（K128A）

[二黄散板]山前山后我俱找到，寻不着妻儿为哪条？[原板]我本是一穷儒太烈性，冒犯了老太师的府门庭。念卑人结发糟糠多薄命，浪打鸳鸯两离分！我往日饮酒酒不醉，到今日饮酒酒醉人。

打棍出箱【1938年10月26日国乐唱片1面】谭富英饰范仲禹、赵济羹京胡、王振纲司鼓（K128B）

[四平调]在城隍庙内挂了号，土地祠内领了回文，啊，领回文。你骂我是一个狂书生，平白地骂我所为何情？啊，所为何情？我和你一无冤来二无有仇恨，打得我头破鲜血淋，啊！鲜血淋。叫一声范金儿你来了吧，我的儿啊！送儿到学中攻读书文，啊！攻读书文。

《问樵闹府》谭富英饰范仲禹

《四郎探母》谭富英饰杨延辉

四郎探母【1938年10月26日国乐唱片2面】谭富英饰杨延辉、赵济羹京胡、王振纲司鼓（K129）

（头段）[西皮慢板]杨延辉坐宫院自思自叹，想起了当年事好不惨然。我好比笼中鸟有翅难展，我好比虎离山受了孤单。我好比南来雁失群飞散，

（二段）我好比浅水龙困在沙滩。想当年沙滩会[二六]一场血战，只杀得血成河尸骨堆山，只杀得杨家将东逃西散，只杀得众儿郎滚下马鞍，我被擒改名姓方脱此难，将杨字改木易匹配良缘。萧天佐摆天门在两国会战，我的娘领人马来到北番。我有心过关去见母一面，怎奈我身在番远隔天边。思老母不由儿把肝肠痛断，想老娘不由人珠泪不干。[哭头]眼睁睁母子们难得见，儿的老娘啊！[摇板]要相逢除非是梦里团圆。

刘天红（1907~1975）

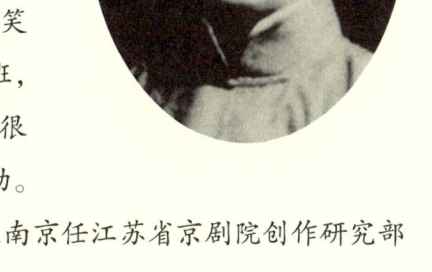

刘天红，原名刘鹬庆，字叔诒，湖南新宁人。其曾祖刘长佑为清云贵总督，父刘荣生清末任京都度支部，曾参加同盟会，因反对袁世凯称帝，举家避难迁沪，与杨亚嵩、李唉云等组成京剧票房振声社。刘母也喜京剧，曾应欧阳予倩之邀参加春柳社的演出。刘天红自幼受父母的戏曲艺术熏陶，6岁随父学戏，与母登台，取艺名刘天红。先学谭（鑫培）派和汪（笑侬）派剧目，演出颇受好评。9岁在上海凤舞台搭班，成为职业演员。16岁改学余派，勤学苦练，进步很快。中华人民共和国成立后，刘积极参加社会活动。1958年受聘于上海音乐学院暨附中任教，1959年至南京任江苏省京剧院创作研究部主任，同年调江苏戏曲学院，先后任研究室副主任、京剧科副主任。周少麟、王思及等人均曾受其教诲。

刘天红在百代尚灌有《哭祖庙》唱片，但因录音师经验不足，导致唱片声音过低，仅制有样片，并未正式发行。

受禅台【1920年百代唱片1面】刘天红饰汉献帝（33411）

［二黄原板］高皇帝手提着三尺宝剑，灭强秦破暴楚才定江山。位传到桓灵帝信宠太监，黄巾贼遍地起到处狼烟。那奸曹操父子们心怀谋篡，华歆贼与文武狼狈为奸。含悲忍泪进宫院，但不知这江山［散板］还坐几天。

打严嵩【1920年百代唱片1面】刘天红饰邹应龙（33412）

［西皮流水］忽听万岁宣应龙，在朝房来了我这保国忠。那一日打从那大街进，偶遇着小小顽童放悲声。问孩童啼哭就因何故？他言道严嵩老贼害他的一家一满门。劝孩童休流泪、免悲声，邹老爷就是尔的报仇人。站立在殿角用目来观睁，殿角上坐的是上欺天子下压臣、

这谋朝篡位就卖了国的奸贼他名叫严嵩。我本当上殿去奏本，怎奈我这官卑职小以小犯上不能够见当君。罢、罢、罢！暂且忍了我的心头恨，在品级台前［摇板］臣见君。辞别了太师爷跨金镫，把话说与尊官听：这三百两银子值多少？自古道脸面值千金。从今后我不把尊官叫！

《庆顶珠》刘天红饰萧恩、王芸芳饰萧桂英

庆顶珠【1925年9月高亭唱片1面】刘天红饰萧恩（Teb39）

［西皮散板］可恨那吕子秋为官不正，倚势力欺压我贫穷的良民。上公堂原被告一言不问，责打我四十板将我叉出了头门。我只得咬牙关忙把家［哭头］奔，（白）哎呀！［散板］叫一声桂英儿快来开门。［快板］这件事不由我七窍冒火，恨不能生双翅飞过江河。船到了半江中［散板］儿要掌稳了舵，（白）啊？［散板］桂英儿因何故撒了篷索？［哭头］啊，桂英、我的儿啊！

卖马耍锏【1925年9月高亭唱片1面】刘天红饰秦琼（Teb40）

［西皮摇板］站立店中用目洒，［流水］不由叔宝怒气发。分明认得他是响马，江湖路上也曾会过他。骂声贼子好胆大，杀人放火海走天涯。今日里相逢天堂潞州下，不知他到此抢夺哪一家。眼前若在历城县，即刻将他锁拿到官衙。板子打、夹棍夹，我看他犯法不犯法。减头去尾［散板］把锏耍，反被二公取笑咱。心中恼恨单雄信，不该骗我马能行。有朝犯在我秦琼的手，打一锏来问一声。二贤弟只管把响马放，放出祸来有秦琼担承。

《定军山》刘天红饰黄忠

常立恒（1908~1944）

常立恒，籍贯河北宝坻，生于北京。其父为梆子武净常国泰，其长兄为武生常云恒，次兄是上海著名老生常春恒。常立恒7岁从父学《夜奔》《探庄》等武生剧目，又从其兄春恒学《朱砂痣》《武家坡》等剧目。10岁丧父，承父遗训入上海市北公学，小学毕业入民强中学。后任上海伶界联合会会长及丹桂第一舞台经理。20岁时其兄春恒遇害，立恒继承其兄事业，筹备登台演剧。在上海向刘小衡学《捉放曹》《九更天》，向石秉奎学《打渔杀家》《珠帘寨》。1927年首次登台于丹桂第一舞台，获内外行赞许。1930年到北京学艺，向张春彦学《盗宗卷》《天雷报》《汾河湾》，向鲍吉祥学《一捧雪》，向王喜秀学《借东风》等剧目，并经常观摩马连良演出。常先后与朱琴心、李万春等人合作演出于京津两地。后返沪演出多年，1938年自组班社，重回北京，首演于新新戏院，与俞振飞、萧长华、裘盛戎等人合作《群英会》《借东风》。1944年于东北演出期间病故。

常立恒存世仅此五张唱片，多为余（叔岩）派、马（连良）派风格。

王佐断臂【1934年7月24日百代唱片2面】常立恒饰王佐（A1764/5）

（**头段**）［二黄导板］听谯楼打初更玉兔东上，［碰板］为国家、秉忠心、食君禄、报王恩、昼夜奔忙。［原板］想当年在洞庭何等放荡，到如今归宋主未报君王。岳大哥他待我手足一样，我王佐无功劳怎受荣光。今夜晚思巧计番营去闯，落一个美名儿万载传扬。

（**二段**）［原板］怎能够今夜晚番营来进，前后话与文龙细说分明。前又思后又想无有计定，倒不如上公案观看古今。汉室中卫律声名不正，却为何那苏武一片丹心。饥食毡渴饮血忠心耿耿，天保护地保佑暗有神灵。［散板］那要离断臂事颇有志量，落下了美名儿万载传扬。我王佐学要离番营去闯，顾不得生和死天做主张。

借东风【1934年7月24日百代唱片2面】常立恒饰诸葛亮（A1766/7）

（头段）[二黄导板]习天术学兵法犹如反掌，[碰板]设坛台借东风相助周郎。[原板]曹孟德占天时兵多将广，领人马下江南兵扎长江。孙仲谋无决策难以抵挡，东吴的臣武将欲战文要归降。庞士元献连环俱已停当，用火攻少东风急坏了周郎。算定了甲子日东风必降，南屏山设坛台足踏魁罡。我这里执法剑把七星台上，

（二段）诸葛亮上坛台观瞻四方。我望江北锁战船连环排上，[垛板]叹只叹、东风起、火烧战船、曹营兵将、八十三万、[原板]无处躲藏。这也是大数到难逃罗网，诸葛亮在坛台祝告[散板]上苍。又只见东风起从空而降，为什么有一道杀气红光。

《四郎探母》常立恒饰杨延辉

乌龙院【1934年7月24日百代唱片2面】常立恒饰宋江（A1768/9）

（头段）[四平调]宋公明打坐在乌龙院，猜一猜大姐腹内情。莫不是茶饭不随你的口，莫不是衣衫不合你的身。莫不是邻居们得罪了你，莫不是马二娘打骂不仁。这不是来那不是，莫不是思想我宋公明。[二黄散板]适才打从大街进，众人的言语不好听。话到舌尖留半句，说出口来你就难为人。

（二段）[西皮导板]一言怒恼宋公明，[原板]骂一声阎惜娇无义的贱人。自从那年遭荒旱，你一家大小逃往在郓城。遭不幸你父店中丧命，无奈何卖自身葬埋你天伦。从清晨卖到[快板]午时后，午时又到近黄昏。郓城县打罢了退堂鼓，衙前来了宋公明。我看你姿色有几分，三十金买了你的身。我为你造下了乌龙院，我为你得罪好宾朋。我为你在父母台前[摇板]少尽孝！

《乌龙院》常立恒饰宋江

捉放曹【1934年7月24日百代唱片1面】常立恒饰陈宫（A1770）

[西皮二六]曹孟德休得要谤毁董卓，董太师他倒有治国的才学。灭黄巾虽无功却也无过，十常侍乱宫闱扫荡群

魔。收下了吕奉先威镇海角,传一令犹如那山倒海挪。你好比扑灯蛾你自来投火,你好比抢食鱼你自投网罗;你好比下山虎你将路走错,既擒虎有谁肯放虎去归窝。擒住你若是放罪归于我,擒虎易放虎难你自己［摇板］揣摩。

法场换子【1934年7月24日百代唱片1面】常立恒饰徐策（A1771）

［二黄慢板］恨薛刚小奴才不如禽兽,吃醉酒全不顾满面含羞。闯下了塌天祸私自逃走,连累了二双亲不能到头。把一个两辽王午门斩首,这才是、斩草除根、寸草不留、天地含忧、怎叫我顺水推舟。夫人呐!

四郎探母【1934年7月24日百代唱片2面】常立恒饰杨延辉（A1772/3）

（头段）［西皮快板］在头上摘下胡狄冠,身上脱下紫罗衫。沿毡帽、齐眉展,三尺青锋挂腰间。将身来在了宫门站,等、等、等、等候了公主盗令还［摇板］好奔阳关。［快板］虽然是分别一夜晚,为人必须礼当先。辞别公主［摇板］跨走战,泪汪汪哭出了雁门关。［快板］适才离了皇宫院,去到宋营拜慈安。催马来在了关前站,把关的儿郎列两边。［快板］听说番儿要令箭,翻身下了马雕鞍。用手取出金鈚箭,把关的儿郎仔细观。［摇板］这两国不和常交战,把守关口莫偷闲。任凭南蛮巧改扮,无有太后的金鈚箭莫放他过关。［快板］只为探母一片心,乔装改扮黑夜行。催马加鞭往前进,闯进了宋营见娘亲。

（二段）［导板］大喝一声如雷震,［快板］杨家的将令鬼惊。大胆且把［摇板］宝帐进,［快板］上面坐定同胞人。进帐不通名和姓,问我一言答一声。［快板］家住在山后磁州郡,火塘寨上有家门。我父继业官一品,我母佘氏老太君。十五年前沙滩会,失落番邦被贼擒。六弟你下位将兄认,我是你四哥回宋营。［原板］弟兄们分别十五春,铁石人儿也泪淋。闻听得老娘驾到北郡,因此上巧改扮黑夜里探望娘亲。

《四郎探母》常立恒饰杨延辉

杨宝森（1909.10.9~1958.2.10）

杨宝森，字钟秀，祖籍安徽合肥，生于北京。其曾祖父为旦角杨贵庆，祖父为著名花旦杨桂云，父是武生演员杨孝方，中年因病退离舞台，堂兄是著名琴师杨宝忠。杨宝森8岁学艺，师从裘桂仙，开蒙学戏，练习毯子功，10岁后，长期在俞振庭的斌庆社学艺、演出。14岁正式登台。倒仓后，曾有一较长时期休养，并未登台演出，而是坚持练功、吊嗓、习字、绘画、练琴，潜心研习谭（鑫培）派、余（叔岩）派的演唱技巧。杨虽未正式拜在余叔岩门下，但遇有机会便登门求教。他多方求师访友，拜陈秀华、鲍吉祥为师，学习余派艺术，同时，也向堂兄杨宝忠、余派研究家张伯驹等人问艺。除此之外，杨还经常到王瑶卿、王凤卿家登门求教，力求不断提高自己的艺术修养。1939年，杨组建宝华社挑班演出，先后与筱翠花（于连泉）、程砚秋、荀慧生等人合作演出。观众对他有"杨失伍"的别称，即《杨家将》《失街亭·空城计·斩马谡》《伍子胥》，可见这三出戏最为深入人心。

中华人民共和国成立后，杨宝森任天津市京剧团团长，并专心研习谭派、余派的表演艺术，其唱法、行腔自成一派，世称"杨派"。与马连良、谭富英、奚啸伯并称为后"四大须生"。代表剧目有《击鼓骂曹》《大保国·探皇陵·二进宫》《问樵闹府·打棍出箱》《王佐断臂》《洪羊洞》《桑园寄子》《二堂舍子》《红鬃烈马》《卖马》《捉放曹》《珠帘寨》《定军山》《阳平关》《朱痕记》《搜孤救孤》《乌盆记》《桑园会》《四郎探母》《摘缨会》《一捧雪》《打登州》等剧目，均成为后世学习的楷模。其弟子有金妙声（后改旦角）、吴熹升、程正泰、朱云鹏等人。

杨宝森早年唱片颇能反映出他早期学习余（叔岩）派的成果，如《马鞍山》《青石山》等，都是余氏经常用来吊嗓的唱段，《上天台》《摘缨会》是余氏继承创新的代表作，这些唱段对于研究余派早期的发展，有很珍贵的价值。

《定军山》杨宝森饰黄忠

马鞍山【1928年11月蓓开唱片1面】杨宝森饰钟元甫、孙佐臣京胡（91000）

［二黄原板］老眼昏花路难行，耳边厢又听得百鸟喧声。乌云遮住了天边月，似狂风吹散了满天云。这才是黄梅未落青梅落，白发人反送了黑发儿的身。我的儿啊！

青石山【1928年11月蓓开唱片1面】杨宝森饰吕洞宾、孙佐臣京胡（91003）

［二黄导板］赴蟠桃辞王母离了仙境，［碰板］迈步儿出洞府散淡精神。［原板］青是山绿是水一派美景，鹤与鹿和瑞草百鸟喧声。尘世间好一似蓬莱仙境，看此处正好做养性修身。

失街亭【1928年11月蓓开唱片1面】杨宝森饰诸葛亮、孙佐臣京胡（91004）

［西皮原板］两国交锋龙虎斗，各为其主统貔貅。管带三军要宽厚，赏罚中公平莫要自由。此一番领兵去镇守，靠山近水把营收。［摇板］先帝爷白帝城叮咛就，汉诸葛扶幼主岂能无忧。但愿得此一去扫平贼寇，免得我亲自去把贼收。

捉放曹【1928年11月蓓开唱片1面】杨宝森饰陈宫、孙佐臣京胡（91005）

［西皮快板］背转身来自思量：我先前道他是个定国的安邦将，却原来贼是个人面一个兽心肠。［摇板］陈宫心中似刀扎，多蒙老丈你的美意大，好意反成恶冤家。一时难说你我的知心话，你莫怨我陈宫你只怨他。

上天台【1928年11月蓓开唱片2面】杨宝森饰刘秀、孙佐臣京胡（91006/7）

（**头段**）［二黄原板］孤离了龙书案［慢板］皇兄带定，为王的传口诏细听分明：都只为牛邈贼累犯边境，用诡计把皇兄困在边廷。好一个小爱卿少年英俊，杀牛邈救皇兄得胜回京。孤登基也曾把免

《捉放曹》杨宝森饰陈宫

杨宝森

死牌赠,姚不反汉汉不斩姚凌烟阁标名。想孤王走南阳东逃西奔,老皇兄接驾在那白水西村。孤念你老伯母悬梁自尽,孤念你孝三年改三月,孝三月改三日,孝三日改三时,孝三时改三刻,三年、三月、三日、三时、三刻、三分扶保乾坤。

(二段)孤念你三个子把两子丧命,孤念你剩姚刚一脉后根。孤念你草桥关亲临大阵,孤念你为孤王费尽辛勤。望皇兄你把那愁眉展尽,劝皇兄你那里但放宽心。此一番进宫去顶荆赔罪你把那好言奉敬,郭娘娘降下罪有孤担承。适才间卿的本降旨已准,寡人戒酒不听谗言孤王是有道明君。姚皇兄、姚次况、伴驾王、孤的爱卿、你那里、休流泪、免悲声、放大了胆、一步、一步一步、随定了寡人。

七星灯【1928年11月蓓开唱片2面】杨宝森饰诸葛亮、孙佐臣京胡(91008/9)

(头段)[二黄慢板]汉高皇创基业治平天下,至孝平方五代丧了邦家。光武兴白水村重整人马,访邓禹收岑彭到处征伐。

(二段)剐王莽诛苏献神惊鬼怕,洛阳城修宫院一统中华。四百载东西汉六元七甲,传至在献帝朝群寇如麻。十常侍乱宫闱董卓强霸,许田射猎曹孟德把主欺压。曹丕贼篡汉位万民叫骂,我主爷扶汉室年不天加。哭一声先帝爷九泉之下,保佑臣增寿算扶保汉家。

上天台【1934年11月30日胜利唱片1面】杨宝森饰刘秀、耿少峰京胡(54600A)

[二黄慢板]姚皇兄休得要告职归林,你本是擎天柱一根。汉江山多亏了皇兄所挣,叫寡人怎舍得开国元勋?你我是布衣的君臣。

珠帘寨【1934年11月30日胜利唱片1面】杨宝森饰李克用、耿少峰京胡(54600B)

【收威】[西皮散板]量尔就是汉李广,养由基来又有何妨。眼前无有红光亮,老眼昏花为哪桩?满满搭上朱红扣,看不见金钱在哪厢。低下头来暗思量,猛然一计在心旁。背转身来谢上苍,老天爷、日月光、过往的神灵听端详:保我收了这员将,箭射双雕落平阳。你若真心把孤降,封你太保扶大唐。

《珠帘寨》杨宝森饰李克用

托兆碰碑【1934年11月30日胜利唱片1面】杨宝森饰杨继业、耿少峰京胡（54604A）

［反二黄导板］当年保驾五台山，［散板］智公长老对我言。他道我两狼山遭大难，到如今果应那智公言。老丈说话理不通，明明道我杨令公。定宋宝刀将你砍，霎时不见我的护身龙。

失街亭【1934年11月30日胜利唱片1面】杨宝森饰诸葛亮、耿少峰京胡（54604B）

（［水龙吟］）［引子］羽扇纶巾，四轮车快似风云。阴阳反掌定乾坤，保汉家两代贤臣。（［水中猗］）（白）忆昔当年在卧龙，万里乾坤掌握中。扫尽狼烟归汉统，人曰男儿大英雄。老夫，复姓诸葛名亮，字孔明，道号卧龙。官拜武乡侯，先帝爷白帝城托孤与我，意要扫荡中原，扭转汉室。闻听司马兵出祁山，必然夺取街亭，需要遣一能将把守，方保无虑。众位将军！

《失街亭》杨宝森饰诸葛亮

战樊城【1934年11月30日胜利唱片2面】杨宝森饰伍子胥、耿少峰京胡（54606）

（头段）［西皮原板］兄长说话欠思论，休把今人比古人。文王被囚天注定，伯邑考粉身命里生成。既是平王［二六］加官赠，就该有圣旨到樊城。若是爹娘修书信，为什么有逃走二字在书后存？怕的是失足罹陷阱，那时节插翅也难腾。我一心坐定樊城等，愿做个不忠［散板］不孝的人。

（二段）［原板］一封书信到樊城，拆散我弟兄两离分。叫家院看过酒一樽，弟与兄长［二六］来饯行。登山涉水多安稳，披星戴月奔都城。若是阖家同欢庆，在那爹娘台前问安宁。倘若是家门遭不幸，报仇之事有弟伍员。非是小弟不从命，为的是那逃走二字解不明。兄长饮干杯中酒，一路平安［摇板］早到京。

《战樊城》杨宝森饰伍子胥

四郎探母【1934年11月胜利唱片1面】杨宝森饰杨延辉、耿少峰京胡（54638A）

【哭堂】[西皮散板]辞别老娘出帐外，杨四郎心中似刀裁。舍不得老娘年高迈，舍不得六贤弟将英才。舍不得二贤妹未出闺阁外！

王佐断臂【1934年11月胜利唱片1面】杨宝森饰王佐、耿少峰京胡（54638B）

[二黄摇板]这几天到番营未遇巧机，怎能够向他人细说端的？听罢言来喜心畅，尊声安人听端详：我断臂为的是小殿下，舍死忘生到番邦。这断臂的情由休声嚷，泄露机关祸难当。待等殿下回营帐，全仗安人做主张。那马倒有思家意，如今的人不如它。父母的冤仇他不报，反把仇人当自家。

《四郎探母》杨宝森饰杨延辉

镇坛（潭）州【1928年10月24日大中华唱片1面】杨宝森饰杨继业、孙佐臣京胡（895A）

[二黄原板]我杨家祖居在磁州山后，太祖爷锤换带才把宋投。都只为杨再兴落草为寇，岳元帅无良策怎把他收。叫鬼卒驾阴风宋营走走，见了那岳元帅细说从头。

打鼓骂曹【1928年10月24日大中华唱片1面】杨宝森饰祢衡、孙佐臣京胡（895B）

[西皮二六]列公大人齐来劝我，酒醒方知梦南柯。自古道责人先责己的过，手摸胸膛我自揣摩。罢、罢、罢，暂息我的心头火，[快板]事到头来无奈何。你把书信交与我，顺说刘表[摇板]做定夺。丞相宽宏请台坐，披星戴月奔江河。顺说刘表若不妥，[散板]我愿死在他乡做鬼魔。

天雷报【1928年10月24日大中华唱片1面】杨宝森饰张元秀、孙佐臣京胡（896A）

[四平调]清风亭就遇着他的亲娘到来，叫我无计可奈。纵然被他认了去，并非是妈妈你十月怀胎。这才是年纪迈血气衰，前世里欠下了儿女债。你苦苦与我来撒赖，活活地逼

《打渔杀家》杨宝森饰萧恩

我丧阳台。[二黄散板]未曾开言泪汪汪,儿子老爷听端详:儿怎不学丁郎刻木把双亲养,儿怎不学卧冰的小王祥?[哭头]叫一声我的儿将父养,[散板]这奴才一旦丧天良。

阳平关【1928年10月24日大中华唱片1面】杨宝森饰黄忠、程醉生饰赵云、孙佐臣京胡（896B）

（黄忠）[西皮二六]说什么军家无有常胜,仔细看一看黄汉升。一马杀奔曹营境,犹如猛虎赶羊群。老夫今年七十整,倒要抖一抖我的老精神。杀叫他马前来送命,看我老儿[摇板]能不能!（赵云）如此赵云当退任,（黄）让我黄忠战几春。躬身施礼请将令,差池赶当军令行。黄忠越老越好胜,他越激越狠偏要行。

《阳平关》杨宝森饰黄忠

乌盆计【1928年10月24日大中华唱片4面】杨宝森饰刘世昌、孙佐臣京胡（897/8）

《洗浮山》杨宝森饰贺天保

（头段）[反二黄慢板]未曾开言泪满腮,尊一声老丈听开怀:

（二段）家住在南阳城关外,离城数里太平街。刘世昌祖居有数代,商农为本有家财。奉母命京城做买卖,贩卖绸缎倒也生财。前三年也曾把货卖,

（三段）收清账目转回家来。行至在定远县地界,霎时间老天爷降下雨来。路过赵大窑门以外,借宿一宵惹祸灾。赵大夫妻将我谋害,他把我尸骨何曾葬埋,烧成乌盆窑中卖。幸遇老丈讨债来。可怜我冤仇有三载,有三载,老丈啊!

（四段）[原板]因此上随老丈转回家来。劈头盖脸洒下来,奇臭难闻我的口难开。可怜我命丧他乡以外,可怜我身在望乡台。父母盼儿儿不能奉待,妻子盼夫夫不能转来。望求老丈将我带,你带我去见那包公台。倘若是把我的冤仇来解,但愿你福寿康宁永无灾。

珠帘寨【1931年6月23日大中华唱片2面】杨宝森饰李克用、赵桐珊饰曹月娥 / 大太保 / 程敬思、罗四维京胡（613）

杨宝森

（头段）（曹月娥）[西皮摇板]怀抱令旗和宝剑，太保近前听娘言。（白）太保，往里通禀，就说二位皇娘二次要见，你告诉他，是叫见也得见，不叫见也得见，我们嘚儿见定了。（大太保）知道了。禀父王，二位皇娘要见。（李克用）呃，方才言过了，有长安的贵客在此，少时退帐再见。（大）她们说见定了。（李）呃，太以的啰嗦了！（大）有请！（曹）[摇板]将身跪在地埃尘，问声恩官可安宁？（程敬思）千岁不发人和马，学生难以转回程。（曹白）恩官！[摇板]尊声恩官且请起，他不发兵咱发兵。（白）参见大王。（李）二位皇娘进帐何事？（曹）程恩官干什么来了？（李）前来搬兵求救哇。（曹）你可曾发动人马呀？（李）当初唐王不斩就贬，如今哪有许多的兵将借与他们，不能发兵呐。（曹）哎，常言说得好，臣不记君过，子不记父仇，既是程恩官来啦，你看着他的面子也该发兵才对呐。（李）呃，一个妇道人家，不要在这里打搅啊。（曹）我问问你，你既不发兵，就不该收人家的珠宝啊。（李）珠宝啊？是程恩官送与孤家的，与发兵什么相干呐？（曹）那凤冠霞帔是我们的，拿来给我们。（李）凤冠霞帔呀？孤王业已入了库了。（曹）榨酱榨到我们这儿来了，我看你还是发兵的好哇。（李）不能发兵。（曹）不发兵？你当我的面儿，敢说三声不发兵吗？（李）三声？听了：一个不发兵。（曹）啊？说这第二声。（李）两个不发兵呐。（曹）呵，你真要菜呀！啊！来，说这第三声。（李）嗯，我到底不发兵呐。（曹）好你个老头子。

（二段）（曹）[摇板]一支将令往下传，太保过来听根源。（白）太保。传令下去：二位皇娘挂帅，点动沙陀国四十五万满汉兵将，前去兴唐灭巢。命你父王以为前站的先行，来早便罢，要是来迟啊？叫他提头来见。孩子，传令去！（大）知道了。父王听令呐，二位皇娘挂帅，点动沙陀国四十五万满汉兵将，兴唐灭巢，命父王以为前站先行，来早便罢，如是来迟，提头来见呐。（李）糟了哇！[摇板]大太保就是挑祸的精，后帐搬来两个夜叉夫人。顺水推舟把人情准，（白）贤弟！[摇板]孤为你点动满汉的兵。（程白）千岁！[摇板]二位皇娘发人马，程敬思不领你的空头人情。（李白）贤弟！[摇板]贤弟不必笑吟吟，休笑愚兄我怕、怕、怕夫人。沙陀国中访一访来问一问，怕老婆的人儿又加级又进禄赏戴宝星。

《珠帘寨》杨宝森饰李克用

四郎探母【1931年6月23日大中华唱片2面】杨宝森饰杨延辉、赵桐珊饰四夫人、罗四维京胡（614）

（头段）【见四夫人】（四夫人）［西皮摇板］儿夫失落番邦外，一十五载未回来。将身且坐后营寨，灯花结蕊为何来？（杨延辉）将身来在后帐外，报与四嫂说兄来。（四）［导板］一见儿夫泪满腮，（杨白）贤妻！（四）儿夫！（杨）夫人啊！（四）夫主！（杨）唉！夫人呀！（四）夫主！［流水］点点珠泪洒下来。儿夫番邦十五载，今日焉能转回来。（杨）自从沙滩一场败，隐姓埋名躲祸灾。太后待我恩似海，我与公主配和谐。闻得老娘到北界，乔装改扮回营来。一来见母问安泰，二来夫妻［摇板］叙开怀。

《四郎探母》杨宝森饰杨延辉

（二段）（四）［快板］听一言来心悲哀，铁镜公主配和谐。我为你懒把鲜花戴，我为你懒穿粉绣花鞋。茶不思来饭不爱，常把儿夫就挂心怀。（杨）我在番邦十五载，常把贤妻挂心怀。夫妻们只哭得［哭头］肝肠坏，（白）啊！［散板］谯楼鼓打四更牌。辞别贤妻出帐外，（四）手拉儿夫就不放开。你要走来将我［哭头］带！（杨）［散板］你苦苦地拉我为何来？（四）你不知老母年高迈，你将为妻就怎安排？（杨）我岂不知老母年高迈，船到江心马临崖。（白）罢！［散板］狠心推妻出帐外！

四郎探母① 【1931年6月23日大中华唱片1面】杨宝森饰杨延辉、赵桐珊饰四夫人、罗四维京胡（614A）

【见四夫人】（四夫人）［西皮摇板］儿夫失落番邦外，一十五载未回来。将身且坐后营寨，灯花结蕊为何来？（杨延辉）将身来在后帐外，报与四嫂说兄来。（四）［导板］一见儿夫泪满腮，（杨白）贤妻！（四）儿夫！（杨）夫人啊！（四）夫主！（杨）唉！夫人呀！（四）夫主！［流水］点点珠泪洒下来。儿夫番邦十五载，今日焉能转回来。（杨）自从沙滩

《洪羊洞》杨宝森饰杨延昭

---

① 此段唱片有两版存世。从唱词中便可看出，其中一版少唱"隐姓埋名躲祸灾。太后待我恩似海"两句。

一场败,我与公主配和谐。闻得老娘到北界,乔装改扮回营来。一来见母问安泰,二来夫妻[摇板]叙开怀。

梅陇(龙)镇【1931年6月23日大中华唱片2面】杨宝森饰正德帝、赵桐珊饰李凤姐、罗四维京胡(615)

(头段)(正德白)啊,大姐,你可认识我呢?(李凤姐)我认得你呀。(正)认得我是哪个?(李)你是大户长的兄弟,三户长的哥哥,你是个二混帐。(正)呃!怎么骂起来了?我就是当今天子,正德在位。有道是龙行有宝。(李)有宝献宝。(正)无宝呢?(李)看你的现世宝。(正)凤姐看宝。[四平调]在头上摘下沿毡帽,身上现出衮龙袍。叫一声凤姐来看宝,哪个庶民敢穿龙袍?啊,五爪的金龙。(李白)呀![四平调]骂一声凤姐你瞎了眼,万岁当作庶民人。我只得上前来双膝跪,万岁把我封一封。

《翠屏山》杨宝森饰石秀

(二段)(正白)下跪何人?(李)李凤姐。(正)前来则甚?(李)讨封来了。(正)方才你骂孤王是你哥哥的大舅子,我是不封啊!(李)你若是封了我啊,我哥哥就是你的大舅子了。(正)呃,还是不封。(李)当真不封?(正)当真不封。(李)不封就罢。(正)慢来!孤若不封,岂不羞煞你这丫头?凤姐听封。(李)嗯,怕你不封哟。(正)[四平调]孤三宫六院俱封尽,封你闲游戏耍宫。(李)叩罢了头来谢罢了恩,(正)用手挽起爱梓童。(李)我低声问万岁缘何无陪送?(正)孤王打马奔大同。(李)在梅龙镇上宿一晚,(正)梓童搀扶同进宫。(李白)请呐!(正)请到哪里?(李)请到我的卧房。(正)呃,我怕呀!(李)你怕什么?(正)怕你哥哥回来。(李)我哥哥这般时候不来他就不来了。(正)哦,这般时候不来他就不来了?(李)是呀!(正)如此梓童。(李)万岁。(正)啊哈哈哈!

宝莲灯【1931年6月23日大中华唱片2面】杨宝森饰刘彦昌、赵桐珊饰王桂英、罗四维京胡(616)

(头段)(刘彦昌)[二黄散板]看起来还是儿偿命,他自己生养自己疼。手拉娇儿出府门,(王桂英白)哪里去?(刘)[散板]秦府去送抵命人!(王白)可记得三圣母送红灯之故?(刘)唉!不提三圣母送红灯还则罢了,若提起三圣母送红灯,叫下官好恨呐!(王)敢莫恨着妾身不成么?(刘)下官焉敢恨着夫

《宝莲灯》杨宝森饰刘彦昌

人？想当年你我夫妻进京的时节，打从芒砀山经过，若被蟒蛇吞吃腹内，也就完了。又来的什么三圣母，又送的什么红灯？如今这两个奴才，才惹下这样的祸事。（王）此乃是洪福！（刘）啊，夫人你既知洪福，你那心中要放明白些呀！（王）老爷呀！听你言来语去，我倒明白了。（刘）夫人明白何来？（王）若是秋儿将人打死，就叫他前去偿命。（生）若是沉香呢？（王）沉香么？（刘）嗯。（王）也叫秋儿前去偿命！（刘）呀！夫人你要醒来说话！（王）不曾睡着！（生）句句是梦话！（王）句句实言！（刘）我却不信！（王）我愿对！（刘）我就跪！（[行弦]）（王）呀！

（二段）[散板]一句话儿错出唇，把娇儿送到那枉死城。手拉娇儿后堂进，（刘）啊！夫人，下官跪久了啊！（王）[散板]二堂跪坏奴夫君。我若舍子有假意，（白）罢！[散板]三尺白绫丧残生。（刘）好哇！[散板]多谢夫人开了恩，秦府家丁乱纷纷！（王白）何人喧哗？（刘）秦府的家丁！（王）沉香哪里逃走？（刘）随我来！（王）沉香呢？（刘）逃走了！（王）叫他回来！（刘）儿呀！转来，你母亲有话对你言讲啊。（王白）沉香！儿啊！（白）此番放儿逃命，见了你那生身之母，将为娘舍子之义，对她说明，等我二老百年之后，去到坟上烧些纸钱！话已讲明，来也在你，这不来，喂呀！也在我儿了啊！（刘）[导板]半空中降下了无情剑，[散板]斩断父子两离分！

《问樵闹府》杨宝森饰范仲禹、张金梁饰樵夫

《击鼓骂曹》杨宝森饰祢衡

摘缨会【1931年6月23日大中华唱片2面】杨宝森饰楚庄王、罗四维京胡（618）

（头段）[西皮慢板]劝梓童休得要把本奏上，待孤王把前事细说端详：恨只恨斗越椒兴师犯上，这老儿掌兵权扰乱家邦。孤兴兵灭陆戎狼烟扫荡，

（二段）又谁知这老儿与孤争强。天降下养由基英雄[二六]能将，清河桥比箭法老贼身亡。在渐台摆御宴论功犒赏，内有个无耻辈酒后癫狂。孤若是传旨意把罪下降，又恐怕文武官说短道长。劝梓童把此事休挂心上，劝梓童把此事付与汪洋。宫娥女掌银灯引归罗帐，[摇板]孤与你同偕老地久天长。

战宛城【1931年6月23日大中华唱片1面】杨宝森饰张绣、罗四维京胡（620A）

《战太平》杨宝森饰花云

（张绣念）俯首事人非得以，暂保宛城待来时。（院子白）报！启少老爷，大事不好了！（绣）何事惊慌？（院）三更时分，来了一伙兵丁，将太夫人与使女春梅抢得去了。（绣）可是本城的兵丁？（院）不知何处的兵丁。（绣）往哪道而去？（院）不知去向。（绣）无用的奴才，再去打探！（院）遵命。（绣）且住！适才家院报道，昨晚三更时分，来了一伙兵丁，将我婶娘春梅抢去，我想此事，定是曹兵所为，我不免去至曹营观看动静便了。[西皮散板]听一言不由我怒气上升，胆大的众兵丁擅敢胡行。叫人来带坐骑前把路引，此一番到曹营见机而行。适才间到营中面见曹操，用言语打动我欺压英豪。前也思后又想无有计较，见参谋与众将定计杀曹。

断臂说书【1931年6月23日大中华唱片1面】杨宝森饰王佐、赵桐珊饰陆文龙、罗四维京胡（620B）

（王佐）[西江月]道德三皇五帝，功名夏后商周。七雄五霸闹春秋，顷刻兴亡过首。青史几行名姓，北邙无数荒丘。前人田地后人收，说什么龙争虎斗。（白）残词念罢，余不多言。花开两朵，各表一枝。话表大宋天子，真宗在位，驾下有一家忠良，姓杨名叫杨延昭啊。那杨元帅镇守三关，只因北国与杨元帅交战，累战不胜，才勾通一家奸臣，姓王名叫王钦若。一日真宗驾临早朝，那王钦若奏道：北国有骑宝马，日行千里见日，夜走八百不明，名为日月骒骦马。真宗闻奏，问道：何人可以前去盗马。那王钦若奏道：非杨延昭不可。彼时真宗传下旨意，就命杨延昭前去盗马。那杨元帅回得营中，是闷闷不乐啊。他帐下有一员虎将，姓孟名良字佩仓，此人有万夫不当之勇。这还不足为奇，他还能通三川六国的番语。进帐问起情由，讨下将令，被他一日两，两日三，就混进番邦去了。不到一月，将那骑宝马就盗回来了。唉！可惜呀可惜！（陆文龙）可惜什么？（王）可惜那马自到南朝，七日七夜不食草料，眼望北国大叫三声，竟自活活地饿死了。（乳娘）这是为

《战太平》杨宝森饰花云

高华、杨宝森

何?(王)呃,它不过是思乡啊!(陆)马还会思乡么?(乳娘)啊,殿下,畜类尚且思乡,何况人呐!(王)啊,老太太,如今的人呐,还不如畜类呀![二黄摇板]那马倒有思乡意,如今的人儿不如它!

桑园会【1939年3月28日百代唱片6面】杨宝森饰秋胡、高华饰罗敷、耿少峰/黎秋觉京胡（B391/6）

（头段）（罗敷）[引子]愁锁双眉,习针黹,奉养高堂。[定场诗]儿夫一去不归家,婆媳织纺度日华。眼望楚国空流泪,斜倚门儿盼天涯。（白）奴家,罗敷。配夫秋胡,去往楚国求官,一去二十余载杳无音信,是我婆媳织纺度日。看今日天气晴和,不免去往桑园采桑。好天气也![西皮慢板]三月天气正艳阳,

（二段）手提竹篮去采桑。婆婆两鬓如霜降,每日织纺奉高堂。（白）来此已是桑园,待我采桑便了。

（三段）[慢板]腰间紧紧[二六]丝萝带,移步向前手攀桑,轻轻搭在桑枝上,[摇板]惊起雀鸟乱飞扬。（秋胡）[流水]秋胡打马奔家乡,路上行人马蹄忙。坐立在雕鞍用目望,见一大嫂手攀桑。前影好似罗敷女,后影又像我妻房。本当下马把妻认,错认民妻[散板]罪非常。（白）看那采桑女子,好像我妻罗敷模样。怎奈我离家数载不能相认,待我下马见过。啊,大嫂,请了!（罗）呀![快板]耳边厢听得人声嚷,举目留神四下张。桑园之内无人往,见一位客官在道旁。

（四段）（白）客官敢是失迷路途?（秋）并非失迷路途,我乃找名问姓的。（罗）有名便知,无名不晓。（秋）此处有一秋胡,大嫂可晓得么?（罗）客官问他则甚?（秋）我与他有八拜之交,同朝为官,带来万金家书,故而动问。（罗）呀![流水]听他言来心暗想,口内不住谢上苍。二十年前分别往,今日里才有这信还乡。（白）啊,客官,那秋胡离我家不远,你可将书信留下,我与他带去就是。（秋）秋兄言道,书信要面见本人。（罗）不见本人呢?（秋）原书带回。（罗）你方才言道,与秋胡有八拜之交,你可知他家中有甚等样人,说得一字不差,奴家放桑不采,带你前去。（秋）大嫂听了。[流水]站立在桑田把

《桑园会》杨宝森饰秋胡、高华饰罗敷

《桑园会》杨宝森饰秋胡、高华饰罗敷

话讲，尊声大嫂听端详：家住在鲁国古田桑，姓秋名胡字高强。他父名叫秋祖望，二十年前早已亡。老母柯氏六旬上，白发苍苍在高堂。娶妻本是罗敷女，独自贞节守空房。临行送至在阳关上，叮咛的言语记在心旁。但愿得早登龙虎榜，即修书信转还乡。这是那秋兄对我讲，并无虚言〔摇板〕哄娘行。（罗）〔流水〕听他的言来心欢畅，果然是儿夫寄雁行。〔摇板〕客官休怪奴鲁莽，有书拿来看端详。

（五段）（秋白）你问我要书信，你是他家何人？（罗）客官呐！〔流水〕客官不必问其详，秋胡是奴儿夫郎。〔摇板〕奴本就是罗敷女，只为家贫来采桑。（秋白）哦！〔摇板〕听她言来心欢畅，果然是罗敷来采桑。（白）问来问去，果然是我妻罗敷，本当向前相认，怎奈我离家数载，不知她的贞节如何？趁此四下无人，不免调戏她一番便了。啊，大嫂，卑人有话，要对大嫂言讲。（罗）客官有话请讲。（秋）大嫂听了。〔导板〕秋胡他把良心丧，〔原板〕他在那楚国配了鸾凰。我劝他回家他不往，撇下了大嫂守空房。你好比皓月〔二六〕无明亮，又好比明珠土内埋藏；大嫂好似花开放，卑人好比那采花郎。你今若肯从勾当，学一个织女〔散板〕配牛郎。

（六段）（罗）〔流水〕客官说话欠思量，胡言乱语发癫狂。自从丈夫分别往，谨守深闺我奉高堂。（秋）〔流水〕大嫂把话错来讲，卑人言来听端详：男儿无妻家无主，妇人无夫室无梁。你今若肯从勾当，学一个巫山仙子〔摇板〕会襄王。（罗白）呸！〔流水〕狂徒把话错来讲，调戏民妇罪难当。你与我丈夫同来往，不该昧心丧天良。有书快把书奉上，无书早早离田桑。再若是胡言乱语讲，管叫你〔摇板〕披枷戴锁无有下场！（秋白）哦！〔摇板〕听罢言来喜心上，果然是为我守空房。（白）调戏半日，并无半点春心，这便怎么处？有了，我这里有马蹄金一锭，再调戏她一番便了。啊，大嫂，我这里有马蹄金一锭，拿回家去度日，只图片刻之欢，来、来、来看金呐！（罗白）呸！〔快板〕任你说尽风流样，奴本是铜打铁心肠，〔摇板〕低下头来心暗想！（白）啊，客官，那旁有人来了。（秋）在哪里？（罗）呸！〔摇板〕将身跳出这是非场。（秋）黄金不顾回家往，贞节烈女世无双。拾起黄金把马上，回到家去奉高堂。

《桑园会》杨宝森饰秋胡

陈大濩（1910.11.25~1988）

陈大濩，原籍福建闽侯，生于山东济南。幼年爱好京剧，从陈福奎、陈道安、程君谋学戏，从瑞德宝学把子，下海前有"杭州余叔岩"之称。1938年在汉口正式下海，后在南北各地演出，声名渐起。1943年赴北京，从张春彦、王瑞芝学戏，与刘曾复交流余派艺术，并向刘学《沙桥饯别》一剧。随后，往来于京、津、沪演出。1950年在沪组织濩声剧社，后入上海京剧院；1960年调浙江京剧团。

1937年，陈大濩曾以票友身份在中国灌音公司灌制《李陵碑》一面唱片，程京苏京胡，程君谋司鼓，未公开发行。下海成为专业演员的首次灌音，即1947年大中华唱片。之后于上海大美电台还录制过《定军山》《四郎探母》《文昭关》（刘凤竹配演东皋公）等剧目，为赵济羹京胡、金伟刚月琴、戴昌大司鼓，均未公开发行。

沙桥饯别【1947年12月25日大中华唱片1面】陈大濩饰唐太宗、梅允华京胡、高明亮司鼓（36099A）

［西皮二六］孤王在长亭把旨传，尊一声御弟三藏听根源：天朝无有真经卷，怎令人悟道与参禅？你今替孤行方便，披星戴月去往西天。孤念你万里征途路遥远，孤念你千山万水跋涉艰难；孤念你黑夜里投宿在庵观寺院，孤念你夏日受暑冬日受寒。但得是此去能如愿，请到了真经即回还，那时节孤领众僧人去把真经念，才知晓那西方的佛祖法力无边。御弟你才算是功行圆满，王封你一代国师［摇板］万古流传。一见三藏上阳关，眼望沙桥自详参。但愿取得真经卷，成佛做祖不老神仙。

战太平【1947年12月25日大中华唱片1面】陈大濩饰花云、梅允华京胡、高明亮司鼓（36099B）

［西皮导板］叹英雄失智入罗网，［原板］大将难免阵头亡。我主爷洪福齐天降，刘伯温

《战太平》陈大濩饰花云

八卦也平常。早知道采石矶被贼抢,早就差派能将前来提防。将身儿来在大街上,[摇板]那旁来了疯婆娘。[散板]这一足踏你在地埃尘!你是谁家疯婆女?[快板]怀中抱定小娇生。分明认得孙氏女,假装疯魔见夫君。你若念在夫妻义,去到金陵搬救兵。你若不念在夫妻义,千万莫丢小娇生。使个眼色快逃走!

三娘教子【1947年12月25日大中华唱片1面】陈大濩饰薛保、梅允华京胡、高明亮司鼓(36100A)

[二黄原板]小东人下学归一言闯祸,家贫穷怎经得又起风波。见三娘坐机房珠泪双落,回头来问一声东人倚哥。你的母教训你并非错过,为什么好言当作恶说,东人呐!这才是养子不教父之过,教不严来师之惰。老薛保进机房双膝跪落,双膝跪落,三娘啊!问三娘发雷霆却是为何。

御碑亭【1947年12月25日大中华唱片1面】陈大濩饰王有道、梅允华京胡、高明亮司鼓(36100B)

[西皮导板]王有道提笔泪难忍,[原板]实难舍夫妻结发情。实指望同庚共老枕,又谁知半途风波生。非是我一旦多薄幸,实难容留下贱的人。只得闭口[快板]牙咬定,字字行行写分明。那一日避雨在御碑亭,其中暧昧事不明。从此任你嫁别姓,割断了丝萝永离分。写罢休书[摇板]打手印!(车夫白)车辆到。(白)晓得。[摇板]密密封好付她行。贤妹将你嫂嫂请,说孟家差人到来临。

打鼓骂曹【1947年12月25日大中华唱片2面】陈大濩饰祢衡、梅允华京胡、高明亮司鼓(30101)

(头段)[西皮快三眼]平生志气运未通,似蛟龙困在浅水中,有朝一日春雷动,得会风云上九重。[流水]相府门前杀气高,层层密密摆枪刀,画阁雕梁龙凤绕,亚赛天子九龙朝。[流水]人言曹贼多奸巧,果然亚赛秦赵高。欺君误国非正道,全凭势力压当朝。站立在阶前微微笑,哪怕虎穴与笼牢。[流水]平生志气与天高,不愿金钱结富豪,我本是堂堂青史表,岂与猪狗[散板]共同槽。

(二段)[散板]适才与贼一席话,气得我心中乱如麻。

《打鼓骂曹》陈大濩饰祢衡

《定军山》陈大濩饰黄忠

（白）唉！酒逢知己千杯少，话不投机半句多。适才进得相府于曹贼深施一礼，他坐在上面昂然不动到还罢了，反道我的礼貌不周。明日元旦佳节，又将我用为鼓吏，明明是羞辱于我，我不免等到明天，当着众位大人的面前将贼辱骂一场，纵然将我斩首，也落得个青史名标。正是：明知山有虎，偏向虎山行！［快板］昔日里韩信受胯下，英雄落魄走天涯。到后来登台把帅挂，扶保汉室锦邦家。明日里进帐把贼骂，拚着一死染黄沙。纵然将我的头割下，落一个骂贼的名儿［散板］扬天涯。

搜孤救孤【1947年12月25日大中华唱片2面】陈大濩饰程婴、梅允华京胡、高明亮司鼓（36102）

（头段）（白）公孙兄、赵公子，你二人九泉之下，休来怨我程婴。［二黄碰板］躬身下拜礼恭敬，眼望孤儿泪淋淋。法场上看的人都来叫骂，一个个骂的是我程婴，是一个负义的人。［原板］贪享荣华受富贵，断送了忠良后代根。这是我好意反成恶意，满怀心腹事向谁云。

（二段）［原板］公孙兄说话须谨慎，泄露了机关大事难成。先前抚孤是你我，到如今知心又有谁人。你为孤儿舍性命，可叹我程婴绝了后根。没奈何烧钱把［散板］酒奠，公孙兄、我那亲、（［小拉子］）我、我的儿啊！（［哭皇天］）［散板］但愿你的灵魂早超生。背转身来笑盈盈，奸贼中了我的巧计行。

武家坡【1948年6月2日大中华唱片1面】陈大濩饰薛平贵、丁至云饰王宝钏、沈雁西京胡、李师善京二胡、包幼蝶月琴、魏希云司鼓、王祖鸿大锣、王宗达小锣（36149A）

（薛平贵）［西皮流水］苏龙魏虎为媒证，王丞相是我的主婚人。（王宝钏）提起了别人我不晓，苏龙魏虎是内亲。你我同把相府进，三人对面一同说分明。（薛）他三人与我有仇恨，咬定了牙关不认承。（王）我的父在朝为官宦，府上金银堆如山。本利算来有多少？一马送到那西凉川。（薛）西凉川四十单八站，为军要人我就不要钱。（王）我进相府对父言，命几

陈大濩

《珠帘寨》陈大濩饰李克用

个家人把你拴。将你送到官衙内,打板子、上枷棍、丢南牢、坐监禁,管叫你思前容易你后悔难。(薛)大嫂说话理不端,为军的哪怕到官前。衙里衙外我打点,管保大嫂就断与咱。(王)军爷说话理不端,欺奴犹如欺了天。西凉贼人造了反,妻儿老小与奴一般。(薛)好一位贞节王宝钏,百般调戏也枉然。怀中拿出了银一锭,将银放在地平川,这锭银、三两三,送与大嫂做妆奁:买绫罗、和绸缎,打首饰、和簪环,做一对少年夫妻就过几年。(王)这锭银我不要,与你娘做一个安家的钱:买白布、缝白衫、买白纸、糊白幡、落得个孝子的名儿在那天下传。(薛)烈女就该在闺房,因何来在大道旁?为军起下[摇板]不良意,来来来,一马双跨奔西凉。(白)来,上马呀!(王)呀![流水]一见军爷变了脸,只吓得宝钏心胆寒。[摇板]低下头来心暗转,(薛白)上马啊。(王)那旁有人来了。(薛)在哪里?(王)咦![摇板]急忙奔至那寒窑前。

四郎探母①【1948年6月2日大中华唱片1面】陈大濩饰杨延辉、丁至云饰铁镜公主、沈雁西京胡、李师善京二胡、包幼蝶月琴、魏希云司鼓、王祖鸿大锣、王宗达小锣(36149B)

(杨延辉)[西皮快板]头上摘下胡狄冠,身上脱下紫罗衫;沿毡帽,齐眉掩,三尺青锋挂腰间。将身来在了皇宫院,等、等、等、等候了公主盗令还,好奔阳关。(铁镜公主)[摇板]银安盗来金鈚箭,成全驸马孝双全。(白)驸马!(辉)公主回来了。(铁)回来啦。(辉)令箭呢?(铁)哟!你瞧啊,我们娘儿俩只顾谈心事了,把这桩事情可就给忘啦!(辉)唉!误了本宫的大事了!(铁)哎,你别着急呀,你瞧这是什么?(辉)哦,公主请上,受我一拜。(铁)一夜之间,拜的什么!(辉)公主啊![快板]虽然分别一夜晚,为人必须礼当先。辞别公主跨走战,(白)马来呀![摇板]泪汪汪哭出了雁门关。(铁白)驸马,我夫![哭头]啊,驸马爷呀![摇板]见驸马跨雕鞍我失魂丧胆,等候了驸马归奴心才安。

---

① 《武家坡》《四郎探母》两面唱片,均在虹口大连湾路大中华唱片公司灌制。场面除鼓师魏希云外,均为票友。这张唱片与丁至云另外两张唱片,从当晚9点灌至深夜1点。

奚啸伯（1910.12.11~1977.12.10）

奚啸伯，字承桓，祖姓喜塔腊氏，祖籍北京，满族正白旗人。其祖父裕德是前清文渊阁大学士，父熙明，曾任度支部司长，擅书画。奚啸伯青年时代常出入北京票房，1921年，一次聚会中，他即席清唱《斩黄袍》，博得在场的言菊朋的赞许，次年拜言为师，并从言学习《打鼓骂曹》《洪羊洞》《奇冤报》《失·空·斩》《四郎探母》等谭（鑫培）派剧目。1925年，奚正式走上了从艺道路，并王荣山学《战北原》等戏，从吕正一学《二进宫》《审头刺汤》等戏，不久后，又向胡子钧学习《捉放曹》等戏，并向胡学习身段，同时向杨（小楼）派名票于冷华求教把子等，并将所学过的戏，请名票红豆馆主逐一指正。1929年正式下海演出，在天津搭尚和玉的玉成班唱二牌老生。1933年后，又先后搭杨小楼、尚和玉、马德成、新艳秋、小翠花、章遏云、李香匀、雪艳琴、金友琴、胡碧兰等班社。1935年加入承华社，在上海为梅兰芳配演，经梅提携，技艺益精。回京后自组忠信社，与张君秋、侯玉兰等合作，在京、津、沪等地演出。1937年，拜李洪春为师继续深造。又经余叔岩指点《群英会》，向李适可学《南天门》，并同夏山楼主、刘曾复等人交流艺术，同时，他还吸收高庆奎、时慧宝、王凤卿等各家之长，最终形成自己独特的风格。与马连良、谭富英、杨宝森并称后"四大须生"。

中华人民共和国成立后，奚排演了《将相和》《范进中举》等一批新编历史剧与《白毛女》《红云崖》《霓虹灯下的哨兵》《奇袭白虎团》等现代京剧。曾任北京市京剧四团团长、石家庄地区京剧团副团长。弟子有刁元礼、韩治安、苏承龙、欧阳中石、孟筱伯、张宗南、张荣培等人。其子奚延宏，工花脸，孙奚中路，工武生。

1939年，奚啸伯在国乐公司灌制的《打鼓骂曹》等唱片中的琴师为其表兄郭少臣（一作少忱），北京名琴票，曾拜徐兰沅为师。1942年，百代唱片中的琴师是当时著名谭、余派教师兼琴师陈鸿寿，所用即是谭鑫培琴师梅雨田生前赠与陈的胡琴。

白帝城【1942年百代唱片4面】奚啸伯饰刘备/内侍、陈鸿寿京胡、郑德海司鼓（PN41/2、39/40）

《白帝城》奚啸伯饰刘备

（头段）（刘备）[二黄慢板]实指望下江东把东吴扫尽，恨不得杀孙权方称我的心。陆逊儿用巧计令人可恨，多亏了那赵子龙救驾逃生。

（二段）烧得孤连营寨七百里整，烧得孤人和马七十余万片甲无存；烧得孤在火焰下四处奔命，烧得孤兵败在白帝城。想此事不由孤我的珠泪难忍，[原板]只觉得神不定坐卧不宁。

（三段）梦魂间一阵阵心神不稳，见二弟和三弟不离我的身。（白）啊，二弟，你来了，愚兄正在盼你，你、你近前来，愚兄有话言讲啊。（内侍）二千岁归天去了！（刘白）哦！怎么你那二千岁他、他、他不在人世了啊？唉，二弟！[原板]你本是大英雄盖世无对，

（四段）弟兄们要相逢万也不能。内侍臣勿喧声各归肃静，扶孤王龙床上我养一养精神。[导板]耳边厢又听得人声一阵，（白）先生呐！[散板]见先生在一旁珠泪淋淋。二皇儿含悲忍泪一旁跪定，孤又惭孤又愧孤又伤心。

空城计【1942年百代唱片2面】奚啸伯饰诸葛亮、陈鸿寿京胡、郑德海司鼓（PN43/4）

（头段）[西皮二六]我正在城楼观山景，耳听得城外乱纷纷。旌旗招展空翻影，却原来是司马发来的兵。我亦曾差人去打听，打听得司马领着兵往西行。一来是马谡无谋少才能，二来是将帅不和失街亭。你连夺我三城多侥幸，贪而无厌又夺我西城。诸葛亮在敌楼把驾等，等候你到此谈呐，谈、谈谈心。城内并无有别的敬，早预备羊羔美酒犒赏你的三军。既到此你就该把城进，为什么你犹豫不定、进退两难，为的是何情？左右琴童人两个，我是又无有埋伏又无有兵。你不要胡思乱想心不定，你就来、来、来，请上城楼[散板]饮酒抚琴。

（二段）[摇板]火上心头难消恨，[快板]帐下跪的小王平。临行何等嘱咐你？靠山近水扎大营。司马懿用兵多谨慎，叫他背地里笑孔明。大胆不听我的令，失守街亭[摇板]你的罪不轻！[快板]若不是画图来得紧，定与马谡同罪名。将王平[摇板]责打

《空城计》奚啸伯饰诸葛亮

《珠帘寨》奚啸伯饰李克用

四十棍，快带马谡无用之人！［快板］见马谡跪在帐下，不由山人咬钢牙。大胆不听我的话，失守街亭［摇板］差不差？吩咐两旁刀斧手，快将马谡就正军法。见马谡只哭得［哭头］珠泪洒，［摇板］我心中好似乱刀扎。

珠帘寨【1942年百代唱片2面】奚啸伯饰李克用、陈鸿寿京胡、郑德海司鼓（PN45/6）

（头段）［西皮快板］耳旁银安放号炮，众家儿郎逞英豪。来在营门［摇板］下鞍鞯，误卯牌高挂要糟糕。如今事儿大变更，讲什么妇人自由、男女平行？唯有孤王我的家法紧，比那自由平行还要狠十分。有心不遵她们的令，到晚来不叫孤进她们的卧室门。东宫不让进我又往西宫奔，西宫也是照样行关门吹了灯。闹得孤王无处奔，坐在银安殿上把闷气生。孤一生一世好把酒来饮，也是我好酒贪杯就惯坏了她们。沙陀国内访一访来，你再问一问，家家有本难念的经，救苦救难的观世音。叫老军与孤［回龙］你就报门进！

（二段）［摇板］来在营门下虎豹，这样的寂静所为哪条？［二六］老只老孤的须发老，上阵全凭马和刀。非是孤王不服老，胸中的韬略比人高。草莽的贼寇何足道？是叫他来，试一试孤家的，九九八十一斤定唐刀。［快板］你把那酒宴预备好，得胜回来贺贺功劳。叫老军与爷［摇板］前引道，会一会山寇小儿曹。［导板］三军与爷战鼓打，［快板］阵前来的小娃娃。儿的本领有多大，敢与孤王动杀法？

四郎探母【1939年国乐唱片2面】奚啸伯饰杨延辉、陈丽芳饰铁镜公主、郭少臣京胡、周子厚司鼓（20078）

（头段）（铁镜公主）［西皮流水］听他言吓得我浑身是汗，十五载才露出袖内机关。他本是杨家将把名姓改换，他思家乡想骨肉不得团圆。我这里走向前［摇板］再把礼见，［流水］尊一声驸马爷细听咱言：早晚间休怪

《四郎探母》奚啸伯饰杨延辉、陈丽芳饰铁镜公主

郭少臣

我言语急慢,不知者不怪罪你把[摇板]海量放宽。(杨延辉)[快板]我和你好夫妻恩德不浅,贤公主又何必礼义太谦?杨延辉有一日愁眉得展,誓不忘贤公主恩重如山。(铁)讲什么夫妻情恩德不浅?咱与你隔南北千里姻缘。因何故终日里愁眉不展,有什么心腹事你就只管明言。(杨)非是我这几日愁眉不展,有一桩心腹话不敢明言。萧天佐摆天门两国交战,我的娘押粮草来到北番。我有心回营去探母一面,怎奈我身在番不能过关。(铁)你那里又何须巧言来辩,你要拜高堂母是我不阻拦。(杨)虽然是公主不阻拦,无有令箭怎过关?(铁)有心赐你的金鈚箭,怕你一去你就不能回还。(杨)公主若肯赠令箭,五鼓天明即刻还。(铁)宋营相隔路途远,一夜之间你怎能还?(杨)公主你只管放大了胆,快马加鞭是一夜还。(铁)适才叫我盟誓愿,你也对天就表一番。(杨)贤公主叫我盟誓愿,屈膝跪在地平川。我若探母[摇板]不回转,黄沙盖脸尸骨不全。

(二段)(杨)[快板]在头上摘下胡狄冠,身上脱下紫罗衫,沿毡帽齐眉掩,青锋宝剑挂腰间。大胆我站在了皇宫院,等等等等候了公主盗令还,好奔阳关。(铁)[摇板]银安盗来金鈚箭,成全驸马孝义全。(杨白)公主回来了。(铁)回来了。(杨)拿来。(铁)什么呀?(杨)我的令箭呐!(铁)哟!自顾我们娘儿俩说话了,把您这件事情可就给忘了。(杨)哎呀!你误了我的大事了啊!(铁)哟,您别着急,您瞧这是什么?(杨)公主请上,受我一拜!(铁)一夜之间,不用拜啦。(杨)公主啊![快板]虽然是分别一夜晚,为人必须礼当先。辞别公主[摇板]跨走战,泪汪汪哭出了雁门关。(铁白)驸马,我夫![哭头]啊,驸马爷呀![摇板]见驸马跨雕鞍我失魂丧胆,但愿他早回还我才心安。

三娘教子【1939年国乐唱片2面】奚啸伯饰薛保、陈丽芳饰王春娥、郭少臣京胡、周子厚司鼓(20079)

(头段)(王春娥)[二黄原板]老薛保你不必苦苦哀告,主母言来听根苗:实指望教训他终身有靠,不想他劣根性不受熏陶。(薛保)劝三娘休得要珠泪掉,老奴言来听根苗:千看万看看东人年纪小,望三娘轻打轻责饶恕这遭。(王)你道他年小心不小,说出话来犹如刀。自古道人无有千日好,花开哪有百日娇?织什么机来把什么子[摇板]教,割断了机头两开交!

(二段)(薛白)你要走,只管去走;你要嫁,唉!只管去嫁。[散板]撇下了老的老、小的小挨门乞讨,我抚养小东人接代香烟。[哭头]啊!好不明白的三娘啊!(王)[散板]我哭、哭一声老薛保,叫、叫一声老掌家。小奴才下学回我把书来问,不想他、他对我信口胡言!手持家法未曾打下,他、他、他……

《三娘教子》奚啸伯饰薛保

他道说不是他亲生的娘亲，难以管旁人。［哭头］啊！掌家呀！

打鼓骂曹【1939年国乐唱片2面】奚啸伯饰祢衡、郭少臣京胡、周子厚司鼓（20138）

（头段）［西皮快三眼］平生志气运未通，似蛟龙困在浅水中。有朝一日春雷动，得会风云上九重。［流水］相府门前杀气高，层层密密摆枪刀，画阁雕梁双凤绕，亚赛天子九龙朝。［二六］丞相委用恩非小，用为鼓吏怎敢辞劳？背转身来微微笑，孔大夫做事也不高。明知道曹贼多奸巧。［快板］全凭势力压当朝，我越思越想心头恼。安排巧计骂奸曹，罢罢罢，暂且忍下了，明天自有我的巧妙高。

《打鼓骂曹》奚啸伯饰祢衡

（二段）［导板］谗臣当道谋汉朝，［原板］楚汉相争动枪刀。高祖爷咸阳登大宝，一统山河乐唐尧。到如今出了个奸曹操，上欺天子下压群僚。我有心替主爷把贼讨，手中缺少杀人的刀！下位坐定奸曹操。［快板］上坐文武众群僚，元旦节与贼不祥兆，假装疯魔骂奸曹。我把蓝衫来脱掉！

上天台【1939年国乐唱片2面】奚啸伯饰刘秀、郭少臣京胡、周子厚司鼓（20139）

（头段）［二黄慢板］孤离了龙书案把皇兄待定，为王我传口诏细听分明。小爱卿与太师结下仇恨，不该把太师爷剑劈府门。因此上发湖北灭他情性，候娘娘气平时赦他回京。孤登基也曾把免死牌赠，姚不反汉汉不斩姚，凌烟阁标名。孤念你老伯母悬梁自尽，孤念你孝三年改三月，孝三月改三日，孝三日改三时，孝三时改三刻，孝三刻改三分，三年、三月、三日、三时、三刻、三分，永不戴孝保定乾坤。

（二段）孤念你三个子把二子丧命，孤念你只落得一子霸林；孤念你幼年间东荡西除，南征北战，昼夜杀砍，马不停蹄，到如今二目昏花，两鬓苍苍，卿还是忠心耿耿，孤念你是一个开国的老臣。此一番进宫去顶荆赔罪，你把那好言奉敬，郭娘娘降下罪有孤担承。适才间卿的本寡人已准，寡人戒酒我不听谗言，岂斩我那开国老臣，孤是有道的明君。君臣们好一比那骨肉的情分，我叫一声姚皇兄，姚次况，伴驾王，孤的爱卿，你那里休流泪，免悲声，放大了胆，一步一步随定了寡人。

《上天台》奚啸伯饰刘秀

陈少霖（1911.6.1~1967.7.9）

陈少霖，字沛如，号春阳居士，山东黄县人。其父为名旦陈德霖。陈自幼秉承家学，由王月芳老师开蒙，9岁登台。10岁拜陈秀华为师学老生。11岁随其父去天津演出，1927年后，随其姐丈余叔岩学戏；1932年起与李香匀合作搭班演戏；1937年4月，随程砚秋剧团赴沪演出于黄金大戏院，并于百代公司灌制唱片；1936年拜张春彦为师，同年随坤旦华慧麟到武汉演出。后又搭金少山、章遏云等人演出于京、津、沪、鲁等地；1938年，首次挑班演出，偕侯喜瑞、魏莲芳等人演出于大连、沈阳等地；1940年后，先后与吴素秋、言慧珠、毛世来、李玉茹、荀慧生、李世芳等演出；1945年，第二次挑班自组春阳社，配角有裘盛戎、孙盛武等；1949年后，除仍搭荀慧生、赵燕侠班演出外，兼任民主剧场剧务主任。1952年加入张君秋主持的联谊京剧团，后改称北京市京剧三团，陈任副团长。1956年9月，在北京市中山公园音乐堂的北京京剧工作者联合会成立大型纪念演出中，与马连良、谭富英、奚啸伯、李和曾分饰《四郎探母》中的杨延辉一角。1962年后，因病中止舞台演出；1967年7月9日因癌症病逝于北京。

陈少霖传世唱片仅百代、胜利、国乐等为数不多的几张，却能反映出其学余（叔岩）派的成就，即便是余派不常演出的《芦花河》《断密涧》等剧目，陈也极力按照余派风格演唱。

骂曹【1937年4月18日百代唱片1面】陈少霖饰祢衡、朱嘉夔京胡（A4697）

[西皮二六]丞相委用恩非小，区区鼓吏怎敢辞劳？背转身来微微笑，孔大夫做事也不高。明知道曹贼多奸巧，全凭势力[快板]压当朝。我越思越想心头恼，并无巧计骂奸曹。罢罢罢暂且忍下了，明天自有我的巧妙高。[导板]适才与贼一席话，[散板]不由正平乱如麻。（白）酒逢知己千杯少，话不投机半句多。适才进得相府，与那贼深施一礼，奸曹坐在上面是昂然的不动，倒也罢了，反怪我的礼貌不周。明日大宴群臣将我用为鼓吏，分明是羞辱于我。

等到明天，当着满朝文武，我要咒骂奸曹一番，纵然将我斩首，也落个青史名标。正是：明知山有虎，偏向虎山行。［快板］昔日里韩信受胯下，英雄落魄走天涯。到后来登台把帅挂，扶保汉室锦邦家。明日里进帐把贼骂，拚着一死染黄沙。纵然将我的头割下，落一个骂贼的名儿［散板］扬天涯。

捉放宿店【1937年4月18日百代唱片1面】陈少霖饰陈宫、朱嘉夔京胡（A4698）

［二黄原板］观此贼睡卧真潇洒，安眠好似井底之蛙。贼好比蛟龙未生鳞甲，贼好比猛虎未曾长牙。虎在笼中我不打，我岂肯放虎归山又把［散板］人抓。（白）明公、明公、明公。［散板］拔宝剑将贼的头割下，险些儿把事我又做差。这是我陈宫做事差，不该随贼走天涯。落花有意随流水，流水无情恋落花。

《打鼓骂曹》陈少霖饰祢衡

八大锤【1937年4月18日百代唱片1面】陈少霖饰王佐、朱嘉夔京胡（A4699）

［二黄原板］怎能够今夜晚番营来进，前后话向文龙细说衷情。前也思后又想无有计定，倒不如在公案观看古今。汉室中卫律声名不振，却为何那苏武一片丹心，饥食膻渴饮血忠心耿耿，天保护地保佑暗有神灵。［散板］那要离断臂行颇有志量，留下了美名儿万载传扬。我王佐学断臂番营去闯，顾不得生和死天做主张。

御碑亭【1937年4月18日百代唱片1面】陈少霖饰王有道、朱嘉夔京胡（A4700）

［西皮原板］承谢你贤德心喜之不尽，但愿得此一去鱼跳龙门。谢贤妹体谅我手足情分，猛想起父母的恩无限伤情。但愿得这一科功名有份，终不亏王有道苦读经纶。施一礼辞贤妹［摇板］再别闺阃，赴科场好一比平步登云。（白）小心门户。哈哈哈哈！［摇板］赴罢了第三场文章高兴，喜滋滋笑吟吟出了龙门。回家去细说与阖家欢庆，穿大街过小巷来到家门。

《捉放曹》陈少霖饰陈宫

芦花河【1937年4月20日百代唱片4面】陈少霖饰薛丁山／薛应龙、王玉蓉饰樊梨花、周昌泰京胡、管觐声京二胡、张来有司鼓（A4723/6）

（头段）（薛丁山）［西皮摇板］贤夫人她倒有隔山照影，就知本帅讲人情。未曾讲情礼恭敬，（樊梨花）问王爷此礼是为何情？（薛）应龙犯了何条令，为何捆绑要问斩刑？（樊白）王爷问的就是他？（薛）正是。（樊）王爷呀！［二六］王爷有所不知情，妾身言来听分明：我命奴才去打头阵，谁叫他私自去招亲？招亲的事儿犯将令，因此上捆绑要问斩刑。

（二段）（薛白）哦！［摇板］我道是犯了那何条军令，却原来为的是临阵招亲。提起来招亲事一言难尽，难道说夫人你心不明？当年大战在那寒！（樊白）掩门！（薛）［二六］寒江镇，夫人阵前与我提亲。那时本帅不应允，夫人二次把巧计生。使了个移山倒海阵，把本帅吊至在半空存。那时我叫天天不应，教我入地地又无门。万般无奈才应允，夫妻双双进唐营。若论招亲你我先作定，有道是前人开路［散板］这后人行。

《珠帘寨》陈少霖饰李克用

（三段）（樊）［快板］王爷不必怒气生，妾身言来听分明：你在唐营掌帅印，奴本是西番女钗裙。姻缘本是前生定，那五百年前配为婚。奴才既违招亲事，军无私我的法无情。（薛）［摇板］应龙犯罪理当斩，（樊白）谢王爷！（薛）且慢！［快板］还要看他的年纪轻。（樊）王爷道他年纪轻，有辈古人对你云：三国有个周公瑾，七岁学法九岁能；十一十二掌帅印，十三十四破曹兵。蒋干过江盗书信，曹操错杀了水头军。这也是人间父母养，难道说奴才他就不是娘生？（薛）本帅与你讲人情，哪个与你比古人。大夫人也有亲生子，二夫人也有后代根。唯有夫人无有后，收下应龙作螟蛉。倘若娇儿有伤损，旁人道你是两样心。（樊）我今不斩应龙子，圣上降罪有谁担承？（薛）你今不斩应龙子，圣上降罪是我担承。（樊）要斩要斩偏要斩，（薛）不能不能［摇板］就万不能。（樊）莫把你二路元帅看大了，（薛）平西侯哪放在本帅的心。（樊白）哇！［快板］樊梨花、怒气生，秦汉一虎听分明：尚方宝剑挂营门，有人讲情就照令

《珠帘寨》陈少霖饰李克用

行。（薛白）哎呀！［快板］一见宝剑挂辕门，吓得三魂少二魂。眼望娇儿无救［哭头］应，我的儿啊！［摇板］父子们做鬼一路行。

（**四段**）（樊）我好似酒醉方才醒，（薛）［哭头］应龙儿、小娇儿、啊，（白）夫人！［哭头］我的儿啊！（樊）［摇板］他父子哭得好伤情。本当斩了应龙子，又恐失了夫妻的情。本当不斩应龙子，众将道我是两样心。（众白）众将皆服了。（樊）众将请起。［摇板］顺水推舟我把人情来准，看王爷的金面饶了畜生。（薛应龙）迈步且把宝帐进，多谢母亲不斩恩。（樊白）唗！［快板］一见奴才怒气生，大胆私自去招亲。狠心一剑［摇板］要儿的命，那旁谢过儿的老爹尊。

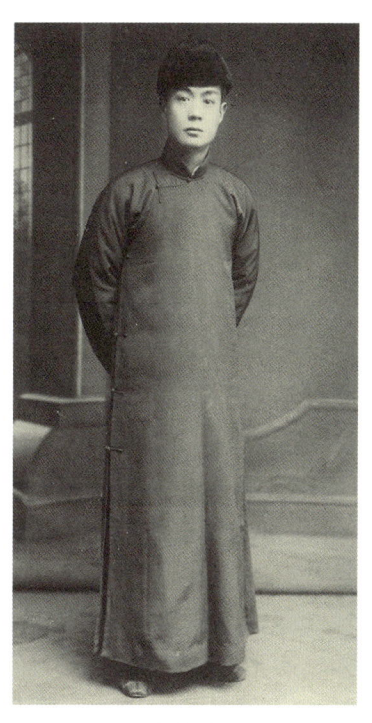

陈少霖

断密涧① 【1942年胜利唱片2面】陈少霖饰王伯当、金少山饰李密、贾贤英京胡、张继武司鼓（42180A/B）

（**头段**）（李密）［西皮摇板］王贤弟说话大有理，［流水］猜破了孤王的暗中计。李密忙离［摇板］金交椅，［流水］背转身来自猜疑。回头来叫一声王贤弟，孤王言来听端的：你本是堂堂的奇男子，休做那三心［摇板］二意的。（王伯当）［快板］大王不必把心疑，伯当言来听端的：王勇保主有假意，气化清风肉化泥。（李）好一个忠良的王贤弟，亚似过当年的介子推。孤王若把良心昧，乱箭攒身［摇板］孤不得回。（白）想条妙计重整瓦岗才是。（王）瓦岗已散，不能重整。（李）依贤弟之见？（王）依臣之见，不如散了瓦岗前去降唐。（李）就依贤弟，喽啰散去。（王）喽啰散去。（李）贤弟与孤带马。（王）臣，领旨！（李）［原板］在头上摘下飞龙帽，身上脱下蟒龙衣。勒住了马头用目觑：锦绣江山［快板］化灰泥。此一去降唐好一比，虎落平川被犬欺。（王）大王不必长叹息，自古善恶有轮回。江山也有兴和废，哪个男儿不受屈。改邪归正投唐帝，青史名标在万古题。（李）倘若是唐童把仇记，南牢之事［摇板］怎脱离。

《断密涧》金少山饰李密

（**二段**）（王）［快板］好一个仁义二主君，他比

---

① 此版唱片未正式发行，应为灌唱片时的第一版录音。唱片中纰漏颇多，念白、唱词等处也与正式发行版有诸多细微差别。

尧舜胜十分。松林忙把［摇板］大王请，（李）心中恍惚不安宁。（白）可曾见过唐童，南牢之事如何？（王）南牢之事一概不究。（李）好，待孤向前。（王）且慢。（李）为何拦阻？（王）见了千岁，是怎样地行礼？（李）打上一躬，请了请了。（王）他乃一君，你乃一臣，必须下一全礼，方能前去。（李）诶！叫孤屈膝于他，那是万万不得能够。（王）大王前来则甚？（李）前来降唐。（王）却又来！（李）哼！（王）［快板］讲什么瓦岗你为尊，说什么屈膝不跪人？向前去施一个君臣礼，头戴乌纱［摇板］入朝门。（李白）呀！［二六］李密闻言不定准，背转身来自思忖。孤在那瓦岗我多侥幸，称孤道寡孤亚似个老朝廷。孤的将令一出［快板］山摇震，大小三军谁不尊。只要那唐童他不记恨，孤我情愿屈膝跪他人。贤弟与孤你就把路引，［摇板］有罪的李密臣见君。［散板］好一唐童礼恭敬，（王）话不虚传果是真。（李）降唐的事儿孤的心拿稳，（王）似狂风吹散了满天云。

《洗浮山》陈少霖饰贺天保

断密涧①【1942年胜利唱片2面】陈少霖饰王伯当、金少山饰李密、贾贤英京胡、张继武司鼓（42180A/B）

（头段）（李密）［西皮摇板］王贤弟说话大有理，［流水］猜破了孤王的暗中计。李密忙离［摇板］金交椅，［流水］背转身来自猜疑。回头来叫一声王贤弟，孤王言来听端的：你本是堂堂的奇男子，休做那三心［摇板］二意的。（王伯当）［流水］大王不必把心疑，伯当言来听端的：王勇保主有假意，气化清风肉化泥。（李）好一个忠良的王贤弟，亚赛过当年的介子推。孤王若把良心昧，乱箭攒身［摇板］不得回。（白）想条妙计重整瓦岗才是。（王）瓦岗已散，不能重整。（李）依贤弟之见？（王）依臣之见，不如散了瓦岗前去降唐。（李）就依贤弟，喽啰散去。（王）各自散去。（李）贤弟与孤带马。（王）臣，领旨！（李）［原板］在头上摘下飞龙帽，身上脱下蟒龙衣。勒住了马头用目觑：锦绣江山［快板］化灰泥。此一去降唐好一比，虎落在平川被犬欺。（王）大王不必长叹息，自古

《空城计》陈少霖饰诸葛亮

---

① 此版唱片为正式发行版本，更正了上一版的错误之处。但也有小瑕疵，如头段中的"倘若是唐童把仇记"、二段中的"降唐的事儿孤的心拿稳"均不如第一版录音。

《甘露寺》陈少霖饰乔玄

善恶有轮回。江山也有兴和废，哪个男儿不受屈。改邪归正投唐帝，青史名标在万古题。（李）倘若是唐童把仇记，南牢之事［摇板］怎脱离。

（二段）（王）［快板］好一个仁义二主君，他比尧舜胜十分。松林忙把［摇板］大王请，（李）心中恍惚不安宁。（白）可曾见过唐童，南牢之事怎么样了？（王）一概不究。（李）既然如此，前面带路。（王）且慢！（李）为何拦阻？（王）见了千岁，是怎样地行礼？（李）打上一躬，请了请了。（王）他乃一君，你乃一臣，必须下一全礼，方能前去。（李）诶！叫孤屈膝于他，那是万万不得能够。（王）大王前来则甚？（李）前来降唐。（王）却又来！［快板］讲什么瓦岗你为尊，说什么屈膝不跪人？向前去施一个君臣礼，头戴乌纱［摇板］入朝门。（李白）呀！［二六］李密闻言不定准，背转身来自思忖。孤在那瓦岗我多侥幸，称孤道寡我亚赛个老朝廷。孤的将令一出［快板］山摇震，大小三军谁不尊。只要那唐童他不记恨，孤我情愿屈膝跪他人。贤弟与孤你就把路引，［摇板］有罪的李密臣见君。［散板］好一唐童礼恭敬，（王）话不虚传果是真。（李）降唐的事儿孤的心拿稳，（王）似狂风吹散了满天云。

二进宫【1940年国乐唱片2面】陈少霖饰杨波、吴素秋饰李艳妃、王泉奎饰徐彦昭（K177）

（头段）（徐彦昭）［二黄原板］怀抱着幼主爷江山执掌，（杨波）为什么恨天怨地，颊带惆怅所为哪桩？（李艳妃）并非是哀家颊带惆怅，都只为我朝中不得安康。（杨）臣朝中有什么祸从天降？（徐）你就该请太师父女们商量。（李）太师爷心肠如同王莽，他要夺我皇儿锦绣家邦。（徐）太师爷娘娘的父，他本是皇亲国丈，（杨）他未必一旦无情，起下了篡位的心肠，太师爷忠良！（李）你道他无有篡位心肠，封锁昭阳为的是哪桩？

（二段）（杨）臣七月十三日三本奏上，国太偏偏要让。（徐）你言道：大明朝，有事无事，不用那徐杨二奸党，赶下朝堂自立为王。（李）开言来叫一声定国将，哀家言来细听端详：你保幼主登龙位上，封你一字并肩王。（徐）老臣年迈难把国掌，要保朝还有那兵部侍郎。（李）徐皇兄年迈难把国掌，转面来叫一声兵部侍郎：你保幼主登龙位，你的名儿万古扬。（杨）吓得臣低头不敢望，战战兢兢启奏皇娘：臣昨晚修下了辞王本，今日里进宫来辞别皇娘。望国太开恩将臣放，臣要告职还乡落得个安康。

《四郎探母》陈少霖饰杨延辉

王少楼（1911.11.8~1967.1.22）

王少楼，字兆霆，祖籍山东。梨园世家，其祖父为旦角演员王顺福，其父是名武生王毓楼，姑母王明华是梅兰芳夫人，其妻徐咏芬是名琴师徐兰沅长女。7岁学戏，向丁连生学习《石秀探庄》《蜈蚣岭》等武生开蒙剧目，1919年，经梅兰芳建议，在北京前门外同兴堂拜张春彦为师，先后向高庆奎、李鸣玉学习《失·空·斩》《上天台》等十余出老生代表剧目。同时向雷喜福、李洪春等人学戏，并由父亲王毓楼教武功。1923年，拜余叔岩为师，《捉放曹》《打棍出箱》《四郎探母》《南天门》《坐楼杀惜》《打渔杀家》《梅龙镇》《战太平》《珠帘寨》《击鼓骂曹》《定军山》《南阳关》等戏均为余亲授。同年3月开始公演，不久入斌庆社科班，边演出边学艺，与李万春、蓝月春并称斌庆社"童伶三杰"。出科后曾向高庆奎学戏，又特聘名琴师陈鸿寿操琴，随陈学习谭（鑫培）、余（叔岩）派唱腔。王扮相清秀，表演生动，嗓音圆润有韵味，天赋极佳又兼功底深厚，受到内外行重视。他曾为荀慧生、尚小云、雪艳琴等配戏，1930年5月参加程砚秋的鸣和社，与程合作达十年之久。1934年，嗓音失润；1942年后，王与白家麟合组"勤节社"，同李盛斌、翔云燕、高玉倩等人长年在广德楼演出。

中华人民共和国成立后，当选"北京文艺代表大会代表"。1952年，被聘任为私立艺培戏曲学校教务主任兼老生教师；1953年该校由政府接管，改为北京市戏曲学校。他在校任教十余年，是我国杰出的戏曲教育家，为人谦诚和蔼，业精德高，在京剧界享有盛誉。王少楼学生众多，如张学津、李浩天、杨汝震、李崇善、安云武、赵世璞、谭孝曾、李宝春、沈宝祯、沈长春、梅葆玥、黄文俊、杨洪钧等知名演员均从其学艺多年。

在王少楼的唱片中，1928年至1931年为其巅峰时期，调门、嗓音都极力模仿余叔岩盛年时的状态；1932年7月6日，他在百代公司灌制的最后一批唱片，调门很低，已有败嗓趋势。

《空城计》王少楼饰诸葛亮

空城计【1932年7月6日百代唱片2面】王少楼饰诸葛亮、陈鸿寿京胡（A589/90）

（头段）[西皮二六]我正在城楼观山景，耳听得城外乱纷纷。旌旗招展空翻影，却原来是司马发来的兵。我也曾差人去打听，打听得司马领兵往西行。一来是马谡无谋少才能，二来是将帅不和失街亭。你连夺我三城多侥幸，贪而无厌又夺我的西城。诸葛亮在敌楼把驾等，等候你到此谈、谈、谈谈心。城外的街道打扫净，预备着司马好屯兵。城内并无有别的敬，早预备下羊羔美酒犒赏你的三军。既到此就该把城进，为什么在城外犹豫不定、进退为难、为的是何情？左右琴童人两个，我是又无有埋伏又无有兵。你不要胡思乱想心不定，你就来、来、来，请上城楼[散板]听我抚琴。

（二段）[摇板]怒上心头难消恨，[快板]帐下跪的小王平。临行再三嘱咐你，靠山近水扎大营。为什么不听我的令，失守街亭你的罪不轻。[快板]若不是画图来得紧，定与马谡同罪名。将王平责打[摇板]四十棍，再传马谡无用的人。[快板]见马谡跪在宝帐下，不由山人怒气发。临行再三嘱咐你，靠山近水把营扎。大胆不听我的话，失守街亭[摇板]差不差？吩咐两旁刀斧手，快将马谡正军法。[散板]见马谡只哭得珠泪洒，我心中好似万把刀扎。

盗魂铃【1932年7月6日百代唱片4面】王少楼饰猪八戒、陈鸿寿京胡（A591/4）

（头段）[西皮导板]龙凤阁内把衣换，[慢板]杨延昭下位去迎接娘来。我好比南来雁失群飞散，

（二段）叹双亲不由人珠泪双抛。忆昔当年五凤楼，怎奈我家贫穷无计奈何。霎时间乌云[散板]把天掩，少一名将人头悬挂高竿。

（三段）（反串《三娘教子》）（旦）[二黄原板]老薛保你不必苦苦哀告，三主母言来听根苗：都只为教训他终身有靠，又谁知背地里闪了一跤。（生）劝三娘休得要珠泪垂掉，老奴言来听根苗：千看万看看东人的年纪小，望三娘轻打轻责饶恕这遭下次不饶。（旦）你道他年小心不小，说出话来如同钢刀。织什么机来把什么[摇板]子教，割断了机头两开交。

（四段）（反串花面）[西皮摇板]那一日打从那乌

《定军山》王少楼饰黄忠

《盗宗卷》王少楼饰张苍

云洞过，[流水]偶遇见红孩妖小小的妖魔。他那里变顽童来耍与我，将我们、诓进了、洞中去、要吃唐僧肉、长生不老、不老长生、永久长活。今日里又打这山头路过，猛抬头、又只见、一个青春美貌、美貌青春、粉面油头、眉清目秀的女娇娥。扭扭捏、捏捏扭、扭扭捏捏阿弥陀佛。这一位娘行长得是真不错，走向前去[摇板]忙把话说。[原板]这大嫂生来真不赖，这一道红光所为何来？

取荥阳【1932年7月6日百代唱片2面】王少楼饰纪信、李洪福饰刘邦、陈鸿寿京胡（A595/6）

（头段）（刘邦）[西皮流水]将军不必心酸痛，有辈古人听心中：昔日里重耳走西东，文武十人患难从。子推割股把君奉，本是虎将换真龙。晋文归国表忠勇，独忘子推割股功。带母隐居不侍奉，后来烧死绵山中。卿比子推功劳重，寡人怎比晋文公。问卿家你可有高堂母？（纪信）[哭头]老娘亲！（刘）孤的皇伯母啊！（纪）啊，儿的娘呐！[原板]家有八旬老慈容。臣受皇封有爵俸，未尽孝来先尽忠。

（二段）（刘）[原板]将军替孤死尽忠，点点珠泪洒前胸。你母即是刘邦母，[流水]寡人送于养老宫。生养死葬孤侍奉，一品夫人受诰封。百年身归黄泉梦，金井御葬送山中。问卿家你可有妻和子？（纪）[哭头]我的妻！（刘）皇嫂啊！（纪）小娇儿啊！（刘）孤的皇侄儿啊！（纪）啊，妻和儿啊！[原板]家有寒妻受贫穷。老母甘旨她侍奉，臣子还在怀抱中。

四郎探母【1932年7月6日百代唱片2面】王少楼饰杨延辉、陈鸿寿京胡（A597/8）

（头段）[西皮慢板]杨延辉坐宫院自思自叹，想起了当年事好不惨然。我好比笼中鸟有翅难展，我好比虎离山受了孤单；我好比南来雁失群飞散，

（二段）我好比浅水的龙久困沙滩。想当年沙滩会[二六]一场血战，只杀得血成河尸骨堆山，我被擒改名姓身脱此难，将杨字拆木易匹配良缘。萧天佐摆天门两国会战，我的娘领人马来到北番。我有心过营去见母一面，怎奈我身在番远隔天边。思老

《四郎探母》
程砚秋饰铁镜公主、王少楼饰杨延辉

《珠帘寨》王少楼饰李克用

母不由人把肝肠痛断,想老娘不由人泪洒在胸前。[哭头]眼睁睁高堂母难得见,儿的老娘啊![摇板]要相逢除非梦里团圆。

珠帘寨【1932年7月6日百代唱片4面】王少楼饰李克用／程敬思、陈鸿寿京胡（A599/602）

（头段）（李克用）[西皮导板]太保传令把队收,[原板]我与贤弟叙一叙旧根由。忆昔当年五凤楼,文武百官庆贺千秋。自从那年分别后,又谁知相逢在北州。

（二段）（程敬思）[原板]自从千岁离朝后,满朝中文武臣泪双流,为千岁懒把乌纱扣,为千岁懒穿紫罗绸。山高路远少问候,望千岁恕学生礼貌不周。

（三段）（李）[摇板]太保推杯换大斗,[流水]李克用撩袍跪北州。当初不该打死段国舅,唐王一怒要斩人头。多亏了恩公把本奏,孤王才得活命留。似这等天高地厚恩少有,这一杯水酒要饮下喉。（程）用手儿接过了梨花盏,学生大胆把话言:甲子年、开科选,山东来了一生员。家住曹州并曹县,姓黄名巢字巨天。三篇文章做得好,御笔亲点为状元。跨马三日游宫院,宫娥彩女笑连天。万岁见他容貌丑,斩了试官贬状元。斩了试官不要紧,贬了状元惹祸端。祥梅寺、贼造反,将我主赶至在那西岐美良川。学生到此无别干,一来是搬兵[摇板]二问安。

（四段）（李）[流水]听说是黄巢造了反,不由得克用笑连天。贤弟饮宴且饮宴,提起了唐王[摇板]孤不耐烦。（程）[流水]我这里提起了唐天子,老大王一旁不耐烦。是是是来明白了,老儿是个爱宝男。人来将宝[摇板]搭上殿,特请千岁把宝观。（李）[流水]一见珠宝帐前摆,不由得克用笑颜开。上有蟒袍和玉带,凤冠头上插金钗。明明知道装不解,扭回头来问开怀:你做清官有数载,这样的宝贝打从何处来?（程）此宝出在山海外,三年五载进宝来。我主爷爱将如山海,特命学生解宝来。

《南阳关》王少楼饰伍云召

捉放宿店【1931年5月高亭唱片2面】王少楼饰陈宫、陈鸿寿京胡（Teb563/4）

（头段）[二黄慢板]一轮明月照窗下，陈宫心中乱如麻。悔不该心猿并意马，又不该随他人到吕家。

（二段）吕伯奢可算得美意大，杀猪沽酒款待于他。又谁知此贼的疑心太大，拔出剑就将他的满门杀。一家人俱丧在宝剑之下，年迈老丈命染黄沙。屈死的冤鬼魂休来怨咱，自有那神灵天地鉴察。[散板]也是我把事来做差，不该随贼走天涯。落花有意随流水，流水无情空恋花。

《四郎探母》王少楼饰杨延辉

四郎探母【1931年5月高亭唱片2面】王少楼饰杨延辉/杨延昭、陈鸿寿京胡（Teb565/6）

（头段）【四郎六郎】①（杨延辉）[西皮原板]弟兄们分别十五春，兄在北番招了亲。闻听得老娘到北郡，因此上巧改扮回宋营、黑夜里探望娘亲。（杨延昭）四哥失落在番营，哭坏了老娘亲盼坏了四嫂夫人。宗保近前听父令，[快板]为父言来听分明：四伯父今日回宋营，帐里帐外莫高声。（辉）[摇板]问六弟老母今何在？（昭）现在后帐把兵排。（辉）有劳贤弟把路带，母子们相逢痛伤怀！

（二段）【见娘】[摇板]老娘亲请上受儿[回龙]拜，[二六]千拜万拜也是折不过儿的罪来。孩儿被擒在番邦外，隐姓埋名脱祸灾。多蒙太后恩如海，铁镜公主配和谐。儿在番邦一十五载，常把我的老娘挂在儿的心怀。胡狄衣冠懒穿戴，每年间花开[快板]儿的心不开。闻听得老娘征北寨，乔装改扮过营来。见母一面愁眉解，愿老娘福寿康宁永无灾。

法场换子【1931年5月高亭唱片1面】王少楼饰徐策、陈鸿寿京胡（Teb567）

[二黄慢板]恨薛刚小奴才不如禽兽，吃醉酒全不顾满面含羞。闯下了滔天祸一人逃走，连累他二爹娘不能到头。把一个两辽王午门斩首，樊夫人拔宝剑自刎人头。眼见得忠良臣乏嗣无后，可怜他

《战樊城》王少楼饰伍子胥

---

① 原唱片报名即如此，实为【见弟】一折。

王少楼

斩草除根、寸草不留、天地含忧,怎教我看水流舟。夫人呐!

草船借箭【1931年5月高亭唱片1面】王少楼饰诸葛亮/鲁肃、陈鸿寿京胡(Teb568)

(诸葛亮)[西皮原板]一霎时白茫茫满江雾露,顷刻间看不出在岸在舟。似这等巧机关世皆少有,学轩辕造指南大破蚩尤。(鲁肃)鲁子敬坐舟中浑身战抖,把性命当儿戏全不担忧。这时候他还有心肠饮酒,怕的是到曹营难保人头。(亮)[摇板]劝大夫放宽心只管饮酒,顷刻间到曹营去把箭收。

二进宫【1931年5月高亭唱片4面】王少楼饰杨波、尚小云饰李艳妃/徐小姐、裘桂仙饰徐彦昭、赵砚奎京胡、程子余司鼓(Teb577/80)

(头段)(徐彦昭)[二黄原板]怀抱着幼主爷把国执掌。(杨波)为什么恨天怨地颊带惆怅所为哪桩?(李艳妃)并非是哀家颊带惆怅,都只为我朝中不得安康。(杨)有什么大祸从天降。(徐)你就该请太师父女们商量。(李)太师爷心肠如同王莽,他要夺我皇儿的锦绣家邦。(徐)太师爷娘娘的父他本是皇王国丈。(杨)他未必一旦无情起下了篡位的心肠,太师爷忠良!(李)你道他无有篡位的心肠,为什么断了水火封锁昭阳为的是哪桩?

(二段)(杨)臣七月十三日把三本奏上,龙国太偏偏要让。(徐)你言道:大明朝有事无事不用徐杨二奸党,赶下朝堂自立为王。(李)开言来叫一声定国将,哀家言来听端详:你保幼主爷登龙位上,封你一字并肩王。(徐)老臣年迈难把国保,要保国还有兵部侍郎。(李)徐皇兄年纪迈难把国掌,转面来叫一声兵部侍郎。(杨白)臣!(李)[原板]你保幼主爷登龙位上,你的名儿万古扬。(杨)吓得臣低头不敢望,胆战心惊启奏皇娘:臣昨晚修下了辞王本,今日里进宫来辞别皇娘。望国太开恩将臣放,臣要告职还乡落得个安康。

(三段)(李)他二人把话一样讲,倒教哀家无有主张。无奈何怀抱太子跪至在昭阳。(徐)吓坏了定国王、(杨)兵部的侍郎。(徐)自从盘古立帝邦,(杨)君跪臣来臣怎敢当。(李)非是哀家来跪你,跪的是我皇儿的锦绣家邦。(徐)锦家邦来锦家邦,(杨)臣有一本启奏皇娘:(徐)昔日里有个李文李广,(杨)弟兄双双保定朝纲。(徐)李文北门带箭伤,(杨)伴驾山前又收李刚。(徐)收了一将损伤一将,(杨)一将倒比一将强。(徐)到后来保太子登龙位上,(杨)反把那李广斩首法场。(徐)这都是前朝的忠臣良将,(杨)哪个忠良又有下

尚小云

王少楼

场？（李）有下场来无下场，且听哀家说段比方：昔日里有一个潘老丞相，李氏夫人替了皇娘。紫竹林内生太子，至今美名万古传扬。（徐）困龙思想长江浪，（杨）虎落平阳想奔山岗。（徐）事到头来想一想，（杨）谁是忠良哪个是奸党？（李）二卿不把国来掌，哀家跪死在朝阳。

（四段）（徐）[摇板]铜锤一举王请上。（杨）老杨波搀扶起定国王。（徐）进前来奏一道太平表章，那杨波搬来了众家儿郎。（李白）好啊！[摇板]太子交付与小姐抱，（徐小姐）双手付与了老年高。（徐）用手接过大明后，你保幼主坐龙楼。（杨）用手接过龙一条，二目圆睁把臣瞧。趁此机会生机巧，浑身上下似水浇难以保朝。（徐）大人不必生机巧，你的心事我猜着。莫非是保幼主嫌官小，忙将杨波加封号。（李白）杨波听封！[摇板]我封你太子和太保，子子孙孙爵禄高。（杨）叩罢头来谢罢恩。（徐）徐彦昭代驾且平身。（杨）一文、（徐）一武、（杨、徐同）出宫门，（杨）怀抱太子叫皇兄。大明江山还仗你，（徐）保国家还是你杨家父子兵。

南天门【1931年5月高亭唱片1面】王少楼饰曹福、尚小云饰曹玉莲、赵砚奎京胡、程子余司鼓（Teb582）

（曹玉莲）[西皮流水]八月十五把寿拜，贼将那珠宝往上抬。邀买忠良他心一块，想谋天启爷的九龙台。我的父骂贼出府外，两下里结下冤仇来。那旁有座大石块，坐在上面儿就不起来。（曹福白）啊，小姐，为何不走啊？（莲）两足疼痛难以行走。（福）哎呀！[快板]小姑娘啼哭坐土台，珠泪点点洒下来。自幼儿未出闺门外，鞋弓足小路难挨。缠足带儿忙松解，轻轻刺破[摇板]绣花鞋、忙把路挨。（莲）老哥哥与我脸朝外，[快板]在头上取下金钗来。缠足带、松放解，轻轻刺破红绣花鞋。老哥哥与我把路带，大雪不住就落下来。（福）[散板]霎时天气变得快，鹅毛大雪降下来。荒郊又被雪来盖，处处的楼阁似银台。（莲白）哎！[散板]四面俱是冰雪块，身上寒冷我的步难挨。

武家坡【1931年5月高亭唱片2面】王少楼饰薛平贵、尚小云饰王宝钏、赵砚奎京胡、程子余司鼓（Teb583/4）

（头段）（薛平贵）[西皮导板]一马离了番邦界，[原板]不由人一阵阵怒满胸怀。青是山绿是水花花世界，薛平贵好一似孤雁

《算粮》王少楼饰薛平贵

《九更天》王少楼饰马义

归来。那王允在朝中身为太宰，他把我贫苦人哪放在心怀。恨魏虎是内亲将我来害，苦苦地要害我为者何来？柳林下拴战马武家坡外，[摇板]见过了众大嫂借问开怀。

（二段）（薛）[导板]八月十五月光明！（王宝钏白）住了！军营之中，连个灯亮全都无有？（薛）灯亮倒有，哪有许多？（王）全凭何物？（薛）皓月当空！[原板]薛大哥在月下修书文。（王）我问他好来？（薛）他倒好。（王）再问他安宁？（薛）倒也安宁。（王）三餐的茶饭？（薛）老军造。（王）衣裳破了？（薛）自己补缝。薛大哥这几年运不通，在西凉路上受尽了苦刑。（王白）啊，军爷！我那儿夫敢莫是挨了打了么？（薛）呃，正是挨打！（王）但不知打了多少？（薛）一捆四十。（王）哦！一捆四十？哎呀！我那苦命的夫哇！（薛）啊，大嫂，不要啼哭，这苦么，还在后呢！[原板]那一日失落了一骑马！（王白）住了！但不知是官马是私马？（薛）军营之中自然是官马呀。（王）官马岂不让他赔的？（薛）哪怕他不陪！（王）哎哟哟！他拿什么赔哟？（薛）自然有啊！[原板]为赔马借了我十两纹银。

南天门【1931年5月高亭唱片2面】王少楼饰曹福、雪艳琴饰曹玉莲、陈鸿寿京胡（Teb585/6）

（头段）（曹玉莲）[西皮导板]急急忙忙走的慌，（福）[散板]点点珠泪洒胸膛。（莲）似鱼儿逃出千层网，（福）虎口内逃出了两只羊。（莲）[原板]恼恨那魏忠贤逆贼奸党，（福）我朝中出谗臣搅乱家邦。（莲）天启爷坐江山日月不亮，（福）太老爷坐天官吏部大堂。

（二段）（莲）我的父修下了辞王表章，（福）丢了官罢了职贬回故乡。（莲）到晚来宿至在官庄堡上，（福）狗奸贼领人马暗地埋藏。（莲）我的父命丧在那宝剑之上，[哭头]老爹爹！（福）太老爷！啊，太老爷！[原板]最可叹忠良臣无有下场。（莲）我的母跳花井也把命丧，[哭头]老娘亲！（福）太夫人呐！（福、莲）啊！（莲）喂呀，儿的娘啊！

《一捧雪》王少楼饰莫成

男老生

游龙戏凤【1931 年 5 月高亭唱片 2 面】王少楼饰正德帝、雪艳琴饰李凤姐、陈鸿寿京胡（Teb587/8）

（头段）（正德帝）[四平调]有寡人打坐在梅龙镇，想起朝中大事情。将玉玺交与了龙国太，朝中的大事有公卿。我忙将木马一声震，看看提茶送酒的人，啊！畅饮杯巡。（白）酒保！（李凤姐白）来了！[四平调]自幼儿生长在梅龙镇上，兄妹二人开店房。我哥哥巡更对我讲，他说前店有一位客商。将茶盘放至在桌案上，凤姐回转后店房，啊！后店房。

（二段）（正）好花儿出在仙山内，美女生在这小门庭。我忙将木马二声震！（李）来了提茶送酒人。（正）好一个乖巧的李凤姐，未曾饮酒要钱文。龙袍袖内摸一把，白晃晃现出一锭银。（李）用手儿拿过了银一锭，问声军爷有多少人？（正）为军的一人一骑马，（李）一人用不了许多的银。（正）孤龙行虎步把客堂进，（李）用手带上两扇门，啊！我掸一掸灰尘。

《空城计》王少楼饰诸葛亮

空城计【1931 年 5 月 17 日蓓开唱片 1 面】王少楼饰诸葛亮、陈鸿寿京胡（91354）

【城楼】[西皮二六]我正在城楼观山景，耳听得城外乱纷纷。旌旗招展空翻影，却原来是司马发来的兵。我也曾差人去打听，打听得司马领兵往西行。一来是马谡无谋少才能，二来是将帅不和失守街亭。你连夺我三城多侥幸，贪而无厌又夺吾西城。诸葛亮在敌楼把驾等，等候你到此谈谈谈谈心。城外街道打扫净，预备司马好屯兵。城内并无有别的敬，早预备着羊羔美酒犒赏你的三军。你到此就该把城进，为什么在城外犹豫不定进退两难，为的是何情？左右琴童人两个，我是又无有埋伏又无有兵。你不要胡思乱想心不定，你就来来来，请上城楼听我抚琴。

《八大锤》王少楼饰王佐

长坂坡【1931 年 5 月 17 日蓓开唱片 1 面】王少楼饰刘备、陈鸿寿京胡（91355）

【叹五更】[西皮散板]弃了百姓心不忍，去到当阳再思忖。吩咐大家往前奔，但愿立时到天明。[原板]寒风透体夜已深，满天星斗起浮云。英雄至此都怨恨，不是愁人也断魂。方才睡去又复醒，四面隐隐有悲声。莫不是汉刘备福分尽，不能执掌锦乾坤。

打棍出箱【1931年5月17日蓓开唱片2面】
王少楼饰范仲禹、萧长华饰报录甲、朱斌仙饰报录乙、陈鸿寿京胡（91356/7）

（头段）（报录甲白）来啊，伙计！摸啊！（报录乙）哎，摸呀！摸！（范仲禹）呃！（甲）我的妈啊！你自己摸吧！（乙）我不摸了啊！（范仲禹）[四平调]在城隍庙内挂了号！（甲白）嘿！留神！（乙）留点儿神！（范）[四平调]土地祠内领过了回文，啊，领回文！（甲白）这是什么？你认得不认得？（乙）不认得。（甲）这个我认得。（乙）这什么？（甲）这是旱包。（乙）旱包？（甲）天一热他就出来啦。（乙）这玩意儿？（甲）灌什么？灌屎壳郎。（乙）灌屎壳郎？（甲）拿棍子一逗鼻子眼儿乱动。（乙）我开开眼。（甲）你瞧。（乙）我瞧瞧。（甲）耶！你瞧是不是。耶！你瞧。（乙）有意思。（范）你骂了我了。（甲）多咱呢？（范）他骂了我了。（乙）不错，他骂你半天了。（范）你骂了我了。（甲）这是哪儿的事情？我多早晚骂你啦？（乙）你干什么骂人呐你？（范）[四平调]你骂我是一个狂书生，平白地骂我所为何情？啊，所为何情？（乙白）得啦，这是海怪。（甲）海怪跑旱地来呀？（乙）那是啊！这也有玩意儿，拿棍这么一逗，蹄儿爪儿乱动。（甲）我开开眼。（乙）你开开眼？瞅着！诶！有意思吧？（甲）哎！有得！（范）你打了我了。（乙）谁打你啦？（范）他打了我了。（乙）这是哪里的事情呀？（范）你打了我了。（甲）你怎么打人啊？（乙）这不是瞎闹吗！（范）[四平调]我和你一无仇来二无有冤恨，打我的皮破鲜血淋，啊，鲜血淋。

《问樵闹府》王少楼饰范仲禹、马富禄饰樵夫

（二段）（甲白）哎！我来劝劝他吧。[四平调]是何人将你的头儿打破，你去寻找你的对头人，啊，对头人。（范白）你是我的儿子呀！（甲）这不是玩笑吗！（范）儿啊！（甲）这是哪说起来的事情呀？（范）[四平调]叫一声小娇儿快来吧，我的儿呀！（甲）你瞧这是什么？倒是，别认错了。（范）[四平调]送儿到学中！（甲白）干什么呀？（范）[四平调]读一读书文！（甲）这岁数来不及啦。（范）[四平调]啊，读一读书文。（乙白）你劝他不行，你听我来劝吧。（甲）哎，你来。（乙）[四平调]这一桩事儿真出奇，青天白日被

《问樵闹府》王少楼饰范仲禹、马富禄饰樵夫

鬼迷，啊，被鬼迷。（范白）你是我的妻子啊。（乙）谁是你妻子？（范）妻啊！（乙）这是哪儿的事情！（甲）你长得不含糊，你就跟他走得了嘛！（范）[四平调]叫一声结发妻你哪里去？（甲白）留神呐啊。（乙）玩笑？（范）[四平调]我的妻！（乙白）认准了我啦？（甲）愣叫殃打着，别叫他扑了啊！（范）[四平调]红罗帐内叙一叙苦情！（乙白）嗯！不行，办不了您呢！（范）[四平调]啊，叙一叙苦情。

《打棍出箱》王少楼饰范仲禹

宝莲灯【1931年5月17日蓓开唱片1面】王少楼饰刘彦昌、陈鸿寿京胡、程子余司鼓（91363）

[二黄快三眼]昔日里有一个孤竹君，伯夷叔齐二大贤人。都只为孤竹君身染重病，传口诏命次子袭位为君。那叔齐分长幼不能担任，那伯夷尊父命也不能够应承。一个逃出门无有踪影，那一个也逃出后宰门。首阳山前冻饿死，留得美名万古存。为父的怎比得孤竹君，二娇儿也难比那二个贤人。打死了别家子父能做主，打死了秦官保父不能够担承。

连营寨【1931年5月17日蓓开唱片1面】王少楼饰刘备、陈鸿寿京胡、程子余司鼓（91364）

[反西皮二六]点点珠泪往下抛，弟兄们桃园结义好，胜似一母共同胞。不幸徐州失散了，万般无奈降奸曹。曹孟德待你的恩义好，上马金银也曾赠过了红袍；美女十名你不要，封金挂印辞别奸曹。千里路上保皇嫂，过五关、斩六将，擂鼓三通把蔡阳的首级枭，可算得盖世的英豪！还望二弟神威保，[摇板]神威保，二弟！不杀孙权不还朝！

《宝莲灯》王少楼饰刘彦昌

秋胡戏妻【1931年5月17日蓓开唱片2面】王少楼饰秋胡、尚小云饰罗敷、赵砚奎京胡、程子余司鼓（91365/6）

（头段）（秋胡）[西皮流水]秋胡打马奔家乡，行人路上马蹄忙。坐立雕鞍用目望：见一位大嫂她手攀桑。前影好像罗氏女，后影好像我妻房。我本当向前将妻认，错认民妻罪非常。（罗敷）[流水]耳边厢又听得人喧嚷，举目抬头四下望。阳关大道人来往，见一客官就站道旁。（秋白）啊，大嫂请了！（罗）哦，客官敢莫是失迷路途？（秋）我乃找名问姓的呀。（罗）有名便知，无名不晓。（秋）姓秋名胡，字高强。（罗）客官问他则甚？（秋）我与那秋兄有八拜之交，托我带的书信，故而动问。（罗）呀！〔流水〕听一言来心欢畅，背转身来喜洋洋。二十年前他乡往，今日里还有这信还乡。（白）秋胡离我家不远，客官可将书信放下，我与他带回就是。（秋）我那秋兄言道：书信要面交本人。（罗）如若不见本人呢？（秋）只好是原书退回。（罗）你将他家中之事，说得一字不差，我便带你前去。（秋）大嫂听了！〔流水〕站立在桑园把话讲，尊一声大嫂听端详：家住在鲁国古田桑，姓秋名胡字高强。他父名叫秋祖望，二十年前一命亡。他母柯氏六旬上，白发孀苍在高堂。娶妻本是罗敷女，罗布荆钗守空房。临行送在阳关上，叮咛的言语就记在心旁。这是那秋兄对我讲，并无一字就哄娘行。

（二段）（秋）〔小导板〕秋胡他把良心丧！（罗白）住了！他丧良心不丧良心，与你什么相干？（秋）哎！我替你生气呀！（罗）你要老成些！（秋）〔原板〕他在那楚国配鸾凰。我劝他归家他不往，撇下了大嫂守空房。你好比皓月〔二六〕空明亮，又被乌云遮住了光。大嫂好似花中蕊，卑人我好比采花郎。桑田之内无人往，学一个织女〔摇板〕会会牛郎。（罗白）客官呐！〔快板〕客官说话理不端，奴家言来听端详：若是当官知道了，无情拶棒你应承当。（秋）大嫂把话错来讲，卑人言来听端详：男儿无妻家无主，女子无夫房无梁。大嫂若是从勾当，学一个巫山仙女会襄王。（罗）听一言来怒满腔，胡言乱语心不良。你若在此胡乱讲，管你叫你〔散板〕贪花的浪子死无有下场！

《打渔杀家》王少楼饰萧恩

《打渔杀家》王少楼饰萧恩、马富禄饰大教师

打渔杀家【1931年5月17日蓓开唱片2面】
王少楼饰萧恩、尚小云饰萧桂英、赵砚奎京胡、程子余司鼓（91367/8）

（头段）（萧桂英）〔西皮导板〕海水滔滔白浪发，（萧恩白）开船呐！（英）〔快板〕哪个渔船常在家？青山绿水难描画，父女们河下就做生涯。（萧白）儿啊！〔摇板〕父女打渔在江下，家贫哪怕人笑咱。撑住了篷索父把网撒！年纪衰迈气力不佳。（英白）啊，爹爹，方才那二位叔父，他是何人？（萧）儿问的是他？（英）正是！（萧）〔摇板〕他本江湖二豪侠，大破方腊却有他。蟒袍玉带不愿挂，弟兄们双双走天涯。（英）知心人说不尽知音话，

（萧）猛抬头见红日坠落西下。

（二段）（英）[原板]奴这里只把那棍徒来恨，他那里倚富豪欺压黎民。我的父上公堂前去论评，这时候不见回奴不放心。（萧）[摇板]恼恨那吕子秋为官不正，仗势力欺压我贫穷的良民。原被告上堂去一言不问，责打我四十板赶出了头门。无奈何咬牙关忙往家奔，叫一声桂英儿你快来开门。

洪羊洞【1928年10月胜利唱片2面】王少楼饰杨延昭、陈鸿寿京胡（43842）

（头段）[二黄散板]适才间与贤爷把话谈论，耳旁听得有人声。猛然睁开昏花眼，抬头只见儿的老娘亲。老娘亲所生我人七个，到如今白发人反送了黑发儿的身，儿的娘啊！好不惨情。柴夫人近前来夫有话论，我死后全仗你孝顺娘亲。宗保儿近前来听父教训，必须要秉忠心辅保宋君。柴夫人宗保儿将我搀定，杨延昭下病床叩谢圣恩。恕为臣不能够山河重整，恕为臣不能够辅保明君。[哭头]叩罢头躬身起心血上涌，

（二段）[散板]我面前站定了许多鬼魂。焦克明气昂昂心怀不不不忿，孟、孟、孟、孟佩仓笑盈盈拱手相迎。这一旁站的是虎将岳胜，抬头只见老爹尊。[哭头]老爹爹且慢行把儿相等，[散板]无常到万事休气归幽冥。

《打渔杀家》王少楼饰萧恩

奇冤报【1928年10月胜利唱片1面】王少楼饰刘世昌、陈鸿寿京胡（43843A）

[二黄原板]老丈不必胆怕惊，我有言来你是听：休把我当作了妖魔论，我本屈死一鬼魂。我忙将树枝摆摇动，抓一把沙土扬灰尘。我和你远无怨近无有仇恨，望求老丈把冤伸。

珠帘寨【1928年10月胜利唱片1面】王少楼饰李克用、陈鸿寿京胡（43843B）

[西皮导板]昔日有个三大贤，[原板]刘关张结义在桃园。弟兄们徐州曾失散，古城相逢又团圆。关二爷马上呼三弟，张翼德在城楼怒发冲冠。耳边厢又听[快板]人呐喊，老蔡阳的人马来到了古城边。城楼上助你三通鼓，十面旌旗壮壮威严。哗啦啦打罢了

《珠帘寨》王少楼饰李克用

头通鼓，关二爷提刀跨雕鞍；哗啦啦打罢了二通鼓，人有精神马又欢；哗啦啦打罢了三通鼓，蔡阳的人头落在马前。一来是老儿命该斩，二来是弟兄得团圆。贤弟休回长安转，就在这沙陀过几年，［摇板］落得个清闲。

捉放曹【1928年10月胜利唱片2面】王少楼饰陈宫、陈鸿寿京胡（43844）

（头段）［西皮慢板］听他言吓得我心惊胆怕，背转身自埋怨我自己做差。我先前指望他宽宏量大，却原来贼是个无义的冤家。马行在夹道内我难以回马，

（二段）这才是花随水水不能恋花。这时候我只得暂且忍耐在心下，既同行共大事必须要劝解于他。［二六］休道我言语多必有奸诈，你本是大义人把事做差。吕伯奢与你父相交不假，为什么起疑心杀他的全家？一家人被你杀也就该罢，出庄来杀老丈是何根芽？［摇板］好言语劝不醒蠢牛木马，把此贼好一比井底之蛙。

《御碑亭》
王少楼饰王有道

乌盆计【1931年12月长城唱片2面】王少楼饰刘世昌、茹富蕙饰张别古、陈鸿寿京胡（CHI3090/1）

（头段）（刘世昌白）张别古！（张别古）哪位呀？（刘）老丈！（张）盆儿说了话啦！（刘）［二黄原板］老丈不必胆怕惊！（张白）你是妖怪吧？（刘）［原板］我有言来你是听：休把我当作了妖魔论，（张白）你是什么？（刘）［原板］我本屈死一鬼魂。（张）他那里叫一声张别古，（白）哎呀呵！要把我憋死。［原板］叫得我年迈人心中恍惚。（白）哎呀慢着！我想少年见鬼，还有三年，是老来见鬼，就在眼前。不得！我得回去！我走！哎哟，鬼打墙喔！

（二段）（刘）［原板］我忙将树枝摆摇动！（张白）没刮风，树梢直动换啊。（刘）［原板］抓一把沙土扬灰尘。（张白）哎！迷了我的眼睛啦！（刘）［原板］我和你远无怨近无有仇恨，望求老丈把冤伸。（张）［摇板］年纪迈来血气衰，遇着鬼魔打搅来。（白）耶！到了城隍庙啦！闻听人说，城隍爷最灵啊，有了！我许个愿试试。张别古进庙台，［数板］躬身下拜，尊一声城隍老爷细听明白：只因那东大洼儿的赵大该我钱财，是我去讨债。给了个

《朱痕记》王少楼饰朱春登

《朱痕记》
王少楼饰朱春登、程砚秋饰赵锦棠、侯喜瑞饰李仁

盆,折了债,谁想这个盆他是个妖怪,在中途路上说出话来。望城隍与我遮盖,明日里,猪头三牲、一块豆腐和白菜,是一准买来,是一准送来。(白)咱们爷儿俩说什么是什么,我决不能跟您造谣言。愿是许啦,不定灵不灵,试验试验。盆儿?呀哈哈哈哈!真退啦!拿家睡觉去啦!哎呀,慢着!穷得我连饭都没有得吃,哪有钱买供啊?这小鬼我就惹不起,这要是把城隍爷惹翻喽,比小鬼厉害呀!嗯,不得不得,趁早打退堂鼓,二次下拜![数板]尊一声城隍姥姥细听明白:那东大洼儿赵大不该钱财,是没去讨债,这个盆他不是妖怪,是您也不必遮盖。明日里,猪头三牲、一块豆腐和白菜,是不能买来,是不能送来!(白)城隍爷,咱爷儿俩,老虎闻鼻烟儿,没那么八宗事。

宫门带【1931年12月长城唱片1面】王少楼饰李渊 / 褚遂良、陈鸿寿京胡（CHI3092）

【封官】(李渊)[二黄原板]劝皇儿休得要珠泪双淋,为王心中明如灯。二奸妃打入了冷宫院,她自羞自愧伴残生。孤皇儿得活命寡为万幸,今日里我父子要叩谢先生。孤赐你尚方剑泰山压定,压定了,满朝中、文武官员、大小公卿,谁敢不尊?你是个开国良臣!(褚遂良)非是臣不愿加官赠,为的是我主爷锦绣乾坤。从今后休听那宫中谗本,普天下,众黎民、各享太平、俱道你是海不扬波、是一位有道明君!

甘露寺【1931年12月长城唱片2面】王少楼饰刘备 / 乔玄、陈鸿寿京胡（CHI3094/5）

(头段)(刘备)[西皮导板]太后请坐大佛殿,[原板]细听儿臣表家园。吾祖高皇兴炎汉!(乔玄白)太后!可晓得皇叔的根本?皇叔乃中山靖王之后,孝景皇帝之玄孙,刘表之堂弟,当今皇叔。太后请看,生的是:龙眉凤目、两耳垂肩、双手过膝,可称得,呃!是帝王根本!(刘)[原板]弟兄们结义在桃园。结拜二弟关美髯!(乔白)太后,可晓得关美髯?乃皇叔结拜二弟,姓关名羽字云长;乃蒲州解梁人氏。曾与皇

《甘露寺》王少楼饰乔玄

《定军山》王少楼饰黄忠

叔结拜,弟兄们徐州失散,万般无奈,暂归曹营;那曹操,待他十分恩厚,三日一小宴,五日一大宴,上马献金,下马献银,美女十名,是俱已不受,闻听皇叔,有了下落,那位将军,辞曹归汉,保定二嫂,在灞桥挑袍,过五关,斩六将,弟兄们在古城相会,那位将军好义气,呵呵!好义气。(刘)[原板]范阳翼德居为三。(乔白)太后,可晓得张翼德?乃皇叔结拜三弟,姓张名飞翼德,乃涿郡范阳人氏。曾与皇叔结拜,那位将军,生得是豹头环眼,手使丈八蛇矛,在当阳桥,大喝一声,吓得曹操,撤去青龙伞,跌死夏侯桀,那位将军好威风,好煞气。

(二段)(刘)[原板]赵子龙浑身俱是胆!(乔白)太后,可晓得赵子龙?乃皇叔结拜四弟,姓赵名云字子龙,乃常山真定府人氏。当年在长坂坡,保定幼主,在曹营杀得是七进七出。(刘)[原板]长坂坡前救儿男。三请先生诸葛亮。(乔白)太后,可晓得诸葛亮啊?乃皇叔的军师,复姓诸葛亮字孔明,道号卧龙。那位先生,初出茅庐,水淹新野,火烧博望,赤壁鏖兵,火烧战船,在南屏山,祭借东风,三日三夜,烧死曹兵,八十三万,那位先生,好计!好火!好烧、好烧!(刘)[原板]神机妙算非等闲。我本汉室[快板]宗亲后,现有历代[散板]宗谱传。

珠帘寨【1931年12月长城唱片4面】王少楼饰李克用/程敬思、陈鸿寿京胡(CHI3096/8、3100)

(头段)(李克用)[西皮导板]太保传令把队收,[原板]我与贤弟叙一叙旧根由。忆昔当年五凤楼,文武百官庆贺千秋。自从那年分别后,又谁知相逢在北州。(程敬思)[原板]自从千岁离朝后,满朝中文武臣泪双流。为千岁懒把乌纱扣,为千岁懒穿紫罗绸。山高路远少问候,望千岁恕学生礼貌不周。

(二段)(李)[摇板]太保推杯换大斗,[流水]李克用撩袍跪北州。当初不该打死段国舅,唐王一怒要斩人头。多亏了恩公把本奏,孤王才得活命留。似这等天高地厚恩少有,这一杯水酒要饮下喉。(程)用手儿接过了梨花盏,学生大胆把话言:甲子年,开科选,山东来了个一生员。家住曹州并曹县,姓黄名巢字巨天。三篇文章做得好,御笔亲点

《珠帘寨》王少楼饰李克用

左起：易海翁、王少楼、程砚秋

为状元。跨马三日游宫院，宫娥彩女笑连天。万岁见他容貌丑，斩了试官贬状元。斩了试官不要紧，贬了状元惹祸端。祥梅寺、贼造反，将吾主赶至在那西岐美良川。学生到此无别干，一来是搬兵二问安。（李）听说是黄巢造了反，不由得克用笑连天。贤弟饮宴且饮宴，提起了唐王孤不耐烦。（程）我这里提起了唐天子，老大王一旁不耐烦。是、是、是来明白了，老儿是个爱宝男。人来将宝搭上殿，［摇板］特请千岁把宝观。（李）［流水］一见珠宝帐前摆，不由得克用笑颜开。上有蟒袍和玉带，凤冠头上插金钗。明明知道装不解，扭转回头问开怀：你做清官有数载，这样的宝贝打从何处来？（程）此宝出在山海外，三年五载进宝来。（李）贤弟解宝因何故？（程）特请千岁把兵排。

（三段）（李）年纪迈来血气衰，难作国家的栋梁材。（程）千岁爷虎老雄心在，黄巢闻名他是不敢来。（李）贤弟休要把孤抬，有辈古人听开怀：昔日里有一个姜吕望，稳坐在钓鱼台就不下来。（程）钓鱼台、鱼钓台，他保周朝八百载。千岁不杀人和马，黄巢笑你是老无才。（李）笑只笑、唐天子，他笑孤王为何来？中军帐、挂了帅，众家太保两边排。一马儿杀到了唐世界，万里乾坤扭转来。（程）如此就该发人马，（李）唐王晏驾你再来。（程）［摇板］问千岁此宝爱不爱？（李）孤念你千里迢迢路远来，却之不恭受之有愧，来、来、来一例全收往后抬。（程）［流水］这老儿做事不公平，收了珠宝不发兵。用手取出了唐王旨，我奉圣命来调兵。（李）用手儿接过了唐王旨，转面压住帝王文。哪个再提搬兵事，定斩人头不徇情。（程）［摇板］我在松林寻短见，不该救我活命还。（李）［流水］我与恩官来讲话，奴才一旁把话答。吩咐两旁刀斧手，推出辕门把头杀。（程）［摇板］千岁要斩把学生斩，快快赦回太保还。（李）我今看在恩官面，辕门赦回太保还。恨不得一足将儿踏！你程叔父讲情儿要谢过了他。

（四段）①（程）［流水］过了一天又一天，心中好似滚油煎。眼望长安难得见，不知我主驾可安？（李）［摇板］贤弟抬头来观瞧，［流水］旌旗不住空中飘。大太保亚赛温侯貌，二太保好似个浪里蛟；三太保上山擒虎豹，四太保生来的略韬高；五太保金枪真奥妙，六太保上阵穿白袍；七太保手使开山斧，八太保手使着偃月刀；九太保双锏舞得好，亚赛过秦叔宝，十太保双手能打火龙镖；还有一个小太保，一个倒比这一个高。哪怕黄巢兴兵到，孤与他枪对枪来［摇板］刀对刀。（程）太保虽然武艺好，你不发兵我心焦。（李）来、来、来吃几杯解烦恼，（程）闷坐席前无话交。

---

① 原唱片报名"五段"。

武家坡【1931年12月长城唱片2面】王少楼饰薛平贵、尚小云饰王宝钏、赵砚奎京胡、程子余司鼓（CHI3109/10）

《武家坡》王少楼饰薛平贵

（头段）（薛平贵）[西皮导板]那一日失了一骑马！（王宝钏白）住了！但不知是官马私马？（薛）军营之中，自然是官马呀。（王）官马岂不让他赔的？（薛）哪怕他不赔！（王）哎呀呀！拿什么赔哟？（薛）自然有哇！[原板]为赔马借了我十两银。（王白）啊，军爷，你在营中吃几份钱粮？（薛）一份。（王）我那儿夫呢？（薛）也是一份呐。（王）你二人俱是一样，因何借你十两银子？（薛）大嫂有所不知。我那薛大哥，乃是个风流浪子，挣得银钱，俱已花费。不怕大嫂你笑话呀，为军的乃是个贫寒出身，积攒了几两银子，都借与他赔马了！（王）哎呀，这就不对了！（薛）怎么不对了？（王）我那儿夫也是贫寒出身，不懂得什么叫作花钱喏！（薛）哎呀，薛大哥啊，今日我才知道，你也是个贫寒出身呐！（王）哎呀，倒被他取笑了！（薛）[原板]本利算来二十两，并不曾还我半毫分。（王）他不还你，你就该问他要！（薛）无有也是枉然。（王）啊，军爷，腰中带的何物？（薛）防身宝剑。（王）你就该杀了他呀！（薛）杀人岂不要我为军的偿命呐！（王）难道罢了不成？（薛）有道是善财难舍！（王）你要老成些！（薛）[原板]那一日过营去把债讨，他言说长安城有一个王氏宝钏。（王白）住了！王宝钏我该你的？（薛）不该。（王）欠你的？（薛）不欠呐。（王）一不该，二不欠，提她做甚？（薛）我来问你，这父债？（王）子还。（薛）夫债呢？（王）妻……（薛）怎么样？（王）不管！（薛）哎呀！你看她将这笔账推了个干干净净！有道是汗呐，呃，要出在病人的身上呀！[原板]无钱便把妻来卖，将大嫂卖于了当军的人。

（二段）（薛）[流水]苏龙、魏虎为媒证，王丞相是我的主婚的人。（王）你说此话我不信，苏龙、魏虎是内亲。二人同把那相府进，见了爹爹就说分明。（薛）他三人与我有仇恨，咬定牙关他是不认承。（王）我的父在朝为官宦，府下金银堆成山。本利算来有多少？命

王少楼

人送到那西凉川。（薛）西凉川四十单八站，为军的要人我是不要钱。（王）军爷说话理不端，将你控告在当官，打大板，上枷棍，看你要人你是要钱？（薛）衙里衙外我打点，管保大嫂断与咱。（王）武家坡内访一访，谁不知名节我王宝钏。（薛）好一个贞节王宝钏，百般调戏也枉然。腰中取出银一锭，双手放在地平川。这锭银，三两三，大嫂拿去把家安。买绫罗、做衣衫、打首饰、制簪环。我与你年少的夫妻就过几年。（王）这锭银子三两三，奴家不要无义的钱。送与你母做妆奁，买大麻、匝麻鞭、买纸浆、糊白幡，做一个孝子的名儿在那天下传。（薛）是烈女不该门前站，因何来到大路边？为军起下［摇板］不良意，来来来，一马双双奔西凉。（王）［快板］一见军爷翻了脸，倒教我宝钏心胆寒。低下头来［摇板］心暗算，（白）军爷，那旁有人来了。（薛）在哪里？（王）咦！［摇板］急忙去到那寒窑的前。（薛）好一个贞节王宝钏，果然为我受熬煎。不骑马来步下赶，夫妻相见寒窑前。

三娘教子【1931年12月长城唱片2面】王少楼饰薛保、尚小云饰王春娥、赵砚奎京胡、程子余司鼓（CHI3107/8）

（头段）（王春娥）［二黄原板］老薛保你不必苦苦哀求，妾身言来听根苗：实指望教子终身有靠，又谁知平地里绊跌一跤。（薛保）劝三娘休得要珠泪垂掉，老奴言来听根苗：千看万看看东人的年纪小，望三娘、轻打轻责、饶恕这遭，下次不饶。（王）你道他年纪小他心不小，说出话来如同钢刀。织什么机来我把什么［散板］子教，（白）罢！［散板］割断机头两开交。（薛）见三娘她把那机头割断，吓得我老薛保胆战心寒。无奈何我只得双膝跪，尊一声三主母听我言。

《三娘教子》王少楼饰薛保

（二段）遭不幸老东人镇江命染，亏老奴千山万水搬尸回还。（白）老奴好恨！（王）你恨者哪个？（薛）［散板］恨只恨张、刘二氏把心肠改变，一个个反穿裙另嫁夫男。（白）老奴好喜！（王）你喜者何来？（薛）［散板］喜只喜三主母发下了鸿誓大愿，立志守节抚养薛门香烟。（白）老奴明白了！（王）你明白何来？（薛）你要走只管去走，你要嫁，唉，只管去嫁。［散板］撇下我老的老小得小，挨门乞讨抚养东人接续香烟，［哭头］啊，三娘啊！（王哭介）喂呀！［散板］我哭、哭一声老薛保，我叫、叫一声老掌家。小奴才下学还我叫他拿书来背，谁想他一句背不出来。

汾河湾【1932年1月长城唱片2面】王少楼饰薛仁贵、程砚秋饰柳迎春、穆铁芬京胡、张来有司鼓（CHI3153/4）

（头段）【闹窑】（柳迎春白）待我打扫，打扫！［西皮摇板］自你投军十八春，妻子为你受苦情。今日等来明日也等！（薛仁贵白）我回来了啊！（柳）薛郎啊！［摇板］等你回来［回龙］我好做做夫人。（薛白）啊？［摇板］我看柳氏脸带春，必定私通有情人。出得窑门来观定，窑外并无一个人。将马拴在柳林下，马鞍放在地埃尘。我这里四下观动静，［散板］这只男鞋事有因。（薛白）哎呀，且住！想我仁贵，离家一十八载，这只男鞋，它是哪里来的？呜呼，是了！想必柳氏私通旁人，我不免将她唤出，一剑将她斩首！柳氏，还不与我走了出来呀！（柳）来了！［摇板］已将后窑打扫净，儿夫唤我你为何情？

（二段）（薛）［导板］听一言来吓掉魂，（白）丁山，吾儿，儿啊！［散板］冷水浇头怀抱冰。适才路过汾河境，见一顽童打弹能。弹打南来当空雁，枪挑鱼儿水浪分。（柳白）他就是你我的儿子！（薛）妻呀！［散板］事到其间难瞒隐，咬定牙关说真情。（白）哎呀，妻呀！适才路过汾河湾前，见一顽童打雁，南山下来一只猛虎，恐怕伤了孩童，随身带着袖箭，实想一箭将猛虎打走，不想一时失手，将你我的儿子射死了！（柳）哎呀！［导板］听说娇儿丧了命，［叫头］丁山，吾儿，哎呀儿啊！［散板］好似钢刀刺在心。我儿与你何仇恨，你为何害他的命残生？（白）薛郎，你将吾儿射死，尸首今在何处？（薛）现在汾河岸上，你随我来呀！（柳）［流水］听他言来泪满襟，不由阵阵痛在心。随定儿夫往前进，要找娇儿逝尸身。奔波哪顾崎岖径，心急哪管近黄昏。茫茫四顾无踪影，娇儿的尸首哪厢存？

《汾河湾》王少楼饰薛仁贵

《法门寺》王少楼饰赵廉

法门寺【1930年11月大中华唱片2面】王少楼饰赵廉、陈鸿寿京胡（536）

（头段）［西皮慢板］眉坞县在马上心神不定，这几天为人犯死里逃生。劝世人休为官务农为本，可叹我为县令不如庶民。

（二段）实指望做清官［二六］高升一品，又谁知孙家庄起下了祸根：孙玉娇卖风流门前站定，勾引了小傅朋他起下春心。刘媒婆诓绣鞋从中勾引，转面来骂刘彪大胆的畜生！孙家庄黑夜里刀伤二命，你不该丢人头连累了好人。刘公道当乡约不该瞒隐，丢人头害兴儿天理何存？见千岁典刑时休要怨恨，待本县，请高僧，和高道，高搭席棚，我超度尔的阴魂。叫衙役将人犯与爷带定，放大胆闯虎穴［散板］去见上人。

四郎探母【1930年11月大中华唱片2面】王少楼饰杨延辉、陈鸿寿京胡（537）

（头段）［西皮导板］未开言不由人泪流满面，［原板］贤公主细听我表一表我木易的家园。我的父老令公官高爵显，我的母佘太君所生我弟兄七男。都只为宋王爷五台山还愿，潘仁美诓圣驾来到北番。你的父设下了双龙会宴，我弟兄保宋王［快板］赴会在沙滩。我大哥替宋王命染血溅，我二哥短剑下命丧黄泉。我三哥被马踏尸骨不见，我五弟弃红尘五台高山。我六弟在三关威名震显，我七弟绑芭蕉箭射心穿。我本是杨……［哭头］啊！贤公主，我的妻呀！［摇板］我本是杨四郎把名姓改换，将杨字拆木易匹配良缘。

（二段）［摇板］大喝一声如雷震，［快板］杨家将令鬼神惊。大胆且把宝帐进，上面坐定同胞人。弟兄分别十五春，怎知愚兄到来临？弟不下位勿责论，问我一言答一声。家住在山后磁州郡，火塘寨上有家门。我父令公官极品，我母佘氏老太君。十五年、沙滩会，失落番邦有数春。六弟下位把兄认，我是你四哥回宋营。［原板］弟兄们分别十五春，兄在北番招了亲。闻听得老娘来到北郡，因此上乔装改扮回宋营，黑夜里探望娘亲。［摇板］有劳贤弟把路带，母子们相逢痛伤怀！

《四郎探母》王少楼饰杨延辉

《战太平》王少楼饰花云

战太平【1930年11月大中华唱片2面】王少楼饰花云、陈鸿寿京胡（538）

（头段）［西皮导板］大炮一响震天地，［散板］就是雀鸟也难飞。叫花安与为父带坐骑！舍不得妻儿两分离！大夫人请上受一礼，下官言来听端的：孙氏娇儿托付你，这是花家一脉息。含悲忍泪跨坐骑，青史名标万古题。

（二段）（白）千岁！［流水］千岁爷休说懦弱话，非是为臣把君压。进得帐把贼骂，拼着一死染黄沙。纵然将你、我的头割下，落一个骂贼得名儿扬天涯。［散板］哗啦啦大炮一声响，血淋的人头滚道旁。先前对你怎样讲，一心要降北汉王。奸贼哪有容人量，顷刻之间一命亡。抱将人头打进帐，［快板］大骂友谅北汉王。既是兴兵来打仗，就该与我动刀枪。暗地设下了天罗网，你是人面兽心肠！［流水］贼友谅下位好言讲，背转身自思量：我若是降了贼友谅，从此骂名天下扬。我若是不降贼友谅，顷刻之间一命亡。罢，罢，罢！屈膝跪宝帐，哎！［散板］你老爷愿死就不愿降！

捉放宿店【1930年11月大中华唱片2面】王少楼饰陈宫、陈鸿寿京胡（539）

（头段）（白）明公！睡熟了。咳！我陈宫好悔也！［二黄慢板］一轮明月照窗下，陈宫心中乱如麻。

（二段）悔不该心猿并意马，又不该同他人到吕家。吕伯奢可算得美意大，杀猪沽酒款待于他。又谁知此贼的疑心太大，拔出剑又将他的满门杀。一家人俱丧在宝剑之下，年迈老丈命染黄沙。屈死的冤鬼魂休来怨咱，自有那神灵天地鉴察。

《宝莲灯》王少楼饰刘彦昌

宝莲灯【1930年11月大中华唱片1面】王少楼饰刘彦昌、陈鸿寿京胡（540A）

［二黄原板］我本当带沉香秦府偿命，秦府偿命，我的儿呀！想起了三圣母送过红灯。我本当带秋儿秦府偿命，秦府偿命，喂呀！我的儿呀！后堂内还有那王氏桂英。千也难万也难难坏了我，［摇板］后堂内快请儿的娘亲。

法场换子【1930年11月大中华唱片1面】王少楼饰徐策、陈鸿寿京胡（540B）

［反二黄原板］因此上薛门中降下祸灾。这一边哭坏了薛猛元帅，转面来再埋怨马氏裙钗。在阳河你就该反出了边外，为什么将娇儿带进京来，你夫妻双双死命里所该，［垛板］最可叹、小薛蛟，未满三月、绑赴法场、也把刀开！只为你薛门中无有后代，是老夫舍金斗调换下来，可怜我年半百绝了后代，绝了［散板］后代。他夫妻感恩德跌跪尘埃。这一旁搀扶起薛猛元帅，马夫人我不便搀你、你、你、你、你自己起来。悲切切哭出了法场以外，但等那大炮响人头落来收儿的尸骸。

李盛藻（1912~1990）

李盛藻，本名凤池，字翰如，原籍安徽祁门，生于北京。其父为老生李寿峰。李8岁入富连成科班，从萧长华、蔡荣贵、雷喜福、王喜秀、王连平学艺，后又向高庆奎学戏，并私淑马连良，早在科班即已享名，于1935年与陈盛荪、刘盛莲、杨盛春等师兄弟赴沪演出，声名鹊起。曾自组文杏社演出于京、津、沪。中华人民共和国成立后，参加北京新兴剧团，主演彩头戏《姜子牙与哪吒》《黄飞虎与纣王》《广成子错收殷郊》等剧，后加盟首都实验京剧团，与李万春合作演出，曾排演《廉吏风》等新编剧目。1953年加入中国京剧团，以演"三国戏"著称。1956年移植排演了《十五贯》，重排《打督邮》《借赵云》等戏。1960年调北京市戏曲学校任教。1979年又在中国戏曲学院兼课。1980年代后，曾以七十岁高龄主演《龙凤呈祥》饰鲁肃一角，风姿不减。

浔阳楼【1934年7月19日百代唱片1面】李盛藻饰宋江、魏明京胡（A1750）

［西皮导板］在灵霄我领了玉帝敕令，［原板］带领着众天兵降下凡尘。我本是玉皇爷养老的女婿，有王母为谋证才配婚姻。恩赐我尚方剑还有口［散板］黄金印，这口印称起来有八百余斤。

战长沙【1934年7月19日百代唱片1面】李盛藻饰黄忠、魏明京胡（A1751）

［西皮导板］号令一出绑帐口，［原板］不由得豪杰怒满在心头。我与关公来争斗，一来一往统貔貅。无意之间落走兽，蒙他不杀我才得活命留。百步穿杨［快板］报恩厚，韩玄道我把汉投。再不能金殿三叩首，再不能教子读春秋；再不能跨马战场走，再不能各路会诸侯。将身儿且把［摇板］法场走，这是武将下场头。

苏武牧羊【1934年7月19日百代唱片4面】李盛藻饰苏武、魏明京胡（A1752/5）

（头段）[二黄散板]贤弟提起望家乡，不由子卿两泪汪。一同且把望乡台上，（[哭皇天]）不知家乡在何方。[导板]登层台望家乡朝空下拜，（白）汉王、我主、汉王啊！[碰板]望长空洒血独自悲哀。

（二段）[反二黄慢板]自从离朝到北塞，传圣意与匈奴免动兵霾。

（三段）贼卫律见为臣假意款待，又谁知暗地里早有安排。他劝为臣降北国把心术来改，被臣我破口骂贼无有话来。二次里见番王煽惑一派，如不降北海以外去牧羊痛苦悲哀。可怜我日无食夜又无盖，冷冷清清好不痛哉。看起来臣的命要丧北海，[散板]要丧北海，一家人要相逢梦里再来。

《苏武牧羊》李盛藻饰苏武

（四段）[二黄慢板]汉苏武受困在沙漠苦海，不由人一阵阵痛伤心怀。[原板]想当年在朝中官居位宰，朝欢暮乐快乐哉。到如今独宿在荒郊以外，我冷冷清清痛苦悲哀。我有心将身儿跳入北海，我不清不明我所为何来？到如今我只得暂且忍耐，望苍天保佑我等候时来。

四进士【1934年7月20日百代唱片1面】李盛藻饰宋士杰、魏明京胡（A1756）

[西皮导板]上写田伦顿首拜，[原板]拜上了信阳州顾年兄。自从在双塔寺分别后，倒有几载未相逢。姚家庄有个[流水]杨氏女，她本吵闹不贤的人。药酒毒死亲夫主，反赖大伯姚廷椿。三百两银子压书信，还望年兄念弟情。上风官司归故里，登门叩谢顾年兄。

马跳檀溪【1934年7月20日百代唱片1面】李盛藻饰刘备、魏明京胡（A1757）

[西皮摇板]张武陈孙来犯境，要夺汉室锦绣春。将身且把金殿进，见了兄王奏分明。[原板]实可叹刘玄德命运不济，无根本只落得东飘西零。恨曹操狗奸贼倚强制胜，挟天子令诸侯剿灭纵横。

《四进士》李盛藻饰宋士杰

黄金台·火牛阵【1934年7月20日百代唱片2面】李盛藻饰田单、魏明京胡（A1758/9）

（头段）[二黄原板]非是臣背地里把主来怨，贪色酒父子情抛在一边。臣早料我齐国必生大乱，望陛下善保龙体休得要珠泪不干。老王爷全不把社稷惦念，[垛板]远忠臣、近奸党、只闹得、我齐邦、大小郡城、逢州府县、[原板]地覆天翻。千岁爷且莫要长吁短叹，臣保你登大宝复坐银安。正行走忽听得人声[散板]呐喊，耳听得金鼓声振动边关。

（二段）[西皮散板]一声呐喊魂吓掉，不见世子往何处逃。我东边喊来西边叫，（白）殿下，我主！[散板]并无踪迹半分毫。我死我活事还小，失落世子罪难消。思来想去泪珠[哭头]掉，苍天爷！

《马跳檀溪》李盛藻饰刘备、李宝奎饰伊籍

[散板]丝绦落地为哪条？是是是来我明白了，想是绳扣未拴牢。二次再把绳拴好，丝绦因何上树梢。[快板]都只为我齐邦谗臣当道，定下了胭粉计要害龙苗。悔不该私把幼主保，悔不该弃官离当朝；悔不该奔走阳关道，悔不该避祸在荒郊。暂到即墨避凶蹈，寻个机会[摇板]定要恢复齐朝。

迟世恭（1918~1999）

迟世恭，字锡宸，北京人。其祖父迟子俊、父迟春明和叔迟月亭均为京剧演员。迟10岁学老旦，12岁入富连成科班改学老生，开蒙从张连福学《取成都》《天水关》《朱砂痣》《辕门斩子》《四郎探母》《失街亭》《金水桥》《捉放曹》等剧目，后从张盛禄学《上天台》《雍凉关》《斩黄袍》《碰碑》《喜封侯》《浣纱记》《取荥阳》《取帅印》等剧目。从萧长华学《敲骨求金》，从王喜秀学《战北原》《珠帘寨》《刺王僚》。从张盛禄学《举鼎观画》《武家坡》《黄鹤楼》。从张连福学《赶三关》。从王喜秀学《牧羊卷》。20岁出科，拜鲍吉祥为师。曾与金少山、尚小云、筱翠花等人合作多年。1939年加入程砚秋的秋声社。1950年定居上海，任上海新民京剧团副团长，与小王桂卿、筱高雪樵等人多年合作。1962年转入上海京剧院，1978年恢复传统戏后，还经常登台示范演出。

1937年，丽歌唱片公司（百代子公司）专门灌制了一批童伶唱片，《除三害》即迟在富连成科班学生时代所灌。1943年，北海公司（其前身为胜利公司）邀请迟世恭陪言慧珠一同灌制《梅龙镇》唱片五张，言的琴师黄天麟一时难以到上海参与灌音，因此临时请耿少峰代为伴奏。

除三害【1937年4月8日丽歌唱片2面】迟世恭饰王浚、张崇麟京胡、叶荫章司鼓（A4597/8）

（头段）[二黄慢板]若提起这三害令人可恨，说出了连壮士也要担惊。第一害那南山出了猛虎，[原板]有行人遇着它皮骨全吞。第二害它比那猛虎还狠，长桥下出了孽怪蛟精。

（二段）每日里行波浪吞舟当顿，到晚来遇行人当作点心。第三害亦非是禽兽之辈，他生来、有须眉、有志量、雄起起、气昂昂是一个有力的能人。只因他父母丧无人教训，因此上成下流作了恶人，仗血性在宜兴习为土混，诈富豪霸世家害尽良民。被害家纵有那状纸告禀，怎奈他、霸住那、大小衙门、谁敢[散板]哼声。想一想这三害实为可恨，宜兴县众百姓怎度光阴。

言慧珠

梅龙镇【1943年7月北海唱片10面】迟世恭饰正德帝、言慧珠饰李凤姐、耿少峰京胡（10006/10）

（头段）（正德白）[引子]离金阙暗藏国宝，观风华访察民情。[诗]大明一统锦山河，龙车凤辇多快乐。孤王离了燕京地，闻得大同景致多。（白）孤，大明天子正德在位。是孤离了太平城，来在这大同地面梅龙镇上，住在李龙的店中，是他言道，要茶要酒将木马一响有人送来，今晚夜宿梅龙镇上好不闷煞人也！[四平调]有为王坐在梅龙镇，想起朝中大事情。将玉玺授于龙国太，朝中大事有公卿，孤忙将木马一声响，唤出提壶送酒的人，啊，畅饮杯巡。

（二段）（李凤姐白）来了！[四平调]自幼儿生长在梅龙镇，兄妹二人度光阴。我大哥临行对我论，他言道前厅有一位军人。将茶饭与他来捧定，（正白）哈哈哈哈哈哈。（李）啐！[四平调]急忙回转绣房门，啊，前去拈针。[八岔]（正）好花儿出在僻乡村，并无贤臣奏寡人。孤忙将木马二声震，（李）来了提茶送酒人。

（三段）（正白）酒保，酒保。（李）酒保无有，倒有个酒大姐在此。（正）呜呼呀，这丫头自称酒大姐，本当叫她一声，怕她消受不起，也罢！以酒为名我就叫她一声。啊，酒大姐。（李）军爷。（正）方才那个梢长大汉他是何人？（李）他是我家哥哥。（正）哪里去了？（李）巡更守夜去了。（正）他叫什么名字？（李）他叫李龙。（正）大姐你呢？（李）我哇？我是无有名字的。（正）哎，人生天地之间，哪有没有名字的道理呀？（李）名字倒有，说出来怕军爷你叫。（正）为军的不叫就是。（李）如此我姓李呀。（正）哎，我晓得你姓李，你叫什么名字？（李）我叫？（正）什么？（李）李凤姐。（正）哦？好一个李凤姐！（李）拿名字来还我。（正）话出如风怎样还你？（李）方才说不叫，如今怎么又叫起来了？（正）我就叫这一次。（李）下次不可。（正）下次不叫就是。（李）唤我何事？（正）我且问你，这梅龙镇上是这样的酒饭不成？（李）我们这里酒饭有三等。（正）哪三等？（李）上中下三等。（正）这上等的呢？（李）来往官员所用。（正）中等的呢？（李）买卖客商。（正）下等的呢？（李）下等的么？（正）为何不讲？（李）怕军爷着恼。（正）为军的不恼就是。

《阳平关》迟世恭饰黄忠

耿少峰

（李）就是你们吃粮当军之人所用。（正）呜呼呀！吃粮当军之人有这样的苦处，寡人此番回朝，发饷银十万犒赏他们。啊，酒大姐，把这上等的酒饭摆上一席，为军的一用。（李）军爷要用上等的酒饭么？（正）正是。（李）打个哑谜你可知晓？（正）你且讲来。（李）雇船？（正）船钱。（李）住店？（正）店钱。（李）吃酒的呢？（正）酒后。（李）呀啐！连个酒钱都不会说，什么叫作酒后！（正）听你之言敢是要钱？

（四段）（李）我倒不要钱。（正）哪个要钱？（李）哥哥回来问我要钱。（正）你哥哥要钱就好讲话了。将帘卷起！（李）是。（正）〔四平调〕在身上取出银一锭，交与大姐算酒钱。（白）拿去。（李）放下。（正）放在哪里？（李）放在桌儿之上。（正）为何放在桌儿之上？（李）有道是男女授受不亲呐。（正）桌儿是滑的，银子是光的，滚在地下那还了得？（李）滚在地下有我去捡。（正）我怕呀。（李）你怕什么？（正）我怕闪了大姐你的腰哇。（李）伤了我的腰与你有什么相干？放下。（正）拿去。（李）军爷敢是舍不得？（正）我倒舍得，只怕大姐你舍不得呀。（李）哎呀，且住！看这军爷有些不老成，待我来哄他一哄。啊，军爷，你方才进店之时，可曾看见一幅古画么？（正）不曾看见，在哪里呀？（李）在那里。（正）在哪里？（李）在这里哟。（正）哎呀呀，被她骗了去了。（李）〔四平调〕李凤姐取过了银一锭，问声军爷几个人？（正）为军的一人一骑马。（李）一人用不了许多银。（白）银子多了。（正）送与大姐买花儿戴。（李）多谢军爷，军爷请呐。（正）请到哪里？（李）请到客堂。（正）正要到你的卧房。（李）哎，客堂哦！（正）哦，客堂哦！哈哈哈！〔八岔〕大姐这是哪个的卧房？（李）这是我哥哥的卧房。（正）肮脏的很呐。啊，大姐，这又是哪个的卧房？（李）这是我的卧房。（正）我正要到你卧房走走。（李）啊，军爷，你可晓得男女有别呀？

（五段）（正）〔四平调〕龙行虎步客堂进。（白）大姐，这梅龙镇上好紧的门户哇！（李）遇见你们这样的人，这门户不得不紧。（正）大姐你要紧呐。（李）啊？（正）哈哈哈哈！（李）啐！〔四平调〕回手儿带上两扇门，啊，掸扫灰尘。〔八岔〕我这里将酒忙摆定，再把军爷请一声。（白）啊，军爷，请出来吃酒哇，请出来吃酒哇。（正）这梅龙镇上好高大的房子哦！（李）房子、房子我打你娘的一盘子。（正）呃，怎么打起来了？（李）你这人进得店来，上也瞧瞧下也看看，我们女儿家有什么好看的不成？（正）大姐长得好看，为军的爱看。（李）军爷爱看？（正）爱看。（李）如此你就请看。（正）真大方啊，待我看来。好！（李）再看看！（正）好，我就再看看。好！（李）再看看。（正）

言慧珠

《捉放曹》迟世恭饰陈宫

不看了。（李）为何不看？（正）看够了哇！（李）嗯，我若不念你是我店中的客官，我定要骂你。（正）怎么骂起来了？（李）不但骂你，我还要打你！（正）为军的出世以来，并无人来打我，大姐要打，你就打上几下。（李）如此我就打！打！打！啐。

（六段）（正）[四平调]好一个聪明李凤姐，她与为君戏耍玩。孤忙将木马连声响，（李）想必茶寒酒又凉。（正白）酒保，酒保！（李）茶寒了？（正）茶也不寒。（李）酒冷了？（正）酒也不冷。（李）茶也不寒，酒也不冷，你将我这桌儿敲敲打打，打坏了要你赔的！（正）慢说这张桌儿，就是眼前一个人儿，为军的我也包赔。（李）啊，你要包哪个？（正）这张桌儿啊！（李）说话要讲明白些。（正）讲得明白。（李）唤我何事？（正）我且问你，这酒席是哪个摆的？（李）是我摆的，可好？（正）摆的倒好，可惜缺少两样东西。（李）哪两样？（正）红裙系着双罗步，脂粉佳人美嫦娥。（李）哦，敢是那红白萝卜，我们这里不上席面，军爷若用待我去取。（正）转来，不是那个。（李）什么？（正）是那穿红着绿的，与大姐一样的人儿。（李）先前倒有。（正）如今呢？（李）被官府赶出禁外，慢说无有，纵然是有，这半夜三更叫我女儿家，哪里去寻，哪里去找？（正）是啊，这半夜三更，叫她女孩儿往哪里去寻，哪里去找。大姐，我与你商议商议可否？（李）商量什么？（正）烦劳大姐与我斟上一杯。（李）我们卖酒的不卖手。（正）如此，斟是不斟？（李）不斟！（正）好，拿银子来还我。（李）待我去取。（正）转来，这酒席被我吃残了，银子被我拿去，你哥哥回来往你要钱，你拿何言答对呀？（李）哎呀是呀！酒席被他吃残，银子被他拿去，哥哥回来我把何言答对呀？待我来哄他一哄。啊军爷，你们那里老鼠是什么颜色的？（正）是灰色的。（李）我们这里是白的。（正）白色的？在哪里？（李）在那里。（正）在哪里？（李）军爷请来吃酒哇。

（七段）（正）这是哪个斟的？（李）是我斟的，可好？（正）这样的斟酒，慢说是一杯，就是十杯百杯也不足为奇。（李）要怎样的斟法呢？（正）要大姐你的手，斟上一杯酒，你的手递与为军的手，为军的吃在腹内打马就走。（李）我手上有糖？（正）无糖。（李）有蜜？（正）无蜜。（李）无糖无蜜，为何要我的手递与你的手？（正）为军的喜爱这个调调儿。（李）我恼的是这个调调儿。（正）你斟是不斟？（李）不斟。（正）好，还是拿银子来还我。（李）待我去取。（正）转来，你可晓得我那银子是哪里来的？（李）难道说你的银子还是打抢来的不成？（正）着哇！正是打抢

《宝莲灯》迟世恭饰刘彦昌

《战太平》迟世恭饰花云

来的。不犯事便罢,若是犯了事,将你兄妹二人牵连在内,酒是不吃银子不要了,我要走了啊。(李)慢来,慢来!待我来商议商议。(正)你与哪个商议?(李)口与心商议。(正)好,快去商议。(李)哥哥啊,哥哥!你今天也卖酒,明日也卖酒,这是你卖酒的,唉,下场头哇![四平调]用手儿看过了酒一樽,赠与军爷饮杯巡。(正)接酒时将她戏一戏,看她知情不知情。(白)干。(李)干你娘的心肝。(正)呃,怎么骂起来了?(李)人家好好与你斟酒,为何将我的手招了一下?(正)哦,是了!为军的这几日,未曾跑马射箭,指甲长长了,碰着大姐也是有的。(李)我们女儿家指甲这样长,怎么就招不上你呢?(正)听你之言,是爱小便宜的,来来来,为军的生就一双粗手,大姐要招任你招来。(李)如此我就,不招了。(正)为何不招?(李)我这里未曾下去,你就上来了。(正)哦,要放平着些。(李)如此我就招!招!招!呸!

(八段)[西皮流水]月儿弯弯照天下,请问军爷你住在哪家?(正)大姐不必盘问咱,为军的住在天底下。(李白)呀啐!一个人不住在天底下,难道你住在天上不成?(正)为军的住在那个地方与众不同。(李)怎样不同?(正)我就住在北京城内,大圈圈里面有个黄圈圈,我就住在那个里面。(李)我好像认识你呀。(正)你认识我是哪一个?(李)你是我哥哥的?(正)什么?(李)大舅子啊!(正)哎呀呀,被她占了便宜去了。(李)[流水]骂一声军爷理太差,不该调戏我们好人家。(正)好人家来歹人家,不该头戴海棠花。扭扭捏捏风流雅,风流就在这朵海棠花。(李)海棠花来海棠花,倒被军爷耻笑咱。将花不戴撇地下,从今后不戴这朵海棠花。(正)大姐做事理太差,不该将花丢地下。为王将花忙拾起,[摇板]我与你插、插、插上了这朵海棠花。(李)军爷百般调戏咱,去到后边就躲避他。(正)哈哈哈哈![摇板]任你走到汪洋海,为军的赶到水晶宫。(李)[流水]前面走的李凤姐,(正)后面跟随正德君。(李)进得门来忙关定,(正)叫声大姐你快开门。(白)开门来。(李)门是不开了。(正)为何不开?(李)等我哥哥回来我才开门呢。(正)你哥哥今天不回来?(李)今天不开。(正)十天不回来?(李)十天不开。(正)一辈子不回来?(李)一辈子也不开了。(正)哎呀,且住!这丫头等她哥哥回来再来开门,这便如何是

《空城计》迟世恭饰诸葛亮

《定军山》迟世恭饰黄忠

好？有了，待我哄她一哄，啊，李龙哥你回来了，你们这里酒也不好饭也是凉的，算清账目我要走了，呃，请了请了。

（**九段**）（李）我哥哥回来了待我开门，哥哥在哪里？哥哥在？（正）这里。（李）好跑啊，好跑。（正）好赶呐，好赶。（李）你这人前庭赶到后院，后院赶到卧房，你是何道理？（正）要你打发打发。（李）哦。原来是个花郎，待我取个铜钱把你。（正）呃，你这丫头连打发二字都不晓得？（李）懂倒懂，我怕。（正）怕什么？（李）怕我哥哥回来。（正）你哥哥回来有我哇。（李）有你无我，与我出去。（正）我不出去。（李）你若不出去我要喊叫了。（正）你喊叫什么？（李）喊叫你杀人。（正）我手无寸铁怎能杀人？（李）你那心比刀还狠呢！与我出去。（正）我不出去。（李）你若不出去，我倒真要喊叫了，啊，家院！（正）哎，慢来。哎呀，且住！这丫头若是喊叫起来，惊动乡约地保去至当官，君臣见面成何体统？有了，她若有福封她一宫，她若无福打马就走。大姐你可认识我哇？（李）我早就认识你了。（正）认识我是哪一个？（李）你是大户长的兄弟，三户长的哥哥，你是个二混账。（正）我乃当今正德天子。（李）起来，起来！（正）做什么？（李）你可认识我啊？（正）我认识你是个卖酒的丫头啊。（李）我乃当今正德皇帝。（正）什么？（李）他的娘哟！（正）哎呀呀，岂不折煞你这丫头。自古龙行有宝。（李）有宝献宝。（正）无宝呢？（李）看你的现世宝。（正）凤姐观宝。[四平调]在头上摘下沿毡帽，身上现出衮龙袍。叫一声凤姐来看宝，（白）诶，你可晓得男女授受不亲呐？哈哈哈哈！[四平调]哪有个庶民敢穿龙袍？啊，五爪的金龙。

（**十段**）（李）怪不得昨夜得一梦，五爪金龙落房中。我这里上前忙跪定，望求万岁将我封。（正白）下跪何人？（李）李凤姐。（正）跪在我的面前则甚？（李）前来讨封。（正）你骂我是你哥哥的大舅子，我是不能封啊。（李）你封了我，哥哥岂不是你的大舅子了么。（正）越发的不封。（李）当真不封？（正）当真不封。（李）不封就罢。（正）慢来！我若不封岂不羞煞你这丫头，凤姐听封！[四平调]孤三宫六院俱封尽，封你闲游戏耍宫。（李）叩罢了头来龙恩重，（正）用手搀起爱梓童。（李）低声问万岁因何无侍从，（正）孤王打马奔大同。（李）就在这店中寻一梦，（正）一床锦被渡凤龙。（李白）万岁请呐。（正）请到哪里？（李）请到卧房。（正）我怕呀！（李）你怕什么啊？（正）我怕你哥哥回来。（李）哥哥此时不回来就不回来了。（正）哦？此时不回来就不回来了？（李）正是。（正）如此，凤姐！（李）万岁！（正）梓童！（李）我主！（正）随我来呀！哈哈哈哈！

李少春（1919.11.4～1975.9.21）

李少春，名宝琳，号骏青，祖籍河北霸州，生于上海。其父是文武老生李桂春（艺名小达子）。李7岁师从沈延臣练功。1931年赴天津演出，又从杨（小楼）派名教师丁永利和余（叔岩）派名教师陈秀华，正式练功学戏。1932年，在天津正式登台演出，随后于济南、南京、武汉等地巡回献演。1938年，在北京拜丁永利、余叔岩为师，于年底在新新大戏院演出余亲授《战太平》，并由余亲自把场。1941年回上海演出，轰动一时。中华人民共和国成立后，李少春加入了新中国实验京剧团，任团长。1955年，加入中国京剧院，任一团团长。1958年起，李少春积极参加演出和编导现代戏的工作，如《白毛女》《红灯记》《林海雪原》《柯山红日》等一批极具影响力的现代京剧。

李少春于1939年国乐公司灌制的唱片中，《战太平》为余叔岩亲授剧目，是研究余派极为宝贵的资料。

战太平【1939年3月30日国乐唱片2面】李少春饰花云、李铁三京胡、钱继善司鼓（K150）

（头段）［西皮导板］号炮一响震天地，［散板］就是雀鸟也难飞。叫花安与父带坐骑，舍不得妻儿两分离。大夫人请上受一［哭头］礼，夫人呐！［散板］下官言来听端的：孙氏娇儿托付你，这是花家一脉息。含悲忍泪跨坐骑，落一个青史名标万古题。

（二段）［散板］哗啦啦大炮一声响，血淋淋人头滚一旁。先前怎样对你讲，一心要降北汉王。那贼焉有容人的量，顷刻之间一命亡。抱将人头打进帐，［快板］大骂贼子北汉王。既是兴兵来打仗，一来一往动刀枪。私自设计把采石抢，你是个人面兽心肠。（白）哦！［流水］陈友谅下位好言讲，背转身来自思量。我若是降顺贼友谅，留得骂名天下扬。我若是不降贼友谅，顷刻之间一命亡。罢罢罢屈膝我跪宝帐，（白）哎呀！［散板］老爷愿死我不愿降。［导板］盖世英雄遭毒手，［快板］好一似鳌鱼吞了钩。将身来在［摇板］法标口，为国忠良下场头。

左起：余叔岩、李少春、李育庠

翠屏山【1939年3月30日国乐唱片2面】李少春饰石秀、荀慧生饰潘巧云、朱斌仙饰潘父、陈喜星饰杨雄、陆凤琴饰莺儿、李铁三京胡、刘玉竹司鼓（K155）

（头段）（杨雄白）正是：站在人间貌堂堂，（潘巧云）为人莫把廉耻忘。（杨）栽花休栽无结果，（潘）交友休交无义的郎。（杨）好个交友休交无义郎！（石秀）啊嗨！杨仁兄起床甚早。（杨）哼！贫贱之子不押富。（石）背听妻言反谈吾。（杨）沙滩无水怎撒网？（石）哎！无谋怎是大丈夫。（杨）哪个是大丈夫？（石）俺是丈夫。（杨）近前来，呸呸呸！（石）啊？我与他朋友相交，为何这样待我？清算账目，早离他家。（潘）您吃了饭了吗？（潘父）吃了饭了。（潘）吃的什么呀？（潘父）我吃的豆皮卷山药。（潘）哦，好吃么？（潘父）对我的牙口。（石）正是：久居令人嫌，贫寒亲也疏。再住三五载，（丫鬟）又来了。（潘）搬个座儿来真讨厌。（丫鬟）哎。（石）相交不如初。老丈起床甚早。（潘父）石伙计来了。莺儿搬个座儿来。（潘）石秀你过来。我们这儿不是招商旅店、庵观寺院。想来就来，想走就走！莺儿。（丫鬟）哎。（潘）莺儿把他骂出去！（丫鬟）小猴崽子！（石）住了！俺不过欠你家几两银子，为何出口就骂？（潘）短我们的银子不要了！（石）取俺的原行包裹来！（潘）石秀，这是你的原旧包裹，拿上好比那乡下老儿卖布，你与我走！（石）哦！（潘父）哦，这就叫人心大变呐。（潘）哎！您坐着去吧！（石）[西皮原板]石三郎进门来莺儿骂道，（潘白）你不打她她就骂你啦？（丫鬟）是啊。（潘）骂你啦！（丫鬟）对！（石）[原板]只气得小豪杰脸上发烧。

（二段）忍不住心头火与她争吵，（丫鬟）站这儿干嘛？（潘白）你敢打嫂子吗？（石）不敢。（潘）你敢骂我吗？（石）也不敢。（潘）嗯，量你也不敢！（潘父）哎！石伙计，慢着慢着慢着慢着！常言道得好，好男不跟女斗，好鸡不跟狗斗。她有什么不好，你们都瞧着爷爷了啊！（石）哦！[原板]还看在杨仁兄生死故交。走向前施一礼老丈别了，俺此去奔天涯海走一遭。（潘父白）石伙计，这就要走啦？（石）再住无益了。（潘父）你有盘缠钱吗？（石）这？（潘父）怎么着？（石）惭愧。（潘父）年轻轻儿的人，爱挂上点儿火，莺儿。（丫

《战太平》李少春饰花云

《翠屏山》荀慧生饰潘巧云

鬟）嗯。（潘父）拆我的棉裤，有包银子给掏出来。（丫鬟）您那是银子？（潘父）啊。（丫鬟）眼药包啊！（潘父）别掏乱了！石伙计！这是一点小意思，你带着它吃饭不饱，喝酒不醉，弄包耗子药，你搬搬家就得了啊。（石）愧领了！（潘父）算不了什么。（石）［原板］谢过了潘老丈恩高义好，（潘父白）小意思，咱都有交情。（石）［原板］令嫒她待石秀不如蓬蒿。俺一见潘家女就把牙咬，（潘白）你咬牙？白咬牙！（潘父）诶，人石伙计要走了。（潘）越走越远，拐了弯儿，看不见。（潘父）过去说两句好话，灌两句米汤，不就得了吗？（潘）说好话呀？石伙计，啊啊，哈哈！嫂子我不会吃酒，吃了几杯早酒，酒言酒语的，把您呢得罪了，把那包袱拿回来，在我们家住上三两天。（石）哦，三两天？（潘）嗯，一半天。（潘父）嗯，不走啦。（石）一半日？（潘）你哥哥不在家，嫂子我也做不了他的主意，要走您还是走吧！

王和霖（1920~1999）

王和霖，原名瑞霖，北京人。自小从赵达斋学戏，10岁登台演出《武家坡》。11岁考入北平中华戏曲专科学校和字科，先后向张连福、鲍吉祥、王荣山、高庆奎、蔡荣贵等学戏。1934年经校长焦菊隐亲自引见拜马连良为师，专攻马派艺术。15岁主演《群英会·借东风》颇具马派神韵，被观众誉为"小马连良"。18岁毕业，1940年自组麟鸣社挑梁演出。1949年应贺龙之邀，与夫人李蓉芳一起参加中国人民解放军西北军区京剧院，任主演。不久随军南下。1955年随团调北京，任中国京剧院四团演员队长。1950年代，多次带队深入基层演出，并两次赴西藏慰问部队，表现出高尚艺德。1958年随团调往宁夏京剧团。离休后回北京定居。

这张唱片是王和霖在戏校期间所灌制，片头报名为"戏曲学校学生"。

三娘教子【1936年3月17日蓓开唱片2面】王和霖饰薛保、程砚秋饰王春娥、周长华京胡、任志林京二胡、白登云司鼓（91498/9）

（头段）（王春娥）[二黄快三眼]骂一声小奴才真个劣性，待为娘把古人说与你听：小甘罗十二岁当朝一品，那商辂中三元至今扬名。小奴才你也应习学孔孟，学好人才能够显姓扬名。

（二段）[原板]老薛保你不必苦苦哀告，主母言来听根苗：实指望教训他终身有靠，不想他劣根性不受熏陶。（薛保）劝三娘休得要珠泪垂掉，老奴言来听根苗：千看万看看东人的年纪小，望三娘轻打轻责饶恕这遭。（王）你道他年小心不小，说出话来利如刀。自古道人无有千日好，花开哪有百日娇。织什么机来把什么子教，[摇板]割断了机头两开交！

王世续（1920.10.30~2005.10.29）

王世续，字少侬（一作少农），北京人。其父为名旦王琴侬。王自幼从陈秀华、张连福、张盛禄等人学戏，11岁入富连成科班学老生，师从萧长华、王喜秀、雷喜福等人。1940年出科后，向王凤卿、王瑶卿、陈秀华、曹心泉、刘砚芳、陈少霖及京剧研究家夏山楼主、李适可、陈道安、许良臣、罗亮生、刘曾复等人求教。后曾与许翰英、赵燕侠、李世济及杭州京剧团合作，又随徐碧云、荀慧生剧团到各地巡回演出。1959年在梅兰芳剧团任艺术组组长，曾参加《柳长青》《射雕联姻》《韩梁奏凯》《李白回表》等剧目的改编、导演工作。1959年，在荀慧生主演的《金玉奴》中扮演林润，在梅兰芳主演的《穆桂英挂帅》中扮演寇准。1963年到北京市实验京剧团工作，任艺术室主任、教师、导演。参与导演《三打白骨精》《箭杆河边》《海棠峪》《战洪图》等戏。1970年代调至"五七"艺大（今中国戏曲学院），在该院先后担任表演系主任、院学术委员、剧目课和艺术讲座教授、中国京剧优秀青年演员研究生班导师。他多次受聘为中青年京剧演员大赛评委，应邀在中央电视台讲授京剧知识。曾任余叔岩艺术研究会理事。

1937年，丽歌唱片公司（百代子公司）专门灌制了一批童伶唱片，以下两张唱片即王在富连成科班学生时代所灌。其中《失街亭》中"司马懿虽然是将城围困，我料他也不能擅进我城"，《借东风》中"周公瑾挂了帅兵符执掌，我诸葛建奇功助他逞强"均有特色。

失街亭【1937年4月8日丽歌唱片2面】王世续饰诸葛亮、张崇麟京胡、叶荫章司鼓（A4595/6）

（头段）［西皮原板］两国交锋龙虎斗，各为其主统貔貅。款待三军要宽厚，赏罚中公平莫要自由。此一番领兵去镇守，靠山近水把营收。［摇板］先帝爷白帝城叮咛就，我诸葛保幼

《回荆州》王世续饰刘备

主岂能无忧。但愿得此一去扫平贼寇，[散板]也免得我亲自去把贼收。

（二段）[摇板]小马谡失街亭令人可恨，这时候倒教我难以调停。老军们因何故你们纷纷议论？国家事用不着尔等劳心。西城地原本是咽喉路径，我城内早埋伏十万神兵。司马懿虽然是将城围困，我料他也不能擅进我城。叫老军[散板]扫街道把宽心拿稳，退司马保空城全仗此琴。

借东风【1937年4月19日丽歌唱片2面】王世续饰诸葛亮、张崇麟京胡、叶荫章司鼓（A4709/10）

（头段）[二黄导板]先天术玄妙法犹如反掌，[碰板]设坛台祭东风相助周郎。[原板]曹孟德占天时兵多将广，领人马下江南兵扎在长江。孙仲谋无决策难以抵挡，东吴的臣武将欲战文要归降。鲁子敬到江夏虚实探望，[垛板]搬请我、诸葛亮、过长江、同心破曹、共作[散板]商量。

（二段）[原板]周公瑾挂了帅兵符执掌，我诸葛建奇功助他逞强。庞士元献连环均已停当，用火攻少东风急坏了周郎。算定了甲子日东风必降，南屏山祭东风足踏魁罡。我这里执法剑把七星台上，诸葛亮上坛台观瞻四方。我望江北锁战船连环排上，[垛板]叹只叹、东风起、火烧战船、曹营的兵将、八十三万、[原板]无处躲藏。这也是大数到难逃罗网，我诸葛在坛台[散板]祝告上苍。一霎时东风起从空而降，为什么有一道煞气红光。

赵金年（1923~1990）

赵金年，原名玉麟，北京人，满族。其姐为旦角赵曼云，其妻为著名豫剧演员陈素真。赵毕业于北平戏曲专科学校，从张连福学《洪羊洞》《捉放曹》等剧目，在戏校期间与李和曾、王和霖并称"三杰"，极受学校领导器重，由于扮相酷似马连良，因此在校期间许多马派戏均由其主演。出科后，曾搭同学李玉茹的如意社，与王金璐、储金鹏、王玉让、李金泉等人担任主要演员。赵曾在北平燕京影片公司与吴素秋合演《十三妹》（1943年拍摄），与黄玉华合演《花田八错》（1944年拍摄）等影片。中华人民共和国成立后，加入豫剧团。

赵金年唱片均为在戏校时灌制，故唱片上均有"北平戏曲学校"字样。其中《祭泸江》一剧为蔡荣贵亲授。

探母【1936年宝塔唱片1面】赵金年饰杨延昭、李和曾饰杨延辉、靳文锦京胡、白登云司鼓（P1000A）

（杨延辉）［西皮摇板］大吼一声如雷震，［快板］杨家将令鬼神惊。大胆且把［摇板］宝帐进，［快板］上面坐的同胞人。将身站在丹墀定，问我一言我答一声。（杨延昭）坐在宝帐用目睁，见一番将往里行。龙行虎步非凡品，灯光之下认不真。本帅开言来盘问：你是番邦什么人？家住哪州并哪郡，要见本帅为何情？（辉）家住山后磁州郡，火塘寨上有家门。我父令公官一品，我母佘氏老太君。十五年前沙滩会，失落番邦被贼擒。六弟下位将兄认，我是你四哥回宋营。（昭）听罢言来才知情，原来四哥回宋营。三军与爷［摇板］掩门禁，自己手足认不真。走向前来忙松捆，弟兄对坐叙寒温。（白）四哥，怎能脱离龙潭虎穴？（辉）一言难尽呐！［原板］弟兄分别十五春，我和你沙滩会两下里离分。闻听得老娘驾到了北郡，因此上乔装改扮回宋营，黑夜里探望娘亲。（昭）四哥失落番邦，盼坏了老娘亲哭坏了四嫂夫人。叫宗保近前［流水］听将令，为父言来听分明：哪个交头接耳论，插箭游营［散板］不徇情。

祭泸江【1936年宝塔唱片1面】赵金年饰诸葛亮、费玉策饰魏延、王金璐饰张仪、靳文锦京胡、白登云司鼓（P1000B）

（诸葛亮白）伏惟尚飨！[二黄碰板]维大汉建兴年九月秋降，武乡侯诸葛亮亲自上香。[原板]并享那殁王的事蜀中兵将，以及那远方的战死儿郎。我皇帝继三王恩威布广，[垛板]因异俗、恣狼心、奉王命、举貔貅、问罪遐荒、大下南方、[原板]扫荡边疆。（魏延）我丞相秉忠心蛮夷扫荡，息干戈从今后永享安康。（亮）用兵来我也曾七擒七放，[垛板]叹汝等、偶失机、落陷阱、魂掩泉台、魄归长夜、[原板]好不凄凉。今奏凯尔英灵莫阻仪仗，（张仪）①有张仪祈祷在泸江。众士卒俱都是九州校将，[垛板]愿年年、并此日、我张仪、准备祭礼、亲祭泸江、永保安康。

王金璐

玉堂春【1936年3月17日蓓开唱片2面】赵金年饰刘秉义、程砚秋饰玉堂春、周长华京胡、任志林京二胡、白登云司鼓（91500/1）

《太真外传》
赵金年饰李隆基

（头段）（苏三）[西皮二六]自从公子南京去，玉堂春在北楼装病形。公子若是不娶妾，玉堂春就守节不嫁人。（刘秉义白）这就不对了，你既不嫁人，为何改嫁山西沈燕林是何缘故？（苏）[流水]那一日梳妆来照镜，在楼下来了沈燕林。他在楼下夸豪富，比那公子胜十分。奴在北楼高声骂，只骂得燕林脸含嗔。羞愧难当回店去，主仆二人又把巧计生。（刘白）生下巧计，莫非要买你？做媒的纹银多少？（苏）[流水]做媒的银子三百两，那王八鸨儿一斗金。鸨儿贪财把我卖，将我卖于沈燕林。假说公子得中了，他得中皇榜第一名。奴为他天齐庙内把香进，这才一马就到了洪洞。（刘白）在洪洞住了几载？那皮氏待你如何？（苏）在洪洞住了一年整，皮氏贱人起毒心。一碗药面付奴手，奴回手递与那沈官人。官人不解其中意，他吃了一口哼一声。他昏昏沉沉倒在地，七孔流血就丧残生。

（二段）（刘白）人命关天之事，那皮氏岂肯与你甘休？（苏）[流水]皮氏一见冲冲怒，她道奴谋害我郎君。高叫乡约和地保，拉拉扯扯就到公庭。（刘白）王知县受贿多少？（苏）[流水]王

---

① 此句原为净行孟获所唱，灌片时改由武生张仪演唱。

知县受贿一千两。（刘白）合衙呢？（苏）[流水]合衙分散有八百银。（刘白）上堂去是怎样的待你？（苏）[流水]上堂去先打我四十板。（刘白）不该招认。（苏）[流水]无情的拶子难受刑！（刘白）人命关天之事，就不该招认。（苏）[流水]犯妇本当不承认，皮鞭打断有数十根。（刘白）在监中住了几载？（苏）[流水]在监中住了一年整。（刘白）可有人探望于你？（苏）

程砚秋、白登云

[流水]并无有一人来探望我的身。（刘白）那王八羔儿？（苏）[摇板]不来看。（刘白）啊，苏三，你那知心的人儿呢？（苏）[摇板]他也不知情！（刘白）别人不来还则罢了，那王公子可曾看探于你呀？（苏）[流水]他一家骨肉多和顺，他与我露水的夫妻就有什么情！（刘白）眼前若有公子，你可认识于他呀？（苏）[流水]慢说不认王公子，换骨脱胎我认得清。（刘白）他顶冠束带，不来认你也是枉然！（苏）大人呐！[散板]眼前若有公子在，纵死黄泉也甘心！

厉慧良（1923.3.30~1995.2.27）

厉慧良，祖籍北京，生于江苏南通海门，满族。其父为著名琴师厉彦芝，母韩凤奎、姨母韩凤英均为京剧演员。厉慧良于1930年师从刘晓香在上海练功，1933年从张福通学戏，后又向潘奎祥、赵瑞春、李桂春、产保福、关盛明、沈玉秋、郭三增、敖伯言、罗孝可、钱宝森等学人艺，在上海等地演出时被誉为"神童"。他曾向刘奎官学习《通天犀》，向唐韵笙学习《艳阳楼》。1936年其父开办厉家童伶班，厉慧良与大哥厉慧斌、大妹厉慧敏、小妹厉慧兰、弟厉慧森，合称"厉家五虎"，在长江一带演出，颇有影响。抗战爆发后，厉家班离沪入川，后在云、贵、川三省演出，改名为斌良国剧社。这一时期厉慧良以演老生戏为主，武戏为辅，并在重庆演出由著名编剧家龚啸岚编写的16本《岳飞》，在观众中引起极大轰动。1940年代，他由于"倒仓"改以演武戏为主。中华人民共和国成立后，他先后到京、津、沪及山东等地演出。1956年组建天津京剧团，任副团长、团长兼主演。1950年代末，排演新编历史剧《火烧望海楼》。1964年到北京演出《六号门》。1993年11月在上海人民大舞台演出《艳阳楼》，其精湛技艺引得满堂喝彩。1995年2月，应邀到上海商城剧院与景荣庆、张幼麟等合演《战宛城》。此次演出结束返津不久，于2月27日猝然辞世。

1936年所灌制的这批唱片，是厉家班在上海演出时，经电影界王亚樵介绍在百代公司所灌制，由丽歌唱片公司（百代子公司）发行，并在片芯标识"厉家神童"字样。

投军别窑【1936年10月30日丽歌唱片2面】厉慧良饰薛平贵、厉慧敏饰王宝钏、厉彦芝京胡、史永春司鼓（A3692/3）

（头段）（薛平贵）[西皮导板]王允老贼太不仁，[原板]害得我夫妻们两下离分。催马加鞭[摇板]往前进，叫声三姐快开窑门。（白）三姐，开门来。（王宝钏）来了！[摇板]平郎此去不回转，倒教宝钏挂心间。我这里开窑门用目来看，（薛白）为丈夫回来了。（王）薛郎，来呀！[摇板]平郎为何荣耀还？

（二段）（王）[导板]听他言来珠泪洒，（白）薛郎，（薛）三姐！（王）我夫，（薛）我妻！（王）夫哇，（薛）妻啊！（王）[原板]好一似万把刀把我心挖。父好比秦赵高指鹿为马，父好比汉萧何私造律法。（薛）说什么秦赵高指鹿为马，说什么汉萧何私造律法。你的父与平贵冤仇结下，害得我夫妻们就各奔天涯。

《投军别窑》
厉慧良饰薛平贵、厉慧敏饰王宝钏

华容道【1936年10月30日丽歌唱片2面】厉慧良饰关羽、厉慧斌饰曹操、厉彦芝京胡、史永春司鼓（A3694/5）

（头段）（关羽白）关平、周将！（关平、周仓）啊咳！参见父帅！（关）站立两厢！（关平、周仓）啊！（关）蚕眉凤目美髯飘，手使青龙偃月刀。我与军师曾打赌，华容道内去擒曹。[西皮流水]背地里笑军师用兵不到，他那里在帐中藐视英豪。自幼儿读春秋韬略知晓，为不平斩雄虎四海来漂。在徐州定巧计车胄丧了，我斩颜良诛文丑全凭着宝刀。过五关斩六将保定二嫂，古城外斩蔡阳我匹马单刀。小校带过了爷的赤兔胭脂豹，[散板]华容道内去擒曹。

（二段）（关）[二六]奸曹操尔好似鳌鱼垂钓，弓伤鸟纵展翅也难[摇板]飞逃。（曹操白）啊！[快板]在许昌我待你哪些不好，上马金下马银美酒红袍。表奏你寿亭侯爵禄非小，难道说忘却了昔年故交？（关）你虽然待关某恩德义好，某也曾答报了你的功劳：斩颜良诛文丑立功报效，将印信挂中堂写柬辞曹。（曹）我也曾命文远文凭送到，临行时饯别在灞陵长桥。（关）提起了送文凭令人可恼，过五关斩六将首级来枭。过黄河那时节文凭送到，谢丞相假殷勤不放心梢。（曹）在许昌你许我异日图报，今日里狭路逢不肯轻饶。（关）非是某忘却了昔日答报，奉军令捉拿你岂肯轻饶。来来来请上了华容道，试一试关某[散板]偃月刀。（曹白）啊！[散板]一见关公脸变了，吓得曹操魂魄消。庾公之斯岂忘了，你本是大英雄怎忘故交。（白）二将军，想你熟读春秋战策，岂不知战国时庾公之斯，追子濯孺子之事乎？（关）呀！

《借东风》厉慧良饰诸葛亮

霸王别姬【1936年10月30日丽歌唱片2面】厉慧良饰项羽、厉慧敏饰虞姬、厉彦芝京胡、史永春司鼓（A3696/7）

（头段）（虞姬）[西皮摇板]自从我随大王东征西战，受风霜与劳苦年复年年。恨只恨秦无道生灵涂炭，才惹得众豪杰逐鹿中原。何日里方得免兵戈扰乱，也免得众百姓困苦颠连。（项羽）[散板]已吩咐众将官四周察看，到后帐寻美人谈论一番。（虞白）大王今日出战胜负如何？（项）不想四路人马一起杀至，只杀得孤败阵而归。（虞）军家胜败乃为常事，大王何足挂矣。（项）已吩咐众将官紧守城池，候救兵到此再图解危之计。

（二段）（虞）大王言之有理。（项）孤意欲与妃子痛饮几杯，以消烦闷。（虞）妾妃把盏。（项）如此备酒！[原板]今日里败阵归心神不定，（虞）劝大王休愁闷且放宽心。（项）四路兵一起至如何救应，（虞）守城池且等候江东救兵。（项）无奈何借杯酒[摇板]暂消愁闷，（虞）自古道军胜负乃为常情。

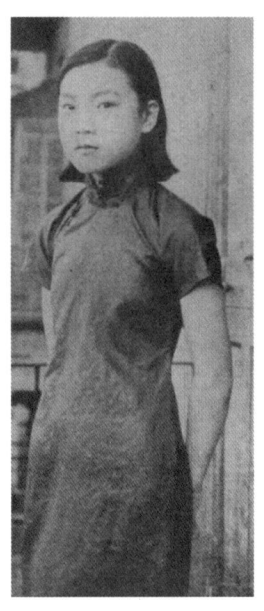

厉慧敏

岳母刺字【1936年10月30日丽歌唱片4面】厉慧良饰岳飞、厉慧敏饰岳妻、陈慧君饰岳母、厉慧兰饰岳云、厉慧森饰书童、厉彦芝京胡、史永春司鼓（A3790/3）

《长坂坡》厉慧良饰赵云

（头段）（岳飞）[西皮慢板]岳鹏举在书房自思自想，想起了当年的事好不心伤。汴梁城枪挑了梁王命丧，多亏了宗留守救我还乡。连遭了三年旱买斗米珍珠一样，盗贼起天下乱黎民遭荒。最可叹我主爷[快板]信用奸党，把一个大宋朝付与汪洋。再不能与我主[摇板]烟尘扫荡，但不知何日里才得放光。

（二段）（岳妻）[摇板]手托茶盘前庭转，见了官人说根源。（白）官人用茶。（岳）有劳娘子。唉！（妻）啊，官人，为何愁闷？（岳）娘子有所不知，是我清晨起来翻出一张命书，道我二十三岁，鸿运大发。想这样荒年有什么好运？因此悲叹。（妻）啊，官人，常言道的确好：男儿无志且忍耐，困龙也有上天时。（岳）叫我等到几时才好？（妻）还是忍耐的好。（岳）多口。（岳母）[摇板]我儿生来多孝顺，（妻白）啊，官人还是忍耐的好。（岳）多口。（母）啊？[摇板]夫妻为何吵闹声？（白）嗯哼！（岳）参见母亲，（母）罢了。（妻）参见婆母。（母）罢了。儿啊，为何与你妻争吵?(岳)母亲有所不知,是孩儿清晨起来翻出一张命书,道孩儿二十三岁鸿运大发,想这样荒年有什么好运?因此悲叹,孩儿焉敢争吵。

(三段)(母)诶!想我儿既读圣贤之书,必晓得周公之理,常言道得好:天不得时日月无光,地不得时寸草不收;鱼不得时累遭罗网,人不得时不过多受几载的磨难。想我儿时运未到,要忍耐的才是,为何与你妻争吵,是何道理?(岳)啊,母亲,她乃妇道之家晓得什么。(母)嗯,你言道你妻她是妇道之家不晓得什么。难道为娘就不是妇道之家?也不晓得什么?哼,犯了为娘的家规,还不罚跪在一旁。(岳)遵命。(岳云)书童。(书童)有。(云)带路。(书童)是。(云)[摇板]适才南学把书念,功课完毕转回还。书童带路回家转,(母白)唉!(书童)哟?(云)[摇板]祖母发怒为哪般?(白)书童。(书童)公子。(云)我祖母为什么生气呀?(书童)我来看看。啊呦公子诶,祖母哪儿生气呐。(云)我晓得生气,为什么要生气呢?(书童)你不知道啊?(云)我不知道。(书童)你猜我呐?(云)你一定是知道啦。(书童)啊哈哈哈!我也是不知道。(云)你饭桶么!(书童)我本来是个饭桶嘛!(云)瞧我的。(书童)瞧你的。

《定军山》厉慧良饰黄忠

(四段)(云)参见祖母。(母)罢了。(云)参见母亲。(妻)罢了。(云)参见爹爹。(岳)罢了。(母)啊,孙儿,你为何跪在那里呀?(云)祖母,我爹爹为什么跪在这里?(母)你爹爹犯了祖母的家规,因此罚跪。你也未曾犯祖母的家规,你不要跪在那里,快快起去吧!(云)祖母,您要是让我爹爹起来,孙儿我自然而然我就起来啦。(母)哦?听你之言敢莫是于你爹爹讲情么?(云)孙儿不敢讲情,祖母您老人家开开恩吧。(母)哎呀呀!这才是孝子生下孝顺子,罢、罢、罢,你们起来吧。(岳)遵命!(云)多谢祖母。(岳)啊,母亲,恩师言道武艺一日不可荒废,孩儿去到荒郊演习枪法。(母)这便才是。早去早回。(岳)孩儿遵命。书童!(书童)有。(岳)带马看沥泉枪伺候。(书童)是!(岳)[快板]见老娘回上房喜在心下,我去到荒郊外演习枪法。手提着沥泉枪[散板]忙跨战马,到荒郊演武艺犹如争杀。

左起:厉慧敏、厉慧根、厉彦芝

法门寺【1936年10月30日丽歌唱片2面】厉慧良饰赵廉、厉慧斌饰刘瑾、厉慧森饰贾桂、厉慧敏饰宋巧娇、陈慧君饰太后、厉彦芝京胡、史永春司鼓（A3794/5）

《法门寺》厉慧森饰贾桂

（头段）（宋巧娇白）走啊！冤枉！（校尉）哦。（刘瑾）桂儿啊。（贾桂）喳！（刘）外头什么这么鸡猫子喊叫的？瞧瞧去。（贾）是！校尉的。（校尉）有。（贾）什么这么鸡猫子喊叫的？（校尉）民女喊冤。（贾）候着。启禀千岁爷，有个小妞儿喊冤。（刘）怎么着，有个小妞儿喊冤吗？（贾）有个小妞儿喊冤。（刘）难道说没她的父母官吗？（贾）可说呐！（刘）拉出去把她杀了吧。（贾）是。（太后）且慢。（刘）听信儿。（太后）大佛宝殿焉有杀人之理？搜搜那女子身旁有状无状。（刘）我说桂儿啊。（贾）喳！（刘）大佛宝殿哪儿有杀人的道理，这可是谁出的主意这是？（贾）可说呐，这是谁出的主意这是？（刘）看看那女子身旁有状无状。（贾）是。校尉的。（校尉）有。（贾）搜搜那女子身旁有状无状。（校尉）是。（贾）回来！可别摸索人家啊。（校尉）有状子。（贾）候着。启禀千岁爷：有状子。（刘）怎么着有状子？（贾）有状子。（刘）这可是诚心打官司来了。（贾）谁说不是诚心打官司来了。（刘）孩儿啊，有了你的差使了。（贾）有了奴才我什么差使了？（刘）跪在丹墀高声朗诵，一个字儿一个字儿，念与太后老佛爷与咱家我听。（贾）是。（刘）你倒是嘚儿去呀？（贾）我这不是去呢吗？（刘）哎哟，你倒是快着点儿啊。（贾）人家这不是快着呢吗？（刘）孩儿啊，不带你来你要跟着，如今有这么点儿差使，你嘚儿就跟我蹭棱子。（贾）奴才我可不敢。（刘）不擀吃押条儿的。（贾）这。（刘）蛰得掐勾子。（贾）是。（刘）"士"嘚儿让"炮"打了，出"车"吧小子！（贾）哪儿来的这一大套啊！你哪儿冤不了单跑这儿冤来。

《甘露寺》厉慧良饰乔玄、厉慧斌饰孙权

（二段）（赵廉）[西皮散板]才知道小刘彪是杀人的凶犯，（刘白）你早干什么来着？（赵）[散板]又谁知这内中有许多的牵连。[哭头]在庙堂恕学生才学甚浅，千岁爷呀！[散板]望千岁开大恩限臣三天。（刘白）喳！[散板]好一个胆大的眉坞知县，把一桩人命案审问倒颠。限三天将人犯一齐带殿，少一名将人头悬挂高竿。

关正明（1926~2009.7.12）

关正明，原名关宝永，浙江杭州人，满族。1940年进入上海戏剧学校正字班学戏，由关盛明为其开蒙。十个月后即登台演出《二进宫》等剧目，与顾正秋并列为戏校优等生。1941年，关参与拍摄电影《古中国之歌》，1947年起搭班演戏，曾先后与李玉茹、杜近芳、赵燕侠、李慧芳、李蔷华等人合作，至各地巡演。1950年与戏校校友组织了红旗青年京剧团，任主演。1954年，关正明加入武汉市京剧团，并任三团团长，与高盛麟、高百岁、郭玉昆、李蔷华等人长期合作。其子关怀（即关栋天）亦为老生演员。

1940年所灌制的这批唱片是上海戏剧学校学生入学一年后灌制的，其中《二进宫》一张在当时未公开发行，关正明所饰演的杨波有"渔樵耕读""四季花"的唱法，是当时老生行当中，较为珍贵的唱段。

《甘露寺》关正明饰乔玄

甘露寺【1940年11月11日年丽歌唱片1面】关正明饰乔玄、赵大刚京胡、王燮元司鼓（B580）

[西皮原板]劝千岁杀字休出口，老臣与主说从头：刘备本是靖王后，孝景帝玄孙一脉流。他有个二弟[流水]汉寿亭侯，青龙偃月神鬼皆愁；白马坡斩过颜良诛文丑，在古城曾斩过老蔡阳的头。他三弟翼德性情有，丈八蛇矛贯取咽喉。曾破黄巾兵百万，虎牢关前三战过吕温侯。当阳桥前一声吼，喝断了桥梁水倒流。他四弟子龙英雄将，盖世英雄还贯九州。长坂坡、救阿斗，杀得曹兵个个愁。这一班虎将哪国有，还有诸葛用计谋。你杀刘备不要紧，他弟兄闻知是怎肯罢休。若是兴兵来争斗，东吴哪个敢出头？我扭转回身把本奏，将计就计[散板]结鸾俦。

王佐断臂【1940年11月11日丽歌唱片1面】关正明饰王佐、赵大刚京胡、王燮元司鼓（B581）

［二黄散板］那要离刺庆忌颇有志量，留下了美名儿万古传扬。我王佐学要离番营去闯，顾不得生和死天做主张。［摇板］听她言来心欢畅，把话说与她知详。我断臂为的是小殿下，舍死忘生到番邦。这断臂的事儿休声嚷，说出口来我的祸难当。少时殿下进后帐，全凭安人做主张。

四郎探母【1940年11月11日丽歌唱片2面】关正明饰杨延辉、顾正秋饰铁镜公主、周正荣饰杨延昭、赵大刚京胡、王燮元司鼓（B586/7）

《四郎探母》
关正明饰杨延辉、顾正秋饰铁镜公主

（头段）（杨延辉）［西皮快板］我和你好夫妻恩德不浅，贤公主又何必礼义太谦。杨延辉有一日愁眉得展，誓不忘贤公主恩重如山。（铁镜公主）夫妻们讲什么恩德匪浅，你在南我在番千里姻缘。为什么这几日愁眉不展？有什么心腹事你细对咱言。（辉）非是我这几日愁眉不展，有一桩心腹事不敢明言。萧天佐摆天门两国交战，我的娘押粮草来到北番。我有心回宋营见母一面，怎奈我身在番不能出关。（铁）你那里休得要巧言改辩，你要见高堂母我不阻拦。（辉）贤公主施恩德母子相见，无有令箭也是枉然。（铁）有心赐你的金鈚箭，怕你一去不回还。（辉）公主若肯赠令箭，五鼓天明我即刻还。（铁）宋营离此路途远，一夜之间你怎能回还？（辉）宋营虽然路途远，快马加鞭一夜还。（铁）适才叫我盟誓愿，你对苍天也表一番。（辉）［流水］公主叫我盟誓愿，将身跪在地平川。我若探母［摇板］不回转，黄沙盖脸尸不全。（铁）一见驸马盟誓愿，咱家才把心放宽。驸马后宫［摇板］巧改扮，盗来了金鈚箭你好出关。

（二段）（杨延辉）［原板］弟兄们分别十五春，铁石人闻也泪淋。闻听得老娘驾到北郡，因此上巧改扮回宋营探望娘亲。（杨延昭）四哥失落在番邦营，高堂上哭坏了你我的老娘亲。宗保近前［流水］听父命，为父言来听分明：四伯父今日回宋营，帐里帐外［摇板］莫高声。（辉）问贤弟老娘今何在？（昭）现在后帐把兵排。（辉）有劳贤弟把路带，母子们相逢要痛伤怀。

左起：陈正岩、关正明、周正荣

《误卯三打》关正明饰薛平贵

二进宫【1941年11月11日丽歌唱片2面】关正明饰杨波、顾正秋饰李艳妃、赵大刚京胡、王燮元司鼓（B590/1）

（头段）（李艳妃）[二黄原板]徐皇兄年纪迈难把国掌，转面来叫一声兵部侍郎。你若是保太子登龙位上，你的名儿在万古扬。（杨波）吓得臣低头不敢望，战战兢兢启奏皇娘。臣昨晚修下了辞王本章，今日里进宫来辞别皇娘。臣要学姜子牙钓鱼台上，臣要学钟子期砍柴山岗。臣要学尉迟恭做田庄上，臣要学吕蒙正苦读文章。春来百花齐发放，夏季荷花满池塘。秋来菊花开金钱样，冬至梅花带雪霜。望国太开龙恩将臣放，臣要告职还乡落得个安康。

（二段）（李）他二人把话一样讲，倒教哀家无有主张。无奈何怀抱太子跪至在昭阳。（徐延昭）吓坏了定国王、（杨）兵部的侍郎。（徐）自从盘古立帝邦，（杨）君跪臣来臣怎敢当。（李）非是哀家来跪你，都只为我皇儿锦绣家邦。（徐）锦家邦来锦家邦，（杨）臣有一本启奏皇娘：（徐）昔日里有一个李文李广，（杨）弟兄双双扶保朝纲。（徐）李文北门带箭伤，（杨）伴驾山前又收李刚。（徐）收来了一将损伤一将，（杨）一将倒比一将强。（徐）到后来保幼主登龙位上，（杨）反把那李广斩首法场。（徐）这都是前朝的忠臣良将，（杨）哪一个忠良又有下场？（李）有下场来无下场，细听哀家说段比方：昔日里有一个子龙将，在长坂坡前救过小王。到后来保太子登龙位上，至今名儿在万古扬。（徐）困龙思想长江浪，（杨）虎落平阳想奔山岗。（徐）事到头来想一想，（杨）谁是忠良哪个奸党？（李）忠良本是徐杨将，奸党我父贼李良。二卿不把[摇板]国来掌，哀家跪死在朝阳。

《武家坡》关正明饰薛平贵

杜元田（1928.11.11～2012）

杜元田，曾用艺名杜世良，北京人。1937年入富连成科班，学戏八年，师从雷喜福、王喜秀、马连良等人。出科后向徐兰沅、王少楼等人学戏，在北京、上海、济南等地挑班演出。1949年后进石家庄京剧团，除经常主演余（叔岩）、谭（富英）派剧目外，还为奚啸伯配戏。1978年，前后任石家庄戏校主任、石家庄青年京剧团团长，石家庄京剧团艺术顾问等职，后任北京战友京剧团导演兼教师。杜演出规矩大方，艺宗余（叔岩）派，擅演剧目有《击鼓骂曹》《战太平》《打棍出箱》《失·空·斩》等。

1937年，丽歌唱片公司（百代子公司）专门灌制了一批童伶唱片，《桑园会》即杜在富连成科班学生时代所灌。

《桑园会》杜元田饰秋胡

桑园会【1937年4月8日、19日丽歌唱片4面】杜元田饰秋胡、刘元彤饰罗敷、谢世安饰秋母、张崇麟京胡、叶荫章司鼓（A4601/2、A4703/4）

（头段）（秋母）[西皮流水]喜鹊不住叫喳喳，叫得老身心内麻。眼看红日坠落西山下，还不见媳妇转回家。（罗敷）走哇！[摇板]急急忙忙回家下，见了婆婆说根芽。（白）喂呀，婆婆啊！（母）啊？为何束手而回？（罗）婆婆哇！媳妇去往桑园采桑，偶遇狂徒乎！[摇板]他三番两次要采花，（母白）你可曾从了他？（罗）[摇板]立志守节岂从他。（母白）好狂徒哇！[流水]适才媳妇一句话，不由老身心内麻。若是我儿秋胡在家下，定把此贼送官衙。板子打来夹棍夹，打折他两条腿[摇板]叫他在地下去爬。（秋胡白）马来！[流水]秋胡打马奔家下，杨柳深处是我家。去时桑林无多大，回来杨柳俱已发。

甩镫离鞍［摇板］下了马，（母白）好狂徒啊！（胡）［流水］只见老母怒气发。走向前忙跪下，儿是秋胡转回家。

（二段）（母）［摇板］在下客官你且坐下，（胡白）母亲！（母）哎！［流水］你莫要错认老白发。我的儿本是书生样，项下并不曾长须发。（胡）打罢春来又转夏，日月如梭走如麻。少年子弟江湖老，老母的青丝转白发。（母白）哦，你是我儿秋胡回来了？（胡）儿是秋胡。（母）哈哈哈哈！［流水］怪不得昨晚灯花放，今日喜鹊叫喳喳。我说是大祸从天下，原来是秋胡转还家。（罗白）咳！［散板］一见狂徒怒气发，不该桑园调戏咱。［哭头］在草堂辞别了婆婆驾！（母白）哎呀，儿呀！你夫妻见面一言未发，她、她、她为何扬长而去？（胡）哎呀，母亲呐！一言难尽，她到后面自尽去了。（母）哎呀！［散板］这才是平地烈火发，（胡白）唉！［散板］大不该在桑园调戏她。

《击鼓骂曹》杜元田饰祢衡

（三段）（罗白）且住！指望儿夫回来荣光耀祖，谁想强盗把我当作下贱之人。也罢！不免拜谢婆婆养育之恩寻个自尽了吧。［散板］对着上房施一礼，拜谢婆婆养育恩。［哭头］在腰间解下了丝萝带！［导板］三魂渺渺归阴府，［散板］七魄茫茫又还魂。［哭头］猛然间睁开了昏花眼，喂呀，婆婆啊！

（四段）［流水］我和你有什么夫妻情，谁认你狼心［摇板］狗肺人。（母白）啊？［流水］一个喜来一个恨，倒教老身解不明。回头便把媳妇问，一一从头说娘听。（罗白）婆婆啊！［二六］婆婆有所不知情，媳妇言来听分明：强盗催马把桑园进，他把我当作下贱人。因此回房我行自尽，只愿一死［摇板］落美名。（母）［流水］听他言来才知情，大骂秋胡你狗肺人。夫妻见面就该认，为什么桑园你献黄金。

女老生

女老生，是相对于男老生而言，顾名思义即由女性演出中年或老年男子角色，也称坤生。清末以来，涌现了大量的女性老生演员。尽管在数量上不及男老生多，但由于女老生的音色与其独特的表演魅力，在京剧舞台上也占有重要的地位。其中小兰英、恩晓峰、露兰春、孟小冬、张文涓等人，均为女老生中的佼佼者。

小兰英（1878~1954）

小兰英，本姓蓝，河北省香河县人。民国初年嫁梆子青衣姚长海（艺名一斗金），随夫姓更名姚佩兰，六岁入天津宁家坤班（班主为宁宝山与其妻杨红梅），生、旦、净、丑无不擅长。出科后挑班演出至津、京、沪、汉、鲁、豫及东北，与其夫组班后曾到新加坡及南洋群岛演出，后因家庭变故两度出家，号"常越居士"。曾与杨小楼演出《连环套》（姚饰窦尔墩），与李吉瑞合演《巴骆和》，与盖叫天合演《蚂蜡庙》，艺术声望极高，在民国初年与恩晓峰齐名。1953年在京组新声京剧团，次年病故。生二女，长女姚玉兰为老生、老旦演员，后在台湾剧校教戏；次女姚玉英为花脸、小生演员，早夭。

《徐策跑城》是小兰英所灌唱片中极有特色的一张，保留了徽调拨子声腔体系中高拨子快板的唱腔，也是京剧唱片中唯一的一例，颇为珍贵。

桑园寄子【1931年长城唱片2面】小兰英饰邓伯道（CHI3219/20）

（头段）[二黄慢板]叹兄弟真不幸中年丧命，撇下了年幼儿好不伤情。眼望着孤坟台心酸难忍，见坟台不见人刀割我心。

（二段）[导板]见坟台不由人珠泪滚滚，[碰板]叫一声同胞弟细听兄云。[快三眼]曾记得弟在世何等侥幸，兄与你同商量家道隆兴。料不想身得病一旦丧命，兄弟丧命，兄弟呀![原板]恨黄土埋却了无价的宝珍。

扫松【1931年长城唱片2面】小兰英饰张广才（CHI3229/30）

（头段）[清江引导板]黄叶飘飘树叶落秋风寒，（白）鸟鸟乎![顶板]被秋风吹得我这心内毛陶。行几步来至在双阳岔道，（白）啊？[顶板]也不知是何物绊了一跤。（白）偷木贼，你怎么单单偷盗蔡家的树木呢![顶板]我骂一声偷木贼你真真大胆，单单盗那蔡家的树

《扫松下书》小兰英饰张广才、姚玉英饰李旺

苗。劝世人一个个都要学好,莫学浪子无有下梢。行几步来至在蔡家的坟道,[垛板]我急急走来我急急跑,我急急忙忙到荒郊,到荒郊把松扫,只为死去的旧故交,啊,旧故交。

（二段）（白）拜的是忘恩负义的[碰板]蔡伯喈,[原板]小哥哥你在荒郊外,细听老汉把蔡家事儿谁是谁非一起从头说开怀：蔡伯喈进京城把那功名求戴,在家中撇下了二老萱台。陈留郡干旱有三载,旱涝不收好不悲哀。他二老无度用无计可奈,冻饿而死他命丧阴台。他的儿媳割下了青丝去到长街来卖,卖几两纹银就葬埋尸骸。似这样贤德的儿媳令人真可爱,有老汉我日送米来我每日里又送柴。五娘子身背着琵琶奔那京都地界,不分昼夜她挨走郊野。我托付小哥哥把信来带,你叫那蔡伯喈他就早早回家来。倘若是不听你的言语话带,[垛板]你就说,在那陈留郡,在那荒郊外,遇见了老汉叫张广才,托付小哥哥把信带,[散板]我一个拜,我一个拜,一个拜,一个拜,（白）唉！[顶板]让他早早回来,祭扫他的坟台！

徐策跑城【1932年长城唱片2面】小兰英饰徐策（CHI3235/6）

（头段）[高拨子快板]适才家院报一声,寒山发来一哨兵。[摇板]家院带马敌楼进,[快板]来在城楼看分明。黑旗遮着紫金队,紫色的旌旗放光明。[摇板]红旗下来一小将,看他到来[散板]问分明。[导板]耳边厢又听得家院报定,[垛板]老徐策,我就站城楼,眼又花,我的耳又聋,眼花耳聋,耳聋眼花,观不见城下儿郎是何人。尔的爹姓甚？尔的娘姓甚？弟兄们同胞几个人？你就排行第几名？家住在哪一州你并哪一县？你是哪府哪村哪庄有你家门？你是住内城？你是住外城？你那里,说得清,你就道得明,老夫开了城,放下吊桥叫尔即刻好进城,你那里,说不清,你就道不明,你要想进城万不能,不能不能你又[回龙]不能,[散板]报上了尔的花名。

（二段）[原板]湛湛青天不可欺,未曾起意神先知。善恶到头有报应,不知来早和来迟。薛刚酒醉他闯下祸,闯

左起：姚玉英、小兰英、姚玉兰

下了塌天大祸来。举家绑在西郊外,三百余口他把刀开。算来冤仇有数载,今日才得来解开。寒山发来[摇板]人和马,(白)薛刚,薛葵,薛蛟,哎![快板]还有那寒山三夫人。看看红日西山在,甩开了大步上金阶。三步当作两步走,两步当作一步行。老夫上殿奏一本,一本这一本我往上升。圣上准了我的本,君是这君来臣是臣。圣上不准我的本,(白)带领人马我就赶![快板]赶上了金殿问当今。(白)若其不然我就杀![散板]一概奸臣俱杀尽,好与薛家报冤恨。

《珠帘寨》姚玉兰饰李克用、小兰英饰程敬思

恩晓峰（1887~1949）

恩晓峰，满族，北京正黄旗人。幼受其父影响喜爱京剧，后聘京剧老艺人吉庆云在北京西河沿正乙祠票社学艺。15岁时，曾以"小客串"名义在各戏园演出。长期观摩谭鑫培演出，学习谭派剧目。后因家道中落，为生计所迫，下海从艺。光绪二十九年（1903），恩到天津入鸣凤班，以谭（鑫培）派女老生名噪一时，津人以"女叫天"称之。民初，改习汪（笑侬）派，并受到汪的亲自指点，颇得汪派神髓。在津、沪往来演出，经常上演《马前泼水》《马嵬驿》《受禅台》《青梅宴》《洗耳记》《张松献地图》《党人碑》《刀劈三关》等汪（笑侬）派剧目。1949年病逝于北京。其夫姜春桂为京剧小生演员，长女恩维铭工老生，次女恩佩贤工青衣、花旦，曾嫁高百岁为妻。

恩晓峰早期在物克多公司所灌唱片甚多，艺术风格接近谭（鑫培）派，长城公司灌制的《马前泼水》系中年后灌制，其风格为汪（笑侬）派，这些唱片可以反映出她各个时期不同的艺术风格。

巴骆和【1917年百代唱片1面】恩晓峰饰骆宏勋、董凤年京胡（33201）

［二黄散板］闷坐在招商店长吁短叹，思想起一路上好不惨然。酸枣岭刺巴杰贼子的命丧，料不想今夜晚又起祸端。［哭头］哭一声老娘亲难得见，儿的娘啊！［散板］要相逢除非是梦里团圆。

四郎探母【1917年百代唱片1面】恩晓峰饰杨延辉、董凤年京胡（33202）

［西皮慢板］杨延辉坐宫院自思自叹，思想起高堂母好不惨然。我好比中秋月乌云遮掩，我好比浅水龙久困沙滩。都只为沙滩会［二六］一场血战，只杀得宋营中悲哀惨然。思老母不由儿把肝肠痛断，想老娘不由儿我珠泪不干。

《定军山》恩晓峰饰黄忠

朱砂痣【1917年百代唱片1面】恩晓峰饰韩廷凤、董凤年京胡（33203）

［二黄慢板］借灯光暗地里观看娇娘，观娇娘与前妻一样风光。［原板］只见她双眉皱泪流脸上，莫不是年纪迈难配鸾凰。要穿衣锦绣衫任你选样，要吃饭珍馐味禾米成仓。这不是那不是令人难想，讲什么衷肠话你何必思量，又有何妨？

打棍出箱【1917年百代唱片1面】恩晓峰饰范仲禹、董凤年京胡（33204）

［四平调］听谯楼打罢了初更时分，猛然想起小娇生。我叫一声娇儿你来了吧，我的儿啊！送儿到南学念书文，啊，念书文！谯楼上打罢了二更尽，猛然想起结发的情。叫一声贤妻你来了吧，我的妻呀，红罗的帐内叙苦情，啊，叙叙苦情！［四平调］谯楼上鼓打了三更时分，想起妻室小娇生。这似风筝掐断了无情线！

马前泼水【1932年长城唱片2面】恩晓峰饰朱买臣、董凤年京胡（CHI3225/6）

（头段）［西皮导板］朱买臣提笔泪不干，［原板］一旦间拆散好姻缘。崔氏女她未把七出条犯，都只为书生我手无钱。朱买臣休妻我为吃饭，霎时间鸳鸯分离两边。写罢了休书［摇板］十字判，无有中证也枉然。九载的夫妻一朝散，只怕我妻你就后悔难。

（二段）［二六］狗贱人说的你是哪里话，朱买臣心中自觉差。想当年我将你娶家下，实指望夫唱妇随我宜室又宜家。朱买臣贫穷并非假，正所谓家徒四壁我日对着芙蓉花。日用三餐费用虽不大，怎奈我肩不能担担、手不能提篮、我又不能那买卖去做生涯。那一日深山把柴打，偏遇着北风猎猎、大雪飞飞、山上滑、我才无可奈何转回家。你逼着休书忙写下，霎时间鸳鸯两

《戏牡丹》恩晓峰饰吕洞宾、恩维铭饰童儿、刘昭蓉饰牡丹

《武家坡》恩晓峰饰薛平贵

分拆。也是我买臣福分大,你看我:身穿着大红、腰横着玉带、足蹬朝靴、头戴着乌纱、是颤颤巍巍两朵宫花。十字街前拦住了马,你叫我将你带回家。我若是将你带家下,岂不被街坊邻舍耻笑咱。千差万差你自己差,恩爱的夫妻倒变成了活冤家。来,来,来,将桶水泼地[回龙]下,[散板]你若收覆水我带你还家。

取成都【1908年物克多唱片1面】恩晓峰饰刘璋、董长清饰马超、董凤年京胡(28004)

(刘璋)[西皮散板]适才王累进宫报,皇儿在敌楼赴阴曹。耳旁又听放火炮,马超放火把民房烧。侍内臣摆驾上城道,那旁又来贼马超。(马超白)蜀主请了。(刘)呔![散板]见马超不由王心如刀绞,尊一声马孟起你细听根苗:孤王我待你是哪些儿不好?背孤王降刘备你所为哪条?(马)马孟起在马上上前答道,尊一声蜀旧主细听根苗:我降那刘皇叔也算正道,我到此你就该成都来交。(刘白)呔![散板]汉刘备封你的官职大了,王与你分疆土手足相交。(马)叫三军与爷放火炮,霎时小命定难逃!(刘)一言怒恼贼马超,四面放火把民房烧。[哭头]只烧得众百姓上城哀告,子民呐!

打棍出箱【1908年物克多唱片1面】恩晓峰饰范仲禹、董凤年京胡(28021)

(白)想我范仲禹,打上太师爷府门,又这样的款待,真乃是难得呀,难得![四平调]听谯楼打罢了初更时分,猛然想起小娇生。我叫一声娇儿你来了吧,我的儿啊!送儿南学念书文,啊!念书文。(白)这书房之中为何这样阴风惨惨?[四平调]听谯楼打罢了二更时分,猛然想起结发的妻。叫一声贤妻你来了吧!我的妻呀,红罗帐内叙一叙旧情,啊!叙叙旧情。(白)这书房之中为何这样鬼哭神嚎?只怕你的性命难逃今晚![四平调]听谯楼打罢了三更时分,想起妻室小娇生。似风筝挣断了那无情线,妻儿呀,同入帐内结发的情。

琼林晏(宴)【1908年物克多唱片1面】恩晓峰饰范仲禹、董长清饰葛登云、董凤年京胡(48025A)

(葛登云白)请啊![二黄原板]在相府摆酒宴开怀畅饮,尊一声范相公细听分明:虽然是失妻儿莫要伤心,老夫差人与你找寻。(范仲禹)我本是一寒儒太烈性,打上了太师爷的府门庭。念卑人结发的糟糠多薄命,浪打鸳鸯两离分!(葛白)日后必有相见。(范)[原板]

往日里吃酒酒不醉，心中有事酒［散板］醉人。（葛白）家院。（家院）是！（葛）将他搀至南书房。（家院）啊！（葛）呜呼呀！你看这范仲禹，来到我府，若被他妻知道，那还了得？来！（家院）有！（葛）传葛虎进见。（葛虎）来也！堂上一呼，阶下百诺。参见太师爷！（葛）罢了！（虎）有何差遣？（葛）命你去至南书房，将范仲禹杀来见我。（虎）遵命呐！（葛）正是：我今赐你莫追悔，（虎）□□□□□□。（葛）快去快来。

恩晓峰

翠屏山【1908年物克多唱片1面】恩晓峰饰石秀、冯二狗饰潘老丈、董凤年京胡（28022）

（石秀）［西皮原板］石三郎进门来莺儿骂道，只骂得小豪杰脸上发烧。忍不住心头火与她争吵！（潘老丈白）慢来、慢来！石伙计，常言说得好啊："好男不跟女斗，好鸡不跟狗斗！"你们随便什么难过的事情啊，都要看我爷爷！（潘巧云、莺儿）哎！（老丈）哎呀，叫一个来三个。（石）［原板］还看在杨仁兄故友相交。走向前施一礼把老丈别了，俺石秀此一去我要海走一遭。当别过潘老哥恩德义好，你令爱她待我不如蓬蒿。我见了潘家女就把牙咬！她那里故意儿把我来招。走向前我施一礼口尊嫂嫂，这几载多蒙你苦受煎熬。

战太平①【1908年物克多唱片1面】恩晓峰饰花云、董凤年京胡（54737A）

［西皮导板］英雄失计入罗网，［原板］大将难免阵前亡。刘军师他把帅印掌，看起来大将也平常。早知道采石矶就被贼抢，你就该差人马来提防。将身儿来在大街上！（孙氏笑）啊哈哈哈哈！（花）［摇板］那旁来了疯婆娘。（孙）［散板］听说夫君丧了命，假装疯魔逃出门。急急忙忙往前进，（花）这一足踏在你地埃尘！你是谁家疯婆女？

---

① 此唱片初版为12寸唱片，1935年再版为10寸唱片。在初版唱片中，在此段最后还有快板、散板等8句唱词。

陈善甫（生辛不详）

陈善甫，宗汪（笑侬）派老生，后改老旦。在上海与翁梅倩齐名。曾与其夫袁树德于 1926 年夏天组杭州心明影片公司。1947 年，陈已五十余岁，仍在上海、苏州等地登台演出。其女袁灵云曾习旦角，养女袁美云为红极一时的电影演员。

陈善甫唱片均为百代公司灌制，《朱买臣》一张即汪（笑侬）派名剧《马前泼水》，《徐母骂曹》为老旦名剧，唱法上均有特色。

朱买臣【1930 年百代唱片 2 面】陈善甫饰朱买臣／报名（34057*1/2）

（头段）［西皮导板］朱买臣提笔泪不干，［原板］一旦间拆散了好姻缘。崔氏女未犯七出条款，都只为书生手无钱。朱买臣休妻未悲叹，扯散鸳鸯分离在两边。写罢休书［散板］十字款，无有中证也枉然。

（二段）［二六］狗贱人说的是哪里话，朱买臣心中自嗟呀。想当年将你娶家下，实指望夫唱妇随我宜室又宜家。我买臣贫穷并非是假，正所谓家徒四壁就日对芙蓉花。朱买臣日用虽不大，怎奈我肩不能担担、手不能提篮、我又无有买卖做生涯。那一日深山把柴打，偏遇着北风猎猎、大雪飞飞、山上滑、是无可奈何转回家。你逼我休书来写下，从此后鸳鸯两分拆。这也是买臣我的洪福大，你看我身穿大红、腰横玉带、足蹬朝靴、头戴乌纱、颤颤巍巍两朵宫花。十字街心拦住马，你要我将你带回家。我若是将你带回家，岂不被街坊亲友取笑咱。千差万差你就自己差，恩爱的夫妻变成那活冤家。来、来、来，将桶水泼地［回龙］下，［散板］你若是收覆水我就带你回家。

徐母骂曹【1930 年百代唱片 2 面】陈善甫饰徐母／报名（34058*1/2）

（头段）［西皮导板］离了颍州到许昌，［原板］文武百官列拜在两厢。我与丞相无来往，你迎接老身所为哪桩。老身车上用目望，不见我儿在哪厢。将身儿来在［散板］辕门上，我见了曹丞相细问端详。

（二段）［二六］刘备本是英雄将，英明传于在四方。吾儿助他如臂膀，好一似英明主就遇贤良。你于曹嵩是抱养，夏侯族内撇弃的郎。许田射鹿欺君上，无故地迁都在许昌。带剑曾把宫闱闯，[快板]勒死贵妃一命的亡。无故地差人吾家往，迎接老身进许昌。若想我儿来归降，除非是日出[散板]照西方。听罢言来气往上，你拿大话压老娘。我有心替主扫奸党，手中无有刀和枪。低下头来暗思想，（白）有了！[散板]文房四宝在当央。这砚台就是你对头样，倒不如送你丧无常。

金水桥【1930年百代唱片2面】陈善甫饰李世民、景玉峰饰银屏公主、汤桂芳饰长孙皇后、景佩芳饰詹妃（34065*1/2）

《金水桥》陈善甫饰李世民

（头段）（唐王）[西皮导板]这件事叫孤王难以发放，（长孙皇后）[哭头]御外孙！（詹妃）老爹爹！（银屏公主）小娇儿！（长孙）外孙孙，（同）啊，（长孙）御外孙！（詹妃）老爹爹！（银屏公主）小娇儿！（唐）[原板]娘哭儿女哭父好不悲伤。孤本当传旨意斩了小将，（银屏）[哭头]小娇儿！（詹）老爹爹！（长孙）御外孙！（银屏）小娇儿！（同）啊！（银屏）小娇儿！（詹妃）老爹爹！（长孙）外孙孙！

（二段）（唐）[原板]又恐怕绝了那秦门后香。孤本当传旨意赦了小将。（詹）[哭头]老爹爹！（长孙）外孙孙！（银屏）小娇儿！（詹）奴的父啊！（同）啊！（詹）老爹爹。（长孙）御外孙。（银屏）小娇儿。（詹）奴的父！（唐）[散板]这件事叫孤王好为难。[原板]殿角下哭坏了那詹妃娘娘。唐贞观在金殿心中暗想，（白）唉！[原板]叫皇儿迎前来[二六]父女们商量。在金殿孤赐你御宴琼浆，殿角下哀告那詹妃[散板]娘娘。

小月红（1896~1982）

小月红，本名曹吟秋，乳名小四宝，原籍天津，定居杭州。其父为京梆青衣"金镶玉"（曹寄云）。小月红11岁开始学戏，先后从汪笑侬、郭金奎学艺，12岁在宝善街丹桂茶园演出，后在上海共舞台、汉口汉大舞台演出，扮相、台风俱佳。中华人民共和国成立后，在浙江京剧团小科班执教。1933年春，嫁陈姓检察官为妻，脱离舞台。1957年6月，为纪念汪笑侬诞辰100周年，在杭州息影多年的小月红重返舞台，在上海演出了汪（笑侬）派剧目《马前泼水》，并于中国唱片社灌制了《马前泼水》《哭祖庙》等成套唱片。1981年受聘为浙江省文史研究馆馆员，次年病故。

小月红唱片中两张唱片颇为珍贵，一张是由"天罡侍者"陈刚叔亲授的孙（菊仙）派的《七星灯》唱片，是女老生中为数不多的孙派唱段；另一张是与其妹筱香红合作的《玉堂春》唱片，小月红完全是念白，这也是早期女老生唱片中极为少见的念白音响资料。

七星灯【1929年2月5日百代唱片2面】小月红饰诸葛亮、李韵声京胡（33908*1/2）

（头段）（白）唉！［二黄慢板］叹高皇创汉业承平天下，至孝平方五代丧了邦家。光武兴在白水村重整人马，访邓禹收岑彭到处征伐。剐王莽诛苏献神愁鬼怕，洛阳城修宫院一统中华。

（二段）四百载东西汉六元七甲，汉献帝坐江山贼盗如麻。十常侍乱宫闱董卓强霸，许田射猎曹孟德把主欺压。那贼曹丕篡汉位人人叫骂，我主爷扶汉室上苍有加。伐东吴白帝城晏了圣驾，曾受那托孤恩我怎敢有差？哭一声先帝爷在九泉之下，［原板］保佑臣增寿算扶保汉家。（［小开门］）

哭祖庙【1929年2月5日百代唱片2面】小月红饰刘谌、李韵声京胡（33909*1/2）

（头段）[反二黄原板]走荆州依刘表重兴炎汉，不料想蔡夫人为人不贤。跳潭溪先皇祖身遭危险，水镜庄夤夜间得遇高贤。隔墙壁先皇祖亲耳听见，他言道伏龙凤雏得一人天下可安。徐元直走马把诸葛亮荐，那先生三顾请才下高山。博望坡新野县两下开战，用火攻烧曹兵心胆皆寒。先皇祖长坂坡又遭危险，皇祖母乱军中命丧井泉。好一个赵将军浑身是胆，他在那百万军中救主还。出重围撩铠甲低头来看，[垛板]那时节、我皇父、睡怀中、昏昏沉沉睡梦间、直到如今、[原板]他睡了有几十年。

《哭祖庙》小月红饰刘谌

（二段）奸曹操统兵将八十三万，玄武池练水军兵吞江南。东吴的武将们个个要战，文部官一个个袖手旁观。鲁子敬过江来把诸葛亮见，那先生一篷风才下江南。他也曾舌战群儒光辉坛站，他也曾草船借箭在大雾间。他也曾祭东风七星台上面，他也曾赤壁鏖兵破曹瞒。唾手儿得荆州未遂心愿，张永年献地图才得西川。报弟仇与东吴两家开战，烧连营七百里火焰连天。兵败在白帝城身遭大限，身遭大限，先祖爷呀！

骂阎罗【1929年2月5日百代唱片2面】小月红饰郭胡迪、李韵声京胡（33910*1/2）

（头段）[西皮导板]森罗殿内领旨意，[原板]二鬼哥指引我郭胡迪。又只见奈何桥下流红血，流来流去血河池。眼前来了[摇板]一群鬼，[流水]举目留神我观仔细：爱酒贪杯已醉死，好色贪花命归西。劝人且把钱看义，死后带不到那棺材里。摆摆手儿且散去，单单剩下郭胡迪。二鬼哥带路前殿去，又只见兄长郭胡义。阳世三间为兄弟，为什么见面你不认得？

（二段）二鬼哥休要来问起，他是我兄长郭胡义。家中奉了母亲命，出外贸易到江西。中途路上遭不幸，在旅店之中命归西。谁是谁的兄？谁是谁的弟？阴曹相隔就不认得。二鬼哥带路前殿去，又只见结发王氏妻。阳世三间为夫妻，为什么见面你把头低？二鬼哥休要来问起，她是我结发的王氏妻。一十八岁将门过，到二十六岁命归西。她与我生下一男和一女，棒打鸳鸯就两分离。夫妻好比同林鸟，到大限来时各自飞。谁是谁的夫？谁是谁的妻？阴曹相隔就不认得。二鬼哥带路前殿进，又只见偷盗贼李七。阴曹地府见着你，有什么言语你就提一提。

受禅台【1930年百代唱片1面】小月红饰汉献帝、李韵声京胡（34035）

[二黄散板]听一言不由孤痛声哭，华歆贼逼孤写诏书。可叹我堂堂天子我难自主，这时候才知道代汉当涂。[碰板]提羊毫饱揾墨泪扑簌，华歆贼逼孤写诏书。奸曹操父子们他如狼似虎，撒江山如敝屣冠冕泪涂。最可恨我朝中两班的文武，一个个狼狈为奸把富贵贪图。可怜我为天子身难自主，我只得一字字、一泪泪、一字一血、一字一哭，字字行行、写诏书、不知是血是[散板]泪珠。

献地图【1930年百代唱片1面】小月红饰张松、李韵声京胡（34036）

《受禅台》小月红饰汉献帝

[西皮摇板]他君臣一派礼恭敬，只吃得张松我醉醺醺。辞别皇叔跨金镫，刘备一旁放悲声。他恋恋不舍我的心何忍？他言道天下难存身。低下头来暗思忖，倒不如将地理图献与了他人。[二六]这就是西川地理图本，皇叔昼夜看分明。上画着西川五十四州郡，哪一州、哪一郡、哪一关、哪一隘、哪一山、哪一水，一处一处就画得清。皇叔你按图把兵进，唾手而得他的锦绣的都城。我有那心腹二友孟达与法正，我三人里应外合你的功必成。非是我张松卖国求荣求封赠，愿报皇叔[散板]你知遇恩。

扫花三醉【1930年百代唱片1面】小月红饰吕洞宾、小香红饰何仙姑、李韵声京胡（34037*1）

（何仙姑）[西皮二六]此一去令人心牵挂，有几句言词听根芽：莫学那黄龙劈剑下，再休想东老贫穷就卖酒家。稳坐天宫等回话，莫叫人留恨碧桃花。（吕洞宾白）仙姑啊！[流水]说什么再把黄龙劈剑下，说什么东老贫穷卖酒的家？此番去把尘凡下，度一个人儿前来扫花。你稳坐天宫等回话，我快去快回是断无有差。（何）休得要与我将口夸，但愿得此去无有差。度了人儿早回话，扫花事儿好托付于他。此番去把尘凡下，但愿得与你[回龙]向天涯。

玉堂春【1930年百代唱片2面】小月红饰刘秉义、小香红饰苏三、李韵声京胡（34038*1/2）

（头段）（苏三）[西皮二六]自从公子南京去，玉堂春在北楼装病人。公子南京不娶妻，玉堂春立志不嫁人。（刘秉义白）你说不嫁人，为何又嫁山西沈洪？（苏）[流水]那一日梳

李韵声

头来照镜,在楼下来了沈燕林。他在楼下夸豪富,胜比公子强十分。奴在北楼高声骂,只骂得燕林脸绯红。羞愧难当回店去,主仆二人又把巧计生。(刘白)定的什么巧计?(苏)[流水]做媒的纹银三百两,那王八鸨儿一斗金。鸨儿贪财将我卖,她将我卖于了沈燕林。假说公子高得中,他得中皇榜第一名。奴为他天齐庙内把香进,这才一马就到了洪洞。(刘白)到洪洞住了几载?(苏)[流水]到洪洞不到一年整,那皮氏贱人起毒心。一碗药面付奴手,回手递与了沈官人。官人不解其中意,他吃了一口哼一声。昏昏沉沉倒在地,七孔流血他的命归阴。

(二段)(刘白)那皮氏罢了不成?(苏)[流水]皮氏一见冲冲怒,道奴谋死亲夫君。高叫乡约和地保,拉拉扯扯就到公庭。(刘白)头堂官司怎样的审问?(苏)[摇板]审得好。(刘白)二堂呢?(苏)[摇板]变了心。(刘白)是怎样的变心?(苏)[摇板]王知县贪赃银一千两。(刘白)合衙呢?(苏)[流水]合衙分散有八百银。(刘白)上堂去怎样的审问?(苏)[流水]上堂去苦苦来拷问。(刘白)不该招认。(苏)[流水]无情的拶子我难受刑。(刘白)人命关天不可招认。(苏)[流水]犯妇本当不招认,皮鞭儿打断有数十根。(刘白)在监中住了几载?(苏)[流水]在监中住了一年整。(刘白)可有人探望于你?(苏)[流水]并无一人探望奴的身。(刘白)王八鸨儿呢?(苏)[摇板]她不来看!(刘白)你那知心的人儿呢?(苏)[流水]知心也不知情!(刘白)那王公子可曾探望于你?(苏)[快板]他一家夫妻多和顺,我与他露水的夫妻是有什么情?(刘白)眼前若有王公子,你可认识于他?(苏)[快板]眼前若见王公子,换骨脱胎我也认也认得真。(刘白)如今他顶冠束带,不来认你也是枉然。(苏)大人呐![摇板]犯妇若见公子面,纵死黄泉也甘心。

南天门【1930年百代唱片2面】小月红饰曹福、小菊红饰曹玉莲、李韵声京胡(34040*1/2)

(头段)(曹玉莲)[西皮导板]急急忙忙走得慌,(曹福)[散板]点点珠泪洒胸膛。(莲)鱼儿逃出了千层网,(福)虎口内逃出两只羊。(莲)[原板]恼恨那魏忠贤贼子逆党,(福)太老爷坐天官礼部大堂。

(二段)(莲)天启爷坐早朝天还未亮,(福)我朝中出逸臣扰乱家邦。(莲)我的父上金殿把本奏上,(福)丢了官罢了职发赴故乡,(莲)我的父命丧在钢刀之下,[哭头]老爹爹呀!(福)太老爷!啊!太老爷呀![原板]最可叹忠良臣无有下场。(莲)我的母跳花井也把命丧,[哭头]老娘亲!(福)太夫

小月红、小桂红

人！（莲）啊！喂呀儿的娘啊！（福）[原板]最可叹携小姐逃出故乡。

徐杨进宫【1930年9月百代唱片2面】小月红饰杨波、小菊红饰李艳妃、金少山饰徐彦昭、李韵声京胡（34074*2/3）

（二段）①（杨波）龙凤阁让江山三本奏上，龙国太你偏偏要让。（徐彦昭）你言道、大明朝、有事无事、不用徐杨二奸党、赶出朝廊、龙国太自立为王。（李艳妃）先前话儿休言讲，细听哀家有比方。你保太子登龙位，你的美名万古扬。（徐）龙国太错把旨来讲，要保国还有那兵部侍郎。（李）徐皇兄年纪迈难把国掌，回头来再叫声兵部侍郎。你保太子登龙位上，封你一字并肩王。（杨）吓得臣低头不敢望，战战兢兢启奏皇娘。臣昨晚修下了辞王的表章，今日里进宫来叩谢皇娘。臣要学姜子牙钓鱼台上，臣要学钟子期砍樵山岗；臣要学汉诸葛躬耕陇上，臣要学吕蒙正苦读文章。春来百花齐开放，夏至荷花满池塘；秋来菊花金钱样，冬至腊梅带雪霜。望娘娘开隆恩将臣放，臣落个无忧无虑、无是无非、做什么兵部侍郎、放臣还乡。

（三段）（李）他二人把话一样讲，倒教哀家无有主张。无奈何抱太子跪昭阳，（徐）吓坏了定国王，（杨）兵部侍郎，（徐）自从盘古立帝邦，（杨）君跪臣来臣怎敢当。（李）非是哀家来跪你，跪的是我皇儿锦绣家邦。（徐）锦家邦来锦家邦，（杨）臣有一本启奏皇娘。（徐）昔日里有一个李文李广，（杨）弟兄双双扶保朝纲。（徐）李文北门带箭丧，（杨）伴驾山前又收李刚，（徐）收了一将损伤了一将，（杨）一将倒比一将强。（徐）到后来保太子登龙位上，（杨）反把李广斩首法场。（徐）这都是前朝的忠臣良将，（杨）谁是忠良又有下场。（李）有下场来无下场，细听哀家表一番：昔日有个子龙将，长坂坡前救小王。后来保太子登龙接位，他的美名万古扬。（徐）困龙思水长江浪，（杨）虎落平阳奔走山岗，（徐）事到头来你想一想，（杨）谁是忠良哪个是奸党。（李）忠良乃是徐杨二将，奸党乃是我父李良。二卿不把国来掌，哀家跪死[摇板]在朝阳。（徐）铜锤一举娘娘请上，（杨）老杨波搀扶起定国王。（徐）走向前奏一道太平表章，老杨波搬来了众家儿郎。

《武家坡》小月红饰薛平贵、小香红饰王宝钏

---

① 原唱片报名即第二段、第三段。至今未见第一段。

大登殿【1930年百代唱片2面】小月红饰薛平贵、小香红饰王宝钏、小菊红饰代战、李韵声京胡（34106*1/2）

《大登殿》小月红饰薛平贵、小香红饰王宝钏、小菊红饰代战公主

（**头段**）（薛平贵）［西皮摇板］马达江海把旨传，快宣公主把驾参。（代战）［二六］来在他国用目观，他国我国不一般。大摇大摆上金殿，［流水］上面坐的是女天仙。马达江海一声唤，她是何人你们对咱言。［摇板］走向前来把礼见，他国我国不一般。二次重把礼来见，娘娘千岁驾可安？（王宝钏）王宝钏低头用目看，代战女打扮似天仙。怪不得儿夫他不回转，就被她缠住一十八年。宝钏若是男儿汉，我也在她国住几年。我本当不把礼来见，她道我王氏宝钏礼不端。走向前去［散板］用手搀！

（**二段**）［流水］尊一声贤妹听我言：儿夫西凉你照看，多蒙你照看他十八年。（代）说什么照看不照看，可怜你受苦十八年。（钏）［摇板］手挽手儿上金殿，（代）参王驾来问王安？（薛）哈哈哈哈！［流水］孤王金殿用目看，二梓童打扮赛天仙。宝钏封在昭阳院，代战公主掌兵权。（钏）［摇板］叩头忙谢龙恩典，（代）你为正来我为偏。（钏）［流水］讲什么正来论什么偏，为姐结发比你先。三人同坐昭阳院，（钏、代）学一对［十三咳］凤凰女伴君眠。（薛）［摇板］宝钏金殿听旨宣，相府快把老娘搬。（钏）谢罢万岁下金殿，相府去把我的老娘搬。

露兰春（1898~1936.7.18）

露兰春，原籍山东。8 岁丧父，随母改嫁至扬州，后随峪云山人（徐朗西）学戏，1912 年搭天津宝来坤班在升平茶园登台，同年 10 月到上海天仙合记茶园演出，后赴武汉等地演出，1919 年在上海共舞台演出，以《枪毙阎瑞生》一剧红遍全国。其唱腔融孙（菊仙）派、谭（鑫培）派、汪（笑侬）派等名家之长，武戏以黄（月山）派风格为主。1922 年嫁黄金荣后极少登台；1925 年改嫁颜料大王薛宝润之子薛恒（字炎生）。1936 年 7 月 18 日病逝于上海大华医院。其艺术自成风格，有弟子小兰春（严琦兰）亦为共舞台坤伶。

在露兰春的唱片中，以百代的《阎瑞生》与《骂毛延寿》（常见多为高亭版）两张最为流行，《阎》片销量曾一度超越清末百代公司所灌制的谭鑫培唱片，成为当时家喻户晓的唱段。露婚姻后长期告别演出，而在 1929 年中，我们可以看到她在 7 月于高亭公司，9 月 11 日与 12 日在百代公司（露的百代第二批唱片分两天灌制完成）接连灌制唱片，这一年可视为其复出的标志性一年。

八本宏碧缘【1921 年 1 月 10 日百代唱片 1 面】露兰春饰骆宏勋、杨六京胡（33442）

【探山】［西皮导板］戴天之仇难消恨，［流水］只为母仇奔京城。谁想贼人安排定，机关之内逃了生。不顾生死［摇板］往前奔，鲍老丈不见为何情？［流水］这一回地理探得好，胸中我自有巧策高。安排下打虎牢笼套，准备金钩是去钓海鳌。不入这深山怎得虎狼豹？为国家一死是万古就美名标。迈步行走这条道，要与那贼动枪刀。但愿得平安无事早把那潼关到，灭却了奸贼方是把气来消。探罢了深山我就急忙把路找，［摇板］贼人看破是怎能脱逃，我就自有巧计高。

十本宏碧缘【1921年1月10日百代唱片1面】露兰春饰骆宏勋、素香楼饰王桂香、杨六京胡（33443）

【金殿】（骆宏勋）[西皮二六]骆宏勋在金殿一言奏上：都只为那武三思要害那庐陵王。隐贤村请老丈在宫中假做黄粱。万岁爷、传旨意、带领着满朝的文武、相国寺内去降香。（王桂香）在宫中做黄粱为的是王桂香，受尽了千辛万苦为的是国安康。在雪地救太子大家来到，那时候万岁爷才认下了庐陵王。（骆）请万岁认一认我就是当朝的国丈，庐陵王在宫中又起祸殃。那时节草民我住在那隐贤庄上，狄千岁适相见请出了草民辅佐那庐陵王。（王）受机关险些儿把命来丧，救出了庐陵王我等回转了家乡。（骆）因此上大家劫牢反狱为的是假做皇上，今日里到此你们大家为什么不承当？（王）我们不想做皇上，只要你认得是你们罪犯就来承当。（骆）都只为救的是国家忠良，我们不贪富贵、不图封侯、想落一个万古就名扬。（王）我们大家来跪在了金殿之上，望求万岁[散板]做主张。

阎瑞生惊梦【1921年1月10日百代唱片2面】露兰春饰王玉英、杨六京胡（33445*1/2）

（头段）【梦景】[二黄导板]睡蒙眬只觉得浑身带汗，[散板]见姐姐因何故这样的悲伤。天一晚你就该转回家乡，为什么披头散发所为哪桩。问姐姐将以往之事对小妹言讲，[碰板]因甚事要害你命赴汪洋。

（二段）[原板]你把那冤枉的事对我来讲，[垛板]一桩桩、一件件、桩桩件件，[原板]对小妹细说端详。听她言不由人珠泪双掉，好一似万把刀刺在胸怀。最可叹你死在那麦田以内，高堂上哭坏了二老爹娘。忍不住伤心事我难把[散板]话讲，醒来时不觉得睡梦一场。

哭祖庙【1921年1月10日百代唱片1面】露兰春饰刘谌、杨六京胡（33446）

[西皮散板]千言万语父不信，活活的难坏我小刘谌。走上前来忙跪定，抱定皇父放悲声。[二六]未曾开言我泪难忍，尊一声皇父龙耳听：贼邓艾他孤军深入渡阴平，团团围困这锦绣都城。倒不如我君臣父子们背城一战战必胜，管叫他是大小三军马步儿郎弃甲丢盔就奔走无门。孩儿的言词父不信，祖宗基业[散板]莫当轻。今日里堂堂天子你尚称朕，明日就是这亡国的君。天下后人自有公论，骂父的言词儿我不忍云。若谓孩

《富春楼》小兰英饰周翠屏、露兰春饰陈魁

儿我言不逊,这开刀先杀我小刘谌。(白)哼!

十二本宏碧缘【1921年1月10日百代唱片1面】露兰春饰骆宏勋、杨六京胡(33447)

(白)啊,公子为何落得这般光景?(骆宏勋)师父休要提起这以往之事,提起了这以往之事![二黄顶板]我心中悲伤,待晚生把前事细说端详:都只为武安贼花家寨上,一派的言和语发现天良。那鲍老丈听信了那奸贼的言讲,一心要帮助那贼武王。叫我们改扮作庄丁模样,[垛板]到长安、混进城、住在庙中、忽然间这祸从天降,[原板]险些儿命丧无常。[西皮流水]师父有所不知情,晚生我言来说分明:都只为武安贼把计定,鲍老丈一心要去帮助他人。晚生的言语他死也不肯信,那时节中了贼的巧计生。望求师父把计定,快想良谋是搭救他人。

头本狸猫换太子【1922年12月百代唱片1面】露兰春饰陈琳、张文艳饰寇珠、杨六京胡(33582)

【九曲桥】(陈琳)[西皮散板]适才万岁传草诏,奉命齐下这九重霄。一步来在御园道,只见寇珠泪号啕。(寇珠)[流水]陈公公他问我一切事往,寇承御背转身自己思量。千言万语话难讲,走漏风声是大祸难当。低下头来[摇板]讲是不讲?(陈白)诶![流水]有什么衷肠事何用这泪啼悲伤?想人生受父母娇生又惯养,为儿女必须要孝顺爹娘。纵然是在皇宫把双亲来盼望,吃珍酒穿绫罗一人之下万人之上。君王宠爱有什么惊天动地大小的事儿,免思免忧这但讲又待何妨?这桩事倒教我难以猜想,(寇)[散板]除非是公公显显天良。

苏武骂毛延寿①【1922年12月百代唱片1面】露兰春饰苏武、杨六京胡(33584)

【迎接】(白)毛延寿啊,我把你这卖国的奸贼![西皮慢流水]未开言不由我这牙根咬恨,骂一声毛延寿你卖国的奸臣。你祖先食君禄你应该把忠尽,为什么投番邦你丧尽了良心?今日里在北番我纵然丧了命,为国家一死方显我是忠臣。死是汉家的鬼、活是汉家的臣,落一个青史名标万古就美名存。想这等害天理岂无报应,常言道:暗昧亏心、神目如电、那时节你、千刀万剐就一旦化灰尘,骂奸贼骂得我[散板]这牙根我咬恨,今日里纵一死我万古留名。

四郎探母【1929年9月11日百代唱片2面】露兰春饰杨延辉/佘太君(33943*1/2)

(头段)(杨延辉)[西皮导板]未开言不由人泪流满面,[原板]贤公主听本宫我表一表

---

① 此段为全本《昭君》中【迎接】一场苏武见毛延寿时的唱段,唱片片头报名为"昭君苏武牧羊迎接骂毛延寿一段"。

家园。家住在山后磁州小县,父令公母太君所生我弟兄们七男。都只为宋王爷五台山还愿,潘仁美诓圣驾来到北番。你的父设下了双龙会宴,我弟兄八员将［快板］赴会在沙滩。我大哥替宋王把命来染,我二哥短剑下命染黄泉;我三哥被马踏尸骨泥烂,有本宫和八弟失落北番。我本是杨,［哭头］啊,我的妻呀!

（二段）（佘太君）［导板］见娇儿不由娘泪满腮,（白）四郎,我儿,唉!儿啊!［流水］点点珠泪洒下来。沙滩会,一场败,只杀得杨家父子好不悲哀。大郎儿长枪命不在,二郎儿短剑下命赴阳台;三郎儿被马踏尸骨不在,四八郎失落番邦未曾归来;只有你七弟死得苦,被潘洪他、绑至在那、芭蕉树上、乱箭攒身、死无有葬身埋。［哭头］娘只说小娇儿命不在,娘的儿啊!

四郎探母[①]【1929年9月11日百代唱片2面】露兰春饰杨延辉/佘太君（33943*1/2）

（头段）（杨延辉）［西皮导板］未开言不由人泪流满面,［原板］贤公主听本宫我表一表家园。家住在山后磁州小县,父令公母太君所生我弟兄们七男。都只为宋王爷五台山还愿,潘仁美诓圣驾来到北番。你的父设下了双龙会宴,我弟兄八员将［快板］赴会在沙滩。我大哥替宋王把命来染,我二哥短剑下命染黄泉;我三哥被马踏尸骨泥烂,有本宫和八弟失落北番。我本是杨,［哭头］啊,我的妻呀!

（二段）（佘太君）［导板］见娇儿泪满腮,［流水］点点珠泪洒下来。沙滩会,一场败,只杀得杨家父子好不悲哀。大郎儿长枪命不在,二郎儿短剑下命赴阳台;三郎儿被马踏尸骨不在,四八郎失落番邦未曾回来;只有你七弟死得苦,被潘洪、绑至在那、芭蕉树上、乱箭攒身、死无有葬身埋。［哭头］娘只说小娇儿命不在,娘的儿啊!［摇板］哪一阵狂风刮儿回来。

马鞍山【1929年9月11日百代唱片2面】露兰春饰俞伯牙（33944/5）

（头段）［二黄慢板］想去岁在山前论琴交好,曾结拜如同那一母同胞。分别时约定了今秋来到,因此上辞王驾来走一遭。

（二段）钟贤弟在阴曹你可知晓?有几代古圣贤你细听根苗:孔圣人哭颜回皆因丧早,齐景公哭吴婴君臣相交;鲁公子哭下惠朋友至好,羊角哀也哭过那左伯桃。俞伯牙哭子期在马鞍山道,到如今你死我活两开销。我只得抚瑶琴以为［散板］祭吊!

翠屏山【1929年9月11日百代唱片1面】露兰春饰石秀（33946）

［西皮原板］石三郎进门来莺儿骂道,只骂得小豪杰脸上发烧。忍不住心头火与她争吵,

[①] 此段唱片有两版存世。除在唱法上略有不同外,二段唱词亦有区别,其中一版唱词较全。

还看这杨仁兄生死故交。走上前施一礼把老丈别了,俺石秀出门去海走一遭。谢过了潘老丈恩德义好,你令爱她待我不如蓬蒿。见了那潘家女就把[散板]牙咬!

刺巴杰【1929年9月11日百代唱片1面】露兰春饰骆宏勋（33947）

[二黄散板]坐至在招商店自思自叹,思想起一路上好不惨然。实指望到山东与母相见,儿的娘啊!一路上凶险事细对娘云。

搜孤救孤【1929年9月11日百代唱片2面】露兰春饰程婴（33948*1/2）

（头段）[二黄散板]手捧祭奠法场中,又见孤儿与公兄。[碰板]躬揖下拜礼恭敬,眼望娇儿泪淋淋。法场上看的人都来叫骂,一个个骂的是我程婴是一个无义的之人。[原板]我与他人把计定,到如今害得他丧残生。也是我好心反成恶意,满腹的心事向谁云。

（二段）公孙兄说话要谨慎,句句言词记在心。想当初救孤是你我,到如今出首又有何人。可怜你为孤儿把忠尽,可怜我年半百绝了后根。没奈何烧钱把[散板]酒来敬,我那亲,啊!我的儿啊!（[哭皇天]）[散板]但愿你灵魂早超生。

落马湖【1929年9月12日百代唱片1面】露兰春饰黄天霸（33949）

[西皮导板]明月芦花信缥缈,（白）唉![流水]心中急躁似火烧。吉凶二字全不晓,行走不知路哪条。[摇板]那褚彪他本是江洋大盗,老英雄他必知这水路英豪。[流水]适才中途得一信,拜求年迈[摇板]老绿林。（白）老丈啊![原板]我与殷洪两交战,大人乔装奔官船。不料想中途[快板]遭凶险,无故上了贼的船。小舟渡江过海岸,平白又起[散板]这祸端。[流水]多蒙老丈指明路,连夜直奔落马湖。拜上君兆[摇板]好言诉,不分昼夜奔程途。

连环套【1929年9月12日百代唱片1面】露兰春饰黄天霸（33950）

[西皮流水]多蒙大人恩海量,忠臣孝子古之常。梁千岁、布围场,胆大的贼人起不良。杀死了更夫把御营闯,盗去了御马就所为哪一桩?今生不能擒贼党,尽忠一死又何妨,[散板]万载名扬。

《连环套》露兰春饰黄天霸

辞别大人把马上，拿住了盗马贼早还乡在大人台前再问安康。[摇板]保镖路过马兰关，[流水]观见此马心喜欢。若有大胆的英雄汉，不能够到手[摇板]也枉然。[流水]多蒙寨主恩海量，送俺天霸下山岗。明日在下[摇板]来拜望，互授武艺再论刚强。

逍遥津【1929年9月12日百代唱片2面】露兰春饰汉献帝（33951*1/2）

（头段）[二黄导板]父子们在宫中伤心落泪，[碰板]叫孤王思想起好不伤悲。[原板]曹奸贼与伏后冤家作对，害得她阴灵魂不能够相随。二皇儿他年幼小孩童之辈，再不能到灵前奠酒三杯。

（二段）恨奸贼把孤的[慢板]这牙根咬碎，上欺君下压臣做事全非。欺寡人在金殿不敢回对，欺寡人好一似羊入虎围；欺寡人好一似家人奴婢，欺寡人好一似扬子江、驾小舟、风狂浪大、波浪滔天、船行半江、折断了船桅、它难以挽回。欺寡人好一似残兵[散板]败队，又听得宫门外喧声如雷。

三本五雷阵【1929年9月12日百代唱片2面】露兰春饰孙膑（33952*1/2）

（头段）[西皮导板]正坐营中心惊战，[散板]三魂渺渺不安然。胆战心寒心神乱，体似筛糠为哪般？（白）哎呀！[散板]妖道设下巧机关，将我的鲜花压阵前。纵有神通难交[哭头]战，[散板]要报冤仇难上难。

（二段）[导板]孙燕提起老慈颜，[散板]痛断肝肠泪珠涟。手指毛贲骂王翦，两家结下这山海冤。你孙老爷不是儿的患，押住了鲜花不能去仇冤。思来想去肝肠[哭头]断，[散板]小孙燕近前来听父言：准备下杏黄旗娥眉剑，再备为叔的引魂幡。斑角青牛备鞍鞴，八卦仙衣扣连环。

落马湖【1929年7月高亭唱片1面】露兰春饰黄天霸（Teb521）

[西皮散板]关参将朱千总随我改扮，金大力何路通乔装下船。暗打听全仗着计全神眼，带官兵押犯人李五公然。耳听得江岸上有人叫喊，见一人走慌忙他飞奔官船。[二黄导板]屡次间遭不幸又入凶险，[散板]平白的在江心又起祸端。苍天爷你不把忠良来念，暂忍悲恨细问根源。

凤凰山【1929年7月高亭唱片1面】露兰春饰薛仁贵（Teb522）

【救驾】[西皮摇板]吃粮当军威风凛，一心要把东辽平。[快板]正在后营谈兵论，战鼓连天杀气生。跨马提戟威风凛，看是何人出战争。下得马来[散板]山坡进，看是何人到来临把贼擒方显奇能！番贼休要来较量，尔的武艺也平常。你老爷姓薛名礼字仁贵，番贼快快留下名。［二黄导板］山神庙困英雄含泪悲忍，［散板］何日里见青天拨开浮云？

凤凰山【1929年7月高亭唱片1面】露兰春饰薛仁贵（Teb522-2）

【薛礼叹月】［二黄导板］山神庙困英雄含泪悲忍，［散板］何日里见青天拨开浮云。叹薛礼因家贫来投大营，一路上结拜了弟兄八人。抢雄关夺营寨一人拚命，在阵前遇敌将九死一生。

宏碧缘【1929年7月高亭唱片1面】露兰春饰骆宏勋（Teb523）

【探山】［西皮导板］食王爵禄当报效，［原板］为国家昼夜计千条。深山难行蚰蜒小道，寸步曲走路［摇板］低高。［流水］这一回地理探得好，胸中我自有巧计高。安排下打虎牢笼套，准备金钩是去钓海鳌。不入深山怎得虎狼豹，为国家一死万古就美名标。迈步行走这条道，要与那贼动枪刀。但愿得平安无事早把潼关到，灭却了奸贼方把气来消。探罢了深山我就急忙把路找，贼人看破怎脱逃我是自有巧计高！

五雷阵【1929年7月高亭唱片2面】露兰春饰孙膑（Teb524/5）

（头段）［西皮慢板］自幼儿悟参禅云梦修炼，魏主爷三诏宣才下高山。都只为演阵图得罪了庞涓，狗奸贼害得我六根不全。

（二段）［原板］用计谋盗出了天书三卷，无奈何学乞丐假装疯癫。到齐国兴人马与贼交战，马陵道分贼尸才报仇冤。到如今又出了恶人王翦，杀死我父兄仇不共戴天。昨日里在阵前与贼交战，收来了打神鞭他逃命回还。但愿得老爹尊［摇板］阴灵早显，灭却了贼王翦好整家园。

打严嵩【1929年7月高亭唱片1面】露兰春饰邹应龙（Teb526）

［西皮快板］听说一声报门进，吓得应龙胆战惊。东阙门外［摇板］施一礼，西阙门内我就打一躬。［快板］走上前来忙跪定，尊声太师爷可安宁？［流水］忽听万岁宣应龙，在朝房来了我保了国的忠。那一日打从大街进，偶遇见小小的顽童放悲声。我问顽童啼哭因何故？他言说严嵩老贼害他的举家大小这一满门。劝顽童休流泪这免悲声，邹老爷就是尔的报仇人。站立在殿阙用目来观定，金殿上坐的是嘉靖有道君。那一旁坐的是老海瑞，他本是、我朝中、忠心报国、架海金梁、擎天柱一根。那一旁坐的是严阁老，他本是、我朝中、上欺天子、下压臣、谋朝篡位、这卖国的奸贼名叫严嵩。我本当上殿奏一本，怎奈我官卑职小不能够见当君。罢！罢！罢！暂忍我的心头恨，在品级台前［散板］臣见君。

苏武骂毛延寿【1929年7月高亭唱片1面】露兰春饰苏武（Teb527）

（白）毛延寿啊！我把你这卖国的奸臣！[西皮慢流水]未开言不由我这牙根咬恨，骂一声毛延寿你卖国的奸臣。你祖先食君禄你应该把忠尽，为什么投番邦你丧尽了良心？今日里在北番我纵然丧了命，为国家一死方显我是忠臣。死是汉家的鬼、活是汉家的臣，落一个青史名标万古就美名存。想这等害天理岂无有报应？常言道：暗昧亏心、神目如电、那时节你千刀万剐就一旦就化灰尘！骂奸贼骂得我[散板]这牙根咬恨，今日里纵一死万古留名。

献地图【1929年7月高亭唱片1面】露兰春饰张松（Teb528）

[西皮导板]送客离驾奔途程，[原板]有劳皇叔来饯行。久闻得皇叔承天运，卧龙凤雏保定了乾坤。二将军过五关标名姓，黄河岸刀劈秦琪斩蔡阳弟兄们相会在古城。三将军在当阳多烈性，大喝一声杀退了曹兵。四将军生来威风凛，长坂坡七进七出杀曹操百万兵。十里长亭[摇板]离此甚近，送客千里终是行。

辕门斩子【1930年胜利唱片2面】露兰春饰杨延昭（54289）

（头段）[西皮导板]听说是老娘亲来到帐外，[慢板]去愁心换笑脸迎接娘来。见老娘施一礼我躬身下拜，[原板]问老娘因何故愁眉不开？

（二段）老娘亲坐宝帐怒冲天外，莫不是为宗保这不孝的奴才？儿命他领将令巡查四外，正遇着焦孟将搬兵回来。他三人私自里结成一块，到山东穆柯寨私配裙钗。临阵上招亲事国法何在？问老娘儿斩他该是不该？娘道他年纪小孩童[快板]世概，说几个年幼人娘且听来：秦甘罗十二岁身为太宰，史建瑭十三岁拜帅登台。三国中小周郎名扬四海，七岁上学战法人称将才。在赤壁用火攻鬼神难解，烧曹兵八十万就无处葬埋。这也是父母生非仙下界，难道说小奴才[摇板]禽兽投胎。[快板]昨日里斩八将头挂营外，老娘亲怎不把慈悲放开？自古道不正己休把人怪，怕的是宋王爷降下罪来。[摇板]叫焦赞将宝剑悬挂营门帐外，老娘亲再讲情儿自刎头来。

薛礼叹月【1930年胜利唱片1面】露兰春饰薛仁贵（54328A）

[二黄导板]山神庙困英雄含泪悲忍，[散板]何日里见青天拨开浮云。叹薛礼因家贫来投大营，一路上结拜了弟兄八人。抢雄关夺营寨一人拚命，到阵前遇敌将九死一生。圣天子登龙舟波浪滚滚，设下了瞒天计稳渡海程。凤凰山盖苏文威风凛凛，穿云箭和飞刀令人胆惊。

独木关【1930年胜利唱片1面】露兰春饰薛仁贵（54328B）

［二黄散板］在月下惊碎了英雄虎胆，回故土只怕是千难万难。我与那尉迟帅无仇无怨，苦苦的要拿我所为哪般？［导板］打中军折令箭如同造反，（白）唉！［散板］像这等犯王法罪过齐天。张总爷过营来将我来探，到来生变犬马结草衔环。

请宋灵【1930年胜利唱片2面】露兰春饰岳飞（54329）

（头段）［西皮导板］听说二圣把命丧，（白）二圣，我主，唉，二圣啊！［散板］一片忠心付汪洋。只望救主回朝［哭头］往，圣主爷呀！［散板］再把小番问端详。（白）臣该万死！［二六］罪臣岳飞不忠臣，含羞带愧跪至在营门。奉命带兵把驾请，不想二圣命赴在幽冥。臣枉读治国安邦论，［快板］臣不能与主定太平。国太且把［散板］营门来进，为臣有本奏分明。

（二段）［二黄导板］在灵堂不由臣珠泪难忍，（白）二圣，我主，圣主啊！［碰板］尊一声二圣主在天神灵。［反二黄慢板］臣心中只把那张邦昌恨！

斩黄袍【1930年胜利唱片2面】露兰春饰赵匡胤（54356）

（头段）［西皮散板］适才梦见大兄长，把江山大事付玄郎。猛然睁开丹凤眼，（白）啊？［散板］称孤道寡谁是王？［流水］他三人把话一样讲，在陈桥闷坏了赵玄郎。有一辈古人对你们讲，尊一声先生、御亲、三弟听端详：昔日有一个贼杨广，他本是酒色一昏王。御花园调戏他亲胞妹，养老宫逼死了他的娘。这样的昏王早该丧，他为何流落至在世界上。这一把宝剑明又亮，不如我一死［摇板］见兄王。［流水］天赐国号地作保，在陈桥扶起了龙一条。昔日打马走金桥，偶遇见先生他的算法高。将我的生辰八字算的好，他算我久来坐九朝。到如今果应了前言兆，看起来他比诸葛算得高。施罢一礼我坐陈桥，［摇板］玄郎不恭了！

（二段）［二六］孤王酒醉桃花宫，韩素梅生来好貌容。寡人一见龙心宠，兄封国舅妹封在桃花宫。内侍臣摆驾［散板］上九重，（白）啊？［散板］高御卿发怒你为哪宗？一见人头两泪淋，好似钢刀箭穿心，王哭、哭一声郑三弟，叫、叫一声郑子明！孤王酒醉将你［哭头］斩，三弟呀！［散板］但愿你灵魂归天庭。

落马湖【1930年胜利唱片2面】露兰春饰黄天霸、焦宝奎饰樵夫（54381）

（头段）（黄天霸）［二黄散板］并非是贪功名荣华安享，都只为遵父命报效君王。［哭头］功不成名不就痴心妄想，苍天爷啊！［散板］倒不如我一死尸落长江。殷家堡拿住了这许多的贼寇，回官船不料想又起祸苗。似明月照芦花音信不晓，下官船倒教我路走哪条。

（二段）［西皮导板］明月芦花信缥缈，（白）唉！［快板］心中急躁似火烧。吉凶二字全不晓，行走不知路哪条。（白）唉！是我下得官船，寻访大人，并无下落。行至此间，看前面有座村庄，也不知是什么所在。（樵夫）砍柴哟！（黄）那旁有一樵哥，等他到来我问明再走。（樵）走哇！［摇板］打罢干柴回家转！（黄白）樵哥请转。（樵）哦！［摇板］壮士唤我问哪般？（黄白）樵哥请来见礼。（樵）还礼，还礼！莫非说阁下失迷路径？（黄）正是。请问樵哥，这前面什么所在？（樵）前面乃是侠沟驿。（黄）这一旁呢？（樵）褚官堡。（黄）何谓褚官堡？（樵）三百多户人家，俱都姓褚，就是连我……（黄）你也叫褚？（樵）哎！我姓褚，我不叫褚。（黄）褚官堡我有一好友，樵哥你可知晓？（樵）有名的便知，无名的不晓。（黄）提起此人大大有名。（樵）哪一家？（黄）就是那褚彪。（樵）哇！那是我们这地方儿一位老族长，连我偌大的年纪，见了褚老英雄，还要称呼他一声爷爷。（黄）哦！（樵）你这是怎么啦？（黄）随话答话。（樵）哎你这样，我不吃了亏了么？我问问你。你们两个人是怎么个交情？怎么个称呼啊？（黄）朋友相交，弟兄相称。（樵）又问出个爷爷出来。小爷爷在上，受我老孙子一礼！（黄）罢了！（樵）哎你倒承了认啦！（黄）拜望于他，不知他住在何处？（樵）往南走过半里多地，黑漆门楼八字粉墙，上写四个大字。（黄）哪四个大字？（樵）侠义结交。（黄）何谓"侠义结交"？（樵）绿林走到这儿送盘费，这叫"侠义结交"。（黄）倒称得起"侠义结交"。少时拜望褚彪回来，定要拜望阁下。（樵）你要来的？（黄）我要来的。（樵）好哇！（黄）听樵夫之言，不免拜望褚彪便了。［摇板］那褚彪他本是江洋大盗，老英雄他必知这水路英豪。

打严嵩【1930年胜利唱片1面】露兰春饰邹应龙、焦宝奎饰严侠（54408A）

（邹应龙）［西皮摇板］辞别太师出府门！（严侠白）送邹老爷。（邹）［摇板］把话说与尊官听。（严白）哦，你有什么话说呀？（邹）［摇板］这三百两银子值多少？（严白）不错。（邹）［摇板］你我的脸面值千金。（严白）哎，你也没给，我也没要啊。（邹）［摇板］适才间可听太师爷的论？（严白）您怎么盼咐的？（邹）［摇板］我是他的心腹上的人。（严白）嗯，你是个大红人儿啊。（邹）［摇板］有事无事我常来往。（严白）您随便。（邹）［摇板］早晚侍奉你要多劳心。（严白）这也不要紧的。（邹）［摇板］从今后我不把尊官来叫。（严白）你不叫我尊官，叫我什么呀？（邹）喏！（严）我也不叫"喏"呀！（邹）［摇板］你是我邹老爷牵马坠镫！（严白）不含糊！（邹）［摇板］一个大大的小人！

逍遥津【1930年胜利唱片1面】露兰春饰穆顺（54408B）

［二黄导板］君臣们只哭得珠泪滚滚，［碰板］我朝中、又出了、上欺天子、下压臣、谋朝篡位、是一个大大的奸臣。［原板］将血诏藏至在袍袖内，奸贼搜出命难存。将血诏藏至在靴筒内，又恐怕欺了圣明君。左难右难难坏了我，［散板］忽然一计在心头。辞别娘娘出宫门，去到四路搬救兵。

徐淑贤（生卒不详）

> 徐淑贤，哈尔滨人，原为梆子青衣，艺名凤雅仙。1916年嫁名武生李菊笙后改唱京剧。1920年在哈尔滨新舞台演出时期，向汪笑侬大弟子郭金奎学习汪（笑侬）派剧目如《刀劈三关》《受禅台》《骂阎罗》《马前泼水》《喜封侯》等剧目。
>
> 徐淑贤的胜利唱片，为1928年徐在北京城南游艺园演出期间，经郭仲衡介绍所灌制。

二进宫【1928年10月胜利唱片4面】徐淑贤饰杨波、张子寿饰徐彦昭、金秀霞饰李艳妃、沈福海京胡、刘子厚司鼓（43829/30）

（头段）（徐彦昭）[二黄原板]怀抱着幼主爷把国执掌，（杨波）为什么恨天怨地颊带惆怅所为哪桩？（李艳妃）并非是哀家颊带惆怅，都只为我朝中不得安康。（杨）臣朝中有什么大祸从天降？（徐）你言道：大明朝、有事无事、不用我徐杨二大奸党、赶出朝廊、自立为王。（李）先前的话儿休要言讲，不看哀家看在那先王。你保太子登龙位，我封你一字并肩王。（徐）老臣我年迈发如霜降，要保国还有那兵部侍郎。（李）徐皇兄年纪迈难把国掌，转面来叫一声兵部侍郎。你保幼主爷登龙位上，你的名儿万古扬。

（二段）（杨）吓得臣低头不敢望，胆战心惊启奏皇娘：臣昨晚修下了辞王本，今日里进宫来辞别皇娘。望国太开恩将臣放，臣要告职还乡落得个安康。（李）他二人把话一样讲，倒教哀家无有主张。无奈何怀抱太子跪至在昭阳。（徐）吓坏了定国王、（杨）兵部的侍郎。（徐）自从盘古立帝邦，（杨）君跪臣来臣怎敢当。（李）非是哀家来跪你，跪的是我皇儿的锦绣家邦。（徐）锦家邦来锦家邦，（杨）臣有一本启奏皇娘：（徐）昔日里有个李文李广，（杨）弟兄双双保定朝纲。（徐）李文北门带箭伤，（杨）伴驾山前又收李刚。（徐）收了一将损伤一将，（杨）一将倒比一将强。（徐）到后来保太子登龙位上，（杨）反把那李广斩首法场。（徐）这都是前朝的忠臣良将，（杨）哪个忠良又有下场？（李）有下场来无下场，且听哀家说段比方：昔日里有一个潘老丞相，李氏夫人替了皇娘。紫竹林内生太子，至今美名万古传扬。（徐）困龙思想长江浪，（杨）虎落平阳想奔山岗。（徐）事到头来想一想，（杨）谁是忠良哪个是奸党？（李）二卿不把国来掌，哀家跪死[散板]在朝阳。

（三段）（徐）[摇板]铜锤一举王请上，（杨）老杨波搀扶起定国王。（徐）进前来奏一道太平表章,那杨波搬来了众儿郎。(李白)好啊![摇板]听说是杨波搬兵到,不由哀家喜眉梢。太子付于小姐抱,(徐小姐)双手付于老年高。(徐)用手接过大明后,(白)大人。(杨)千岁。(徐)[摇板]你保幼主坐龙楼。(杨)用手接过龙一条,二目圆睁把臣瞧。趁此机会生机巧,(白)千岁![摇板]浑身上下似水浇难以保朝。

(四段)(徐)大人不必生机巧,你的心事某猜着。莫不是保幼主嫌官小,(杨、徐)啊?哈哈哈哈!(徐)[摇板]忙把杨波加封号。(李白)杨波听封!(杨)臣!(李)[摇板]我封你七岁孩童戴纱帽,九岁女儿入皇朝。加封太子和太保,子子孙孙爵禄高。(杨)叩罢头来谢龙恩,(徐)徐彦昭代驾且平身。(杨)一文、(徐)一武、(杨、徐)[散板]出宫门。(杨)仗着幼主叫皇兄:大明江山全仗你,(徐)保国家全仗你杨家父子兵。

骂阎罗【1928年10月胜利唱片1面】徐淑贤饰郭胡迪、沈福海京胡、刘子厚司鼓(43831A)

[西皮流水]二鬼哥休要来问起,她是我结发的王氏妻。一十八岁将门过,到二十六岁命归西。她与我生下一男和一女,棒打鸳鸯两分离。夫妻好比同林鸟,到大限来时各自飞。谁是谁的夫,谁是谁的妻,阴阳相隔就不认得。二鬼哥带路往前边去,又只见偷盗贼李七。今日地府见着你,有何言语[摇板]你对我提。[流水]二鬼哥休要来问起,他是偷盗贼李七。杀人放火抢民女,送信差人把他提。将他提在官衙内,就板子打来夹棍夹,在云阳市口丧身躯。今日里地府重相见。心中怀恨把我欺。二鬼哥带路[摇板]前边去,[流水]又只见放账王小一。短你纹银一百两,今日见面[散板]就提一提。

打渔杀家【1928年10月胜利唱片1面】徐淑贤饰萧恩、沈福海京胡、刘子厚司鼓(43831B)

[西皮快三眼]昨夜晚吃酒醉和衣而卧,架上鸡惊醒了梦里南柯。二贤弟在河下相劝与我,他劝我打渔事一旦丢却。我本当不打渔关门闲坐,怎奈我家贫穷无计奈何。清晨起开柴扉乌鸦叫过,飞过来叫过去[二六]却是为何?将身儿来至在草堂闲坐,桂英儿捧茶来为父解渴。

《珠帘寨》徐淑贤饰李克用

受禅台【1928年10月胜利唱片1面】徐淑贤饰汉献帝、沈福海京胡、刘子厚司鼓（43833A）

[二黄原板]汉高皇手提着三尺宝剑，灭强秦破暴楚才定江山。传位到桓灵帝信宠太监，黄巾贼遍地起四下狼烟，那奸曹操父子们心怀谋篡，华歆贼与文武狼狈为奸。将身儿坐至在皇宫内院，也不知这江山还坐[散板]几天。

改良焚纪信【1928年10月胜利唱片1面】徐淑贤饰纪信、沈福海京胡、刘子厚司鼓（43833B）

[西皮流水]国家将兴天降瑞，麒麟出世凤凰随。我主爷起义在汜水，那四方的英雄一齐归。自从黄河败了队，只杀得血流成河尸骨就又成堆。君臣们败至在那荥阳内，小小城池被贼围。韩信领兵北伐燕赵内，千里不能够救燃眉。好一个张良先生有策划，他在后帐现脱围。他相我纪信与主面貌对，他命我头戴王帽、身穿蟒袍、腰横玉带、足蹬着朝靴、假扮那个汉王哄项贼。君臣们犹如父子辈，臣替君来理所又当为。老娘亲养儿空枉费，再不能坟前烧纸火化灰。韩氏妻、多贤惠，朝朝暮暮就盼夫归。怀抱着娇儿未满三两岁，可叹我一家大小不能够团圆归。不做官、不受累，今做此官埋怨谁。袍袖揾干了腮边泪，那耳边厢又听得那战鼓儿它不住地：[数板]嘚儿龙咚，嘚儿龙咚，嘚儿龙咚龙咚咚七个龙咚，我就嗒嗒嗒嘀，嘀嗒嗒嘀嗒嗒，嗒嗒嗒啦嘀嗒，嘀嗒嘚儿啦嗒嗒，嘚儿啷当当、嘚儿啷当当、嘚儿啷当、嘚儿啷，稍息立正一齐开步走，一、二、又听得那催命鼓它不住地，嘚儿龙咚，嘚儿龙咚龙咚七个龙咚，匡切喽我的喽切匡，我的淅沥沥，我的哗啦啦，本儿![流水]又把我的命来催，大胆闯进这贼营队！

周菊娥（生卒不详）

周菊娥，河北安次县人，京剧清唱艺人。曾得王君直指点，习唱谭（鑫培）派老生，常年在天津金声园、南京奇芳阁等地演出。三十余岁嫁人，从此脱离舞台。1943年，在天津南市再次登台，引起一时轰动，当时伴奏者是其子陈宗乙。陈为天津名弦师刘文有高足，六场通透，尤其在三弦伴奏、演奏技法上有很高建树，中华人民共和国成立后在新影乐团（现中国广播电影交响乐团）工作。

周菊娥唱片均在天津灌制，尤其保留了《七擒孟获》一剧中汉调二黄的唱法，颇具特色。

七擒孟获【1925年百代唱片1面】周菊娥饰孟获（33681）

［汉调唢呐二黄原板］仰面朝天一声叹，诸葛亮可算得孙武一般。在山岗练雄兵抵防对战，我心中想谋夺汉室江山。又谁知那诸葛前来讨战，我命那金环三结带兵出山。我只说此一去得胜回转，又谁知他命丧两军阵前。闻此信把我的牙根咬断，无奈何领人马与他报冤。两军阵与孔明打了数战，杀得我卸甲丢盔败山川，丢雕鞍被魏延擒在马前。我只说既被擒难以回转，又谁知那妖道放我归山。诸葛亮可算得英雄好汉，俺孟获想学他难上加难。

张广才扫松【1925年百代唱片1面】周菊娥饰张广才（33682）

［清江引导板］黄叶飘飘树叶落寒风来到，（白）鸟鸟鸟！［顶板］怎不传书把信捎。我行一步来至在蔡家的坟道，是何物将老汉绊跌一跤。（白）拜的是那忘恩负义的［顶板］蔡伯喈，小哥哥、你在荒郊外、听老汉把蔡家的事儿、谁是谁非、一一从头说开怀：蔡伯喈进京城他把功名求戴，在家中撇下了二老萱台。他父母被他把双眼哭坏，五娘子每日里泪洒胸怀。陈留郡干旱有三载，他二老双双冻饿而死就丧了阳台。五娘子剪下了头发到那长街去卖，卖了银钱把她公婆来葬埋。似这样贤德的媳妇是令人真可爱，是老汉送米又送柴。五娘子身背着

琵琶到那京都地界，但愿她夫妻见面配和谐。

七擒孟获【1929年高亭唱片1面】周菊娥饰孟获（Teb450）

[汉调二黄原板]仰面朝天一声叹，诸葛亮可算得孙武一般。在山岗练雄兵抵防对战，我心中想谋夺汉室江山。又谁知那诸葛前来讨战，我命那金环三结带兵出山。我只说此一去得胜回转，又谁知他命丧两军阵前。闻此信把我的牙根咬断，无奈何领人马与他报冤。两军阵与孔明打了数战，杀得我卸甲丢盔败山川、丢雕鞍被魏延擒在马前。我只说既被擒难以回转，又谁知那妖道放我归山。诸葛亮可算得英雄好汉，俺孟获想学他难上加难。

扫松下书【1929年高亭唱片1面】周菊娥饰张广才（Teb451）

[清江引导板]黄叶飘飘树叶落寒风来到，（白）鸟鸟鸟！[顶板]怎不传书把信捎。我行一步来至在蔡家的坟道，是何物将老汉绊跌一跤。（白）拜的是那忘恩负义的[顶板]蔡伯喈，小哥哥、你在荒郊外、听老汉把蔡家的事儿、谁是谁非、一一从头说开怀：蔡伯喈进京城他把功名求戴，在家中撇下了二老萱台。他父母被他把双眼哭坏，五娘子每日里泪洒胸怀。陈留郡干旱有三载，他二老双双冻饿而死就丧了阳台。五娘子剪下了头发到那长街去卖，卖了银钱把她公婆来葬埋。似这样贤德的媳妇是令人真可爱，是老汉送米又送柴。五娘子身背着琵琶到那京都地界，但愿她夫妻见面配和谐。

捉放宿店【1929年高亭唱片1面】周菊娥饰陈宫（Teb452）

[二黄慢板]一轮明月照窗下，陈宫心中乱如麻。悔不该心猿并意马，悔不该随他人去到吕家。吕伯奢可算得美意大，杀猪沽酒款待于他。又谁知此贼的疑心忒大，拔出剑将老丈的满门杀。一家人俱丧在宝剑以下，白发老丈命染黄沙。屈死的冤鬼魂休来怨咱，自有那神灵儿天地鉴察。

卖马耍锏【1929年高亭唱片1面】周菊娥饰秦琼（Teb453）

[西皮摇板]站立店中用目洒，[流水]不由得叔宝怒气发。明明认得他是响马，江湖路上也曾会过他。骂一声贼子真胆大，杀人放火海走天涯。今日相逢在潞州天堂下，无有批票怎敢拿。眼前若有历城县，定要将他锁拿到官衙。板子打，夹棍夹，看他犯法不犯法。减头去尾[散板]要一耍，倒教二位耻笑咱。[摇板]心中恼恨单雄信，不该骗我马能行。有朝犯在秦琼手，我打一锏来我要问一声。二贤弟只管把响马来放，闯出祸来有秦琼担承。

周菊娥

筱爱茹（1900~？）

筱爱茹，本名郑尚贞，出生于北京。1907年习艺，启蒙老师小鸿福。1912年入崇雅社坤班。兼唱京剧老生与梆子青衣，老生戏艺宗汪笑侬，拿手剧目为《骂阎罗》《哭祖庙》。梆子青衣戏代表作为《南北合》《牧羊圈》等。1922年以后长期在天津演出，又从马少山习昆曲《思凡》《出塞》《闹学》《双下山》等剧目。时装戏盛行时，她的代表剧目有《新茶花》《一剪梅》《电卡奇观》《恩怨缘》《仇大报》等。弟子有郑冰如、郑瑶台、郑瑞台等。1949年后久居福建，执教于福建省立戏校。

筱爱茹所灌均为丽歌唱片（百代子公司），其中《甘露寺》一剧，既保留老派的一句转流水的唱法，又有其个人特色。《拾黄金》中一人分唱三个角色，颇见功力。

甘露寺【1936年丽歌唱片1面】筱爱茹饰乔玄（C5494）

[西皮慢板]劝千岁杀字[慢流水]莫出口，细听老臣说从头：那刘备他本是中山靖王的后，景帝玄孙一脉流。他二弟关云长汉寿亭侯，青龙偃月神鬼他都加愁；在那白马坡斩颜良诛文丑，古城外曾斩过老蔡阳的头。他三弟翼德古少有，丈八蛇矛贯取咽喉；大破黄巾功为首，虎牢关前是战温侯；在那当阳桥一声吼，喝断了桥梁水倒流。还有位真定常山子龙佑，曹兵闻知他个顶个地皱眉头；在那长坂坡救阿斗，英雄的美名贯九州。这些个将官且靠后，还有一位诸葛先生他惯使计谋。倘若是那刘备在那东吴丢了丑，他人也未必肯罢休！带兵杀进这三江口，东吴的大将他们哪一个敢出头？扭回头、奏太后，细听老臣说根由：依臣说错过就打错上走，将计就计[散板]结鸾俦。

马嵬坡【1936年丽歌唱片1面】筱爱茹饰唐明皇（C5495）

[二黄原板]恨禄山贼造反逼我神京，李猪儿刺逆贼才得太平。真个是蜀地难道路泥泞，

峨眉山下少人行。风飘飘一阵阵乌云［散板］滚滚，下金鞍离玉辔剑阁来登。

拾黄金【1936年丽歌唱片2面】筱爱茹饰范陶（C5496/7）

（头段）（白）啊哈！花儿贫迫！［数板］花儿贫迫，一条大棍在手内托。见了那老的叫一声爷爷婆婆，见了那年少的叫一声叔叔哥哥。每日里在十字街前唱了一回莲花落，一朵莲花化了一朵莲花落。（白）一年三百六十日，春夏秋冬各有时。小子范陶。想当年家大业大，骡马成群，被我吃喝嫖赌，全叫我给花完了，只落得乞讨之中。这几天大雪堆门也不能够出去，看今日天气甚好，不免出得门去讨个一碗半碗好来糊口，就此走走啊！［二黄散板］适才樵夫对我论，奸贼的名字叫葛登云。甩开了大步往前奔！（白）哦，这是什么东西绊了我一个跟斗？哦！原来是金子，有了这个东西我就不用要饭了！我想个什么营业做做。这个年头干什么都不好，干脆呀，我开个戏馆子得了，可是现邀角儿也来不及，我自己代表，那么我一个人唱什么戏呢？我就唱出《二进宫》，一个人学三个人不定学得好学不好，诸君多原谅。

（二段）（旦）喂呀！（净）［原板］怀抱着幼主爷江山执掌，（生）为什么、恨天怨地、脸带惆怅、为的是哪桩？（旦）并非是哀家脸带惆怅，都只为我朝中不得安康。（生）臣朝中有什么祸从天降？（净）你就该、请太师、进宫来、父女们商量又待何妨？（旦）太师爷心肠如同王莽，他要夺我皇儿锦绣家邦。（净）太师爷娘娘的父他本是皇亲国丈，（生）我看他并无有篡位的心肠，太师爷忠良！（旦）你道他无有那……

骂殿【1936年丽歌唱片2面】筱爱茹饰赵光义（C5498/9）

（头段）［二黄慢板］自盘古立帝基天子为重，老皇嫂骂孤王情理难容。论国法就将你残生断送，

（二段）［碰板］还念你与皇兄掌印东宫。兄王爷晏了驾钟鼓齐动，满朝中一个个议论孤穹。都说道大皇儿青年无用，因此上孤王我暂掌九重。孤登基起国号还是大宋，并非是外姓人占了金龙。走向前打一躬皇嫂尊奉，昭阳院改作了养老宫。把皇嫂当作了太后侍奉，崇上徽号容是不容？

逍遥津【1936年丽歌唱片2面】筱爱茹饰汉献帝（C5500/1）

（头段）［西皮导板］父子们在宫中伤心落泪，［碰板］思想起叫孤王好不伤悲。［原板］曹孟德与

王素兰、小爱茹

伏后冤家作对，害得她魂灵儿不能相随。

（二段）我恨奸贼把孤王［慢板］牙根咬碎，上欺君下压臣做事全非。欺寡人在金殿不敢回对，欺寡人好一似那羊入虎围；欺寡人好一似家人奴婢，欺寡人好一似那猫鼠相随；欺寡人好一似犯人受罪，［垛板］欺寡人、好一似、扬子江心、驾小舟、风狂浪打、浪打风狂、波浪滔天、船行到半江中就难以［慢板］回归；欺寡人好一似残兵［散板］败队，耳边厢又听得喧哗如雷。

张少泉（1901~1984）

张少泉，北京人。其祖张大四为清末文武老生兼花脸演员，其父张涌泉为小生演员，其兄张四宝为武生演员，其夫为著名小生演员李桂芳，早年在丹桂茶园的坤班演出，后在杭州凤舞台演出，随后又至北京、汉口等地演出，返沪后，主要以汪桂芬、汪笑侬两派的老生剧目为号召。李去世后张改唱老旦，曾在荣记大舞台与金少山等人合作演出。1984年因肺癌在香港去世。其女李丽华为著名影视演员。

张少泉所灌制的唱片中，《取帅印》为汪（桂芬）派风格，很多闭口音运用得极好。《骂殿》为老派唱法，从板式、唱腔到唱词辙口，都与后来的演法不同，具有史料价值。

取帅印【1930年百代唱片2面】张少泉饰秦琼（34089*1/2）

（头段）[西皮原板]疾病缠身整一春，吉凶二字难分明。残生难逃幽冥境，不能辅保我主恩。臣子怀玉虽年轻，文韬武略兵法精。胸中颇有安才论，可以挂帅领雄兵。

（二段）[散板]叔宝闻言心已定，我主恩德似海深。在枕边叩首谢龙恩，转面再谢众公卿。（白）怀玉！[二六]叫怀玉近前听父命，万岁爷圣谕牢记心。父有不测遭不幸，追封王位葬山林。我的儿你子袭父职品，银屏公主就配儿为婚。伯叔公卿为媒证，择日婚配驾起程。我的儿向前顿首拜，三跪九叩[摇板]儿要谢王恩。[流水]咬金不必逞舌能，这不是良言训子孙。我儿请过[摇板]兵符印，[流水]再听为父细叮咛。后帐酒宴安排定，臣与万岁[摇板]来饯行。

骂殿【1930年百代唱片2面】张少泉饰赵光义（34094*1/2）

（头段）[二黄原板]自盘古立帝基天子为重，老皇嫂辱骂孤天理难容。论国法孤将你残生断送，孤念你与老王掌印东宫，老王爷晏了驾江山为重，文武臣一个个议论朝中。眼看着二皇侄年轻无用,因此上为叔的才坐九重。亦非是叔为君国号大宋,亦非是叔为君侄为臣各奔西东。

（二段）［原板］老皇嫂说什么务农耕种,普天下俱都是孤王御封。上前来打一躬太后亲奉,［垛板］从今后、昭阳院、改为寿宫、孤赐你、尚方剑、斩皇亲、和国戚、孤王依从。赵德芳我的儿休要悲伤,近前来为叔的与你商量。孤封你逍遥宫任你散荡,［垛板］孤封你、一亲王、二晋王、三梁王、四秦王、五昭王、六化王、孤许你、上殿不参王、下殿不辞王、孤赐你、凹面金铜、上打昏君、下打谗臣、八大贤王,我的儿［散板］同掌朝纲。老皇嫂请回宫御体将养,从今后去愁眉改换笑妆。

刀劈三关【1930年百代唱片】张少泉饰雷万春（34097）

［西皮流水］举目留神我观看她：番邦的女子不多大,她年纪不过有十七八。她好似月里嫦娥九女仙子临凡下。真个是生就了沉鱼落雁闭月又羞花。好似着一骑桃花马,手使着绣龙刀一把。她带领也不过有这三千人马,一个个、缨盔灿烂、金锦铠甲、明亮亮的斧钺与钩叉。我儿在番邦招驸马,天配着良缘莫非就是她。公公儿媳来答话,我和你男女交谈［摇板］免磕牙。［流水］万花女说的是哪里话,不由得老夫笑哈哈。番邦的女子多奸诈,她走马换将理也差。若与老夫动杀法,［散板］这开城会一会爷的好刀法。你也打来我也打,你打他来我打他。你也杀来我也杀,你杀他来我杀他。

《羊肚汤》张少泉饰蔡母

金小楼（1906~？）

金小楼，曾用艺名莱衣女。主要在天津、上海演出，后因身体原因，改京剧清唱兼唱大鼓等曲种，长期在上海大世界演出，与其妹金小香、金小兰同台献艺，有"金艳亲王"之称。艺宗汪（笑侬）派，所留唱片颇有汪氏神韵。

金小楼唱片均为高亭公司灌制，其中《五雷报》一张，金反串老旦，也是这出戏唯一存世的音响资料，其中大段慢流水唱腔，颇具特色。

受禅台【1925年12月高亭唱片2面】金小楼饰汉献帝 / 报名（Teb169/70）

（**头段**）[二黄导板]在受禅台下肝胆碎，[碰板]摘去冲天冠、脱去了赭黄袍，可怜我、堂堂天子、匍匐尘埃、好不[散板]伤悲。[快三眼]奸曹操父子们虎狼之辈，华歆贼在一旁狐假虎威。奸曹丕一心心[慢板]谋吞主位，无臣道压孤王神道有亏。满朝中文武臣贪图富贵，一个个、胁肩谄笑、低声下气、不敢皱眉。

（**二段**）欺寡人好一似婴孩之辈，欺寡人好一似庙中土偶、无德无能、无才无力、无知无识、终日之间、端坐无为；欺寡人好一似龙困沙滩离了水，欺寡人好一似凤脱翎毛不能够腾飞；欺寡人好一似风前烛蕊，欺寡人好一似大江之舟、风狂浪大、波浪滔天、打碎的舟船、无处可归。莫非是我汉家统绪已坠，朕怎敢高声哭珠泪暗垂。莫奈何我在受禅台下低头下跪，[散板]尊天子口称臣我是头一回。

《黄鹤楼》金小楼饰周瑜

《武家坡》金小楼饰薛平贵、金小香饰王宝钏

五雷报【1925年12月高亭唱片2面】金小楼饰姚氏/报名（Teb171/2）

（头段）[西皮导板]他二人假意来争斗，[原板]年迈人止不住血泪并流。生下儿好容易才离娘的手，出痧麻和豆疹去把神酬。见儿容发黑色牙齿发抖，儿的父跌一跤命丧荒丘。叹儿父为娇儿[摇板]黄泉路走，我的儿啊！

（二段）[慢流水]只哭得为娘我死去回头。只哭得眼红肿泪湿衣衫袖，只哭得眼昏花难把这泪来收。只哭得两眼中天昏地暗、日月无光、死去活来、难在灵前把孝守，我要想在阴曹路上走，又谁知阳寿未终放娘转回头，暂把这命来留。咬牙关痛哭了三阵以后，忽然间腹内疼痛生下儿的三弟真正是火上加油。抱娇儿整三载何曾离过娘手，为娇儿终朝每日、朝朝暮暮、无有一日不挂心头。为娇儿、荒路走，为娇儿时时刻刻心内担着忧愁。为儿形容变了瘦，为儿身入了乞丐流。实指望儿长大孝顺为首，儿怀抱子足卧妻无挂这无忧。儿的妻当作了心头之肉，把为娘养育的恩是一旦抛丢。[哭头]我这里只哭得口干舌锈，我的儿啊！[散板]你只当作耳边风过耳不留。

马前泼水【1925年12月高亭唱片1面】金小楼饰朱买臣/报名（Teb173）

[西皮导板]朱买臣提笔泪不干，[原板]一霎时拆散了好姻缘。崔氏妻并未犯七出条款，都只为贫困手中无有钱。没奈何休妻为吃饭，从今后鸳鸯就分离在两边。写罢休书[摇板]自思叹，无有中人也枉然。

空城计【1925年12月高亭唱片1面】金小楼饰诸葛亮/报名（Teb174）

[西皮二六]我正在城楼观山景，耳听得人马乱纷纷。旌旗招展空翻影，却原来司马发来的兵。我也曾命人去打听，打听得司马你领兵往西行。也非是马谡无谋少

《请宋灵》金小楼饰岳飞

学问，皆因是将帅不和才失守街亭。你连夺三城多侥幸，贪而你无厌你又夺我的西城。山人在此把驾等，等候了司马你到此咱们谈、谈、谈谈心。你今到此无别敬，准备下那羊羔美酒、美酒羊羔我犒赏你的众三军。既到此就该把城进，为什么在城外扎大营？我身边只有琴童人两个，又无埋伏是又无有兵，你莫要胡思乱想心不定，你就来、来、来请上城楼［散板］听我抚琴。

李陵碑【1925年12月高亭唱片2面】金小楼饰杨继业／报名（Teb175/6）

（**头段**）［反二黄慢板］叹杨家秉忠心大宋扶保，为国家只落得瓦解冰消。

（**二段**）萧银宗打来了连环战表，他要夺我主爷锦绣龙朝。贼潘洪在金殿挂了招讨，我父子倒做了马前英豪。

《虹霓关》金小楼饰王伯当、金小香饰东方氏

孟小冬 (1907.12.9~1977.5.26)

孟小冬,原名孟令辉,出生于上海。其祖父"老孟七"孟福荣,为徽班文武老生兼武净演员;大伯父为文丑孟鸿芳;二伯父文丑孟鸿寿,艺名"天下第一怪";三伯父为文武老生孟鸿荣,艺名"小孟七";其父孟鸿群为武老生兼武净演员;叔父孟鸿茂,均驰名沪上。9岁开蒙,向姑父仇月祥学唱孙(菊仙)派老生,12岁在无锡新世界首次登台。民国七年(1918)首次在上海登台,于大世界内乾坤大剧场演《逍遥津》。后长期在大世界与李春来、粉菊花、汪碧云、李长胜等合作演出,演出《辕门斩子》《斩黄袍》《雪杯圆》《空城计》《洪羊洞》《桑园寄子》《徐策跑城》等传统老生剧目,以及时装戏《中外统一》,还跨行当演《翠屏山》(武生)、《滑油山》(老旦)等剧目。民国九年(1920),转入共舞台,与乃父孟鸿群同班,为张文艳、筱金铃、吕月樵、林树森等唱前场或配戏,首场仍贴《逍遥津》,后参加演出《宏碧缘》《枪毙阎瑞生》等连台本戏。民国十四年(1925)赴北京,拜陈秀华为师,专攻谭(鑫培)、余(叔岩)派戏,同年在北京三庆园登台,与赵碧云合演《四郎探母》,随后又参加崇雅社、庆麟社等坤班,演于城南游艺园、新明戏院等处,这期间曾多次与梅兰芳、尚小云等名家同台。民国十六年(1927),孟与梅兰芳结婚,息影数年,后离异。民国二十二年(1933)复出,自组福庆社演于北京吉祥、新新等戏院。因体质较弱,每年仅演十余场,间或到天津、上海演一两场。

民国二十七年(1938)10月21日拜余叔岩为师,12月24日演出了余亲授第一出戏《洪羊洞》,并不间断向余学戏,直至余逝世,前后达五年之久,深得余氏真传,是余门唯一的女弟子,"余派"主要传人。观众仰慕其艺术,对她有"冬皇"之誉。1950年,孟在香港与杜月笙结婚;1967年迁居台湾;1977年在台北市离世。弟子有赵培鑫、黄金懋等。

孟小冬在1920年在百代公司灌制的唱片,能代表其童伶时代较高的艺术水平,尤其几处导板的"一口气"唱法,极能体现老派京剧的神韵。

逍遥津【1920年百代唱片1面】孟小冬饰汉献帝、孙佐臣京胡（33380）

［西皮导板］叫穆顺看白绫忙修血诏，［原板］一一从头写根苗：上写着诏谕天下晓，众诸侯念君臣保定孤朝。我朝中出奸雄孟德曹操，上欺君下压臣谋篡汉朝。一封血诏［摇板］忙修好，何人前去走这遭。

捉放落（宿）店【1920年百代唱片1面】孟小冬饰陈宫、孙佐臣京胡（33381）

［二黄原板］听谯楼打罢了二更鼓发，越思越想把事做差。悔不该在公堂听他的假话，悔不该随此贼奔走天涯。我先前只道他宽宏量大，汉室后来贼是个起祸的根芽。观此贼睡卧真潇洒，安眠恰似井底蛙。虎在笼中我不打，我岂肯放虎归山反把［散板］人抓。执宝剑将贼的头割下，险些儿把事又做差。这是我自己做事差，不该同贼奔天涯。落花有意随流水！

《宏碧缘》孟小冬饰骆宏勋

武家坡【1920年百代唱片2面】孟小冬饰薛平贵、孙佐臣京胡（33382*1/2）

（头段）［西皮导板］一马离了西凉界，［原板］不由人一阵阵泪洒胸怀。青是山绿是水花花世界，薛平贵好一似孤雁归来。王丞相在朝中官居太宰，哪把我贫穷的人哪放在心怀。柳林下拴战马武家坡外！

（二段）［导板］提起当年泪不干，［原板］夫妻们受苦寒窑前。自从降了红鬃战，唐主爷驾前去讨官。官封我后军都督府，老岳丈一旁把本参。自从盘古［流水］立地天，哪有岳父把婿参？西凉国、贼造反，为丈夫倒做先行官。两军阵前遇代战，代战公主好威严，将我擒下马雕鞍。多亏老王不肯斩，反将公主匹配良缘。西凉的老王把驾晏，众文武扶我坐江山。那一日驾坐在银安殿，宾鸿大雁口吐人言。手执金弓银弹打，打下半幅血罗衫。打开血衫从头看，才知道三姐受熬煎。不分昼夜赶回赶，为的是夫妻们两团圆。我的妻

《草船借箭》孟小冬饰孔明、孟幼冬饰鲁肃

若不信掐指算，你算我连去带来［散板］十八年。

跑城【1920年百代唱片2面】孟小冬饰徐策、孙佐臣京胡（33383*1/2）

（头段）［高拨子导板］耳边厢又听得家院来禀，［垛板］老徐策我就站城楼，我的眼又花耳又聋，眼花耳聋、耳聋眼花，观不见城下儿郎来的是哪一个，尔的爹姓甚、母姓甚？哪省哪府哪州哪县，庄村上面有家门；住外城尔是住内城，排行第几名？说得清、道得明，老夫开了城、放下吊桥接你进城；说不清道不明，要想进城你［回龙］万不能，［散板］报上了尔的花名。听说我儿到来临，喜在眉头笑在心。家院开城把吊桥放定，一一从头说其情。

（二段）［原板］湛湛青天不可欺，未曾起意神先知。善恶到头终有报，也有来早并来迟。在阳河堂上定下了罪，三百余口命归阴。酒醉出了辽王府，大放花灯惹祸根。酒醉出了辽王府，万岁爷的金冠俱打碎，张泰的门牙落埃尘。旨下了金殿城门闭，捉拿薛刚一个人。算一算薛家来了人和马！（白）青龙会八百人马，薛蛟、薛葵、薛刚！

《徐策跑城》孟小冬饰徐策

打鼓骂曹【1920年百代唱片2面】孟小冬饰祢衡、孙佐臣京胡（33384*1/2）

（头段）（祢衡）［西皮导板］谗臣当道谋汉朝，［原板］楚汉相争动枪刀。项羽自刎乌江道，小韩信九里山把兵交。高祖爷咸阳登大宝，一统山河乐唐尧。到如今又出奸曹操，上欺天子下压群僚。我有心替主爷把贼扫，掌中缺少杀人的刀。

（二段）主席坐的奸曹操，［快板］上坐文武众群僚。狗奸贼传令如山倒，舍死忘生在今朝。元旦节与贼个不祥兆，寻一个巧计骂奸曹。罢、罢、罢、我把那青衣来脱掉，［快板］破衣褴衫摆摆摇。大着胆儿往上跑！（旁白）咄，破衣烂衫成何体统？（祢）［快板］帐下的儿郎闹吵吵。（旗牌白）我等好笑！（祢）［快板］列位不必来发笑，有一辈古人听根苗：昔日太公曾垂钓，张良拾履在荒郊。为人受得那苦中苦，脱却了褴衫换紫袍。（旗白）怎能比古？（祢）［快板］列位把话错讲了，休把猛虎当狸猫。有朝一日时运到，

《打鼓骂曹》孟小冬饰祢衡

左起：李少春、余叔岩、孟小冬

拔剑要斩海底蛟。（旗白）你在做梦。（祢）呸！［快板］休道我白日梦颠倒，顷刻就要上青霄。我将破衣［摇板］都不要，［快板］赤身露体摆摆摇。耀武扬威［摇板］往上跑！（旗白）呔！丞相降罪哪个担待？（祢）呸！［快板］你丞相降罪我承招，将身来在［散板］东廊道，狗奸贼把我怎开销。

奇冤报【1920年百代唱片2面】孟小冬饰刘世昌、孙佐臣京胡（33385*1/2）

（头段）［西皮摇板］一日离家一日深，好似孤雁宿寒林。［原板］人生在世名利贪，孝敬父母种田园。为人受得苦中苦，方知世间困苦难。叫刘升带路［散板］往前趱，一霎时乌云遮满天。［摇板］主仆慌张往前进，不觉来到一窑门。

（二段）［原板］赵大哥待人真慷慨，霎时间酒饭摆上来。有朝一日到此界，主仆双双酬谢来。［导板］霎时一阵肝肠断，［散板］心中疼痛为哪般？回头便把刘升唤，这奴才早已染黄泉。是是是来明白了，受了赵大的巧机关。［哭头］眼望着南阳高声唤，儿的娘啊！［散板］阴曹地府走一番。

捉放曹【1932年1月长城唱片2面】孟小冬饰陈宫、杨宝忠京胡、杭子和司鼓（CHI3247/8）

（头段）［西皮慢板］听他言吓得我心惊胆怕，背转身自埋怨我自己做差。我先前指望他宽宏量大，却原来贼是个无义的冤家。马行在夹道内我难以回马，

（二段）这才是花随水水不能恋花。这时候我只得暂且忍耐在心下，既同行共大事必须要劝解于他。［二六］休道我言语多必有奸诈，你本是大义人把事做差。吕伯奢与你父相交不假，为什么起疑心杀他的全家？一家人被你杀也就该罢，出庄来杀老丈是何根芽？［摇板］好言语劝不醒蠢牛木马，把此贼好一比井底之蛙。

孟鸿群、孟小冬父女照

捉放宿店【1932年1月长城唱片2面】孟小冬饰陈宫、杨宝忠京胡、杭子和司鼓（CHI3249/50）

（头段）［二黄慢板］一轮明月照窗下，陈宫心中乱如麻。悔不该心猿并意马，悔不该随他人到吕家。

（二段）吕伯奢可算得义气大，杀猪沽酒款待于他。又谁知此贼的疑心太大，拔出剑就将他的满门杀。一家人俱丧在宝剑之下，年迈老丈命染黄沙。屈死的冤鬼魂休来怨咱，自有那神灵儿天地鉴察。［原板］听谯楼打罢了二更鼓下，越思越想把事来做差。悔不该把家属一旦撒下，悔不该弃县令抛却了乌纱。我只说贼是个宽宏量大，汉室后来贼是惹祸的根芽。

珠帘寨【1932年长城唱片2面】孟小冬饰李克用、杨宝忠京胡、杭子和司鼓（CHI3261/2）

（头段）［西皮导板］太保传令把队收，［原板］孤与贤弟叙一叙旧根由。忆昔当年五凤楼，文武百官庆贺千秋。内有文楚段国舅，他笑孤坐席不正礼貌不周。怒恼孤王气冲牛斗，抓将过来往下丢。摔死了国舅段文楚，唐王一怒要斩人头。自从那年分别后，今日相逢在北州。

（二段）［导板］昔日有个三大贤，［原板］刘关张结义在桃园。弟兄们徐州曾失散，古城相逢又团圆。关二爷马上呼三弟，张翼德在城楼怒发冲冠。耳边厢又听［快板］人呐喊，老蔡阳的人马就来到了古城边。城楼上助你三通鼓，十面旌旗壮壮威严。哗啦啦打罢了头通鼓，关二爷提刀跨雕鞍。哗啦啦打罢了二通鼓，人有精神马又欢。哗啦啦打罢了三通鼓，蔡阳的人头落在马前。一来是老儿该丧命，二来弟兄们得团圆。贤弟休回长安转，就在沙陀过几年，［散板］落得个清闲。

《珠帘寨》孟小冬饰李克用

马艳秋（1908~1973）

马艳秋，满族，北京人，有"小金嗓"之称。1927年在天津新明大戏院担任主要演员，抗战时期随杜文林班社到贵州、昆明等地演出，中华人民共和国成立后，在云南个旧市京剧团担任主演。其姐马艳云、妹马艳芬均为知名旦角演员。

马艳秋仅有此两张唱片传世，均为傍其姐马艳云灌制。

打渔杀家【1928年5月高亭唱片1面】马艳秋饰萧恩、马艳云饰萧桂英、陆芃秋京胡（Teb367）

《四郎探母》
马艳秋饰杨延辉

（萧桂英）[西皮原板]我心中只把那狂徒来恨，他那里仗豪富欺压贫民。老爹爹到公堂与他理论，到如今不见回奴不放心。（萧恩）[散板]恼恨那吕子秋为官不正，欺压我三江口贫穷的良民。上堂去他那里一言不问，责打我四十板就叉出了头门。没奈何咬钢牙忙往家奔，桂英儿与为父快些开门。

游龙戏凤【1928年5月高亭唱片1面】马艳秋饰正德帝、马艳云饰李凤姐、陆芃秋京胡（Teb368）

（李凤姐）[西皮流水]月儿弯弯照天下，问声军爷住哪家？（正德帝）大姐不必盘问咱，为军住在天底下。（李）军爷做事理太差，不该调戏女孩家。你梅龙镇上访一访，李凤姐本是个好人家。（正）好人家来赖人家，不该鬓插海棠花。扭扭捏、人人爱，风流就在这朵海棠花。（李）海棠花来海棠花，又被军爷取笑咱。将它撇在脚底下，走上前来用足踏。叫声军爷抬头看，从今后不戴这朵海棠花。（正）李凤姐、做事差，不该踏碎海棠花。为军将花来拾起，[摇板]我就与你插、插上这朵海棠花。（李）[流水]凤姐一见事有差，去到后面我躲避他。（正）[摇板]任你走出东洋海，为军赶到水晶宫。（李）前面走的李凤姐，（正）后面跟随正德君。（李）进得房来门关定，（正）叫声大姐快开门。

御碑亭【1928年5月高亭唱片2面】马艳秋饰王有道、马艳云饰孟月华 / 王淑英、陆芄秋京胡（Teb369/70）

（头段）（孟月华）[西皮原板]奴这里夫妻情把酒奉敬，但愿得此一去身入龙门。（王有道）承谢你贤德心喜之不尽，但愿得此一去身入龙门。（王淑英）二杯酒奉兄长你要饮尽，但愿得高榜中改换门庭。（王）谢贤妹体谅我手足情分，猛想起父母的恩我好伤心。此一科金榜上若有名姓，方不亏王有道苦读经纶。施一礼辞贤妹再别闺阃，[摇板]赴科场好一似平步登云。

《御碑亭》马艳云饰孟月华

（二段）（王）赴罢了琼林宴自觉反悔，到如今才知道自错是非。（孟白）想我孟月华好命苦哇！[流水]自幼儿父母娇生养，盈盈十五嫁王昌。才蕴不将道韫让，德行可以比孟光。苦读诗书不自想，奴岂是柳絮随风狂。（王白）娘子！[流水]娘子不必泪双降，卑人言来听端详：御碑亭避雨实难讲，一时糊涂我未推详。（孟）风雨不测人难量，休书好比去法场。手摸胸膛想一想，无义的王魁就比你强。（王）自古万事要原谅，还念结发恩义长。（孟）提起昔日心悲伤，同床共衾似鸳鸯。只得同着[摇板]厅堂上，（王）这才是我的好妻房。

《马上缘》马艳秋饰薛丁山、马艳云饰樊梨花

于红艳（生卒不详）

> 于红艳，本姓苏，苏州人。上海京剧清唱演员，其夫为名武生于占元。于红艳曾于1930年代参加上海群芳会"小广寒"演唱，后与其夫在南京组办春光剧团，经常在南京、上海等地演出。1949年以后到香港，与其夫成立香港中国戏剧学院，香港著名的"七小福"即于氏夫妻一手培养。其女于素秋为著名影星，其弟子成龙、洪金宝等人均为红极一时的影视明星。

刘备托孤【1934年胜利唱片2面】于红艳饰刘备、郭筠峰京胡（54484）

（头段）[二黄慢板]为江山把孤的心血用尽，何日里把孙曹一旦扫平。内侍臣搀孤王龙床养静，[原板]活活地把桃园两下离分。

（二段）[慢板]事到了临头才知悔，王自己错了埋怨谁？楚霸王他不听范增语，乌江岸前把命逼。曹孟德中原成大器，他人的奸计有谁知。阿斗年幼中何用，还望先生费心机，先生呐！

打鼓骂曹【1934年胜利唱片4面】于红艳饰祢衡、郭筠峰京胡（54505/6）

（头段）[西皮原板]平生志气运未通，似蛟龙困在浅水中。有朝一日春雷动，得会风云上九重。[流水]相府门前杀气高，列列层层摆枪刀。画阁雕梁双凤绕，亚赛个天子九龙朝。[流水]人言曹操多奸巧，果然亚赛秦赵高。欺君误国非正道，全仗势力压当朝。站在丹墀微微笑，哪怕虎穴与笼牢。[流水]自幼儿习学孔孟道，兵书战策如陆萧。我本堂堂青史表，岂与犬马[摇板]共同槽。

（二段）[二六]丞相委用恩非小，区区鼓吏怎敢辞劳？站立在丹墀微微笑，孔大夫做事也不高。明知道曹贼多奸巧，全仗势力[快板]压当朝。越思越想心头恼，想一个良计骂奸曹。罢罢罢，暂且忍下了，明日自有我的巧计高。[散板]适才与贼来叙话，气得祢衡乱如麻。（白）酒逢知己千杯少，话不投机半句多。我进得相府，与他深施一礼，他坐在上面安然不动还则罢了，反笑我是个礼貌儿不周。我乃天下名士，将我用为鼓吏。明日元旦佳节，当着满朝文武，羞辱他一番，倘若将我斩首，虽不青史名标，也落个万古流芳。正是：明知山有虎，偏向虎山行。[快板]昔日里韩信受胯下，英雄落魄走天涯。到后来登台把帅挂，扶保汉室锦邦家。明日里进帐把贼骂，拚着一死染黄沙。纵然将我的头割下，落一个骂贼的名儿[摇板]扬天涯。

（三段）[导板]谗臣当道谋汉朝，[原板]楚汉相争动枪刀。高祖爷咸阳登大宝，一统山河乐唐尧。到如今出了奸贼曹操，上欺天子下压群僚。我有心替主爷把贼扫，我手中缺少杀人的刀！

（四段）[快板]二人把话讲差了，休把虎子当狸猫。有朝一日时运到，拔剑要斩海底蛟。贼道我白日梦颠倒，霎时就要上九霄。忙把破衣也脱掉，赤身露体逗英豪。耀武扬威[摇板]往上跑，[快板]你丞相降罪我承招。将身来在东廊道，[散板]看奸贼他把我怎样开销。（奏[夜深沉]）

严琦兰（生卒不详）

严琦兰，又名香心、小宝，江苏锡山人。其夫为名律师鄂吕弓。最初用名严处，后在上海拜露兰春为师，艺名小兰春，在共舞台向露习唱老生四年之久。共舞台解班后改习旦角，向刘宝云、程玉菁学习青衣戏，后演出于苏州、上海等地，声名鹊起。后在大中国影片公司任妇女剧务部主任，并出演电影《七擒孟获》中杨夫人一角。1950年代初至1958年曾与新艳秋、黄玉麟合组京艺京剧团，长期演出于上海新光、红都等剧场，并于1950年代后期，被上海徐汇区工人俱乐部业余京剧队聘为教师。

1930年4月，严在苏州新舞台演出，期间到上海养病，经由徐慕云介绍，在胜利唱片公司灌有老生与旦角唱片数张，此处所选录均为其老生唱段。其中《武家坡》（原片芯题作《五家坡》）一片，为名票杨南英配唱；《阎瑞生》一剧为其师露兰春代表作，由严一人分饰王莲英、王玉英姐妹（实际演出时王莲英由旦角饰演，王玉英由女老生饰演）两角色，中间对唱部分的大小嗓变化，很见功力。

五（武）家坡【1930年4月胜利唱片1面】严琦兰饰薛平贵、杨南英饰王宝钏（54193B）

（薛平贵）[西皮导板]八月十五月光明，（王宝钏白）住了！军营之中，难道连灯亮都无有么？（薛）灯亮虽有，哪有许多。（王）全凭何物？（薛）皓月当空。[原板]薛大哥在月下修写书文。（王）我问他好来？（薛）他倒好，（王）再问他安宁？（薛）倒也安宁。（王）三餐茶饭？（薛）小军造，（王）衣衫破了？（薛）自有人缝。薛大哥这几年运不通，他在那西凉路上受了苦情。（王白）受苦敢莫是挨了打了？（薛）正是挨打。（王）打了多少？（薛）一捆四十。（王）喂呀，苦命的夫啊！（薛）大嫂不必啼哭，这苦还在后啊！（王）你老成些！（薛）[原板]军营中失落了一骑马。（王白）官马私马？（薛）军营之中哪里来的私马，自然是官马呀。（王）官马岂不要他赔呀？（薛）哪怕他不赔！（王）他哪里有银钱赔马？

（薛）自然有啊！［原板］为赔马借了我十两纹银。

阎瑞生【1930年4月胜利唱片3面】严琦兰饰王莲英/王玉英（54291、54292A）

（头段）【惊梦】（王莲英）［二黄散板］在麦田遇见了阎瑞生，平白地害奴家命丧无常。冤屈事对贤妹细细言讲，（王玉英）见姐姐因何故这样的悲伤。天一晚你就该回转家乡，为什么披头散发所为哪桩？望姐姐将以往的事对小妹言讲，（莲）［碰板］叫贤妹休贪睡细听衷肠。

（二段）［原板］可怜我被贼诓身遭惨丧，（玉）因甚事要害你命赴汪洋？你把那冤枉的事对我来讲，［垛板］一桩桩、一件件、桩桩件件［原板］对小妹细说端详。（莲）都只为阎瑞生心怀不良，用花言和巧语将计埋藏。行至在中途路麦田以上，［垛板］他三人、将我诓、图财害奴赴汪洋、可怜我、母子们、［原板］两下分张。

（三段）为此情将冤枉对你言讲，从今后高堂父母还要你孝敬奉养。（玉）听她言不由人珠泪双降，好一似万把钢刀刺在胸怀。最可叹你死在那麦田以内，高堂上哭坏了二老爹娘。忍不住伤心泪难把［散板］话讲，醒来时只觉得睡梦一场。

《四郎探母》严琦兰饰杨延辉

武家坡【1930年4月胜利唱片1面】严琦兰饰薛平贵（54409A）

［西皮导板］一马离了西凉界，［原板］不由人一阵阵泪洒胸怀。青是山绿是水花花世界，薛平贵好一似孤雁回来。老王允在朝中身为太宰，他把我贫穷人哪放在心怀。恨魏虎起疑心将我害，苦苦的加害我所为何来。柳林下拴战马［摇板］武家坡外，见了那众大嫂细问开怀。

南阳关【1930年4月胜利唱片1面】严琦兰饰伍云召（54409B）

［西皮导板］这一阵杀得我昏迷了！（白）哎，爹爹！［散板］不由本镇魂魄消。望夫人快行方便［哭头］了，夫人呐！［散板］放我父子好把命逃。一见夫人自尽了，怎不叫人泪双抛。叫伍保与爷尸掩了！（［扫头］）［流水］朱贤弟来得巧，救我父子命两条。娇儿付与贤弟抱，这就是伍家后代根苗。辞别贤弟［散板］跨虎豹，我好比子胥往吴国奔逃。

《四郎探母》严琦兰饰杨延辉

秦美云（生辛不详）

秦美云，天津京剧清唱演员。其唱片中略带有口音。

武家坡【1936年百代唱片2面】秦美云饰薛平贵、穆艳云饰王宝钏、崔明亮京胡（C5576/7）

（头段）（薛平贵）[西皮导板]八月十五月光明，[原板]薛大哥在月下修写书文。（王宝钏）我问他好来？（薛）他倒好，（王）再问他安宁？（薛）倒也安宁。（王）军营的茶饭？（薛）小军造，（王）衣服破了？（薛）自己补缝。薛大哥这几年运不通，在征西路上受了苦情。

（二段）（王）[二六]手指西凉高声骂，无义强盗骂几声。妻为你不把相府进，妻为你失落父女情。既是儿夫将我卖，谁是那三媒六证的人。（薛）[流水]苏龙魏虎为媒证，王丞相是我主婚的人。（王）你说此话我不信，苏龙魏虎是内亲。你我同把相府进，去到相府就问个假真。（薛）你的父与我有仇恨，咬定牙关不认亲。（王）我的父在朝为官宦，金银财宝堆成山。算来本利有多少，差人送到那西凉川。

南天门【1936年百代唱片2面】秦美云饰曹福、穆艳云饰曹玉莲、崔明亮京胡（C5578/9）

（头段）（曹玉莲）[西皮导板]急急忙忙走得慌，（曹福）[散板]点点珠泪洒胸膛。（莲）鱼儿逃出千层网，（福）虎口内逃出了两只羊。

（二段）（莲）[原板]恼恨那魏忠贤贼子奸党，（福）我朝中出谗臣搅扰家邦。（莲）天启爷坐早朝天还未亮，（福）太老爷做天官吏部大堂。（莲）我的父上金殿把本奏上，（福）弃了官罢了职贬回故乡。（莲）到夜晚宿至在官庄堡上！

四郎探母【1936年百代唱片2面】秦美云饰杨延辉、穆艳云饰铁镜公主、崔明亮京胡（C5582/3）

（头段）【坐宫】（杨延辉）[西皮导板]未开言不由人泪流满面，[原板]贤公主细听我表表家园。我的父老令公官高爵显,我的母佘太君所生我弟兄七男。①弟兄们保圣驾［快板］赴会在沙滩。我大哥替宋王席前遇难,我二哥短剑下命染黄泉。我三哥被马踏尸骨不见,有本宫和八弟失落北番。我本是杨,［哭头］啊,贤公主,我的妻！［摇板］我本是杨四郎名姓改换,将杨字拆木易匹配良缘。

（二段）（铁镜公主）［流水］铁镜女跪至在皇宫内院,尊一声过往神细听咱言：我若是走漏了［摇板］消息半点,三尺白绫赴黄泉。［流水］听他言吓得我浑身是汗,十五载到今日才吐真言。原来是杨家将把名姓改换,他就思家乡想骨肉不得团圆。走向前我只得［摇板］重把礼见,［流水］尊一声驸马爷你细听咱言：十五载也是奴言语怠慢,不知者不怪罪［摇板］你的海量宽。

---

① 此处少唱了一个上句。

丽 华（生卒不详）

丽华，原名沈再云，乳名三毛，浙江宁波人。其父小马夫出身，其大姐为名歌女"林小云老八"，因此观众称丽华为"林小云老九"，1930年代曾参加上海"小广寒"群芳会演唱；1935年11月，曾被选为群芳会"歌史领袖"。

丽华的唱片，在片芯上均题为"歌女"，其演唱选段主要以南派戏为主。如《追韩信》《跑城》接近刘奎童风格，《打严嵩》《扫松下书》接近周信芳风格，《周瑜归天》则学王虎辰唱法。尽管其演唱带有明显的南方口音，但从资料价值上来看，仍有重要意义。

追韩信【1934年胜利唱片2面】丽华饰萧何、郭筠峰京胡（54483）

（头段）［西皮流水］好一个聪明小韩信，他将古人打动我的心。［摇板］他道我萧何少恭敬，（白）将军！［摇板］恕我萧何未相迎。［散板］夏侯将军忙修本，我与将军同饮杯酒。［流水］我主爷起义在芒砀，拔剑斩蛇天下扬。遵奉怀王契约降，两路分兵定咸阳。先进咸阳为王上，后到咸阳扶保在朝纲。也是我主洪福广，一路上收了陆贾、郦生和张良。秋毫无犯军威壮，也曾约法定三章。霸王不用怀王约，反将我主封汉王。今日里萧何荐良将，但愿得言听事从重整汉家邦，我们一同回故乡。撩袍端带我把金殿来上！

（二段）［碰板］三生有幸，天降下擎天柱保定乾坤。全凭着韬和略将我点醒，我也曾连三本保荐与汉君。他说你出身微贱不肯重用，那时节怒恼了将军、身背着宝剑、跨下了战马、出了东门。我萧何闻此言雷轰头顶，顾不得这山又高、是水又深、山高水深、路途遥远、忍饥挨饿来寻将军。望将军你还念我萧何的情分，劝将军且息怒、暂吞声、你莫发雷霆、随我萧何转回程、大丈夫要三思而行。

打严嵩【1934年胜利唱片2面】丽华饰邹应龙、郭筠峰京胡（54504）

（头段）[西皮原板]嘉靖爷坐江山风调雨顺，我朝中出奸臣名叫严嵩。大不该害死了杨继盛，又不该害死了马总的兵。撩袍端带[摇板]往前进，去到严府见机行。[流水]得中未曾朝天子，今日过府拜谗臣。[快板]听说一声要报门，吓得应龙胆战惊。东角门下[摇板]施一礼，在西角门下我打一躬。[快板]口称太师忙跪定，尊声太师可安宁。

（二段）[流水]忽听万岁宣应龙，在朝房来了我这保国忠。那一日打从大街行，见一个小小的顽童放悲声。我问那顽童啼哭是因何故，他言道严嵩老贼害他举家一满门。劝顽童休流泪免悲声，邹老爷是尔的报仇人。站立在金阶用目来观定，上面坐的是嘉靖皇帝有道的君。那一旁坐的是老海瑞，他本是、我朝中、尽忠保国，架海的金梁、擎天柱一根。那一旁坐的是严阁老，他本是、我朝中，上欺天子下压臣，谋朝篡位卖国的奸贼他名叫严嵩。我本当上殿奏一本，怎奈我、官卑职小、以小反上、不能够参大臣。罢！罢！罢！暂且忍耐我心头恨，在品级台前臣见君。[摇板]辞别太师爷忙跨金镫，把话说与尊官听：这三百两银子值多少？有道是脸面值千金。

扫松下书【1934年胜利唱片2面】丽华饰张广才、郭筠峰京胡（54509）

（头段）[清江引导板]黄叶飘飘树叶落秋风寒，[顶板]为什么不与我把书来传？我劝世人一个个终要学好，莫学浪子无有下梢。行几步来至在三岔路道，是何物绊跌了老汉一跤？骂一声盗树贼不知歹好，单单的盗去蔡家的树梢。我急急走来至在蔡家坟道，我急急走来急急跑，急急忙忙到荒郊。到坟前把松扫，方显两世旧故交，啊，旧故交。（[反二黄八岔]）

（二段）（白）小哥，我并非拜你，拜的是忘恩负义的[顶板]蔡伯喈，小哥哥你在荒郊外听老汉把蔡家的事儿、谁是谁非、一一从头说开怀。蔡伯喈进京城把这功名求戴，在家中撇下了二老萱台。陈留郡干旱有三载，旱涝不收老天爷它降下祸灾。他父母为他把这双眼哭坏，五娘子终日里也泪洒在胸怀。家寒贫穷无计真可奈，他二老只落得冻饿而死一命就丧了阳台。五娘子剪下了头发去往长街去卖，卖了些银钱把他公婆才葬埋。似这样贤德的媳妇令人真可爱，有老汉日间送米夜晚又送柴。是她身背琵琶在那京都地界，但愿她夫妻们见面要痛哭悲哀。有劳小哥把这口信来带，你叫那忘恩负义的蔡伯喈早早地回家来。他把父母的恩情抛至在三江外，把养育之恩一旦都丢开。倘若是那蔡伯喈要把良心来坏，你问他身从哪里来。倘若是佯瞅再若是不睬，你就说、在陈留郡、在这荒郊外、遇见了老汉张广才、托付小哥把信带、你代我这一个拜，叫他早早回来祭扫坟台！

徐策跑城【1934年胜利唱片2面】丽华饰徐策、郭筠峰京胡（54728）

（头段）[高拨子摇板]耳听得一声报，寒山颁来众英豪。家院带路敌楼道，手扶垛口看根苗：红旗字来白旗对，层层密密摆枪刀。红旗下来了一员小将，等他到来问根苗。[导板]耳边厢又听得家院告禀，[二六]老徐策、在城楼、我的眼又花、我的耳又聋、我的眼花耳聋、耳聋眼花、观不清城下儿郎哪一个、尔就跪城边。尔的家住在哪州哪郡哪个村庄有个家门？尔是住内城？还是住外城？尔的家中还有几个人？尔的爹姓甚？尔的母姓甚？尔的排行第几名？尔要说得清、尔要道得明、老夫开了城，放下吊桥来进城。说不清、道不明、要想进城万不能，尔要报上[回龙]花儿名。(白)尔要报上[散板]花儿名。

（二段）[摇板]听说娇儿到来临，喜在眉头笑在心。家院开城把吊桥放，父子们相逢在柳林。寒山颁来多少人和马，一一从头说我听。前站先行哪一个，领兵的元帅是何人？[散板]一见薛刚我牙咬恨，无知的奴才我骂几声。三杯黄酒下了肚，害了举家一满门。恨不得向前咬一口，这员小将吓煞人。

甘露寺【1934年胜利唱片1面】丽华饰乔玄、郭筠峰京胡（54745A）

[西皮原板]劝千岁杀字休出口，老臣与主说从头。刘备本是靖王后，汉帝玄孙一脉流。他有个二弟[流水]寿亭侯，青龙偃月神鬼皆愁。白马坡前诛文丑，在古城曾斩过老蔡阳的头。他三弟翼德性情有，丈八蛇矛贯取咽喉。曾破黄巾兵百万，虎牢关前战温侯。当阳桥下一声吼，喝断了桥梁水倒流。他四弟子龙常山将，盖世英雄贯九州。长坂坡救阿斗，杀得曹兵个个愁。这一辈武将哪个有，还有诸葛他用计谋。你杀刘备不要紧，他弟兄闻知怎肯罢休。若是兴兵来争斗，东吴哪个敢出头。扭转回身奏太后，将计就计[散板]结鸾俦。

周瑜归天【1934年胜利唱片1面】丽华饰周瑜、郭筠峰京胡（54745B）

[西皮散板]听罢言来心头恼，太阳头上似火烧。本督错把计用了，又中妖道计笼牢。[快板]勒马停蹄高声叫，叫声子龙听根苗：今日里本帅兴兵到，不夺荆州我就不还朝。[导板]这一阵杀得我魂飞飘荡，[二六]口吐血水冒红光。人马儿来在南阵上，偶遇子龙在道旁。我二人在南阵交了一仗，只杀得我丢盔卸甲就逃出了龙潭。耳边厢又听得[散板]马铃响亮！

徐东明（1913~1977）

徐东明，天津人。幼年由李庆喜开蒙，后拜天津名票王庚生为师。1923年于天津中华剧场初次登台，被誉为"小神童"。到北京后又拜蔡荣贵等为师，学习《四进士》《黑松林》《苏武牧羊》《借东风》《甘露寺》《红鬃烈马》《伍子胥》《要离刺庆忌》《黑驴告状》《双官诰》等剧目。后又从陈秀华学习谭（鑫培）、余（叔岩）派剧目，常与新艳秋、胡碧兰、金友琴、杨菊秋等同台演出。1930年后悉心铭研谭派戏，以《失·空·斩》《四郎探母》等戏最为著名，特别是反串《盗魂铃》极受欢迎。后与其妹徐东霞、徐东来组办明霞社，演出于京、津等地。1957年与李万春合作组成北京新华京剧团，与李万春、徐东来、李庆春、李小春、李砚秀、关韵华等人并列为七大头牌。1960年后因体弱多病中止演出，在北京戏校任教。

《三娘教子》徐东明饰薛保、徐东霞饰王春娥

青（清）风亭【1936年3月23日百代唱片1面】徐东明饰张元秀、徐东霞饰周桂英（C5430）

（周桂英）[四平调]自从夫君离家外，家中生下此婴孩。只因为大娘生忌妒，才离母身两分开。承恩抚养成人大，火内生莲花又开。（张元秀）[二黄散板]我哭、哭一声张继保，叫、叫一声小娇儿！你此去一家团圆庆，眼睁睁我二老依靠何人？张继保！小娇儿！我的儿啊！

蒋叔岩（1916~）

蒋叔岩，本姓严，苏州人。幼年进入武汉的蒋家班学艺，8岁拜筱兰英为师，学艺五年。经极严格的科班训练，打下了扎实功底。12岁在上海大舞台与小达子、金少山等同台合演《孙庞斗智》（蒋饰秦甘罗）等戏。1930年在成都春熙大舞台，蒋叔岩挂头牌，以"三打"成名，即《打棍出箱》《打鼓骂曹》《打渔杀家》。1940年代初为躲避军官纠缠，在乐山改名严曦。1950年代后期加入成都京剧团并任副团长。

蒋叔岩灌有两张唱片《打严嵩》《打鼓骂曹》各一张。其中《打严嵩》是麒（周信芳）派风格。

《六国封相》蒋叔岩饰苏秦

打严嵩【1937年百代唱片2面】蒋叔岩饰邹应龙、胡永福京胡、朱阿三司鼓（A4263/4）

（头段）[西皮慢板]嘉靖爷坐山河风调雨顺，我朝中大奸佞名叫严嵩。他不该害死了杨继盛，他不该害死了马总兵。端带撩袍[摇板]往前进，去到严府见机行。

（二段）[流水]忽听得万岁宣应龙，在朝房来了保国忠。那一日打从在大街进，偶遇着小小的顽童啼哭止不住地放悲声。我问那顽童啼哭因何故，他言道严嵩老贼在朝专权杀了他的举家一满门。劝顽童休流泪免悲声，邹老爷就是尔的报仇人。站立在殿角下用目来观瞪，那上面坐的是嘉靖皇爷有道的君。扭回头、用目瞪，两廊下坐的本是列位公卿。那一旁坐的是老海瑞，他本是我国中尽忠报国架海金梁擎天柱一根。那一旁坐的是严阁老，他本是、我朝中、上欺天子、下压臣、谋朝篡位、卖了国的奸贼他名叫严嵩。我本当上殿动一本，怎奈我官卑职小不能够去见君。罢、罢、罢！暂且忍住我的心头恨，在品级台前臣见君。

打鼓骂曹【1937年百代唱片2面】蒋叔岩饰祢衡、胡永福京胡、朱阿三司鼓（A4265/6）

（**头段**）［西皮导板］谗臣当道谋汉朝，［原板］楚汉相争动枪刀。高祖爷咸阳登大宝，一统山河乐唐尧。到如今又出了奸曹操，

（**二段**）上欺天子下压群僚。我有心替主爷把贼扫，手中缺少杀贼的刀。下席前坐定了［快板］奸曹操，两旁文武众群僚。奸贼令下如山倒，舍死忘生在今朝。元旦节与贼不祥兆，假装疯魔骂奸曹。我把蓝衫忙脱掉！

《六国封相》蒋叔岩饰苏秦

曹蕙芬（1917~？）

曹蕙芬，亦名曹慧芬，生于上海。其父为著名净角演员曹甫臣，曹蕙芬幼从产保福、范叔年等人学谭（鑫培）、余（叔岩）等各流派剧目，《四郎探母》《辕门斩子》《托兆碰碑》等尤为拿手。1930年代参加其父主持的上海"小广寒"群芳会清唱，曾用"小鸿声"艺名在乐园香花会演唱。其妹曹蕙芳曾唱净行，后改老生。

法门寺【1934年胜利唱片2面】曹蕙芬饰赵廉、郭筠峰京胡（54498）

（头段）[西皮慢板]眉坞县在马上心神不定，这几天为人犯死里逃生。自幼儿在窗前习学孔圣，一心想占鳌头荣耀门庭。实指望做清官[二六]高升一品，又谁知孙家庄起下祸根。孙玉娇卖风流在门前站定，引动了小傅朋起下淫心。

（二段）假意儿失玉镯以为媒证，就有个刘媒婆你老不正经。诓玉娇绣鞋儿在两下里勾引，小刘彪起歹心你讹诈书生。孙家庄你一刀连伤二命，将人头丢别家你移祸于人。刘公道当乡约常在衙门，为什么见人头你不打报呈。朱砂井匿人头暗害人命，最可叹宋国士他绝了后根。宋巧娇冤枉状将本县告定，千岁爷将本县传到法门。见千岁典刑时休要怨恨，待本县我请高僧和高道、高搭着席棚、我超度尔等的亡魂。明知道山有虎伤人性命，放大胆闯虎穴[散板]去见上人。

乌盆计【1934年胜利唱片2面】曹蕙芬饰刘世昌、郭筠峰京胡（54508）

（头段）[反二黄慢板]未曾开言泪满腮，尊一声老丈听开怀：家住在南阳城关外，离城十里太平街。

（二段）刘世昌祖居有数代，务农为本颇有家财。奉命上京做买卖，贩卖绸缎倒生财。前三年也曾把货卖，算清账目转回家来。行至在定远县地界，忽然间老天爷降下雨来。路过赵大的窑门以外，借宿一宵惹祸灾。赵大夫妻将我谋害，把我的尸骨何曾葬埋。烧作了乌盆窑中卖，偶遇老丈讨债来。可怜我冤仇有三载，有三载，老丈啊！

张文涓（1923~）

张文涓，江苏人，生于上海，其父张明升（连盛）是名旦吴彩霞弟子，为上海时代剧场老板。张文涓9岁学戏，工老生，得张荣奎、陈秀华等传授，曾拜师杨宝忠、王瑞芝学习余（叔岩）派；11岁即登台，在北京、天津等地演出，由张荣奎、侯喜瑞等配演，深受观众欢迎。1970年代中后期，又经张伯驹传授多出余（叔岩）派剧目，为继孟小冬之后，余派女老生中的佼佼者。后定居美国。

这套《奇冤报》唱片是1941年张文涓在上海黄金大戏院演出完毕后，胜利唱片公司委托漫画家丁悚从中交涉所灌，并约谭富英全堂场面为其伴奏。其中许多唱腔经孟小冬指正，灌片之前更是研究了七次之多，颇能代表张年轻时学余（叔岩）派剧目的成果。

奇冤报【1941年11月7日胜利唱片8面】张文涓饰刘世昌、刘斌昆饰张别古、刘韵亭饰赵大、赵济羹京胡、王振刚司鼓（42152/5）

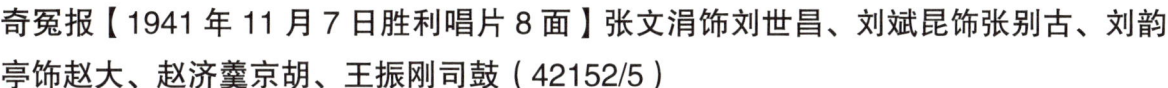

（**头段**）（刘世昌白）刘升。（刘升）啊！（昌）带路！（升）是啦！（昌）[西皮摇板] 无心观看路旁景，人投旅店鸟归林。（白）卑人，刘世昌。我乃南阳人氏，贩卖绸缎为生，且喜算清账目，回家侍奉双亲。啊，刘升！（升）着！（昌）前面什么地方？（升）东大洼。（昌）哪里所管？（升）定远所管。（昌）看天色不好，速速趱行。（升）是啦。（昌）[原板] 叹人生世间名利牵，别父母抛妻子离故园。路旁美景懒得看，披星戴月奔家园。霎时一阵把天变。（升白）下雨喽！（昌）[散板] 狂风大雨遮满天。刘升路带往前趱！（[扫头]）（升）是啦！

（**二段**）（昌）[散板] 行了一程又一程，浑身上下水淋淋。（白）前去投宿。（升）是啦！诶，里边有人吗？走出一个来！（赵大）哟！谁啊？说话这么艳儿咕啊！诶，你是干什么的？（升）我告诉你说，我们主仆走到这儿，赶上大雨啦，要在你们这儿睡一宿。（赵大）我还上你那儿住一宿呢。（升）哎！你这怎么说话？（赵大）你说不像话吗？（升）你不像话！

（赵大）你不像话！（升）你不像话！（昌）呃，不会讲话的奴才！（升）是。（昌）兄台请了！（赵大）请了请了！您是哪儿来的？（昌）我们是京城来的，去往南阳，行至此间，天降大雨，前不把村，后不着店，在此借宿一宵，感恩匪浅。（赵大）哦！原来是投宿的，这算不了什么。哎！那小子！（升）怎么着？（赵大）你听见了没有？这才是说人话的呢！（升）有一个说人话的，就对的住你。（赵大）客官您请进去吧。（昌）请！（赵大）哎，那小子！（升）啊？（赵大）来，褥套我给你搭下来。（升）好的。（赵大）喝！挺沉啊。（升）这里头是银子。（赵大）哦，净是银子。（升）小包袱交给你，这里头也是银子。（赵大）喝！挺沉挺沉，交给我。哎哟！您这件衣裳湿了，脱下来，我给您烘烘干吧！（昌）有劳了。（赵大）哎，算不了什么。你那件呐？（升）嘿嘿，我包圆儿的山里红儿，就这一挂儿。（赵大）好，你弄着点儿吧。呃，客官请坐。（昌）有座。（赵大）请问客官您贵姓大名啊？（昌）在下姓刘名世昌。（赵大）哦，刘客官？失敬啦！（昌）岂敢！（赵大）呃，您贵处是什么地方的？（昌）南阳人氏。（赵大）嚯哟，南阳啊？好地方啊！（昌）小地方。（赵大）您做什么生意发财呀？（昌）贩卖绸缎为生。（赵大）贩卖绸缎是大本钱的生意呀。（昌）小买卖。（赵大）大客商啊！（同笑）哈哈哈哈！（昌）请问兄台上姓？（赵大）在下姓赵，单名一个大字。（昌）原来是赵大哥！失敬了！（赵大）岂敢岂敢！（昌）作何生意？（赵大）在这儿开一个小小的盆儿窑啊。（昌）好大买卖！（赵大）小买卖儿。（同笑）哈哈哈哈！（赵大）呃，您八成许没有吃饭吗？（昌）前途用过。（升）我还没有吃饭呐！（赵大）好好！我给你预备点儿酒，你们赶赶寒气。（昌）有劳了！（升）哎！有绿豆水饭吗？（赵大）有有有！你等着。诶，家里的！（赵妻）来啦！干什么啊？（赵大）诶，我告诉你诶，来两个投宿的。（赵妻）是啊。（赵大）包袱挺大，褥套里面净是银子，你想个什么主意，将他们俩害死，咱们不是发财了吗！（赵妻）我有的是主意。（赵大）有什么主意？（赵妻）有那耗子药下在酒里，喝了不就死了吗！（赵大）好，你去办去。（赵妻）交给你。（赵大）好了交给我了！呃，客官您请上，我来给你满个盅儿！

赵济羹

（三段）（昌）打搅了！［原板］好一位赵大哥人慷慨，霎时间酒饭有安排。行至在中途大雨盖，萍水相逢理不该。到明天自当多谢拜，昏昏沉沉倒卧土台。（赵大白）我把门给倒扣上。（昌）［导板］霎时一阵肝肠断，［散板］刀绞柔肠为哪般？是是是来明白了，中了赵贼的巧机关。回头便把刘升唤。（白）刘升，哎呀！［散板］想必奴才丧黄泉。［哭头］眼望着南阳高声喊，爹娘啊！［散板］阴曹地府走

张荣奎、张文涓

一番。

（**四段**）（张别古白）啊哈！［数板］苦悲哀，老来无子怨谁来？妻丧早我的命运该，只落得奔波劳碌卖草鞋，卖草鞋。［诗］人老毛腰把头低，树老焦梢叶儿稀。茄子老了一兜籽儿，倭瓜老了面糊的。（白）老汉张别古，卖草鞋为生。前三年害了一场大病，至今才好。想起我那旧账主子，东大洼赵大，穿了我两双草鞋没给钱，今儿个没事，找他要钱去，待我把门儿带上，锁上，门儿啊门儿啊，好好看守我的门儿，别让贼偷了我的屋子去。唉！老了，老了，可就不能小了，再若是小了，那就费了事了。说着到了，是这儿吗？不对呀。啊，想起来了，赵大有个堂名儿，待我来看看："损德堂赵"，是这儿。赵大诶！赵大！（赵大）嗯哼！人不得外财不富，马不吃夜料不肥。（张）赵大！（赵大）谁呀？这么赵大赵大的？（张）赵大！（赵大）哎哟！老小子！（张）我又成了老小子啦！（赵大）干什么来啦？（张）找您呢有话说。（赵大）在外面说话风大，不要闪了大爷我的舌头。（张）奇怪呀，你还长着舌头？长得可真全和！咱们哪儿说去？（赵大）到会客厅。（张）你都有了会客厅了？（赵大）你瞧，现在嘛！（张）走吧。（赵大）跟我进来。进大门，走穿廊，过游廊，抬脚！（张）干嘛呀？（赵大）别踩了我的黄鼠狼。（张）有俩钱儿净养了狼了。（赵大）呃，到啦。（张）啊，这儿挺豁亮啊！（赵大）哎，起来起来起来！（张）怎么起来呀？（赵大）这什么地方？一屁股你就迫在这儿了？（张）这不是椅子吗？（赵大）这椅子什么做的？（张）木头做的。（赵大）是啊！木能生火，你不怕烫了你的屁股？（张）哦，木能生火，烫了我的屁股。尊驾的屁股是水晶的？（赵大）大爷福大量大造化大！（张）哦，我坐哪儿呀？（赵大）你就坐这儿吧。（张）我就坐这儿。（赵大）找大爷有什么话说呀？（张）没别的，大爷，您呢穿了我两双草鞋没给钱，我今儿个找您呢要钱来啦。（赵大）哇！你看大爷我头上戴的，身上穿的，脚底下蹬的，我会该你两双草鞋钱？岂有此理！（张）哎，可是那么回事啊，您的小窑户儿穿了两双草鞋，就记了您的账上啦。（赵大）这还罢了。你还有什么说的吗？（张）呃，没别的说的，给俩钱儿花吧。（赵大）要钱呐？（张）啊。（赵大）上了马连垛，我都堆成了山了。（张）没钱呢？（赵大）没钱。（张）拙比这么说，我要饭还得找个盆儿啊。

左起：张文涓、孟小冬、白玉薇

《打渔杀家》张文涓饰萧恩

杨宝忠、张文涓

（赵大）你要要盆儿倒是现成。走，跟我到盆儿库。（张）盆儿都有了库了？（赵大）现在嘛！（张）啊，走！（赵大）哎，进去进去进去。（张）哎呀！没做好事吧？（赵大）唉，你呀！怎么没做好事啊？（张）阴风惨惨的。（赵大）嘿！你是上啦年纪喽，跟我进来。嗯哼！（张）哎，这儿都不错。哎，这盆儿？（赵大）哎，别捅别捅！别动，我给你找一个。（张）好黑家伙！（赵大）诶，一窑就烧就这么一个。我起给起个名儿。（张）什么名儿？（赵大）叫作"乌盆儿"！

（**五段**）（张）正所谓：东风常向北，北风也有转南时。（刘）张别古。（张）谁呀？这么提名道姓儿的！（刘）老丈。（张）哎哟，我的妈呀！（刘）[二黄原板]老丈不必胆怕惊，我有言来你是听。（张白）不用说，这是个妖怪呀。（刘）[原板]休把我当作了妖魔论，我本屈死一鬼魂。（张）他那里叫一声张别古，吓得我年迈人糊里糊涂。（白）诶，常言道：少年见鬼还得三年，我这老来见鬼就在眼前，盆儿啊不要啦，我回去吧，这边不通走这边儿，这边儿挡着走当不间儿，哎哟鬼打墙啊。（刘）[原板]我忙将树枝摆摇动。（张白）哟？起了风了。（刘）[原板]抓一把沙土扬灰尘。（张白）哎，迷了我的眼啦。（刘）[原板]我和你远无冤近无有仇恨，望求老丈把冤伸。

（**六段**）（张白）好怪哉呀！[摇板]三步当作两步走，两步当作一步行。[数板]搁下了盆儿，放下了棍儿，拿开钥匙通开锁的屁股门儿，我推开了门儿，拿起了盆儿我就抓起了棍儿进了门儿。搁下了盆儿，我就放下了棍儿，扭回头来关上门儿，搬过炕来顶上门儿，我看你是神鬼儿怎进我的门儿。（刘白）张别古。（张）啊！（刘）老丈呃！（张）坏了，把他关在屋里了。（刘）[反二黄慢板]未曾开言泪满腮，尊一声老丈细听开怀：家住在南阳城关外，离城数里太平街。

（**七段**）刘世昌祖居有数代，商农为本颇有家财。奉母命京城做买卖，贩卖绸缎倒也生财。前三年也曾把货卖，归清账目转回家来。行至在定远县地界，忽然间老天爷降下雨来。路过赵大的窑门以外，借宿一宵惹祸灾。赵大夫妻将我谋害，他把我尸骨未曾葬埋。烧成乌盆窑中卖，幸遇老丈讨债来。可怜我冤仇有三载，有三载，老丈啊！

（**八段**）[原板]因此上随老丈转回家来。（张白）诶，这东西呀，实在的可恶，有啦，神鬼怕脏物，昨

《四郎探母》张文涓饰杨延辉

儿晚上我拉了泡稀屎，哎，我就请它吃了吧，你着家伙！哎呀，闹了我一身的。（刘）[原板]劈头盖脸洒下来，奇臭难闻我的口难开。可怜我命丧他乡以外，可怜我身在望乡台。父母盼儿儿不能奉待，妻子盼夫夫不能回来。望求老丈将我带，你带我去见包县台。倘若是把我的冤仇解，但愿你福寿康宁永无灾。（张白）你姓刘名世昌，被赵大所害，是不是啊？（刘）正是。（张）啊，如今晚儿你叫我替你鸣冤？（刘）正是。（张）我这么大的岁数，没打过官司，见官怯官说不出话来。（刘）你告我诉。（张）这个事情不能够行方便呐。（刘）行个方便吧。（张）不能够方便。（刘）拿你头疼。（张）哎，慢着慢着，慢着慢着，哎呀，去了说错了话屁股疼，不去是拿我头疼，我告你诉。唉！[哭相思]怪哉怪哉真怪哉，乌盆说出话儿来。你今有什么冤枉事，（白）盆儿。（刘）有。（张）[哭相思]跟着你二大爷到后台来。

《空城计》张文涓饰诸葛亮

厉慧兰（1928~1990.5.12）

厉慧兰，满族，祖籍北京，著名琴师厉彦芝之女，其母韩凤奎、姨母韩凤英均为京剧演员，其夫周慧江为花脸演员。7岁起随父母学戏，1930年代末，长期随厉家班演出于长江流域及云贵川地区，擅演《战太平》等余（叔岩）派戏，并兼演老旦。1983年随团到访美国。1984年率团以老生、老旦剧目赴京津沪演出。1990年因癌症去世。

这批唱片是百代子公司丽歌发行的，片芯上标注"厉家神童"，记录了厉家班学员童伶时代的演唱水准。

厉慧兰

甘露寺【1936年10月30日丽歌唱片1面】厉慧兰饰乔玄、厉彦芝京胡、史永春司鼓（A3698）

［西皮原板］劝千岁杀字休出口，老臣言来听从头：刘备本是靖王后，汉景帝玄孙一脉流。他有个二弟［流水］汉寿亭侯，青龙偃月神鬼愁。白马坡斩颜良诛过文丑，在古城曾斩过老蔡阳的头。他三弟翼德将魁首，丈八蛇矛贯取咽喉。曾破黄巾兵百万，虎牢关前战温侯。当阳坡下一声吼，喝断了桥梁水倒流。他四弟子龙常山将，盖世英雄贯九州。长坂坡、救阿斗，杀得曹兵无处投。这一概虎将哪国有，还有诸葛用计谋。你杀刘备不要紧，他弟兄闻知是怎肯罢休。倘若兴兵来争斗，东吴哪个敢出头。我扭转回身把本奏，将计就计［散板］结鸾俦。

白蟒台【1936年10月30日丽歌唱片1面】厉慧兰饰王莽、厉慧森饰内侍、厉彦芝京胡、史永春司鼓（A3699）

（王莽）[西皮摇板]想当年设酒宴松棚会上，[流水]用药酒毒死了平帝老王。刘氏宗亲俱已丧，逃走了妖人刘秀小儿郎。白水村中曾结党，招兵聚将积草屯粮。吴汉杀妻潼关献上，可叹我儿她命丧无常。九梁王亲自领兵把贼挡，但愿得旗开得胜早还乡。倘若是孤的国运衰[散板]难以久享，造蟒台防后事也好躲藏。（内侍白）启禀莽主大事不好了。（王）何事惊慌？（内）今有妖人刘秀，看看杀到洛阳而来。（王）不好了！[散板]听说刘秀到洛阳，不由孤王心内慌。眼睁睁江山不能[哭头]掌，[散板]宣上邳彤作商量。

票友

票友一词出现在清中叶，相传清代八旗子弟凭朝廷所发的"龙票"，赴各地演唱子弟书，不取报酬，为清政府宣传，后将非职业演员称为票友，票友聚会演唱的场所称为票房。清晚期，票友专指会唱戏而不以演戏为生的爱好者，即对戏曲、曲艺非职业演员、乐师等的通称。部分票友后来成为专业演员，内行称为"下海"，但绝大多数还是以消遣、研究为主。很多专业演员都曾向票友学习，以提升自己的专业水平。如余叔岩、言菊朋均向陈彦衡求教过，孟小冬曾向程君谋求教等，传为一时佳话。

对于票友的称呼也有所不同，早期称为某"处"，如孙菊仙在下海前称为"孙处"，双阔亭称为"双处"，这些名字在其"下海"之后，还经常出现在演出宣传上。进入民国后，男票友称为某某"君"、女票友称为某某"女士"，这些名称体现在各种文字记载上，在许多唱片上也还保留了这样的称呼。

张　处（生卒不详）

张处，上海票友。曾于物克多公司灌过多张唱片，1905年哥伦比亚公司灌有其与沈处、俞处三人合唱《二进宫》一套唱片，为清末民初时期极少见的成套唱片之一。

二进宫【1905年哥伦比亚唱片1面】张处饰杨波（15524）

（白）千岁请。[二黄慢板]千岁爷进昭阳休要慌忙，站宫门听学生细诉比方：汉高祖曾赴会鸿门宴上，保驾官名樊哙盖世无双。千岁爷保学生命丧未央，怕的是学韩信命丧未央无有下场。

邓远芳（生卒不详）

邓远芳，北京人。清末加入李毓臣所立的瑶（遥）吟俯畅票房学戏，曾拜王凤卿为师，学习汪（桂芬）派，其嗓音高亢、宽亮，酷似汪桂芬，票友中有很高声誉。

邓在百代公司仅灌有4面唱片，均为汪（桂芬）派剧目，唱片上刻有"瑶（遥）吟俯畅"字样。

战长沙【1908年百代唱片1面】邓远芳饰关羽、王雨田报名（32197）

［西皮导板］某奉军师将令差，［原板］大小儿郎两边排。杏黄旗不住地空中摆，人马纷纷逐尘埃。身穿绿袍［快板］黄金铠，威风凛凛带队来。过关斩将英名在，要夺长沙不在怀。三军与爷［摇板］把马带！

城（成）都【1908年百代唱片1面】邓远芳饰刘璋、王雨田报名（32198）

［西皮慢板］皇儿奏本欠思论，哪有能将敌贼兵？王心中只把张松恨，大不该地图献与他人。严颜巴州［二六］早降顺，不幸张任命归阴。刘备孔明来路远，大胆马超降他人。王左思右想无定准，倒做了进退［散板］两难的人。

朱砂痣【1908年百代唱片1面】邓远芳饰韩廷凤、王雨田报名（32199）

［二黄原板］劝世人一个个都要学好，伤阴鸷自有那天理昭昭。想当年为太守何等荣耀，遇兵荒妻和子无有下梢。也是我前世里未曾修到，世间事全不闻我自逍自遥。［摇板］济人急救人危遵古训教，些许事又何必理顺和调。尊二位快请起施礼还道，完大节全大义列在天条。

教子【1908年百代唱片1面】邓远芳饰薛保、王雨田报名（32200）

［二黄原板］小东人闯下了滔天大祸，好一似烈火把油波。见三娘在机房珠泪双落，转面来问一声东人倚哥。你的母教训你非为之过，你把那好言语当作了恶说。

孟普斋（生卒不详）

孟普斋，一作孟朴斋，北京人。孟虽习谭（鑫培）派老生，但又不拘泥于谭腔，有个人特色。

孟普斋在百代公司所灌均为其在华夏正声票房时期灌制，片芯标注"特约北京头等票友孟朴斋"。

空城计【1908年百代唱片1面】孟朴斋饰诸葛亮、王雨田报名（32227）

［西皮慢板］我本是卧龙岗散淡的人，评阴阳如反掌保定乾坤，先帝爷下南阳御驾三请。

浣纱记【1908年百代唱片1面】孟朴斋饰伍子胥、王雨田报名（32228）

［西皮导板］伍员打马奔吴国，［流水］龙离沧海虎离窝。力举千斤伍盟府，各国不敢动干戈。压定了天下诸侯皆服我，嬴秦貔貅也附和。也是我当初自己的错，我不该箭射梧桐做媒妁。可叹我一家［摇板］无有结果，［流水］一路逃难奔吴国。今日里春意融和美景过，霎时间青山绿水遍地是花有一女子在山坡。好似三春桃花朵，柳叶的眉儿似秋波。一路行程腹中饿，我只见篮中饭与馍。我本当向前［摇板］求济过，羞羞答答怎奈何。

托兆碰碑【1908年百代唱片1面】孟朴斋饰杨继业、王雨田报名（32229）

［二黄导板］金乌坠玉兔升黄昏时候，［碰板］盼娇儿不由我珠泪双流，我的儿啊！［原板］七郎儿回宋营搬兵太久！

浣纱记【1908年物克多唱片1面】孟普斋饰伍子胥、常荣福饰浣纱女（48070A）

［西皮导板］伍员打马奔吴国，［流水］龙离沧海虎离窝。力举千斤伍盟府，各国不敢动干戈。压定了天下诸侯皆服我，嬴秦貔貅也附和。也是我当初自己的错，我不该箭射梧桐做媒妁。可叹我一家［摇板］无有结果，［流水］因此逃难奔吴国。今日里春意融和溪边过，霎时间青山绿水遍地是花有一女子在山坡。好似三春桃花朵，柳叶的眉儿似秋波。一

路行程腹中饿,但只见篮中饭与馍。我本当向前[摇板]求济过,羞羞答答怎奈何。(浣纱女)耳边厢又听得人声语过,见一人站溪边细问因何。□□□□□□,□□□□□□。□□□□□□,□□□□因为何?

乌盆计① 【1908年物克多唱片2面】孟普斋饰刘世昌、王长林饰张别古、金秀山饰包拯(54727)

(头段)(刘世昌)[原板]多蒙你将我带出窑来!(张别古白)啊!你让赵儿大把你害了,你找他去!怎么你老跟着我呢?怎么善说,你也不走啊!有嘞!我这块儿有一盆子稀屎,我泼你狗日的。盆儿啊,你招呼这个呗!(刘)[原板]劈头盖脸洒下来,奇臭难闻口难开。我恨赵大夫妻将我害,可叹我身在望乡台。家有老母年高迈,妻子盼夫夫不能够转来。一家人好一似石沉大海,要相逢除非是梦里阳台。望求老丈将我带,带我去见包县台。到了公堂你容我的冤仇解,我保你福寿康宁永无灾。

(二段)(众白)哦!(包拯)[西皮摇板]食王爵禄当报效,[流水]丹心一片保宋朝。无头公案断多少,知法不敢犯律条。三六九日[摇板]开门放告,汉萧何造律法笔尖如刀。(白)下官,包拯。多蒙圣恩,身受定远县正堂。今乃三六九日,放告之期。来!(众)有。(包)将放告牌抬出。(众)是。(张)冤枉。(衙役)有一老头儿喊冤。(包)带进来。(衙役)是!(张)老爷、老爷、老爷、老爷。(包)哎,那一老头儿,家住哪里,姓字名谁,有甚冤枉,状告何人?当面讲来。(张)我姓张,我叫别古。我没冤枉。(包)哪个有冤枉?(张)这个盆儿它有冤枉,还有个名儿,它叫"乌盆",您呢一叫它,它就答应。(包)盆儿会说话么?(张)哎,会说话。(包)叫它可能答应?(张)叫它就答应。(包)两厢听来。(衙役)啊!(包)乌盆!(衙役)不应。(包)乌盆!(衙役)不应。(包)乌盆!(衙役)不应。(包)赶出去。(衙役)出去!(张)咳!(衙役)出去!(张)咳!咳!咳!咳!盆儿!(刘)有!(张)你怎么不进去啊?(刘)有所不知,有门神拦阻,望大人化一陌纸钱,方能进入。(张)还有这些事情呐?(刘)是。(张)老爷我又回来了您呢。(包)为何去而复转呢?(张)盆儿说了话了。(包)讲些什么?(张)有门神拦着他不能够进来。您烧化纸钱,他才能够进来呢。(包)溶墨伺候。

文昭关② 【1908年物克多唱片1面】孟普斋饰伍子胥(54718B)

[二黄慢板]一轮明月照窗前,愁人心中似箭穿。实指望到吴国借兵回转,又谁知昭关又有阻拦。幸遇东皋公行方便,他将我隐藏在了后花园。思来想去我的肝肠断!

---

① 此唱片初版为12寸唱片,1935年再版为10寸唱片。在初版唱片中,头段最后原有张别古与刘世昌对白,二段最后有包拯四句散板,以及与张别古对白。

② 此唱片初版为12寸唱片,1935年再版为10寸唱片,应为4面一套。在初版唱片中,原12寸片在演唱前还有念白"爹娘啊"一句。

陈彦衡君（1868~1933）

陈彦衡，又名鉴，字新铨，人称"陈十二爷"，四川宜宾人，著名京剧票友。陈彦衡自幼擅书画，喜好音乐。在济南时向弹琴名手学七弦琴，清光绪年间到北京，与京剧名票友孙春山、林季鸿交往，共同设计创造新颖的唱腔，许多演员的艺术成就也得力于他的指导、传授。曾从谭鑫培琴师梅雨田学习京剧伴奏，得"谭之神髓特多"，为谭鑫培伴奏，水乳交融，使谭"敬佩不止"。与谭谈音韵，更使之折服。梅兰芳、余叔岩、言菊朋、孟小冬等都曾得到过他的指点。陈彦衡著有《戏选》《说谭》《燕台菊萃》《旧剧丛谈》等书，并于书中用工尺谱记录谭鑫培唱腔，被梅兰芳称为"创举"。陈彦衡虽多次上台演出，但始终以票友自居，其学生也多为票友，有罗亮生、苏少卿、程君谋、夏山楼主等人。

1925年底，高亭公司约请陈彦衡灌制的一张半唱片，是陈氏唯一存世的演唱资料，其他唱片均为胡琴伴奏或演奏曲牌。

空城计【1925年10月高亭唱片2面】陈彦衡饰诸葛亮、毛石生京胡（Teb89/90）

（头段）[西皮慢板]我本是卧龙岗散淡的人，评阴阳如反掌保定乾坤。先帝爷下南阳御驾三请，算就了汉家业鼎足三分。

（二段）官封到武乡侯执掌帅印，东西战南北闯博古通今。周文王访姜尚周室大振，[原板]我诸葛怎比得前辈的先生。闲无事在敌楼我亮一亮琴音，我眼前缺少个知音的人。

洪羊洞【1925年11月高亭唱片1面】陈彦衡饰杨延昭、毛石生京胡（Teb152）

[二黄原板]为国家哪何曾半日闲空，我也曾平服了塞北西东。官封到节度使皇王恩重，身不爽不由人瞌睡蒙眬。

卓卤斋（生卒不详）

卓卤斋，上海精武体育会京剧部票友，上海大同乐会会员。师从陈彦衡学谭（鑫培）派剧目。

卓卤斋除此一张（两面）唱片外，还在大中华公司灌有一面《夜深沉》的击鼓，均为衬托其师陈彦衡琴艺所灌。

状元谱【1929年6月25日百代唱片1面】卓卤斋饰陈伯愚、陈彦衡京胡（33924）

［西皮慢板］张公道三十五六子有靠，陈伯愚年半百无有后苗。为儿女我也曾朝山拜庙，为儿女我也曾补路修桥。怕将来老天爷无有果报，眼睁睁有何人去把纸烧。

奇冤报【1929年6月25日百代唱片1面】卓卤斋饰刘世昌、陈彦衡京胡（33925）

［二黄原板］老丈不必胆怕惊，我有言来你是听：休把我当作了妖魔论，我本是屈死一鬼魂。忙将树枝来摇动，抓一把沙土扬灰尘。我和你远无怨近无有仇恨，望求老丈把冤伸。

王仲钧（1887~1964）

王仲钧，字纯赓，别号慈禅居士、避嚣轩主，湖南湘乡人。其兄王伯秋曾是孙中山二女婿。民国初年，王曾与朱耐根、许良臣等人在上海参加票房，曾任职孙中山临时总统府秘书、南京江苏省立通俗教育馆馆员、南京图书馆古籍部、文艺博物部主任、重庆财政部关务署任科长。民国十八年（1929）冬，王与名票红豆馆主、莫敬一、杨畹农等人在南京成立阳春社，王任社长。中华人民共和国成立后，任上海文史馆馆员，曾作有《上海戏园索话》等文。

这张唱片是在南京中央广播电台XGOA录制，由百代公司制作。

洪羊洞【1934年7月9日百代唱片2面】王仲钧饰杨延昭、倪秋萍京胡（A1847/8）

（头段）[二黄慢板]我杨家保宋主心血用尽，最可叹焦孟将命丧番营。宗保儿搀为父病房来进，[原板]怕的是熬不住尺寸的光阴。

（二段）[慢板]自那日朝驾归身染重病，三更时梦见了年迈爹尊。我前番命孟良骸骨搬请，那乃是萧天佐以假成真。真骸骨现在那洪羊洞，望乡台第三层那才是真。二次里命孟良番营来进，又谁知焦克明在私自后跟。老军报他二人在洪羊洞丧命，因此上臣的病重加十分。千岁爷呀！

进蛮诗【1934年7月9日百代唱片1面】王仲钧饰李白、倪秋萍京胡（A1849）

[西皮摇板]谢罢了万岁爷臣坐金殿，杨国忠高力士二大能员。臣被他扯文章赶出了贡院，骂为臣枉生在天地之间。（白）谢万岁！[原板]扬尘舞蹈口代天，羞落高杨在殿前。大喝一声高内监，你与我宣上了进表的官。

黄鹤楼【1934年7月9日百代唱片1面】王仲钧饰刘备、倪秋萍京胡（A1850）

　　[西皮原板]先生把话错来讲，休提起当年赴会在河梁。孙刘结仇山海样，孤岂肯把性命送于周郎？[摇板]好一个大胆诸葛亮，勒逼孤王过长江。龙潭虎穴孤去闯，分明是要孤去见阎王。

罗亮生君（1889~1971）

罗亮生，广东大埔人，旅居上海，曾在金星保险公司、中国海上保险公司等处任职，京剧票友。幼年时即酷爱京剧，清宣统年间加入余时学会，民国初年主持雅歌集票房，工老生。1920年代开始悉心研究谭（鑫培）派，为陈彦衡的十大弟子之一。罗登台不多，演出《举鼎观画》曾轰动上海。其演唱颇得谭（鑫培）派神韵，有"票界老谭"之誉。1930年代与名票江梦花、徐凌云等人共组谈戏聚餐会，专事戏曲的研究与评议，与汪桂芬、孙菊仙、余叔岩等京剧名角均有很深的交谊。罗有《戏曲唱片史话》《谭鑫培六到上海》《上海京剧票房及票友》等专著传世，均有重要史料价值。

罗亮生的这两面唱片，是1925年高亭公司在上海成立第一天的录音，地点为上海大东旅社楼上。罗同时还担任高亭公司的董事之一，并负责演员联络等工作。

失街亭【1925年8月高亭唱片1面】罗亮生饰诸葛亮、周幼韶京胡、杨玉楼司鼓、张小渔报名（Teb21）

［西皮原板］两国交锋龙虎斗，各为其主统貔貅。犒赏三军要宽厚，赏罚中公平莫要自由。此一番带兵去镇守，靠山近水把［摇板］营收。先帝爷白帝城叮咛就，我诸葛保幼主岂能无忧。但愿得此一去扫平贼寇，也免我亲自去把贼收。

镇潭州【1925年8月高亭唱片1面】罗亮生饰岳飞、周幼韶京胡、杨玉楼司鼓、张小渔报名（Teb22）

［二黄原板］清晨起会一阵龙争虎斗，战不过杨再兴脸带含羞。岳云儿犯军规理当斩首，却不过众将官苦苦哀求。怕的是绝了我岳门之后，［垛板］怕的是、老娘亲、盼子不到、盼孙不归、［原板］终日里珠泪双流。叫三军将营门小心［散板］防守，收服了杨再兴方展眉头。

苏少卿君（1890~1971.12.12）

苏少卿，别名寄生，江苏徐州人，京剧票友。徐州师范学堂本科毕业后留校，担任附属小学教员。10岁起自学京剧，1911年到上海加入开明社新剧团担任演员，一年后任该社社长。同时从毕富成学京剧，从周凤林学昆曲，从张翰臣学京胡。曾在日本东京、京都、大阪上演《复活》《林冲》等新剧，回上海后加入春柳社演出，结识同好欧阳予倩。1915年秋，到北平从陈福胜、吴梅等人学戏。1917年，编梆子《珊瑚泪》剧本。1918年，担任北平《又新日报》经理。1920年返上海，从王玉芳、瑞德宝、孙佐臣、陈彦衡等人学戏，编写《桃花女》《失足恨》两出剧本。其中《失足恨》曾由王芸芳、李桂芳、吕美玉等在老共舞台连演数年不衰。苏少卿在《申报》《新闻报》《时事新报》《大公报》《戏剧月刊》《上海生活》等报刊、期刊先后发表诸多剧评文章。1932年担任暨南大学戏曲讲师，又在复旦大学和上海美术专科学校授京戏课程。次年到北平教京戏，受业学员中有孟小冬等伶人。一年期满返沪，从此开始在上海几个私营电台教授京戏。著有《京剧音韵》一书，中华人民共和国成立后，创作《大义灭亲》《输财助边》《郑成功收复台湾》等剧目。1955年被聘为上海市文史馆馆员。

1928年蓓开公司唱片为苏少卿第一次灌唱片，特聘孙佐臣伴奏。同年，胜利公司也由苏代为约请演员，如时慧宝1928年胜利唱片，即为苏介绍，并在时的《朱砂痣》唱片中配演吴惠全一角。

战蒲关【1928年11月29日蓓开唱片1面】苏少卿饰王霸、孙佐臣京胡（91093）

〔二黄原板〕恨贼臣暗地里长安城献，害得我军与民好不惨然。幼主爷来在了蒲关避难，胡英贼围困得铁桶一般。算将来一月余未曾合眼，眼见得人食人委实难堪。恨只恨蒲关小粮草有限，〔垛板〕为国家、只落得、头戴金盔、身披铠甲、腰挂昆吾、〔原板〕昼夜防奸。这壁厢人叫苦悲声不断，那边厢又听得口怨苍天。

杨小楼、苏少卿

洪羊洞【1928年11月29日蓓开唱片1面】苏少卿饰杨延昭、孙佐臣京胡（91094）

[二黄慢板]自那日朝罢归身染重病，三更时梦见了年迈爹尊。到前番命孟良骸骨搬请，那乃是萧天佐以假成真。真骸骨现在那洪羊洞藏定，望乡台第三层那才是真。二次里命孟良番营来进，又谁知焦克明在私自后跟。老军报他二人在洪羊洞丧命，去了我左右膀难以飞行。为此事终日里忧成疾病，因此上臣的病重加十分，千岁爷呀！

斩马谡【1928年11月29日蓓开唱片1面】苏少卿饰诸葛亮、孙佐臣京胡（91095）

[西皮导板]怒上心头难消恨，[快板]帐下跪定小王平。临行怎样嘱咐你，靠山近水扎大营。司马懿用兵多谨慎，叫他背地笑孔明。大胆不听我的令，失守街亭罪不轻。不是画图来得紧，也与马谡一路行。将王平责打[摇板]四十棍，再带马谡无用的人。[快板]见马谡、跪帐下，不由老夫咬钢牙。大胆不听我的话，失守街亭[散板]你差不差？吩咐两旁刀斧手，快将马谡正军法。见马谡只哭得珠泪[哭头]洒，[散板]我心中好一似利刀扎。我哭、哭一声小马谡，我叫、叫一声马幼常。未出兵先立下军状，可怜你为国家刀下身亡。马谡哇，幼常啊，啊，参谋哇！

南阳关【1928年11月29日蓓开唱片2面】苏少卿饰伍云召、孙佐臣京胡（91096/7）

（头段）[西皮导板]恨杨广斩忠良谗臣当道，[原板]叹双亲不由人珠泪双抛。手扶着垛口往下瞧，韩擒虎虽年迈杀气高。尚师徒胯下呼雷豹，麻叔谋使长枪鞭插在马鞍鞒。

（二段）左右先锋把帅保，耀武扬威逞英豪。揾干了泪痕[二六]伯父叫，侄男有话禀年高：自古道臣尽忠来子当尽孝，方在人间走一遭。我的父丹心把国保，敲牙割舌为的是哪条？这几员虎将俱已斩了，我那年迈的亲娘也受那一刀。[快板]到如今就该把气消了，兵困南阳为哪条？一代忠良难话表，叫儿泪抛[摇板]不泪抛？[流水]老伯父把话讲差了，侄男言来听根

《失街亭》苏少卿饰诸葛亮

苗：宇文化及行奸巧，苦害忠良为哪条？纵然将儿拿去了，绝了伍家后代根苗。站在城楼苦哀告，求你放我路一条。有朝一日把仇报，早烧香晚点灯供奉年高，［摇板］饶是不饶？

左起：刘砚芳、杨小楼、苏少卿、郝寿臣

卖马耍锏【1928年11月29日蓓开唱片1面】苏少卿饰秦琼、孙佐臣京胡（91098）

　　［西皮摇板］站立店中用目洒，［流水］不由叔宝怒气发。分明认得他是响马，江湖路上也曾会过他。今日里相逢天堂潞州下，不知他到此抢夺哪一家。骂声贼子真胆大，杀人放火海走天涯。本应当将他来拿下，无有批票不好拿。眼前若在历城县，立刻将他锁拿到官衙。板子打、夹棍夹，看他犯法不犯法。减头去尾［散板］把锏耍，二位休要取笑咱。心中恼恨单雄信，不该骗我马能行。有朝犯在我秦琼手，打一锏来问一声。二贤弟只管把响马放，放出祸来有秦琼担承。

摘缨会【1928年11月29日蓓开唱片2面】苏少卿饰楚庄王、孙佐臣京胡（91099/100）

　　（头段）［西皮慢板］劝梓童休得要把本奏上，龙书案听为王细说端详：都只为斗越椒兴兵犯上，只杀得为王的无处躲藏。

　　（二段）天生下养由基英雄小将，剿灭了贼奸党重整庙堂。班师回摆御宴［二六］庆功受赏，因此上命梓童亲赐琼浆。又谁知一霎时狂风天降，有一个无知辈酒后癫狂。孤本当传旨意把罪来降，又恐怕列国中道孤短长。劝梓童把此事休挂心上，劝梓童把此事付于汪洋。宫娥女掌红灯同入［回龙］罗帐，［摇板］孤与你同偕老日久天长。

南天门【1928年12月蓓开唱片2面】苏少卿饰曹福、蒋君稼饰曹玉莲、孙佐臣京胡（91127/8）

　　（头段）（曹玉莲）［西皮导板］急急忙忙走得慌，（曹福）［散板］点点珠泪洒胸膛，（莲）鱼儿闯过千层网，（福）虎口逃出了两只

左起：苏少卿、陈德霖、刘砚芳

羊。（莲）[原板]恼恨那魏忠贤奸贼佞党，（福）我朝中出谗臣搅乱家邦。（莲）天启爷坐江山东方未亮，（福）太老爷做天官吏部大堂。（莲）我的父修下了辞王表章。

（二段）（福）削了官贬了职转回故乡，（莲）到晚来宿至在官庄堡上，（福）刘司羽领人马暗地里埋藏。（莲）我的父命丧在宝剑之上，[哭头]老爹爹！（福）太老爷！（合）啊，（福）太老爷呀！[原板]最可叹忠良臣无有下场。（莲）我的母跳花井一命身丧，[哭头]老娘亲！（福）太夫人呐！（合）啊，（莲）老娘亲！（福）[原板]就是那铁石人也要悲伤。（莲）这一阵走得我[摇板]足痛腿胀，腹内儿又无食饥饿难当。

李止庵（1892~1959）

李止庵，原名适可，河北省大兴县人，久居北京，本业为医生。李青年时期即嗜爱京剧，先迷谭鑫培，继而喜爱余叔岩之艺术。经人介绍，常至余家，但只与余氏交流花鸟虫鱼，或切磋书法音韵，投其所好，久而遂成莫逆。余氏为人，艺不轻传，李虽长年出入余门，却从不直接向余问艺；遇张伯驹、孟小冬、李少春、赵贯一等人去学戏时，他只在一旁全神默记，数年间，在他原有谭腔的基础上大量吸收了余氏的唱法。后余氏卧病，在"余音难觅，余师难投"的情况下，内外行中凡慕余氏之艺者，莫不转而求教于李。1943年余氏病逝后，他将余派唱法（包括发声、唱腔、字音、口法、节奏、韵味、嗽音等）进行归纳、总结并传播，对于培育老生人才，颇有贡献。主要传人有孟小冬、于世文、李志良、陈大濩等。

李止庵这张唱片是在南京中央广播电台XGOA录制，由百代公司制作。其中《沙桥饯别》一张，颇为余叔岩所关注，因此余氏在1939年底也灌录了同样一张唱片。

沙桥饯别【1934年7月10日百代唱片2面】李止庵饰唐太宗、倪秋萍京胡（A1857/8）

（头段）[二黄慢板]提龙笔写牒文大唐国号，孤御弟取真经与孤代劳。外国中众蛮王休要阻道，到西天取了经即便还朝。

（二段）孤赐你锦袈裟霞光万道，孤赐你紫金钵禅杖一条；孤赐你装经箱僧衣僧帽，孤赐你四小童鞍前马后好把箱挑。内侍臣将宝物一齐抬到，金銮殿忙与你改换法袍。

失街亭【1934年7月10日百代唱片1面】李止庵饰诸葛亮、王寿王饰马谡、倪秋萍京胡（A1859）

（诸葛亮）[西皮原板]两国交锋龙虎斗，各为其主统貔貅。看待三军要宽厚，赏罚中公平莫要自由。此一番领兵去镇守，靠山近水把营收。（马谡白）丞相呃！[摇板]先帝本是汉家后，[流水]南争北剿统貔貅。[摇板]辞别丞相出帐口，我此番好一似顺水推舟。

李止庵

四郎探母【1934年7月10日百代唱片1面】李止庵饰杨延辉、杨畹农饰铁镜公主、倪秋萍京胡（A1860）

（杨延辉白）公主啊！[西皮快板]我与你好夫妻恩德不浅，贤公主又何必执自谦言？杨延辉有一日愁眉展，誓难忘贤公主恩德如山。（铁镜公主）说什么夫妻情恩德不浅，我和你隔南北才配良缘。因何故终日里愁眉不展，有什么心腹事就只管明言。（杨）非是我这几日愁眉不展，有一桩心腹事不敢明言。萧天佐摆天门两国交战，老娘亲押粮草来到北番。贤公主若容我母子相见，到来生变犬马结草衔环。（铁）你那里休得要巧言改辩，你要见那高堂母我不阻拦。（杨）公主虽然不阻拦，无有令箭怎过关？（铁）我有心与你金鈚箭，怕你一去就不回还。（杨）公主若肯赠令箭，见母一面即刻还。（铁）宋营离此路途远，一夜之间怎能够还？（杨）公主只管放大了胆，快马加鞭一夜还。（铁）先前叫咱盟誓愿，你也对天表一番。（杨白）哦！[流水]公主叫我盟誓愿，将身跪在地平川。我若探母不回转，黄沙盖脸[摇板]尸骨不全。（铁白）严重了。[流水]一见驸马盟誓愿，不由咱家心放宽。驸马后宫[摇板]巧改扮，盗来令箭你好过关。（杨）[快板]一见公主盗令箭，不由本宫喜心间。扭回头来[散板]叫小番，你驸马爷即刻要出关。

朱耐根君（1892~1935.8.20）

朱耐根，字懋诚，宝应人，清末京剧票友。祖父朱曼伯道咸年间曾任河南藩司。朱耐根幼年随家人到北京生活，曾得谭鑫培指点，后又向陈彦衡请教。1927年到上海，参加票房活动，其研究音韵与演唱技法之深，与北方王君直并称"北王南朱"，与罗亮生、许良臣、王颂臣并称"海上谭门四票"。陈小田所著《京剧音韵概说》中称朱耐根氏深得谭派精髓，苏少卿《剧评》盛赞朱的演唱"如浮云遮月，比美小余（余叔岩），其传音区区苍劲，更是炉火纯青"。朱擅演《法场换子》《梅龙镇》《探母回令》等剧，1935年秋，因患慢性盲肠炎离世。其妻朱雅南为票友下海，有"江苏梅兰芳"之称。

朱耐根唱片均为高亭公司灌制，其中《鱼藏剑》一段，颇见功力。

法场换子【1928年4月9日高亭唱片1面】朱耐根饰徐策、陈小村京胡（Teb217）

［二黄慢板］恨薛刚小奴才不如禽兽，吃醉酒全不顾满面含羞。闯下了塌天祸私自逃走，连累了二双亲不能到头。把一个两辽王午门斩首，樊氏夫人拔宝剑自刎咽喉。眼见得忠良臣乏嗣无后，这才是剪草除根、寸草不留、天地含忧、我只得顺水推舟。夫人呐！

鱼藏剑【1928年4月9日高亭唱片1面】朱耐根饰伍子胥、陈小村京胡（Teb218）

［西皮慢板］姜子牙无时隐钓溪，时衰运败鬼神欺。周文王梦飞熊夜扑帐里，到后来访贤臣保华夷。东迁洛阳［流水］王纲坠，将士枪刀何曾离。叹英雄落魄有谁周济，只落得吹箫［散板］讨饭吃。

《空城计》朱耐根饰诸葛亮

探母回令【1928 年 4 月 9 日高亭唱片 1 面】朱耐根饰杨延辉、陈小田饰铁镜公主、陈小村京胡（Teb219）

（杨延辉）[反西皮散板]老太后啊！（铁镜公主）老娘亲！（辉）当初被擒就该斩，（铁）不该将儿配为婚。（辉）斩了孩儿不打紧，（铁）儿的终身靠何人？（辉）[哭头]老太后！（铁）老娘亲！（同）啊！（辉）我那丈母娘啊！

梅龙镇【1928 年 4 月 9 日高亭唱片 1 面】朱耐根饰正德帝、陈小田饰李凤姐、陈小村京胡（Teb220）

（正德帝）[四平调]好花儿出在深山内，美女生在小乡村。忙将这木马二声震，（李凤姐）来了提茶送酒人。（正白）将帘卷起！[四平调]好一个乖巧李凤姐，未用酒先与我要钱文。忙在这袖内摸一把，明亮亮取出了一锭银。（李白）在这里哟！[四平调]用手儿取过了银一锭，问声军爷几个人？（正）为军的一人一骑马，（李）一人用不了许多银。

程君谋君（1894~1967）

程君谋，湖南宁乡人，京剧票友。其父程颂万，清末曾出任长沙岳麓书院学堂监督，后携全家定居湖北武昌。程君谋自幼热爱京剧，初学花脸，不久改习老生。后到北京任职于参议院，向陈彦衡学《四郎探母》《定军山》《战太平》《镇潭州》《南阳关》《捉放曹》《击鼓骂曹》《失·空·斩》等谭（鑫培）派剧目。1920年代中期，应荀慧生之约，替代因故不能演出的挎刀老生贯大元，参加荀之庆生社，与荀合作公演于北京、天津。因其父坚决反对其成为专业演员，遂返回武汉，仍不断参加业余演出，有"汉口谭鑫培"之称。1920年代末，移居上海，先后在中国实业银行和金城银行任文书及专员。程曾辅导孟小冬学习谭（鑫培）派艺术，且于孟在沪及赴津演出时亲自随同登场，为之伴奏。继而又收陈大濩为徒，并应邀在欧阳予倩开办的南通伶工学校任教务长，兼教戏。所教学生有徐琴芳、孙岳、梅葆玥、李永德等人。中华人民共和国成立后，他在教学基础上，将《空城计》《捉放曹》《击鼓骂曹》《举鼎观画》《李陵碑》等五出谭（鑫培）派名剧记录出版。1953年退休后，受聘为上海市文史馆馆员。程有三子，幼子程之，为电影演员。

程君谋唱片分为两期，第一期为1928年胜利唱片，在北京灌制，第二期是长城唱片，在上海灌制。

李陵碑（碰碑）【1932年10月长城唱片2面】程君谋饰杨继业（SHA3916/7）

（头段）[反二黄慢板]金沙滩双龙会一阵败了，只杀得血成河鬼哭神嚎。[快三眼]我的大郎儿替宋王把忠尽了，二郎儿短剑下命赴阴曹；杨三郎被马踏尸首不晓，四八郎失番邦无有下梢；杨五郎五台山学禅修道，七郎儿被潘洪箭射芭蕉；只落得杨延昭随营征讨，[垛板]可叹他尽得忠、又尽孝、昼夜杀砍、马不停蹄[原板]为国辛劳。可怜我八个子把四子丧了，把四子丧了，我的儿啊！

（二段）战得我年迈人无有下梢。方良臣与潘洪又生计巧，请我主到五台快乐逍遥。又谁知中了那奸贼笼套，四下里众番奴犹如海潮。多亏了杨延昭一马来到，一杆枪保圣驾闯出笼牢。有老夫领人马也来战道，[垛板]那时我东西杀砍、左突右撞、虎闯羊群、被困在两狼山、内无粮、外无草、盼兵不到、眼见得我这老残生就难以[原板]还朝，我的儿啊！饥饿了就该把战马宰了，身寒冷就该把篷帐焚烧。宝雕弓打不着空中飞鸟，弓爹弦断所为哪条？

《空城计》程君谋饰诸葛亮

打渔杀家【1932年10月24日长城唱片1面】程君谋饰萧恩、包小蝶饰萧桂英（SHA3973）

（萧桂英）[西皮导板]太湖池边波浪发，（萧恩白）开船呐！（英）[快板]江水照得两眼花。青山绿水难描画，哪有个渔人常在家。（恩白）儿啊！[摇板]父女打渔在江下，家贫哪怕人笑咱。桂英儿掌稳舵[散板]父把网撒，年纪衰迈气力不佳。[摇板]他本江湖一豪家，生擒方腊也有他。蟒袍玉带不愿挂，弟兄双双走天涯。（英白）爹爹呀！[摇板]昔日子期交伯牙，爹爹交友果不差。天色不早回家去吧，（恩）[散板]猛抬头见红日坠落西下。

梅龙镇【1932年10月24日长城唱片1面】程君谋饰正德帝、包小蝶饰李凤姐（CHI3974）

（正德帝）[四平调]将飞龙帽罩忙摘动，避尘珠照得满堂红。叫一声大姐你来看宝，哪有个庶民敢穿这龙袍？啊，五爪金龙。（李凤姐）怪不得昨晚得一梦，五爪金龙落房中。我只得上前忙跪定，万岁封我哪一宫？（正）三宫六院俱封尽，封你在闲游戏耍宫。（李）谢罢了万岁龙恩宠，（正）用手搀扶爱梓童。（李）我低声问万岁因何无陪送？（正）临行打马奔大同。（李）就在这店中寻一梦，（正）游龙落在凤巢中。

连营寨【1932年10月长城唱片2面】程君谋饰刘备（SHA3919/20）

（头段）[反西皮二六]点点珠泪往下抛。遭不幸徐州失散了，万般无奈假意降曹。曹操待你的恩义好，上马金银赠过你

《四郎探母》程君谋饰杨延辉

程君谋、易仲瑾夫妻照

的锦绣红袍。美女十名你不要，挂印封金辞奸曹。单人独骑保皇嫂，过五关、斩六将、擂鼓三通、把蔡阳的首级枭，可算得盖世的英豪。单刀赴会天下晓，英雄美名亘古标。可恨那孙权生机巧，谋害英雄归天曹。愚兄兴兵把仇报，灭却了东吴恨方消。还望二弟你神威保，神威[哭头]保，二弟呀![摇板]不灭东吴不回朝。

（二段）[西皮摇板]非是为伯父珠泪掉，我与你父生死交。哭罢了二弟把三弟[哭头]叫，三弟呀![反西皮二六]叫声三弟听根苗：大破黄巾天下晓，贼人见你望风逃。虎牢关前曾把那吕布的发冠挑，长坂坡前喝断了灞桥。夜战马超胆量好，义收严颜颇有略韬。锦绣江山孤不要，一心与你把仇消。哭哑了咽喉珠泪[哭头]掉，珠泪掉，孤的好兄弟呀![摇板]拿住了孙权两开交。

王佐断臂【1928年胜利唱片1面】程君谋饰王佐、李润峰京胡、张来有司鼓（54066A）

[二黄散板]那要离断臂行颇有胆量，到如今美名儿四海传扬。我王佐学断臂番营去闯，顾不得生和死剑做主张。[导板]一霎时不由我心神不定，[散板]好一似滚油煎刀割我心。睁开了昏花眼难以扎挣，为国家斩断臂要留美名。

战太平【1930年胜利唱片1面】程君谋饰花云、李润峰京胡、张来有司鼓（54066B）

[西皮导板]叹英雄失势入罗网，[原板]大将难免阵头亡。吾主爷洪福齐天降，刘伯温八卦也平常。早知道采石矶被贼抢，早就该差能将前来提防。将身来在[摇板]大街上，那旁来了疯婆娘。[散板]这一足踏你在地埃尘！你是谁家疯婆女？[快板]怀中抱定小娇生。你若念在夫妻义，快到金陵搬救兵。你若不念夫妻义，千万莫丢小娇生。使个眼色快逃走！[散板]大街上走了孙氏女，我的妻啊！夫妻们相会再等来生。

《战太平》程君谋饰花云

刘叔度君（1894~1942）

刘叔度，原名刘伟，祖籍浙江绍兴，后居北京，京剧票友。幼入北京青年会学英语，18岁入天津邮政局，遂在天津落户。刘爱好京剧，学刘鸿声、汪桂芬艺术，不仅擅唱，且能操琴、打鼓。曾自备戏装及文武场面，邀集同好定期相聚消遣。早年曾参加雅韵国风票房，民国十七年（1928）与孙菊仙创办鹤鸣社票房，1930年代前后，刘多在邮务工会国剧社活动。民国三十年（1941）云吟国剧社成立，刘任名誉社长。刘妻邢美仪（又名淑娥），是青衣票友，夫妻经常参加义务演出。刘嗓音天赋极佳，高可唱至乙字调，在正工调上还能翻嘎调，且有韵味。吐字发音讲究，唱腔圆婉动听，惜面部表情与做派稍弱。刘为人平易诙谐，喜交游，与京剧界"四大名旦"及高庆奎、马连良等均有交往。民国三十一年（1942）因肺病逝世。

刘叔度唱片中《断密涧》影响深远，其中"公""故"两个闭口音用高腔，极见功力。《让成都》宗汪（桂芬）派，唱词亦为汪氏准词。

让成都【1932年12月11日百代唱片1面】刘叔度饰刘璋（A924）

［西皮慢板］皇儿奏本欠思论，哪有能将敌贼兵？王心中只把张松恨，大不该地理图献与了他人。严颜巴州［二六］早降顺，张任不降命归阴。聘来马超威风凛凛，降顺了刘备他进都城。王本当开城将贼问，西川的文武起降心。左思右想心不定，王倒做进退［摇板］两难的人。

乌龙院【1932年12月11日百代唱片1面】刘叔度饰宋江（A925）

［四平调］大老爷打鼓退了堂，衙前来了我宋江。（白）卑人宋公明，在这郓城县内当了一名书吏。今日闲暇无事，不免去到乌龙院中走走。［四平调］那一日闲游在大街上，遇见好

友小刘唐。他把那心腹话儿对我讲,请我到梁山去为王。富贵岂容人妄想,自有天爷做主张。迈步儿来至在大街上,(白)啊?[四平调]又听得众宾朋说短道长。好话出在君子的口,立志不听小人言。一步儿来至在乌龙院,青天白日把门关。

战蒲关【1932年12月11日百代唱片1面】刘叔度饰王霸（A926）

[二黄原板]恨贼臣暗地里长安城献,害得我君与民好不惨然。二幼主虽来在蒲关避难,那贼兵围困得铁桶一般。这边厢人叫苦悲声不断,那边厢一个个口怨苍天。似这样凄惨情有谁悯念,蒲关城好一似首阳荒山。

《乌龙院》刘叔度饰宋江

辕门斩子【1932年12月11日百代唱片1面】刘叔度饰杨延昭（A927）

[反西皮原板]适才间与贤爷帐中叙话,只气得杨延昭咬碎钢牙。睁开了杀人眼[西皮原板]观看帐下,宋营中跪定了女将娇娃。(白)焦赞![原板]叫焦赞你与我前去问话,谁家女哪家媛哪里有家?听说是那穆桂英吓得我的心中害怕,宋营中来了个杀人的夜叉。

断密涧【1932年12月11日百代唱片2面】刘叔度饰王伯当、刘永奎饰李密（A928/9）

《让成都》刘叔度饰刘璋

（头段）(李密)[西皮原板]在头上摘去了飞龙帽,孤身上脱下了衮龙衣。勒住了丝缰用目觑,锦绣的山林化灰泥。舍不得瓦岗[流水]风水地,舍不得瓦岗锦绣华夷。回头来、叫贤弟,孤王我言来听端的:你我降唐好一比,虎落平川[摇板]被犬欺。(王伯当白)大王![流水]大王不必长叹息,伯当言来听端的:阿房宫殿今何在,铜雀楼台在哪里?江山也有兴和败,哪个男儿不受屈?改邪归正你降唐去,青史名标万古题。(李)倘若是唐童把仇记,孤入网的鱼儿怎脱离?（王）杀身大祸臣愿替,愿保大王[摇板]挂紫衣。(李)昔日螳螂去捕蝉,(王)偶遇黄雀把路拦。(李)黄雀又被金弹打,(王)打弹之人被虎餐。(李)勒住马头来观看,(王)不知何物落马前。

（二段）(李)[原板]到此时孤才把宽心放,(王白）唉！（李）[原板]王贤弟你何故面带惆怅？（王）你杀那河阳公主因为何故，忘恩负义为的是哪桩？（李）昨夜晚在宫院[快板]饮琼浆，我夫妻们对坐叙叙家常。也是我酒醉心妄想，一心要想做帝王。孤把那实情好言对她讲，她骂孤王是奸党。大丈夫焉有那容人量，因此拔剑斩河阳。（王）闻言怒发三千丈，太阳头上冒火光。手摸胸膛想一想，顺者生来逆者亡。（李）贤弟不必这样讲，孤王言来细听端详：昔日韩信谋帝邦，（王）未央宫中一命亡。（李）付毒平帝是王莽，（王）千刀万剐无下场。（李）曹丕也把位来篡，（王）篡位江山不久长。（李）李渊也曾登龙位，（王）他本是真龙下天堂。（李）说什么真龙下天堂，孤王看来是个平常。孤王我点动那兵和将，带领着人马反大唐。唐氏的江山孤执掌，孤封你一字并肩王。

《斩黄袍》刘叔度饰赵匡胤

（王）说什么一字并肩王，气得王勇脸丢光。河阳公主你杀丧，你是个人面兽心肠。（李）贤弟不必这样讲，恶言恶语把孤伤，李密打马[散板]朝前闯，（王）王伯当错保无义王。

沈一震（1894～？）

沈一震，上海人。上海育才中学毕业，曾任上海市营造工业同业公会监事，沈睦记震号营造厂经理，1920年代，曾参加上海正谊社、上海精武体育会京剧部等票房活动，并担任正谊社剧务主任，曾向陈彦衡学习谭（鑫培）派艺术。

沈一震仅有两张唱片存世，均为百代公司灌制，发行量极少。其所灌《珠帘寨》是谭（鑫培）派剧目，《宝莲灯》为老派"慢板"唱法，唱词也与众不同。

珠帘寨【1930年百代唱片2面】沈一震饰李克用（34111*1/2）

（头段）[西皮导板]太保传令把队收，[原板]孤与贤弟叙一叙旧根由。忆昔当年五凤楼，文武百官庆贺千秋。内有文楚段国舅，他笑孤坐席不正礼貌不周。怒恼了孤王气冲牛斗，我将他抓将过来摔死在龙楼。自从那年分别后，到今日相逢在北州。

（二段）（白）你拿过来呀![二六]老只老孤的须发老，上阵全凭马和刀。非是孤王不服老，胸中的智谋比人高。草莽的贼寇何足道？叫他来试一试孤家的九九八十一斤的定唐刀。[快板]你把那酒宴安排好，得胜归来贺贺功劳。老军与爷带虎豹，[散板]会一会山寇小儿曹。[导板]三军与爷战鼓打，[快板]马前战的小娃娃。儿的本领有多大，敢与孤家动杀法？劝你马前来跪下，定唐刀[散板]不杀你这小冤家。

《定军山》沈一震饰黄忠

宝莲灯【1930年百代唱片2面】沈一震饰刘彦昌（34112*1/2）

（头段）[二黄慢板]昔日里有个孤竹君，生下了伯夷叔齐二贤人。都只为年老迈难理国政，因此上命次子继位为君。那伯夷掌了国遵从父命，叔齐心中□□□□。一个打从前门走，一个逃走在后宰门。他二人出门无处投奔，首阳山命归阴他那美名儿在万载闻。我只说做清官弟兄们遮隐，又谁知二娇儿打伤人。老天爷！

（二段）[原板]我本当带沉香前去偿命，前去偿命，我的儿！猛起了三圣母所赐红灯。我本当带秋儿秦府偿命，秦府偿命，我那娇小的儿！后堂内还有那王氏桂英。左难右难[散板]难坏了我，二堂内快请出儿的娘亲。

《武家坡》沈一震饰薛平贵、叶志翔饰王宝钏

许良臣君（1895~1980）

许良臣，又作良宸，别名宝柱，浙江杭州人，京剧票友。其岳父为上海颜料大王薛宝润，薛子薛恒、薛良均为上海名票。许少年时客居北京，曾在步军统领衙门当差，后又任北伐军上校参议。暇时遍聆名家演唱，尤嗜谭（鑫培）派，勤于研习，经久不辍，能戏颇多。清末民初，在上海参加由谭派名票、琴师陈道安创设的春雪社票房，常与罗亮生、王颂臣、朱耐根、唐静庵、钱朗如、江梦花、林绍琴、欧阳予倩、吴我尊、林老拙等票友共同切磋，还在张园、徐园等堂会中粉墨登场，演出《空城计》《桑园会》《游龙戏凤》等戏，声名鹊起。民国十二年（1923），基督教青年会京剧社成立，许被聘为教师，参与演出《哭灵牌》《法门寺》《太白醉写》等数十出剧目，与贵俊卿、王又宸、李鑫甫等人共研谭（鑫培）派艺术。其嗓音苍劲，行腔、吐字、发音、喷口等莫不恪守谭派规范，韵味醇厚。1930年代初，许先后聘请谭鑫培的琴师陈彦衡与孙佐臣来沪为他伴奏，经陈、孙二人悉心点拨，艺事更趋精进，被公认为上海一流谭派须生票友，与程君谋齐名。1950年代初，陈道安父子定期在寓所举行京剧同好者联谊聚会，许与苏盛义、张蕴石、倪秋萍、新艳秋、李家载、顾兰君、陈大濩、李世济、顾文芍、闵兆华等竞相唱和，并参与由陈小田、苏雪安、罗亮生主持的京剧理论研究与传统剧目的整理创新工作，并为谭（鑫培）派名剧《卖马》整理了全套曲谱与身段谱。1960年，受聘为上海文史馆馆员。

许良臣除高亭唱片外，还有开明唱片两面。中华人民共和国成立后在电台亦有录音，都是研究谭（鑫培）派艺术的宝贵资料。

打鼓骂曹【1925年8月高亭唱片2面】许良臣饰祢衡、周幼韶京胡、杨玉楼司鼓、张小渔报名（Teb13/4）

（**头段**）［西皮原板］平生志气运未通，似蛟龙困在浅水中。有朝一日春雷动，得会风云上九重。［流水］相府门前杀气高，层层密密摆枪刀。画阁雕梁双凤绕，亚赛天子［摇板］九龙朝。［流水］人言曹贼多奸巧，果然亚赛秦赵高。欺君误国非正道，全凭势力压当朝。站立在丹墀微微笑，哪怕虎穴［摇板］与笼牢。（白）啊哈哈哈！［流水］平生志气如天高，不愿金银结富豪。我本是堂堂青史表，岂与猪狗［摇板］共同槽。

（二段）［二六］丞相委用恩非小，用为鼓吏怎敢辞劳。背转身来微微笑，孔融做事也不高。明知道曹贼多奸巧，全凭势力压当朝。［快板］我越思越想心头恼，并无巧计骂奸曹。罢罢罢暂且忍下了，明天自有我的巧妙高。［散板］适才与贼一席话，气得我心中乱如麻。（白）哼！酒逢知己千杯少，话不投机半句多。适才我进得相府，与那贼深施一礼，他坐在上面，昂然不动倒还罢了，反怪我的礼貌不周，明日大宴群臣又将我用为鼓吏，分明是羞辱于我，不免明日到得廊下，当着满朝文武，辱骂奸贼一场，纵然将我斩首，也落得个青史名标。正是：明知山有虎，偏向虎山行。［快板］昔日里韩信受胯下，遇见漂母搭救他。到后来登坛把帅挂，扶保汉室锦邦家。明日里进帐把贼骂，拚得一死染黄沙。纵然将我的头割下，落一个骂贼的名儿［散板］扬天涯。

连营寨【1925年8月高亭唱片1面】许良臣饰刘备、周幼韶京胡、杨玉楼司鼓、张小渔报名（Teb15）

［西皮导板］白盔白甲白旗号，［哭头］二弟呀，三弟呀，啊，［回龙］孤的好兄弟！［原板］大小儿郎哭号啕，孤王领兵把仇报。扫灭了东吴贼恨方消！

搜孤救孤【1925年8月高亭唱片1面】许良臣饰程婴、周幼韶京胡、杨玉楼司鼓、张小渔报名（Teb16）

［二黄摇板］恼恨屠贼心肠狠，要害晋国众儿孙。（白）娘子啊！［原板］劝娘子不必太烈性，卑人言来你是听：赵屠二家有仇恨，三百余口命赴幽冥。我与那公孙杵臼把计定，一人舍命一人舍亲生。舍子搭救忠良后，老天爷不绝后代根。如今舍了亲生子，来年必定降麒麟。我与他人把计定，到如今害得他丧残生。这是我好意反成恶意，满腹的心腹事向谁云。

王佐断臂【1925年8月高亭唱片2面】许良臣饰王佐、周幼韶京胡、杨玉楼司鼓、张小渔报名（Teb17/8）

（头段）［二黄导板］听谯楼打初更玉兔东上，［碰板］为国家、秉忠心、食君禄、报王恩、昼夜奔忙。［原板］想当年在洞庭何等放荡，到如今食君禄身伴君王。岳大哥他待我弟兄

《卖马》许良臣饰秦琼

一样，俺王佐无功劳怎受荣光。今夜晚思一计番营去闯，落一个美名儿万载传扬。

（二段）[原板]怎能够思巧计番营来进，前后话向文龙细说分明。前亦思后又想无有计定，倒不如上公案观看古今。汉朝中卫律声名不正，却为何那苏武一片丹心。饥食毡渴饮雪忠心耿耿，天保护地保佑暗有神灵。

乌龙院【1925年8月高亭唱片2面】许良臣饰宋江、周幼韶京胡、杨玉楼司鼓、张小渔报名（Teb19/20）

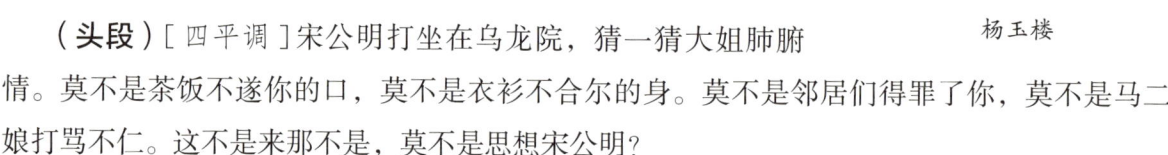

杨玉楼

（头段）[四平调]宋公明打坐在乌龙院，猜一猜大姐肺腑情。莫不是茶饭不遂你的口，莫不是衣衫不合尔的身。莫不是邻居们得罪了你，莫不是马二娘打骂不仁。这不是来那不是，莫不是思想宋公明？

（二段）【杀媳（惜）】听谯楼打罢了初更时分，忽然想起贼贱人。我本当将她来搂抱，公明岂是下贱人，啊，下贱人。([八岔])三更三点月正明，越思越想越愁人。我这里一刀要你的命，大丈夫做事三思而行，啊，三思而行。

乌盆计【1929年开明唱片1面】许良臣饰刘世昌、孙佐臣京胡（54023A）

[二黄原板]老丈不必胆怕惊，我有言来你是听：休把我当作了妖魔论，我本是屈死一鬼魂。我忙将树枝来摇动，抓一把灰土扬灰尘。我和你远无怨近无有仇恨，望求老丈把冤伸。

状元谱【1929年开明唱片1面】许良臣饰陈伯愚、孙佐臣京胡（54023B）

[西皮慢板]张公道三十五六子有靠，陈伯愚年半百无有后苗。为儿女我也曾朝山拜庙，为儿女我也曾补路修桥。怕将来老天爷无有善报，眼睁睁是何人去把纸烧。[原板]老来无嗣心好惨，不孝的奴才败坏门前。

李顽石君 (1896.6.1~？)

李顽石，原名李桓，字景武。李准长子，生于粤垣之天平街。1923年，在德国农林大学毕业后回国从事农林工作，吴佩孚"颇器重之，聘为高等顾问，后任潮梅副总指挥部参谋，代表洪兆麟参预全国军事善后会议"。

1925年余叔岩在高亭公司灌唱片，介绍人即李景武。李习谭颇有造诣，《探母见娘》唱片片芯上特意标注："全国驰名谭派票友"。

南天门【1925年11月高亭唱片2面】李顽石饰曹福、任绛仙饰曹玉莲（Teb111/2）

（头段）（曹玉莲）[西皮原板]恼恨那魏忠贤贼子奸党，（曹福）我朝中出谗臣搅乱家邦。（莲）天启爷坐江山天未亮，（福）太老爷做天官吏部大堂。（莲）我的父上金殿把本奏上，（福）怀袖内藏宝剑暗把人伤。（莲）到晚来宿至在官庄堡上，（福）刘司羽领人马暗地里埋藏，（莲）我的父死在了刀头之上，[哭头]老爹爹！（福）太老爷！（合）啊，（福）太老爷呀！（二段）（莲）[二六]三家店前把饭用，心猿意马归旧宗。老哥哥待我的恩情重，胜似我亲生[回龙]一般同。（福）[快板]恨奸贼把我的牙咬坏，我家老爷太无才。忠良臣反被奸贼害，害得一家好不哀哉。拿住那奸贼就千刀宰，挖贼的心肝[摇板]活祭灵台。（莲）[流水]八月十五把寿拜，各样的珠宝摆上来。要买忠良心一块，奸贼要谋九龙台。我父骂贼出府外，因此结下冤仇来。路旁有座大石块，闷坐上面[摇板]好悲哀。（福）[流水]小姑娘啼哭坐土台，点点珠泪洒下来。自幼儿未出闺门外，鞋弓足小寸步难挨，思爹想娘且丢开，头上拔下金钗来，缠足带、忙松解，轻轻刺破[摇板]这绣花鞋忙把路挨。

探母见娘【1925年11月高亭唱片1面】李顽石饰杨延辉（Teb113）

[西皮摇板]老娘亲请上受儿[回龙]拜！[二六]千拜万拜也是折、折不过儿的罪来。孩儿被擒一十五载，常把儿的老娘挂至在儿的心怀。萧后待儿恩似海，铁镜公主配和谐。胡狄的衣冠懒穿戴，每年间花开[快板]儿的心不开。闻听得老娘到北塞，乔装改扮过营来。见母一面福寿带，愿老娘福寿康宁[摇板]永无灾。[流水]铁镜公主真可爱，千金难买女裙钗。本当亲自来叩拜，怎奈两国交锋[摇板]媳妇她就不便回来。

夏山楼主（1897~1962）

夏山楼主，原名韩德寿，号慎先，署称夏山楼主，北京人，京剧票友。其祖父曾为清吏部官员，其父韩林阁，曾做过县知事。韩慎先大排行为十一，故人称"韩十一爷"。韩对书画、碑帖、古玉、瓷器等鉴定能力极强，是著名的金石古玩鉴赏家，曾于天津英租界达文波路（今建设路）开设达文斋古玩字画店，广交各界人士。因其酷爱京剧，梨园界及票界人士常相聚于此，唱戏聊戏、闲谈梨园轶事，店内常高朋满座，在津门显赫一时。

韩慎先所收藏的书画中，有两幅稀世珍宝，一幅为元朝"四大家"之一黄鹤山樵王蒙的《夏山高隐图》，另一幅为清代"四王"之一清晖老人王翚（石谷）的《夏山欲雨图》，故自称"夏山楼主"。

韩慎先自幼随父辈出入戏园，尤其酷爱谭鑫培艺术，后经书法家魏铁珊介绍，拜名琴票陈彦衡为师，习谭（鑫培）派唱腔，并与诸多喜谭名流交往切磋。因其对文学、音韵、四声、吐字、发音、尖团字、十三辙等颇有研究，故发音准确，字正腔圆，遂成京津名票，为时人所称道。其唱腔清脆圆润颇具韵味，但只精于清唱，不胜彩唱，仅于1951年抗美援朝时，彩唱过《李陵碑》一剧。1952年，经梅兰芳举荐入天津市文化局，任艺术博物馆副馆长。1962年5月，突发脑溢血，病故于北京同仁医院。

夏山楼主最名贵的是高亭公司所灌、由陈彦衡伴奏的《朱砂痣》《定军山》两面唱片。

八大锤【1932年12月12日百代唱片2面】夏山楼主饰王佐、郭仲霖京胡（A934/5）

（头段）[二黄导板]听谯楼打初更玉兔东上，[碰板]为国家、秉忠心、食君禄、报王恩、昼夜奔忙。[原板]想当年在洞庭何等放荡，到如今投宋主身伴君王。岳大哥他待我手足一样，我王佐无功劳怎受荣光。今夜晚思一计番营去闯，落得个美名儿万载传扬。

（二段）怎能够思一计番营来进，前后话对文龙细听衷情。前也思后又想无有计定，倒不如上公案细看古今。汉室中卫律声名不正，却为何那苏武一片丹心。饥食毡渴饮血忠心耿耿，天保护地保佑暗有神灵。

捉放曹【1932年12月12日百代唱片2面】夏山楼主饰陈宫、郭仲霖京胡（A938/9）

（头段）[西皮慢板]听他言吓得我心惊胆怕，背转身只埋怨自己做差。我先前只望他宽宏量大，却原来贼是个无义的冤家。马行在夹道内我难以回马，

（二段）这才是花随水水不能恋花。这时候我只得忍耐在心下，既同行共大事必须要劝解于他。[二六]休道我言语多必有奸诈，你本是大义人把事来做差。吕伯奢与你父相交不假，为什么起疑心杀他的全家。一家人被你杀也就该罢，出庄来杀老丈是何根芽？[摇板]好言语劝不醒蠢牛木马，把此贼当作了井底之蛙。

朱砂痣【1925年11月高亭唱片1面】夏山楼主饰韩廷凤、陈彦衡京胡（Teb167）

[二黄慢板]借灯光对娇娘用目观望，只见她与前妻一样的风光。要穿戴锦绣衫任你选样，问娘行因何故两泪汪汪，为的是哪桩，又何妨细说端详？

定军山【1925年11月高亭唱片1面】夏山楼主饰黄忠、陈彦衡京胡（Teb168）

[西皮二六]师爷说话言太差，不由我黄忠怒气发。一十三岁习弓马，威名镇守在长沙。自从归顺皇叔爷的驾，匹马单刀取过了巫峡。抢关夺寨功劳大，师爷不信你在功劳簿上查一查。不是我黄忠[摇板]夸大话，[流水]铁胎宝弓手中拿。满满搭上[摇板]朱红扣，[流水]帐下儿郎把咱夸。二膀运动这千斤的力，人有精神力又加。三次开弓[散板]秋月样，再与军师把话答。

举鼎观画【1928年5月高亭唱片2面】夏山楼主饰徐策、陆芃秋京胡（Teb371/2）

（头段）[二黄导板]未开言不由人珠泪滚滚，[碰板]待为父细说那以往的原因。我的儿啊！[原板]第一排儿曾祖薛仁贵，跨海征东立下了功勋。第二排儿祖父丁山元帅，那一旁樊梨花樊氏夫人。

王瑶卿、韩慎先

（二段）双尸无头是儿的亲父母，亲父［哭头］母，我的儿啊！［原板］他夫妻双双问典刑。那黑汉是儿的三叔父，［垛板］都只为、他进都城、逛花灯、吃醉了酒、打伤人、连累他一家满门、三百余口、绑赴法场俱丧残生，［原板］是一个起祸根。腰铡三截我的亲生子，［哭头］掉换你，我的儿啊！［散板］张泰贼是儿的对头人。

洪羊洞【1928年5月高亭唱片1面】夏山楼主饰杨延昭、陆芝秋京胡（Teb373）

［二黄散板］见骸骨不由人泪双流，如今才见亲骨肉。家院供奉二堂口，再与老军说从头。听说焦赞丧了命，可叹你为杨家命丧番营。［导板］听说是二将双双丧命，［散板］去了我左右膀难以飞行。叫老军到番营将尸骨搬运，待本帅奏圣上超度灵魂。

夏山楼主

卖马【1928年5月高亭唱片1面】夏山楼主饰秦琼、陆芝秋京胡（Teb374）

［西皮摇板］店主东卖黄骠不见回转，倒教我秦叔宝两眼望穿。骂一声秦琼瞎了眼，将响马当作好宾朋。我抓住了店家撒一个赖，如此说我和你就两丢开。家住山东历城县，秦琼的名儿天下传。我本是顶天立地男儿汉，好汉无钱到处难。莫奈何出店门我就卖、卖锏！［快板］两骑马走得似雪花。明明认得是响马，无有批票怎好拿。叫声店家快来吧，还你的店钱就是他。

武家坡【1928年5月高亭唱片2面】夏山楼主饰薛平贵、陆芝秋京胡（Teb375/6）

（头段）［西皮导板］提起当年泪不干，［原板］夫妻们寒窑受尽了熬煎。自从我降了红鬃战，唐王驾前去讨官。官封我后军都督府，你的父上殿把本参。

（二段）自从盘古［流水］立地天，哪有岳父把婿参？西凉国、造了反，薛平贵倒做了先行官。两军阵前遇代战，将我擒过了马雕鞍。多蒙老王不肯斩，反把公主配良缘。西凉的老王把驾晏，代战女保我坐银安。那一日驾坐银安殿，宾鸿大雁口吐人言。手拿金弓银弹打，打下了半幅血罗衫。打开罗衫从头看，才知道寒窑受苦的王宝钏。不分昼夜往前赶，为的是回家夫妻团圆。三姐不信从头算，连来带去［摇板］十八年。水流千遭归大海，原物交还本人看。少年子弟江湖老，红粉佳人两鬓斑。三姐不信菱花看，容颜不似当年在彩楼前。三姐不必寻短见，为丈夫我跪在地平川。

搜孤救孤【1931年长城唱片2面】夏山楼主饰程婴、杨宝忠京胡、杭子和司鼓（CHI3121/2）

夏山楼主、杨宝忠

（头段）［二黄导板］在白虎大堂奉了命，［原板］都只为、救孤儿、舍亲生、连累他、白发苍苍、受苦刑、到如今两离分。我与他人定巧计，到如今害得他丧残生。下得堂来把话论，公孙老儿听分明：你若是执意不肯招认，大人的王法不徇情，手拿皮鞭将你［散板］打，你……你休得要胡言就攀扯我好人。

（二段）［碰板］躬身下拜礼恭敬，眼望孤儿泪淋淋。法场上人人都来笑骂，一个个骂的是我程婴，是一个无义的人。［原板］公孙兄说话要谨慎，句句言词谨记在心。想当初救孤是你我，到如今同心又有何人。可怜你为孤儿把忠尽，可怜我为孤儿绝了后根。没奈何烧钱纸把［散板］酒奠，我那亲，我的儿啊！但愿你二人灵魂早把天升。

四郎探母【1931年长城唱片4面】夏山楼主饰杨延辉、杨宝忠京胡、杭子和司鼓（CHI3123/4、CHI3127/8）

（头段）【坐宫】［西皮慢板］杨延辉坐宫院自思自叹，想起了当年事好不惨然。我好比笼中鸟有翅难展，我好比虎离山受了孤单。我好比南来雁失群飞散，

（二段）我好比浅水龙困在沙滩。想当年沙滩会一场血战，［二六］只杀得血成河尸骨堆山；只杀得杨家将东逃西散，只杀得众儿郎滚下马鞍；我被擒改名姓身脱此难，将杨字拆木易匹配良缘。萧天佐摆天门两国会战，我的娘领人马来到北番。我有心过营去见母一面，怎奈我身在番远隔天边。思老母不由儿肝肠痛断，想老娘不由儿珠泪不干。［哭头］眼睁睁高堂母难得见，儿的娘啊！［摇板］要相逢除非是梦里团圆。

（三段）［导板］未开言不由人泪流满面，［原板］贤公主细听我表叙家园。我的父老令公官高爵显，我的母佘太君生下我弟兄七男。都只为宋王爷五台香拈，潘仁美诓圣驾来到北番。你的父设下了双龙会宴，我弟兄八员将［快板］赴会在沙滩。我大哥替宋王席前遭难，我二哥乱箭下命赴黄泉；我三哥被马踏尸骨糜烂，我五弟在五台削发参禅。［哭头］我本是杨、啊，贤公主我的妻呃！［摇板］我本是杨

左起：陶良五、翁之熹、夏山楼主

四郎名姓改换，将杨字拆木易匹配良缘。

（四段）【见娘】[导板]老娘亲请上受儿[回龙]拜，[二六]千拜万拜也是折不过儿的罪来。孩儿被擒在番邦外，好似明珠土内埋。萧后待儿恩似海，铁镜公主配和谐。儿困番邦十五载，常把儿的老娘挂在儿的心怀。胡狄衣冠懒穿戴，每年间花开[快板]儿的心不开。闻听得老娘到北塞，乔装改扮回营来。见母一面愁颜解，愿老娘福寿康宁[散板]永无灾。

战太平【1931年长城唱片2面】夏山楼主饰花云、杨宝忠京胡、杭子和司鼓（CHI3125/6）

左起：南铁生、程砚秋、夏山楼主

（头段）[西皮导板]号炮一声惊天地，[散板]就是雀鸟也难飞。叫花安与为父带坐骑，舍不得妻儿两分离。大夫人请上受一[哭头]礼，夫人呐！[散板]下官言来听端的：孙氏娇儿托付与你，这是我花家一脉系。辞别夫人跨坐骑，凌烟阁上美名题。

（二段）[导板]叹英雄失势入罗网，[原板]大将难免阵头亡。我主爷洪福齐天降，刘伯温八卦也平常。早知道采石矶被贼抢，你就该差能将前来提防。将身儿来在[摇板]大街上，那旁来了疯婆娘。[散板]这一足踏在你地埃尘。你是谁家疯婆女？[快板]怀中抱定小娇生。明明认得孙氏女，假装疯魔认夫君。你若念在夫妻义，去至金陵搬救兵。你若不念夫妻义，千万莫丢小娇生。使个眼色[散板]快逃走！大街上去了孙氏[哭头]女，我的妻呀！[散板]夫妻相逢万不能。

洪羊洞【1931年长城唱片2面】夏山楼主饰杨延昭、杨宝忠京胡、杭子和司鼓（CHI3155/6）

（头段）[二黄慢板]叹杨家投宋主心血用尽，真可叹焦孟将命丧番营。宗保儿搀为父病房来进，怕只怕难挨过尺寸光阴。

（二段）[快三眼]自那日朝罢归身染重病，三更时梦见了年迈爹尊。我前番命孟良骸骨搬请，那乃是萧天佐以假成真。真骸骨现在那洪羊洞，望乡台第三层那才是真。二次里命孟良番营来进，又谁知焦克明他私自后跟。老军报他二人在洪羊洞丧命，去了我左右膀难以飞行。为此事终日里我忧成疾病，因此上臣的病重加十分，千岁爷呀！

二进宫【1931年长城唱片2面】夏山楼主饰杨波、杨宝忠京胡、杭子和司鼓（CHI3157/8）

（头段）［二黄慢板］千岁爷进寒宫休要慌忙，在宫门听学生细说比方：昔日里楚汉两争强，鸿门设宴要害汉王。

（二段）张子房背宝剑把韩信来访，九里山前摆下战场。逼得个楚项羽在乌江命丧，到后来封韩信三齐王。他朝中有一个萧何丞相，后宫院有一位吕后皇娘。君臣们定下了天罗地网，三宣韩信斩首在未央。九月十三雪霜降，盖世忠良不得久长。千岁爷进寒宫学生不往，［垛板］怕的是、辜负了、十载寒窗、九载熬油、八月科场、七篇的文章、才落个兵部侍郎、［原板］无有下场。

左起：夏山楼主、姜妙香、潘经荪

汾河湾【1931年长城唱片2面】夏山楼主饰薛仁贵、杨宝忠京胡、杭子和司鼓（CHJ3161/2）

（头段）［西皮导板］家住绛州县龙门，［原板］薛仁贵好命苦无亲无邻。幼年间父早亡母又丧命，撇下了仁贵无处身存，常言道姻缘一线引，柳家村上招了亲，你的父嫌贫心太狠，将你我二人赶出了门庭。

（二段）夫妻们双双［流水］无投奔，破瓦寒窑暂安身。每日在窑中苦难尽，无奈何立志去投军。结交了兄弟们周青等，跨海征东把贼平。幸喜得狼烟俱扫定，保定了圣驾转回京。前三日修下辞王本，特地回来探望柳迎春。我的妻若还不肯信，来来来，算一算，算来算去［散板］十八春。听一言来吓掉了魂，冷水浇头怀抱冰。适才路过汾河境，见一顽童打弹能。弹打空中南来雁，枪挑鱼儿水浪分。有心我把实言论，又恐吓坏了受苦的人。事到如今难瞒隐，咬定牙关说真情。

奇冤报（乌盆计）【1931年长城唱片4面】夏山楼主饰刘世昌、杨宝忠京胡、杭子和司鼓（CHI3170/3）

（头段）［二黄原板］老丈不必胆怕惊，我有言来你是听：休把我当作了妖魔论，我本屈死一鬼魂。我忙将树枝摆摇动，抓一把沙土扬灰尘。我和你远无怨近无有仇恨，望求老丈把冤伸。

（二段）［反二黄慢板］未曾开言泪满腮，尊一声老丈细听开怀：家住在南阳城关外，离城十里太平街。刘世昌祖居

（三段）有数代，务农为本颇有家财。奉命上京做买卖，贩卖绸缎倒生财。前三年也曾把货卖，算清账目转回家来。行至在定远县地界，忽然间老天爷降下雨来。路过赵大的窑门以外，借宿一宵惹祸灾。赵大夫妻将我谋害，把我的尸骨何曾葬埋。烧作了乌盆窑中埋，偶遇老丈讨债来。可怜我冤仇有三载，有三载，老丈啊！

（四段）［原板］因此上随老丈转回家来。劈头盖脸洒下来，奇臭难闻口难开。可怜我命丧他乡以外，可怜我身在望乡台。父母盼儿儿不能奉拜，妻子盼夫夫不能回来。望求老丈将我带，你带我去见包县台。倘若是把我的冤仇来解，但愿你福寿康宁永无灾。

托兆碰碑【1929年开明唱片2面】夏山楼主饰杨继业、陈彦衡京胡（56115）

（头段）【托兆】［二黄导板］金乌坠玉兔升黄昏时候，［碰板］盼娇儿不由人珠泪双流，我的儿啊！［原板］七郎儿回雁门搬兵求救，为什么到今日不见回头？唯恐那潘仁美记起前扣，怕的是我的儿一命罢休。含悲泪进大营双眉愁皱，腹内饥不由人遍体飕飕。

（二段）【碰碑】［反二黄散板］恨石虎把我的战马绞倒，为大将无坐骑怎把兵交？看过了青铜刀忙把路找，寻一个避风所再作计较。当年路过五台山，智空长老对我言。他道我在两狼山前遭围困，到如今果应智空言。

乌龙院【1929年开明唱片2面】夏山楼主饰宋江、陈彦衡京胡（56117）

（头段）［四平调］大老爷打罢了退堂鼓，衙前来了宋公明。那一日闲游在大街上，遇着好汉小刘唐。他把那心腹事对我讲，请我到梁山去为王。那富贵岂有人妄想，自有天爷做主张。一步儿来至在大街上，又听得众宾朋说短道长。好话出在君子口，立志不听小人言。一步儿来至在乌龙院，青天白日把［散板］门关。

（二段）［西皮导板］一言怒恼宋公明，［原板］骂一声阎惜娇无义的贱人。曾记得那年遭荒旱，你一家三人来在郓城。买你的身价三十两，我为你得罪了［快板］众宾朋。我为你盖下乌龙院，我为你花费许多银。［摇板］我为你在父母堂前我不能行孝，我为你失了夫妻情！任你走遍天涯路，难逃宋江的掌握中。［散板］两鬓蓬松贼淫妇，水性杨花下贱人。恨不得举拳将你打，大丈夫打妻不算人。

打鼓骂曹【1929年开明唱片2面】夏山楼主饰祢衡、陈彦衡京胡（56118）

（头段）［西皮导板］谗臣当道谋汉朝，［原板］楚汉相争动枪刀。高祖爷咸阳登大宝，一统山河乐唐尧。到如今出了个奸曹操，上欺天子下

左起：谭富英、夏山楼主、马连良

压群僚。我有心替主爷把贼扫,手中缺少杀人的刀。

（二段）主席坐定[快板]奸曹操,左右文武众群僚。元旦节与贼个不祥兆,假装疯魔骂奸曹。我把蓝衫来脱掉,破衣褴衫摆摆摇。怒气不息[摇板]往上跑,[快板]帐下的儿郎闹吵吵。你二人休要呵呵笑,有辈古人听根苗:太公昔日曾垂钓,张良拾履在荒郊。为人受得苦中苦,脱去了褴衫换紫袍。你二人把话讲差了,休把虎子当狸猫。有朝一日时运到,拔剑要斩海底鳌。休道我白日梦颠倒,即刻就要上青霄。我把破衣[摇板]也不要,[快板]赤身露体逞英豪。耀武扬威[摇板]往上跑,[快板]你丞相降罪我承招。将身来在[散板]西廊道,看奸贼把我怎开销。

薛良君（1903~1941）

薛良，字佳（家）生，江苏江阴人，因排行三，故人称"薛三"，上海票友。其父为颜料大王薛宝润，其兄薛恒曾娶露兰春为妻，其妻为著名京韵大鼓演员金慧君（艺名小黑姑娘）。薛良酷爱谭（鑫培）派艺术，与其妻均为上海南京路正谊票房社员，擅《四郎探母》《游龙戏凤》等剧目。1939年因家道败落，迁至天津、北京，曾以"薛君良"名义在北京下海成为专业演员，未果。后因贫病交加病故于天津，由妻金慧君将其送回故乡安葬。

薛良在高亭公司所灌唱片，是与其嫂露兰春同一天灌制，乐队也是同一批人员。

八义图【1929年7月高亭唱片1面】薛良饰程婴（Teb529）

【法场】[二黄原板]公孙兄说话要谨慎，句句言词记在心。想当初救孤是你我，到如今出首又有何人。可怜你为孤儿把忠尽，可怜我年半百绝了后根。无奈何烧钱将[散板]酒奠，我那亲，啊，我的儿啊！（[哭皇天]）[散板]但愿你灵魂早超生。

卖马【1929年7月高亭唱片1面】薛良饰秦琼（Teb530）

[西皮慢板]店主东带过了黄骠马，不由得秦叔宝两泪如麻。提起了此马来头大，兵部堂王大人相赠与咱。遭不幸困至在天堂下，还你的店饭钱无奈何只得来卖它。

《四郎探母》薛良饰杨延辉、良君女史饰铁镜公主

李白水（1911~1938.4）

李白水，名植仁，字惠泉，浙江鄞县人，京剧票友。毕业于天津南开大学，课余迷恋京剧，喜搜集各名家剧本，藉以研习老生唱腔。后拜名票王君直为师，又得王庚生指点，专工谭（鑫培）派、余（叔岩）派，均有心得。民国十五年（1926）后旅居上海，加入"申商俱乐部"票房，常与名票赵培鑫、孙钧卿等切磋技艺。李能戏甚多，演《四郎探母》《南天门》两剧，有"唱做皆佳"之誉，演《鱼肠剑》《战蒲关》《王佐断臂》等剧亦获好评。后又得陈彦衡指点，艺技更精，声望日隆。民国十七年（1928）应甬地绅商之邀，于宁波大舞台参加义演五天，剧目有《打渔杀家》《空城计》《梅龙镇》《连营寨》《四郎探母》等，展示了他掌握谭派、余派技艺之全面。李文化素养较高，精通音律。对诸剧唱词颇多推敲，如《四郎探母》中四郎见妻时所唱"劝你再等三五载，大破天门转回来"两句，与众不同。1930年代中期主编出版《平剧汇刊》共30余期，收入剧目60余出，剧词均据名家最新演出本细加校订，对唱腔详注工尺和简谱，还标明板眼及唱词之尖团字音等，便于读者自行揣摩。这套书深得伶、票界赞赏，广为流行。1938年4月，因肾癌病故于上海中比镭锭医院。

李白水唱片中《男起解》一段为其独有，后世演出《三家店》一剧，均按李氏唱法。

庆顶珠【1932年1月27日百代唱片2面】李白水饰萧恩、吴继兰饰萧桂英（34247*1/2）

（头段）（萧桂英）[西皮导板]太湖连天波浪发，（萧恩白）开船呐！（英）[快板]江水扰得两眼花。青山绿水难描画，哪有个渔人常在家。（萧白）儿啊！[散板]父女打渔在河下，家贫哪怕人笑咱。桂英儿掌稳舵父把网撒，年纪衰迈气力不佳。

（二段）（英白）啊，爹爹，此二位叔父是哪个？（恩）儿问的就是他？（英）正是！（恩）儿呀！[摇板]提起二人威名大，倪荣李俊就是他。蟒袍玉带不愿挂，弟兄双双走天涯。

（英白）爹爹！［流水］昔日子期访伯牙，爹爹交友也不差。父女们［摇板］说不尽知心话，（恩）猛抬头见红日坠落西山。（白）儿啊，看天色不早，将船摇回去吧。（英）遵命。（恩）正是：父女打渔在河下，（英）家贫哪怕人笑咱。（恩）看看不觉红日落，（英）一轮明月照芦花。

四郎探母【1932年1月27日百代唱片1面】李白水饰杨延辉、吴继兰饰铁镜公主（34248）

【坐宫】（杨延辉）［西皮快板］我和你好夫妻恩德不浅，贤公主你何须礼义太谦。杨延辉有一日愁眉得展，忘不了贤公主恩重如山。（铁镜公主）夫妻们说什么恩德不浅，这也是前世里匹配良缘。这几日因何故愁眉不展，有什么心腹话你只管明言。（杨）非是我这几日愁眉不展，有一桩心腹事不敢明言。萧天佐摆天门两国交战，我的娘押粮草来到北番。我有心出关去见母一面，怎奈我身在番不能回还。（铁）你那里休得要巧言改辩，你要拜高堂母是我不阻拦。（杨）公主纵肯行方便，无有令箭我怎过关。（铁）有心赠你金鈚箭，怕你是此一去是你不回还。（杨）多蒙公主赠令箭，见母一面即刻还。（铁）宋营离此路途远，一夜之间你怎能够还？（杨）公主只管放大胆，快马加鞭一夜还。（铁）先前叫我盟誓愿，你对苍天要表一番。（杨）公主要我盟誓愿，将身跪在地平川。我若探母［摇板］不回转，黄沙盖脸尸不全。（铁）［流水］一见驸马盟誓愿，咱家才把心放宽，驸马后宫［摇板］乔改扮，盗来令箭你好出关！

《定军山》李白水饰黄忠

御碑亭【1932年1月27日百代唱片1面】李白水饰王有道、吴继兰饰孟月华（34249）

（孟月华）［西皮原板］这杯酒与郎君离情之义，客途中自小心调护无人。但愿得此一去文章有幸，准备着列金榜万里鹏程。（王有道）承谢你贤德心喜之不尽，但愿得此一去身入龙门，谢贤妹你爱我手足情分，猛想起父母的恩我好伤心。

碰碑【1932年2月9日百代唱片2面】李白水饰杨继业（34250*1/2）

（头段）［反二黄慢板］金沙滩双龙会一仗败了，只杀得血成河鬼哭神嚎。我的大郎儿替宋王把忠尽了，二郎儿短剑下命赴阴曹。杨三郎被马踏尸首难找，四八郎失番邦无有下梢。杨五郎在五台学禅修道，夜得兆七郎儿箭射在芭蕉。只落得延昭儿随营征讨，可叹他、尽得忠、又尽孝、血战沙场、马不停蹄、为国勤劳，可怜我八个儿把四子丧了，我把四子丧了，我的儿啊！

（二段）［原板］可怜我一家人无有下梢。方良臣与潘洪又生机巧，请我主到五台快乐逍遥。又谁知中了那奸贼笼牢，四下里众番奴犹如海潮。多亏了杨延昭一马来到，一杆枪保圣驾闯出了笼牢。有老夫领人马也来贼道，［垛板］害得我东西杀砍、左冲右突、虎撞羊群、被困在两狼山、里无有粮、外无有草、盼兵不到，眼见得我这老残生就难以［原板］还朝。我的儿呀！

男起解【1932年2月9日百代唱片1面】李白水饰秦琼（34251*2）

（白）公差趱行！唉！［西皮慢流水］将身儿来至在大街口，尊一声列位听从头：我不是歹人并贼寇，也非是响马把城偷。杨林道我私通贼寇，因此上发配到登州。舍不得太爷待我的恩情厚，舍不得衙役们众班头；舍不得街坊四邻的好朋友，实难舍老娘白了头。儿想娘、难叩首，娘想儿来珠泪流。儿是娘身一块肉，儿行在千里母担忧。眼望着红日坠落在西山口，望求公差你把店投。

朱砂痣【1932年2月9日百代唱片1面】李白水饰韩廷凤（34252*1）

［二黄原板］劝世人一个个须要学好，善与恶自有那天理昭昭。想当年为太守何等荣耀，遭兵荒一家人四顾亡逃。这也是我韩氏的家门未曾修到，世间事全不闻落得个自逍自遥。［四平调］吴大哥你真真言而有信，你与我谋后代用尽了苦心。从今后吴韩两家多亲多近，我父子明日叩谢登门。

连营寨【1932年2月9日百代唱片2面】李白水饰刘备（34253*1/2）

（头段）［西皮摇板］孙仲谋与孤王结下仇扣，只杀得兵将们尸堆山丘。还望我二贤弟神灵保佑，灭却了东吴贼方肯罢休。［散板］想当年在桃园对天发咒，愿同年同日月同时罢休。料不想一旦间中途分手，撇下了兄一人好无来由。［摇板］非是为伯伤心泪掉，我与你父生死故交。哭罢二弟把三弟叫，［哭头］翼德，桓侯，啊，孤的豹头环眼的好兄弟呀！

（二段）［反西皮二六］叫声三弟听根苗：大破黄巾天下晓，敌人闻名望风逃。虎牢关曾把那吕布的发冠挑，当

李白水、戴竹书夫妻照

李白水（后）、王君直

阳坡前喝断了灞桥。可恨那范江张达两个贼强盗，谋害三弟脱了逃。锦绣江山孤不要，定然与你把恨消。哭哑了咽喉把三弟叫，三弟［哭头］叫，好兄弟呀！［摇板］拿住孙权两开交。

四郎探母【1932年2月9日百代唱片2面】李白水饰杨延辉（34254*1/2）

（头段）［西皮快板］在头上摘下胡狄冠，身上脱下衮龙衫。沿毡帽、齐眉掩，三尺青锋挂腰间。将身来至在宫门等，等等等等等候了公主奔阳关。虽然分别一夜晚，为人必须礼当先。辞别公主［摇板］跨走战，泪汪汪哭出了雁门关。［快板］适才离了皇宫院，不觉来在雁门关。站立关口用目看，把关的儿郎列两边。听说番儿要令箭，翻身下了马雕鞍。回手取出了金鈚箭，把关的儿郎仔细观。［摇板］两国不和常交战，把守关口莫偷闲。任凭南蛮巧改扮，无有那太后金鈚令箭莫放他过关。［快板］适才过关盘查紧，乔装改扮黑夜行。眼望宋营灯光明，刀枪剑戟似麻林。扬鞭打马宋营进，闯进了辕门见娘亲。

（二段）［散板］大吼一声如雷震，［快板］杨家将令鬼神惊。大胆且把［摇板］宝帐进，［快板］上面坐的同胞人，弟兄分别十五春，不想今日回宋营。将身站至在丹墀定，问我一言答一声。［快板］家住在山后磁州郡，火塘寨上有家门。我父令公官极品，我母佘氏老太君。十五年、沙滩会，失落番邦被贼擒。六弟下位把兄认，我是你四哥回宋营。［原板］弟兄们分别十五春，兄在北番招了亲。闻听得老娘驾临北郡，特地里乔装改扮回宋营黑夜里来探望娘亲。［摇板］有劳贤弟把路带，母子们相逢痛伤怀。

王雨田（生卒不详）

王雨田，北京（一说天津）人，久在上海。其妻王萍（本姓甘）为上海荀（慧生）派名票。1930年代，王曾为百代公司约角灌片。由于百代第一期唱片中也有名为"王雨田"者，二人皆有老生票友身份背景，也同样为百代公司联系业务，故称早年灌片者为"老王雨田"，此位称"小王雨田"，以示区别。

乌盆计（奇冤报）【1934年10月11日百代唱片2面】王雨田饰刘世昌、萧长华饰张别古（A1913/4）

（**头段**）（张别古白）嘿！真是啊，人不可貌相，水不可斗量。没想到赵大他会发了财了。这可是：东风常向北，北风也有转南时。（刘世昌）张别古！（张）哎？谁这么提名道姓的？（刘）老丈呃！（张）我的妈哟，盆儿说了话喽！（刘）[二黄原板]老丈不必胆怕惊，（张咳嗽介）嗯咳！（刘）[原板]我有言来你是听！（张白）你别是妖怪吧？（刘）[原板]休把我当作了妖魔论，我本屈死一亡魂。（张白）唉！[原板]他那里叫一声张别古，（白）哎哟呵！要憋死！[原板]叫得我年迈人心中恍惚。

（**二段**）（张白）哎哟，鬼打墙喽！（刘）[原板]忙将树枝摇摆动。（张白）咦？没风树梢儿动晃，这真是怪呀！（刘）[原板]抓一把沙土扬灰尘！（张）嗨哟！迷了眼了，这是怎么话儿说的？（刘）[原板]我和你远无怨旧无有仇恨，望求老丈把冤伸！（张白）哎！[摇板]年纪迈来血气衰，遇见鬼魔打搅来。（白）城隍庙！哎！城隍爷很灵呀，有了，到里头许个愿，这些个邪魔怪祟也就退了，就是这个主意！我一进[数板]庙来躬身下拜，尊一声城隍老爷细听明白：东大洼的赵大短我钱财，我去讨债。他给了个盆折了债，谁想这个盆他是个妖怪！望城隍与我遮盖，明日里猪头三牲一块豆腐和白菜，我一准买来我一准送来。（白）愿是许了，嘿！不定灵不灵。得试验试验。盆儿！有的！退了，回家睡觉。嗯！不得，穷得连饭都没得吃，哪有钱买供呀？趁早打退堂鼓吧！二次下拜，[数板]尊一声城隍奶奶细听明白：东大洼赵大不短钱财，没去讨债。这个盆儿它不是妖怪，你也不必遮盖。明日里猪头三牲一块豆腐和白菜，我不能买来我不能送来。

李七长亭【1934年10月19日百代唱片2面】王雨田饰陈唐、金少山饰李七、陈月梅饰王良/张氏（A1923/4）

（头段）（张氏）［二黄散板］见儿夫在长亭肝肠痛坏，悲切切撩罗裙跌跪尘埃。（陈唐白）七爷呀！［散板］你本是大丈夫量如沧海，我东人有不到休记心怀。（李七白）呀！［散板］他一家被我害夫离妻散，铁石人不落泪也要悲哀。眼见得王门中绝了后代，（白）也罢！［散板］学一个大丈夫把手高抬。

（二段）（王良）［散板］尊一声李七爷躬身下拜，（张）回家去供奉你长生位牌。（陈白）七爷呀！［散板］多蒙你发慈悲量如沧海，犹如那西天佛从空降来。（李白）王良！［散板］咱李七也非是虚言一派，你在那黉门中枉为秀才。我看你夫妻义是少年恩爱，走花街宿娼院你的伦理不该。（白）也罢！［散板］打断你野花心完全数代，（张白）夫啊！（李）呀！［散板］昨夜晚得一梦我未曾解开！

捉放公堂【1934年10月19日百代唱片1面】王雨田饰陈宫、金少山饰曹操（A1929）

（陈宫白）呔！将刺客曹操押上堂来。（衙役）唔！（曹操）嗯！（衙役）哦！（曹）［西皮流水］跳龙潭入虎穴逃灾避祸，又谁知中牟县自入网罗。［摇板］怒冲冲见陈宫滴水檐过，看陈宫他把我怎样发落。（陈白）哦！［摇板］曹孟德进衙来齐声威喝，（衙役白）哦！（陈）［摇板］属吏们列两旁虎占山坡。见此人脸面上带定凶恶，见本县不下跪却是为何？（曹）［原板］你本是帝外的官怎知朝歌？不思那报君恩反向董卓。

打龙袍【1934年10月19日百代唱片1面】王雨田饰王延龄、金少山饰包拯、陈月梅饰宋仁宗（A1930）

（包拯）［西皮流水］忽听万岁宣包拯，午门来了放粮臣。撩袍端带我就上龙廷，［摇板］品级台前臣见君。［流水］万岁准了为臣本，也免得国太受苦情。午门巧办花灯彩，［摇板］暗地里打动了有道的君。（宋仁宗）内侍臣将包拯忙上捆，（王延龄）回头埋怨小包拯。有本就该当殿奏，不该午门藐视君。（包白）恩师！［流水］老恩师不必胆怕惊，学生言来听分明：既做忠臣不怕死，［摇板］怕死焉能奉当今！

王竹生（生卒不详）

王竹生，天津著名京剧票友。自幼嗜戏，曾拜孙菊仙为师，追随多年，得孙真传。王嗓音宽厚，高低吞吐、咬字行腔均得孙法。能戏很多，如《雍凉关》《忠烈图》《金马门》《文昭关》《浣纱记》《鱼肠剑》《逍遥津》《李陵碑》《七星灯》等。1930年代至1940年代中期，王在津曾经常演出，如民国二十一年（1932）三月在春和戏院演《骂杨广》，民国二十五年（1936）一月在北洋戏院演《忠烈图》，民国三十三年（1944）四月在中国戏院演《逍遥津》，均为孙派名剧。王在津曾红极一时，与王君直、王颂臣、王庚生并称津门"票界四王"。

王竹生仅于1932年在百代公司灌过一次唱片，均为孙（菊仙）派风格。

骂杨广【1932年12月13日百代唱片2面】王竹生饰伍建章（A953/4）

（头段）（白）先王啊！［西皮散板］忽听金殿一声诏，不由老夫怒眉梢。先王晏驾如海倒，万里的江山一旦抛。传位理当大太保，奸王杨广霸当朝。此番上殿我的老命不要了，舍死忘生在今朝。（白）老夫，伍建章。正在朝房成服奔丧，昏王宣诏不知为了何事，我不免殿角上十条大罪高声叫骂，纵然将我碎尸万段，落一个青史名标这万古流芳。伍门中祖先呐，宗祖！可怜你儿孙不能保全宗祠也！［快板］文帝爷坐江山皇恩浩荡，满朝中文武臣治国安邦。到如今又出了是谗臣狗党，霸社稷登九五是败坏纲常。［摇板］怒冲冲且把金殿闯，今日里老残生付于汪洋。

（二段）［原板］金殿之上把旨降，切齿叫骂无道的昏王。一心要把社稷掌，意狠心毒亚赛虎狼，愈思愈想［摇板］气上撞，［快板］纵然一死又何妨，［摇板］怒气不息公案上，［散板］手提羊毫写几行。号令一声要敲牙，前朝老臣犯王法。九泉之下去见［哭头］驾，先帝爷呀！要把昏王活捉拿。

桑园寄子【1932年12月13日百代唱片2面】王竹生饰邓伯道（A955/6）

（头段）［二黄慢板］叹兄弟遭不幸中年丧命，撇下了兄一人孤掌难鸣。邓方儿年纪小无人教训，一家人似风吹孤雁失群。眼望着孤坟台心酸难忍，见坟台不见弟刀刺我心。

（二段）［导板］站坟台不由人珠泪滚滚，［碰板］撇下了年迈兄好不伤心。［快三眼］弟在世弟兄们何等的欢庆，共商量作计较家业弘兴。幸喜得读诗书功名上进，光于前裕于后荣耀门庭。好端端因何故一旦的丧命，此黄土埋却了无价的宝珍。兄弟呀！

雍凉关【1932年12月13日百代唱片1面】王竹生饰诸葛亮（A957）

［西皮原板］实指望扶汉家如同反掌，又谁知天不遂难测难量。曹孟德占天时兵多将广，孙仲谋得地利霸占东方。刘皇叔以人和万民瞻仰，汉疆土分三国各自逞强。我今日统人马中原［摇板］扫荡，尽一片竭力心报答先皇。

奇冤报【1932年12月13日百代唱片1面】王竹生饰刘世昌（A958）

［反二黄慢板］未曾开言泪满腮，尊一声老丈听开怀：家住在苏州城阊门以外，八宝乡村内有太平街。

完璧归赵【1932年12月13日百代唱片1面】王竹生饰蔺相如（A975）

［西皮导板］出邯郸好一似囊中脱颖，［原板］蔺相如马上暗自沉吟。天下事争强弱互想吞并，怎奈我赵国地毗近强邻。虽献去卞和璧换城不准，怕的是得一步他进步一层。事到此我只得心中［摇板］拿稳，要想入虎穴我大展才能。

文昭关【1932年12月13日百代唱片1面】王竹生饰伍子胥（A976）

【换巾】［西皮二六］伍员在头上换儒巾，乔装改扮奔东行。临潼会、曾举鼎，万马营中显奇能。时来双挂盟府印，运去跌跪在荒村。提起了叫人心头恨，也是我五行八字我的命生成。回言再与皋公敬，你是我子胥活命的恩人。此一番过得昭关境，一重恩报你的九重恩。［摇板］皇甫兄请上礼恭敬，［快板］多蒙你施下这全恩。焚香顶礼不为敬，来生犬马当报恩。伍员心怀［散板］千般恨，大胆且向虎山行。

《逍遥津》王竹生饰汉献帝

断密涧【1932年12月13日百代唱片1面】王竹生饰王伯当（A977）

［西皮原板］大王说话太欠宜，细听为臣说端的。三十六人曾结义，终世相扶永不离。咬金有福［流水］真命主，兵多将广人马齐。自从大王到此地，锦绣江山化灰泥。飞鼠盗去仓粮米，满山的喽兵向下移。倘若是哪国的刀兵起，祸到临头［摇板］后悔迟。［快板］倘若保主有假意，气化清风肉化泥。大王不必长叹息，为臣言来听端的。弃邪归正投唐去，青史名标万载题。杀身大祸有臣替，愿保大王挂紫衣。

七星灯【1932年12月13日百代唱片1面】王竹生饰诸葛亮（A978）

［二黄碰板］我和你虽是将帅倒有些师徒情义，［原板］必须要尽忠辅保华夷。到限期要依我三桩事，一桩桩一件件切莫扔弃。这头一件我死后休得挂孝，我营中大小将官切莫要悲啼。第二件要防守异姓人，怕只怕到后来西蜀失、汉室江山必有损失。这第三件魏文长他定要造反！

张紫宸（生辛不详）

张紫宸，一名浩然，天津著名京剧票友。他热爱余（叔岩）派艺术，并能登台彩唱，在天津与刘叔度、王竹生、王君直、王颂臣、王庚生等人齐名，由于演唱高音时时常以手捏颈部，被戏称为"捏脖张"，后成为专业相声演员。张还在丽歌公司（百代子公司）灌制过相声唱片，署名张浩然。

状元谱【1936年丽歌唱片1面】张紫宸饰陈伯愚（C5590）

［西皮慢板］张公道三十五六子有靠，陈伯愚年半百无有后苗。为儿女我也曾朝山拜庙，为儿女我也曾补路修桥。怕将来老天爷无有好报，眼睁睁有何人去把纸烧。

乌盆计【1936年丽歌唱片1面】张紫宸饰刘世昌（C5591）

【行路】［西皮原板］叹人生在世名利牵，舍父母撇妻子奔走山川。路旁的美景懒观看，披星戴月转家园。霎时一阵［摇板］把天变，狂风大雨遮满天。刘升路带［散板］朝前趱，快寻旅店好把身安。

桑园寄子【1936年丽歌唱片2面】张紫宸饰邓伯道（C5592/3）

（头段）［二黄慢板］叹兄弟遭不幸一旦丧命，丢下了年幼儿好不伤情。眼望着孤坟台珠泪难忍，见坟台不见人刀刺我心。

（二段）（白）众家丁！今有黑水国贼兵造反，逢州抢州遇县抢县，不久杀到我庄来了。想老汉偌大年纪，死了倒也干净，倘若是两个小主人有伤，岂不绝了我邓门后代香烟，如今我带领着二安人同两个小主人，前去逃难，万贯家财，我俱靠得尔等照管，但愿贼兵不到此庄，乃是大家的万幸尔等的洪福，倘若贼兵杀到庄来，将尔们一刀杀死，也是尔等命该如此。众家丁请上受我全家，唉，一拜呀！［散板］这一家人跪草堂珠泪滚滚，叫一声家丁们细听分明：都只为黑水国贼兵犯境，带领着全家人前去逃生。但愿得贼兵退大家万幸，等我等去逃难回将家财分与尔等平分。［哭头］辞别了众家丁急速逃遁！

洪天韵君（生卒不详）

洪天韵，上海名票，艺宗麒派（周信芳）、谭（鑫培）派，武生宗黄（月山）派。

据报道称，这批唱片为百代公司经理张长福"挽友情商"洪天韵君灌制唱片，除《路遥知马力》《追韩信》两张外，还灌有《落马湖》《连环套》《冲天霄》《投军别窑》等剧目，但均未见唱片。

路遥知马力【1930年7月2日百代唱片2面】洪天韵饰路遥（34012*1/2）

（头段）[二黄摇板]自从西京到东京，未见兄弟何处存。正走时节用目观定，不觉来到一府门。（白）马力，状程，哎呀，好兄弟！[散板]一见兄弟两泪淋，怎不叫人痛伤心。[哭头]我只说兄弟们难得相见，[散板]不料相逢在东京。

（二段）（白）小哥，提起马力[顶板]是令人可恨，尊一声小哥哥你细听详情：想当年在那扬子江中我救过他性命，我二人在草堂同把香焚。他言说到京城把叔父投奔，那时我、就卖了庄田、赠瞎驴、又赠过二百两纹银。他走后也是我的家门不幸，被天火烧得我片瓦无存。到如今他在京身居王位，因此上我就千里迢迢、登山涉水、费尽了、千辛万苦、才得到他的王府门。实指望他与朋友交言而有信，又谁知他忘了我救命大恩。气得我怒冲冲出了府门，被瞎驴摔在此并无有分文。我多蒙小哥哥你救我的性命，我路遥、到西京、早烧香、晚点灯、一日三餐、供奉与你我死不忘恩。

追韩信【1930年7月2日百代唱片2面】洪天韵饰萧何（34013*1/2）

（头段）[西皮流水]好一个聪明小韩信，他拿古

《独木关》洪天韵饰薛仁贵

人打动我的心。[摇板]说我萧何少恭敬,(白)将军![摇板]恕我萧何未相迎。[慢流水]我主爷起义在芒砀,拔剑斩蛇天下扬。遵奉王命莫违抗,两路分兵进咸阳。先进咸阳为皇上,后进咸阳扶保在朝纲。项羽不遵怀王约,反把我主贬汉王。今日里萧何荐良将,但愿得言听计从重整汉家邦,一同就回故乡。撩袍端带我把金殿上,[摇板]三拜九叩见汉王。

（二段）(白)将军呐,我看你有管乐之才,是伊吕之匹。将你三次保奏,怎奈汉王不肯重用。怒恼将军不别而行,萧何一闻此言,急急忙忙追赶前来,望将军随我回去,我以全家性命力保将军。汉王再若不用,我和将军弃官而走。将军呐,你千不念万不念,念我萧何一见如故[顶板]是三生有幸,天降下擎天柱保定乾坤。全凭着韬和略将我点醒,我也曾奏三本保定汉君。他道你出身寒微就不肯重用,那时节、怒恼将军、身背宝剑、跨下战马就出了东门。我萧何闻此言雷轰头顶,顾不得、山又高、水又深、山高水深、路途遥远、忍饥挨饿就来寻将军。望将军你看我萧何的情分,望将军、暂息怒、暂吞声、你莫发雷霆、随我萧何就转回程,大丈夫要三思而行。

陈彬夫（生卒不详）

　　陈彬夫，南京友声社票友，本职工作为银行职员。友声社是附属于中华全国铁路协会下的票房组织，陈曾公演过《斩黄袍》《鱼藏剑》等剧目。这张唱片是在南京中央广播电台XGOA录制，由百代公司制作。

宿店【1934年7月7日百代唱片2面】
陈彬夫饰陈宫、倪秋萍京胡（A1833/4）

（头段）［二黄慢板］一轮明月照窗下，陈宫心中乱如麻。

（二段）悔不该心猿并意马，又不该随他人去到吕家。吕伯奢可算得美意大，杀猪沽酒款待于他。又谁知此贼的疑心忒大，拔宝剑就将他的满门杀。一家人齐斩在宝剑之下，白发老丈命染黄沙。屈死的冤鬼魂休来怨咱，自有那神灵儿暗地鉴察。

陈彬夫（左二）、王怀贤在电台演唱

叶元章（生卒不详）

叶元章，南京票友。这张唱片是在南京中央广播电台 XGOA 录制，由百代公司制作。

奇冤报【1934 年 7 月 10 日百代唱片 1 面】叶元章饰刘世昌、倪秋萍京胡（A1853）

［二黄原板］老丈不必胆怕惊，我有言来你是听：休把我当作了妖魔论，我本屈死一鬼魂。忙将树枝摇摆动，抓一把沙土扬灰尘。我和你远无怨近无有仇恨，望求老丈把冤伸。

失街亭【1934 年 7 月 10 日百代唱片 1 面】叶元章饰诸葛亮、倪秋萍京胡（A1854）

［西皮原板］两国交锋龙虎斗，各为其主统貔貅。犒赏三军要宽厚，赏罚中公平莫要自由。将军领兵去镇守，靠山近水把营收。［摇板］先帝爷白帝城叮咛就，俺诸葛扶幼主岂能无忧？但愿得此一去扫平贼寇，也免得我亲自去把贼收。

筱莱女士（1890.12.12~？）

筱莱女士，本名胡宝贞，浙江嵊县人。曾与其夫王晓籁一同参加南社活动。这张唱片与"得天居士"王晓籁一同灌制，取名"筱莱"因与"晓籁"谐音，称"女士"是为了表明以票友身份灌制。该唱片中报名人为"冷香馆主"姚莘农。

上天台【1928年4月11日高亭唱片1面】筱莱饰刘秀、姚莘农报名（Teb206）

［二黄慢板］金钟响玉磬引王登殿堂，汉光武喜的是国泰民康。文仗着邓先生阴阳反掌，武仗着姚皇兄扶保孤王。内侍臣摆御驾九龙口上，［原板］又听得殿角下大放［摇板］悲伤。

朱文玉女士（生卒不详）

朱文玉，片芯题名"女士"当为票友或戏迷，演唱中带有很重的南方口音。

打渔杀家【1929年蓓开唱片1面】朱文玉饰萧恩（90000）

［西皮慢板］昨夜晚吃酒醉和衣而卧，稼场鸡惊醒了梦里南柯。二贤弟在河下相劝与我，他叫我把打渔的事一旦丢却。我本当不打渔关门闲坐，怎奈我家贫穷无计奈何。清早起开柴扉乌鸦叫过，飞过来叫过去［二六］却是为何？将身儿来至在草堂内坐，桂英儿捧茶来为父解渴。

失街亭【1929年蓓开唱片1面】朱文玉饰诸葛亮（90001）

［西皮快三眼］两国交锋龙虎斗，各为其主统貔貅。款待三军要宽厚，赏罚中公平莫要自由。此一番带兵去镇守，靠山近水把营收。［摇板］先帝爷白帝城叮咛就，汉诸葛扶幼主岂能无忧。但愿得此一去扫平贼寇，也免得我亲自去把贼收。